BASTEI
LÜBBE
TASCHENBUCH

Weitere Titel des Autors:

Ein Elefant für Karl den Großen
Die Seidendiebe

Dirk Husemann

DIE EISPIRATEN

Historischer Roman

BASTEI
LÜBBE
TASCHENBUCH

BASTEI LÜBBE TASCHENBUCH
Band 17541

Dieser Titel ist auch als E-Book erschienen

Originalausgabe

Copyright © 2017 by Bastei Lübbe AG, Köln
Textredaktion: Dr. Ulrike Brandt-Schwarze, Bonn
Illustration der Innenklappen © Markus Weber, Guter Punkt München
Titelillustration: © View of Corvus, Naval Crane, used by G. Duillus, 1796
(colour litho), French School, (18th century)/Private Collection/The Stapleton
Collection/Bridgeman Images; © shutterstock/Brian C. Weed;
© Antonov Roman; © shutterstock/donatas1205; © shutterstock/goghy73
Umschlaggestaltung: Kirstin Osenau
Satz: two-up, Düsseldorf
Gesetzt aus der Caslon
Druck und Verarbeitung: CPI books GmbH, Leck – Germany
Printed in Germany
ISBN 978-3-404-17541-3

1 3 5 7 6 4 2

Sie finden uns im Internet unter www.luebbe.de
Bitte beachten Sie auch: www.lesejury.de

Inhalt

Prolog

ZWISCHEN DEN HÜTTEN SNÔRHEIMS stapfte Alrik durch den blutigen Schnee. Die Nacht des Baugenfestes war angebrochen. Alle neun Jahre verlangten die Götter neun Köpfe von jedem männlichen Lebewesen. An den Giebeln hingen die abgeschlagenen Häupter von Böcken, Ebern und Bullen – den Tieren der Bauern. Die Krieger und Jäger des Dorfes hatten sich gefährlichere Beute erwählt. In der laublosen Ulme vor Alriks Haus baumelten neun Bärenköpfe im kalten Wind. Sein Nachbar und Schwager Sithric Seidenbart hatte neun Wölfe zur Strecke gebracht. Vieh oder Bestie – allen Geopferten war gleich, dass ihr Blut auf die Schwellen tropfen musste, um von den Menschen, die durch die Türen ein und aus gingen, durch das Dorf getragen zu werden. Ein rotes Band lag zwischen den Häusern. Odin, der Windmäher, konnte zufrieden sein.

»Wird Surtur mich diesmal endlich zum Mitglied der Mannschaft ernennen?«, fragte Sithric, der neben Alrik ging. Ihr gemeinsames Ziel lag am anderen Ende des Dorfes: die große Halle Surturs des Schwarzen, ihres Anführers und Kriegsherrn.

Alrik blickte zu Sithric hinüber. Sein Schwager war ein kleiner, schmächtiger Mann, dem der Hunger der Wintermonate zusetzte. Seinen Beinamen »Seidenbart« verdankte er den wenigen dünnen Haaren an seinem Kinn. Auf seinen Wangen jedoch wollte kein Bart sprießen. Zwar war Sithric ein guter Jäger. Niemals aber würde er ein Schwert heben, geschweige denn eines schwingen können. Alrik bezweifelte sogar, dass Sithric eine Fahrt mit der *Visundur* hinaus auf die offene See überstehen würde, ohne sich Verletzungen zuzufügen. Aber Sithric war vom selben Blut wie Catla, und wie konnte Alrik seine Frau lieben, ohne ihren Bruder zu achten?

»Vielleicht«, antwortete Alrik. »Aber du weißt ja, dass Surtur ein Liebhaber von Knaben ist. Vielleicht nimmt der Jarl dich nicht auf seine Schiffe, sondern in seine Halle auf, wo du ihm zu Diensten sein musst.«

Sithric lachte, doch Alrik konnte das Erschrecken in seiner Stimme hören. Sithric!, dachte er, wie willst du jemals ein Dorf der Franken überfallen, wenn du dich schon vor deinem Jarl fürchtest?

»Es ist wahr, oder nicht?«, fragte Sithric. Atemwolken schwebten von seinen Lippen auf. »Dass Surtur sich die Knaben unter den Kriegsgefangenen bringen lässt, sie schändet und dann tötet?«

»Schau, die Halle des Jarls ist bereits festlich erleuchtet«, sagte Alrik ausweichend und deutete auf den gewaltigen Bau. Um die Wände aus massiven Balken herum waren Holzpfosten in den Schnee getrieben. Darauf steckten brennende Fackeln und tauchten das Gebäude in ein Licht, das die Farbe von überreifem Fallobst hatte.

Sithric gab nicht nach. »Antworte, Alrik! Surtur ist ein Knabenschänder, stimmt's? Deshalb hat unser Jarl auch noch keine Nachkommen gezeugt. Weil er …«

»Sei still, du Narr!«, zischte Alrik. »Wenn dich jemand hört, wirst du ebenso enden wie die da!« Er deutete auf das Tor der Halle. Davor stak ein Pfahl in der Erde, an dem Surtur im Sommer Bären anbinden ließ, um seine besten Krieger gegen sie kämpfen zu lassen. Alriks Rücken trug mehr Narben von Bärenkrallen, als sein schwarzer Bart Haare hatte.

Diesmal waren Menschen an den Pfahl gebunden: neun junge Sklaven, Lustknaben des Jarls, derer er müde geworden war. Noch waren sie lebendig und versuchten der Kälte zu trotzen, indem sie sich eng aneinanderdrängten. Bald aber würde der Frost sie bezwingen, und bevor das Fest vorüber war, würden sie regungslos in ihren Fesseln hängen und den Tod durch die Kälte herbeisehnen. Doch zuvor musste Surtur ihre Köpfe nehmen, um auch den Boden vor seiner Halle mit Blut zu tränken, so wie es die Götter zum Baugenfest verlangten: Neun Köpfe von jedem Lebewesen – dazu zählten auch die Häupter von Menschen.

Als sie an den jungen Männern vorbeikamen, wollte Sithric innehalten, doch Alrik stieß ihn vorwärts, auf die weit geöffneten Flügel der Hallentür zu.

Im Innern loderte ein mannshohes Feuer. Die Funken flogen – Loki, der Feuergott, gab seinen Kindern Schläge. Bis auf den letzten Platz waren die Bankreihen an den Wänden gefüllt. Alrik erkannte die Besatzungen der Schiffe – jene der *Visundur*, der *Sturmriesin*, der *Goldmähne* und der *Klippenbrecher*. Auch fremde Gesichter sahen Alrik erwartungsvoll entgegen. Männer aus anderen Dörfern, von anderen Schiffen, welche der Jarl eingeladen hatte, um seinen Ruhm zu mehren. Es war üblich, dass das Oberhaupt des mächtigsten Dorfes den Nachbarn Geschenke machte, damit sie sich ihm verpflichtet fühlten. Wein und Fleisch genügten, um Frieden zwischen den Dörfern zu garantieren, Armreifen aus Bronze und Silber, um einen Schwertarm und das Blut seines Trägers zu kaufen. Aber das waren nur Almosen gegen das, was der Jarl Alrik vor zwei Tagen geschenkt hatte: einen gezahnten Helm, ein goldenes Banner, eine Brünne sowie acht Pferde mit verziertem Zaumzeug und kunstreich gefertigten Sätteln. An diesem Abend würde Surtur offenbaren, was er im Gegenzug für diese Freigebigkeit verlangte. Und Alrik würde Gehorsam schwören vor zweihundert Paar Ohren.

Die Halle gehörte den Männern. Ebenso wie alle Opfer in dieser Nacht männlich waren, war auch alles andere frei von Weiblichkeit: Die Gesänge erklangen im Bass der Krieger, die Luft war fett von Schweiß und Fürzen, und die Tänzer führten sich auf wie Ziegenböcke. Sogar das Holz der Halle wäre männlich gewesen, wenn Bäume ein Geschlecht hätten.

»Alrik ist hier«, brüllte jemand, der ein großes Stück Braten im Mund hatte.

Der Lärm legte sich. Alrik seufzte. Er hatte gehofft, sich zunächst mit Met betäuben zu können, bevor Surtur ihn als seinen Vasallen einschwor. Doch Surtur lebte so, wie er seine Axt führte: schnell und geradenwegs auf sein Ziel aus.

Dunkelhaarig und finster thronte der Jarl auf seiner Bank am Kopfende des Raums. Seine Haut war trocken, und über seinen Augenbrauen leuchtete sie rot. Vor ihm stand der einzige Tisch in der Halle. Darauf lag ein umgestürzter Kelch aus Silber, dessen Inhalt sich über die Tischplatte ergossen hatte. Met tropfte über den Rand und bildete eine Pfütze. Zwei junge Männer flankierten Surtur. Sie schmiegten sich an die Pelze, die der Jarl übergeworfen hatte. Einer von ihnen küsste ihm das Hammelfett vom Mund.

Der Fürst erhob sich und stemmte die Fäuste auf die Tischplatte. »Alrik! Wo bist du so lange gewesen?« Es gehörte zu Surturs Eigenarten, seine Männer stets in Verlegenheit bringen zu wollen.

Alrik gab Sithric einen Wink. Sein Schwager zog sich aus der Mitte der Halle zurück und mischte sich unter die Gäste. Dann stellte sich Alrik zwischen zwei der tragenden Pfosten. Sie waren zu viereckigen Balken gezimmert und vom Boden bis zum Dach mit Schnitzereien verziert, Bildern der Sigurdsage, einer Geschichte, die Surtur so gut gefiel, dass er versuchte, sich selbst als Sigurds Nachkommen darzustellen. Alrik stützte sich mit einer Hand an einem der Balken ab. Unter seinen Fingern spürte er jene Szene, in der Sigurd von seinem Schiff aus versuchte, die Midgardschlange zu angeln. Das Untier zog so kräftig an der Angelschnur, dass Sigurds Fuß durch den Rumpf des Bootes brach.

»Ich habe dafür gesorgt, dass mein Jarl in Sicherheit ist, wenn er ein Fest feiert«, antwortete Alrik ruhig, »und die Schiffswachen neu eingeteilt, die betrunkenen Posten vor dem Dorf gegen nüchterne ausgetauscht und die Fackeln bei den Ställen gelöscht, damit der besinnungslose Pferdeknecht nicht in einem Inferno aus brennendem Stroh aufwachen muss, sondern noch lebt, um deine Strafe zu empfangen. Verzeih, dass ich mich verspätet habe!« Von seinem Handgelenk, das an dem Pfosten ruhte, zog er den Ärmel seines Gewandes zurück und entblößte drei Armreifen aus Gold und Silber. Schlangen gleich wanden sie sich um Alriks Fleisch und versuchten, das Spiel seiner Muskeln zu bändigen. Doch unter der Haut pulsierte das Leben, und es war nicht klar, wer das Ringen gewinnen würde: Muskeln oder Metall – Sinnbild für den Kampf zwischen dem Herrscher und dem Beherrschten.

Surtur warf nur einen flüchtigen Blick auf die Armreifen. Er selbst hatte sie Alrik vor einem Jahr geschenkt, nachdem sie gemeinsam von Lindisfarne zurückgekommen waren. Damals war Alrik zum obersten Kendtmann der Flotte Surturs ernannt worden. Heute sollte er noch einen Schritt weiter kommen.

»Alrik!«, brüllte Surtur, und von seinen Lippen sprühten Met und Speichel. Die Gespräche und Gesänge verstummten. »Ich habe gesehen, wie du ein Schiff fährst, das keine Segel und keine Männer mehr hat. Ich habe gehört, wie du unter den Schilden sangst, die vor dem Tor einer belagerten Stadt erhoben wurden. Ich habe gezählt, wie viele Feinde du in einer einzigen Schlacht getötet hast. Du bist der beste meiner Männer!«

Alrik senkte das Haupt.

»Aber bist du auch der treueste?«, fuhr Surtur fort. »Wenn ich dich mit Macht ausstatte, dienst du mir dann weiter, oder zerfleischen wir uns wie zwei Leitwölfe eines einzigen Rudels?«

Alrik hütete sich, Surtur gegenüber seine Loyalität zu beteuern. Augenblicklich hätte Surtur die Ausrede erkannt.

»Du schweigst. Also teilst du meine Bedenken.« Der Jarl schritt zu einer Wand und pflückte eine Axt aus einer Halterung. Zweimal zerteilte er prüfend die Luft mit kräftigen Schlägen. »Aber soll ich deshalb einen Kendtmann entbehren, wie du einer bist? Meine Feinde würden mich ebenso verspotten wie meine Untertanen! Deshalb schicke ich dich von hier fort. Du kennst das Reich Horviks?«

Und ob Alrik das kannte! Er selbst hatte es im Namen Surturs erobert. Zwei Jahre lang hatte er es überfallen, geplündert, verbrannt, bis Horvik dem letzten Angriff nichts mehr entgegenzusetzen hatte. Als Surtur in Horviks Halle hineinstolziert war, hatten Alriks Stiefel den alten Fürsten auf dem Boden festgenagelt. Alles, was Surtur noch hatte erledigen müssen, war, Horvik den dünnen Mund der Axt küssen zu lassen.

»Ja, du kennst es!«, übersetzte Surtur die Gedanken seines obersten Kendtmanns. »Ich gebe es dir. Aber du musst es nach meinen Vorstellungen verwalten. Als mein Vasall. Willst du das für mich tun, Alrik der Dulder?«

Wie gern hätte Alrik den Kopf geschüttelt und Surtur zu verstehen gegeben, dass sein Zuhause Snôrheim war, dass seine Freunde, seine Familie hier lebten und er lieber den verachtenswerten Strohtod im Bett sterben wollte, als seine Heimat zu verlassen. Doch diese Möglichkeit gab es nicht.

»Bei den zehntausend Toten der Brawallaschlacht! Ich werde dein Vasall sein«, sagte er und legte Eis in seine Stimme. Seine

Worte klangen draufgängerisch, doch er zitterte. Denn er wusste, was folgen würde.

Die Gäste johlten verhalten und schrammten mit den Bänken über die Podeste. Surtur näherte sich Alrik. Spielerisch drehte seine Rechte den Schaft der Axt.

»Dann zahlst du auch den Preis dafür?«, fragte er.

Alrik blickte in die Augen des schwarzen Jarls. Sie waren noch nicht trübe von Alkohol und gestillter Fresslust. Der Schlag mochte Surtur gelingen.

Kaum hatte Alrik genickt, hieb der Jarl die Axt in den Pfosten und durchtrennte die Hand des Kendtmanns. Er spürte keinen Schmerz, die Axt war scharf, der Schlag gut geführt. Dennoch gaben Alriks Knie nach, und er fand sich auf dem Boden wieder, zu Surturs Füßen. Ein Blick auf seine Hand verriet ihm, dass er zwei Finger verloren hatte. Surtur hatte seine Anhänger schon übler zugerichtet.

Gelächter erklang von den Bänken. Jemand stellte einen Eimer mit Schnee neben Alrik, und er steckte die Hand hinein. Die Kälte kämpfte gegen das Feuer, das sich in der Wunde auszubreiten begann. Der Inhalt des Eimers färbte sich rot.

Mit der gesunden Hand wischte sich Alrik den Rotz von der Nase. Der zweite Versuch, wieder aufzustehen, gelang. Doch Surtur war noch nicht zufrieden.

»Wie ich schon sagte: Du bist ein guter Kämpfer, ein noch besserer Kendtmann und ein kluger Stratege, Alrik. Es ist gleichgültig, ob du zehn Finger hast oder nur einen. Ich misstraue dir trotzdem.«

Was wollte Surtur denn noch? Alrik warf Sithric einen Blick zu. Über die Züge seines Schwagers schlängelten sich Sorgenfalten.

»Wenn du mein Vasall sein willst – und das willst du, wie du zugegeben hast –, brauche ich Sicherheiten. Etwas, das mir garantiert, dass du dich nicht plötzlich mit meinen Feinden verbündest, dass du meine Befehle achtest und mir Tribut zollst. Deshalb werde ich deine Söhne behalten. Ingvar und Bjor – so heißen sie doch. In meiner Halle werden sie leben und zu Kriegern erzogen werden. Und du wirst in der Ferne meinen Ruhm mehren und meinen Namen in die Häuser meiner Feinde tragen.«

Alriks Herz zog sich zusammen wie Leder in der Kälte. Surtur!, dachte er, Loki der Gerissene ist ein Dummkopf gegen dich. Langsam zog er die Finger aus dem Schnee und ließ den Eimer zu Boden fallen. Hättest du mir das gesagt, bevor du mich verstümmelt hast, hätte ich dich auf der Stelle getötet. Jetzt aber muss ich dir zustimmen. Jedenfalls glaubst du das.

Alrik sah zu Boden. Seine Gedanken schäumten. Niemals würde er Ingvar und Bjor einem Knabenschänder ausliefern!

»Kendtmann«, sagte Surtur. »Sag mir, dass du mir deine Kinder geben wirst.«

Schweigen senkte sich über die Halle wie der Schnee, wie die Zeit.

Alrik spürte das Blut aus seiner Hand rinnen. Er zog einen der Armreifen enger, um seine Adern zu schließen. Wie hätte er mit dieser Hand ein Schwert schwingen sollen? Noch dazu gegen einen wie Surtur?

»Nein«, sagte Alrik. »Meine Söhne bekommst du nicht.«

»Ich habe es gewusst«, rief Surtur zum Dach der Halle hinauf. »Kaum dass ich dich vom Halseisen befreie, gehst du mir an die Kehle.« Er warf Alrik die Axt vor die Füße. In der Klinge spiegelte sich der Schein des Feuers, und es schien, als würde die Waffe von innen heraus brennen. »Also zieht einer von uns heute Nacht in Walhall ein. Heb die Axt auf, oder ich erschlage dich wie ein Schwein.«

Alrik dachte an *Leichenschlinger*, sein bestes Schwert. Es

lehnte neben seinem Bett, denn es wäre ein Frevel gewesen, in der Halle des Jarls Waffen zu tragen. Aber selbst mit dem vertrauten Heft in der Hand wäre es ihm wohl kaum gelungen, Surtur zu bezwingen. Trotzdem bückte er sich nach der Axt, nahm sie mit der Linken auf. Diese Hand war es gewohnt, ein Schild zu halten und einen Feind damit zu schlagen. Aber die filigrane Arbeit einer Waffenhand hatte sie nie geübt.

Da stürzte sich jemand auf Surtur. Der Jarl schrie auf. In dem Knäuel, dass beide Männer auf dem Boden bildeten, leuchtete der gelbe Umhang Sithric Seidenbarts.

»Lauf, Alrik!«, rief Sithric. Eine Hand mit einem Dolch kam zwischen den Armen der Ringenden hervor. Auf den Podesten fielen polternd Bänke um, als die Gäste aufsprangen, um ihrem Anführer beizustehen.

Alrik schob den Gedanken beiseite, Sithric helfen zu wollen. Sein Schwager war bereits so gut wie tot. Aber Catla und die Jungen konnte er retten. Bevor Sithric überwältigt werden konnte, stürzte Alrik aus der Halle. Die verstümmelte Hand unter die Achsel geklemmt, rannte er an dem Opferpfahl vorbei. Einen Moment lang glaubte er, seine Familie daran angepflockt zu sehen. Doch die kalte Nachtluft klarte seinen Geist auf.

Das Dorf schwieg. Hinter einigen Fensterklappen schienen noch Lichter, der Geruch von brennendem Tran zog unter den Türen hindurch. Niemand begegnete dem einsamen Läufer auf dem Weg zu seinem Haus. Als Alrik die blutige Spur des Baugenfestes im Schnee bis zu seiner Tür verfolgt hatte, stellte er erleichtert fest, dass dahinter alles ruhig war. Surtur hatte keinen seiner Krieger vorausgeschickt.

Mit der gesunden Hand stieß Alrik die Tür auf. Catla saß auf dem Rand des Bettes und schob die Scheite im Feuer zurecht. Die Jungen waren, eingesunken im Stroh ihrer Holzkisten, eingeschlafen. Alrik sog den Anblick in sich auf. Er wusste, dass es lange dauern würde, bevor seine Familie wieder ein Dach über dem Kopf haben würde.

»Was ist geschehen?« Catla sprang auf und tastete nach seiner Hand, die er noch immer unter der Schulter verborgen hielt. Das rote Haar seiner Frau strich über seinen Arm.

»Die Kinder!«, stieß Alrik hervor. Erst jetzt bemerkte er, dass seine Kehle wie zugeschnürt war. »Wir müssen sofort verschwinden.«

Catla stellte keine Fragen. Schon hatte sie Ingvar aus der Kiste gehoben. Der Junge war klein und leicht. Mutter und Kind standen bereits in der Tür. Alrik warf seinem Schwert an der Wand einen sehnsuchtsvollen Blick zu. Doch er hatte nur eine Hand zur Verfügung und musste Bjor tragen, den massigen Jungen, den Catla schon als Säugling kaum hatte aufheben können.

Im nächsten Augenblick huschte die Familie in Richtung der Schiffe davon.

TEIL I

DAS EIS AUS DEM FEUER

Januar 828 n. Chr.

Kapitel 1

Rivo Alto, das Palatium des Dogen

ÜBER DER LAGUNE hing der Frosthauch des Januars. Die Hände des Dogen zitterten nicht nur vor Kälte, als er sich an den schweren Wollvorhang klammerte. Durch einen Spalt lugte er hinaus auf den Hof, auf das Meer der Gesichter. Von draußen strömte faulige Luft herein. »Was geschieht, wenn sie mich nicht wollen?« Er blickte hilfesuchend zurück in die Halle und wischte sich die glänzende Stirn.

»Nichts wird geschehen, Giustiniano«, sagte ein breit gebauter Mann mit einem Bart, so dünn wie ein Strich mit dem Federkiel. Ein Ausdruck von Argwohn verdarb seine Gesichtszüge. »Tretet endlich hinaus! Zeigt Euch dem Volk, damit es die Wahl bestätigen kann! Bei Euren Vorgängern war es ebenso.« Die übrigen sechs Tribunen in der großen Halle umringten die beiden Männer und nickten zu diesen Worten.

Aber der hochgewachsene Doge rührte sich nicht. Nur die Falten des Vorhangs bewegten sich, vom Zittern seiner bleichen Hände in Bewegung gesetzt. Der schwere Lederbesatz des Stoffes rutschte über den Mosaikboden. Draußen nahm das Raunen der Menge zu.

»Ihr lügt, Bonus«, sagte der Doge und schluckte schwer. »Meine Vorgänger sind allesamt tot. Sie wurden geblendet, hingerichtet oder ermordet. Weil das Volk sie nicht mochte. War es nicht so?«

Der Angesprochene schnaubte. »Wenn es die Wahrheit einfacher für Euch macht, vor Eure Untertanen zu treten: Ja, so war es. Aber für Euch, Giustiniano, wird es anders sein.«

Matelda hielt es nicht länger im hinteren Teil der Halle aus. Darauf bedacht, den nach Duftwasser riechenden Bonus nicht zu berühren, drängte sie sich an den versammelten Tribunen vorbei, hin zu ihrem Vater. Mit Mühe unterdrückte sie den Wunsch, ihm mit einer Umarmung Trost zu spenden. Doch das hätte sein Ansehen bei den Edelingen endgültig vernichtet – und ebenso sein Selbstvertrauen.

»Deine Vorgänger waren Schwächlinge«, sagte Matelda. »Einzig darauf bedacht, sich selbst zu bereichern. Aber du bist Giustiniano Partecipazio. Du wirst Rivo Alto zum Zentrum der Lagunenstädte machen und den Streit zwischen Franken und Byzantinern um unser Land beenden. Du wirst ihre Ansprüche tilgen, und dann werden wir frei sein, und unsere Schiffe werden Reichtümer aus fernen Ländern in die Lagune bringen. Geh hinaus und sage das deinen Untertanen. Sie werden dich lieben. So wie ich.«

Die Statur ihres Vaters straffte sich. »Du würdest einen besseren Dogen abgeben als ich, Matelda. Einen viel besseren.« Er seufzte. »Also gut. Ich will es versuchen.« Mit einem Ruck riss er den Vorhang beiseite und trat auf den schmalen Balkon hinaus.

Die Menge verstummte. Blicke aus vielen Hundert Augenpaaren trafen den Dogen, musterten den zipfeligen Corno auf seinem Kopf, die in gelbe Seide gehüllte schlanke Gestalt und die blaue Schärpe mit den Blumenornamenten um seine linke Schulter. Seinerseits schaute der Doge hinab auf die Menschen, die seine Untertanen sein sollten und zugleich seine Henker werden konnten.

»Die Hände!«, flüsterte Matelda hinter dem Vorhang. Giustiniano zeigte seine offenen Handflächen in der uralten Geste vollendeter Demut. »Sprich zu ihnen«, fuhr sie fort. »Erinnere dich an das, was ich dir soeben gesagt habe.« Doch bevor sie die Worte wiederholen konnte, fühlte sie sich am Arm gepackt und fortgezogen. Es war Bonus von Malamocco, der sich erdreistete, sie zu berühren. Als er sie losließ, schrie sie auf und trat nach ihm.

»Still, Mädchen!«, raunzte Bonus sie an. Auf seinem schwarzen Umhang blitzten silberne Stickereien – die Farben der Familie Malamocco. »Was glaubst du wohl, geschieht mit deinem Vater, wenn der Pöbel erfährt, dass ihm seine Tochter die Regierungsgeschäfte einflüstert?«

»Wenn Ihr wüsstet, was ich glaube, Tribun, würde es Euch den Schlaf kosten.« Vergebens suchte Matelda nach einem Weg um Bonus herum. Da begann ihr Vater auf dem Balkon zu sprechen.

»Menschen von Rivo Alto«, rief er, und seine Stimme bebte. Matelda schloss die Augen und formte die Worte, die nun zu folgen hatten: Diese Stadt wird zum Zentrum der Laguneninseln werden. Byzantiner, Franken und Langobarden werden nicht länger eure Herren sein.

Auf dem Balkon jedoch blieb es still. Was trieb ihr Vater da? Gewiss, er war schon immer ein furchtsamer Mann gewesen. Aber er hatte doch gewusst, dass dieser Moment auf ihn wartete: der Augenblick, sich dem Volk zu zeigen. Viele Male schon hatte diese traditionelle Konfrontation über Leben und Tod entschieden. Verharrte das Volk in Schweigen, so lehnte es den Dogen ab. Jubelte es hingegen, galt das neue Oberhaupt als akzeptiert. Triumph oder Untergang lag auf den Zungen von Salzsiedern und Fischern, von Küfern und Steinmetzen, Goldschmieden und Stellmachern. Als vom Balkon her die Stimme Giustinianos endlich erklang, ließen seine Worte Matelda zu Eis erstarren.

»Was kann ich für euch tun, meine Untertanen?«, fragte der Doge die Menschen im Hof. »Was immer es ist, ich werde dafür sorgen, dass ihr es erhalten werdet. Denn ich bin euer neuer Doge, und ihr sollt mich lieben.«

In der Halle erstarben die Gespräche. Bonus von Malamocco schaute Matelda aus aufgerissenen Augen an. Zwei der Tribunen eilten auf die Balkontür zu, verhielten jedoch den Schritt, denn zum Eingreifen war es zu spät. Vom Hof stieg ein Raunen empor. Dann löste Giustinianos Angebot der Menge die Zunge. »Erlass uns die Steuern!«, schrie jemand. »Hol Tomaso aus dem Kerker!«, ein anderer. Ein weiterer forderte einen Posten als Salzmeister. Mehrere verlangten nach äthiopischen Sklavinnen und dem Kopf des byzantinischen Kaisers. Der Einfall eines besonders Vorwitzigen, die Kanäle sollten einmal im Monat mit Wein gefüllt werden, brach höhnischem Gelächter Bahn.

Giustiniano blickte sich Hilfe suchend nach seiner Tochter um. Schon immer hatte ihr Vater sie an einen Vogel erinnert, doch stets war er ihr wie ein Raubvogel erschienen, ein König der Lüfte. Jetzt jedoch war er zu einem flügellahmen Sperling geschrumpft. Matelda ballte die Fäuste. »Lasst mich vorbei, bevor sie meinen Vater in der Lagune ersäufen«, zischte sie Bonus zu. Doch der Tribun schien sie nicht länger wahrzunehmen. Wie versteinert starrte er zum Balkon hinüber, dorthin, wo das Unglück der venetischen Politik seinen Lauf nahm.

Diesmal verbarg sich Matelda nicht hinter dem Vorhang. Sie trat neben ihren Vater auf den Balkon hinaus. Von der Menge drangen Pfiffe herauf. Lauthals äußerte eine von Alkohol schwere Stimme die Vermutung, der neue Doge wolle dem Volk seine Tochter schenken.

»Was tust du hier?«, fragte Giustiniano. »Bist du von den Geistern aller Heiligen verlassen?«

Da hellte sich Mateldas Miene auf. Mit der Eleganz der Lagunengeborenen winkte sie der Menge und warf ihr eine Kusshand zu. Weit beugte sie sich über die Brüstung und rief den Menschen ihrer Heimatstadt etwas zu.

»Einen Heiligen herbeischaffen? Ihr seid ja von Sinnen. Da hätten wir uns besser auf die nubischen Sklavinnen und die Kanäle voller Wein einlassen sollen.« Bonus quälte seine Stimme auf die Höhe eines Vogelschreis. Er war rot angelaufen, und eine Ader pulsierte auf seiner Stirn. Von Entsetzen getrieben war die Versammlung in den Ratssaal gerauscht, wo die Flaggen der Lagunenstädte die Wände schmückten und die Faltstühle aus Nussbaum und Fohlenleder darauf warteten, den Gesäßen der Edelinge zu schmeicheln. Doch die Erregung vertrieb die Tribunen immer wieder von ihren Plätzen und ließ sie umherwandern. Einzig der Doge verharrte auf seinem Sitz und stützte den Kopf in eine Hand. Matelda hatte sich hinter ihm aufgestellt. Sanft ruhten ihre Hände auf den Schultern ihres Vaters.

»Ihr irrt, Bonus«, sagte sie mit ruhiger Stimme. »Was ich den Venetern versprach, war keineswegs irgendein Heiliger, sondern ein ganz besonderer.«

»Der heilige Markus«, stöhnte Tribun Falieri, Oberhaupt einer der drei mächtigsten Familien der Lagunenstädte. »Warum musste es ausgerechnet der heilige Markus sein?«

»Weil er meinem Vater das Leben retten wird«, sagte Matelda. Als der Doge ihre Hand berührte, verstummte sie. Giustiniano erhob sich.

»Es ist so, wie ich es euch allen schon gesagt habe: Ich bin der Aufgabe des Dogats nicht gewachsen«, sagte er. »Dafür braucht es Männer, wie die Römer es waren. Ich aber bin nur ein Veneter. Es wird das Beste sein, wenn ich ins Exil gehe. Dann bleibe ich wenigstens am Leben. Jedenfalls für kurze Zeit.«

Einige der Tribunen sahen zu Boden. Bonus blickte aus dem

Fenster. Falieri sagte: »Das ist unmöglich. Jeder hier im Raum weiß das.«

»Euer Vater war Doge, nun sollt Ihr Doge sein«, warf Marcello von der Dynastie Oro ein. »Nur durch Euer Dogat, das zweite in Folge, wird der Titel des Dogen endlich erblich.«

Giustiniano winkte ab. »Ja, ja. Und der nächste Doge ist dann einer Eurer Söhne. Derjenige, der meine Tochter und damit den Titel heiratet – und ihn in seiner eigenen Familie weitervererbt.«

Schweigen lastete auf dem Saal. Vom Hof her waren noch immer die Rufe der Menge zu hören.

Noch einmal ergriff Bonus das Wort. »Es muss einen anderen Weg geben. Einen anderen Heiligen, den wir herbeischaffen können.«

Falieri schüttelte den Kopf. »Nein, Bonus. Ihr habt doch gehört, wie das Volk geschrien hat. Wie begeistert es war von der Ankündigung, unsere Inseln zur letzten Ruhestätte des heiligen Markus zu erheben. Wollt Ihr etwa zu den Leuten hinaustreten und sagen, dass sie zwar einen Heiligen bekommen werden, aber wir erst sehen müssen, auf welchen Märtyrer es derzeit einen Preisabschlag gibt?«

»Es wird der heilige Markus oder niemand!«, schaltete sich nun auch Severo ein, der Älteste der Gradenigo-Familie. Er zog einen mit Juwelen besetzten Dolch aus dem Gürtel und legte ihn in der Mitte des Saals auf den Boden. Das Metall klingelte. »Wer anderer Meinung ist, der gebe Giustiniano einen schnellen Tod. Eine andere Möglichkeit bleibt uns nicht.«

Bonus stieß die Tür mit so viel Wucht auf, dass die Flügel gegen die Wand krachten. Im Raum dahinter saß sein Zwillingsbruder an einem Tisch, einen schwarzen Federkiel in der Hand. Es roch nach feuchter Tinte. Immer wieder war Bonus davon fasziniert, wie ähnlich Rustico ihm war. Die Gewissheit, gleich zwei Plätze in der Welt einzunehmen, beruhigte ihn – jedenfalls geringfügig.

»Wie ist es gegangen?«, fragte Rustico. »Nicht so gut wie erhofft, scheint mir.« Er löschte die Tinte mit Sand ab, ließ den Federkiel in ein Loch in der Tischplatte fallen und lehnte sich zurück.

Bonus eroberte den Raum mit weiten Schritten, vorbei an den Wandteppichen voller bunter Chimären mit gezackten Zungen. Normalerweise bewunderte er die Pracht, mit der sich sein Bruder zu umgeben pflegte. Heute jedoch warf er keinen Blick darauf.

»Partecipazio ist als Doge anerkannt. Die Menge hat ihm zugejubelt.«

»Gut«, sagte Rustico und schürzte die Lippen. »Aber das erklärt deine Empörung nicht.«

Bonus schüttelte den Kopf, als er sich das Geschehen noch einmal vor Augen führte. »Um ein Haar wäre alles schiefgegangen. Dieser Doge ist der unpassendste Kerl für diese Aufgabe, den wir uns hätten aussuchen können. Aber wir brauchen ihn nun einmal.« Er stemmte beide Arme auf den Tisch und beugte sich zu seinem Bruder hinab. »Seine Tochter hat ihn gerettet.«

Ein Lächeln kräuselte die dehnbaren Lippen Rusticos. »Jene Tochter, die du zu heiraten gedenkst? Hat sie den Teufel beschworen, dass sie dich derart in Aufruhr versetzt?«

»Den Teufel? Wenn es nur der wäre! Die Gebeine des heiligen Markus hat sie dem Volk versprochen.« Er schlug mit der flachen Hand auf den Tisch. Rusticos Tintenfass fiel um, und eine schwarze Pfütze ergoss sich über das Schriftstück. Rustico verfolgte die Vernichtung seiner Arbeit mit einem Stirnrunzeln.

»Der heilige Markus, sagst du? Das ist klug. Sie ist ein heller Kopf. Du wirst wenig Freude an ihr haben, mein Guter.«

Bonus ließ sich auf eine Holzbank fallen. Das Möbel protestierte knirschend. Der Veneter antwortete mit einem Fluch, in dem die besten Teile des Papstes eine Rolle spielten.

»Ich verstehe deine Erregung nicht«, sagte Rustico und tupfte mit einem Tuch in dem kleinen Tintenmeer herum. »Partecipazio ist Doge. So wollten wir es doch. Jetzt wirst du die hübsche Matelda dazu bringen, dich zu heiraten. Oder …«, er blickte von seiner Beschäftigung auf, »oder hat sie dir schon einen Korb gegeben?«

Bonus verbiss sich eine Antwort. Was ging es seinen Bruder an, wie seine Bemühungen um Matelda vorangingen? Sollte er doch selbst versuchen, sie zu umgarnen. Stattdessen sagte er: »Du verstehst nichts, Bruder. Überhaupt nichts.« Es kam selten vor, dass er Rustico als Bruder titulierte. Dass er es jetzt tat, sollte dem anderen zeigen, dass die Zeit des Scherzens vorüber war.

Tatsächlich schien Rustico die Zeichen deuten zu können. Er erhob sich, zwängte sich zwischen Stuhl und Tisch hindurch und ließ sich neben Bonus auf der Bank nieder. Das Brett bog sich bis an die Grenze der Bedenklichkeit. »Dann erkläre mir alles. Bruder!«, sagte Rustico.

»Es ist unmöglich. Wie sollen wir diese Gebeine beschaffen? Der heilige Markus! Als wenn es nicht schon genug Versuche gegeben hätte, seiner habhaft zu werden!«

»Bitte! Der Reihe nach.«

»Zunächst einmal«, Bonus klappte mit der linken Hand einen Finger der rechten aus, »liegen die Reliquien des Markus in Alexandria, in Ägypten. Das Land aber ist nicht länger im Besitz von Byzanz, wie du weißt, sondern von den Sarazenen besetzt.«

Rustico nickte.

»Zweitens«. Ein weiterer Finger wuchs aus Bonus' rechter Faust. »Gehört das, was von der christlichen Gemeinde in Alexandria noch übrig ist, zur orthodoxen Kirche. Die Kopten werden uns wohl kaum ihren wichtigsten Heiligen einfach mir nichts, dir nichts überlassen.«

»Damit habe ich auch nicht gerechnet. Man müsste ihn stehlen.«

»Oh, nichts leichter als das!« Bonus ließ nun Finger auf Finger folgen. »Unbemerkt in den Hafen Alexandrias segeln. In die Kirche spazieren und den Leichnam mitnehmen. Zurück aufs Schiff und die Verfolger abhängen, auf einer dickbauchigen Dromone. Schau! Jetzt habe ich schon keine Finger mehr.«

»Und demnächst wohl auch keinen Kopf.«

»Was soll das heißen?« Aber Bonus wusste es bereits.

»Dass du selbst diese Aufgabe erledigen wirst.« Rustico legte eine joviale Hand in den Nacken seines Bruders.

»Ich? Aber ich bin Tribun in Rivo Alto. So etwas ist eine Aufgabe für … für …«

»Den Mann, der Doge sein wird. Denk nach! Giustiniano muss dem Volk den heiligen Markus bringen. Sonst setzen sie ihn wieder ab. Auf ihre eigenwillige, aber zugegebenermaßen wirksame Art.«

Bonus lächelte verkrampft.

Rustico fuhr fort: »Jeder der Tribunen will sich oder seinen Sohn mit Matelda vermählen. Aber wen wird sie erhören müssen? Denjenigen, der ihren Vater, das Dogat und damit den gesamten Plan rettet. Dich!«

»Pah!« Bonus musste sich zusammennehmen, um nicht vor Trotz auf den Teppich zu spucken. »Du hast sie wohl noch nicht näher kennengelernt, diese Schlange. Zugegeben«, er wiegte den Kopf, »sie ist eine Schönheit. Aber was habe ich davon, wenn mir die Araber die Eier abschneiden und mich auf einen Pfahl spießen?«

Die Hand seines Bruders griff fester zu. »Niemals würde ich von dir verlangen, dass du selbst in die Höhle des arabischen Löwen gehen sollst. Finde jemanden, der diese Aufgabe für dich erledigt. Sind die Reliquien erst einmal hier, werden alle dich lieben. Oder lieben müssen.«

Die Flocken sanken wie Daunen durch die Dämmerung. Auf dem gefrorenen Wasser des großen Kanals lag bereits Schnee, von Fußspuren gesprenkelt. In der Mitte hatten Salzmeister eine Fahrrinne entstehen lassen, durch die die letzten Fischer des Tages behäbig ihre Boote nach Hause stakten. Alles in dieser Stadt ist langsam, dachte Bonus, selbst die Schiffe. Eingehüllt in Zobelfell stand er unter dem Torbogen eines Lagerhauses und vermied es, in die Lichtinsel unter der kleinen Laterne zu treten. Niemand sollte beobachten, wie er seine Fäden spann.

»Es tut mir leid, Signore.« Hafenmeister Pietro studierte ein mit Kreide bekritzeltes Stück Holz mit mehr Kerben darin als Furchen in seinem Gesicht – die Schiffsliste von Rivo Alto. »Die schnellsten Schiffe, die ich in den letzten Monaten verzeichnet habe, waren die, deren Besatzung es eilig hatte, an Land zu kommen.« Die ausgemergelte Gestalt duckte sich, als erwarte sie Schläge.

Keine schlechte Idee, sagte sich Bonus. Vielleicht wärmt es mich etwas auf, wenn ich diesen Hanswurst mit den Fäusten bearbeitete. Er räusperte sich. »Dann denk dir etwas aus. Ich bin ein wichtiger Mann in dieser Stadt.« Und der nächste Doge, fügte er in Gedanken hinzu. »Wenn du mir hilfst, wirst du vielleicht Schiffsmeister meiner Familie.«

Die Augen des Hafenmeisters wuchsen. »Ich kenne Euch doch. Ihr seid Bonus von Malamocco.«

Unwillkürlich wich Bonus zurück in den Schatten. Wenn ihn der Hafenmeister erkannt hatte, mochte er anderen von dieser Begegnung erzählen. Und Gerüchte, das wusste jedes Kind der Lagune, machten in Rivo Alto schneller die Runde als das Wasser in den Kanälen.

»Gern will ich helfen, Signore«, fuhr der Hafenmeister jetzt fort. »Aber wie?«

Bonus seufzte. »Indem du zum Beispiel ein schnelles Schiff aus dem Trockendock holst, die Mannschaft aus dem Winterschlaf weckst und ihnen in ihre warmen Hintern trittst.«

Der Hafenmeister starrte ihn an. In seinem Blick gähnte Leere. Der Kerl schien ebenso festgefroren zu sein wie sein Verstand. Bonus fischte zwei Münzen aus seiner Börse und warf sie auf den Boden. Bevor sie aufgehört hatten, sich klingelnd zu drehen, stellte er einen Fuß darauf. Sein Gegenüber nagelte Bonus' Stiefel mit Blicken fest und krächzte: »Vielleicht in Ravenna.«

Jetzt war die Reihe an Bonus, den anderen anzustarren. Auf den Gedanken, in der verhassten Stadt im Süden nach Hilfe zu suchen, war er noch gar nicht gekommen. »Ravenna, sagst du? Was soll dort anders sein als hier bei uns?«

»Ich habe etwas gehört von einem fremden Schiff. Es bringt Eis dorthin.«

»Eis?«, echote Bonus. »Hier ist alles voller Eis. Weißt du, was es bedeutet, wenn man Eulen nach Athen trägt?«

»Braucht Ihr dafür das schnelle Schiff?«, fragte der Hafenmeister und rieb sich die rot gefrorenen Ohren.

Bonus ignorierte die Frage. »Was gibt es in Ravenna?«

»Die hohen Herren dort. Die sind ganz verrückt nach einer neuen Köstlichkeit aus Arabien.«

Bonus hatte davon gehört. »Du meinst Saccharum? Es heißt, sie stellen Süßspeisen damit her. Aus Sarazenenscheiße. Pfui Teufel!«

»Ihr habt recht, Tribun Bonus. Aber in den Schenken erzählen sich die Leute, für dieses süße Zeug sei Eis in großen Mengen notwendig. Eis, das man essen kann. Nicht diese gefrorene Jauche.« Er deutete auf die Kanäle.

»Was hat das mit einem schnellen Schiff zu tun?«

Die Blicke des Hafenmeisters lösten sich nur mühsam von dem Reichtum verheißenden Fuß des Tribunen. »Angeblich bringen sie es von Sizilien herauf. Vom Ätna.«

Da verstand Bonus. Ein Schiff, das Eis über eine solche Strecke bis nach Ravenna transportierte, bevor die Ladung schmolz, musste fliegen können. »Weißt du, wann dieses Schiff wieder in Ravenna anlegt?«

Über dem Hafenmeister quietschte die Laterne im Wind. »Nein. Niemand weiß das. Es erscheint plötzlich. Wie der Nebel. Und ebenso schnell ist es wieder verschwunden. Es hat den Kopf eines Drachen, und statt Segel hat es Flügel.«

Bonus verzichtete auf weitere Ammenmärchen. Rasch nahm er den Fuß von den Münzen und brachte den Hafenmeister damit zum Schweigen. »Und das sollte auch so bleiben«, murmelte Bonus. Als sich der Mann begierig nach seiner Belohnung bückte, zückte Bonus einen Dolch und stach ihm die Klinge in den Nacken.

Bald darauf trieb ein Leichnam im Dunkel der offenen Fahrrinne des Kanals. Ein Holzbrett tanzte hinter ihm her. Zwischen den Häusern der nächtlichen Lagunenstadt hallte das Stakkato sich rasch entfernender Schritte.

Kapitel 2

Sizilien, der Gipfel des Ätna

DER FELSBROCKEN BEWEGTE sich von selbst. Langsam rollte er durch den Schnee. So langsam, dass sein Fortkommen dem menschlichen Auge verborgen geblieben wäre, hätte er nicht eine sichtbare Spur in den Schnee gedrückt. Alrik hob eine Hand. Die kleine Gruppe blieb stehen.

»Warum hältst du an?«, fragte Ingvar neben ihm und wischte sich winzige Eiszapfen von der Nase.

Schweigend musterte Alrik die Flanken des Vulkans. Der Gipfel des Ätna war in Schnee gehüllt. Aus Spalten im Gestein quoll Dampf hervor, schwarzer Dampf, wie Alrik beunruhigt feststellte.

»Wenn wir uns nicht bald in Bewegung setzen, werden wir hier noch bis in die Nacht schuften, oder ich will einen Troll küssen«, sagte Ingvar.

»Pass auf, dass du diesmal das richtige Ende erwischst«, brummte Bjor. Der ältere von Alriks Söhnen hatte seine Kapuze abgestreift. In seinem langen Blondhaar spielte der Wind und warf ihm Strähnen ins Gesicht. An einer Hand zog der massige Nordmann die beiden Schlitten hinter sich her. Darauf waren robuste Kästen aus Holz gezimmert, so groß, dass sogar Bjor darin hätte liegen können. Noch waren die Kästen leer.

Unverwandt ließ Alrik den Blick über Grate und Felswände schweifen. Er kannte die Zeichen. Es war nicht das erste Mal, dass er dem Vulkan Eis abtrotzte. »Der Stein dort.« Er deutete auf das Phänomen. »Er rollt aufwärts.«

»Vielleicht ist es ein Tier«, warf Bjor ein.

Ingvar schnaubte. »Ich erschlage es mit der Axt. Dann wissen wir es.«

»Nein. Es ist der Berg. Er bebt«, fuhr Alrik fort. »Wir können es sehen. Bloß spüren können wir es nicht. Noch nicht.« Er pflückte die Handschuhe von den drei Fingern seiner Rechten, kniete sich in den Schnee und drückte die Hand hinein. Bevor die Kälte sein Fleisch betäubte, bemerkte er ein leichtes Vibrieren, dem Knurren eines Hundes ähnlich.

Er erhob sich und klopfte sich den Schnee von den Händen. »Der Vulkan erwacht. Uns bleibt nicht viel Zeit.«

Wenig später hatten die drei Männer einen kleinen Krater in der Flanke des Berges erreicht. Zwischen Geröll stieg Dampf hervor, kühlte in der Luft des sizilianischen Winters ab und senkte sich wieder auf das Gestein. Dem Berg war eine Fettschicht aus Eis gewachsen.

»Hier ist es gut.« Bjor kippte einen der Schlitten um. Klirrend fiel ein Bündel Eisenstangen in den Schnee. Ingvar verteilte die Werkzeuge.

»Wir hätten den Nubier und den Sarazenen mit hinaufnehmen sollen«, sagte Bjor. Atemwolken flogen vor seinem Mund auf.

»Damit sie von glühendem Gestein erschlagen und verbrannt werden?«, fragte Ingvar. »Dann wäre endlich Ruhe auf dem Schiff.«

»Und mit wem stehst du dann abends schweigend auf Deck, wie du es so gern tust, starrst ins Leere und lässt einen Furz?« Alrik setzte die Spitze einer Stange senkrecht auf das Eis, prüfte die Ausrichtung und nickte zufrieden. Mit der freien Hand löste er den Hammer von seinem Gürtel und drosch auf die Stange ein. Das Eis schrie auf.

Als die Sonne lange Schatten auf den Schnee malte, war Alrik in Schweiß gebadet. Ingvar und Bjor zeigten keinerlei Spuren von Erschöpfung. In den Schlittenkästen lagen zwei gewaltige Blöcke Eis.

Bjor klopfte darauf und grinste. »Gleich zwei. Von dem Geld werden wir der *Visundur* ein paar neue Riemen kaufen können. Und für unsere eigenen Riemen ein paar Weiber.«

»Noch ist das Eis nicht in Ravenna.« Alrik säuberte die Eisenstangen und klemmte sie in die Schlitten. Dann schälte er seine Handschuhe von den Fingern. Seine Hände waren von der beißenden Kälte geschwollen und schmerzten. Sie waren zweimal so groß wie sonst und leuchteten in aggressivem Rot. An einem Finger löste sich ein Nagel. Alrik biss ihn ab und spie ihn in den Schnee. »Und vom Berg sind wir auch noch nicht herunter.« Er hielt Ausschau nach dem wandernden Felsbrocken. »Seht!«, rief er.

Noch immer rollte der Stein aufwärts. Doch jetzt konnten sie die Bewegung mit bloßem Auge wahrnehmen. Sogar auf diese Entfernung.

Im nächsten Augenblick lag Alrik mit dem Gesicht im Schnee. Er stützte sich auf einen Ellenbogen, spuckte Schnee und zupfte sich seine langen grauen Haare aus dem Mund. Die Gesichter Bjors und Ingvars tauchten ebenfalls aus dem Weiß empor. Schnee rieselte ihnen von den Köpfen.

Ingvar kam als Erster auf die Beine. »Bei allen Sturm- und Hagelriesen! Was war das?«

Alrik stand auf und erwartete einen weiteren Erdstoß. Doch nichts geschah. »Auf die Schlitten mit euch. Wir verschwinden sofort.«

Ingvar und Bjor sahen ihn fragend an. »Auf die Schlitten? Was hast du vor?«

Da erklang ein Geräusch wie das Reißen von Leinenstoff.

Ein Krachen folgte, dann ein Bersten. Etwas pfiff durch die Luft und schlug zwei Mannslängen entfernt in den Schnee ein.

»Willst du etwa spazieren gehen, während dir der Berg Felsen auf den Kopf wirft?« Alrik musste die Stimme erheben, denn der Lärm ebbte nicht ab.

Erneut war das Pfeifen zu hören. Bjor zog den Kopf zwischen die Schultern. »Aber die Eisblöcke. Wir werden sie verlieren.«

»Das Eis ist viel zu schwer«, protestierte Ingvar. »Wir können nicht steuern.« Ein faustdicker Felsbrocken prallte neben ihm auf, und der hochspritzende Schnee sprenkelte seine hagere Gestalt. Ingvar sprang zurück.

»Na und? Es geht bergab. Das muss als Richtung genügen.« Alrik packte die jüngeren Männer bei den Kapuzen und zog sie zu den Schlitten. »Und jetzt los!« Es war nicht seine Kraft, der sie folgten, sondern sein Wille. Ich bin immer noch ihr Anführer, sagte er zu sich selbst. Und ihr Vater. Diese Gewissheit verlieh ihm Sicherheit, trotz der bedrohlichen Situation.

Während Bjor die Bremspflöcke herauszog und Ingvar den Sitz der Eisblöcke noch einmal überprüfte, musterte Alrik den Hang zu ihren Füßen. Der Gipfel des Ätna hatte nicht viele Grate und Schluchten. Über Jahrhunderte hatte der Vulkan hier seine Lava erbrochen und Unebenheiten mit heißem Gestein gefüllt. Vielleicht gelang es ihnen, bis zur Baumgrenze hinabzurutschen, ohne sich zu überschlagen oder von einem der Felsen getroffen zu werden, die jetzt immer dichter vom Himmel fielen.

Eine schwarze Wolke wehte an ihnen vorüber und nahm Alrik für einen Augenblick den Atem. Er hustete. Als sich der Qualm verzogen hatte, hatte er freien Blick auf den Abgrund, bis hinunter zum Meer. Dort erspähte er, klein wie eine Schneeflocke, die *Visundur*, ihr Drachenboot. Und da war noch etwas aufgetaucht. Alrik kniff die Augen unter den grauen buschigen Brauen zusammen. Vor der Küste, im tiefen Wasser, trieben weitere Schiffe. Er konnte die Farben ihrer Segel nicht erkennen. Aber es schienen Dromonen zu sein.

»Da unten wartet Besuch auf uns«, rief er und bückte sich, um die letzten Bremspflöcke aus dem Boden zu ziehen. Ein Hagel kleiner Steine prasselte vom Himmel herab gegen seine Schultern. »Wir wollen die Geduld unserer Gäste nicht auf die Probe stellen.« Als der Schlitten der Schwerkraft nachgab, sprangen die drei Nordmänner auf die Kufen.

Bonus lauschte den fernen Explosionen und sah schwarze Rauchfahnen aus der Flanke des Ätna aufsteigen. Vom Strand her konnte er nur Teile des Vulkans erkennen. Zwar war kein Lavastrom zu sehen, doch würde es das Beste sein, dass sie so rasch wie möglich von Siziliens Küste verschwanden. Die bösen Legenden, die sich um diesen Berg rankten, waren auch in Rivo Alto bekannt. Und Bonus hatte nicht vor, ihnen auf den Grund zu gehen. Überdies war Sizilien in der Hand der Araber, und wenn die Herren der Insel sein Schiff bemerkten, würden sie etwas damit anstellen, das einem Vulkanausbruch gewiss nahe kam.

Unter seinen Stiefeln knirschte der Sand. Angewidert verzog er das Gesicht. Das Geräusch reibender Sandkörner war ihm zuwider, fast bereitete es ihm körperliche Schmerzen. Deshalb versuchte er, sich so wenig wie möglich zu bewegen, während er nun beobachtete, wie seine Männer das merkwürdige Schiff besetzten.

Es dümpelte nur fünf Mannslängen vom Ufer entfernt im Wasser. Nie zuvor hatte Bonus etwas Ähnliches auf dem Meer schwimmen sehen. Dieses Schiff hatte kaum Tiefgang. Nur wenige Fuß ragte die Bordwand über dem Wasserspiegel auf. Bei starkem Seegang musste es volllaufen und sinken. Dennoch sollte es über die offene See fahren können. Noch dazu so schnell, dass es Eis vom Ätna nach Ravenna an der Adria bringen konnte, bevor dieses schmolz.

Eiligen Schrittes näherte sich Gisulf, der Kapitän der mächtigsten Dromone der Malamoccos. Gisulfs Stiefel mahlten im Sand. Bonus knirschte mit den Zähnen, versuchte aber, sich nichts anmerken zu lassen.

»Es scheint keine besondere Kunst oder gar Zauberei dahinterzustecken, Herr«, sagte Gisulf. Er kratzte sich den borstigen Schopf und verzog das Gesicht. »Aber etwas an diesem Schiff ist anders. Anders, als ich es je zuvor gesehen habe.«

»Natürlich ist es das«, stieß Bonus hervor. »Warum glaubst du, bin ich ihm bis nach Sizilien gefolgt und habe seine Mannschaft gefangen nehmen lassen?«

Er schaute zu den etwa zwanzig Gestalten herüber, die von seinen Männern mit Lanzen bedroht wurden. Fremdartige Hochgewachsene waren darunter, ein Zwerg mit einem langen roten Bart, ein Dunkelhäutiger, ebenso ein Araber und zwei Langobarden, die er an ihrer Kleidung erkannte. Bonus glaubte, die Flüche eines Byzantiners zu hören, und einer trug das Haar nach Art der fränkischen Edelinge. Wer hatte diese Besatzung zusammengewürfelt? Die Männer sahen aus wie die Ware eines Sklavenschiffs.

Gisulf zertrat eine Krabbe im Sand. Das Geräusch ließ eiskaltes Wasser über Bonus' Rücken rinnen. »Können deine Seeleute damit umgehen?«, presste er hervor.

»Mit diesem Schiff? Es scheint recht simpel gebaut. Nur ein einfaches Segel und jede Menge Riemen. Wir könnten sofort in See stechen.«

Bonus atmete auf. Damit war es in seiner Hand: das Schiff,

das fuhr wie der Wind. Dem Heiligenraub in Alexandria stand nichts mehr im Wege. Und seiner Karriere als Doge der Lagunenstädte ebenso wenig. Matelda war eine reizvolle Dreingabe. Er würde sie sich mit seinem Bruder teilen.

»Was soll mit der Mannschaft geschehen?«, fragte Gisulf.

»Tötet sie! Ihr seid in der Überzahl.«

»Wir haben keine Bogenschützen, Herr. Und im Kampf Mann gegen Mann könnten die Fremden einige unserer Leute verletzen.« Er zögerte und sagte dann leiser: »Aber es ist Eure Entscheidung.«

Bonus stöhnte auf. Er wedelte mit der Hand. »Töte sie halt irgendwie. Auf ein paar Mann mehr oder weniger in unseren Reihen kommt es nicht an. Gewährleiste mir nur, dass niemand diesem Schiff Schaden zufügt.« Darum bemüht, das schreckliche Knirschen nicht hervorzurufen, schritt Bonus langsam über den Sand auf das Schiff zu und watete in die Brandung hinein.

Als er seine Beute erreichte, schwappten die Wogen gegen seinen Bauch. Neugierig streckte er den Hals und musterte das Innere. Es war so, wie Gisulf gesagt hatte: Kein geheimer Antrieb war zu sehen. Nur Ruderbänke, Riemen, ein paar Proviantfässer und die Habseligkeiten der Mannschaft. Ein Mast mit einem Großbaum lag in der Mitte. Daneben ein zusammengerolltes Segel aus wollenem Tuch. Wie es schien, ließ der Mast sich aufstellen, wenn die Winde günstig waren. War das nicht der Fall, ruderte stattdessen die Mannschaft. Ein einfaches Prinzip. Aber das kannten schon die Römer. Wo lag das Geheimnis dieser Konstruktion? Gedankenverloren strich Bonus über das Dollbord. Dem bunt bemalten Holz war eine grüne Schicht gewachsen, die nun an seinen Händen klebte.

Etwas traf ihn am Kopf. Er taumelte und musste sich an einem der Riemen festhalten, um nicht ins Wasser zu stürzen.

»Nimm die Finger von meinem Schiff, Qualle!«, dröhnte eine

Stimme in seinem Rücken. Bonus tastete nach seinem Kopf. Drei Männer näherten sich eiligen Schrittes dem Strand. Der Vordere war hochgewachsen, ein grauer Bart verlängerte sein schmales Gesicht. Unter den zottigen Brauen glitzerten Augen wie Bergwasser, das über einen Stein fließt. Ihm folgte ein noch größerer Kerl, dem das blonde Langhaar bis auf die Schultern hing. Ein kurzer Bart umrahmte die vollen Lippen. Der Dritte war im Vergleich zu seinen Kumpanen klein. Seinen Schädel zierte schwarzes Haar, das zu kurzen Zöpfen geflochten war. Ein Mann mit Zöpfen? Wer waren diese Kerle? Und warum waren ihre Gesichter schwarz von Ruß? Bonus bellte Befehle, und fünf seiner Lanzenträger stellten sich den drei Fremden in den Weg.

Für das, was dann geschah, hatte Bonus später nur eine Erklärung: Der Irrsinn musste diesen Männern den Geist versengt haben. Ohne sich im Mindesten um die Lanzen zu scheren, eilte der Graubärtige auf die venetischen Krieger zu. Derweil warf der Zopfträger Steine nach den Wachen. Mit einer Hand hielt er einen Vorrat an Geschossen gegen seinen Bauch gepresst. Er musste sie zuvor aufgesammelt haben. Jetzt wusste Bonus auch, was ihn am Kopf getroffen hatte. Seinen Kriegern erging es nicht besser. Sie duckten sich unter einem Hagel faustgroßer Brocken und waren lange genug abgelenkt, damit der Grauhaarige die Lanzen beiseitestoßen und zwischen den Wachen hindurchkommen konnte. Da walzte er auch schon durch die Brandung und packte Bonus' besticktes Seidenwams.

Mit einem Ruck fühlte sich der Tribun emporgerissen. Er verlor den Boden unter den Füßen. Im nächsten Moment tauchte sein Kopf ins Wasser. Ihm verging der Atem. Schon wurde er wieder hochgezogen, Mund und Augen gefüllt mit Meer. In seinem verschwommenen Blick waberte ein Gesicht.

»Einmal noch berührst du die *Visundur*, und die Fische werden in deinen Augenhöhlen ihren Laich ablegen.« Die Stimme des Fremden war nur ein Flüstern. Sein Griechisch klang hart, wie abgehackt. Die Worte aber waren deutlich zu verstehen.

Der Fremde sagte noch etwas, aber in Bonus' Ohren rauschte das Wasser, und in seinen Gedanken raste der Zorn. Mit der flachen Hand schlug er dem Graubart ins Gesicht. Augenblicklich wurde sein Kopf wieder unter Wasser gedrückt. Diesmal presste sein Gegner ein Knie auf Bonus' Brust, und er kam nicht wieder an die Oberfläche. Vergeblich versuchte er, sich zu befreien. Doch ebenso gut hätte er versuchen können, den Ätna beiseitezuschieben. Dann wurde er wieder hochgerissen. Das Wasser in seinem Mund schluckte er hinunter. Husten schüttelte ihn. Noch immer klammerten sich die Fäuste in seine Kleider.

Wo blieben nur Gisulfs Männer?

»Was willst du?«, krächzte Bonus, in der Hoffnung, Zeit zu gewinnen. Das Salz in seinem Schlund erregte einen kapitalen Brechreiz.

»Lass meine Mannschaft frei.« Aus dem Bart des Fremden regnete Salzwasser herab. Seine Augen sprühten Funken.

Bonus wandte den Kopf. Da standen sie unschlüssig am Strand, Gisulf und seine Leute. Sie duckten sich unter einem Hagel von Wurfgeschossen, denn nun hatte auch die gefangene Mannschaft damit begonnen, Steine aufzuklauben und damit nach den Venetern zu werfen. Einige wichen aus, andere rannten auf die Besatzung zu, die gezückten Schwerter in der erhobenen Faust. Aber ihre Opfer liefen einfach davon, während von allen Seiten weitere Steine auf die Bewaffneten niedergingen, und sie sich schließlich wieder zurückziehen mussten. Schon waren die Gesichter der Veneter mit Striemen gezeichnet. Diejenigen, die Schilde trugen, hoben sie über ihre Köpfe, so als kämpften sie gegen Riesen.

Bonus tobte. Beim nächsten Mal, schwor er sich, werde ich Bogenschützen mitnehmen.

✳

Der Bug des Drachenschiffs schnitt durch die Wellen, und die Gischt flog um den Steven. Die *Visundur* knarrte. Alrik genoss den Seewind in seinem Haar, das Beben der Planken unter seinen Füßen, das Krächzen der Raben in den Käfigen und den heiseren Gesang der Mannschaft in seinen Ohren. Nirgendwo auf der Welt gab es etwas Belebenderes, als auf einem starken Schiff die Wellen zu teilen – weder im Norden, wo der Frost Eiszapfen an die Rah hing, noch im Osten oder Süden, wo die Meere warm waren.

Mit beiden Händen hielt Alrik die Ruderpinne fest. Vor ihm saßen die Männer auf den Bänken und legten sich in die Riemen. Zwei Dutzend Rücken bogen sich wie einer, doppelt so viele Hände umklammerten die Holzstangen, und über den Köpfen wartete das Wollsegel darauf, mit Wind gefüllt zu werden. Alrik hatte den Stoff eigenhändig mit roten Streifen gefärbt, und die Möwen schmückten ihn mit Arabesken.

Die beiden Eisblöcke lagen mittschiffs, von den Schlittenkästen vor der Sonne geschützt. Darunter lief eine kleine Lache hervor und vermischte sich mit dem Wasser, das über die Bordwand ins Boot spritzte. Noch war die Schmelzpfütze klein. Bald aber würde sie größer werden, und die Mannschaft würde sich sputen müssen, wenn sie die Beute rechtzeitig in Ravenna abliefern wollte. Das Zwischenspiel am Strand hatte Zeit gekostet.

Der schwere Kerl, der versucht hatte, die *Visundur* zu stehlen, hockte neben einem Fass mit Frischwasser. Seine teuren Kleider hingen nass und schlapp an ihm herab. Seine weichen Hände waren vor seinem Bauch zusammengebunden. »Ein paar Tage an den Riemen würden dir guttun«, rief Alrik ihm zu. »Aber ich dulde keine Ratten auf meinem Schiff.« Ohne das Ruder loszulassen, zückte Alrik den Dolch, den er dem Gefangenen abgenommen hatte. Er untersuchte die Waffe. Über die Klinge liefen die Wellen damaszierten Eisens. Edelsteine funkelten im Griff. Alrik steckte sich den Dolch in den Mund und kaute darauf herum. Eine nach der anderen nagte er die Juwelen aus den Fassungen, spie sie in seine Hand und ließ sie in seinem feucht glänzenden Lederwams verschwinden. Dann streckte er die Klinge mit der Spitze voran dem Gefangenen entgegen.

Dessen Gesicht wurde fahl. Mit Verachtung blickte Alrik auf die bebenden Lippen des Mannes. Dann schnitt er die Hanfseile durch, die, sterbenden Schlangen gleich, zu Boden fielen. Den Dolch warf er über Bord.

»Wie ist dein Name?«, fragte Alrik und pulte einen Rubin zwischen den Zähnen hervor.

»Bonus«, kam die Antwort. »Bonus von Malamocco.«

»Warum wolltest du unser Schiff stehlen?«

Bonus schnaubte verächtlich. »Ich wollte es nicht stehlen, sondern dir einen guten Preis dafür bieten.«

»Dafür musstest du meine Mannschaft gefangen setzen? Ich verstehe.« Alrik blickte über seine Schulter nach Westen. Dort hing die Sonne über dem Horizont. Die drei Dromonen waren zu winzigen Punkten zusammengeschrumpft.

»Du kannst jetzt gehen, Bonus«, fuhr Alrik fort.

»Wollt ihr mich hier an Land setzen?«, fragte der Gefangene. Er suchte den Horizont ab.

»Siehst du denn eine Küste?«

»Nein. Aber es lässt sich doch bestimmt eine erreichen.«

Alrik strich sich den Bart glatt. »Kaum schenke ich dir das

41

Leben, schon bist du Kapitän dieses Schiffs. Du musst entweder der Sohn eines Gottes sein oder der des Größenwahns.«

»Wessen Sohn ich bin, werdet ihr schon bald herausfinden«, rief Bonus. »Ich bin ein Edeling aus Rivo Alto und werde bald der mächtigste Mann an der Adria sein. Und du bist nur ein«, er fischte nach Worten, »ein Eispirat. Bald wirst du die Peitsche zu schmecken bekommen.«

»Zuvor werden die Haie etwas zu schmecken bekommen. Bjor! Wirf den Hoflecker über Bord!«

Der blonde Hüne wuchs aus den Reihen der Ruderer empor und sprang behände auf Bonus zu. »Mit dem da die Fische füttern?«, fragte Bjor, fasste Bonus mit seinen Ruderfingern in den Schritt und packte seinen Kragen. Während er den um sich Schlagenden zur Bordwand zog, keuchte er: »Hoffentlich wird den armen Tieren nicht schlecht.« Dann schleuderte er das Bündel, zu dem sich Bonus von Malamocco zusammengekrümmt hatte, über Bord.

»Hoffentlich sehen wir den nicht wieder«, sagte Bjor und wischte sich die Finger an seinen geschnürten Wollhosen ab.

»Das hoffe ich auch«, stimmte Alrik zu. Aber als er zurückblickte und den Kopf auf den Wellen tanzen sah, ahnte er, dass er Bonus von Malamocco nicht zum letzten Mal begegnet war.

Gisulf brachte trockene Tücher und einen Becher Wein. Bonus griff danach und wollte beides ins Meer schleudern. Aber die Bordwand der Dromone war zu hoch. Das Tuch blieb hängen und wehte über das Deck. Der Wein spritzte gegen den Deckaufbau.

»Was soll das?«, keifte Bonus. »Wischlappen und Seemanns-

42

pisse! Bring mir richtigen Wein und ein Tuch, das es verdient hat, meinen Körper zu berühren.«

Gesenkten Blickes schlich Gisulf davon. Wütend trat Bonus mit dem Fuß auf. Ein saugendes Geräusch drang aus seinem Stiefel. Noch immer lief das Meerwasser aus seinen Kleidern, brannte in seinen Augen und verstopfte seine Ohren. Immerhin waren seine Schiffe schneller bei ihm gewesen als die Haie. Zwar hatte Gisulf ihn beruhigen wollen und behauptet, in diesen Regionen gebe es die Meeresräuber überhaupt nicht. Doch davon wollte Bonus nichts wissen. Mit knapper Not war er dem Tod entronnen. Daran gab es nichts zu beschönigen. Wenn er erst wieder in Rivo Alto war, würde er seine Begegnung mit einem Hai zum Gespräch der Stadt machen. Damit mochte er immerhin einen kleinen Vorteil aus dieser unglücklichen Episode schlagen.

Gisulf kam mit einem neuen Tuch zurück. Es war so weiß wie Walbein. Nur Gott wusste, wo er den Stoff aufgetrieben haben mochte. Bonus riss ihn dem Kapitän aus der Hand und tupfte sich die Haare trocken. Der Seewind zog kalt über seine Kopfhaut.

»Besseren Wein haben wir nicht an Bord. Verzeiht, Herr.«

Bonus grunzte unter dem Tuch hervor und reckte Gisulf die Stiefel entgegen, damit dieser ihn von dem nassen Leder befreite. Obwohl das ein Sklavendienst war, folgte der Kapitän der Aufforderung widerspruchslos.

»Woher, glaubst du, kamen diese Männer?«

Gisulf schüttelte den ersten Stiefel aus. Wasser rann aus dem Schaft. »Einer war ein Araber, aus Sizilien vielleicht. Die anderen …«

Bonus unterbrach ihn. »Ich weiß selbst, woher Sarazenen, Franken und Langobarden kommen. Ich frage nach diesen hochgewachsenen Seeleuten, denen das Schiff offenbar gehört.

Sie sind mit zwei riesigen Eisblöcken von einem ausbrechenden Vulkan heruntergekommen und haben unsere Leute waffenlos bezwungen. Das ist der Stoff, aus dem Lagerfeuergeschichten gesponnen werden. Nur würden wir darin als Schneckenhirne auftauchen.«

Gisulf stopfte Stroh in Bonus' Stiefel und stellte sie ins Sonnenlicht. Dann strich er sich über die Haare. »Es gehen Gerüchte über Krieger aus dem Norden. Sie sollen Riesen sein. Entlang der Flüsse im Frankenreich tauchen ihre Schiffe auf wie aus dem Nichts. Wenn sie wieder verschwinden, nach wenigen Augenblicken, sind Dörfer und Klöster an den Ufern verwüstet und geplündert. So schnell sollen sie herankommen, dass den Angegriffenen keine Zeit bleibt, eine Gegenwehr zu organisieren.«

»Du glaubst, eines dieser Schiffe hat sich ins Mare Nostrum verirrt?« Bonus fühlte seine Wut verrauchen. Dieser Kapitän war vielleicht doch zu etwas zu gebrauchen.

»Das weiß ich nicht, Herr. Von Überfällen an unseren Küsten habe ich noch nichts gehört. Aber ebenso wenig habe ich jemals ein Schiff wie dieses gesehen. Sein Tiefgang war so gering, dass es bis an die Küste herangefahren werden konnte, fast bis in die Brandung hinein.«

Bonus nickte. »Ist dir aufgefallen, wie sie ablegten?«

Gisulf beugte sich zu Bonus hinunter und flüsterte mit verschwörerischer Stimme: »Sie mussten das Schiff nicht wenden. Sein Heck ist das Ebenbild seines Bugs. Nur die Ruderer müssen sich auf den Bänken umdrehen. Schon fährt es in die entgegengesetzte Richtung.«

Bonus legte eine Hand ans Kinn und tippte mit dem Zeigefinger gegen die Lippen. »Du hast natürlich versucht, diese *Visundur* einzuholen.«

»Wie ich schon sagte: Bevor wir in den Booten waren und

die Dromonen bemannt hatten, war das Schiff schon in den Wellentälern der offenen See verschwunden.«

Bonus suchte den Horizont ab. Das Schiff war nirgendwo zu sehen. Trotz seiner Demütigung fühlte er sich mit einem Mal am Ziel. »Tatsächlich, es scheint verschwunden zu sein. Aber ich glaube, ich weiß, wo es wieder auftauchen wird.« Bonus nickte, in Gedanken versunken, dann sagte er: »Kapitän Gisulf, nimm Kurs auf Ravenna. Versprich den Ruderern ein Stück Bruchsilber, wenn wir morgen zur Mittagsstunde dort eintreffen.« Zuversichtlich begann er, sich aus seinen nassen Kleidern zu schälen.

Kapitel 3

Ravenna, der Hafen

ALRIK GAB DAS ZEICHEN, und der zweite Eisblock krachte auf den Boden des Lagerhauses. Stöhnend schoben sich Bjor und Ingvar die nassen Riemen von den Schultern und zogen sie unter dem Block hervor. Das Leder sirrte.

Die Kälte ließ das Holz der Halle knacken. Vor den beiden Eisblöcken stand ein Ravennese in einem Mantel aus grau glänzendem Biberfell. Der Pelz war von Mottenlöchern durchsiebt und roch nach Taverne. Die Augen des Mannes waren stumpf und rot. Er schüttelte den Kopf.

»Das ist viel weniger Eis als beim letzten Mal«, sagte er.

»Wenn du noch lange mit mir handelst, Leudegiesel, wird gar nichts mehr übrig sein«, erwiderte Alrik. Jedes Mal war es dasselbe. Diese Ravennesen bildeten sich ein, gute Geschäftsleute abzugeben, dabei waren ihre Verhandlungen nichts weiter als Gebelfer und Silbenstecherei.

»Wo seid ihr so lange geblieben? Schon seit Sonnenaufgang warten meine Männer auf die Lieferung.« Leudegiesel deutete mit einem Daumen hinter sich. Vor zwei Zubern standen vier Bärtige mit Lederschürzen vor dem Bauch. Gegen die Holzwannen waren Leinensäcke gelehnt. Aus einem quoll eine braune Masse hervor.

»Ist das dieses süße Zeug, von dem sie alle reden?«, wollte Ingvar wissen. Ohne dem Widerspruch Leudegiesels Gehör zu schenken, schritt er auf die Säcke zu, nahm eine Faustvoll von der Masse auf und steckte sie sich in den Mund.

»Wir wurden aufgehalten«, entgegnete Alrik. »Aber meine

Männer sind gerudert, als wären die Reiffriesen hinter ihnen her. Wir haben die Zeit fast aufgeholt.« Im Hintergrund spie und fluchte Ingvar.

»›Fast aufgeholt‹ genügt mir nicht.« Der Kaufmann nestelte einen Lederbeutel aus den Falten seines Pelzes hervor und wog ihn in der Hand. Das Geräusch aneinanderreibender Münzen klang daraus hervor. »Das Eis ist für den Fürsten bestimmt. Vermischt mit dem Saccharum soll es am Abend der Höhepunkt der Tafelfreuden bei der Jahreswendfeier sein. Allerdings werden wir kaum rechtzeitig mit der Verarbeitung fertig werden. Zwei Köche musste ich zusätzlich anheuern, um eure Verspätung auszugleichen. Dafür werdet ihr aufkommen müssen.« Er zupfte an der kleinen Kordel, die den Beutel verschlossen hielt, und schüttete Münzen auf seinen Handteller, als wären es rohe Eier. Dann legte er drei wieder in den Beutel zurück, hielt Alrik fünf entgegen und untermalte die Geste mit einem gönnerhaften »Da!«

Wie gern hätte Alrik die Hand beiseitegeschlagen und dieser Vogelscheuche den Mund mit Eis gestopft! Aber er hatte eine Mannschaft zu versorgen, und der Handel mit Ravenna blühte. Hier half nur die Sprache der Kaufleute weiter.

»Das genügt nicht«, protestierte Alrik. »Wenn Ihr uns nicht anständig entlohnt, werden wir uns andere Abnehmer für das Eis suchen.«

»Dann werde ich jemand anderen finden, der es nach Ravenna bringt«, entgegnete Leudegiesel.

»Unsinn!«, stieß Alrik hervor. »Niemand sonst auf diesem warmen Meer ist schnell genug, um Eis von einem Vulkan in den Mund eines ravennesischen Edelings zu bringen. Niemand außer der *Visundur* und ihrer Besatzung.«

»He! Du hörst besser auf unseren Vater«, mischte sich jetzt Bjor ein und ging einen Schritt auf den Kaufmann zu. Der wich erschrocken zurück. Alrik legte Bjor eine Hand auf die vom Eis noch kalte Brust. »Richtig, Bjor. Aber vielleicht hat unser Freund noch eine Dreingabe für uns.«

Leudegiesel schaute den blonden Riesen aus großen Augen an. »Auch wenn ihr mir droht. Mehr als fünf zahle ich nicht.« Unter seinem braunen Bart hüpfte hektisch der Adamsapfel.

»Also gut, bei Wara, der Hüterin der Verträge! Das Geschäft gilt. Jedenfalls dieses Mal. Aber du wirst uns mit einem Gefallen aushelfen. Schließlich sind wir Geschäftsfreunde.«

Leudegiesel versuchte, den Alkohol der vergangenen Nacht fortzublinzeln. »Für Gefallen habe ich keine Zeit. Ihr seht doch, dass das Eis schmilzt.« Ungeduldig winkte er die Köche herbei. Die Männer kamen und zerrten die Quader davon. Der Weg der Blöcke, der auf den Hängen eines ausbrechenden Vulkans begonnen hatte, endete in den Holzzubern.

»Es kostet dich nur die Zeit eines Zungenschlags«, sagte Alrik. »Ich suche nach einer Auskunft.«

»Also gut. Um unserer guten Geschäfte willen. Worum geht es?«, fragte der Händler.

»Bonus von Malamocco«, sagte Alrik. »Hast du diesen Namen schon einmal gehört?«

Und während die Köche das Eis zerhackten und zusammen mit der Masse in den Zubern verrührten, berichtete der ravennesische Kaufmann von einer seltsamen Stadt die Küste hinauf im Norden – von einer Stadt, die auf dem Wasser schwamm.

Die *Visundur* dümpelte im Hafen von Ravenna, und ein Schneetreiben ging über sie hinweg. Von der Adria her blies ein kalter Wind. Während sie das Frischwasser auffüllten und den Pökelfisch einluden, hatten sich einige der Männer schwere Wolldecken über die Schultern gelegt. Auch die Käfige der Raben waren mit Wolltüchern vor dem eisigen Wind geschützt.

Vor allem Djamil, der kleine Araber, zitterte merklich. Dennoch lehnte er beharrlich den Krug mit Kürbisschnaps ab, der rundging. Trotz des Frostes hatte kein Einziger der Männer in eine Taverne ziehen wollen. Noch saß der Schreck, die *Visundur* fast verloren zu haben, tief.

Immer wieder hieb Alrik die Faust in die offene Handfläche. Das Klatschen vermischte sich mit dem Schlagen des Hafenwassers gegen die Molen. »Wie konnte das geschehen? Um ein Haar hätten sie euch das Schiff unter dem Arsch weggerissen.«

»Was hätten wir denn tun sollen?«, fragte Kilian der Franke. Trotzig hatte er das eckige Kinn vorgereckt. Unter seinem Spangenhelm lugten braune Locken hervor. »Du selbst warst es doch, der uns verboten hat, Waffen zu tragen.«

Alrik breitete die Arme aus. »Ich trage ebenfalls keine. Hat mich das etwa davon abgehalten, das Schiff zurückzuerobern?«

Kilian reckte sein Kinn höher. »Nur dank unserer Hilfe.«

»Kilian hat recht«, stimmte Ingvar ein. »Ohne Waffen sind wir so hilflos wie der König von Dänemark.«

Die Mannschaft lachte. Alriks Miene aber verfinsterte sich. »Wenn ihr Waffen tragen wollt, heuert auf einem Kriegsschiff an. Wir sind Händler, friedliche Kaufleute. Unsere Waffe ist unser Schiff, und damit sind wir mächtiger als jeder stinkende Franke.«

Kilian, der als Knabe aus dem Reich der Franken in die Sklaverei verschleppt worden war, biss sich auf die Lippen.

»Deine Befehle wechseln wie das Wetter, Alrik«, begann Kilian von Neuem. Er verschränkte die Arme vor der Brust. »Vor einem Jahr noch haben wir die Leibwache des byzantinischen Kaisers gestellt. Wir haben den Bulgaren kalten Stahl in die Ärsche gerammt. Das hat uns nicht geschadet. Und mit einem Mal willst du Frieden predigen?«

»Bestimmt hat ihm dieser Christengott ins Hirn gespuckt«,

sagte Ingvar und ließ seinen Worten eine Ladung Speichel folgen.

Alrik schüttelte den Kopf. »Ihr seid zwar dumm wie Bienenwachs, aber selbst ihr wisst genau, warum wir dem Stahl abgeschworen haben. Unsere Schwerter haben uns nur den Tod gebracht. Einst fuhren Nordmänner auf diesem Schiff, jeder von ihnen trug eine Axt in der Hand, manche sogar zwei. Seht her: Nur Stein, Grid und Magnus sind übrig geblieben. Aber euch achte ich heute ebenso wie zuvor meine Landsleute. Als wir Konstantinopel verlassen mussten, seid ihr mir aus freien Stücken gefolgt. Oder habe ich einen von euch gezwungen, mit mir zu kommen und Kauffahrer zu werden?«

Einige schüttelten kaum merklich die Köpfe. Nach einer Weile senkte Kilian das Kinn und nagelte seinen Blick auf dem Deck fest.

»Jeder von euch ist ein freier Mann. Ihr könnt gehen, wohin ihr wollt. Aber auf dem Schiff, auf dem ich Kendtmann bin, gelten meine Regeln.« Die Mannschaft antwortete mit Schweigen. Selbst Ingvar und Bjor hielten den Mund. Stets waren seine Söhne die Ersten, wenn es darum ging, den alten Leitwolf infrage zu stellen. Eines Tages, das wusste Alrik, würden sie ihn von seiner Position verdrängen. Aber dieser Tag war noch nicht gekommen.

Die Stille der Erinnerung legte sich auf die Mannschaft, und der Schnee schwebte auf das Schiff, so wie die Zeit auf die Welt fällt und allmählich alles unter sich begräbt, was gewesen ist.

Alrik hustete. Doch das genügte nicht, um die Gedanken zu vertreiben. Da stand er, mitten auf dem Deck seines prächtigen Schiffes, doch in Gedanken war er tausend Meilen weit entfernt. In Norwegen, dem Nordland, das seinen Vorvätern die Heimat gewesen war. Auch dort hatte sich an jenem unglückseligen Abend Schnee auf das Land gesenkt, und der Frost hatte in die Beine der Menschen gebissen. Vielleicht, dachte Alrik, hatten die Nornen gewusst, was sich in Snôrheim ereignen würde, und wollten früh damit beginnen, das Dorf und die Schicksalsnacht unter Schnee zu begraben. Ja, dachte er, wenn ich dieses Zeichen damals hätte erkennen können, hätte ich sofort Catla und meine Söhne geholt und wäre mit ihnen in die finstersten Wälder geflohen.

Noch immer standen die Männer der Besatzung auf dem Deck und sahen Alrik an. Einige trugen weiße Mützen aus Schnee auf ihren Kapuzen. Aus seinem dunklen langen Umhang fischte Alrik die Münzen des ravennesischen Eishändlers. »Hier ist euer Lohn. Nehmt ihn und verschwindet.« Er schleuderte das Geld über das Deck der *Visundur*. Vom Mondlicht geküsst sprangen die Münzen über das Holz, um zwischen Ritzen und Ruderbänken zu verschwinden. Doch niemand sah sich nach ihnen um. Die Blicke aller blieben auf den Kendtmann geheftet.

Alrik schaute in das schwarzhäutige Gesicht von Yaa, dem Nubier, einem Zimmermann, der noch aus Kienspänen ein Boot zu bauen vermochte. Neben ihm hockte der Baumhirte Grid, den alle den »Zahnknisterer« nannten. Und dort stand Stein der Runensprecher, dessen Prophezeiungen wegen seiner heiseren Stimme kaum jemand verstand. Am Ruder lehnten Darios und Erios, die byzantinischen Brüder. Der jüdische Verseschmied Abraham von Trier, Himir der Dämmerer und Magnus der Zwerg – sie alle waren so verschieden wie Hunde und Katzen, aber wenn sie die Riemen zogen, verschmolzen sie zu einem einzigen Mann.

»Also gut«, rief Alrik. Indem er zu Boden blickte, verbarg er seine Freude darüber, dass niemand sich nach dem Geld umgedreht hatte. Zu seinen Füßen sah er das Hafenwasser zwischen den Brettern des Anlegers im Mondlicht glitzern. »Wenn keiner verschwinden will, fahren wir wohl ein weiteres Mal gemeinsam los. Und diesmal wird es kein Eis geben und keinen Vulkan. Diesmal«, er schaute hoch, »warten Reichtümer auf uns, gegen die Asgards silberne Hallen verblassen werden.«

»Hoffentlich müssen wir dafür nicht auch bis in dieses Asgard reisen«, sagte Djamil. In dem verzweifelten Versuch, sich zu wärmen, hielt der Araber eine Öllampe gegen seine triefende Nase. »Mir ist kalt genug.«

»Nein«, sagte Alrik, »diesmal haben wir nichts weiter zu tun, als zu warten. Wenn ich mich nicht irre, wird dieser Bonus bald hier auftauchen und uns ein Geschäft vorschlagen. Und wir werden so viel Silber dafür bekommen, dass niemand von uns jemals wieder ein Schwert führen muss.«

Der Morgen zog herauf, die Mannschaft lag zwischen den Ruderbänken und schlief. Obwohl die Seeleute das Segel über das Deck gespannt und unter dem Schutz dieses improvisierten Zeltes die Nacht verbracht hatten, glitzerte Reif auf ihren Decken und Kleidern und sogar in ihrem Haar. Auf dem Boot zu schlafen, mit dem eisigen Wasser unter dem Kiel, das hielten nicht viele Männer aus. Dennoch hatte niemand eine der Herbergen aufsuchen wollen. Alle wussten: Der *Visundur* drohte Gefahr, und noch einmal wollte sich die Besatzung das Schiff nicht nehmen lassen.

Nur Alrik hockte hellwach auf dem runden Deckel einer Seemannskiste, ritzte mit dem Fischmesser Runen in ein Stück Birkenrinde und beobachtete das Treiben im Hafen. Die ersten Fischerboote liefen gerade ein, um den Fang des Tages auszuladen. Ein Ravennese trug am ausgestreckten Arm einen Tintenfisch zu den Steinen am Ufer. Trotz der Kälte entledigte er sich seines Umhangs und seiner Tunika. Mit bloßem Oberkörper begann er, das Tier auf die Steine zu schlagen. Dabei hielt er seine Beute an den Enden der Fangarme gepackt. Jedes Mal, wenn der Fischer den Kopf des Tiers gegen die Steine drosch, erklang ein kaltes Klatschen. Es ist eine mühsame Aufgabe, Tintenfische zu töten, und Alrik wusste, dass ihn das Geräusch noch eine Weile begleiten und der Zeit des Wartens Rhythmus verleihen würde.

Bald darauf hatte sich die Sonne widerwillig über den winterlichen Horizont erhoben. Steif erwachten die Männer aus kalten Träumen. Als Bjor und Ingvar darangingen, auf der Mole eine heiße Suppe aus Fischköpfen zu kochen, tauchten im Süden Segel auf. An ihrer schwarzen und weißen Farbe erkannte Alrik die Dromonen.

Magnus der Zwerg sprang auf eines der Fässer. »Ein Baum wächst schneller, als die segeln können.«

Bjor reichte Alrik einen dampfenden Becher aus Holz. »Wir können noch immer verschwinden. Sie an der Nase herumführen, kreuz und quer über das Meer, bis ihre Schiffe auseinanderfallen.«

Für einen Augenblick war Alrik versucht, dem Vorschlag zuzustimmen. Was er vorhatte, barg Gefahr. Doch es mochte ihnen mehr Geld einbringen, als ein ganzes Jahr lang Eis zu fahren. Und dann mochte jeder seiner Männer in seine Heimat zurückkehren. Oder in den bodenlosen Abgrund. Ganz gleich, wohin er wollte.

»Wir bleiben«, sagte Alrik.

Am Ufer hieb der Fischer den Kopf des Tintenfisches mit unverminderter Wucht gegen die Steine.

Kurz vor dem Hafen holten die Dromonen die Segel ein. Den Beinen einer Wasserspinne gleich streckte das größte der Schiffe seine Riemen aus und glitt an die Stadt heran. Doch statt einen der Anleger anzusteuern, ging das riesige Gefährt schwerfällig quer und blockierte die Ausfahrt. Selbst wenn Alrik mit der *Visundur* hätte entkommen wollen, war das nun unmöglich. In einem Beiboot ließ sich Bonus von Malamocco an Land bringen. Kurz darauf baute sich der Veneter vor Alrik auf, der noch immer auf der Kiste saß und Runen schnitzte.

»Im Namen von Giustiniano Partecipazio, des Dogen von Rivo Alto, beschlagnahme ich dieses Schiff und erkläre euch Eispiraten für gefangen gesetzt«, sagte Bonus. Einige seiner Wachleute waren mit ihm gekommen. In ihren Händen lagen die Lanzen, die ihnen schon auf Sizilien nichts genutzt hatten.

Magnus sah von seiner Schüssel auf. Aus seinem roten Bart rann Suppe. »Die Haie mochten deinen Geruch wohl nicht.«

Alrik erhob sich. »Ihr habt lange gebraucht, um uns einzuholen. Das letzte Mal, als ich ein Schiff habe so langsam fahren sehen, trieb der fette byzantinische Kaiser damit einen verlandenden Fluss hinunter.«

»Euer Spott wird von den Wänden des Verlieses widerhallen, in dem ihr verrotten werdet. Übergebt das Schiff, oder wir nehmen es uns mit Gewalt.«

»Das Schiff wird dir nichts nutzen. Weißt du, wie es heißt? *Visundur*. Das bedeutet Büffel. Bist du schon mal auf einem Büffel geritten?«

»Werde ich diesen Büffel vielleicht schlachten lassen, wenn ihr uns das Schiff nicht augenblicklich überlasst? Ja, das werde ich.« Bonus trat gegen die Schiffswand, doch die *Visundur* lag wie ein Felsen im Wasser und weigerte sich zu schaukeln.

»Wenn mein Schiff Schaden nimmt, werde ich dich unter dem Kiel festbinden«, sagte Alrik ruhig. »Aber das wird nicht nötig sein. Den Büffel können nur Männer reiten. Wir werden sehen, ob es dir gelingt.«

Alrik gab das verabredete Zeichen. Einer nach dem anderen

sprang die Besatzung der *Visundur* auf den Anleger, und eine Parade mürrischer Seeleute zog an Bonus vorbei. Am Strand stellten sie sich um den Suppenkessel auf. Einige flüsterten leise miteinander.

»Da hast du das Schiff.« Obwohl Alrik versuchte, gleichgültig zu klingen, kamen ihm die Worte nur zögerlich über die Lippen. »Aber ich werde dich nicht retten, wenn der Büffel sich gegen dich wendet.«

Bonus runzelte die Stirn. »Glaubst du etwa, du kannst mir Angst einjagen? Das meinst du wohl. Aber du täuschst dich.« Mit beringter Hand winkte er zu der Dromone hinüber. Bald darauf ruderten Seeleute herbei und kletterten in die *Visundur*.

Als er die Fremden auf seinem Schiff herumstöbern sah, erwachten die Fischköpfe in Alriks Bauch zum Leben. Er ballte sein Gesicht zur Faust, als er sich wieder der Schnitzerei zuwandte. Die Schiffs-Rune war bereits deutlich erkennbar. Noch einmal musterte er die Birkenrinde, tastete mit den Fingern darüber und blies die losen Späne fort. Dann warf er das Schnitzwerk auf das Deck seines Schiffes und folgte seiner Mannschaft an den Strand.

Nie zuvor hatte Bonus den eisigen Wind des adriatischen Winters so sehr willkommen geheißen. Endlich war er Herr über das schnellste Schiff des Mare Nostrum, vielleicht sogar der Welt. Und es war so einfach gewesen! Die Barbaren hatten ihm die *Visundur* kampflos überlassen. Das war gewiss besser für sie. Denn noch einmal hätte sich Bonus nicht von Steinewerfern überrumpeln lassen. Er zog den Bauch ein und schnallte seinen Gürtel enger. Heute würde er auf eine Hochzeit gehen mit einer Braut aus Planken, Kiel und Riemen. Bald darauf würde es eine zweite Eheschließung geben, mit einer Braut aus Fleisch und Blut. Bonus rieb sich die Hände in den Fellhandschuhen.

Als er in das Drachenboot sprang, spürte er den Schiffsrumpf nun doch sanft schaukeln. Gisulf folgte ihm.

»Es scheint nicht besonders stabil zu ein«, sagte der Kapitän und stampfte prüfend auf die Planken. Die Mannschaft verteilte sich bereits auf die Ruderbänke.

»Es soll ja auch keinen Kauffahrer rammen, sondern den Wind überholen«, erwiderte Bonus. Als Gisulf nach der Ruderpinne im Heck griff, hielt Bonus ihn zurück. »Das werde ich übernehmen.«

»Aber dieses Schiff ist womöglich nicht einfach zu steuern, Herr. Bei einer zu scharfen Wende könnte es leicht Wasser nehmen.«

Bonus drückte Gisulf beiseite. »Du traust mir nicht zu, ein Schiff zu steuern?« Zorn loderte in ihm auf, ein Gefühl, das der eng geschnallte Gürtel noch verstärkte. »Dann sollst du nichts weiter sein als ein Ruderknecht. An die Riemen.« Zögernden Schrittes folgte Gisulf dem Befehl. Von der Ruderbank her schaute der Kapitän mit sorgenvollem Gesicht zu Bonus zurück.

Der Moment war gekommen. Er, Bonus von Malamocco, war der Herr der See. Mit lauter Stimme rief er seiner Dromone zu, den Weg freizumachen, dann gab er Order, die Leinen zu lösen. Einer der Seeleute band die Hanfseile vom Anleger los und sprang zurück an Deck. Von der Leine gelassen, folgte die *Visundur* augenblicklich dem Spiel der Wellen. Erneut war Bonus überrascht. Schiffe von solcher Größe waren in der Regel träge Riesen, doch dieses Exemplar reagierte auf die Kräfte des Wassers wie ein kleines Ruderboot auf hoher See. Er würde ihm seinen Willen schon aufzuzwingen wissen. Doch auf das Segel wollte er vorsichtshalber verzichten. Es lag jetzt fest verzurrt mittschiffs, und dort sollte es auch bleiben. Mit einer Hand griff Bonus lässig nach der Ruderpinne. Dann gab er das Kommando zum Auslaufen.

Die Molen umklammerten das Hafenbecken wie eine Zange. Schon im nächsten Augenblick schoss die *Visundur* zwischen ihnen hindurch. Hier draußen nahm der Seewind zu und trieb Bonus Tränen über die Wangen, die in seinem dünnen, den Mund umrahmenden Bart gefroren. Kaum hatte die See das Schiff entdeckt, griff sie nach dem Kiel und zerrte daran. Der Rumpf krängte nach Steuerbord. Für ein normales Schiff wie die Dromone war das Alltag beim Manövrieren. Doch die Bordwand des Drachenbootes war kaum höher als ein Gartenzaun. Wasser schwappte in das Schiff. Die Mannschaft schrie auf, als die Adria ihre eiskalten Finger nach den Venetern ausstreckte.

Mit einem Ruck wurde Bonus die Ruderpinne aus der Hand gerissen. Hastig griff er nach, doch das Holz zuckte wild und schlug ihm gegen die Brust. Nach einigem Hin und Her hatte er die Pinne wieder im Griff. Statt mit einer Hand hielt er sie nun mit beiden Fäusten fest umklammert und stemmte sein ganzes Gewicht dagegen. Das Deck war rutschig. Bonus fand nicht genug festen Stand, um den Schlägen des Ruders Widerstand zu bieten.

Die Bilge des Schiffs war bis zum Rand mit Wasser vollgelaufen. Die Füße einiger Männer verschwanden darin, und das Schlingern des Rumpfes, das Bonus nicht abzustellen vermochte, ließ den kleinen Teich in der *Visundur* schwappen. Wenn er das Schiff nicht bald auf Kurs brachte, würde er die Kontrolle darüber vollends verlieren.

»Gisulf«, rief Bonus. Erneut ruckte die Ruderpinne und schlug ihm schmerzhaft unter die Achsel. »Gisulf, komm hierher!« Aber der Kapitän schien ihn nicht zu hören. Mit aller Kraft legte er sich in die Riemen und blickte stur geradeaus.

Längst war Bonus' Zorn der Verzweiflung gewichen. Wenn das Schiff sank, ging auch seine Zukunft unter. Solange die Wellen gegen die Längsseiten klatschten, war das Schiff so stabil wie ein aufrecht stehendes Ei. Bonus beschloss, den Bug gegen die Wellen zu richten. Mit Gewalt stemmte er sich gegen das Ruder, doch nichts geschah. Da erst bemerkte er, dass die Mannschaft nicht im Rhythmus arbeitete. Pullten die vorderen Bänke, so brauchten die hinteren mehrere Wimpernschläge lang, um einzufallen. Auch zwischen den linken und rechten Ruderreihen herrschte keine Harmonie. Bonus biss sich auf die Lippen. Natürlich! Er hatte vergessen, den Resonanztisch schlagen zu lassen. Damit würde den Männern der Rhythmus vorgegeben. Dazu war es noch nicht zu spät. Suchend blickte er über das Deck, lugte zwischen Fässer, Ballen und Kisten. Aber der Tisch für den Taktgeber war nirgends zu sehen. Irgendwo mussten sie doch einen versteckt haben! Wenn er nur die Deckplanken öffnen und darunter nachsehen könnte. Doch die Ruderpinne nagelte ihn an Ort und Stelle fest. Noch einmal würde er nicht riskieren, dem Schiff die Zügel schießen zu lassen.

»Alle zugleich!«, schrie er. Doch der Wind schob ihm die Worte zurück in den Hals. Niemals würde er sich auf diese Weise verständlich machen können. Da sah er von rechts einen Kauffahrer herannahen. Das Schiff stand unter Segeln und fuhr hart am Wind. Mit voller Geschwindigkeit rauschte es die Küste entlang und hielt geradenwegs auf die hilflose *Visundur* zu.

✳

»Sie werden sie versenken«, schrie Alrik.

Bislang hatte er, die Arme verschränkt, den hilflosen Manövern der Veneter zugesehen. Seit jedoch der Kauffahrer aufgetaucht war, hielt es Alrik nicht länger zwischen seinen Männern aus. Unbeherrscht preschte er in die Brandung hinein, spürte kaum das eisige Wasser, das in seine Waden biss, und watete tiefer, bis der Anleger ihm die Sicht auf sein Schiff nahm. Dann legte er beide Hände an den Mund und brüllte: »Das Ankerjoch raus! Das Ankerjoch!« Erst da bemerkte er, dass er die Worte in seiner Muttersprache gerufen hatte und wiederholte sie auf Griechisch.

Tatsächlich flog etwas über die Bordwand der *Visundur*. Eigentlich war es unmöglich, dass ihn die Veneter auf diese Entfernung verstanden haben konnten. Doch auch unter ihnen mochten fähige Seeleute sein. Obwohl diese Fahrt auf dem Drachenschiff das Gegenteil vermuten ließ.

Alrik ballte die Fäuste und schlug auf das Wasser. Zwischen den Fontänen sah er, wie die *Visundur* an Fahrt verlor, wie sie noch langsamer wurde, als sie diese Stümper ohnehin schon hatten fahren lassen – aber nicht langsam genug. Da griff der Anker. Der Bug drehte sich langsam nach Steuerbord, der Rumpf glitt längsseits des Kauffahrers. Der Zusammenstoß war verhindert. Doch die Kräfte, die auf das Drachenboot einwirkten, waren selbst der biegsamen *Visundur* zu viel. Sie legte sich auf die Seite, die Ballaststeine rollten aus der Bilge. Alrik musste mit ansehen, wie nun vier Mann an der Ruderpinne rissen. Er meinte, das Krachen zu hören, mit dem das Ruderblatt brach – obwohl das unmöglich war, da es unter der Wasseroberfläche lag. Führungslos trieb das Schiff umher. An Bord versuchte die unbeholfene Besatzung nun, das Schiff nur durch den Riemenschlag zurück in den Hafen zu lenken. Das Unterfangen war sinnlos. Schließlich erbarmte sich der Kapitän der

Dromone, vertäute das Drachenschiff an seinem Fahrzeug und schleppte die schlappe *Visundur* zurück in den Hafen.

Am Ufer stöhnten und fluchten Alriks Männer. Einige liefen auf und ab. Ingvar trat gegen den Topf, und die Reste der heißen Fischsuppe ergossen sich zischend ins Wasser. Kopfschüttelnd stapfte Alrik an Land. Aus seinen blauen Beinkleidern lief das Hafenwasser.

»Ein Schiff ohne Ruder im Winter wieder flottmachen«, klagte Bjor, »das musste ich bislang erst einmal erleben. Und dieses eine Mal war genug.«

»Immerhin ist sie nicht gekentert«, sagte Grid der Zahnknisterer und machte seinem Namen alle Ehre.

»Wir bekommen die *Visundur* wieder seetüchtig. Schneller, als ihr denkt«, sagte Alrik und deutete auf die Veneter, die gerade mit seinem Schiff den Anleger erreichten. »Sie sind es, die alles genau so wieder herrichten werden, wie es zuvor war. Und sie werden uns obendrauf noch dankbar sein.«

Bjor runzelte die Stirn und warf sein langes Blondhaar über die Schulter. »Ich kenne dich gut genug, um zu wissen, dass du niemals ohne Sinn sprichst. Trotzdem hörst du dich gerade danach an.«

Kapitel 4

Rivo Alto, das Palatium des Dogen

DURCH DIE BOGENFENSTER fiel das Licht der tief stehenden Sonne ins Arbeitszimmer des Dogen. Das Feuer im Kamin knisterte, konnte jedoch die Kälte kaum vertreiben.

»Ihr habt das Siegel vergessen, Giustiniano.« Rustico von Malamocco beugte sich über den am Schreibtisch sitzenden Dogen und legte einen Finger auf einen Bogen Pergament. »Hier, neben Eurer Unterschrift.« Folgsam setzte der Doge sein Herrschaftszeichen in heißem Wachs auf das Dokument. Seinen fragenden Blick beantwortete Rustico von Malamocco mit einem sanften Klopfen auf die Schulter des neuen Herrn von Rivo Alto.

Matelda saß am Zeichentisch und spürte, wie ihr die Schamesröte in die Wangen stieg. Was nahm sich dieser Tribun heraus, ihren Vater beim Vornamen zu nennen? Ihn überdies zu schulmeistern? Gern hätte sie Rustico ihr eigenes Siegel ins Gesicht gekratzt. Mit verkniffenen Lippen widmete sie sich wieder ihrer Zeichnung, doch die Skizze eines leichten Segelschiffs wollte einfach nicht gelingen. Angespannt horchte sie weiter auf das Gespräch der Männer am anderen Ende des Raums.

»Schaut, Tribun«, sagte der Doge und nahm einen Umschlag vom Tisch, »ein Brief aus Byzanz. Vom Schatzmeister des Kaisers, wie mir scheint. Hoffentlich eine gute Nachricht.«

Matelda wandte sich den beiden Männern zu, gerade rechtzeitig, um zu sehen, wie Rustico dem Dogen den Brief aus der Hand riss.

»Ihr könnt nicht einfach diplomatische Nachrichten aus dem Ausland öffnen«, fuhr Rustico den Dogen an. »Das ist nur im Beisein aller Tribunen erlaubt.«

»Oh«, hauchte Giustiniano. »Vergebt mir. Das wusste ich nicht.«

Um nicht aufzuspringen, klammerte sich Matelda an ihrem kleinen Tisch aus Lindenholz fest. Ihre dunklen Zöpfe mit den bunten Bändern fielen unter der Haube hervor und wischten über ihre frische Zeichnung. Schwarze Tinte strichelte den Papyrus und verdarb das Bild.

»Ebenso wenig dürft Ihr Briefe ins Ausland schreiben.« Rusticos Stirn legte sich in Falten. »Ich dachte, das sei Euch bekannt.«

Giustiniano sank in seinem Faltstuhl in sich zusammen. »Ich scheine es vergessen zu haben.«

In der Pause, die Rustico folgen ließ, blähte sich die Peinlichkeit des Dogen, bis sie den gesamten Raum ausfüllte. Matelda hielt es nicht länger auf ihrem Platz. Sie schob das Zeichenbrett mitsamt Zirkel, Linealen und Federmesser beiseite.

»Ihr, Rustico, seid es, der etwas vergisst: wie man sich gegenüber dem Stadtoberhaupt zu benehmen hat!«

Der Tribun richtete sich auf. »Vielleicht ist es doch kein so guter Einfall, dass Eure Tochter bei der Abwicklung der Geschäfte zugegen ist«, sagte er. Zwar redete er den Dogen an, doch die Worte waren an Matelda gerichtet.

Giustiniano wischte sich den Nacken und sah Matelda mit einem bittenden Blick an. Sie durchmaß den Raum und stellte sich vor dem Arbeitstisch auf. »Wozu ist mein Vater Doge, wenn er immer nur den Willen der Tribunen ausführt? Er darf keine Briefe lesen, er darf keine schreiben. Er darf nur Beschlüsse herbeiführen, aber keine fällen. Gesandte darf er nicht empfangen, nicht einmal deren Geschenke darf er annehmen.«

Rustico hob eine beschwichtigende Hand. »Das ist nicht wahr. Der Doge darf Blumen, Duftkräuter und Rosenwasser entgegennehmen. Alle anderen Geschenke gehören der Stadtkasse.«

»Ihr meint wohl: Die Tribunen teilen Gold und Geschmeide unter sich auf. Woher habt Ihr zum Beispiel diesen Ring?« Sie deutete auf die noch immer erhobene Hand Rusticos. An ihr glitzerte ein großer Smaragd in den Farben der Lagune. Das Fleisch des Fingers wölbte sich über den Schmuck.

Der Tribun zog die Hand zurück und verschränkte sie mit der anderen auf seinem Rücken. »Ein Erbstück meiner Familie. Welcher Schandtaten bezichtigt Ihr mich?«

Als Matelda Rusticos Hände außer Reichweite wusste, fischte sie den Brief aus Byzanz vom Tisch. Sie tänzelte einige Schritte zurück und hielt das Schriftstück ins Licht. Laut las sie: »Dem Sekretär des Dogen von Rivo Alto persönlich auszuhändigen.« Sie spitzte die Lippen. »Wer hat Euch denn auf diesen Posten erhoben, Rustico?«

Rustico walzte um den Tisch herum auf Matelda zu. Bevor er sie erreichen konnte, war sie zu einer der Fensteröffnungen entwischt und hielt den Brief über die Brüstung. Die Nachricht flatterte im Wind.

»Das wagt Ihr nicht!«, rief Rustico, kam jedoch keinen Schritt näher. Im Hintergrund erhob sich nun auch Giustiniano, verloren und klein hinter seinem gewaltigen Schreibtisch. »Lass das, Matelda!«, stieß er hervor.

»Hört auf Euren Vater«, knurrte Rustico. »Ihr habt schon genug Unheil angerichtet mit Eurem Versprechen, den heiligen Markus herbeizuschaffen. Bringt Euch und den Dogen nicht in Gefahr.«

»Soll das eine Drohung sein?« Matelda zog die Hand zurück. Sie hielt sich den Brief unter die Nase und fächelte sich damit spielerisch Luft zu. »Dann lasst sehen, welche Taten Ihr Euren Worten folgen lassen wollt.« Damit warf sie das Schreiben aus dem Fenster.

Rustico stürzte zur Brüstung und sah dem Schriftstück nach, wie es die Mauer hinabsegelte. Im nächsten Moment war der Tribun zur Tür hinaus verschwunden.

Matelda blickte ihren Vater triumphierend an. Doch der Doge nahm sie nicht wahr. Mit dem Kopf in den Händen hockte er hinter seinem Schreibtisch. »Vermutlich wäre deine Mutter stolz auf dich. Mir jedoch bringst du nur Scherereien.«

In Mateldas Hals bildete sich ein Kloß. »Aber ich habe deine Ehre gerettet. Und den Tribun sind wir auch los.«

Zwischen den Händen des Dogen kamen undeutliche Worte hervor. »Ich habe dich nicht darum gebeten. Rustico hat recht. Es bringt nichts als Unglück, Frauen an den Regierungsgeschäften teilhaben zu lassen.«

Einen Moment lang erstarrte Matelda. Bislang hatte sie geglaubt, dass sie und ihr Vater gemeinsam gegen den Einfluss der Tribunen vorgehen würden. Doch jetzt zeigte sich, dass Giustiniano dem Heulen der Wölfe mehr Gehör schenkte als den Ratschlägen seiner Tochter. Wie immer, wenn sie nachdachte, schob sie die Oberlippe über die Unterlippe. Wenn ihr Vater nicht auf sie hören wollte, würde ihr nichts anderes übrig bleiben, als ohne seine Zustimmung zu handeln. Schließlich ging es um die Familienehre, das Wohl der gesamten Stadt und ihre Zukunft. Ohne ein weiteres Wort zu verlieren, faltete sie ihre Zeichnung zusammen, schob sie unter ihren Gürtel und ließ den Dogen mit seiner Verzweiflung allein zurück.

Matelda sprang die Stufen aus grauem Granit hinunter. Der Brief, dachte sie. Vielleicht finde ich ihn, bevor Rustico von Malamocco ihn aufsammelt. Das Interesse des Tribunen an diesem Schreiben schien groß zu sein, und das weckte ihre Neugier.

Als Enkelin des ehemaligen Dogen war sie seit ihrer Kindheit im Palatium ein und aus gegangen. Obwohl das Gebäude noch nicht alt war, waren die Stufen in der Mitte bereits dunkel und ausgetreten. Stein, der sich abnutzte – als Kind hatte sie sich darüber gewundert. Heute wusste sie, dass Politik ein Geschäft war, das schwer auf den Menschen lastete, so schwer, dass selbst Granit unter ihren Füßen nachgab. Matelda stellte sich die Gestalten von Generationen von Mächtigen vor, wie sie, gebeugt von der Verantwortung, diese Stufen hinauf- und hinabgestapft waren. Niemals durfte es ihrem Vater so ergehen.

Wie damals, als diese Treppe eine spielerische Herausforderung für ihre kurzen Mädchenbeine gewesen war, hüpfte Matelda über den glänzenden Stein, nahm drei Stufen auf einmal und wischte um die Windungen, bis sie in der Eingangshalle stand.

Drei Schweine lagen in einem Winkel. Dicht zusammengedrängt suchten sie Schutz vor dem beißenden Wind des Winters, der auf dem Platz vor dem Palatium blies. Die Stadt war voll mit diesen Tieren. Sie suhlten sich im Schlamm neben den Kanälen, durchwühlten die Haine und kleinen Wälder, von denen es auf den Inseln nur noch wenige gab, und verirrten sich oft in die Häuser, immer auf der Suche nach Nahrung. Nicht selten füllten die ungebetenen Besucher dann die Mägen ihrer Gastgeber. Eigentlich gehörte ein Schwein immer demjenigen, dessen Zeichen es auf dem Rücken trug, doch der Besitzer wechselte, sobald das freilaufende Tier in ein fremdes Haus eindrang. So lautete das venetische Recht – eines der ältesten der Stadt.

Matelda mochte Schweine. In der Eingangshalle des Palatiums hielt sie kurz inne und betrachtete die drei Tiere nachdenklich. Sie sind so friedlich, sagte sie zu sich selbst, dennoch töten wir sie. Nein, dachte sie, wir töten sie, weil sie zu friedfertig sind. So wie mein Vater. Entweder legt er seine Sanftmut ab, oder die Tribunen werden ihn schlachten.

Als ein Wachmann von draußen hereinkam und die Schweine entdeckte, drangsalierte er die Tiere so lange mit der Spitze seiner Lanze, bis sich das Trio quiekend und grunzend erhob und durch das Tor ins Freie trottete.

Matelda folgte. Das Tageslicht blendete sie einen Moment lang, und sie schloss die Augen. Nun nahm sie die Stadt mit den Ohren wahr: das Rauschen der Meereswogen, die Schreie der Möwen, das Singen des Windes, der durch das Schilf fuhr. So klang die Musik ihres Lebens, das waren die Töne, die sie begleiteten, bei Tag und bei Nacht. Wie trist musste das Leben an einem anderen Ort sein, wo diese Klänge nicht zu hören waren!

Als sie die Augen wieder öffnete, wusste sie, wohin sie sich zu wenden hatte. Mit beiden Händen hob sie ihr Gewand, um es vor dem Schlamm zu schützen, und huschte die Mauer des Palatiums entlang. Dort, hinter der Ecke mit dem von Bränden geschwärzten Turm, musste das Schriftstück herabgetrudelt sein.

Wie sie erwartet hatte, suchte Rustico von Malamocco bereits nach dem Brief. Gerade wandte er ihr die Kehrseite zu, sodass sich Matelda, kaum dass sie seinen schwarzen, mit silbernen Stickereien besetzten Umhang erkannt hatte, hinter einem Holunderstrauch verbergen konnte. Um keinen Preis wollte sie dem Tribun allein begegnen.

Sie hielt den Atem an und lugte durch das Geäst. Neben ihr schnaubte ein gesatteltes Pferd, das an dem Strauch festgebunden war. Sein Reiter war nirgendwo zu sehen. Die Nähe der Frau schien das Tier zu beunruhigen. Matelda rutschte zu dem Rappen hinüber und legte ihm eine Hand auf die Blesse. Als das Tier stillhielt, wagte sie es, seine Nüstern zu berühren. Das Pferd beruhigte sich. Ein Blick zu Rustico herüber zeigte Matelda, dass der Tribun sie nicht wahrgenommen hatte. Sie wartete.

Der Brief schien unauffindbar zu sein. Rusticos Bemühungen, das Schreiben zwischen Holzverschlägen, Trögen und Büschen aufzustöbern, wurden ungeduldiger. Schließlich drehte sich der Tribun im Kreis und wischte mit den Schuhen durch den Schlamm. Matelda spähte die Mauer hinauf, um sich zu orientieren, und fand das Fenster, aus dem sie den Brief hinabgeworfen hatte. Rustico suchte tatsächlich an der richtigen Stelle, jedoch vergebens.

Schon vermutete sie, dass ein Vorbeikommender den Brief mitgenommen haben könnte, da entdeckte sie den Bogen unter dem Huf des Rappen. Sie ging neben dem Pferd in die Knie, fuhr mit der Hand sein Vorderbein entlang und packte den Kopf der Fessel. Das Tier schien diese Berührung zu kennen, vermutlich wurden seine Hufe des Öfteren ausgekratzt. Es folgte dem sanften Druck und hob das Bein leicht an. Unter dem genagelten Hufeisen klebte das Schriftstück, festgeleimt von verkrustetem Dreck. Vorsichtig löste Matelda den Fund, ließ die Fessel des Rappen fahren und tätschelte ihm sanft die Flanke. Noch immer hörte sie Rusticos Flüche, als sie das Äußere des Briefs näher betrachtete. Schriftzeichen in einer eleganten und geübten Handschrift liefen über das Pergament. Matelda strich über das Leder, spürte seine feinen Fasern. Dies war ein Brief aus edlem Hause. Sie musste herausfinden, was darin zu lesen stand.

Eine flinke Hand riss den Brief fort. »Ich sollte dich gleich hier töten«, zischte Rustico. Er war hinter dem Holunderstrauch aufgetaucht, teilte die Zweige mit einer Hand und streckte, einem Waldgeist gleich, das Gesicht hindurch. Wilde Freude leuchtete in seinen Augen. Matelda fuhr zurück. Um ein Haar wäre sie gestolpert und in den Schlamm gestürzt, doch der Rücken des Rappen hielt sie auf.

»Gebt den Brief zurück«, sagte sie mit fester Stimme. In ihrem Bauch ballte sich Angst zu Kieselsteinen. Sie sah sich um, doch niemand war in der Nähe, der ihr hätte helfen können.

Das schien auch Rustico zu wissen. Drohend teilte er den Holunder weiter und streckte eine Hand nach Matelda aus, jene Hand, an welcher der Smaragd strahlte. Die Finger des Tribunen berührten ihre Brust, doch das Gesträuch hielt Rustico auf Abstand. Sein Arm war nicht lang genug, um sie zu packen. Da ruckte das Pferd mit dem Kopf und schnaubte. Schritte näherten sich, platschten in nassem Erdreich und knirschten auf gefrorenen Pfützen. Der Reiter kehrte zurück.

Rusticos Gesicht verzerrte sich zu einer Fratze. »Du hast genug Unheil angerichtet«, zischte er. »Bald treibt dein Leib durch die Kanäle, und die Fische küssen deinen kalten Mund.« Damit zog er sich durch das Holundergebüsch zurück. Die Äste schlugen raschelnd hinter ihm zusammen.

»Geht es Euch gut? Ihr seht erschrocken aus.« Ein junger Veneter in braunem Wollumhang stand plötzlich neben Matelda. Ein Ausdruck von Sorge überzog sein Gesicht. Er war in ihrem Alter, sein Haar und spitzer Kinnbart waren blond und frisch mit Butter eingestrichen. Matelda sah ein Schwert an seinem Gürtel hängen. Vielleicht, überlegte sie, sollte ich ihm erzählen, dass ein Unhold mir nach dem Leben trachtet, und ihn um Schutz bitten. Stattdessen tätschelte sie dem Rappen den Rist. »So gut es einer einfachen Frau gehen kann, die soeben das schönste Pferd der Welt gesehen hat. Ihr seid ein glücklicher Mensch, ein solches Tier zu reiten.«

Der Veneter grinste verlegen und verbeugte sich. »Ich bin in

der Tat glücklich, doch erst, seit ich Eure Worte gehört habe.«
In die Augen des Schwertträgers trat ein Glanz, der jenem in
den Blicken Rusticos nicht unähnlich war.

Matelda wich einige Schritte zurück. Kaum hatte sie einen
Mordbuben abgeschüttelt, schon machte ihr ein Galan den
Hof.

»Seid Ihr vielleicht die Tochter des Dogen? Ich hörte, sie sei
von außergewöhnlicher Schönheit.«

Matelda hörte kaum zu. Stattdessen spähte sie die Mauer des
Palatiums entlang und sah Rustico um eine ferne Ecke ent-
schwinden – und mit ihm den Brief. »Nein, nein«, sagte sie zu
dem Reiter. »Ihr verwechselt mich. Die Tochter des Dogen!
Meine Mutter war eine einfache Salzsiederin.« Das war nicht
einmal gelogen. Sie kicherte gespielt und hielt sich eine Hand
vor den Mund. Es war Zeit, diesen Kerl loszuwerden. Während
er ihre Zeit vertändelte, war Rustico mit dem Schreiben schon
über alle Brücken.

»Verratet mir Euren Namen, Prinzessin der Salinen.«

»Estrella«, sagte sie. Das war der Name ihrer Mutter gewesen.
Damit wandte sie sich zum Gehen. Doch die nächsten Worte
des jungen Mannes ließen sie erstarren.

»Ich bin Elias, Neffe des Tribunen Bonus von Malamocco.
Ich bin gerade erst von Aachen her in Rivo Alto angekommen,
um meine beiden Onkel Rustico und Bonus von Malamocco
zu besuchen. Jemand sagte mir, Rustico sei gerade beim Dogen,
doch als ich dort nach ihm suchte, erfuhr ich, dass er soeben
nach Hause aufgebrochen sei. Habt Ihr ihn vielleicht gesehen?«

Matelda unterdrückte den Wunsch, zurück ins Palatium zu
rennen. Hatten denn die Tribunen ihre Netze über die gesamte
Stadt gesponnen? In jedem Winkel schien einer ihrer Helfershelfer zu lauern. Sie schaute auf ihre Füße, damit Elias ihren er-
schrockenen Blick nicht sehen konnte. Vom langen Stehen wa-

ren ihre Schuhe in den Schlamm eingesunken. Gerade schloss sich eine braune Haut über den glitzernden Stickereien. Sie drohte, in einem Morast von Komplotten zu versinken.

Mit einem schlürfenden Geräusch zog sie einen Fuß aus dem Schlick und setzte ihn auf einer Grasinsel ab. Dann ließ sie den nächsten folgen. Der feste Boden unter ihren Füßen gab ihr Sicherheit.

Bedauernd hob sie die Hände. »Rustico von Malamocco ist Euer Onkel? Erst kurz zuvor ist er hier vorbeigekommen.«

»Wo ist er?« Elias sah sich suchend um.

Matelda deutete unbestimmt auf eine Gruppe von Bäumen. »Irgendwo dort ist er verschwunden. Wartet!« Sie hielt seinen Mantel fest. »Diese Stadt ist ein Labyrinth. Ihr werdet ihn niemals aufstöbern. Eher finden die Fische einen Weg an Land.«

»Aber wenn Ihr ihn gerade noch gesehen habt, muss mein Onkel doch ganz in der Nähe sein.« Er legte die Hände an den Mund und rief den Namen des Tribunen.

»Still, still!«, zischte Matelda. Um nichts in der Welt wollte sie Rustico hier wiederbegegnen. Da kam ihr ein Gedanke. »Ihr verderbt ja alles.«

Elias runzelte die Stirn. »Verderben?«

»Die Überraschung. Euer Onkel ist auf dem Weg zu seinem Anwesen. Stellt Euch vor, wie er staunen würde, wenn er Euch dort anträfe.«

»So etwas ist Frauenspiel.« Elias fuhr sich mit der Hand unter die Nase. »Aber es wäre effektvoll, Onkel Rustico in seinem eigenen Arbeitszimmer zu empfangen.« Er grinste schelmisch und entblößte palisadenartige Zähne, die seine feinen Züge verdarben. »Jedoch – ich war zuletzt als kleiner Junge zu Besuch in dieser Stadt. Wisst Ihr vielleicht, wie ich zu Onkel Rusticos Anwesen gelange?«

»Ich weiß, wo das Haus der Malamoccos liegt. Ich führe

Euch hin«, sagte Matelda. Bevor Elias widersprechen konnte, saß sie bereits auf dem Rappen und zupfte ihr Kleid zurecht. Mit erhobenen Brauen sah sie auf ihn hinab. »Ihr dürft hinter mir aufsitzen.« Die Palisaden im Mund des jungen Mannes verbreiterten sich.

Kapitel 5

Rivo Alto, die Straßen der Stadt

IN MATELDA BRODELTE die Angst. So musste sich ihr Vater gefühlt haben, als er auf den Balkon vor die Menge hinausgetreten war. Sie war im Begriff, sich in die Höhle der Malamoccos zu begeben. Wenn Rustico sie dort ertappte, wäre es um sie geschehen. Wenn sie aber nur ein wenig Zeit finden würde, sich in seinen Gemächern umzusehen, fände sie vielleicht einen Hinweis auf seine finsteren Pläne, ein Schriftstück vielleicht, dessen Inhalt ihn für alle Zeiten aus Rivo Alto verbannte – und damit aus ihrem Leben und dem ihres Vaters. Mochte die Gefahr auch groß sein, die Aussicht auf ein Leben an der Seite eines der Malamocco-Brüder war bedeutend schlimmer.

»Übergib die Todesfurcht den Winden.« So ging ein Lied, das ihre Mutter sie gelehrt hatte. Die Melodie summend, versuchte Matelda, ihre zitternden Hände zu beruhigen. Doch je mehr Mühe sie sich gab, umso weniger schien es zu gelingen. Da sie Elias ihre Furcht nicht zeigen wollte, begann Matelda zu sprechen. Auf dem Weg die Kanäle entlang erklärte sie dem Besucher das Leben in der Zwischenwelt aus Land und Meer. Sie zählte die kleinen Orte auf, die die Lagunenstädte bildeten. Sie zeigte ihm die Arbeiter, die ständig damit beschäftigt waren, Priele auszuschaufeln.

»Wenn sich zu viel Schlamm darin sammelt, kann das Seewasser nicht mehr durch die Kanäle fließen«, erklärte sie ihm. »Dann wird diese Stadt zu einem Sumpf voller Krankheiten. Geraten die Priele aber zu tief«, fuhr sie fort, »dringt das Meer ungehindert ein, und die Stadt ertrinkt. Alles ist eine Frage des Gleichgewichts.«

Elias brummte. Er schien weniger an den Teilen von Rivo Alto als vielmehr an denen Mateldas Gefallen zu finden und presste sich auf dem Rappen gegen ihren Rücken. Trotz der Kälte spürte Matelda die Hitze seines Leibes. Sein Geruch war der eines Reiters, der einige Tage im Sattel zugebracht hatte. Überdies verlieh ihm die Butter in seinem Haar eine ranzige Note. Sie kniff die Lippen zusammen, atmete so flach wie möglich und steckte sich eine Haarsträhne unter die Haube. Elias würde sie ins Haus der Malamoccos bringen, ohne dass Rustico sie sah. Kein Preis konnte dafür hoch genug sein.

»Ich sehe keine Stadtmauern«, sagte Elias.

Matelda nickte. »Wer braucht schon Mauern, wenn ihm die See zu Hilfe kommt?« Dann erzählte sie vom Überfall der Franken und wie die Lagunenstädte auf wundersame Weise vor dem Untergang bewahrt worden waren.

Zwanzig Jahre waren vergangen, seit die Franken mit Feuer und Schwert herbeigestürmt waren. Im Handumdrehen hatten die Invasoren Insel um Insel erobert: Heracliana war im Blut seiner Bewohner versunken, Torcello hatte den Franken die Tore öffnen müssen, Grado war gefallen und Malamocco, Heimat der gleichnamigen Tribunen, hatte die entsetzlichsten Ereignisse seiner jahrhundertealten Geschichte erlebt. Fünf Tage lang hatten die Franken die Häuser geplündert und niedergebrannt und die Fischer dafür bestraft, dass sie ihnen Widerstand geleistet hatten. Bis zum heutigen Tag erzählten die Mütter ihren Kindern Schauergeschichten aus jenen Tagen, an denen die fränkischen Eroberer ihre Gefangenen mit dem Kopfhaar, einem Arm und einem Bein an die Schweife ihrer Streitrosse gebunden hatten. Nur wenige hatten das Glück, von den durchgehenden Pferden ins Lagunenwasser gezogen zu werden, wo ihnen der Tod durch Ertrinken wie eine Gnade erschienen sein musste. Anderen glückte die Flucht ins benachbarte Rivo Alto. Dort, auf dem »hohen Ufer«, hatte der damalige Doge Agnello Partecipazio, Mateldas Großvater, die Tore seines Palatiums geöffnet und allen Flüchtlingen Obdach gewährt.

»Die Burg soll übergequollen sein von Menschen«, erzählte Matelda.

»Was ist dann geschehen?«, wollte Elias wissen. »Sind die Franken denn nicht in Rivo Alto eingedrungen?«

Matelda schmunzelte. Geschichten vom Krieg waren für den jungen Edeling anscheinend reizvoller als die technischen Kleinigkeiten einer Stadt mit den Füßen im Wasser. »Doch«, sagte sie. »Natürlich haben die Angreifer versucht, unsere Burg einzunehmen.«

Als die fränkischen Ritter vor den Toren aufgetaucht waren, hatten sie dem Dogen die Freiheit angeboten, wenn er die Tore öffne und das Palatium kampflos übergebe. Aber Agnello Partecipazio war selbst in genügend Schlachten gezogen, um zu wissen, dass eine Belagerung für beide Seiten eine Kraftanstrengung bedeutete. Mochten den Eingeschlossenen auch die Nahrungsmittel knapp werden – den Belagerern fehlte es an Nachschub. Die Franken waren tief in Feindesland eingedrungen. Sie würden nicht lange vor den Toren des Palatiums aushalten können. Der Doge hingegen hatte vorgesorgt und nicht nur die Vorratskammern bis unters Dach mit Getreide und Frischwasser füllen lassen. Agnello war überdies so vorausschauend gewesen, einen geheimen Kanal anzulegen. Durch diesen tauchten täglich einige Wagemutige hindurch, erreichten abgelegene Inseln und kehrten mit Fischen und den Eiern der dort nistenden Vögel zurück. Das Leben im Palatium ging monatelang weiter, und die Veneter schmausten Eier und Fisch, während sich die Franken an der Festung die Zähne ausbissen.

Matelda wandte sich zu Elias um. »An dem Tag, an dem die Eingeschlossenen begannen, den Angreifern von den Mauern herab Fische auf die Köpfe zu werfen, sollen die Franken aufgegeben haben. Aber das ist vermutlich nur ein Gerücht.«

Elias lachte. »Und die Franken sind nie wieder zurückgekehrt, um ihr Werk zu vollenden?«

Matelda deutete auf einen mit großen Steinen ausgelegten Weg, und Elias lenkte das Pferd dorthin. »Nicht solange ich lebe«, sagte sie, »und ich wurde kurz nach den Ereignissen geboren. Seither ist Rivo Alto die mächtigste der Lagunenstädte und Sitz des Dogen. Aber die schlimmen Zeiten kehren zurück. Byzanz will sich unserer bemächtigen, die Franken ebenso. Und die Langobarden kommen ebenfalls immer näher. Es ist nur eine Frage der Zeit, bevor einer ihrer Anführer wieder versuchen wird, sich die Inseln mit Gewalt zu nehmen. Nur eine feinsinnige Politik und ein geschickter Doge können uns davor bewahren.«

»Ihr wisst eine Menge über diese Dinge. Ich hörte, dass der neue Stadtherr ein Schwächling sein soll – der Sohn dieses Agnello. Diese Narren! Warum haben die Tribunen nicht meinen Onkel Bonus zum Dogen ernannt?«

Matelda schluckte eine Erwiderung hinunter. »Seht!«, sagte sie und wies auf ein Haus, das die Straße beherrschte. Sein mannshoher Sockel war aus Granitquadern zusammengesetzt. Das Stockwerk darüber bestand aus feinem Fachwerk, dessen Balken schwarz und weiß gestrichen waren. Von zwei Stangen über dem Eingangstor hingen Fahnen in denselben Farben. Nebengebäude und ein kleiner Obsthain säumten das Haupthaus. Aus einem der oberen Fenster fiel Licht. Erst jetzt bemerkte Matelda, dass sich die Dämmerung über die Lagune gesenkt hatte. Nie zuvor hatte sie sich nach Einbruch der Nacht außerhalb des Palatiums aufgehalten.

»Da ist es ja«, rief Elias aus. »Das Haus meiner Familie.« Er sprang vom Pferd, stemmte die Hände in die Hüften und ließ den Blick über das Anwesen schweifen. »Als ich zuletzt hier stand, war ich noch ein Knabe.«

»Wollt Ihr mir nicht vom Pferd helfen?«, fragte Matelda. Ihre Empörung fühlte sich echt an. Was dachte sich dieser Bauernschädel, wie er mit der Tochter des Dogen umspringen konnte? Dann fiel ihr ein, dass sie ihm ihre Identität verheimlicht hatte.

Bevor Elias seinen Fehler ausgleichen konnte, war Matelda vom Rücken des Pferdes gesprungen. Schon eilte sie auf das Eingangstor zu. »Kommt«, rief sie, »wir wollen uns hineinstehlen und Euren Onkel überraschen.« Insgeheim hoffte sie, dass Rustico noch nicht zu Hause angekommen war.

Mateldas Sorge war unbegründet. Ein Haushalter mit einem Gurkenkopf öffnete ihnen. Er erkannte Elias nicht, doch dann ließ er sich von Siegel und Wappen des Besuchers überzeugen und bat den Mann und die Frau durch eine kleine Tür in der hohen, doppelflügeligen Pforte hinein. Sie mussten sich unter dem Durchgang bücken, dann standen sie im Innenhof des Anwesens. Lustlos fragte der Diener, ob es sie nach einem späten Mahl verlangte. Als Elias abwinkte, meinte Matelda, den Mann aufatmen zu sehen.

»Es ist gut, dich wiederzusehen, Spatharius. Wie lange ist das her!«

Der Diener kniff die Augen zusammen. »Ihr wart noch ein Kind.« Er deutete mit der Hand auf die Höhe seines Nabels. »So groß ungefähr. Aber jetzt …« Sein Blick wanderte an Elias auf und ab. Dann musterte er Matelda und nickte anerkennend.

»Hör genau zu!« Elias beugte sich über den kleineren Veneter und nahm ihm die Öllampe aus der Hand. »Ich will meinen

Onkel überraschen und ihn in seinem Arbeitszimmer erwarten. Also verrate ihm nicht, dass ich hier bin. Ich erlaube mir einen Scherz mit ihm, verstehst du?«

Spatharius warf einen misstrauischen Blick auf Matelda. Vermutlich, sagte sie zu sich selbst, glaubt er, ich sei eine Dirne, von der Rustico nichts wissen soll. Was auch immer in dem Gurkenkopf vor sich gehen mochte – der Diener nickte stumm zu Elias' Worten und watschelte, seines Lampenscheins verlustig, in einem finsteren, nach Rauchwurst riechenden Durchgang davon.

»Es hat sich nichts verändert.« Elias sah zu den Wänden des Innenhofs hinauf. Eine Galerie säumte das obere Stockwerk. Das letzte Licht des Tages reichte gerade noch aus, um die zahlreichen Türen zu erkennen, die von dort abzweigten. »Welche führt wohl in das Arbeitszimmer? Zu dumm! Ich hätte Spatharius fragen sollen.«

Matelda nahm Elias die Öllampe aus der Hand. »Mich schaudert vor diesem Kerl. Bitte! Können wir ihn nicht dort lassen, wohin er verschwunden ist, und auf eigene Faust das richtige Zimmer zu finden versuchen? Wer weiß, was wir unterwegs alles entdecken?«

Bereitwillig überließ Elias ihr das Licht. Kaum waren sie zur Galerie hinaufgestiegen, als dumpfe Schläge gegen das Tor pochten. »Mach auf, Spatharius, du nichtsnutziger Schuldenbruder. Habe ich dir nicht befohlen, neben der Tür zu warten, wenn dein Herr nicht zu Hause ist?«

Matelda erschrak. So früh hatte sie nicht mit Rustico gerechnet. Sie waren mit dem Pferd, er hingegen zu Fuß unterwegs gewesen. Wenn er jetzt schon hier war, musste er ein Boot genommen haben, schloss Matelda. Sie fuhr zu Elias herum und legte einen Finger gegen seine Lippen. Dann löschte sie das Licht.

Aus dem Hof waren die unverkennbaren Schritte des Hausdieners zu hören, gefolgt vom Rasseln und Kratzen der Riegel. Dann erklang das Klatschen von Schlägen. »Ich zermürbe dir den Schädel«, schrie der Hausherr. Unwillkürlich duckten sich Matelda und Elias hinter die Brüstung. »Was fällt dir ein, mich ohne Licht in dieser Finsternis zu empfangen?«

Ein Murmeln war zu hören, dann wieder das Klatschen. Von der Stiege aus konnte Matelda nicht verstehen, ob Spatharius ihre Anwesenheit preisgegeben hatte. Hoffentlich, dachte Matelda, hasst er seinen Herrn so sehr, dass es ihm Freude bereitet, ihn zu belügen.

Die Furcht, von Rustico vor seinen Gemächern entdeckt zu werden, trieb sie vorwärts. Beherzt fasste sie Elias bei der Hand und zog ihn hinter sich her. Der junge Edeling folgte ihr bereitwillig. Sie hörte ihn glucksen.

»Dort entlang!«, flüsterte Elias und deutete auf eine der Türen. Matelda schob den Riegel beiseite und zog sie auf. Stumm drehten sich die Angeln auf gut gefetteten Bolzen. Der Raum dahinter lag im Dunkeln. Durch ein hohes Fenster floss das Mondlicht herein. Matelda konnte Teppiche erkennen, die von den Wänden herabhingen, und einen hohen Tisch am anderen Ende des Raums. Tatsächlich schienen sie Rusticos Arbeitszimmer gefunden zu haben. Wollte sie hier nach Hinweisen suchen, würden sie die Lampe entzünden müssen.

Ein leises Klacken ließ sie herumfahren. Elias hatte die Tür hinter sich zugezogen und den Riegel von innen vorgeschoben. »Jetzt kann er nicht mehr herein«, sagte er. Und ich nicht mehr hinaus, dachte Matelda. Da fühlte sie auch schon Elias' heiße Hände an ihren Oberarmen, und der strenge Geruch des gebutterten Bartes zwickte sie in der Nase.

»Wir werden auf dem Schreibtisch meines Onkels unser eigenes Siegel hinterlassen, Estrella.«

Mit diesen Worten schob er sie in den rückwärtigen Teil des Raumes. Instinktiv stemmte sich Matelda gegen Elias, vermochte jedoch gegen seine Kraft nichts auszurichten. Es schien, als stachle ihre Gegenwehr ihn an.

Als er versuchte, sie zu küssen, wandte sie rechtzeitig den Kopf zur Seite. Ihr Po stieß so heftig gegen den Schreibtisch, dass die darauf verteilten Gegenstände zu tanzen begannen und klapperten. Ungestüm nestelte sich Elias den Umhang von der Schulter und setzte die Arbeit an seiner Wolltunika fort. Dazu musste er jedoch Mateldas Arme loslassen. Sie versuchte, ihn beiseitezuschieben, aber sein Stand war so fest wie der eines Mannes, der es gewohnt war, auf dem Schlachtfeld keine Elle zurückzuweichen. Ihre Bemühungen belustigten ihn.

Da erklangen schwere Schritte und verhielten vor der Tür. Der Riegel wurde betätigt und das Holz rappelte. Aber der Eingang war von innen verschlossen. Elias erstarrte in seinen Bewegungen, Matelda hielt den Atem an. Wenn Rustico sie hier drinnen fände, wäre es um sie geschehen. Elias würde ihr vielleicht die Ehre rauben, Rustico aber mehr. Wieso hatte sie nur diesem kindischen Einfall nachgegeben? Sie schalt sich eine Närrin. Jetzt presste Elias ihr eine heiße, nasse Hand auf den Mund.

»Warum ist mein Arbeitszimmer zugesperrt?« Rustico brüllte auf der Galerie, dass die Schwalbennester unter dem Dach zitterten. »Spatharius, du stockblinder Mümmel, dafür wirst du die Peitsche kosten!« Darauf folgte großes Getöse. Anscheinend trat Rustico gegen die Tür, doch das Holz hielt seinen Bemühungen stand. Schließlich rief er mit der Stimme der Verzweiflung: »Wie soll ich die gesamte Stadt in die Gewalt des Kaisers bringen, wenn ich nicht einmal mein eigenes Arbeitszimmer aufschließen kann?«

Die Geräusche verstummten. Vorsichtig löste Elias seine

Hand von Matelda Gesicht. Sie fuhr sich mit der Zunge über die Lippen, schmeckte Salz. Was hatte Rustico da gerade gesagt? Wenn sie es richtig verstanden hatte, wollte er Rivo Alto an Byzanz ausliefern. So schnell wie möglich musste sie zurück, um ihren Vater zu warnen.

»Er wird bald einen Weg hinein finden«, flüsterte Elias. »Wir müssen uns beeilen!« Damit nahm er die Arbeit an seinem Wollkleid wieder auf. Offenbar war er noch immer davon überzeugt, dass Matelda es kaum erwarten konnte, ihm zu Willen zu sein. Während er sie mit einer Hand festhielt, gelang es ihm, sich die Tunika über den Kopf zu ziehen. Halb nackt stand er vor ihr. Die Gerüche seines Leibes ließen Matelda auf dem Tisch weiter nach hinten rücken.

Unter ihr, dort, wo ihr Kleid über die Tischplatte rutschte, raschelte etwas. Wenn dies tatsächlich Rusticos Arbeitszimmer war, dann saß sie gerade auf seinen Briefen und Urkunden – Belegen für seinen Verrat. Während Elias sie weiter bedrängte, wischte sie mit einer Hand über den Tisch und klaubte so viele Pergamente zusammen, wie ihre Finger zu fassen vermochten. Dann stopfte sie die Beute zwischen ihre Unterkleider.

Elias schien diese Geste als Aufforderung zu verstehen. »Heb die Röcke, Estrella!«, keuchte er, atemlos nicht nur von den Bemühungen mit seinen Kleidern. Jetzt begann er, die Fäden an seiner Hose zu entwirren. Matelda spürte, wie das Entsetzen sie lähmte. »Warte!«, rief sie lauter als beabsichtigt.

»Wer ist da drin?«, brüllte Rustico. »Diebe! Spatharius!«

»Still!«, zischte Elias, während er verzweifelt an seinem Hosenlatz nestelte. Im Dunkeln schien er die Knoten des Verschlusses nicht erkennen zu können.

Matelda wusste, dass es nur einen Weg gab, sich vor Elias in Sicherheit zu bringen. »Lass mich das machen«, sagte sie und zwang sich, ihn nicht länger abzuwehren. Sanft schob sie seine

Hand von ihrem Arm, rutschte von der Tischplatte hinunter und ging vor Elias auf die Knie. Ihre Finger fanden die Fäden, die seine eng anliegende Hose hielten.

Mit bebenden Händen versuchte Elias, sein Beinkleid einfach abzustreifen. Der Bund war jedoch so eng verschnürt, dass er den Stoff nicht über seine Hüften zu schieben vermochte. Die Schnüre glitten Matelda aus den Fingern.

»Halt doch still!«, zischte sie und warf einen Blick zur Tür. Doch von dort kam kein Laut. Wie viel Zeit mochte ihr bleiben, bevor Rustico zurückkehrte und die Tür aufbrechen ließ? Zu gern wäre sie einfach zum Eingang gerannt, hätte den Riegel geöffnet und wäre über die Galerie entkommen.

Als hätte Elias ihre Gedanken gelesen, spürte sie plötzlich, wie er schmerzhaft in ihr Haar griff und daran zerrte. »Beeil dich, oder ich schneide mir die Hose mit dem Schwert vom Leib«, keuchte er. Speicheltropfen besprühten Mateldas Hände.

Nie zuvor war sie einem Mann auf diese Weise nahe gewesen. Während sie nach den Fäden suchte, versuchte sie, nicht mit Elias' Geschlecht in Berührung zu kommen, das sich ihr unter dem Stoff entgegenwölbte. Gegen die Gerüche, die von seinem Unterleib aufstiegen, war der Dunst seines Oberkörpers wie Balsam gewesen. Seine Dringlichkeitsbekundungen im Ohr, gelang es Matelda schließlich, die Schnüre zu lösen. Mit beiden Händen riss sie Elias das Beinkleid bis auf die Knie herunter, dann rollte sie es auf seine Knöchel herab. Ihre Blicke waren auf seine Füße geheftet, keinesfalls verlangte es sie danach, zu sehen, was für Ungeheuerlichkeiten sie an seiner Körpermitte freigelegt hatte.

Gerade wollte er sich an sie drängen, da fasste sie seine Fesseln und zog daran mit aller Kraft. Elias taumelte, versuchte, Halt zu finden, ließ ihr Haar los. Doch der Stoff war eng um seine Füße geschlungen. Statt Laute der Wollust stieß er nun Rufe des Erschreckens aus. Noch einmal zog Matelda an seinen Füßen. Der Veneter stürzte zu Boden. Woran er sich festzuklammern versuchte, konnte Matelda in der Dunkelheit nicht erkennen, doch riss er etwas mit sich, gegen das der Lärm einer in Panik geratenen Schafherde ein Säuseln gewesen wäre.

Sie achtete nicht auf seine wütenden Rufe und auf das Schrammen der Schemel, als er versuchte, auf die Beine zu kommen. Schon war sie bei der Tür, tastete nach dem Riegel. Doch der ließ sich nicht zurückschieben. In ihrem Rücken hörte sie Elias knurren. Als sie sich umwandte, sah sie, wie er sich zu erheben versuchte, von der Hose um seine Knöchel behindert. Ungelenk bückte er sich, um sich von dem Beinkleid zu befreien, drohte aber, das Gleichgewicht erneut zu verlieren, und musste seine Bemühungen aufgeben. »Ich verbrenne dir das Fleisch!«, brüllte er, und Matelda zweifelte in diesem Moment nicht daran, dass er seine Drohung in die Tat umsetzen würde, wenn sie nicht rechtzeitig entkam. Mit der Faust schlug sie gegen das Eisen des Riegels, dass es schmerzte. Da endlich scharrte die Schiene zurück. Die Tür war frei. Sie zog sie auf.

Vor ihr standen Rustico und der Hausdiener. Der eine hielt ein Nachtlicht, der andere einen gewaltigen Hammer, beide trugen Mienen der Überraschung zur Schau.

Matelda taumelte zurück, fühlte sich von Armen umschlungen und zu Boden gerissen. Elias war über ihr, bevor sie an Gegenwehr denken konnte. Wild wie ein junger Bulle riss er an ihrem Gewand und brachte ihre bloßen Beine zum Vorschein. Im Rausch der Zügellosigkeit schien er erblindet zu sein, denn seinem Onkel mitsamt Diener widmete er keinerlei Aufmerksamkeit. Sein gesamtes Wesen schien einzig von der bevorstehenden Vereinigung mit seinem Opfer erfüllt.

Matelda schloss die Augen. Vielleicht würde Rustico sie töten, wenn alles vorüber war. Das würde ihr ersparen, mit der Schande zu leben oder selbst Hand an sich legen zu müssen. In ihren Unterkleidern knisterte das Pergament, als Elias einen Weg durch die Lagen von Leinen und Wolle suchte. Dann ließ er sich mit seinem gesamten Gewicht auf sie fallen. Sie schrie auf. Im nächsten Moment war Elias fort.

»Ein siecher Schwarm von bleichen Übeln soll euch befallen! Wer seid ihr und warum hurt ihr in meinem Haus, noch dazu in meinem Arbeitszimmer? Vor meinen Augen!« Licht flammte auf. Im Hintergrund hatte Spatharius weitere Lampen entzündet. Matelda sah das runde Gesicht Rusticos über sich schweben wie einen roten Mond.

»Du!« Seine weichen Lippen kräuselten sich. »Wie …?«

»Onkel, ich bin es, dein Neffe. Sie ist meine Braut«, krächzte Elias und verbarg seine Blöße mit dem Zipfel eines Wandbehangs. »Wir wollten … Ich wollte dich mit meinem Besuch überraschen.«

Wenn Rustico über das Wiedersehen mit seinem Neffen erfreut war, so zeigte er es nicht. »Die ist deine Braut? Weißt du überhaupt, wer das ist?«

Matelda strich ihre Kleider über ihre Beine und erhob sich so langsam wie möglich. Die Tür war wenige Schritte entfernt und stand offen. Nur der Gurkenkopf verbaute ihr mit hängenden Schultern den Weg.

»Sie heißt Estrella«, sagte Elias und versuchte, seine Hose wieder an den rechten Platz zu bringen.

Rustico schlug zu. Elias ging zu Boden und schrie vor Schmerz. Sein Geschlecht, bemerkte Matelda, war auf ein Bruchteil seines vorherigen Ausmaßes geschrumpft.

»Sie ist die Tochter des Dogen, du gomorrhäischer Haremshalter. Und die Braut deines Onkels Bonus. Wenn du sie entehrt hast, werde ich deinem Gemächt die Haut abschälen. Hast du deine Lust an ihr gestillt?« Er zögerte. »Habt ihr etwa gehört, was ich gesagt habe, vorhin vor der Tür?«

Zwischen dem Gebelfer des Hausherrn und Elias' Beteuerungen schob sich Matelda in Richtung Ausgang. Kaum hob Rustico erneut die Hand, um seinen Neffen zu schlagen, da sprang Matelda über ein umgestürztes Kohlebecken, wischte an Spatharius vorbei und war auch schon auf der Stiege zum Hof, bevor sie Schritte hinter sich vernahm. Hoffentlich, dachte sie und betete zum heiligen Markus, hat der nachlässige Haushalter vergessen, die Pforte abzuschließen.

Kapitel 6

Rivo Alto, die Lagune

DIE *VISUNDUR* LEGTE SICH leicht auf die Seite. Ein Zittern durchlief den Rumpf, als die Strömung ihn packte.

»Dort liegen sie, die Lagunenstädte!«, sagte Bonus, der neben Alrik an der Ruderpinne stand. Mit der Lässigkeit eines Schiffseigners lehnte der Tribun an der Bordwand und deutete nach Westen. Alrik verzichtete darauf, zu ihm hinüberzusehen.

Das fiel nicht schwer, denn an der nachtschwarzen Küste blinkte ein Meer von Lichtern. Alrik hatte schon viele Städte im Dunkeln angelaufen, darunter Moloche wie Byzanz. Doch nie zuvor hatte er gesehen, dass eine Stadt auf dem Wasser schwamm. Jedenfalls sah es so aus, als rage dieses Rivo Alto aus den Fluten der Adria empor. Die Lichter in den Fenstern und die Leuchtfeuer für die Schiffe spiegelten sich in der glatten See. Der Sternenhimmel schien ins Meer gestürzt zu sein.

»Ist sie eine Schönheit? Und ob sie das ist«, sagte Bonus an seiner Seite. Alrik antwortete nicht. Kaum kam der Hafen in Sicht, hielt er darauf zu. Elegant glitt die *Visundur* an Barken und Schuten vorbei. Suchend blickte Alrik sich um.

»Gibt es hier keine Kriegsschiffe?«, fragte er. »Wie verteidigt ihr euch?«

»Meine Schiffe sind das Beste, was Rivo Alto zu bieten hat.« Stolz schwang in Bonus' Stimme. »Und die anderen Lagunenstädte ebenso.«

Alrik nickte stumm. Eine Stadt im Meer, die keine starken Schiffe besaß. Kein Wunder, dass sie fremde Seefahrer in ihre Dienste zwingen mussten.

Kurz vor dem Einlaufen gab Alrik das Kommando, die Riemen einzuholen. Bald darauf ragten die Ruderblätter in den Himmel, und Salzwasser regnete von dem Holz auf die *Visundur* herab. Sie machten neben einem Schiff fest, dessen Aufbauten entfernt worden waren. Offenbar wurde es gerade überholt. Ingvar versuchte im Licht der Fackeln, die die Kais säumten, das Innere des Gefährtes zu erkennen.

»Spantengeripppe und Planken aus Lindenholz. Und sie klinkern ihre Schiffe.« Ingvars Bericht belustigte die Mannschaft.

Mühsam kletterte Bonus auf den Anleger. »Was gefällt euch daran nicht? Unsere Schiffe sind robust wie Walrosse.«

»Und ebenso schnell«, ergänzte Bjor.

»Du!«, rief Bonus Alrik zu. »Du kommst mit mir. Ihr anderen bleibt hier. Nutzt die Zeit, und säubert das Schiff. Wenn meine Dromonen uns eingeholt haben, sagt Kapitän Gisulf, dass ich beim Dogen bin.«

»Willst du diesem Kerl etwa allein folgen?«, wollte Bjor von seinem Vater wissen. Selbst im Dunkeln konnte Alrik die Sorgenfalten auf der Miene seines Sohnes erkennen.

»Was, glaubst du, könnte mir geschehen? Dass er mich hinterrücks erdolcht? Zum einen habe ich sein Messer zu den Fischen geschickt. Zum anderen sollte selbst dieser Bonus mittlerweile wissen, dass er uns braucht, um die *Visundur* zu fahren. Er hat es auf unangenehme Art gelernt – er wird sich daran erinnern.«

Die Sorgenfalten im Gesicht seines Sohnes waren von Dauer.

»Also gut«, sagte Alrik. Dann rief er: »Meine Söhne gehen mit uns.«

»Das erlaube ich nicht«, gab Bonus zurück. »*Ein* Wilder im Palast des Dogen ist gefährlich genug.«

»Du willst Gefahr vermeiden, doch du beschwörst sie herauf«, erwiderte Alrik. »Du willst ein Schiff steuern, doch du zerbrichst das Ruder. Du willst mir befehlen, doch du bringst mich zum Lachen.«

Ohne weiter auf Bonus' Protest zu achten, gab Alrik seinen Söhnen Zeichen, ihm zu folgen. »Wir gehen zu dritt.«

✳

»Versteht Ihr nicht, Giustiniano? Diese Männer bringen uns das Schiff, mit dem wir den heiligen Markus herbeischaffen können.« Ein ums andere Mal wiederholte Bonus von Malamocco die Worte. Doch der dürre Mann in kostbarem Gewand schien ihn nicht zu hören. Fortwährend starrte er auf einen kleinen, mit Zeichengerät bedeckten Tisch am Rande des großen Raums. Kein Wort kam über seine Lippen.

Alrik sah sich um. Das sollte ein Palatium sein? In Konstantinopel war er als einer der Leibwächter des Kaisers in dessen Privatgemächern ein und aus gegangen. Gegenüber dem byzantinischen Palast glich die Behausung dieses sogenannten Dogen einem Stall. Dennoch hörten Ingvar und Bjor nicht auf, die feinen Wandbehänge zu betasten und sich Rosinen aus einer bronzenen Schale in den Mund zu stopfen. Damals, in Byzanz, waren sie noch Knaben gewesen. Seither nannten sie die *Visundur* ihre Heimat und Fisch, Salz und den Geruch von Tang ihre Sinnesfreuden.

Im Raum des Dogen, es mochte eine Art Studierstube sein, blakten Öllichter. Schatten tanzten in den Winkeln, und der Luftzug, der durch die Fensteröffnungen drang, blähte die Spinnweben unter den Balken. Zu dieser späten Stunde war einzig der Doge noch anwesend. Es wunderte Alrik, dass der Herr der Stadt überhaupt noch wach war – und dass Bonus sich andernfalls herausgenommen hätte, ihn zu wecken. Etwas war ungewöhnlich an dem Verhältnis der beiden Männer.

Als der Doge noch immer nicht reagierte, fasste Bonus von Malamocco ihn an der Schulter und drehte ihn zu sich herum. Jetzt kam Leben in den Fürsten.

»Was nutzen mir Heilige und schnelle Schiffe?«, fragte er und riss sich die merkwürdig geformte Mütze vom Kopf, um sie Bonus in die Hand zu drücken. Alrik hatte ähnliche Kopfbedeckungen bei persischen Kriegsgefangenen gesehen. Er beschloss, diese Erkenntnis für sich zu behalten.

»Euch nutzen sie nichts«, erwiderte Bonus, »aber unseren Städten bringen sie Reichtum und Glück.« Alrik bemerkte, dass der Tribun die Mütze festhielt wie einen Schatz.

Der Doge, sein Haar war kurz geschoren und hatte die Farbe von Asche, fuhr ungehalten fort: »Was kümmern mich Eure Ränkespiele, wenn meine Tochter verschwunden ist. Seit Stunden schon ist sie fort. Im Dunkeln, ohne Wachmänner, ohne Dienerinnen. Wenn ihr etwas zugestoßen sein sollte, werde ich Euch und Euren Bruder dafür zur Rechenschaft ziehen.«

»Ist das absurd? Das ist es tatsächlich«, schnaubte Bonus. »Was soll ich mit dem Verschwinden Eurer Tochter zu schaffen haben? Ich komme gerade von Sizilien her.«

»Ich weiß, dass Ihr irgendwie dahintersteckt. Das genügt.«

Ingvar schaltete sich ein: »Ist sie schön, deine Tochter? Ein gutes Weib?«

»Was sind das für Leute, die Ihr mir da ins Haus schleppt?« Der Doge erregte sich immer mehr.

Bonus schien von der Aufgebrachtheit des Fürsten überrascht zu sein. »Ihnen gehört das Schiff, das …« Weiter kam er nicht.

»Schafft sie fort! Und findet meine Tochter! Wenn mein Kind bis Sonnenaufgang nicht wohlbehalten in diesem Raum steht, müsst Ihr Tribunen Euch einen anderen Dogen suchen. Und was das für Eure hochtrabenden Pläne bedeutet, wisst Ihr wohl.«

Alrik kannte die Ränkespiele der Mächtigen. Aber sie ermüdeten ihn. Es war an der Zeit zu verschwinden. Dieser Bonus hatte einen Fehler begangen. Alrik war ihm gefolgt in der Hoffnung auf Reichtümer, auf ein ruhigeres Leben in Sicherheit, so wie seine Familie es einst geführt hatte, damals im Norden. Aber diese Hoffnung war nichts weiter als ein Stück Treibholz auf dem Meer – so wie diese seltsame Stadt selbst.

Alrik bedeutete seinen Söhnen, ihm zu folgen. »Wir schlagen besser wieder Eis auf dem Ätna. Der Vulkan ist berechenbarer als alle Fürsten dieser Welt. Kommt!«

»Warte!« Ingvar rieb sich die Stirn. Dann trat er zu dem Dogen. Der Fürst wich zurück, Angst in den Augen. »Wir finden deine Tochter«, sagte Ingvar, während er sich mehr Rosinen in den Mund schob. »Macht nichts, wenn sie hässlich ist. Eine schöne Belohnung ist wichtiger.«

»Tribun!«, rief der Doge. »Schafft endlich diese Tiere hinaus!«

Alrik ballte die Fäuste, bis die drei Finger an seiner Rechten schmerzten. Man hatte ihn schon vielerlei Namen gerufen. Aber dass der Fürst einer kleinen Stadt, ein bettflüchtiger Alter, seine Söhne schmähte, konnte er nicht dulden.

»Tiere?«, knurrte er. Vom Zorn verjüngt ging er auf den Dogen zu. »Meine Söhne sind freie Männer des Meeres. Sie können ein Schiff fahren, einen Berg besteigen und ein Weib glücklich machen. Kannst du das etwa? Deinesgleichen ist nur erzogen zur Sinneslust, zu Tanz, Gesang und Putz. Bist du überhaupt ein Mann?« Er griff nach dem Zeichenpult und warf es um. Papyrus glitt über den Boden. Darauf waren Striche zu sehen, Zeichnungen, Bilder von Schiffen. Alrik stutzte. Neugierig geworden studierte er die Bögen und bückte sich danach.

»Das sind die Bilder meiner Tochter! Nehmt die Hände weg!«, rief der Doge und las die Zeichnungen auf.

Alrik erhob sich, eines der Blätter in Händen. »Deine Tochter hat das gemacht?«, fragte er, Zweifel auf der Zunge. Auf dem Leder war ein Schiff abgebildet. Ein Schiff, wie es Alrik nie zuvor gesehen hatte. Es ähnelte keiner Dromone mit ihren doppelten Ruderreihen, auch hatte es kein Rahsegel oder einen Rammsporn, und mit einem Drachenboot hatte es so viel gemein wie ein Elefant mit einer Schlange. Hochwandig wie ein Kauffahrer war es gezeichnet, dabei wesentlich größer. Die kleinen Gestalten der Besatzung, die von geschickter Hand auf das Deck getupft waren, verdeutlichten die enorme Größe des Schiffs. Überdies hatte sich die Zeichnerin nicht darum bemüht, mit dem Bild zu gefallen. Hier war kein kleines Mädchen am Werk gewesen, das sich die Aufmerksamkeit seines Vaters erkaufen wollte. Stattdessen blickte Alrik auf eine ausgefeilte Konstruktion. Längenangaben, Maße und Gewichte sprenkelten das Blatt, Zahlen reihten sich am Rand zu Kolonnen.

Der Doge nahm ihm das Bild aus der Hand. Dabei zupfte er vorsichtig an dem Papyrus. Alrik ließ los. »Meine Tochter liebt Schiffe«, erklärte der Fürst. In seine Stimme war eine Sanftheit getreten, die Alrik bekannt war.

»Wie alt ist sie?«, fragte er.

»Neunzehn wird sie noch in diesem Winter.« Behutsam wischte der Doge die Bögen sauber. Alrik richtete den kleinen Tisch wieder auf, und der Fürst legte die Zeichnungen zurück an ihren Platz. Es fiel Alrik schwer, sich von den Bildern zu lösen. Eine junge Frau sollte das vollbracht haben? Gemeinsam schauten die beiden Männer auf die Bilder und sagten kein Wort.

»Soll ich sie nun hinauswerfen lassen, oder hört Ihr, was ich zu sagen habe, Giustiniano?« Noch immer hielt Bonus die Kopfbedeckung des Dogen fest umklammert. Niemand antwortete ihm.

»Ich würde gern mit deiner Tochter reden«, sagte Alrik schließlich. »Willst du mir verraten, wo wir nach ihr suchen können?«

✳

Mateldas Hände stießen mit Wucht gegen die Tür des Herrenhauses. Doch der Ausgang der Residenz der Malamoccos war verschlossen. Zwar hatte sie aus dem Arbeitszimmer entkommen können, doch nun würden Rustico und Elias sie hier unten im Hof finden. Hilflos tastete sie über das Holz der Tür und riss sich Splitter in die Finger. Da fiel ihr die Nadel aus Bronze ein, die Haar und Haube auf ihrem Kopf zusammenhielt. Hieß es nicht, dass Diebe mit einem solchen Werkzeug Türen öffnen konnten? Von der Treppe her klangen Schritte und Rufen. Sie tastete nach dem Schloss, aber ihre Hoffnung, es mit einer Nadel bearbeiten zu können wie ein Meisterdieb, sank. Da war der Riegel – und der Schlüssel steckte! Dankbar für die Nachlässigkeit des Hausdieners riss Matelda die Tür mit beiden Händen auf und schlüpfte ins Freie – nur um sie sofort wieder hinter sich zuzusperren. Den Schlüssel warf sie in das Nachtwasser des nächsten Kanals.

Die Hufe des Rappen klapperten über das Pflaster und rissen die Stadt aus dem Schlaf. So gut es ging, klammerte sich Matelda an den Hals des Tieres und presste ihm die Fersen in die Seiten. Elias' Hengst war riesig und sie nur eine junge Frau. Reiten – das kannte sie nur von jenen Gelegenheiten, wenn sie ihren Vater auf die Jagd begleiten durfte. Selbst dann wartete sie bei den Dienern und vertrieb sich die Langeweile, indem sie Gesichter in die Wolken malte. Jetzt lachten die Sterne hämisch auf sie herab – sie selbst war das Wild, und ihre Jäger waren ihr dicht auf den Fersen.

Natürlich hatte das Hindernis ihre Verfolger nicht lange aufhalten können. Und wenigstens einer von ihnen musste ein viel besserer Reiter sein, als sie es war, denn die wütenden Rufe in ihrem Rücken wurden immer lauter. Elias' Rappe hatte ihr einen Vorsprung gewährt, der schneller schrumpfte als die Männlichkeit des Malmocco-Neffen, nachdem sie ihn zu Boden gestoßen hatte. Kalt rann es Matelda den Rücken hinab, als die Szene aus ihrem Gedächtnis emporstieg wie eine Wasserleiche aus dem toten Arm der Lagune.

Es war an der Zeit, sich einzugestehen, dass die Verfolger sie einholen würden. Aber wenn Geschwindigkeit und Kraft nicht ausreichten, um sich zur Wehr zu setzen, mochten ihr andere Fähigkeiten zur Seite stehen. Immerhin war sie zwischen diesen Häusern und Kanälen aufgewachsen – mindestens einer ihrer Verfolger hingegen war ein Fremder in der Stadt.

Sie riss das Pferd am Zügel. Das Tier schnaubte, und eine Wolke stieg von seinen Nüstern auf. Der Geruch von Pferdeschweiß stieg Matelda in die Nase. Mit bebender Hand lenkte sie den Rappen von der Straße. Der alte Hauptweg war die einzige Route durch die Stadt, die mit Steinen gepflastert war. Abseits davon gab es nur Schlick und Schlamm. Darin versanken die Hufe ihres Reittiers beinahe geräuschlos. Sie hielt den Atem an.

Bald darauf hörte sie, wie einer der Verfolger herangeprescht kam. Ohne anzuhalten, ritt er weiter die Straße entlang. Der Zweite kam nur wenig später, auch er passierte die Stelle, an der sich Matelda verborgen hielt. Nur zögerlich kam die Erleichterung. Matelda legte eine Hand auf ihre Brust, um ihren trommelnden Herzschlag zu beruhigen. Sollte sie versuchen, zum Palatium zu gelangen? Dort wäre sie in Sicherheit. Doch ihre Verfolger mochten annehmen, dass sie dorthin unterwegs war, und sie bereits erwarten. Klüger wäre es, zu der kleinen Insel hinauszurudern. Dort stand jener Schuppen, in dem Matelda ihr Geheimnis aufbewahrte. Gerade hatte sie sich entschlossen, nach einem Boot für die Überfahrt zu suchen, als die Hufschläge zurückkehrten.

Diesmal näherten sich die Reiter langsam. Sie mussten bemerkt haben, dass das Wild einen Haken geschlagen hatte. Vermutlich suchten sie jetzt in den Schatten zwischen den Hütten und Hainen, lugten in die Seitenwege, wo das Wasser der Kanäle gluckste. Dort jedenfalls hätte Matelda selbst nachgesehen. Ihr Herz galoppierte wieder los, und sie trieb den Rappen an, sanft, damit das Pferd keine verräterischen Geräusche in die Nacht entließ.

Sie folgte dem kleinen Kanal, von dem sie wusste, dass er sie durch das Gewirr der Häuser zum Palatium bringen würde. Zwischen den Hütten war es finster. Die wenigen Lichter in den Fenstern waren gerade hell genug, um sie nicht gegen eine Tür, eine Wand oder einen Zaun stoßen zu lassen. Das Wasser des Kanals glitzerte im Sternenlicht und wies den Weg.

Als Matelda erneut anhielt, war nichts mehr zu hören. Doch die Stille beunruhigte sie mehr, als Rufe und das ferne Schlagen von Hufen es vermocht hätten. Kaum vorstellbar, dass Rustico und Elias die Verfolgung aufgegeben hatten. Bestimmt lauerten sie irgendwo unter der Tarnkappe des Schweigens. Vermutlich lauschten sie ebenso auf die Geräusche, die Matelda verursachen mochte, wie sie selbst auf die Schritte ihrer Verfolger horchte.

So behutsam wie möglich lenkte sie das Pferd weiter vom Hauptweg fort. Gerade wollte sie um eine Hausecke biegen, als dahinter der Schein einer Fackel auftauchte. Das Flackern kam näher, von Stimmen begleitet, den Stimmen zweier Männer. Matelda zögerte. Da griff eine Hand dem Rappen ins Geschirr. Eine andere umfasste heiß ihre Fessel.

»Niemand entkommt einem Malamocco«, hörte sie Rustico knurren.

Vergebens versuchte Matelda, das Pferd herumzureißen.

»Herunter mit dir!« Das war Elias' Stimme. Eine weitere Hand fasste ihre Wade und zog daran. Die Berührung war empörend, schlimmer als das, was in Rusticos Arbeitszimmer geschehen war. Mit einem Ruck kam Matelda frei. Sie sprang auf der gegenüberliegenden Seite vom Pferd hinunter und versuchte davonzurennen.

Das Erste, was sie in ihrem Rücken hörte, war das Gelächter Rusticos, das Zweite waren Elias' flinke Schritte. Sie wusste, dass sie nicht weit kommen würde, und für einen Moment stieg der Gedanke in ihr auf, sich in den Kanal zu stürzen, um darin zu ertrinken. Besser, als den Schurken ausgeliefert zu sein.

Eine Hand krallte sich in ihr Haar, doch noch einmal riss sie sich los. Der Schmerz in ihrer Kopfhaut stachelte sie an. Da leuchtete vor ihr die Fackel. Vielleicht wartete in dem Lichtschein die Rettung. Eine Gruppe später Zecher oder ein Nachtwächter – wer auch immer ihr entgegenkam, er musste ihr helfen, und wenn es nur einen Wimpernschlag währte!

Matelda wischte um die Ecke, ihre Füße glitten durch den Schmutz, doch sie fand Halt an einem Pferdering in einer der Wände. Da prallte sie gegen eine Gestalt. Es war ihr gleichgültig, um wen es sich handelte. Mit klammen Fingern krallte sie sich in seinen Kleidern fest. »Hilf mir!«, wollte sie rufen, doch nur ein Krächzen kam aus ihrer Kehle. Schon packten sie Hände von hinten und rissen sie fort. Mit beiden Fäusten schlug Matelda um sich. Sie traf einen Kopf. Jemand schlug ihr in den Unterleib und sie fiel auf die Knie, wurde an einem Arm wieder emporgerissen.

»Genug!«, grollte Elias. Im Schein der Fackel zuckten seine verzerrten Züge.

»Die will dich wohl nicht«, brummte eine Stimme mit schartigem Akzent.

Matelda wischte sich das aufgelöste Haar aus dem Gesicht. Neben ihr standen Elias und Rustico, auf der anderen Seite zwei fremdartig aussehende Männer. Einer von ihnen war hager und etwa so groß wie sie selbst, der andere hochgewachsen und kräftig. Er war es, der gesprochen hatte. Aus seiner Faust ragte die blakende Fackel wie ein Halm aus Stroh. Kapuzen verbargen die Gesichter der beiden. Unter dem schmutzig grauen Leinen des Großen fiel langes, strähniges Blondhaar herab.

»Zieht eurer Wege«, zischte Rustico und wandte sich ab. Mit einem Wink bedeutete er Elias, ihm zu folgen. Matelda fühlte sich fortgezerrt. Die beiden Fremden hingegen rührten sich nicht.

»Helft mir doch!«, rief sie. »Ich bin die Tochter des Dogen. Mein Vater wird euch beloh…« Eine Hand auf ihrem Mund brachte Matelda zum Schweigen.

»Wartet!«, rief der blonde Fremde. Die Silben schwammen kehlig in seiner Stimme. Aber Elias und Rustico achteten nicht auf ihn. Matelda kratzte die Hände, die sie festhielten, und trat in die Luft. Doch der einzige Erfolg, der sich zeigte, war, dass sie den Boden unter den Füßen verlor und nun umso heftiger von Elias mitgeschleift wurde.

»Wartet, habe ich gesagt!« Die Stimme erklang erneut, im selben, geduldigen Ton wie zuvor. Der zweite Mann sagte etwas zu seinem Begleiter, das Matelda nicht verstand. Warum musste sie ausgerechnet an zwei Feiglinge geraten? Es blieb ihr nichts anderes übrig: Nur sie selbst konnte sich helfen.

So weit es möglich war, drehte sie den Hals und biss Elias in die Hand. Er schrie auf und gab sie frei. Trotzdem ließ Matelda nicht von ihm ab. Ihre Zähne vergruben sich in die dünne Haut seiner Handfläche. Dazwischen spürte sie pralle Adern und feine Knochen. Sie ließ ihre Zähne daran nagen. Blut floss über ihre Zunge. Jetzt war es Elias, der von ihr fortkommen wollte, und sie, Matelda, diejenige, die ihn hielt.

Mit einem kräftigen Stoß gelang es Elias, sich zu befreien. Matelda stürzte in den Schlamm. Elias' Blut lief ihr aus dem Mund, und etwas, das seine Haut gewesen sein mochte, klebte an ihrem Gaumen. Übelkeit stieg in ihr hoch.

Zwei Hände umfassten ihre Hüften. »Wenn du sie nicht willst. Ich nehm' sie«, hörte sie den Großen sagen. Jemand hob sie hoch. Die Übelkeit nahm zu. Doch statt sie auf die Füße zu stellen, fand sich Matelda kopfüber auf der Schulter des Fremden wieder. Eine einzige Hand umklammerte ihre Fesseln und verhinderte, dass sie hinabrutschte. Sie würgte, hörte giftige Worte, das Sirren von Eisen, das aus dem Leder gezogen wird, jemand schrie. Mit einem Mal fühlte sich der Schweiß auf ihrer Haut kalt an. Sie blickte an den Beinen des Fremden hinab. Wo seine Füße hätten sein sollen, war kein Boden zu erkennen. Dort gähnte nur die Schwärze der Nacht.

Kapitel 7

Rivo Alto, das Palatium des Dogen

NIE ZUVOR WAR MATELDA in Bewusstlosigkeit gesunken. Zwar hatte sie im kindlichen Spiel oft die Dame gegeben, die angesichts des ihr übelwollenden Ungeheuers in Ohnmacht fiel. Doch war sie dabei jedes Mal erschrocken über diesen Zustand der Hilflosigkeit, des Nichtsehens, Nichthörens, Nichtfühlens, der Bewegungslosigkeit und des Ausgeliefertseins, auch wenn sie sich das nur vorstellte. Stets hatte ihr dieses Hineinfühlen mehr Schauder beschert, als ihre mit alten Pelzen verkleideten Spielgefährten es vermocht hatten. Jetzt hatte sie eine wirkliche Ohnmacht umfangen, und der Schrecken war noch größer, als Matelda ihn sich ausgemalt hatte.

Sie erwachte mit einem Schrei auf den Lippen. Eine Hand legte sich auf ihre Stirn. Noch bevor die Schleier vor ihren Augen zerrissen, wusste sie, es war die Hand ihres Vaters. Sie blinzelte und blickte in das Sorgengesicht Giustinianos.

»Du bist in deinem Schlafgemach«, flüsterte er, und der vertraute Geruch seines Atems beruhigte Matelda ein wenig. »In Sicherheit.«

Sie schluckte und krächzte. Ein Becher berührte ihre Lippen, Wasser rann in ihren Mund. »Was ist geschehen? Wieso bin ich hier?«

Tageslicht sickerte durch die leichten Vorhänge in den Raum. Ihr Vater hielt ihr ein Gefäß aus kunstvoll gearbeitetem Glas entgegen. Blaue und gelbe Streifen wechselten sich auf der Oberfläche ab.

»Ich habe dich suchen lassen«, sagte Giustiniano. Dann

blickte er zu Boden und schüttelte leicht den Kopf. »Nein. Eigentlich war es der Einfall dieser …«, er blickte zur Wand und suchte dort nach dem passenden Wort, »unserer Besucher.«

»Da waren zwei Männer, Trunkenbolde.«

»Sie haben dich hergebracht. Als ich dich über der Schulter des Barbaren hängen sah, dachte ich für einen Moment, du wärst tot.«

Matelda erinnerte sich, dass ein Riese sie gepackt hatte. Mit einer Geste der Ungeduld schob sie die Hand ihres Vaters von der Stirn und setzte sich auf. Einen Augenblick lang schwankte der Raum. Sie schloss die Augen und klammerte sich an der Kante ihres Lagers fest. Nur die Furcht vor einer erneuten Ohnmacht bewahrte sie davor, wieder dorthin zurückzusinken, woher sie gerade erst aufgetaucht war.

Etwas knirschte an ihren Füßen. Als sie an sich herabblickte, sah sie, dass sie von Kopf bis Fuß mit einer Kruste aus Schmutz überzogen war. Die drei Schweine in der Vorhalle des Palatiums fielen ihr ein.

»Wie lange war ich ohne Bewusstsein?«, fragte sie. Mit unsicheren Fingern tastete sie nach ihrem Gesicht. Es schien gesäubert worden zu sein.

»Seit die Fremden dich hergebracht haben. Diese Nacht war die längste meines Lebens«, sagte Giustiniano mit einer Stimme, die sich anhörte, als balanciere er etwas Zerbrechliches auf der Zunge. »Da war Blut in deinem Gesicht und an deinen Händen. Zuerst dachte ich … Aber es ließ sich fortwaschen. Du bist unversehrt.«

Das war Elias' Blut gewesen. Matelda erinnerte sich an das Gefühl seiner Haut zwischen ihren Zähnen. Den Drang, auszuspucken, bezwang sie. »Wo sind die Männer, die mich hergebracht haben?«

»Die Besucher sind in der kleinen Halle, wo sich gerade die

Tribunen beraten. Ich muss gleich zu ihnen zurückkehren. Ohne mich können sie keine Beschlüsse fassen. Dafür bin ich immerhin gut genug.«

Matelda erhob sich, suchte unter ihrem Oberkleid nach den Schriftstücken, die sie aus Rusticos Studierstube gestohlen hatte. Als sie sie hervorzog, lösten sich weitere Brocken Schmutz von ihrem ehemals prachtvollen Gewand und rieselten zu Boden. Die Spuren der vergangenen Nacht verwandelten sich in Staub.

»Ich werde dich begleiten«, sagte sie. »Den Tribunen habe ich eine Geschichte zu erzählen.«

Matelda mochte die kleine Halle im Dogenpalast. Die Wände waren weiß gekalkt, schwarze Holzbögen überspannten die Decke. Zwei Farben, eine hell, die andere dunkel – wenn einem doch das Leben auch so ausgewogen begegnen würde, wünschte sie sich. Kein Schmuck zierte die Wände. Die Stühle des Rates waren an den Längsseiten des Raumes aufgereiht. Unter den winzigen Fensteröffnungen waren Baldachine gespannt. Sie verhinderten, dass die dort nistenden Vögel den Teilnehmern von Gerichtsverhandlungen und Ratsversammlungen ihren Mist auf die klugen Köpfe fallen ließen.

Doch diesmal waren die Faltstühle leer. Zwei Gruppen von Männern warteten auf den Dogen. Rechter Hand erkannte Matelda die Tribunen, darunter Bonus von Malamocco. Die Herren der Lagunenstädte standen dicht zusammen und flüsterten miteinander.

Auf der anderen Seite des Raums sah Matelda drei Fremde. Sie trugen das strähnige Haar lang. Ihre kräftigen Körper waren in dicke graue Wollumhänge gehüllt. Darunter leuchteten farbenfrohe Stoffe und abgeriebenes Leder. Ihre Füße steckten in Fellstiefeln. Nie zuvor hatte Matelda solche Kleider gesehen. Dann erkannte sie die beiden Kerle der vergangenen Nacht, den hageren Kleinen und den Großen, der sie über seine Schulter geworfen hatte, wie etwas, das man aus einer Stadt mitnimmt, die man in Brand gesetzt hat.

Matelda stapfte auf die Fremden zu. Vor dem Großen blieb sie stehen und sah zu ihm auf. Er senkte seinen Blick in ihre Augen. Lachte er etwa?

»Was habt Ihr mir angetan, vergangene Nacht?«

»Dich mitgenommen. Die anderen wollten dich plötzlich nicht mehr.« Der Klang seiner Stimme läutete eine Glocke in ihrem Geist. Wieder spürte sie das Erschrecken, den schmerzhaften Griff von Elias' Händen in ihrem Haar, das beschämende Gefühl, als der Fremde ihre Fesseln berührt hatte, die Erinnerung an seine schwieligen Finger auf ihrer bloßen Haut.

Der Hagere sagte etwas in einer Matelda unbekannten Sprache. Der Große grinste.

»Was hat er gesagt?«, fragte sie.

Als der Hüne den Kopf schüttelte und versuchte, düsteren Ernst über seine Züge zu legen, ergriff der Hagere erneut das Wort, diesmal sprach er Griechisch.

»Ich hatte Bjor geraten, dich zu schänden, bevor wir dich zurückbringen. Aber er wollte nicht auf mich hören. Sei beim nächsten Mal klüger, Bruder! Jetzt ist sie zornig, weil ihr Retter sie verschmäht hat.«

Ihr Retter? Sie musterte die groben Züge der rohen Gesellen, ihr dümmliches Grinsen. Da war eine frische Wunde quer über der Nase des Großen.

Matelda wandte sich zu ihrem Vater um. »Wer sind diese Männer?«

Doch der Doge war bereits zwischen die beiden Gruppen getreten und setzte sich den Corno auf den Kopf. Die Gespräche der Tribunen verstummten.

»Meine Tribunen. Gestern Nacht hat uns Bonus von Malamocco diese Männer gebracht.« Eine Hand Giustinianos öffnete sich in einer einladenden Geste zu den Fremden. »Ich muss gestehen, dass ich ihnen zunächst misstraut habe. Doch dann haben Alriks Söhne …« Er verstummte.

»Ingvar und Bjor«, half der ältere Fremde nach.

Giustiniano nickte. »Diese beiden haben meine Tochter aus höchster Bedrängnis gerettet. Ich danke ihnen, und ich danke Bonus von Malamocco. Wäre er nicht im rechten Moment mit diesen Männern im Palatium aufgetaucht, wäre meine Tochter den gesichtslosen Unholden der Nacht in die Hände gefallen.«

Bonus trat vor das Podest und kniete nieder. Die Hand des Dogen legte sich auf seine Kappe.

»Bonus«, sagte er, »ich habe Euch misstraut. Das war falsch. Ohne Euch und Eure Männer wäre Matelda jetzt vielleicht tot oder in die Sklaverei verschleppt. Ihr habt Euch meine Gunst verdient. Und Eure Leute natürlich auch.«

Bonus in der Gunst ihres Vaters! Matelda ballte kleine Fäuste. Ihre Linke presste die gestohlenen Pergamente zusammen. »Steht er auch in deiner Gunst, wenn ich dir verrate, dass es sein Bruder Rustico war, der mir nachgestellt hat?«

Malamocco sprang auf. Die Hand des Dogen, die über seinem Kopf geschwebt hatte, schob ihm die Mütze vom Kopf. »Lügen helfen Euch nicht, Matelda«, sagte Bonus. »Euer Vater ist ein weiser Fürst. Stellt Ihr seine Gunst infrage, so zweifelt Ihr auch seine Klugheit an. Das wollt Ihr doch nicht, oder?«

Auch die Blicke, die ihr Vater ihr nun zuwarf, waren voller Zorn. Matelda traute ihren Augen nicht, als sie sah, wie Giustiniano sich bückte, die Kappe aufhob und sie Bonus reichte. Die Welt war auf den Kopf gestellt, und sie selbst hing mit den Füßen von der Decke.

»Aber es ist wahr!«, rief sie. »Ich war in Rusticos Arbeitszimmer. Mit seinem Neffen.« Sie beschloss, keine weiteren Details preiszugeben. »Ich habe gehört, wie Rustico sagte, er wolle Rivo Alto und alle anderen Lagunenstädte an Byzanz ausliefern.«

Die Tribunen raunten sich Unverständliches zu. Bonus lachte freudlos. »Das Kind will die Aufmerksamkeit seines Vaters gewinnen. Etwas zu fantasievoll, wie ich finde.«

Matelda reckte die Faust mit den Papieren in die Höhe. »Das hier ist der Beweis. Diese Dokumente lagen auf dem Tisch Malamoccos. Sie tragen sein Zeichen.«

»Du hast Rustico von Malamocco bestohlen?«, fragte ihr Vater. Seine Arme hingen in schlaffer Hilflosigkeit herab.

Die anderen Tribunen warfen Matelda schwarze Blicke zu.

»Es ist seine private Korrespondenz. Damit können wir ihn unschädlich machen. Er will dich gewiss töten lassen, Vater.« Sie bemühte sich, ihre Worte draufgängerisch klingen zu lassen, doch ihre Stimme zitterte.

Giustiniano erbleichte. Bonus kam auf sie zu, eine Hand ausgestreckt. »Gebt mir diese Papiere. Sie gehen Euch nichts an.«

Matelda wich zurück. Mit fahrigen Fingern entfaltete sie eines der Schreiben und las laut, was darauf geschrieben stand. »Dem ehrenwerten Priscus zur Kenntnis. Eure Lieferung von zwanzig Häuten spanischen Leders und fünfzig Bogen Pergaments sind eingetroffen. Wie stets von guter Qualität. Anbei Eure Entlohnung.«

Sie ließ das nutzlose Schreiben zu Boden fallen, wich weiter vor Bonus zurück und begann, den nächsten Bogen zu lesen, rascher diesmal. Er musste dort zu finden sein, der Beweis für die Komplotte der Malamoccos. »Dreißig Fass Fischsoße und die fünffache Menge Kümmel.« Wieder ließ sie das Pergament fallen, wieder las sie das nächste, schneller diesmal – und lauter. »Tausend Pfund Feigen, Mandeln und Oliven. Pfauenfedern aus Tyrus. Goldfasanen« und »denke ich an die letzte Nacht in deinen Armen, so läuft mir der Tränen Bach die Wangen hinab«. Gerade als sie den letzten Bogen öffnen wollte, riss ihn Bonus an sich.

»Genug!«, schrie er. »Das sind die privaten Briefe meines Bruders.«

Matelda biss sich auf die Lippen. Zu ihren Füßen sammelte Bonus die verstreuten Pergamente und Papyri ein, sie waren zu Symbolen ihrer verlorenen Selbstachtung geworden.

»Du bist verwirrt von den Ereignissen der vergangenen Nacht«, hörte sie ihren Vater sagen. »Ich hätte dich nicht mit herbringen dürfen. Geh in dein Zimmer und ruhe aus.«

Aber sie dachte nicht daran, sich einsperren zu lassen, während die Malamoccos ihre Fäden um ihren Vater spannen. Eine Möglichkeit blieb noch, zu beweisen, dass Rustico ihr nach dem Leben getrachtet hatte und Rivo Alto verraten wollte.

Matelda fuhr zu den drei Fremden herum. »Ihr habt gesehen, wer mich in der Nacht angegriffen hat. Sagt meinem Vater, wie die beiden Unholde aussahen!«

Der Große, der Bjor hieß, überlegte kurz. Doch gerade, als er zu sprechen anhob, legte ihm der Ältere eine Hand auf die Schulter und sagte etwas in seiner eigenartigen Sprache. Danach schaute Bjor entschuldigend zu Matelda hinüber und sagte: »Es war zu dunkel. Ich weiß nicht.«

Jetzt war die Reihe an Matelda, die Arme hängen zu lassen. »Aber sie wollten mich töten. Rustico und Elias! Ich bin sicher.« Die Gewissheit, die sie gerade noch durchströmt hatte, rann aus ihr heraus wie das Blut aus den Wunden eines bezwungenen Kriegers. War sie nichts weiter als eine Unruhestifterin? War sie es gar selbst, die ihren Vater in Gefahr brachte? Unsinn! In dem Holunderbusch neben dem Palatium hatte Rustico sie mit dem Tode bedroht. Niemals würde sie das vergessen.

»Verzeiht! Bitte entschuldige mein Betragen, Vater. Und auch Ihr, Bonus.« Erstaunt blickte Bonus, der noch immer die

Schriftstücke auflas, von unten zu ihr hinauf. Mein Fuß passt gut in dein Gesicht, dachte Matelda. »Die Ohnmacht hat mir die Sinne verwirrt. Mir träumte, die Schurken der letzten Nacht trügen bekannte Gesichter. Natürlich muss ich mich geirrt haben. Wie sollte es anders gewesen sein?« Sie warf Bjor einen herausfordernden Blick zu. Doch der hatte die Nase in einen der silbernen Kelche versenkt, aus denen sonst nur die Mitglieder der Ratsversammlung ihren Wein tranken.

»Nach den Aufregungen können wir nun mit den Regierungsgeschäften fortfahren.« Die Stimme des Dogen hatte wieder einen förmlichen Ton angenommen, jenen Klang, der Matelda stets zeigte, was für ein schlechter Staatsmann ihr Vater eigentlich war.

Giustiniano fuhr fort: »Bonus von Malamocco hat uns ein schnelles Schiff und eine kräftige Mannschaft gebracht. Die Suche nach dem heiligen Markus kann beginnen.« Er deutete auf die drei Fremden. »Bitte, tretet vor.«

Als die drei Männer auf Giustiniano zustapften, knarrte das Leder unter ihren langen Umhängen. Sie hatten den schwankenden Gang von Seeleuten. Zum ersten Mal betrachtete Matelda den Älteren der drei genauer. Er hatte runde Augen, seine Haut wirkte wie eines jener Pergamente, die Bonus vom Boden aufgesammelt hatte. Er trug das Haar ebenso lang wie Bjor, doch hatte sich Reif auf sein Haupt gelegt. Auch in seinem Bart hing die Farbe des Alters, und tiefe Furchen hatten sich in seine Stirn gegraben. Seinen Körper aber schienen die Jahre nicht gebeugt zu haben. Mit verschränkten Armen und durchgedrücktem Rücken baute sich der Fremde vor Giustiniano auf.

»Auch Euch, Alrik, danke ich noch einmal für die Hilfe«, sagte der Doge.

»Eine Nacht und einen halben Tag warten wir jetzt auf das

Geschäft, das uns dieser da versprochen hat«, entgegnete der Angesprochene und deutete auf Bonus.

Die Worte des Fremden waren von einem eigenartigen Knacken begleitet. Erst im Verlauf des Gesprächs erkannte Matelda, dass er das Geräusch nicht absichtlich auf der Zunge formte. Vielmehr rührte es von den Bewegungen seines Kiefers her. Der Knochen musste gebrochen und von einem Unkundigen behandelt worden sein.

»Meine Mannschaft ist bestimmt schon unruhig«, fuhr der Mann mit dem Namen Alrik fort. »Besser, ihr lasst sie nicht glauben, uns sei etwas zugestoßen.«

Giustiniano nickte dreimal. »Richtig, Alrik! Sofort zum Kern vorstoßen. Das ist in einer Situation wie dieser wohl das Beste.« Er räusperte sich. »Was wir euch vorschlagen wollen, ist ein Handel. Wir sind in einer Notlage. Wegen einer sehr alten Tradition. Seit zweihundert Jahren ist der Doge der Herr über die Lagune, und das Volk hat das Recht, seine Wahl abzulehnen.«

Mit den aufgesammelten Schriftstücken zwischen den Händen unterbrach Bonus den Dogen. »Um es kurz zu machen: Wir benötigen eine Mumie aus Ägypten. Aus Alexandria, wenn ihr wisst, wo das liegt.«

Alrik runzelte die Stirn. »Ich habe von Alexandria gehört, einst gehörte es Byzanz. Aber jetzt herrschen dort die Araber.«

»Ganz recht«, stimmte Bonus zu. »Deshalb benötigen wir ein schnelles Schiff. Denn die Fracht ist kostbar, und es wird manchem in Ägypten missfallen, wenn ihr sie mitnehmt.«

»Nicht mitnehmt, stehlt.« Alriks Gesicht verfinsterte sich. »Du meinst, wir sollen etwas stehlen und dann mit der *Visundur* über das Meer entkommen.« Es war keine Frage. Dennoch nickte Bonus stumm.

»Worum handelt es sich? Was ist das: eine Mumie?«, wollte Bjor wissen.

»Eine schöne Frau«, krähte Ingvar.

»So wie die da?«, fragte Bjor und deutete auf Matelda.

Warum musste sie lächeln? Lieber wollte Matelda, dass Zorn ihr Antlitz verfinsterte. Aber je mehr sie sich zwang, die Heiterkeit, die sie empfand, niederzuringen, umso mehr Röte spürte sie in ihre Wangen steigen. Schließlich rettete sie sich in erhabene Gedanken an den heiligen Markus.

»Eine Mumie«, brachte sie heraus, »ist ein vertrockneter Leichnam.« Mit Genugtuung bemerkte Matelda, wie Bjor die Augen niederschlug. »Und ihr werdet uns einen herbeischaffen.«

Und dann erzählte sie den Fremden von der Legende des Evangelisten, erzählte und achtete nicht auf die Gesten Bonus' und ihres Vaters. Dies war ihr Einfall gewesen, es lag in ihrer Verantwortung, dass die Fremden alles richtig verstanden. Es ging um das Leben ihres Vaters – und um die Freiheit ihrer Heimatstadt.

Der heilige Markus, berichtete Matelda, sei einst die Küste der Adria in einem Boot entlanggefahren. Damals soll er unterwegs gewesen sein, um Bischof Paulus in Rom zu besuchen. »Als ein Sturm losbrach«, fuhr Matelda fort, »geriet Markus in Lebensgefahr. Doch Gott lenkte sein Boot an die Küste, und Markus rettete sich ans Ufer. Es war ein hohes Ufer, wo ihm die tosenden Wellen nichts anhaben konnten. Es war Rivo Alto. Der Ort, an dem wir uns befinden.«

»Wer soll das gewesen sein, der heilige Markus?«, fragte der Hagere. Alrik gebot ihm zu schweigen.

Matelda setzte die Erzählung fort. Jetzt kam die ihr liebste Passage der Legende. Die Tribunen lauschten. »Als Markus am Ufer hockte, nass und durchfroren, aber froh, am Leben zu sein, erschien ihm ein Engel und rief: ›Friede dir, Markus, hier wird dein Körper ruhen.‹ Dann verschwand der Engel wieder.«

Matelda erschauerte, so wie jedes Mal, wenn sie sich vorstellte, dass sich dieses Ereignis an genau dem Ort abgespielt haben sollte, an dem sie gerade stand.

»Ich verstehe nicht«, sagte Alrik. »Wenn Markus hier beerdigt worden sein soll, warum suchen wir dann nach ihm?«

Diese Männer wussten weniger über das Christentum als die Schweine in der Vorhalle. Matelda fragte sich, ob es für die Aufgabe genügte, dass sie ein schnelles Schiff fuhren. »Markus starb natürlich nicht sofort. Zunächst musste er noch viele Aufgaben für Gott übernehmen. Er hat das Evangelium aufgeschrieben – das ist die Lebensgeschichte Jesu Christi, versteht ihr? – und die Kirche in Alexandria gegründet. Dort ist er auch gestorben. Heiden legten ihm einen Strick um den Hals und schleiften ihn zu Tode.«

»Wir sollen also seinen Leichnam bergen. Warum?« Alrik strich sich den Bart.

»Weil er nach Rivo Alto gehört, so wie es der Engel vorausgesagt hat. Schon viel zu lange ist die Prophezeiung nicht eingetreten. Jetzt ist es an der Zeit, dass wir Gottes Willen vollstrecken.« Matelda war stolz auf sich selbst. Hätte Bischof Hermagoras sie so reden gehört, hätte er vor Begeisterung seinen Messwein verschüttet.

»Hundert Pfund byzantinische Goldsolidi«, platzte die Stimme Alriks in ihre Zufriedenheit. »Falls ihr kein Gold habt – wir nehmen die entsprechende Menge Dirhams und Denare. Oder Pelze und Schmuck. Nur die Münzen der Franken sind uns nicht mehr wert als Möwenscheiße.«

Schweigen lastete über der Halle. Nur die Schreie der Möwen vor den Fenstern störten die Stille. Matelda schien es, als lachten die Vögel über den Wert, den Alrik fränkischem Geld zugemessen hatte.

»So viel haben wir nicht.« Es war Giustiniano, der als Erster die Sprache wiederfand. Matelda kannte ihren Vater. Er war kein guter Kaufmann, sondern sprach stets die Wahrheit, auch wenn es um Geldangelegenheiten ging. Was andere ihm als Schwäche auslegten, hielt sie für eine seltene Tugend.

»Dann bietet uns etwas vom selben Wert«, entgegnete Alrik. »Ihr verlangt, dass wir in den Glutofen Nordafrikas fahren, in ein von Arabern beherrschtes Land. Dass wir einen Leichnam stehlen und hoffentlich schnell genug entkommen können, bevor uns seine Bewacher die Haut über die Ohren ziehen und uns damit auspeitschen. Das muss euch etwas wert sein.«

»Zwanzig Pfund Gold. So viel können wir auftreiben.«

Als sie Giustinianos Angebot vernahmen, begannen die Tribunen miteinander zu tuscheln.

»Dann vergeuden wir hier unsere Zeit.« Alrik gab seinen Söhnen einen Wink und schickte sich an zu gehen.

»Wartet!« Es war Bonus, der sich nun einmischte. Tatsächlich blieben die drei Fremden stehen. »Wie viel verdient ihr mit dem Eis des Ätna?«

Alrik brummte. »So wenig, dass wir uns mit Leuten wie dir einlassen müssen.«

Matelda flüsterte ihrem Vater zu: »Sie verkaufen das Eis des Ätna? Habe ich das richtig verstanden?« Doch Giustiniano zuckte nur mit den Schultern. Mit einem Mal fühlte sich der Boden unter Mateldas Füßen an wie der schwankende Rumpf eines Schiffes. Was mochte Bonus sonst noch verschweigen?

»Bitte!« Giustinianos Stimme nahm einen sanften Ton an. Er hielt die Hände vor der Brust gefaltet. »Ihr müsst uns glauben: Wir können keine hundert Pfund Gold aufbringen. Die Stadt wäre ruiniert. Was nützt uns da noch der heilige Markus?«

»Vielleicht kann er Gold herbeizaubern?«, rief Ingvar.

Mit einer Geste gebot ihm Alrik zu schweigen. »Was führst du im Sinn, Fürst? Was sonst hast du uns anzubieten?«

Der Doge zögerte einen Moment. Die Hälfte seiner Unterlippe verschwand in seinem Mund. Dann sagte er: »Einen Titel. Wenn Ihr den heiligen Markus herbeischafft, Alrik, würde ich Euch zum Tribunen von Rivo Alto ernennen.«

✳

»Und dann hat ein Geschrei angehoben unter diesen Stadtmenschen, lauter als das der Heulemännchen im brausenden Wind.« Alriks Gelächter schwappte über das Deck der *Visundur* wie eine Sturmwoge und erfasste die Mannschaft. Das Schiff lag im abendlichen Hafenwasser, auf dem sich eine Haut aus Eis bildete.

»Ihre Gesichter«, fiel Ingvar ein, »waren wie Scheunentore.«

Als das fröhliche Lärmen auf dem Schiff verklungen war, stand Yaa auf. Der dunkelhäutige Seemann hatte sich ein Schafsfell über Kopf und Schultern gelegt. Unter dem hellen Grau des Überwurfs wirkte sein Gesicht noch finsterer als sonst.

»Hast du eingewilligt, Alrik?«

Wie ein Hammer schlug die Frage in die Feststimmung ein. Jeder an Bord schien sich vor der Antwort zu fürchten, wie diese auch lauten mochte.

»Wir fahren nach Alexandria«, sagte Alrik. »Und wenn wir zurückkehren, werde ich einer der Tribunen dieser Stadt sein.«

»Du willst hierbleiben und den Strohtod sterben? Als Greis auf einem weichen Lager, hm?« Magnus' Augen waren so rund geworden, dass sie zu seinem kleinwüchsigen Körper nicht mehr passen wollten.

Alrik verspürte eine Woge der Zuneigung zu dem Zwerg. Ebenso zu dem Nubier, zu Darios, Erios, Kilian und dem Rest der Mannschaft. Dennoch hoffte er, dass ihn seine windgehär-

109

teten Züge nicht verrieten. »Du solltest mich besser kennen, Magnus. Ihr alle solltet das. Natürlich werde ich den Titel annehmen. Ebenso wie die dazugehörigen Ländereien, die Pferde, Rinder und Schweine, die Sklaven und Hütten. Und wenn wir all das an die Byzantiner, die Franken oder meinetwegen an die Eisriesen verkauft haben, stechen wir wieder in See. Es wird so sein wie immer. Nur wird die *Visundur* tief im Wasser liegen von den Reichtümern, mit denen wir sie gemästet haben.«

Das stumme Grinsen unter den Kapuzen und Lederhelmen bewies Alrik, dass er die richtige Entscheidung getroffen hatte. Die Mannschaft war auf seiner Seite. Dieses Abenteuer würde seinen Leuten ein Leben in Wohlstand einbringen. Für die gesamte Besatzung würde gesorgt sein, und wenn er selbst zu alt dazu werden würde, ihr Kendtmann zu sein, würde jeder von ihnen ein gutes Leben führen können. Die Tage des Umherziehens neigten sich dem Ende.

»Morgen früh brechen wir auf«, schloss er. »Und heute Nacht schlafen wir in den Tavernen und Hurenhäusern von Rivo Alto. Seid unbesorgt. Niemand wird uns oder das Schiff anrühren, jetzt, wo wir die Einzigen sind, die den Dogen dieser Stadt retten können.«

Kapitel 8

Rivo Alto, der Hafen

DER REIHER VERHARRTE unbeweglich im seichten Priel. Auch die Wasseroberfläche rührte sich nicht und spiegelte das Grau des morgendlichen Himmels. Der Vogel schien in einem Meer aus flüssigem Silber zu stehen. Nur seine Augen ruckten bald hierhin und bald dorthin, auf der Suche nach Beute. Als sein Schnabel hinabstieß in das Röhricht, kam er mit einer Kröte wieder daraus hervor. Einmal nur fuhr sein Kopf in die Höhe, schon war der Fang in seinem Hals verschwunden.

Alrik stand am Dollbord der *Visundur* und beobachtete den stolzen Vogel, sah, wie die Kröte durch den schlanken Hals rutschte und im Innern des Jägers verschwand. Es ist die alte Frage, dachte er: Bin ich die Kröte oder der Reiher? Solange ich die *Visundur* unter den Füßen spüre, ist die Antwort eindeutig. Ohne sie jedoch bin ich nur ein durch Schlamm kriechendes Gezücht. Er klammerte sich an den Schandeckel und spürte, wie jeden Morgen, den Schmerz seiner fehlenden Finger. Wäre nur das Pochen in den Stümpfen gewesen – leicht hätte er es ertragen. Doch mit den Fingern hatte er seine Heimat verloren, und dieser Schmerz saß tiefer. Damals, nach der Flucht aus seinem Haus in Snôrheim, hatte er mit Catla und den Kindern die *Visundur* erreicht, ohne von den Männern des Jarls aufgehalten zu werden. Magnus, Grid und Stein, die bei den Schiffen wachten, hatten keine Fragen gestellt. Ein verstümmelter Kendtmann, der seine Familie zu den Schiffen schleppte – was gab es daran nicht zu verstehen? Mit wenigen Handgriffen war die *Visundur* fahrbereit gewesen, und die Nordmänner hatten abgelegt, um ihr Zuhause für immer zu verlassen. Und jeden Morgen, wenn es in seiner Hand pochte und Alrik den Schlag Surturs erneut spürte, schwor er sich, der Mannschaft die Rettung aus Snôrheim zu vergelten. Jetzt mochte diese Gelegenheit gekommen sein.

Ein feiner Regen kämmte das Silber der Lagune. Füße stapften über das Holz des Anlegers, Männerstimmen krächzten heiser. Jemand übergab sich lauthals in das Hafenbecken. Erstaunt bemerkte Alrik, dass er schon anhand der Geräusche des Elenden erkennen konnte, dass es Kilian war. Vielleicht, sagte er zu sich selbst, fahren wir schon zu lange auf demselben Schiff um die Welt.

Er spürte die Aura der Zufriedenheit über der Mannschaft. Auf Djamils Wange prangte eine Schwellung. Stolz zeigte der kleine Araber das Zeichen einer ereignisreichen Nacht herum und erfand die absonderlichsten Geschichten darüber, wie er sie sich zugezogen hatte. Kilian, der hochmütige Franke, schwieg. Das war ungewöhnlich, denn an einem normalen Tag wusste er sich stets zu beschweren. Darios und Erios sprangen in das Schiff, Yaa kehrte zurück, und da war auch Stein der Runensprecher, dessen Prophezeiungen niemand verstand – nicht nur wegen seiner heiseren Stimme.

Als Ingvar ohne Bjor zurückkehrte, bemächtigten sich unheilvolle Gedanken Alriks. Zunächst schwieg er, hörte den Aufschneidereien der Besatzung zu und beobachtete, wie der Regen das Holz der *Visundur* dunkel färbte. Noch einmal ließ er das Segel an der Leeseite mit frischem Fett bestreichen. Es war wichtig, dass das Fett locker genug saß, um herausgeblasen zu werden, wenn eine Sturmböe das Schiff packte. Trotzdem war es eine unnötige Vorsichtsmaßnahme, sie diente einzig dazu, die Unruhe in Alrik zu verbergen. Er beneidete den Reiher für sein Talent, regungslos verharren zu können.

Als die Sonne hoch genug stand, um die Wolkendecke am Horizont aufreißen lassen zu können, war an Bord alles erledigt. Die Leinen waren geschmiert, der Sitz der Belegnägel war geprüft und ausgebessert, die Ballaststeine waren neu verteilt. Bjor aber war noch immer nicht erschienen.

»Wo ist er?« Alrik brüllte die angestaute Unruhe heraus. Der Zeitpunkt, wie beiläufig nachzufragen, war schon lange vergangen.

Als Einziger antwortete Ingvar: »Zuletzt ist er mit zwei Venetern aus einer Taverne hinaus. Wohin sie wollten, weiß ich nicht.«

Das half Alrik nicht weiter. Gern hätte er seinem Sohn den Vorwurf ins Gesicht geschrien, dass er seinen Bruder in einer fremden Stadt allein hatte ziehen lassen. Doch das hätte Ingvar und Bjor dem Spott der anderen preisgegeben. Sie waren Männer, keine Knaben.

»Wenn er auftaucht, wird er die Bilge schöpfen, bis wir Alexandria erreicht haben«, brummte er. Bjor würde fluchen. Es war die schlimmste Aufgabe an Bord: Einer der Seeleute musste mit einem Eimer das hereinschwappende Wasser ausschöpfen. Eine erniedrigende Arbeit, in der Regel wurde sie von Sklaven erledigt. Zwar gab es keine Sklaven auf der *Visundur*, dafür aber Strafen für Männer, die zum Auslaufen nicht an Bord erschienen.

»Das wirst du wohl selbst erledigen müssen, Nordmann.« Vom Anleger her erklang die vertraute Stimme des Bonus von Malamocco. Der Tribun war in Pelze gehüllt, neben ihm standen ein mit Beuteln beladener Sklave und, Alrik blinzelte, das Ebenbild des Tribunen, nur mit anderen Kleidern und Schwellungen im Gesicht.

»Bedeutet einer von deiner Sorte nicht genug Unbill für die Welt? Muss es dich zweimal geben?«

Bonus lachte gekünstelt. »Das musst du meinen Vater fragen.« Sein Kinn ruckte zu seinem Doppelgänger. »Oder meinen Zwillingsbruder Rustico. Er wird mich als Tribun in Rivo Alto vertreten, während ich fort bin.«

Eine dunkle Ahnung stieg in Alrik auf. Er deutete auf den mit Gepäck beladenen Sklaven. »Was wollt ihr hier?«

»Ich«, antwortete Bonus, »werde mit euch fahren. Damit ihr auch die richtige Mumie heimbringt und nicht irgendeinen ausgetrockneten Heiden. Ihr seid Schmuggler und strebt nur nach Gewinn. Wie einfach wäre es für euch, überhaupt nicht nach Alexandria zu fahren, sondern von irgendwoher einen stinkenden Leichnam zu beschaffen und zu behaupten, es sei der heilige Markus. Deshalb werde ich euch bei der Arbeit zusehen und sicherstellen, dass Rivo Alto nicht betrogen wird.«

Betrogen! Alriks Hand schmerzte stärker als zuvor. Niemand schimpfte ihn einen Betrüger und lebte. »Wir haben keinen Platz an Bord. Du wirst in deiner Dromone hinterdreinkriechen müssen.«

In gespielter Verzweiflung schüttelte Bonus den Kopf. »Oh, das wäre bedauernswert. Habe ich zum Glück etwa vorgesorgt? Ja, das habe ich. Du wirst es noch nicht wissen, doch auf der *Visundur* ist ein Platz frei geworden. Dein Sohn Bjor wird nicht mitfahren.«

»Wo ist er?«, platzte es aus Alrik heraus. Mit zwei Sätzen stand er vor Bonus auf dem Anleger. Unter dem Ansturm schwankte das Holzgerüst.

»In Sicherheit. Ihm ist nichts geschehen, und das wird auch so bleiben. Wenn wir gemeinsam mit der richtigen Mumie zurückkehren, erhält Bjor seine Freiheit zurück. Bis dahin wird er seine Zeit in den Privatgemächern des Dogen vertändeln. Mit gebratenen Tauben und solchen auf zwei Beinen.«

»Die einzigen Vögel, die mein Sohn braucht, sitzen dort in

meinem Schiff.« Er fasste den Pelzbesatz am Umhang Malamoccos und zog den Tribun zu sich heran. »Hol ihn herbei oder
finde deinen Heiligen selbst. Ohne meinen Sohn laufe ich nicht
aus.«

»Das wird nicht möglich sein, denn ich bin auf Befehl des
Dogen hier. Glaubst du etwa, blödsinniger Wilder, ich begebe
mich freiwillig unter deine stinkende Mannschaft und lasse
mich in ein Land voller Araber fahren?« Er lachte hämisch.
»Nichts wäre mir lieber, als in Rivo Alto zu bleiben und der
schönen Matelda den Hof zu machen. Aber der Fürst will es
anders.«

»Es ist mir gleich, wessen Hund du bist. Schaff meinen Sohn
herbei!« Alrik stieß Bonus von sich. Der Tribun taumelte rückwärts.

Jetzt schob sich sein Bruder nach vorn. Zwar war seine Gestalt der des anderen gleich. Doch wo Bonus' Stimme hoch
und laut war wie der Ruf eines Bussards, erinnerte diese an das
Krächzen einer Dohle.

»Du bekommst deinen Sohn in Teilen zurück, wenn du nicht
ausläufst. Ich hatte vor, dir zum Beweis meiner Worte eines
seiner Ohren zu bringen. Der Doge meinte allerdings, das sei
nicht nötig, du würdest unsere Vorsichtsmaßnahme auch so
verstehen. Wer hat recht: er oder ich?«

Alrik hatte das Gefühl, sein Gedärm sei mit Steinen gefüllt.

»Wir ersäufen sie gleich hier!«, rief Ingvar vom Schiff herauf.
»Und dann brennen wir ihre Stadt nieder.«

Vor Jahren hätte Alrik dieselben Worte gebraucht – und ihnen Taten folgen lassen. Unschlüssig, ob er die Zwillinge packen und ins Wasser werfen sollte, hob er die Hand. Bonus
duckte sich. Doch sein Bruder verharrte an Ort und Stelle und
zeigte ein unnachgiebiges Kinn. Schließlich ließ Alrik den Arm
sinken. Heiße Luft entwich aus seinem Mund und wölkte dem

Zwilling ins Gesicht. »Wenn wir zurückkehren und Bjor sollte Leid widerfahren sein, geschieht alles, was er erdulden musste, mit unserem Passagier, deinem Bruder.«

Bonus erbleichte, aber sein Bruder nickte nur, wandte sich um und ging davon. Sein schwarzer Umhang mit den silbernen Stickereien wischte durch die Pfützen.

»Bring mein Gepäck auf das Schiff«, befahl Bonus seinem Sklaven.

Alrik hielt den Mann auf. »Dafür haben wir keinen Platz.« Damit stieß er den Tribun vom Anleger herab.

Mit einem Sprung rettete sich Bonus auf das Deck der *Visundur*, aufgespießt von den Blicken der Mannschaft. Alrik folgte ihm.

Auf der Besatzung lastete Schweigen.

»Du bist ein Feigling geworden«, zischte Ingvar seinem Vater zu.

Ohne etwas zu erwidern, stellte sich Alrik an die Ruderpinne und gab den Befehl, den Ankerstein heraufzuholen. Dann gab er das Signal zum Auslaufen.

TEIL II

DIE KÖNIGIN
DER WÜSTE

Februar 828 n. Chr.

Kapitel 9

Alexandria, der Garten des Statthalters

W ENN DAS PARADIES in weiter Ferne liegt, erschaffe dir
eines, das du erreichen kannst.« Abdullah ibn Aziz öff-
nete seine Arme wie Blütenblätter und deutete auf den Garten.
Vor dem Statthalter und seinem Besucher erstreckte sich ein
Wasserbecken. Darin stolzierten Flamingos herum, Abdullahs
Lieblingstiere. Zwischen künstlichen Hügeln durchzog ein
Netz von Wegen die Anlage. Palmen schwankten im kühlen
Wind, der vom Meer herüberwehte und den Schweiß auf der
Haut der beiden Männer trocknen ließ.

Der Gast verbeugte sich. »Nie zuvor war Alexandria so schön.
Du hast Außerordentliches geleistet, Abdullah.«

Abdullah lauschte noch einen Moment dem Geräusch des
Windes in den trägen Blättern der Palmen. »Nun. Es ist nur
ein geringer Teil Alexandrias, zudem einer, den nur ich allein
betreten kann. Dennoch hast du recht. Gewiss wäre selbst der
große Alexander stolz gewesen auf diese Gartenkunst.«

»Der Gründer dieser Stadt? Sicher hätte er dich zum Kali-
fen ernannt, wenn es diesen Titel damals schon gegeben hätte.
Doch unser derzeitiger Kalif ist ebenfalls sehr zufrieden mit dir.
Und damit das so bleibt, muss ich mit dir sprechen.«

»Komm!« Abdullah legte dem anderen eine sanfte Hand auf
den Rücken. »Wir wollen am Wasserbecken entlanggehen und
unsere Gedanken mit Frische benetzen.«

Die Flamingos wichen würdevoll zur Seite, als die beiden
Männer dem Rand des Beckens folgten. Im Wasser spiegelten sich die Palmen und der blaue Himmel. Nur wenn einer

der Vögel seinen Fuß in das Wasser setzte, zerfloss die Illusion.

»Weißt du, Ya'kub, seit wir den Bürgerkrieg hier beendet haben, hatte ich viel Zeit für meine Studien.« Abdullah senkte die Stimme. »Ich bin einem Geheimnis auf der Spur, einem Gesetz, dem diese Welt folgt. Sogar der Prophet ist Teil davon. Ein Gesetz des Allmächtigen, das bisher noch kein Mensch erkannt hat.« Ein Schauder durchlief Abdullah. Ya'kubs Schweigen deutete er als Aufforderung weiterzusprechen.

»Glaubst du nicht auch, dass der Prophet ein außergewöhnlicher Mensch war? Ein Mensch, wie es ihn nie zuvor gegeben hat?«

Der Besucher nickte. »Das war er. Gepriesen sei Allah.«

»Und bevor er kam, gab es andere außergewöhnliche Menschen. Leute, die die Welt veränderten, denen eine Kraft innewohnte, wie wir sie nicht besitzen.«

»Wen meinst du?«, fragte Ya'kub.

»Unseren Stadtgründer, Alexander den Großen. Den Propheten Isa, den die Christen anbeten. Buddha. Julius Cäsar vielleicht.«

»Du setzt einen Römer mit dem Propheten gleich?«, fragte Ya'kub.

Wie Abdullah trug auch er einen langen Umhang über seinem Unterkleid. Sein Turban war um einen Fez gewickelt, ein Filzkäppchen, das aus dem Stoffwulst auf seinem Kopf herausragte. Doch der Prunk seiner Kleidung genügte nicht, um von den unheimlichen Augen abzulenken. Seit Abdullah dem konvertierten Juden vor drei Tagen zum ersten Mal begegnet war, verfolgten ihn dessen Augen in seinen Träumen: blassgrüne Tümpel, in denen sich im Gegensatz zu dem Wasserbecken vor ihnen nichts spiegelte. Vielmehr hatte Abdullah das ungute Gefühl, Ya'kubs Augen saugten alles in sich auf, was sie erblickten. Wie die Wüste waren sie. Und Abdullah hasste die Wüste.

»Nein, nein!«, beeilte er sich zu sagen, verwundert darüber, dass er bemüht war, einen konvertierten Juden von seiner Gläubigkeit überzeugen zu wollen. »Ein Gesetz der Natur leitet sich davon ab.«

»Was für ein Gesetz soll das sein?«

»Ein Schwingen des Kosmos. Ein Rhythmus zwischen den Sternen. Ich bin ihm auf der Spur.« Jetzt senkte er die Stimme. »Ich glaube, herausgefunden zu haben, dass alle paar Jahrhunderte ein außergewöhnlicher Mensch geboren wird. Ein Gigant im Geiste. Einer, der Geschichte schreibt, der die Welt verändert. Verstehst du?«

Ya'kub hob eine Augenbraue. Sein linkes Auge schien dadurch zu wachsen, ein Anblick, auf den Abdullah lieber verzichtet hätte. »Und du gehörst dazu? Ist es das, was du mir sagen willst?«

»Darum geht es nicht.« Abdullah hob abwehrend die Hände. Warum hatte ihm Al Ma'mun nur diesen General der Einfalt schicken müssen? In Bagdad tummelten sich die gelehrtesten Köpfe der Welt und setzten sich mit den Fragen des Lebens auseinander. Doch diesem Besucher ging es nur um die Sicherheit des Kalifen, gefolgt von Fressen, Huren und seiner eigenen Macht. Das Kalifat ist der Tempel der Torheit, sagte der Statthalter zu sich selbst, und ausgerechnet mich mussten sie zu seinem Priester ernennen.

Noch einmal überlegte Abdullah, ob er Ya'kub erklären sollte, was er herausgefunden hatte. Dass diese außergewöhnlichen Menschen zu Lebzeiten Ungeheuerliches vollbracht hatten, das wusste jedes Kind. Doch er, Abdullah ibn Aziz, hatte in den alten Schriften gelesen, dass auch ihre Überreste Macht besaßen. Zum Beispiel Alexander der Große: Nach seinem Tod vor über tausend Jahren sollen seine Generäle um seine Gebeine gestritten haben, weil sie glaubten, dass jenes Reich, in dem Alexander die letzte Ruhe fand, die Welt beherrschen sollte. Heute allerdings war der Leichnam Alexanders verschollen.

Abdullah dachte darüber nach, wie er Ya'kub mit seiner Begeisterung anstecken konnte. Dann ließ er den Gedanken seufzend fahren. »Sprich!«, forderte er den anderen auf. »Gewiss bist du nicht den weiten Weg von Bagdad gekommen, um dich von meinen Einblicken in den Kosmos langweilen zu lassen.«

»Du hast recht.« Ya'kub nahm eine Faust Datteln von einem Tisch am Beckenrand und stopfte sich nacheinander fünf Früchte in den Mund. Er kaute ausdauernd. Dann spie er die Kerne in das Wasser des Paradieses.

Abdullah blieb keine Gelegenheit, seinen Ärger zu zeigen, denn nun sagte Ya'kub: »Der Kalif wird Alexandria besuchen. Deshalb bin ich hier.«

»Der Kalif?« Unter seinem Entsetzen kehrte Abdullah ein halbes Lächeln hervor. Ya'kub hatte ihn überrumpelt. Al Ma'mun kam nach Ägypten!

»Unser Herr. So ist es. Beim nächsten Neumond wird er eintreffen. Zunächst besucht er die Eisenminen von Schasch, dann will er sehen, wie die Geschäfte in Nordafrika laufen – und alles vorbereiten für die Eroberung der südlichen Länder.«

»Beim nächsten Neumond«, wiederholte Abdullah. »Das ist schon bald. Ich werde alles herrichten müssen.«

»Natürlich wirst du das, Statthalter. Deshalb bin ich hier. Bevor der Kalif einen Fuß in diese Stadt setzt, musst du gewährleisten können, dass ihm nichts zustoßen wird.«

Abdullah stand da und rieb sich das Kinn. »Dafür garantiere ich. Ganz Alexandria untersteht meinem Befehl. Ein Wort von mir und …«

»Es sind die Berber, wegen denen ich hier bin«, sagte Ya'kub.

Abdullah dachte: Dieser Kerl weiß mehr über meine Schwierigkeiten, als mir lieb ist. Laut sagte er: »Sie sind eine Plage. Zahlen den Tribut nicht.«

»Und beten noch immer zum Christengott«, ergänzte Ya'kub. »Wie oft hast du schon versucht, sie zu bekehren?«

Abdullahs Miene verfinsterte sich. »Zwölfmal. Und jedes Mal, wenn wir hinter dem Horizont verschwunden waren, kehrten sie zu ihrem alten Glauben zurück.«

»Sie halten dich zum Narren, Abdullah.«

»Was soll ich dagegen unternehmen? Den offenen Kampf haben wir schon oft genug probiert. Wenn sie meine Truppen kommen sehen, ziehen sie sich in die Wüste zurück, wo sie im Vorteil sind. Wir bekommen sie nicht zu fassen.«

Ya'kub nickte. »Wenn der Kalif hier erscheint, muss dieses Risiko beseitigt sein.«

»Aber ich sagte doch schon, dass ich ihrer nicht habhaft werde.«

Jetzt war es Ya'kub, der Abdullah eine Hand auf die Schulter legte. Allerdings war die Berührung nicht sanft, sondern heiß und schwer. »Deshalb bin ich gekommen. Um dir zu helfen, Statthalter Abdullah.«

Abdullah ahnte, dass diese Hilfe seinen Untergang bedeuten konnte. Ablehnen konnte er sie jedoch nicht. »Was schlägst du vor?«, fragte er vorsichtig und verschränkte die Hände auf dem Rücken. Ein Geier segelte auf den Garten hinab. Er landete am gegenüberliegenden Rand des Beckens, blickte sich um und trank vom Wasser des Paradieses.

»Wenn du sie in der Wüste nicht schlagen kannst, Abdullah, bezwingen wir sie dort, wo wir sie erreichen können. In den Kirchen der Christen hier in Alexandria.«

Abdullah verzog das Gesicht. »Aber die Berber besuchen sie nicht. Sie halten ihre Rituale unter freiem Himmel ab.«

»Dennoch sind es die Häuser ihres Gottes, und sie ehren sie und alles, was darin sein mag.«

»Und was würdest du mit den Christentempeln anfangen wollen?« Mit sorgenvoller Miene blickte Abdullah zu Ya'kub hinüber.

»Wir reißen sie nieder. Allesamt. Das wird die Berber aufbringen und in unsere Hände treiben. Stell dir vor: Der Kalif hält Einzug in eine Stadt, die befreit ist von allen fremden Göttern. Überdies: Im Innern der Kirchen lagern Schätze, die wir verkaufen und für den Ausbau unserer Streitmacht verwenden können.«

Krieg, Krieg, Krieg! Das war alles, woran dieser Kalif denken konnte. Soll er doch Gärten anlegen!, wünschte sich Abdullah. Das gesamte Land könnte sich in ein Paradies verwandeln.

»So einfach geht das nicht«, erwiderte er. »Was ist mit den Kopten? Die Kirchen gehören ihnen, nicht den Berbern. Sie werden einen Aufstand anzetteln.«

»Die Stadtchristen? Die sind nichts weiter als Geschmeiß. Seit der letzten Revolte halte ich ihren Patriarchen gefangen. Sein Leben schätzen sie höher als alles andere. Ich habe sie in der Hand.«

Abdullah wiegte den Kopf. »Du hast gut überlegt. Trotzdem gefällt mir der Gedanke nicht. Es geht ja nicht nur um die weltliche Bedrohung. In diesen Kirchen beten die Christen die Gebeine ihrer Heiligen an. Zwei Dutzend sollen in den Gotteshäusern der Stadt liegen. Wenn wir sie vernichten, werden wir womöglich von Schlimmerem heimgesucht als von aufständischen Bauern und Kaufleuten.«

»Hast du Angst vor den Toten, Abdullah?« Ya'kubs breite Lippen kräuselten sich im Spott. »Ich kann dich beruhigen. Zu ihren Lebzeiten waren auch die christlichen Märtyrer nichts weiter als Händler und Bauern. Einen jener Außergewöhnlichen, von denen du soeben sprachst, wirst du unter ihnen vergebens suchen. Ich sage es dir noch einmal«, Ya'kub beugte sich zu Abdullah hinüber, »die Tempel der Ungläubigen sind voller Silber. Silber, Abdullah! Daraus lassen sich Münzen prägen. Und von dem Geld kannst du die gesamte Stadt für den Empfang des Kalifen herausputzen. Wenn dem Stellvertreter des Propheten Alexandria gefällt, vielleicht nimmt er dich dann mit nach Bagdad. Dort kannst du ihn unterhalten mit deinen Märchen über Tote, die die Welt beherrschen.«

Die *Visundur* sprang über die Wellenkämme wie eine Bergziege über Felskuppen. Alrik hielt sich am Drachenkopf fest. Er hatte die Abendwache übernommen, spähte über das Meer auf der Suche nach fremden Schiffen, Riffen oder Untiefen. Sie kreuzten gegen einen kräftigen Südwind, und die Böen bombardierten den alten Nordmann mit Schaumfetzen. Genüsslich leckte sich Alrik das Salz von den Lippen.

Am Himmel sah er seine Raben Kreise ziehen. Die Vögel waren unverzichtbar, um auf Fahrten wie dieser die Richtung zu finden. Von hoch oben konnten sie die fernsten Küsten sehen. Flogen sie ein Stück von der *Visundur* fort, wusste Alrik, dass Land in der Nähe war. Stets jedoch kehrten die Raben zurück, wenn sie feststellen mussten, dass die Entfernung zu weit für sie war.

Nacheinander landeten die Tiere auf Deck. Als Alrik sie in ihre Käfige steckte, spürte er die Anwesenheit Bonus von Malamoccos, noch bevor der Veneter neben ihm auftauchte. Das Salz in seinem Mund verlor den Geschmack.

»Wie lange fahren wir noch?« Bonus musste die Worte mehrfach in den Wind schreien, bevor sie Alriks Ohren erreichten.

»Wenn es weiter von Süden bläst, sechs oder sieben Tage«, sagte Alrik mit ruhiger Stimme und achtete darauf, dass seine Worte auf dem Wind ritten. Regen versprühte seinen Himmelsduft über das Deck.

»Zu lange«, kreischte Bonus. Er hielt eine Leinenkapuze umklammert, mit der er seinen Kopf schützte. »Wozu bezahle ich dich, wenn mein eigenes Schiff mich schneller nach Alexandria hätte bringen können?«

Alrik schwieg. Drei Tage waren sie nun unterwegs, und alles war ruhig geblieben. Seit sie aber die Küste aus den Augen verloren hatten und auf der offenen See Richtung Afriqiya fuhren, hatte die Angst von dem ungebetenen Passagier Besitz ergriffen. Das Phänomen war Alrik nur von Landmenschen bekannt. Er selbst war schon als Kind auf Drachenschiffen gefahren, auf Booten mit nur einem Deck und nichts weiter als zwei Handbreit Holz zwischen sich und dem bodenlosen Abgrund. Auf Planken wie diesen hatte er Laufen gelernt. Seine ersten Worte waren Segelkommandos gewesen und seine erste Frau die See. Wenn sie über die niedrige Bordwand schwappte, hieß Alrik sie willkommen wie eine überschwängliche Besucherin. Wie grauenerregend aber musste eine Fahrt auf einem solchen Schiff einem Mann aus der Stadt erscheinen, noch dazu auf dem offenen Meer?

»Du hast dich verirrt. Ist es nicht so?«, fragte Bonus. »Wir müssten schon viel weiter sein. Aber du weißt überhaupt nicht, wo wir gerade herumsegeln. Ein schöner Navigator bist du, Nordmann. Sofort bestimmst du die Position neu!«

Zorn verstopfte Alriks Nasenlöcher. Vielleicht wäre es besser, den Tribun noch einmal ins Wasser zu werfen, gleich hier, wo ihn niemand aus dem Meer fischen konnte. Zurück in Rivo Alto könnte Alrik behaupten, Bonus sei in Alexandria geblieben.

Nein!

Er schüttelte sich den Gedanken aus dem Kopf. So würde der heimtückische Fahrgast handeln, nicht aber Alrik aus Snôrheim, ein Sohn des Nordmeers.

Bonus schien Alriks Kopfschütteln auf andere Art zu deuten. »Nein?«, schrie er, und diesmal war Alrik nicht mehr sicher, ob Malamocco seine Stimme nur wegen des Windes erhoben hatte. »Dafür habe ich schon Kapitäne in die Sklaverei verkauft. Ist es das, was du willst?«

»Was ich will, Herr der schmutzigen Kanäle, ist mein Sohn Bjor.« Alrik hämmerte die Faust gegen den Drachenkopf am Vordersteven. Von Wind und Salz war das Gesicht der Figur rissig geworden und weiß gewaschen – das Antlitz eines alten Ungeheuers. »Und solange er nicht an Bord dieses Schiffes ist, bist du hier der Sklave. He, Magnus! Sorg dafür, dass der Tribun die Leinen schmiert und den Pökelfisch an die Mannschaft verteilt.«

Auf seinen kurzen Beinen kam der Zwerg herbeigeeilt und zupfte an Bonus' Mantel. Vergebens versuchte der Veneter, den Quälgeist loszuwerden.

»Sollte er sich weigern«, fuhr Alrik fort, »halbiert seine Ration.« Er ließ spöttische Blicke über Bonus' füllige Gestalt wandern. »Ein wenig Seemannskost wird ihm gut zu Gesicht stehen.«

Als die Nacht hereinbrach, ließ der Wind nach, und Alrik befahl, das Segel einzuholen. Die Mannschaft war ausgeruht genug, um einige Stunden am Ruder zu arbeiten. Waren größere Schiffe auf ihre Segel angewiesen, so kam ein Drachenboot auch ohne Wind vorwärts. Dank der schlanken und leichten Bauweise ließ es sich von einer eingespielten Mannschaft rudern. Es war diese Art der Fortbewegung, die Alrik am meisten schätzte. Segeln! Sich vom Wind über das Meer schieben zu lassen! Das war etwas für Greise und Weiber. Nordleute kamen aus eigener Kraft voran. Wenn zwei Dutzend kräftige Ruderer zu einem Mann verschmolzen, lachte Alriks Herz – und sein Mund stimmte ein. Auch jetzt, in der Dunkelheit, genoss er das Geräusch der Riemenblätter, wie sie im Gleichschlag die Wellen kämmten wie das Haar eines wilden Weibs.

Alrik legte die verstümmelte Hand auf den Kopf des Drachen. Durch das Holz spürte er das Beben des Schiffs, wenn die Wogen versuchten, es auseinanderzureißen. So stand er eine Weile, dann sank er in Schlaf. Mit offenen Augen lehnte er am Steven und gewährte seinem Geist Ruhe. Jedwede Veränderung ihrer Fahrt würde sich ihm durch das Schiff mitteilen.

Er schien noch nicht lange geruht zu haben, als ein Ruck durch die *Visundur* lief. Alriks Geist tauchte aus dem Dämmer auf und durchstieß die dünne Haut der Wirklichkeit. Das Schiff schlingerte. Mit beiden Händen hielt er sich am Dollbord fest. Um ihn herum herrschte Finsternis. Sköll und Hati! War es den Riesenwölfen endlich gelungen, den Mond zu verschlingen? Doch es war nicht das Heulen der beiden mythischen Bestien, das Alrik hörte, sondern das Rufen von Männern und ein Sausen über dem Deck, als rausche eine Sense über das Schiff hinweg, eine Sense, wie sie die Götter schwingen.

Ein Ruf kam von achtern. »Alrik! Hilf uns! Das Segel ist gelöst!«

Mit wenigen Sätzen war Alrik mittschiffs. Da traf ihn ein Schlag gegen die Stirn und warf ihn auf die Planken. Über seinem Kopf flatterte das Segel wie wild an der Rah. Der untere Rand war nicht befestigt. Wie konnte das sein?

Auf allen vieren kroch er über das Deck. Über seinem Kopf riss der Wind an dem Wollstoff und ließ ihn über das Schiff tanzen. Hoffentlich fegt es niemanden über Bord, dachte Alrik. Nicht in dieser Finsternis. Vom Bug her hörte er die laute

Stimme des Bonus von Malamocco. Wieder sauste das Segel über seinen Kopf. »Alle auf den Boden«, schrie Alrik. Kaum hatte er den Mast erreicht, legte sich das Schiff auf die Seite. Alrik klammerte sich fest. Seine Beine rutschten nach Steuerbord.

»Ich greife es!«, hörte er Ingvar rufen.

»Nein«, rief Alrik. »Wir legen den Mast um.« Doch er wusste, dass Ingvar bereits versuchte, die Segelstange einzufangen. Ebenso gut mochte er dem Fenriswolf die kalten Kiefer klüften.

Noch einmal pfiffen Segel und Stange über ihn hinweg. Jemand schrie. Von Backbord her kam ein Lichtschein. Wie es einem der Männer gelungen war, eine der Sturmlampen anzuzünden, würde Alrik stets ein Rätsel bleiben. Immerhin konnte er jetzt etwas erkennen. Im nächsten Augenblick wünschte er sich die Dunkelheit zurück.

Über seinem Kopf flatterte die nasse Wolle bald hierhin, bald dorthin. Und Ingvar stand, von Nässe glänzend, mit ausgebreiteten Armen da, die Füße zwischen den Ballaststeinen gesichert, bereit, den Ausreißer mit bloßen Händen zu fangen. Es würde ihn über Bord reißen.

»Schlagt den Mastbaum um!«, schrie Alrik und suchte im Halblicht nach einer Axt. Die Werkzeuge waren an der Bordwand festgebunden. Schon drosch er auf den Mast ein. Es würde nicht lange dauern, bis die Stange fiel. Die Kraft des Windes würde auf seiner Seite sein.

Ingvars Schrei dröhnte durch das Brausen. Als Alrik aufsah, erkannte er, wie sein Sohn zwischen den Falten der Wolle hing. Mit beiden Armen hielt er den schweren Stoff umklammert, als ringe er mit einem Wal. Noch war nicht sicher, wer Sieger sein würde, Mensch oder Materie. Da hoben sich Ingvars Beine vom Deck. Die Macht, die am Segel riss, war stark genug, ihn in die Lüfte zu heben.

So schnell, wie er konnte, hackte Alrik auf den Mast ein. Holzsplitter sprangen ihm in die Augen. Schließlich ließ der Sturm das Opfer gelten. Der Mastbaum neigte sich, dann kippte er. Noch einmal krachte das Holz gegen die Bordwand. Alrik sah, wie Mast und Segel mitsamt Ingvar emporgerissen wurden und durch die Lüfte in der Dunkelheit verschwanden.

Noch im selben Augenblick ließ das Schlingern des Schiffes nach. Ögir, der Meeresgott, hatte die Gabe angenommen.

Alrik eilte zur Bordwand. »Ingvar!«, brüllte er und wiederholte den Namen seines Sohnes noch zwei weitere Male.

Das Krächzen Kilians sägte den Wind. »Er ist hier! Hier!«

Alrik riss Darios das Licht aus der Hand und stapfte zum Bug. Kilian und Erios hatten sich über die Bordwand gebeugt. Im nächsten Augenblick tauchte Ingvars Gesicht dort auf. Seine Hände umklammerten das Dollbord, er zog sich an Deck und ließ sich auf die Planken fallen. Voller Sorge beugte sich Alrik über ihn. Da erkannte er im Dunkeln die von der Salzluft bleich gescheuerten Zähne seines Sohnes. Ingvar lachte, hustete und lachte.

»Als Kind«, keuchte er, »wollte ich immer auf dem Rücken des Drachenwurms Nidhöggr fliegen. Aber so hatte ich mir das nicht vorgestellt.«

Alrik half seinem Sohn aufzustehen. »Du selbst bist ein Drache, Ingvar«, sagte er. Mit aller Kraft legte er die Arme um seinen Sohn, spürte dessen knotige Muskeln und vergewisserte sich seiner Lebendigkeit. Dann wandte er sich zu Bonus um.

»Aber der Wind blies aus dem Norden. Wie kann man da versäumen, das Segel zu setzen?« Furcht bleichte Bonus' Züge. Sogar im Licht der Sturmlampe konnten alle die Angst des Veneters erkennen. Der Rauch aus der Laterne roch nach Tran. Bonus wedelte ihn fort und verzog angewidert das Gesicht.

Alrik, Ingvar und fünf weitere Seeleute umringten den Tribun. Der hatte sich an die Bordwand zurückgezogen und lehnte mit den Schultern bereits über der wogenden See. Trotzdem rückte Alrik noch näher an Bonus heran.

»Du hast das Segel heruntergelassen, weil du glaubtest, ein besserer Seemann zu sein als wir?« Mühsam bezwang Alrik den Wunsch, Bonus einen Stoß zu versetzen und sich des Problems auf einfache Weise zu entledigen.

»Besser, schlechter – was macht das für einen Unterschied? Unter dem Segel wären wir schneller vorangekommen. Das musst du zugeben! Rudern! Bin ich etwa auf einer Schildkröte unterwegs, die sich durch den Sand schiebt? Jetzt lasst mich gehen. Ich bin der Herr dieses Schiffes.«

Als Bonus versuchte, sich an Alrik vorbeizuzwängen, schob dieser den Veneter an das Dollbord zurück. »Der Herr dieses Schiffes«, wiederholte Alrik und schmeckte die Worte auf der Zunge. »Das muss ich vergessen haben.« Mit der freien Hand winkte er den anderen. »Bringt mir ein langes Stück Leine! Wir wollen dem Herrn dieses Schiffes einen Ehrenplatz einrichten.«

Bald darauf brach der Tag an. Mit dem Morgenlicht rollte ein Nebelpolster auf die *Visundur* zu. Die See schimmerte trübgrau, und Alrik ließ nur noch zehn Mann an die Riemen. Es war besser, bei schlechter Sicht nur wenig Fahrt zu machen. Zwar waren sie auf hoher See. Dennoch mochte ein Kauffahrer aus dem Nebel auftauchen oder ein Felsen seine schwarzen Finger aus den Tiefen emporrecken. Die Männer nutzten die kurze Verschnaufpause, um Ingvar zu seinem Flug durch die Luft zu gratulieren. Brummend stimmte Yaa einen Singsang an. In dem über das Deck kriechenden Nebel klangen seine eigenartigen Melodien unheimlich und dämonenhaft. Schließlich zückte der Schwarze einen Schlauch aus Ziegenhaut und goss Ingvar etwas von dem Inhalt auf den Kopf.

»Windtänzer«, brummte Yaa feierlich. »So sollst du von heute an heißen.«

Ingvar grinste. Er riss dem Nubier den Schlauch aus der Hand und trank daraus. Das Leder schrumpelte in sich zusammen. Als Ingvar es auf das Deck warf, war die Haut leer, seine Augen hingegen waren voller Licht.

Mit der Ruderpinne unter dem Arm verfolgte Alrik das Treiben. Sein ältester Sohn hatte sich gerade einen Kampfnamen verdient. Einen guten Namen. Meist kamen Worte wie Blut, Schwert und Schänder darin vor. Aber »Ingvar der Windtänzer«, das gefiel Alrik. Doch als sein Sohn, trunken vom Schnaps des Afrikaners und dem Glück des Moments, zu ihm hinübersah, wandte er den Kopf und gab vor, den Nebel mit Blicken zu durchbohren. Lange würde es nicht mehr dauern, bis Ingvar bereit war, die Führung der Mannschaft zu übernehmen. Und mit ihr die *Visundur*.

Da begann der Nebel zu zerfasern. Die Sonne ließ die Feuchtigkeit verdampfen, die Welt um Alrik herum wurde wieder sichtbar. Dazu gehörte auch der Vordersteven mit seinem neuen Schmuckstück: An dem alten Drachenkopf stand, den Leib an den Hals des Ungeheuers gefesselt, Bonus von Malamocco. Seine Füße suchten nach festem Stand auf dem rutschigen Schandeckel, seine Hände waren in das aufgerissene Maul des Drachen verkrallt, seine Augen waren fest geschlossen. Die Lippen bewegten sich. Betete er?

»Heda, Bonus!«, rief Alrik über die gesamte Länge des Schiffes hinweg. »Die Augen auf. Du bist zur Wache eingeteilt. Da wird nicht geschlafen.«

»Wie lange willst du ihn da zittern lassen?«, fragte Djamil. Der kleine Araber sicherte die mit Frischwasser gefüllten Fässer, deren Seile sich im Trubel der vergangenen Nacht gelockert hatten.

»Bis zum Einbruch der Dämmerung«, entgegnete Alrik. »Danach verschnüren wir ihn und binden ihn auf dem Deck fest, dort, wo er keinen Unfug mehr anstellen kann.« Laut rief er: »Mach endlich die Augen auf, Bonus, deine Wache beginnt. Eine Woche lang werde ich dich dort oben stehen lassen.« Als er sah, wie Bonus zusammenzuckte, lachte er in den Wind. Dann gab er Befehl, die Riemen wieder voll zu besetzen. Wer brauchte schon Mastbaum und Segel, wenn er eine Mannschaft wie diese hatte? Die Dünung schwappte gegen den Bootsrumpf, und die Leinen knarrten beruhigend. Ein Nordmann, dachte Alrik, braucht nichts weiter als ein Schiff unter seinen Füßen und den Himmel über seinem Kopf.

Kapitel 10

Rivo Alto, das Palatium des Dogen

Du hast den fremden einsperren lassen?« Fast wäre Matelda der Spielstein aus der Hand gefallen, den sie eben noch siegessicher auf die linke obere Ecke des Bretts hatte setzen wollen. *Tris* war das Lieblingsspiel ihres Vaters. Schon die Römer, erklärte er oft, waren Meister darin gewesen. Obwohl Matelda selbst nur wenig Gefallen daran fand, genoss sie die gemeinsamen Abende mit ihm am Spieltisch. Heute war er, nach langer Zeit, mit dem Brett unter dem Arm in ihrer Kammer erschienen.

Giustiniano starrte unverwandt auf die Konstellation der sechs Spielsteine. »Warum kümmert es dich, was mit ihm geschieht? Wir wollen doch nur vermeiden, dass er flieht und seine Leute den heiligen Markus an die Franken verschachern. Wenn sie ihn überhaupt jemals finden werden.«

Mit dem nächsten Zug wischte Matelda einen Stein ihres Vaters beiseite. Beim Tris kam es nicht auf die bessere Strategie an, sondern darauf, dass der andere zuerst einen Fehler beging. In der Regel war ihr Vater der konzentriertere Spieler, aber seit das Dogat auf seinen Schultern lastete, war er fahrig geworden und leistete sich Züge, für die er Matelda getadelt hätte. Auf ihre letzte Aktion reagierte er mit einer erhobenen Augenbraue.

»Was steckt dahinter?«, wollte sie wissen. »Oder sollte ich besser fragen: Wer?«

Jetzt hob Giustiniano den Blick. »Wir haben diese wichtige Vorsichtsmaßnahme nur der Weisheit der Malamoccos zu verdanken. Sie wiesen zu Recht darauf hin, dass dieser Bjor bei der ersten Gelegenheit fliehen würde. Also haben wir ihn festgesetzt. Ein kluger Zug, wie ich finde.«

Ein weiterer Stein wechselte den Platz. Für Giustiniano wurde die Situation auf dem Spielbrett brenzlig.

Die Malamoccos! Matelda blieb einen Moment lang still, bis sie sicher sein konnte, ihre Stimme unter Kontrolle zu halten. »Aber der Fremde ist doch unser Gast. Sind unsere Gäste seit Neuestem unsere Gefangenen? Vater!« Überdies, dachte Matelda, hat er mich aus großer Bedrängnis gerettet. Noch immer wusste sie nicht, was in jener Nacht vor sich gegangen war. Die Fremden waren verschwunden, und auch Rustico hatte sie seither nicht wiedergesehen. Doch man erzählte sich, sein Gesicht sei geschwollen wie nach einer Tavernenprügelei.

Giustiniano streckte sich. Sein Faltstuhl knarrte. Er senkte die Hände auf die beiden schwarzen hölzernen Löwenköpfe an den Armlehnen. »Wenn ich mich richtig erinnere«, sagte er und zwinkerte ihr zu, »warst du selbst daran interessiert, einen dieser Wilden hierzubehalten.«

Matelda biss sich auf die Lippen. Ihr Vater hatte recht. Seit sie erfahren hatte, dass die Fremden Meister des Schiffsbaus waren, war ihr der Schlaf ferngeblieben. Als sie ihren Vater darum gebeten hatte, wenigstens einen von ihnen in Rivo Alto zu halten, hatte er sich entrüstet abgewandt. Und jetzt musste sie feststellen, dass der Doge keinesfalls ihrem Wunsch, sondern dem der Malamoccos entsprochen hatte. Sie waren es, die eine Geisel gefordert hatten. Sie waren es, denen der Doge Gehör schenkte. Und jetzt hatten diese Unholde erreicht, dass er den Fremden hatte einsperren lassen.

Mit flinken Fingern tauschte sie Steine auf dem Spielbrett. Es sah nicht gut aus für den Dogen. »Ich will ihn sehen«, sagte sie leise. »Mit ihm sprechen.«

»Mit diesem Wilden?« Giustiniano legte einen Finger gegen die Lippen. Langsam schüttelte er den Kopf. »Das lasse ich nicht zu. Er könnte gewalttätig sein.«

»Obwohl er mich aus der Gefahr gerettet hat?« Sie bewegte zwei Steine nacheinander. Beim nächsten Zug würde sie gewonnen haben. »Er hat mich hergebracht in jener Nacht. Erinnerst du dich?«

»Wie könnte ich diesen furchtbaren Augenblick je vergessen? Meine Tochter auf der Schulter eines Wilden. Eine seiner Hände ruhte auf deinem, deinem … wie ein Stück Fleisch hat er dich hereingetragen.« Giustiniano räusperte sich. »Du weißt, dass uns die große Kultur der Römer Vorbild ist«, sagte der Doge. Matelda kannte jedes Wort, das folgen würde. Das Römische Reich war das Lieblingsthema ihres Vaters. Giustiniano fuhr fort: »Und für die Römer war jeder ein Tier, der nicht in einer Stadt wohnte. Je weiter entfernt er lebte, umso schlimmer.« Er setzte ein gezwungenes Lächeln auf. »Weißt du, wo diese Fremden herkommen? Aus dem Norden. Dieser Alrik hat es mir erzählt. Stell dir vor: aus einer Weltgegend, die sogar dem mächtigen Imperium Romanum fremd war. Was anderes können sie also sein als Bestien aus den Wäldern, unberechenbar und gefährlich? Zu so einem soll ich meine Tochter schicken? Niemals!«

Giustiniano stieß die Steine klackend gegeneinander und zerschlug Mateldas Tris-Stellung. Nun würde er die Partie gewinnen.

»Wo hast du ihn einsperren lassen?«, fragte sie.

»Du wirst dich von ihm fernhalten.«

Mateldas Hand schwebte unsicher über dem Tris-Brett. Alle Züge führten ins Verderben.

»Wo, Vater?« Es war gleichgültig, was sie anstellte. Sie zog aufs Geratewohl.

»Ich kann es dir ebenso gut verraten, weil du dich niemals an

diesen Ort begeben wirst: Die Geisel schmachtet im Angstloch. Zwischen dem Ungeziefer fühlt der Barbar sich bestimmt
wohl.« Giustiniano machte seinen letzten Zug, den Zug eines
Narren. »Schau, jetzt hast du gewonnen.«

Erschrocken starrte Matelda auf das Brett. Eine Niederlage
hätte sie hinnehmen können. Aber dass ihr Vater sie gewinnen
ließ, obwohl die Steine eindeutig zu seinen Gunsten lagen, war
mehr, als sie ertragen konnte. Der bittere Geschmack der Demütigung floss über ihre Zunge.

Mit einem Satz sprang sie auf und warf das Tris-Brett vom
Tisch. Die Spielsteine hüpften davon wie eine Mäusefamilie,
wenn die Katze zu Besuch kommt. Dann floh Matelda aus dem
Raum.

»Deine Mutter war auch eine schlechte Verliererin«, rief
Giustiniano hinter ihr her.

Das Entsetzen war ein finsteres Rechteck in einem von Tau-
benmist starrenden Holzboden. Dort also lag der Abstieg zu
jenem Gefängnis, das als »Angstloch« berüchtigt war. Damit
drohten die Mütter ihren ungehorsamen Kindern. Dorthin
wünschten Männer ihre zänkischen Weiber. Kaum jemand aber
hatte es selbst gesehen. Und jetzt stand Matelda im Eingang
zum alten Turm und starrte in jenen Abgrund, vor dem sich
alle fürchteten.

Abgesehen von einem zusammengerollten Tau, das an der
Wand hing, war der Turm leer. »Ist das die Leiter, mit der Ihr
zu den Gefangenen hinabsteigt?«

Der Turmwächter brummte. »Ich geh' da nicht runter. Die
Gefangenen kommen an dem Seil hinein. Raus schaffen es die
meisten ohnehin nicht.«

Matelda musterte den Wachmann. Er war ein breitbackiger Kerl. Sie hatte ein verwahrlostes Ungetüm erwartet. Aber die Kleidung und der Bart des Mannes waren, wenn auch ärmlich, in tadellosem Zustand.

»Was meint Ihr damit: Raus schaffen es die meisten nicht mehr?« Sie wusste nicht, wohin sie den Blick wenden sollte. Der Einstieg in das Angstloch war furchterregend. Dennoch zog das schwarze Rechteck sie wie magisch an.

Der Wärter kaute auf etwas herum. Sein Schmatzen hallte von den mit Flechten überzogenen Wänden des Turms wider. »Die meisten Gefangenen sterben da unten. An Rattenbissen, am Hunger, manchmal bringen sie sich gegenseitig um.«

»Aber endet denn die Kerkerstrafe nicht nach ein paar Wochen oder Monaten?«

Nachdenklich nickte der Wärter.

»So redet doch! Ich bin die Tochter des Dogen, und Ihr habt mir zu gehorchen.«

»Schon gut, Mädchen!« Er schnaufte. »Die Tochter des Dogen! Sonst hätte ich dich schon längst fortgejagt.«

Oder Schlimmeres, dachte Matelda. Laut sagte sie: »Sprecht! Oder ich werde meinen Vater bitten, Euch diesen Posten wegzunehmen.«

Jetzt hörten die Kaubewegungen auf. In den kleinen Augen blitzte es. »Die Gefangenen sind zu schwach. Verstehst du, Kind? Wenn sie ihre Strafe abgesessen haben, lasse ich das Tau hinunter, damit sie rauskommen können. Aber die meisten schaffen's nicht mehr.«

Matelda machte ein Zitronengesicht. »Und Ihr helft den armen Seelen nicht?«

Er schüttelte den Kopf. »Sagte ich doch schon: Ich geh' da nicht runter. Zu gefährlich.« Er tippte sich an die Stirn. »Die Gefangenen würden mich zerreißen und auffressen.«

Sie ging einen Schritt auf das Loch zu. »Wie viele sind denn gerade dort unten?«

»Zwei«, antwortete der Wachmann. »Fortunato, ein alter Lautenspieler und Taschendieb. Irgendwann musste es den mal erwischen. Und so ein junger, kräftiger Bursche. Mit einem merkwürdigen Namen.«

Damit konnte er nur Bjor meinen. Matelda trat noch ein paar Schritte auf das Angstloch zu. Es schien bis zum Rand mit Finsternis und Furcht gefüllt zu sein.

»Lasst das Tau hinab, damit der junge Gefangene heraufkommen kann«, sagte sie beschwörend.

Der Wachmann lachte bitter. »Damit der Doge mich in die Grube werfen lässt? Nicht für einen Sack voll Gold, so wahr ich Orso heiße!«

Kurz überlegte Matelda, ob sie das Seil selbst benutzen sollte. Doch der Wächter hätte ihr die provisorische Leiter kurzerhand wieder entwunden. Es musste einen anderen Weg geben. Wenn sie Bjor schon nicht herausholen konnte, so wollte sie doch mit ihm sprechen. Sein Wissen über den Schiffsbau mochte lebenswichtig sein. Für ganz Rivo Alto.

»Dann lasst eben mich hinab.« Waren das wirklich ihre eigenen Worte?

»Gewiss! Der Turmwächter wirft die Tochter des Dogen ins Loch. Dafür werde ich eine Beförderung bekommen: schnurstracks an den Galgen.«

»Ich werde bestimmt niemandem davon erzählen, und ich verspreche Euch eine Belohnung.«

Der Wächter glotzte sie an. Vermutlich dachte er nach. »Was für eine Belohnung?«, fragte er zögerlich.

»Geld, wenn Ihr wollt. Einen byzantinischen Goldsolidus. Einen ganzen.« Ihre Finger rangen miteinander. Wollte sie wirklich dafür bezahlen, in die Hölle hinabzusteigen?

»Geld ist gut.« Er runzelte die Stirn. Sein Blick nagelte seine Riemensandalen fest. Das Stroh, mit denen die Schuhe im Winter ausgestopft waren, ragte daraus hervor. »Aber was nutzt es mir, wenn sie mich abführen? Ich könnte damit ja doch nur den Henker bestechen, damit er mir einen schnellen Tod gewährt.«

Matelda wartete schweigend. Ein Mann in seiner Position schlug einen Goldsolidus aus. Sie versuchte es noch einmal. »Eure Familie könnte das Geld doch gut gebrauchen. Bitte! Ich muss mit dem Gefangenen sprechen.«

»Familie habe ich nicht«, sagte Orso abwehrend. Matelda seufzte. Dieser Versuch hatte in eine Sackgasse geführt. Jetzt würde ihr der Turmwächter gewiss nicht mehr helfen.

»Aber ich hätte gern eine«, fuhr Orso fort. Er kaute auf seinem Bart, und die Worte kamen unverständlich dazwischen hervor.

»Was sagt Ihr?« Matelda beugte sich vor.

»Es ist schwer für einen wie mich. Die Frauen dieser Stadt meiden meine Gegenwart. Es ist … diese Arbeit«, stammelte Orso.

»Habt Ihr es denn schon mit der Richtigen versucht?«, wollte Matelda wissen.

»Sie heißt Begga. Sie ist eine schöne Frau, und ich begehre sie.«

Errötete der ungeschlachte Kerl etwa?

»Aber sie will Euch nicht?«

»Nein. Ja.« Jetzt lehnte sich Orso mit der Schulter gegen den Türsturz. »Ich weiß nicht. Es ist schwer mit euch Frauen. Aber wenn ich mich ihr nähere, weist sie mich zurück.«

Matelda seufzte. Für diese Begga konnte sie nur Verständnis aufbringen. Ein Gedanke zwickte sie. Begga, dachte sie, du wirst heiraten.

»Hört zu! Morgen Abend, wenn Eure Ablösung kommt, treffen wir uns und überlegen, wie wir einen wie Euch in einen akzeptablen Liebhaber verwandeln.«

Orsos Kopf ruckte hoch. Jetzt grinste er offenen Mundes und Herzens. Dabei gab er mehr Zahnlücken als Zähne preis. »Das würdest du für den alten Orso tun?«, fragte er.

Matelda nickte, darum bemüht, ihre Ernsthaftigkeit zu bewahren. »Ich verspreche es, Orso. Im westlichen Teil der Lagune gibt es eine Insel von der Form einer Möwe. Darauf steht ein Lagerhaus ohne Dach. Dort warte ich auf Euch. Aber zuvor lasst Ihr mich in die Grube hinab.«

Das Zaudern kehrte zurück. Die Unsicherheit ließ Orsos Kopf schwanken. »Es ist gefährlich. Wenn dir dort unten etwas zustößt, kannst du mir auch nicht mehr helfen.«

Jetzt war es genug. Dieser Wachmann war noch halsstarriger als sie selbst. »Ich helfe Euch, und Ihr helft mir. So schließt man Verträge. Und jetzt holt das Seil! Oder ich werde Begga erzählen, dass Ihr sie für eine alte Hexe haltet.«

»Also gut«, knurrte der Turmwächter. »Aber das Gold, das nehme ich zusätzlich.« Unverständliches murmelnd trabte Orso zu dem Seil an der Wand und löste es umständlich von seinem Haken.

Wieder starrte Matelda auf das schwarze Rechteck im Boden. Obwohl sie vermutete, dass die Bohlen unter ihren Füßen kräftig waren und einen ganzen Heerbann in voller Rüstung zu tragen vermochten, fürchtete sie plötzlich, der Boden könnte unter ihr nachgeben und sie hinabstürzen lassen.

»Bjor?«, rief sie zaghaft und beugte sich vor, um etwas erkennen zu können. Doch die Dunkelheit klammerte sich an ihre Geheimnisse. Sie rief erneut. Wieder antwortete nur die Stille. Im oberen Teil des Turms flatterte ein Vogel.

»Seid Ihr sicher, dass dort unten jemand ist?«, fragte sie.

»Sehe ich aus wie ein Trottel?«, raunzte Orso.

»Bjor!«, rief sie, diesmal lauter. Aber entweder erreichten ihre Worte den Grund der Grube nicht, oder es war niemand namens Bjor dort unten. Unentschlossen wiegte sich Matelda vor und zurück.

Als sie sich zu der Luke hinunterbeugte, hielt sie den Atem an. Der Geruch, der daraus hervorwehte, war schlimmer als der eines verlandenden Priels, in dem die Fische ihre weißen Bäuche zeigen. Der Gestank trieb ihr die Tränen in die Augen. Während sie hörte, wie Orso das Tau abwickelte, setzte sie sich an den Rand des Einstiegs und streckte die Beine hindurch. Sie rutschte vorwärts. Die Finsternis verschluckte ihre Füße.

»Warte!«, rief Orso. »Hier ist das Seil. Setz immer nur einen Fuß auf einen Knoten und halte dich mit beiden Händen an einem anderen fest.«

Er hielt Matelda das Ende des Taus entgegen, einen aus vielen Seilen geflochtenen Strick, breiter als ihr Arm. Am Ende war er mit Lederstreifen umwickelt, wohl um das Ausfransen zu verhindern.

»Und du wirst mir wirklich helfen? Ich meine, mit Begga?« Orsos Stimme klang wie aus einer anderen Welt, von einem Ort, wo es Leben und Liebe gab, Licht und den Duft der Lagunen an guten Tagen, wenn das Meerwasser hereinströmte.

Als sie den Strick fasste, war ihr, als spüre sie das Entsetzen all jener, die daran in die Finsternis hatten hinabsteigen müssen. Sie stieß das Tau beiseite und schob sich von dem Angstloch fort, so schnell sie konnte. Als ihre Beine wieder vollends aus der Dunkelheit aufgetaucht waren, stellte sie erleichtert fest, dass ihre Füße noch an ihren Fesseln waren. Den Schreck in den Beinen, sprang sie auf und rannte aus dem Turm, verfolgt von den Rufen Orsos. Es musste eine andere Möglichkeit geben, Schiffe für Rivo Alto zu bauen.

Kapitel 11

Die Küste Nordafrikas

INGVAR SAH DAS LICHT als Erster. Er hatte die Nachtwache übernommen, stand neben dem Drachenkopf der *Visundur* und brüllte so laut über das Deck, dass Alrik es für sicherer hielt, alle Riemen einholen zu lassen. Ächzend stellte die Mannschaft die Stangen senkrecht, dankbar für die Unterbrechung. Seitdem das Meer den Mast verschlungen hatte, hatten die Seeleute gerudert. Sechs Tage war das her. Selbst einer Mannschaft wie dieser, das war Alrik bewusst, krachten bei einer solchen Anstrengung die Rücken.

Er übergab Kilian das Ruder und stapfte zwischen den Männern nach vorn. Dabei kam er an Bonus vorbei. Der Veneter hockte auf einer der Bänke. Seine Hände waren an einen Riemen gefesselt. Zunächst hatte er sich geweigert zu pullen. Doch die Stange war von Darios, seinem Banknachbarn, unablässig vor und zurück bewegt worden. Wenn Bonus nicht nachgezogen hatte, war ihm die Riemenstange gegen Brust und Arme geschlagen. Schließlich war ihm nichts anderes übrig geblieben, als in die Ruderbewegungen einzufallen. Eigentlich, dachte Alrik, hätte er das Schiff allein vorantreiben müssen. Immerhin war es Bonus gewesen, der ihnen das Segel genommen hatte.

»Was siehst du, Ingvar?« Alriks Augen waren denen seines Sohnes unterlegen. Für Alrik war die Nacht schwarz und ohne Kontur.

»Licht. Ein Feuer vielleicht«, sagte Ingvar und deutete in die ungefähre Richtung. »Aber zu weit oben. Kein Schiff ist so groß.«

»Dann muss es die Küste sein. Vielleicht ein Haus auf einer Klippe.«

Wenig später konnte auch Alrik erkennen, was Ingvar gesehen hatte: ein Feuer, das wie ein helles Auge durch die Nacht spähte. Es schien zu tanzen. Wenn das ein Haus war, stand es lichterloh in Flammen.

»Was ist das?«, fragte jetzt Yaa. Der Afrikaner war neben Alrik und Ingvar aufgetaucht. Und während die *Visundur* in der Dünung schaukelte, standen immer mehr Männer von den Bänken auf und kamen nach vorne. Erlöst von dem Gewicht der Besatzung, hob sich das Heck leicht aus dem Wasser.

»Das Reich Hels«, krächzte Stein. Es gab Momente, da wünschte Alrik, der Runensprecher wäre stumm. »Die Brücke zum Totenreich«, sprach dieser weiter, »ein Saal, der Sonne unerreichbar, steht an den Leichenständen.« Er hob eine Hand und deutete auf das ferne Leuchten, das nun alle erkennen konnten. »Nordwärts wendet sich die Tür. Durch die Lichtlöcher fallen Gifttropfen herein. Der Saal ist geflochten aus Schlangenleibern.«

Alrik hatte wenig übrig für die Prophezeiungen des ausgemergelten Norwegers, schon gar nicht hier, vor einer unbekannten Küste mit diesem unheimlichen Leuchten in der Finsternis. Am liebsten hätte er Stein neben Bonus festgebunden und ihm einen toten Fisch in den Mund geschoben.

Während die Mannschaft in Ehrfurcht erstarrte, die *Visundur* schlingerte und das Meer unter dem Vordersteven rauschte, sprach Stein weiter: »Die Brücke wird bewacht von der Riesin Seelenstreit, ihr Saal heißt Elend, Hunger ihre Schüssel, ihr Messer Gier, ihre Schwelle Einsturz, ihr Bett Kummer, ihr Vorhang drohendes Verderben.«

Die Brücke in die Unterwelt, das war es, was Stein meinte. Alrik kannte die Legenden. Im Norden, wo er zusammen mit

Stein aufgewachsen war, nährte man die Kinder mit derlei Geschichten und brachte ihnen bei, Angst zu haben, noch bevor sie wussten, was Hunger ist.

»Der Pharos!« Djamil drängte sich zwischen den anderen hindurch. »Das ist nicht das Tor zur Unterwelt. Es ist ein Leuchtfeuer. Ich kenne ein Lied, das davon erzählt.« Er summte nachdenklich, auf der Suche nach der Melodie, schien sie jedoch nicht zu finden. Dennoch schaffte es der Araber, die Beklommenheit zu vertreiben, die Steins Worte hinterlassen hatten.

»Was soll das sein, ein Pharos?«, fragte Alrik, den Blick weiter auf das Leuchten gerichtet.

»Ein fetter Drache, der sich gleich auf uns stürzen wird. Vielleicht hat er unser Segel gefunden und liefert es hier ab, hm«, rief Magnus. Die anderen lachten, dankbar für jeden Zoll, den die düstere Stimmung von ihnen wich.

»Es ist ein Turm«, erklärte Djamil. »Vielleicht der höchste der Welt. Er bewacht den Hafen von Alexandria und leitet die Schiffe hinein.«

»Hört sich für mich nicht wie das Tor zur Unterwelt an«, brummte Yaa. »Eher wie ein gutes Zeichen.« Die mächtige Pranke des Schwarzen legte sich auf Alriks Schulter. »Unser Kendtmann hat uns ans Ziel geführt.«

Alrik genoss den festen Griff von Yaas Hand. Alexandria. Jetzt lag die erste Hälfte der Reise schon hinter ihnen. Sobald sie die Reliquie an Bord gebracht hatten, würden sie zurück nach Rivo Alto reisen, und dann würde Bjor wieder zu ihnen stoßen – und mit ihm die Reichtümer des Lagunenfürsten. Die Schicksalsschwestern lächelten auf die *Visundur* herab. Doch zwischen dem Brausen des Windes, dem Schlagen der Dünung und dem Quietschen des Ruders klang Alrik noch immer die heisere Stimme des Runensprechers in den Ohren.

Eine zaghafte Sonne stand über dem morgendlichen Horizont, als die *Visundur* den Hafen Alexandrias erreichte. Djamil hatte recht behalten: Die Quelle des unheimlichen Leuchtens lag tatsächlich auf einem Turm, der so hoch aufragte, als wolle er die Wolken aufspießen – einem steinernen Koloss. Als die *Visundur* an der kleinen Insel vorüberglitt, die dem Turm als Fundament diente, reckte die Besatzung die Hälse, um die Spitze sehen zu können. Der untere Teil des Bauwerks war viereckig, von weißem Stein eingefasst und mit vielen kleinen Löchern gesprenkelt. Darüber erhob sich ein kleinerer, achteckiger Teil. Alrik hatte in Miklagard – oder Konstantinopel, wie die Byzantiner ihre Hauptstadt nannten – gelernt, dass solche Löcher keine Schießscharten oder gar Aussichtsfenster waren. Sie dienten dazu, den Mörtel trocknen zu lassen. Denn mächtige Bauwerke wie dieses hier wurden von Mauern getragen, so massiv, dass kein Luftstrom hindurchdrang und die Baumasse bis in alle Ewigkeit feucht und weich blieb – es sei denn, die Architekten halfen mit Luftzufuhr nach.

Im Augenblick waren die Baumeister des Turms offenbar mit Reparaturen beschäftigt. Seine Spitze war in Teilen eingestürzt. Auch die Umfassungsmauer am Fuß des Bauwerks zeigte Risse. Überall lehnten Holzgerüste an dem Koloss, und Arbeiter, nur mit Lendenwickeln und Kopftüchern bekleidet, kletterten darauf herum.

»Es scheint Krieg gegeben zu haben«, sagte Alrik. Obwohl das Wasser in dem großen Hafen nur wenig bewegt war, hielt er das Ruder mit beiden Händen fest umklammert.

Magnus saß neben ihm auf dem Dollbord. Das Spritzwasser netzte seine Füße. »Vielleicht. Aber ich sehe keine Brandspuren.«

Als sich die *Visundur* um die Insel schob, sah sich Alrik zu dem Turm um. »Du hast recht, Magnus. Aber was sonst könnte einen solchen Riesen fast zum Einsturz bringen?«

»Die Alexandriner selbst? Siehst du, wie sie über die Gerüste steigen? Vielleicht richten sie den Turm gar nicht wieder her. Vielleicht nehmen sie ihn auseinander.«

»Dann würden sie wohl kaum das Leuchtfeuer auf seiner Spitze in Gang halten«, erwiderte Alrik. Tatsächlich war auf der oberen Plattform des Turms ein grauer, fast mannshoher Aschehaufen zu sehen. Das musste der Rest des Feuers aus der vergangenen Nacht sein. Einige Männer waren damit beschäftigt, die Asche in die Tiefe zu schieben. Der Wind griff danach, wirbelte sie herum und zeichnete silbrige Ornamente in den Himmel.

Eine Barke ging längsseits. Der Steven war hochgezogen und bildete einen Halbkreis am vorderen Ende des Schiffes. Ein einzelner Mann segelte das Boot. Er rief etwas auf Arabisch und winkte.

»Djamil!«, rief Alrik. »Was will der Kerl?«

Behände sprang Djamil auf die Bordwand der *Visundur*, kletterte von dort auf eine der im Wasser liegenden Riemenstangen und balancierte darauf herum, bis er nah genug an der Barke war, um hineinspringen zu können.

»Das war der Bailo«, sagte der kleine Araber, als er bald darauf wieder neben Alrik stand. »Eine Art Hafenmeister.«

»Wollte er Geld?«, fragt Alrik.

»Geld und unseren Glauben«, erwiderte Djamil und strich sich über den nadeldünnen Bart auf seiner Oberlippe. »Er wollte wissen, ob wir Christen sind. Natürlich konnte ich ihn vom Gegenteil überzeugen.«

Alrik runzelte die Stirn. »Was spielt es für eine Rolle, ob wir Christen sind oder Mohammedaner?«

»Für Christen gibt es einen eigenen Hafen weiter im Westen. Dort sind die Zölle und die Liegegebühren höher.«

Mit einem Ruck zog Alrik die Ruderpinne zu sich heran.

Augenblicklich reagierte das Schiff und legte sich auf die Seite. »Gut gemacht, Djamil. Wir sollten allerdings darauf achtgeben, dass unser Passagier nicht verrät, dass wir einen Christen an Bord haben.«

»Noch etwas.« Djamil strich sich eine Strähne seines nachtschwarzen Haares aus der Stirn. »Der Bailo warnte uns davor, die Viertel der Christen und Juden zu besuchen. Er sagte, dort gebe es bald Aufstände. Weil der Statthalter damit begonnen habe, die christlichen Kirchen niederzureißen.« Djamil senkte die Stimme. »Und dann hat er gelacht und berichtet, die Straßen seien voller Unrat aus den Tempeln der Ungläubigen, und dass sie die alten Knochen, die die Christen anbeten, den Hunden zuwerfen würden.«

»Ach, Alexandria!«, seufzte Abdullah. »Eine Stadt mit viertausend Palästen sollst du gewesen sein. Mit viertausend Bädern. Zwölftausend Kaufleute sollen frisches Öl in deinen Straßen feilgeboten, zwölftausend Gärtner deine Schönheit erhalten haben. Vierhundert Theater lockten vierzigtausend Einwohner, und ebenso viele Juden zahlten Tribut. Und sie zahlten ihn gern, weil sie dafür in deinen Mauern leben durften.« Er hielt inne, um über eine umgestürzte Mauer zu klettern. Auf dem Gipfel des Schuttberges angelangt, ließ er den Blick in die Runde schweifen. »Und jetzt sieh dir das an, Ya'kub! Den kläglichen Rest, der vom einstigen Glanz dieser Perle von Stadt geblieben ist, zertrampeln wir unter unseren Füßen. Sind wir Barbaren?«

Ya'kub trat gegen einen zerbrochenen Stein. »Das Zeitalter, von dem du sprichst, Abdullah, kannte noch keine christlichen Kirchen. Wir reinigen die Stadt nur von den Pusteln, die ihr die Christen auf den Leib gepflanzt haben.«

Rauch stieg in Abdullahs Nase und beizte seine Augen. Er blinzelte. Hier hatte vor wenigen Tagen noch die Kirche des heiligen Paulus gestanden. So jedenfalls hatten die Kopten, die ägyptischen Christen, sie genannt. Wenig kümmerte es Abdullah, wer dieser Paulus gewesen sein mochte. Doch die Kuppel des Bauwerks hatte sich über die Flachdächer des Christenviertels erhoben und hatte ihn, den Statthalter, aus der Ferne gegrüßt, wenn er auf dem Dach seines Palastes gestanden und in den Abend hineingedacht hatte. Jetzt war eine Längswand dieses Christentempels eingerissen. Wie eine Wunde, die man mit einer Saufeder reißt, klaffte das Loch in der Architektur. Dahinter, im Gotteshaus selbst, waren seine Leute damit beschäftigt, die Kirchenschätze zu plündern. Was sie für wertlos hielten, warfen sie im Hof in ein Feuer.

Abdullah starrte in die Flammen. »Die Berber. Sind sie schon in die Stadt gekommen, um sich zu rächen?«

»Noch nicht«, antwortete Ya'kub. »Aber es kann nicht mehr lange dauern. Würde ein Ungläubiger eine Moschee so behandeln, das ganze Reich des Islam würde sich erheben.«

Abdullah las einen Brocken Mörtel auf. An einer Seite der Masse war Farbe erkennbar, die Erinnerung an eine Wandmalerei. Nachdenklich zerrieb er das Stück zwischen den Fingern. »Aber dies ist schon die dritte Kirche. Wir können nicht alle Christentempel vernichten.«

»Warum nicht?« Ya'kubs kristallene Augen suchten den Innenhof des Gotteshauses ab. Als er zwei seiner Schergen erblickte, die sich davonschlichen, brüllte er: »Bezahle ich euch so schlecht, dass ihr mich bestehlen müsst?« Die Kerle erstarrten. Dann huschten sie geduckt zu Ya'kub herüber und legten ihm zu Füßen, was sie in den Armen trugen: zwei breite Seidenbänder, ein mit Stickereien verziertes Gewand, zwei Messingkelche. Die Plünderer pressten ihre Stirnen gegen den Boden.

Ya'kub schob die Beute mit dem Fuß auseinander. »Unrat. Verseucht vom blasphemischen Atem der Ungläubigen. Verbrennt ihn.« Die beiden Männer beeilten sich, die Gegenstände einzusammeln. Gerade als sie davoneilen wollten, zog sich Ya'kubs Stimme wie ein Strick um ihre Hälse zusammen. »Und entscheidet, welcher von euch mit verbrannt werden soll. Andernfalls töte ich euch beide.«

Abdullah erschauerte. Warum musste der Kalif ihm ausgerechnet einen Mann wie diesen an die Seite stellen, einen entmenschten Blutsäufer, einen Liebhaber verbrennenden Fleisches? Weil er ein Konvertit ist, beantwortete Abdullah seine Frage selbst. Und die Erfahrung hatte schon seine Vorfahren und deren Vorfahren gelehrt, dass Konvertierte alles dafür gaben, um sich der Lehre des Propheten würdig zu erweisen. Ihr bisheriges Leben hatten sie damit verbracht, falsche Götter anzubeten. Nun mussten sie diese verlorene Zeit nachholen, und das konnten sie nur erreichen, indem sie doppelt so lange beteten, doppelt so tief glaubten, doppelt so viele Opfer brachten wie jemand, der in den Islam hineingeboren worden war. Aber das bedeutete nicht, dass sie sich in der wahren Lehre auskannten.

»Du wirst nicht durch die Pforten des Paradieses gehen, nur weil du Christentempel niederreißt, Ya'kub.« Abdullah beobachtete mit Abscheu, wie die beiden Plünderer miteinander rangen. Jeder versuchte, den anderen in Richtung des Feuers zu drängen.

Plötzlich stand Ya'kub neben Abdullah. Mit einem einzigen Satz hatte er den Schutt erklommen. Seine Augen! Sie waren nur eine Handbreit von Abdullahs Gesicht entfernt. Erschrocken wich der Statthalter zurück.

»Welche Taten an den Pforten des Paradieses zählen und welche nicht, Abdullah, hast nicht du zu entscheiden. Maße dir nicht an, mehr über Dschanna, den Garten der Glückseligkeit, zu wissen, nur weil du ein lächerliches Abbild davon in deinen Hinterhof gepflanzt hast. Du weißt doch: Auf Scheinheilige und Halbherzige wartet die Hölle.« Ya'kubs Lippen kräuselten sich. Er hob eine Hand und streichelte Abdullahs Wange. »Wir beide, Statthalter, werden eines fernen Tages gemeinsam durch die Pforte gehen. Und dann werden wir ja sehen, wer recht hat.«

Abdullah zwang sich dazu, neben Ya'kub stehen zu bleiben. Wie viel lieber wäre er jetzt heimgekehrt in seinen Palast, dorthin, wo der Seewind ihm saubere Gerüche entgegentrug! Doch dann hätte er Ya'kub das Feld überlassen, und was das nach sich ziehen mochte, daran wollte Abdullah nicht einmal denken.

»Du willst also weitere Kirchen zerstören?«, fragte Abdullah, hielt dem Blick des anderen stand und schob dessen aufdringliche Hand beiseite.

»Wir vollenden bloß das Werk eines Mächtigeren«, erwiderte Ya'kub. »Erinnerst du dich an das Erdbeben?«

Und ob Abdullah sich daran erinnerte! Vor etwas mehr als einem Mond war es geschehen. Angefangen hatte es mit dem Besuch eines Schlangenzüchters. Der Mann hatte berichtet, seine Tiere würden sich aufführen wie verrückt, und er wisse genau, dass ein Konkurrent sie vergiftet habe. Nichts ahnend hatte Abdullah den Mann fortgeschickt. Wenn er doch geschlossen hätte, dass die Schlangen die Vorzeichen des Bebens als Erste gespürt hatten und er die Bevölkerung rechtzeitig hätte warnen können! Noch am selben Abend hatte er Gäste empfangen und mit ihnen über die Lehre des Aristoteles gesprochen, während sie auf Diwanen am Rand des Wasserbeckens ruhten. Da waren mit einem Mal die Flamingos aufgestiegen, allesamt zugleich in einer Wolke rosafarbenen Gefieders. Worüber die Besucher zunächst entzückt gewesen waren, hatte sich bald darauf in eine Katastrophe verwandelt. Zunächst hatte sich der sonst glatte

Wasserspiegel gekräuselt, ohne dass ein Wind durch die Blätter der Palmen gegangen war. Dann hatte die Erde gebebt. Bäume waren umgestürzt. Bodenmosaike waren auseinandergerissen. Sein Palast – noch immer überlief Abdullah ein Schauder, wenn er daran dachte – war an einer Seite in sich zusammengefallen, die festen Mauern waren eingeknickt wie die einer armseligen Lehmhütte der Fellachen, wenn der Nil Hochwasser führt. Als Abdullah die Schäden später begutachtet hatte, war deutlich geworden, dass sein Nachtlager unter Steinen begraben worden war und er sein Leben nur seiner Liebe zu seinem Garten und zu Aristoteles verdankte – oder war es eine höhere Macht gewesen, die ihn dazu veranlasst hatte, jenen unglückseligen Abend unter freiem Himmel zu verbringen?

»Ich erinnere mich daran, Ya'kub«, sagte Abdullah jetzt. »Aber lieber würde ich es vergessen.«

»Viele Gebäude sind zusammengefallen. Sogar der Pharos wurde beschädigt. Noch mehr Gebäude aber haben ihre Standfestigkeit verloren und werden bald einstürzen. Die Kirchen der Christen gehören dazu. Abdullah! Wir vollenden nur, was ohnehin unvermeidbar ist.«

»Hast du dafür einen Beweis? Dass die Christentempel baufällig geworden sind?«, fragte Abdullah. Endlich konnte er Ya'kub an seinem wunden Punkt treffen: seinem Wissen, das nicht größer war als das eines Schafs – auch wenn dieses Schaf die Zähne zeigte. »Leg mir die Baupläne vor, errechne mir das Kräfteverhältnis, das auf die Wände wirkt.«

Eine Ader auf Ya'kubs Stirn pulsierte wie ein dunkler Wurm. »Berechnungen! Zahlen! Wer braucht die?« Ya'kub sprang von den Trümmern herunter, durchquerte den Hof und trat gegen eine der Kirchenmauern. Nichts geschah. Noch einmal trat der Konvertit zu, und wieder. Gerade als Abdullah eine Hand heben wollte, um den anderen zu besänftigen, zeigten Ya'kubs

Anstrengungen Erfolg. Die misshandelte Mauer fiel in sich zusammen. Von oben kippten Steine in den Kirchenraum und rissen Mörtel und weitere Mauerstücke mit sich. Triumphierend kehrte Ya'kub zurück und klopfte sich den Staub von seinem gelben Umhang.

Weiter hinten stürzten die beiden Plünderer eng umschlungen auf den Haufen brennenden Kirchenguts. Funken stoben in den Himmel. Als sei nichts geschehen, rangen die Kämpfer schnaufend weiter miteinander. Ihre Kleider und Haare fingen Feuer.

Unbewegt wie Eisen standen Ya'kubs Augen zwischen seinen Wimpern. »Wie ich schon sagte: nur eine Ruine. Diese Kirchen sind eine Gefahr, sogar für die Christen selbst.« Er bellte ein Lachen. »Wir helfen den Ungläubigen, wenn wir ihre Ruinen abreißen.«

Abdullah schluckte eine Erwiderung hinunter. Es war besser, Ya'kub gewähren zu lassen. Sonst brachte es der Konvertit womöglich fertig und schwärzte den Statthalter beim Kalifen an, weil er die Christen schonen wollte. Überdies durfte er das gemeinsame Ziel nicht aus den Augen verlieren: die Vernichtung der Berber. Sie waren eine Plage.

»Also gut«, seufzte Abdullah. »Fahre fort mit deinem Plan. Aber sollte ein Aufstand in den Vierteln der Ungläubigen losbrechen, wirst du selbst die Truppen anführen, die ihn niederschlagen müssen.«

Ya'kub legte die Hände auf die Unterarme. »Das, weiser Statthalter, würde mir große Freude bereiten.«

Kapitel 12

Rivo Alto, das Haus der Malamoccos

NATÜRLICH HABE ICH alles durchsucht. Hältst du mich für blind?« Rustico raste durch sein Arbeitszimmer. Noch einmal klappte er eines der Kästchen auf, nahm die Schriftstücke daraus hervor und blätterte zwischen ihnen herum. Dann warf er sie wieder hinein, kniete vor einer Truhe nieder und versenkte die Arme darin. Zum wie vielten Male er seinen Besitz nach diesem einzigen Schriftstück durchkämmte, wusste er schon nicht mehr. Aber er schwor sich, dass er jetzt damit aufhören würde. Der Brief war verschwunden. Er würde es bleiben, und wenn er bis zum Tag des Jüngsten Gerichts danach suchen würde.

»Vielleicht hast du ihn unterwegs irgendwo verloren, Onkel.« Elias rekelte sich auf einer Bank. Um seinem Kopf eine bequeme Unterlage zu bieten, missbrauchte er einige Folianten, die er in einer Fensternische gefunden hatte. Seine linke Hand war verbunden. Die Dogentochter hatte ihm übel mitgespielt.

Rustico riss die Bücher an sich. Um ein Haar wäre Elias' Kopf auf die Bank geschlagen.

»Du bist ja von Sinnen!«, schimpfte Elias.

Während Rustico die Bücher erneut durchblätterte und eins nach dem anderen zu Boden klatschen ließ, fand seine Wut ein neues Ziel: seinen Neffen.

»Hättest du Matelda nicht in mein Haus geführt, wäre der Brief noch in meinem Besitz. Das ist alles nur deine Schuld. Warum konntest du nicht in ein Hurenhaus gehen? Aber für dich musste es ja die Tochter des Dogen sein!«

»Sie hat gesagt, sie heiße Estrella. Woher sollte ich wissen, dass sie lügt?« Elias drehte sich auf die Seite und stützte den Kopf nun in eine Hand. »Aber sie gefällt mir. Sie hat so einen zitronenfrischen Nacken, dass man am liebsten hineinbeißen möchte. Und ihre Haut ist wie windgekühlte Milch. Ah, sie beflügelt mich! Ich sollte Verse über sie schreiben.«

Rustico schritt die Länge des Raumes ab. Seine Finger kämmten sein vom Öl glänzendes Haar.

»Beruhige dich, Onkel! Wir wissen doch, dass Matelda nur Rechnungen mitgenommen hat, als sie hier war.«

»Rechnungen und deine Ehre. Wenn ich bedenke, wie sie dich behandelt hat! Zu meiner Zeit war es üblich, dass ein Mann sich wegen so etwas einen Dolch in die Eingeweide treibt.« Zufrieden bemerkte Rustico, wie Elias zunächst errötete, dann erbleichte. Jetzt war es an der Zeit, die Selbstherrlichkeit dieses blödsinnigen Faselers endgültig zu zerschmettern. »Und woher, mein leichtgläubiger Neffe, willst du wissen, was sie alles zwischen ihren Röcken verborgen hält? Beim letzten Mal ist dir der Versuch, dort nachzusehen, gründlich misslungen.«

Elias sprang auf. »Sei endlich still, Onkel!«

»Weiß der Tausend! Sie hat dich einmal zum Narren gehalten. Und jetzt schafft sie es schon wieder. Du bist ein Einfaltspinsel, Elias.«

Sein Neffe stellte sich ans Fenster. An den sich rasch hebenden und senkenden Schultern bemerkte Rustico zufrieden, wie aufgebracht Elias war.

»Du hast recht«, sprach Elias zum Fenster hinaus. »Die Schlange hat uns erst bestohlen, dann lächerlich gemacht und uns schließlich belogen. Dafür muss sie bestraft werden.«

»Endlich nimmst du Vernunft an.« Knallend ließ Rustico den Deckel der Truhe zufallen. »Folge mir! Es ist Zeit, dem Diebesgesindel einen Besuch abzustatten. Ich hole mir den

Brief zurück, und wenn ich ihn der Dogentochter aus der kalten toten Hand reißen muss.«

*

»Aber ich habe alle Blätter zurückgegeben. Das musst du mir glauben!« Matelda riss sich das Haarnetz vom Kopf und warf es auf den Wollteppich ihrer Kammer. Bunte Muscheln sprangen davon ab.

Behutsam hob Giustiniano den Kopfputz auf. »Es geht nicht darum, was ich glaube, sondern um die Beschwerde der Malamoccos. Der muss ich nachgehen. Ob du meine Tochter bist oder nicht.«

»Ich wünschte, ich wäre es nicht«, rief Matelda. Im nächsten Moment bereute sie die Worte.

Ihr Vater presste die Lippen zusammen. »Das Dogat ist schwer genug, Kind. Da draußen«, er deutete zu den mit dünnen Stoffen verhängten Fenstern, »muss ich gegen Sumpf, Entwaldung, Sand und Fieberlüfte kämpfen. Hier drinnen gegen mordlustige Tribunen, Franken, Byzantiner, Araber. Musst auch du noch für Unruhe sorgen?«

Ein Gefühl von Verlassenheit stieg in Matelda auf – ein alter Bekannter. »Ich werde niemandem erlauben, meine Kammer zu durchsuchen. Weder dir noch dieser Malamocco-Brut.«

»Aber versteh doch: Wenn wir sie gewähren lassen, können wir beweisen, dass Rusticos Anschuldigungen falsch sind.«

»Etwa so, wie Rustico beweisen musste, dass meine Anschuldigungen gegen ihn falsch sind?« Sie lachte auf. »Willst du mich verhöhnen, Vater? Als ich dir sagte, dass Rustico und sein hurender Neffe mich töten wollten, hast du dich damit begnügt, mir den Mund zu verbieten. Jetzt denkt sich dieser Kerl etwas aus, damit er in meine Nähe kommen und sein Werk an mir vollenden kann. Und du geleitest ihn auch noch in meine Kammer!«

»Wie oft soll ich dir noch sagen, dass die Malamoccos dir kein Haar krümmen würden. Bonus plant, dich zu heiraten. Solange ich Doge bin, bist du in Sicherheit.«

»Bonus heiraten! Lieber stopfe ich mir Exkremente in die Nase und ersticke daran.«

»Genug!«, schrie jetzt Giustiniano. Nun war die Reihe an ihm, das Haarnetz durchs Zimmer zu schleudern. »Ich bin dein Vater und dein Fürst. Und ich befehle dir, in deiner Kammer zu bleiben, bis Rustico von Malamocco hier erscheint.«

Matelda sprang auf und reckte das Kinn. »Lieber sterbe ich, als dir und den Malamoccos zu Willen zu sein.«

Giustiniano stellte sich in die Tür. Anscheinend hatte er Angst davor, dass seine Tochter noch einmal einfach davonlaufen würde. »Was ist nur in dich gefahren?«, fragte er und machte ein Gesicht wie eine Eule bei Tageslicht. Dann verließ er das Zimmer und zog die Tür hinter sich zu. Deutlich hörte Matelda, wie das Schloss klackte. Ihr Vater hatte sie eingesperrt.

Erregt ging Matelda an den Teppichen entlang, die die Längswand des Raumes schmückten und die Kälte des Gemäuers dämpften. Ihre Finger strichen über das gerippte Gewebe. In leuchtenden Farben lauerte ein Jäger mit Pfeil und Bogen im Gesträuch, während sich von links eine ahnungslose Hirschkuh näherte. Matelda kannte das Bild seit Kindertagen, und immer wenn sie es näher betrachtete, war sie versucht, dem Wild eine Warnung zuzurufen. Doch bis heute hatte der Jäger seinen Pfeil nicht fliegen lassen.

Warum hörte sie nicht, wie sich die Schritte ihres Vaters auf der Stiege entfernten? Er musste noch vor der Tür stehen. Bereute er etwa? Matelda wünschte ihm eine Nacht voller Gewissensbisse. Und dann noch eine.

»Verschwinde doch!«, rief sie. Von der anderen Seite der Tür kam keine Antwort. Sie lehnte ihre Stirn gegen das dunkle Holz. Vor ihren Augen verschwammen die Figuren, die sie als Kind dort hineingeritzt hatte. Damals hatte sie gedacht, dass man alles, was dunkel und bedrohlich wirkte, nur mit dem Bild einer Blume oder dem lachenden Gesicht eines Menschen zu schmücken brauchte, um ihm seine Macht zu nehmen. Heute wusste sie es besser, fühlte sich damit aber weniger wohl. Ihre Finger strichen über ein zwinkerndes Einhorn und einen schmunzelnden Drachen. Die ungelenk ausgeführten Bilder erinnerten mehr an eine Fliege und ein Schwein, aber für Matelda waren es Zauberwesen seit jenem Tag, an dem ihre Mädchenhand sie dort hatte entstehen lassen.

»Vater«, flüsterte sie, gewiss, dass er sie durch die Tür nicht würde hören können.

Da hörte sie das Klacken erneut. Dann folgte das Quietschen der Stufe vor dem ersten Absatz. Giustiniano ging tatsächlich hinunter. Matelda wartete einen Augenblick, dann legte sie eine vorsichtige Hand auf den Riegel. Die Tür ließ sich öffnen.

Nur fort vom Palatium! Die kleine Saalkirche vor der Festung bot keine Zuflucht. Kurz hielt Matelda vor der Tür von San Giusto inne, sie war mit Streifen von Taubendreck verklebt. Ihre Hand legte sich auf den kühlen Eisengriff, und einen Moment lang zögerte sie. Doch dann kehrte sie dem Gotteshaus den Rücken und lief weiter in Richtung Hafen.

Ihr Vater hatte sie gehen lassen. Ebenso wie Matelda selbst schien er zu wissen, dass die Malamoccos nichts Gutes mit ihr im Schilde führten. Dieses eine Mal war der Vater in ihm stärker gewesen als der Doge. Sie war frei.

Matelda ließ San Giusto hinter sich. Dies war keine Kirche, sondern eine Entschuldigung. Dafür, dass die Tribunen dem Geld und der Macht huldigten, aber den Glauben in eine kahle Zelle verbannten. Diese Kirche war das Angstloch Gottes. Hatte der heilige Markus erst einmal Rivo Alto erreicht, würde es damit vorbei sein. Eine Kathedrale sah Matelda über den Dächern der Stadt aufragen, eine Zuflucht voller goldener Wärme, einen Ort, an dem Gott wohnte. Bald würde es so weit sein.

Als sie das Hafengebiet erreichte, biss der Frost stärker zu. Gegen die Kälte hatte sie sich einen kurzen Pelzumhang über die Schultern geworfen. Dennoch kniff ihr die eisige Luft in die Wangen und färbte sie rot. Matelda zog den Pelz fester zusammen und ließ ihre Hände erst dann daraus hervorschlüpfen, als sie bei einem kleinen Boot angelangt war. Sie nahm Platz auf dem mit Reif überzogenen Sitzbrett, griff nach den Riemen und stieß sich ab.

Bald darauf hatte sie eine kleine Insel erreicht, eine, wie sie die Lagune zu Dutzenden sprenkelten. Diese jedoch war besonders. Matelda zog das Boot ans Ufer und näherte sich einem hohen Schuppen. Auf ihr Klopfen hin öffnete sich eine niedrige Pforte, gerade groß genug für ein Schwein. Tatsächlich waren an diesem Ort einst Schweine auf Handelsschiffe verladen worden. Doch jetzt diente der alte Schuppen einem anderen Zweck.

Im Innern war es taghell. Das Stroh des Dachs war entfernt worden und erlaubte der Wintersonne hereinzudämmern. Schneeflocken schwebten in die Halle und legten sich wie Blütenblätter auf die *Estrella*. Mateldas Herz wurde warm, und die kalten Finger waren vergessen, als sie voller Stolz ihr Schiff betrachtete. Nun gut: Es war nicht mehr als ein Kiel mit Spanten, einem Kielschwein, das einmal den Mast aufnehmen würde, und vielen Planken und Bohlen auf einem Stapel. Aber Matelda konnte bereits sehen, wie es sich, fertig gezimmert, in die Höhe reckte, wie das Segel seidig in der Sonne glänzte und den Wind einfing, wie der Mast sich bog und die *Estrella* ihre schlanke Gestalt streckte, um das Meer zu erobern.

»Wir kommen mit dem Ruder nicht weiter.« Es war die raue Stimme Fredegars, die ihre Träume zu Sägemehl zerstäubte. Der Schiffsbaumeister kam in watschelndem Gang auf sie zu. In seinem grauen, krausen Haar steckten Späne, und durch die Löcher in seinen engen Hosen sah man das Fleisch seiner dürren Beine. Wie immer, wenn Matelda herkam, begrüßte er sie mit einem Problem.

»Was ist denn mit dem Ruder?«, fragte sie und suchte nach der Stelle im Heck, wo das Ruderblatt des Schiffes zu sehen sein sollte. Jetzt nahm sie auch den Geruch von frisch geschnittenem Holz und mit Fichtenpech überzogenen Tauen wahr.

»Wir finden die richtige Form nicht«, sagte Fredegar. »Jedes Mal, wenn wir es an einem unserer Boote anbringen und damit zur Probe auslaufen, dreht das Ruder den Rumpf auf eine Seite, meist nach Steuerbord. Ohne dass wir es bewegt haben. Es ist zum Verzweifeln!« Der Zimmermann kratzte sich den Kopf, und eine Wolke von Holzspänen fiel heraus und vermischte sich mit dem Schnee. »Außerdem ist es kalt«, beschwerte er sich. »Wir könnten viel schneller arbeiten, wenn unsere Finger warm wären.«

In dem Gerippe des Schiffs hämmerten und sägten drei weitere Handwerker: Rado, Bertulf und Waldelenus, Schreiner und Zimmerleute, keine Meister auf ihrem Gebiet, aber für mehr reichte Mateldas Geld nicht. Schon ein Jahr lang flunkerte sie ihrem Vater vor, sie brauche Geld für ihre kostspielige Garderobe. Dabei floss alles, was Giustiniano ihr gab, in dieses Schiff.

»Du bist ein tapferer Mann, Fredegar«, sagte Matelda. Zu den anderen rief sie hinüber: »Und ihr ebenso. Ich weiß, dass es kalt ist, und ich will sehen, dass ich euch allen wärmere Kleider bringen kann.«

»Wir müssen das Dach schließen, Herrin.« Fredegar deutete nach oben. An seinem Gürtel klimperte ein Leinwandbeutel voller Werkzeuge.

»Guter Meister Fredegar! Ihr wisst, dass das unmöglich ist. Wenn es hier drin dunkel ist, müssten wir Öllichter aufstellen … wie schnell könnte dann alles in Flammen aufgehen!« Sie strich ihm den Arm entlang. »Das Schiff ist alles, was ich habe, bin und will. Eher können wir die Arbeit ruhen lassen, bis die Zähne des Winters stumpf werden.«

»Aber dann bekommen wir keinen Lohn«, warf Fredegar ein.

Matelda seufzte. Bei jedem Besuch spulte Fredegar denselben Disput mit denselben Argumenten ab. Genügte es denn nicht, dass die *Estrella* so unendlich langsam Gestalt annahm? Musste überdies die Mannschaft schon meutern, bevor das Schiff überhaupt Wasser unter dem Kiel hatte? Sie zwang sich dazu, den Schiffsbaumeister anzulächeln. »Ihr werdet die kalten Tage über zu Hause bleiben und trotzdem euren Lohn erhalten. Das verspreche ich.« Dann fügte sie hinzu: »Sobald das Ruder funktioniert.«

Unter Fredegars enttäuschte Miene hielt sie zwei Gaben: eine kleine Kiste aus Hirschhorn – darin waren die Nadeln, um die er sie gebeten hatte – und ein Messer, um Leder zu schaben. »Hier, Meister Fredegar, damit geht es vielleicht besser.« Der Zimmermann zog ein Gesicht, nahm die Werkzeuge entgegen und ging kopfschüttelnd davon.

Matelda strich über das unbehandelte Walnussholz einer Planke. Das Holz war erhitzt worden und dampfte in der Kälte.

Nun sollte es, feucht und warm, gebogen werden. Dazu hatten die Zimmerleute die Planke zwischen schwere Steine auf der einen und Stützen auf der anderen Seite geklemmt. Eigentlich benötigte die Planke anhaltende Wärme, um nach einigen Tagen die richtige Form anzunehmen. Doch das war unmöglich. Selbst wenn Matelda das Dach schließen ließ – der Winter hatte seine kalten Hände überall dort, wo Wasser floss, und das war in den Lagunenstädten praktisch überall.

Im Hintergrund schimpfte Fredegar mit einem der Schreiner. Matelda wusste, dass der Unmut des Zimmermanns eigentlich ihr galt. Wenn sie sich die Begeisterung der Handwerksleute für die *Estrella* bewahren wollte, würde sie die Männer über die kältesten Tage nach Hause schicken müssen. Schiffe, das hatte Matelda inzwischen gelernt, wollten mit Liebe gebaut werden. Sie legte den Pelz ab und band sich eine Lederschürze um. »Waldelenus!«, rief sie. »Wir wollen zusammen weitere Planken vernieten.« Dann suchte sie Beil und Hammer.

Während der dunkelgesichtige Waldelenus die Planke gegen den Spanten hielt, trieb Matelda die Holzniete mit dem Hammer durch das dafür vorgesehene Bohrloch. Zwar brauchte sie dafür dreimal so viele Schläge wie die kräftigen Handwerker, aber das war gleichgültig. Jeder Handgriff an diesem Schiff schenkte ihr Erfüllung. Sie schnitt das Nietenende ab, legte eine Holzscheibe über das aus der Planke ragende Stück und schlug so lange mit dem Hammer darauf, bis es breitgehämmert war und nun nicht mehr herausrutschen konnte. Eine Niete war geschafft. Die Atemwolken vor Mateldas Mund kamen rascher. Voller Ungeduld fischte sie die nächste Niete aus der Schürze. Bald vermischte sich das Klopfen ihres Holzhammers mit dem Fauchen der Sägen und dem Zischen der Hobel.

Unter der Musik der Arbeit überhörte sie das Hämmern an der Tür. Erst als Waldelenus' staubiges Gesicht auf der anderen

Seite der Planke auftauchte, drang das Klopfen zu ihr durch. Vor der niedrigen Tür stand der Wächter des Angstlochs, nun seinerseits ein Bündel der Unsicherheit und Furcht.

»Orso.« Sein Name rollte von Mateldas Zunge. »Ihr seid gekommen.«

»Du hast nicht damit gerechnet, oder?«, fragte der Wachmann. Er trug noch immer dieselben Kleider. Sein Wams war grau und sauber. Seine schwarzen Hosen waren makellos, ganz anders als die von Meister Fredegar.

»Ihr habt recht«, erwiderte Matelda beschämt. »Ich bin gerade mit anderen Dingen beschäftigt.« Sie überlegte, ob sie es wagen sollte, ihn in das Lager zu führen. Jeder, der von der *Estrella* wusste, erhöhte die Gefahr, dass das Schiff von ihrem Vater oder ihren Feinden entdeckt wurde.

Orso versuchte, einen Blick durch die Tür zu erhaschen. »Dann komme ich ein anderes Mal wieder.« Er nickte bestimmt, doch Matelda konnte die Enttäuschung zwischen seinen Worten erkennen. Weshalb zaudere ich noch?, fragte sie sich in Gedanken. Wenn ich das Schiff bauen will, brauche ich Bjor. Wenn ich Bjor will, brauche ich Orso.

»Tretet ein«, sagte sie und gab den Durchgang frei. »Aber seid vorsichtig! Wir bauen ein Schiff, und viel scharfer Stahl liegt herum. Er ist nötig, um dem Rumpf Form zu geben.« Und bei dir werden wir ihn ebenfalls benutzen müssen, dachte sie, als sie Orso hineinfolgte, wenn wir einen Bräutigam aus dir herausschälen wollen.

※

»Du hast mir noch immer nicht verraten, was in deinem geheimnisvollen Brief zu lesen steht«, sagte Elias.

Neben ihm stieg Rustico die ausgetretenen Stufen zum Empfangsraum des Dogen hinauf. Ein junger Sklave kniete auf dem kalten Stein und scheuerte den Basalt. Für die beiden Männer wich er an die Wand aus. Doch der Platz genügte nicht. Rustico trat zweimal nach ihm. Der Mann floh die Treppe hinab. Elias lachte und warf den Holzeimer hinterher.

»Eine Nachricht, auf die ich schon lange warte«, ächzte Rustico. »Um den Inhalt musst du dich nicht sorgen. Kümmere dich nur darum, dass Matelda Angst bekommt. Dann wird sie uns den Brief geben.«

»Und wenn sie ihn gelesen hat?«, fragte Elias.

Daran mochte Rustico nicht einmal denken. Schlimm genug, dass sie gehört hatte, wie er seine Pläne preisgegeben hatte, die Lagunenstädte an die Byzantiner zu verraten. Aber wie hätte er ahnen sollen, dass die Tochter des Dogen an der Tür zu seinem Arbeitszimmer lauschte?

Mit gespreizten Fingern stieß er die dunkle Eichentür auf. Der Raum dahinter war voller Menschen. Rustico stöhnte auf. Es war Gerichtstag. Einmal in der Woche brachten die Lagunenbewohner ihre Streitfälle vor das Stadtoberhaupt. Und jetzt stand eine Traube Männer und Frauen im Saal und wartete geduldig darauf, an der Reihe zu sein. Giustiniano war hinter all den Rücken nicht zu sehen. Doch Rustico hörte den getragenen Tonfall des Dogen, den dieser am liebsten wählte, wenn er Recht sprach.

»Alle hinaus!«, brüllte Rustico und klatschte in die Hände. Elias unterstützte ihn, indem er die Aufforderung mehrfach lauthals wiederholte.

Zunächst drehten nur einige der Anwesenden die Köpfe, dann zwängte sich der Doge durch die Menge. Als er die beiden Besucher erkannte, forderte auch Giustiniano die Leute auf, nach Hause zu gehen. Als das Murren und Schlurfen verklungen war, kehrte Giustiniano zu seinem Stuhl zurück, nahm mit Ruhe Platz und legte die Handflächen auf die Tischplatte.

»Nun«, begann er, »was ist so wichtig, dass der Gerichtstag dafür unterbrochen wird?«

»Eure Tochter!«, antwortete Rustico. »Wir sprachen bereits über die Angelegenheit.«

Giustiniano blickte sinnierend aus dem Fenster. »Richtig«, sagte er grübelnd. »Sie sollte sich bei Euch entschuldigen. Weil sie in Euer Haus eingedrungen ist, nicht wahr?«

Rustico schnaufte. »Spielt nicht den Ahnungslosen, Giustiniano. Erst gestern haben wir beide alles besprochen. Matelda hat Papiere von meinem Schreibtisch gestohlen, und ihre Schweineknechte haben mir Schläge versetzt, als ich versuchte, die Schreiben wieder an mich zu bringen. Dafür verlange ich eine Entschuldigung und einen Ausgleich.«

»Mich haben sie auch geschlagen«, setzte Elias hinzu.

»Rede, wenn ich dich etwas frage«, zischte Rustico.

Der Doge erhob sich und sortierte Papiere, auf denen seine kantige, dünne Handschrift zu sehen war. Rustico bemerkte, dass Giustiniano die Blätter nur nach ihrer Größe ordnete. Der Doge schien nach Zeit zu fischen, nach Einfällen für eine Ausrede. Die sollte er nicht bekommen.

»Eure Tochter. Matelda«, schnappte Rustico. »Wo ist sie? Habt Ihr sie in ihre Kammer gesperrt, wie wir es besprochen haben? Ich muss sie sehen.«

Jetzt hob Giustiniano den Kopf. »Ich habe Eurem Wunsch entsprochen.«

»Gut!« Rustico atmete auf. »Dann lasst uns zu ihr gehen. Sie wird mich um Verzeihung bitten, dann werde ich ihr einige Fragen stellen.« Schwitzte der Doge etwa?

»Es fällt mir schwer, das zu sagen. Aber Matelda ist fort. Ihr müsst ein anderes Mal wiederkommen.« Giustiniano hob bedauernd die Brauen.

»Aber Ihr sagtet doch, dass Ihr sie eingeschlossen habt.«

»Natürlich sperre ich nicht selbst die Tür hinter meiner Tochter zu. Sie ist ein erwachsener Mensch. Jedoch habe ich ihr befohlen, sich einzuschließen und für Euren Besuch bereitzuhalten.« Giustiniano lächelte verlegen.

Rustico hörte, wie Elias die Gelenke seiner Finger knacken ließ. Er hätte dasselbe Geräusch jetzt gern aus dem Hals des Dogen gehört. Dieser Einfaltspinsel spielte mit ihm. Er versuchte tatsächlich, einen Malamocco zu übertrumpfen!

Rustico erwiderte das Lächeln des Dogen. »Wohin ist sie gegangen, und wann erwartet Ihr sie wieder zurück? Hört zu, Giustiniano: Ich bin ein wichtiger Mann dieser Stadt und habe weder die Zeit noch die Geduld, mich den Launen eines Kindes auszusetzen.«

»Das würde ich auch nicht von Euch verlangen.« Giustiniano rieb sich die Hände. »Und gewiss müsst Ihr wichtigeren Geschäften nachkommen, als darauf zu warten, dass ein Kind Euch um Verzeihung bittet.«

Als die beiden Männer aus dem Palatium eilten, dampften die Kanäle, und die Möwen auf den Pfosten der Anleger wandten neugierig die Köpfe. Rustico spürte, wie sich eine Klammer um seine Schläfen legte.

»Alle Scheußlichkeiten dieser Welt und der nächsten noch dazu soll dieser Giustiniano erleiden! Und seine Tochter ebenfalls.« Auf einer Brücke blieb er plötzlich stehen. Der Nebel wallte um seine Beine. »Warte!«, sagte er zu Elias. »Vielleicht bist du doch zur rechten Zeit nach Rivo Alto gekommen. Wenn du das Mädchen fängst und sie mir bringst, kannst du sie haben.«

»Ich dachte, Matelda solle unversehrt bleiben, weil Onkel Bonus sie heiraten soll«, sagte Elias.

»Ohne den Brief wird daraus nichts«, erwiderte Rustico. »Und Bonus ist in Ägypten. Er wird Verständnis aufbringen müssen.«

Kapitel 13

Alexandria, der Hafen

Bonus von Malamocco verzog das Gesicht und presste seine Hände gegen die Ohren. Dann und wann schob der Tribun die Mädchen und Jungen von sich fort, wenn sie sich zu nah an ihn heranwagten. Die *Visundur* war in den Händen von Kindern.

Kaum hatte das Schiff in Alexandria festgemacht, waren auch schon die ersten herbeigerannt. Laut hatten sie der Mannschaft etwas zugerufen, das Djamil nicht zu übersetzen brauchte. Die Schar platzte vor Neugier und wollte das seltsame Schiff untersuchen. Zunächst hatte Alrik seine finsterste Miene aufgesetzt, den Besuchern dann aber erlaubt, von der *Visundur* Besitz zu ergreifen. Hier gab es nichts von Wert, das Kinderhände hätten zerstören oder stehlen können. Noch nicht! War die Reliquie erst einmal an Bord, würde Alrik auf die Fracht achtgeben müssen. Doch bis dahin verwandelte sich das Drachenschiff in eine Menagerie, in der sich Äffchen von Leine zu Leine schwangen, die Hafenluft mit Schreien zerrissen und auf dem Rand des Schiffs balancierten.

Gerade zeigte Kilian vier vor Schmutz starrenden Knaben, wie man auf der Muschel bläst, die der *Visundur* als Nebelhorn diente. Zwei Mädchen tanzten mit den Lederhelmen von Darios und Erios auf den Köpfen über Deck. Einige Unerschrockene kletterten auf dem Drachenkopf herum und sprangen von seinem geschuppten Haupt kopfüber ins Hafenbecken. Einige Mitglieder der Mannschaft lehnten an der Bordwand, manch einem gelang es sogar, auf den zusammengelegten Riemen zu schlafen, während um ihn her die Ausgelassenheit Feste feierte. Nur Bonus hielt sich die Ohren zu und zog Grimassen wie ein lappländischer Hexenmeister.

Was ist nur mit ihm?, fragte sich Alrik. War der Veneter unterwegs dem Irrsinn verfallen? Alrik hatte schon viele Stadtmenschen erlebt, denen ein paar Tage auf dem offenen Meer den Verstand geraubt hatten. Aber mit diesem Bonus stimmte etwas nicht. Fürchtete er sich etwa vor Kindern?

»Was meinst du, Alrik?«, fragte Magnus. Nur seine Stirn ragte aus der Horde hervor, die ihn umringte. Wie es schien, hatten die jungen Ägypter noch niemals einen wie ihn gesehen, einen Mann, kaum größer als ein Kind, noch dazu mit feuerrotem Bart. Magnus klaubte schmutzige Finger aus seinem Gesicht, wie er es sonst mit Essensresten tat. »Das wäre die richtige Kundschaft für unser Eis, hm?«

»Was Fürsten mundet, schmeckt Kindern erst recht«, sagte Alrik und blinzelte gegen das Sonnenlicht. »Allerdings haben wir kein Eis an Bord. Und die Kundschaft scheint schlecht bei Kasse zu sein.«

»Vielleicht gibt es ja Eis irgendwo in diesem sonnenverbrannten Erdteil«, erwiderte Magnus. »Ich werde welches finden.«

»Wie willst du denn danach fragen?« Auf Djamils Schultern ritt ein Knabe, der vor Begeisterung auf den Kopf des Arabers trommelte.

»Ganz einfach: Ihr zwei geht zusammen los«, sagte Alrik. »Aber ihr sucht nicht nach Eis, sondern nach Holz. Wir brauchen einen neuen Mast. Wenn diese Mumie erst an Bord ist, werden wir so schnell wir möglich von hier verschwinden müssen. Magnus, du kannst einen robusten Stamm von einem wurmstichigen Zahnstocher unterscheiden. Djamil wird deine Zunge sein und übersetzen.«

Magnus verzog das Gesicht. »Lieber wäre mir die Zunge einer ägyptischen Hure. Nach dem Mast bräuchte ich dann jedenfalls nicht lange zu suchen.«

Da beobachtete Alrik, wie eines der Kinder sich an Ingvar heranschlich, um sich unbemerkt an dessen Gürtel zu schaffen zu machen. Vorsichtig zog der Junge etwas daraus hervor und betrachtete es von allen Seiten. Alrik erkannte ein Stück Pergament. Schriftzeichen schlängelten sich darüber. »He!«, brüllte Alrik über das Deck. »Steck das wieder dorthin, wo du es hergenommen hast.« Ingvar fuhr herum. Er packte den Dieb, entriss ihm die Beute und warf ihn über Bord. Eine Fontäne stieg in die Höhe.

»Schau nach, ob er schwimmen kann«, rief Darios und stürzte zur Bordwand.

Neugierig geworden, näherte sich Alrik seinem Sohn. »Steckt da ein Brief in deinem Gürtel? Dass du schreiben kannst, hast du mir bisher verschwiegen.«

»Wer sagt, dass ich das kann?«, fauchte Ingvar. »Die Zeichenmagie überlassen wir besser Stein.« Er faltete die Tierhaut auseinander und betrachtete sie mit geringem Interesse. »Das hatte ich fast vergessen. Es lag auf der Straße der schwimmenden Stadt. In jener Nacht, als wir die Fürstentochter fanden. Einer ihrer Verfolger hat es wohl fallen gelassen.«

»Zeig her!« Alrik nahm das Pergament an sich. Es war fleckig und eingerissen, gefaltet wie ein Brief. Zwar hatte das Siegel gelitten, war aber noch ungebrochen. Als Alrik den Abdruck in dem bleichen Wachs musterte, hob er erstaunt die Augenbrauen. Dann hielt er sich das Zeichen näher an die Augen. Es gab keinen Zweifel: Das war das Siegel des byzantinischen Kaisers. Alrik kannte es gut. Oft genug hatte er gesehen, wie Michael I. es persönlich unter seine Schriftstücke gesetzt hatte.

»Ist es wichtig?« Ingvar zog die Oberlippe hoch.

»Es stammt vom Kaiser höchstselbst. Aber er schreibt nicht an den Dogen, sondern an seinen Sekretär. Das ist merkwürdig.«

»Stein kann es lesen. Dann wissen wir, worum's geht.«

Bevor Alrik antworten konnte, sah er Bonus herbeieilen. Schweiß lief dem Tribunen über das Gesicht. Er deutete mit beringtem Finger auf das Schreiben in Alriks Hand. »Brichst du das Siegel des Kaisers«, rief er, »wirst du dafür auf dem Scheiterhaufen enden.« Jetzt streckte er Alrik die Handflächen entgegen wie ein Tablett. »Gib das her! Es gehört meinem Bruder.«

Noch einmal blickte Alrik auf das Siegel. »Dein Bruder erhält Briefe vom Kaiser persönlich? Das glaube ich nicht.« Er gab Ingvar das Schreiben zurück. »Hier! Pass besser darauf auf. Der nächste Schurke, der danach fischt, könnte es gegen einen Dolchstich tauschen.«

Bonus haschte nach dem Brief, doch Ingvar ließ das Pergament knisternd zwischen seinen Kleidern verschwinden. »Es gehört mir!«, rief der Tribun und ging einen kleinen Schritt auf Ingvar zu. Dann erstarrte er. Vor dem Schiff rannten Kinder durch den Sand. Bonus zuckte zusammen, seine Augen verengten sich zu Schlitzen, laut sog er Luft zwischen die zusammengepressten Zähne.

War der Mann krank? Alrik beschloss, das bald herauszubekommen. Jedes Wissen um die Schwächen seines unliebsamen Begleiters mochte hilfreich sein.

»Deine Afterbrut in Rivo Alto wird dafür büßen«, keuchte Bonus. »Wenn wir heimkehren, wirst du schon sehen. Seit wir abgelegt haben, leistet er den Ratten Gesellschaft. Ich habe ihn einkerkern lassen.«

»Einkerkern? Wen?«, fragte Alrik.

»Was gibt es daran nicht zu verstehen? Deinen Sohn natürlich.« Jetzt hellte sich Bonus' Miene auf. »Er sitzt im Loch. Muss hungern und frieren. Glaubst du etwa, wir lassen Tiere wie euch in unseren Häusern wohnen?«

Rechtzeitig packte Alrik Ingvars Handgelenk und drückte den Arm seines Sohnes wieder nach unten. Hätte Hass einen Geruch, dachte Alrik, wäre jedes Duftwasser der Welt an diesem Bonus verloren. »Wenn das wahr ist«, sagte er laut, »werden wir dafür sorgen, dass eure Stadt im Meer versinkt. Aber wieso sollte ich dir glauben?« Bevor Bonus etwas erwidern konnte, fuhr Alrik fort: »Du wirst jetzt still sein, Tribun! Vor uns liegt eine Aufgabe. Wir suchen den heiligen Markus. Wir schmuggeln ihn aus dieser Stadt hinaus. Wir bringen ihn nach Rivo Alto. Bis dahin arbeiten wir zusammen. Danach sieh dich vor, in welchem Gewässer du kreuzt. Denn ich werde jedes deiner Schiffe versenken.«

»Womit denn?«, spottete Bonus. »Willst du Steine gegen die Bordwand werfen?« Doch Alrik hatte dem Tribun bereits den Rücken zugewandt. Er winkte Magnus und Djamil. »Wenn ihr aufbrecht, um das Holz zu kaufen, nehmt ihr unseren Gast mit. Er wird für den Mast bezahlen, schließlich war er es, der den alten zerstört hat. Und wenn er sich weigert«, Alrik warf Bonus einen giftigen Blick zu, »macht ihr die Wache darauf aufmerksam, dass sich ein Christ in ihre Stadt geschlichen hat.«

Das Knirschen des Sandes brachte Bonus beinahe um den Verstand. Ihm war, als könne er das Reiben und Quietschen jedes einzelnen Sandkorns hören. Millionen von Missklängen, die in Kaskaden in seine Ohren flossen. Die Hölle, dachte Bonus, muss eine Sandwüste sein. Doch er war nicht in der Hölle, sondern in Ägypten, einem Land, das aus Sand zu bestehen schien.

Der Bailo lachte. Die Enden seines Schnauzbarts tanzten, und seine Augen sprühten vor Spott. Gern hätte Bonus ihm eine Lektion mit der Peitsche erteilt. Diese Araber waren widerwärtig und ebenso abstoßend wie seine beiden Begleiter. Einer von ihnen war der Zwerg, Magnus. Nicht einmal bis zur Hüfte reichte der ihm. Der andere, der zierliche Djamil, redete auf den Hafenmeister ein und wedelte weibisch mit den Händen.

»Ich wette, sie machen gerade Scherze auf unsere Kosten, hm?« Der Zwerg stieß Bonus mit dem Ellbogen an. »Zu schade, dass wir ihren Singsang nicht verstehen.«

Bonus rückte von Magnus ab. Hoffentlich überträgt er keine Krankheit, dachte Bonus. Zwergenwuchs sollte nach Ansicht seines Bruders eine Seuche sein, die sich sogar auf die Nachkommen übertrug. Er, Bonus, wollte gesunde Kinder. Und er würde sie mit der stolzen Mateldа zeugen. Als er sich ihren schlanken Körper vorstellte, drang Licht in seine Gedanken.

»Der Bailo sagt, wir würden eher weißarmige Mädchen in Ägypten finden als gutes Holz für einen Mast.« Djamil zuckte mit den Schultern. »Er sagt, in Afriqiya sei Holz wertvoller als Gold und ebenso selten.«

Vor Bonus' Augen verschwamm das Bild Mateldas. »Den Preis in die Höhe treiben will er, weiter nichts. Sag ihm, wir wollen sofort den Mast, oder wir kaufen ihn bei jemand anderem.«

»Du verstehst nicht«, sagte Djamil mit beschwichtigender Stimme. »Der Bailo verkauft uns kein Holz. Er weiß bestenfalls, wo wir welches finden können. Dafür bezahlen wir ihn.«

Bonus seufzte. Kaufleute waren die schlimmste Plage dieser Welt. Und wie überall, so kam man ihnen wohl auch hier in Alexandria nur mit einem Mittel bei. Er wühlte in seinen Taschen und zog einen Denar hervor, klemmte ihn zwischen

Daumen und Zeigefinger und ließ ihn in der Sonne funkeln. »Hier ist die Beute für die Elster. Er bekommt das Doppelte, wenn er uns nicht belügt und wir den Mast tatsächlich finden.«

Djamil übersetzte. Doch zu Bonus' Erstaunen schüttelte der Bailo den Kopf.

»Es geht ihm nicht ums Geld«, sagte Djamil. »Er weiß es wirklich nicht.«

Bonus ließ die Münze wieder in seiner Tasche verschwinden, froh, den Araber für seine Nichtsnutzigkeit nicht auch noch entlohnen zu müssen. »Was nun?«, fragte er, einerseits hoffnungsfroh, nicht noch tiefer in diese Stadt der Ungläubigen eindringen zu müssen, andererseits besorgt um ihre Flucht, wenn sie der Reliquie erst einmal habhaft geworden waren.

»Der Bailo sagt, wir sollen es auf dem Basar oder in den Tavernen im jüdischen Viertel versuchen.«

Bonus traute seinen Augen nicht, als er sah, wie Djamil sich vor dem Bailo verbeugte. Er selbst hob das Kinn in die Höhe, um dem Araber zu zeigen, dass er nichts dergleichen von ihm, Bonus, erwarten konnte. Doch der Hafenmeister hatte sich bereits von ihnen abgewandt. Gemächlichen Schritts ging er in Richtung der Brücke zum Leuchtturm davon. Sein gestreifter Kaftan schwang bei jedem Schritt.

Auf dem Basar herrschte Gedränge. Menschen, Esel und Karren verstopften die Durchgänge zwischen den Verkaufsständen. Zwei Zöllner ließen sich Zeit, jeden einzelnen Korb zu kontrollieren, und verhandelten ausdauernd mit den Kaufleuten über Gebühren. In der Luft hing mehr Geschrei als Möwen am Heck eines Schiffs.

Magnus und Djamil feilschten mit einem dunkelhäutigen Kaufmann um den Preis für drei Ballen schweres Tuch. Der Stoff, meinte Magnus, sei wie geschaffen für ein neues Segel.

Allerdings war er grün. Das schien den Seeleuten nicht zu passen. Immer wieder rieb Djamil den Stoff zwischen den Fingern der einen Hand, während er mit der anderen drei Finger in die Höhe hob, um den für ihn annehmbaren Preis anzuzeigen.

Bonus nutzte die Gelegenheit, sich im Rücken der Seeleute zu halten. Als sich ein Kamel zwischen ihn und seine Begleiter schob, wähnte er sich unbeobachtet. Flugs öffnete er die Lasche des Lederbeutels, der ihm von der Schulter hing, und fischte die Phiole aus deren Tiefe hervor. Das Gefäß war aus gebranntem Ton und mit einem Pfropfen aus Olivenholz verschlossen. Rasch tastete Bonus den Behälter ab und stellte erleichtert fest, dass dieser unversehrt war. Dann zog er den Pfropfen heraus und lugte mit angehaltenem Atem in die Öffnung.

Das Gift schien unversehrt. Hergestellt war es aus der getrockneten Wurzel des Herzwurzes. Einen Vorrat davon hatte Bonus aus dem nördlichen Frankenreich kommen lassen. Vermischt mit dem Öl venetischer Oliven hatte das Pulver eine Tinktur ergeben, tödlicher als der Zahn des tollen Hundes und giftiger als das Schreien der eifersüchtigen Frau. Es hatte nur einen Fehler: Insekten liebten den Herzwurz über alles. Fanden sie einmal einen Weg in die Phiole, würden sie das Gift vernichten. Und das wäre verdrießlich. Hatte Bonus es doch eigens für Alrik mit auf die weite Reise genommen.

Er verschloss die Phiole wieder und drückte den Pfropfen sorgfältig hinein. Sobald die Mumie an Bord und die *Visundur* auf dem Weg nach Rivo Alto waren, würde der Nordmann lernen, dass niemand einen Malamocco ungestraft ins Meer warf.

Kapitel 14

Rivo Alto, Orsos Hütte

Du BIST SO ATEMBERAUBEND SCHÖN, dass man wegen dir tausend Schiffe versenken könnte.« Matelda stieß einen kleinen Laut der Begeisterung aus. »Wie gefällt dir das?« Sie fühlte ihr Gesicht glühen. Sie war der ritterliche Held, der die holde Prinzessin betörte, sie war der arme Theuderich, der die Liebe der Kaiserin Odilia gewann, der Riese Warnachar, dessen in Flammen stehendes Herz einen Gletscher schmolz. Sie war die Liebe selbst. Wer konnte ihr widerstehen?

»Wieso Schiffe versenken?« Orso zupfte an dem Büschel Haar, das ihm aus dem Ohr wuchs. »Begga ist die Witwe eines Fischers. Wenn ich ihr sage, ich versenke ein Schiff – die hält mich für übergeschnappt. Können wir uns etwas anderes ausdenken?«

Etwas in Matelda schrumpfte. Das war jetzt das vierte Mal, dass Turmwächter Orso etwas an ihren Einfällen auszusetzen hatte. Dabei wäre jeder einzelne es wert gewesen, von einem Lautenspieler am Hof des Kaisers vorgetragen zu werden. Doch Orso hatte eigene Vorstellungen. Weder gefielen ihm Augen wie leuchtende Sterne noch Lippen so rot wie Korallen. Und Schiffe, das hatte Matelda gerade gelernt, durften auf keinen Fall zu Schaden kommen.

»Du musst mir einen Hinweis geben, Orso«, sagte sie seufzend. »Irgendeinen. Wenn deine Begga keine Sterne, Korallen, Schiffe, keine starken Helden und heißen Tränen mag – woran findet sie denn dann Gefallen?«

Orso steckte einen Zipfel seines Schnauzbarts in einen

Mundwinkel und begann, darauf herumzukauen. Unruhig schob er den Becher aus Olivenholz über die alte, aber glatt polierte Tischplatte. Seine Hütte war klein und ärmlich, aber zu Mateldas Erstaunen sauber und ohne Makel. Orso mochte ein grobschlächtiger Kerl sein und seine Tage an einem nach Tod und Schmerzen stinkenden Ort verbringen. Sein Heim jedoch hielt er in Ordnung. Auf dem Tisch hatte er eine ovale Specksteinplatte platziert, in der eine Pfütze Öl schwamm. Darin trieb ein Dutzend getrocknete Flechten. Sie waren die Dochte dieser eigenwilligen Lampe und schenkten dem Raum ein warmes und süß riechendes Licht. Immer wieder kehrten Orsos Finger zu dem kleinen See aus Helligkeit zurück und verschoben die Flechten, sodass sie Ornamente bildeten.

Als Orso sie eingeladen hatte, in seiner Hütte zu bleiben, war Matelda zunächst erschrocken gewesen. Dennoch hatte der Wachmann recht gehabt: In dem eiskalten Schuppen konnte vielleicht die *Estrella* die Nächte überdauern. Matelda selbst würde zwischen den verschneiten Planken zwar Zuflucht vor dem Zugriff der Malamoccos finden, dafür aber würde der Frost seine Finger nach ihr ausstrecken. So hatte sie Orsos Angebot angenommen und war ihm in sein Haus gefolgt, das kaum mehr als ein Verschlag war, allerdings wohnten Ordnung und Sauberkeit zwischen den Wänden.

Doch ihre Erleichterung wich nun Ungeduld. Orso half ihr, sich zu verbergen, ließ sich selbst jedoch nicht helfen, seine Begga zu gewinnen.

»Irgendetwas muss es doch geben«, sagte Matelda. »Liebt sie eine bestimmte Blume?«

Der Wachmann schüttelte den Kopf und ließ den Bart aus seinem Mund gleiten. Die Haare glänzten feucht. »Sie mag Fisch. Den fängt sie, den nimmt sie aus, isst ihn oder verkauft ihn. Bei Begga dreht sich alles um Fische.«

Die Liebe und tote Fische. Matelda hatte schon viele Verse gedrechselt. Aber diese Paarung war ihr noch nie in den Sinn gekommen. Versonnen blickte sie Orso an, angelte in ihren Gedanken nach einer Idee, einer Eingebung für diese scheinbar unmögliche Aufgabe. Im Stillen schickte sie ein kleines Gebet zum Himmel. Christus hilf!, dachte sie. Es war eine Gewohnheit, und sie maß den Worten keine große Bedeutung zu.

Doch diesmal half Christus tatsächlich. Noch hallte das Stoßgebet in Mateldas Geist nach, da fiel ihr der heilige Petrus ein. War der etwa nicht verheiratet? Matelda wusste es nicht genau, konnte sich aber vorstellen, dass es so gewesen war. Immerhin sollte Petrus doch ein stattlicher Mann gewesen sein. Jedenfalls behauptete das der Patriarch von Grado in seinen Predigten. Wie aber war Petrus, ein Fischer, zu seiner Frau gekommen?

»Wenn dein Netz leer ist, bin ich der Fisch, der darin zappeln will?« Matelda strahlte Orso an. Fragend hob sie die Augenbrauen.

Und Orso strahlte zurück.

Als sie am nächsten Morgen gemeinsam zum Turm gingen, hatte Matelda zum ersten Mal in ihrem Leben eine Nacht neben einem Mann verbracht. Ihr halbes Leben hatte sie sich dieses Ereignis ausgemalt. Nun war es eingetreten – wenn auch anders, als sie es sich hätte träumen lassen.

Noch geraume Zeit hatten die beiden über Orsos Eroberungsplänen gebrütet, dann war es nur noch Orso gewesen, der geredet hatte. So verliebt war er in seine Begga, dass schon ihr Name auf seiner Zunge ihm Vergnügen bereitete. Entsprechend oft genoss er ihn. Bald war Mateldas Kopf auf die Arme gesunken. Orsos Angebot, er wolle, in dicke Wollumhänge gehüllt, im Turm über dem Angstloch schlafen, hatte Matelda nicht annehmen wollen. Schließlich hatte sie sich auf dem mit Stroh gefüllten Sack wiedergefunden, der Orso üblicherweise als Lager diente. Zu ihren Füßen hatte der Wachmann geschnarcht. So laut war die Musik seines Schlafs gewesen, dass Matelda die halbe Nacht wach gelegen hatte. Schliefen alle Männer so? War es das schwere Schicksal der Ehefrauen, diese Geräusche für den Rest des Lebens zu ertragen? Matelda glaubte zu verstehen, weshalb so viele die Ehe als Hölle auf Erden bezeichneten.

Am nächsten Morgen war sie aus kurzem Schlummer erwacht. Aus kleinen Augen hatte sie Orso angestarrt, der ihr einen Schlauch mit frischer Ziegenmilch und einen Laib Brot reichte. Dann sagte er: »Du hast mir geholfen, dass ich mich Begga nähern kann. Jetzt helfe ich dir und bringe dich zu deinem Liebsten. Komm!«

Und nun stolperte Matelda schlaftrunken durch Rivo Alto. Sie war zu müde, um Orso davon zu überzeugen, dass Bjor nicht ihr Liebster war, dass es ihr darum ging, ihm die Kniffe des Schiffsbaus zu entlocken. Müde, wie sie war, vergaß sie sogar, ihr weißes Tuch über den Kopf zu ziehen. Erst als einige Entgegenkommende ihr missbilligende Blicke zuwarfen, bemerkte sie, dass sie barhäuptig ging, und bat Orso um seine Mütze. Eine junge Frau, die ihr Haar auf offener Straße zeigte, galt als dirnenhaft. Ebenso gut hätte Matelda nackt durch Rivo Alto laufen können.

Der Turm lag so verlassen da wie am Tag zuvor. Trostlos starrte das finstere Auge des Abgrunds Matelda an. Diesmal, das hatte sie sich fest vorgenommen, würde sie die Angst bezwingen und hinabsteigen. Ihr Vertrauen in Orso war gewachsen. Sollte sie dort unten in Bedrängnis geraten, würde er ihr sicher zu Hilfe kommen. Schon hielt er ihr das Seil mit den dicken Knoten entgegen. Matelda griff danach, stellte sich an den Rand der Grube und schloss für einen Moment die Augen. Dann begann sie mit dem Abstieg.

Einige bange Augenblicke später spürte sie den Boden des Kerkers unter ihren Füßen. Er schien mit Stroh ausgelegt, erkennen konnte sie jedoch nichts. Über ihrem Kopf riss der Einstieg ein helles Rechteck aus der Dunkelheit. Klein wie eine Erbse war der Kopf Orsos zu sehen.

»Obacht! Ich werfe Licht hinunter.« Seine Stimme hallte durch die Dunkelheit. Schon fauchte eine brennende Pechfackel in die Tiefe und landete im Stroh. Bevor die Flamme übergreifen konnte, las Matelda die Fackel auf. Doch das Stroh war so feucht, dass kein Feuer der Welt es hätte entzünden können.

Die Grube war eine Kloake, die Luft so stickig, dass die Fackel kaum Nahrung fand und auf die Größe eines Kerzenlichts schrumpfte. Zudem war es bitterkalt. Matelda schwindelte. Als sie sich zu einer Wand vortastete, sah sie dort eine Gestalt liegen, einen Mann, etwa im Alter ihres Vaters. Er war nackt, und das Relief seines Gerippes drückte gegen seine fahle Haut. Wo sein Gemächt war, bewegte sich etwas. Als Matelda die Ratte erkannte, riss sie die Fackel beiseite und wich zurück. Der Gefangene war tot. Warum lag er noch hier?

»Er lebt noch.« Das war die Stimme Bjors. Matelda ließ den Lichtschein über die von Eiskristallen glänzenden Wände streichen. Wo war er?

»Aber es wäre besser, jemand würde ihm den Tod schenken«, fuhr die Stimme fort. Sie kam vom entgegengesetzten Ende des Kerkers. Dort tauchten die Umrisse eines Gesichts auf, langes Haar, das in Strähnen vor zusammengekniffenen Augen hing. Bjor hatte die Lippen zurückgezogen.

»Was willst du hier?«, fragte er, und die Kälte ließ seine Stimme beben. Erschrocken beobachtete Matelda, dass seine

Zähne aufeinanderschlugen, wenn er sprach. Wohl deshalb schien er sie zusammenzupressen.

Sie unterdrückte den Impuls, ihn zu berühren. »Ich bin hier, um dir zu helfen.« Einen Moment lang überlegte sie, ob sie hinzufügen sollte: wenn du mir ebenfalls hilfst.

»Verschwinde!«, keuchte Bjor. Er stand geduckt vor ihr und sah sie an wie ein Tier, das nicht entscheiden konnte, ob es fliehen oder angreifen sollte.

Matelda nahm den Pelzumhang ab und hielt ihn dem Gefangenen hin. Bjor riss ihn aus ihren Händen und schlang ihn sich um die Schultern. Als Matelda ihre Hände ausstreckte, um ihm zu helfen, schlug er sie zurück.

»Aber ich will dir helfen«, beteuerte sie. Wo der Schlag sie getroffen hatte, brannte ihre Haut.

Bjor keuchte. »Erst lässt du mich ins Loch werfen, jetzt spielst du dich als meine Retterin auf.« Er zog den Pelz eng zusammen. »Alrik hat recht. Ihr Stadtmenschen seid eine Lügenbrut. Verlarvte Zauberer und mordsüchtige Hexen. Wir hätten in Konstantinopel bleiben sollen.«

Mateldas Mitleid für den Gefangenen verwandelte sich in Zorn. Was bildete sich dieser Kerl ein? »Ja, ihr wärt besser fortgeblieben. Denn dann müsste ich nicht in dieses Loch hinabsteigen, um dein Leben zu retten.« Ohne eine Erwiderung abzuwarten, streckte sie Bjor das Brot hin, die Gabe Orsos, die sie für den Gefangenen aufgespart hatte. Es steckte bereits zwischen Bjors klappernden Zähnen, bevor Matelda überhaupt bemerkte, dass er es ihr entrissen hatte.

»Warum hast du das getan?«, fragte er kauend. Das Geräusch von reißendem Brot klang laut durch die Dunkelheit. Von weiter hinten waren fiepende Laute zu hören. Die Ratten witterten die frische Beute.

»Damit du nicht verhungerst hier unten«, erwiderte Matelda,

»und aufhörst, mich zu verfluchen. Stattdessen könntest du Danke sagen.«

»Natürlich werde ich dir danken. Dafür, dass du mich hast hierherbringen lassen.«

»Dich herbringen lassen?« Die Überraschung in ihren Worten schien Bjor aufhorchen zu lassen.

»Bevor sie mich hier hinabgeworfen haben, hat es mir einer deiner Schergen verraten.« Noch einmal biss Bjor von dem Brot ab.

»War das Rustico? Hat er dir das erzählt?«

Bjor kratzte Eis aus einer Mauerritze und leckte es von seiner Hand. Mit geschlossenen Augen schluckte er die wenigen Tropfen Flüssigkeit hinunter. »Einer von denen, die dir in jener Nacht nachgestellt haben.«

Matelda erschauerte. Die Fäden, die die Malamoccos um sie spannen, reichten sogar bis in diesen Abgrund hinab. »Aber das ist nicht wahr!«, rief sie empört. »Ich wusste nicht mal, dass es diesen Ort überhaupt gibt.«

»Euer Anführer hat gesagt, dass sogar du ihm zugeredet hast, eine Geisel zu behalten. Du bist seine Tochter, nicht wahr? Nennst du deinen Vater etwa einen Lügner?«

Matelda biss sich auf die Lippen. Schon hatte der Frost eine kleine Haut darüber entstehen lassen. Sie leckte die Kälte mit der Zunge fort.

»Nein. Er sagt die Wahrheit«, gestand sie. »Auch ich wollte, dass du bleibst.« Rasch setzte sie hinzu: »Aber doch nicht an einem Ort wie diesem.«

»Wieso sollte ich das glauben?«, fragte Bjor. Sein Kopf ragte aus dem Pelz hervor wie aus einem Bärenkostüm.

»Weil es so ist«, sagte Matelda. Dieser Ort ist entsetzlich, wollte sie hinzufügen. Doch das hatte Bjor wohl bereits selbst herausgefunden.

»Dann beweise es mir! Lass mich frei!«

»Wie soll ich das anstellen?«, rief sie jetzt, lauter als beabsichtigt. Die frostigen Wände warfen die Worte zurück.

»Bist du etwa nicht die Tochter des Fürsten? Geh und bitte deinen Vater. Das würde ich jedenfalls tun, wenn Alrik König wäre.«

Bjor hatte recht. Sie war die Tochter des Dogen. Aber ihr Vater war ein Schwächling und den Tribunen hörig. Nichts wäre ihr lieber, als nach Hause zurückkehren zu können, über den Plänen für das Ruder der *Estrella* zu brüten und mit Giustiniano Tris spielen zu können. Doch diese Brücke war hinter ihr zusammengebrochen. Im Palatium lauerten die Malamoccos darauf, dass sie sich zeigte.

»Mein Vater wird dir nicht helfen. Aber ich finde einen anderen Weg. Ich kenne den Wachmann. Er muss mir diesen Gefallen erweisen.« Ihre Worte nahmen Fahrt auf.

»Dann solltest du das rasch erledigen. Hier!« Bjor streckte ihr das Brot entgegen. Die Hälfte war noch übrig. »Bring das dem armen Teufel dahinten in der Ecke. Vielleicht kann er noch essen. Wenn nicht, leg es neben ihn, damit es die Ratten von seinem Leib ablenkt.«

Matelda blickte zu dem ausgestreckten Körper hinüber. Was für ein grauenhaftes Strafsystem herrschte in dieser Stadt, die ihre Heimat war. »Aber der Tod wäre ihm doch gewiss eine Gnade«, flüsterte sie.

»Kannst du sie ihm gewähren?«, fragte Bjor.

Matelda nahm den Rest des Brotes entgegen. Diesmal waren es ihre Hände, die zitterten.

»Pah! Nicht einmal das bringst du zuwege.« Bjors Spott war kälter als der Frost in den Mauern.

Von seinen Worten getrieben, kniete sie neben dem Bewusstlosen nieder. Raschelnd huschte das Nagetier zwischen seinen Beinen davon. Matelda hielt die Fackel weit von sich. Um keinen Preis wollte sie sehen, wie entstellt der Gefangene war. Er konnte nur dieser Lautenspieler sein, von dem Orso erzählt hatte. Wenn ihr doch nur sein Name einfallen würde!

»Fortunato«, flüsterte Matelda und zwang sich, eine Hand unter den Kopf des Mannes zu legen. Unter dem dünnen Haar fühlte sich der Schädel kalt und leblos an. Bjor musste sich geirrt haben. Dieser Mann war tot.

Da drang, leise wie der Regen, ein Laut aus seiner Kehle hervor. Sie hielt ihm das Brot vor die Lippen. Doch weder bewegte der Alte den Mund, noch schlug er die Augen auf. Unbeholfen wedelte Matelda mit dem Brot vor seiner Nase. Er musste doch den Duft von frischer Hefe riechen, den belebenden Geruch von Koriander.

Aber Fortunato blieb still.

»Besser, wir töten ihn«, sagte Bjor, der neben ihr aufgetaucht war. »Das ist alles, was wir für ihn noch tun können. Er wird dir dankbar sein.«

»Dann wären wir nicht besser als die Ratten«, murmelte sie. Mit spitzen Fingern zupfte sie Brotkrumen entzwei, feuchtete sie in ihrem Mund an und schob den Brei vorsichtig zwischen die Lippen des halb toten Gefangenen. Zunächst zeigte sich kein Erfolg. Dann schien es Matelda, als ob sich Fortunato bewege. Sie hielt die Fackel näher an sein Gesicht. Es war gezeichnet von Schrunden und Bissen. Da sah sie, wie der Adamsapfel zuckte. Behutsam schob sie ein weiteres Stück Brot zwischen seine farblosen Lippen. Fortunato, dachte sie, du wirst mir das Glück in deinem Namen schenken.

»Wie nennt sich diese Sklavin?« Elias musterte die Ware des Sklavenmarkts von Rivo Alto und deutete auf eine blonde Frau mittleren Alters. Sie war breithüftig und hatte runde Fesseln. Zwar wurden ihre Brüste von der Schwerkraft liebkost, doch machte ihr grell geschminktes Gesicht diesen Makel wieder wett. Elias stellte sich vor, wie seine Zunge das Indigo von ihren Lidern leckte.

»Toroda«, sagte der Sklavenhändler. »Sie kommt aus Sizilien. Die Araber haben sie eingefangen. Sie ist unberührt.« Jetzt beugte sich der fette Kerl näher an Elias heran. Die Glatze des Sklavenhändlers glänzte in der Sonne. »Ihr wisst ja: Diese arabischen Hundesöhne haben solche Angst vor Frauen, dass sie sich nur mit Mühe überhaupt fortpflanzen können. Sie bevorzugen Männer.« Er grinste. »Wisst Ihr, dass sie ihre Gefangenen in Kastrationslager stecken? Dort nehmen sie ein Messer, und zack!« Der Mann machte eine unmissverständliche Bewegung mit der Rechten.

Angewidert schaute Elias auf ihn herab. Seine Lust auf die Sizilianerin verkümmerte. »Eigentlich bin ich gar nicht hier, um etwas von dir zu kaufen, Händler.«

»Grifo«, beeilte sich der Sklavenhändler zu sagen. »Grifo Eisenfaust, wenn es Euch gefällt.«

Elias wedelte mit der Hand. »Wie auch immer. Ich will dir ein anderes Geschäft vorschlagen.« Und dann erzählte Elias von der Belohnung, die auf Grifo Eisenfaust wartete, wenn er Elias einen Gefallen erwies.

Als die müde Wintersonne sank und die Kaufleute ihre Waren zusammenräumten, hatte Elias die Runde über den Markt beendet. Bald wusste jeder hier im Herzen Rivo Altos, wen Elias suchte. Von hier aus würde sich die Nachricht über die Kanäle verbreiten: Rustico von Malamocco versprach demjenigen einen Beutel Silberdenare, der die Tochter des Dogen fand.

Kapitel 15

Alexandria, der Basar

I ST MIR EGAL, was diese Araber denken. Ich schreie, solange ich Atem habe.« Bonus' Hand klatschte auf das brüchige Stück Holz und hinterließ einen Abdruck in dem morschen Baumstamm. Eine Staubwolke stieg in die Höhe.

»Da!«, brüllte Bonus weiter. »Da, da und da!« Jeden Laut begleitete ein Hieb auf das wurmstichige Stück. Bald war Bonus in eine gelbe Wolke gehüllt. »Dafür bezahle ich nicht. Es ist Abfall.«

Die Menschen an den Basarständen drehten die Köpfe.

Djamil redete beschwichtigend auf den Alexandriner ein, der ihnen das Holz verkaufen wollte, drückte die Luft mit beiden Händen nach unten und versuchte ein Lächeln.

Widerlich!, dachte Bonus. Diese ägyptischen Händler waren allesamt Betrüger. Er streckte einen Finger gegen den Kaufmann aus und rief: »Die Anzahlung! Ich will sie zurück.«

Aber Djamil zuckte mit den Achseln. »Karim hier sagt, es sei das einzige Stück Holz dieser Größe, das er habe auftreiben können. In der gesamten Stadt.«

»Das ist kein Holz.« Mit beiden Händen stieß Bonus den Stamm vom Verkaufstisch des Basars. Behäbig rollte das Stück über die Kante und fiel auseinander. Hustend eilten die vier Männer aus der Staubwolke heraus. Die Vorübergehenden beschleunigten ihre Schritte und hielten sich Zipfel ihrer Kaftane und Turbane vors Gesicht. Bonus fuhr fort: »Und jetzt will ich mein Geld.«

Nun war es Kaufmann Karim, der zu schreien anhob. Zwar

verstand Bonus die arabischen Worte nicht, doch war die Absicht des Gauners klar: Er wollte die Anzahlung behalten, weil er meinte, seine Ware sei zerstört worden.

»Wertlos!«, rief Bonus dem Araber entgegen. Karim brüllte Einsilbiges. Bonus schoss Salven einfallsreicher Schmähungen ab, und obwohl sein Gegner die Worte nicht verstehen konnte, bemerkte der Veneter zufrieden, dass dessen Gesicht die Farbe von Wein annahm.

Wenig später hockte er zwischen Djamil und Magnus auf einem Teppich in einer Art Taverne und zählte die wenigen Münzen, die sie zurückerhalten hatten. Das arabische Wort für Orte wie diesen konnte Bonus nicht aussprechen – überdies lehnte er es ab, Arabisch zu lernen, und sollte es sich auch um ein einziges Wort handeln. Eher sollte seine Zunge verdorren. Schlimm genug, dass er zwischen einem mohammedanischen Piraten und einer nordischen Missgeburt sitzen musste.

Eine Frau stellte tönerne Becher vor sie hin. Dampf kräuselte sich daraus hervor. Bonus schaute angewidert auf die dunkle Brühe, dann blickte er in das strahlende Gesicht der Wirtin, und seine Miene hellte sich auf. Sie war von außergewöhnlicher Schönheit. Eingebettet in der braunen Haut wirkten ihre Augen und Zähne weißer als frisch gesägtes Elfenbein. Ihre Wangenknochen glänzten wie die Schale einer getrockneten Zwiebel. Bonus ließ seine Blicke auf ihr herumspazieren.

»Trinkt euren Kaffa«, sagte Djamil. »Heiß schmeckt er am besten.«

Das Schankweib nickte und zog sich zurück. Bonus war sicher, dass er sie haben konnte, wenn er ihr zwei Denare zusteckte – vielleicht würde sogar einer genügen. Er sah ihr nach und zupfte an den Haaren seines Bartes.

»Hier!« Djamil hielt ihm den Becher unter die Nase. »Das wird deine Lebensgeister wecken.«

»Was soll das sein?« Bonus schnüffelte an dem Getränk und rümpfte die Nase.

»Kaffa«, sagte Djamil und schlürfte. »Aus dem Süden. Schmeckt ein wenig bitter, aber es wirkt so … wie sagt man, Magnus?«

Doch der Zwerg blickte ebenfalls angewidert in den Becher. »Schenken sie hier keinen Wein aus?«, fragte er und stellte seinen Kaffa vorsichtig auf dem Teppich ab. Dann betrachtete er das Getränk, als erwarte er, eine Schlange könne jeden Moment daraus hervorkriechen.

Bonus war es genug. »Wie ist es euch nur gelungen, euch so lange auf unserem Meer zu halten? Ihr lasst euch von Trödlern betrügen und zahlt Geld für Jauche.« Noch einmal schnüffelte Bonus an der Flüssigkeit. Dann warf er den Becher an die Wand. Das Gefäß zerplatzte. Die braune Brühe lief an dem Bild einer leicht bekleideten Tänzerin hinab, das von ungelenker Hand auf die Bretter der Holzwand gemalt war.

»Da!« Djamil sprang auf und patschte mit der Hand gegen das nasse Bild. »Das ist Zeder.« Er wandte sich zu der Wirtin um und rief ihr einige arabische Worte zu. Doch die Dunkelhaarige schüttelte den Kopf und kam mit einem Lumpen herbei, um die Wand zu reinigen.

»Sie sagt, sie wisse nicht, woher das Holz kommt, das Bild sei schon immer hier gewesen«, übersetzte Djamil. Er starrte das Holz an. Dann schaute er sich in dem Raum um, hob den Blick zur Decke und ging auf und ab. Schließlich blieb er vor Bonus und Magnus stehen. »Wenn sie hier mit Zedernholz bauen, könnten wir unseren Mast in einem der Gebäude finden.«

»Zedernholz, hm«, brummte Magnus und verschränkte die Arme.

Noch immer beobachtete Djamil die Decke. Sie verbarg die Geheimnisse ihrer Konstruktion unter einer hellgelben Schicht

Lehm. »Zedernholz«, sprach der schmale Araber zur Decke hinauf, »nimmt im Wasser an Härte zu und wird dauerhaft. Das ist genau das, was wir brauchen.«

»Narren!«, rief Bonus. »Wollt ihr Häuser einreißen, um an morsche Balken zu gelangen?«

»Um die *Visundur* zu reparieren, würde ich einen Berg abtragen«, sagte Magnus. »Jedenfalls solange du dafür zahlst.«

Er hatte es nicht nötig, sich von einem Zwerg verhöhnen zu lassen. Bonus erhob sich und ging zum Eingang der Taverne. Er wischte den Vorhang beiseite. Grelles Licht strömte in das Halbdunkel des Raums. Noch einmal sah er sich um. »Eher lassen wir die Reliquien des heiligen Markus in dieser Hölle zurück, als dass ich noch eine einzige Münze für eure verrückten Einfälle opfere. Und dieses Gesöff da«, er nickte in Richtung der triefenden Wand, »bezahlt ihr selbst.«

Als Bonus auf die Straße trat, war ihm, als habe ihm die Wirtin einen neugierigen Blick zugeworfen. Vielleicht, dachte er, sollte ich in dieser Nacht noch einmal hierher zurückkehren. Beschwingt machte er sich in Richtung Hafen davon.

Der Geschichtenerzähler warf die Arme in die Luft und rollte mit den Augen. Er war ein Greis, seine Bewegungen aber waren die eines Tänzers. Seinen Stock nutzte er mal als Schwert, um gegen imaginäre Feinde zu fechten, mal als den Körper einer Geliebten, dann wieder legte er ihn auf den Boden und balancierte darauf herum, wohl um eine Brücke über einen Abgrund darzustellen. Währenddessen erzählte der Ägypter eine Geschichte in allen Tonlagen, derer die menschliche Stimme mächtig war.

Alrik verstand kein Wort. Zunächst hatte er an dem Schauspiel vorübergehen wollen, doch die kleine Wali hatte ihn zu der Vorführung hingezogen. Wali war eines der Kinder vom Schiff, und eigentlich sollte das Mädchen sie zur Kirche des heiligen Markus geleiten. Doch die Führerin – ihr Kopf befand sich auf der Höhe von Alriks Ellbogen – war von der Vorstellung derart in Bann geschlagen, dass sie wie erstarrt vor dem Geschichtenerzähler stehen blieb. Da weder Alrik noch Ingvar wussten, wohin sie sich in dieser Stadt wenden sollten, blieb ihnen nichts übrig, als dem Geschichtenerzähler zuzusehen und darauf zu hoffen, dass Wali des Schauspiels bald müde wurde.

»Wir packen die Kleine und tragen sie weiter«, schlug Ingvar vor.

»Ein Fremder schleppt ein kreischendes ägyptisches Mädchen durch die Straßen?« Alrik lächelte. »Das würde ich mir gut überlegen.«

Ingvar schnaufte. Aber es gab nichts, was sie unternehmen konnten. Wie ein Dutzend anderer Kinder, so stand auch Wali verzaubert vor der armseligen Bühne des Geschichtenerzählers und lauschte seinem Vortrag mit glänzenden Augen.

Alrik deutete auf die Vorführung. »Wovon, glaubst du, handelt seine Geschichte?«

Ingvar trat von einem Bein auf das andere. »Woher soll ich das wissen?«, raunzte er. »Ich spreche die Sprache Djamils nicht. Und so, wie sie sich anhört, würde ich das auch nicht wollen.«

Alrik nutzte die Zeit, um den Aufbau zu studieren. Der Erzähler hatte sich einen Platz am Straßenrand ausgesucht. Kolonnaden säumten den Ort, Reihen von Granitsäulen aus einer vergessenen Zeit. In Konstantinopel hatte Alrik ähnliche Säulen gesehen, doch waren sie zierlicher gewesen und nur im Innern von Palästen und Basiliken zu sehen. Diese hier standen unter freiem Himmel und stützten nur Luft und Wolken.

»Hier muss sich einmal ein großes Haus befunden haben«, sagte Alrik und lenkte Ingvars Aufmerksamkeit auf die Kolonnaden. Laut zählte er die Säulen, die sich wie stumme Wächter einer vergessenen Zeit die Straße entlangzogen. »Ein sehr großes«, setzte er hinzu.

Von der Bühne her waren jetzt Schreie zu hören. Der Geschichtenerzähler hatte sich den Stock unter die Achsel geklemmt und taumelte, anscheinend stellte er einen im Kampf Verwundeten dar. So wie sich der Mann gebärdete, dachte Alrik, hatte er wohl noch nie ein wirkliches Gefecht erlebt. Im Angesicht des theatralischen Todes, den der Ägypter nun vorführte, stellte die Erinnerung an vergangene Tage die grauen Haare auf Alriks Armen in die Höhe. Er saugte die Lippen in den Mund. Sein Eid galt nach wie vor: Nie wieder wollte er dem Schwert dienen. Und das galt auch für seine Söhne, seine Gefährten und sein Schiff.

Als Wali zu ihnen zurückkehrte, wischte sie mit dem Handrücken die Tränen aus dem Gesicht. Alrik deutete auf den Erzähler, dem einige Zuschauer Münzen hinwarfen. Andere kramten in den Taschen ihrer Kaftane und legten Datteln und Nüsse auf die Bühne. Auf Alriks fragenden Blick sagte das Mädchen etwas, das sich anhörte wie *Zulkarnein*. Viermal wiederholte sie diese Silben. Die darauf folgenden Worte begleitete sie mit weit ausholenden Gesten. Doch weder Alrik noch Ingvar verstanden, worum es in der Geschichte ging.

Die Kirche des heiligen Markus lag nur einen Steinwurf entfernt. Wali deutete auf ein Gebäude mit einer Kuppel, das am Rand der Hauptstraße aufragte. Männer rannten ein und aus, in den Händen die hölzernen Kreuze der Christen. Rosenkränze baumelten zu Dutzenden von ihren Fingern herab, Gewänder und kleine Kästen waren auf Unterarme gestapelt. Einige Schaulustige hatten sich am Straßenrand versammelt.

Die meisten jedoch schritten vorüber, ohne dem Geschehen Aufmerksamkeit zu zollen.

»Was ist da vorne los?«, fragte Alrik das Mädchen. Doch Wali war fort. Als er sich umblickte, sah er ihre schmutzigen Füße hinter einer Hausecke verschwinden.

»Die feige Ratte gibt Fersengeld«, knurrte Ingvar.

»Immerhin hat sie Wort gehalten und uns hergebracht«, sagte Alrik. »Wir sollten uns fragen, warum sie davongerannt ist.«

Mit unverminderter Geschwindigkeit ging das Treiben unter dem Kirchenportal weiter. Männer hasteten mit leeren Händen hinein und kamen, mit Kirchengut beladen, wieder heraus.

Alrik zog Ingvar in den Schatten unter einem Spitzbogen. »Sieht so aus, als würde die Kirche geplündert«, raunte er Ingvar zu. Doch der schüttelte den Kopf.

»Wir haben schon genug Plünderungen erlebt«, sagte Ingvar. »Sieh hin! Sehen so Brandstifter und Diebe aus?«

Sein Sohn hatte recht. Aus der Kirche hasteten einfache Alexandriner. Sie trugen keine Waffen, schleiften keine zappelnden Priester hinter sich her, fluchten nicht und brüllten nicht. Vielmehr rannten sie mit verkniffenen Lippen herum, und ihren Kaftanen entströmte der Schweißgeruch der Angst.

»Gut beobachtet«, gab Alrik zu. »Sie plündern die Kirche nicht. Sie retten ihre Schätze.«

»Pah!«, spie Ingvar aus. »Was gibt es da zu retten? Holzkreuze und alte Kisten sind alles, was ich sehe.«

»Siehst du etwa auch, was die Kästen enthalten? In dieser Kirche sollen jene Gebeine liegen, wegen denen wir hergekommen sind. Die des heiligen Markus. Vielleicht trägt gerade dieser dort sie fort. In diesem Augenblick.«

Ingvar wollte losstürzen, doch Alrik hielt ihn fest. »Warte! Erst wollen wir sehen, warum sie fliehen. Das Mädchen gerade wusste es jedenfalls. Sonst wäre es wohl kaum eilends davongelaufen.« Alrik blickte zu der Hausecke, hinter der Wali verschwunden war. »Zu dumm, dass sie es uns nicht verraten hat.«

»Sieh selbst«, sagte Ingvar. Diesmal war er es, der sich tiefer in den Eingang zurückzog.

Vor der Kirche waren fünf Männer aufgetaucht. Sie unterschieden sich von den anderen wie Haie von Kröten, hatten kräftige Körper und trugen Säbel in breiten Schärpen. Die Farben ihrer Kaftane waren frisch und leuchteten gelb. Mit festen Schritten hielten sie auf das Kirchenportal zu. Ihr Anführer war ein hochgewachsener Kerl. Zwischen Nordmännern wäre er kaum aufgefallen. Unter den kleinen Ägyptern stach er heraus wie ein Baum zwischen Kürbissen.

Alrik war Männern wie diesem schon begegnet. Sie waren die Gestalten, die er zwischen den Trümmern brennender Häuser hatte stehen sehen, die er dabei beobachtet hatte, wie sie über die geschundenen Körper von Sterbenden und Gefallenen hinwegschritten.

Als der Riese in ihre Richtung blickte, zog Alrik Ingvar noch tiefer in die Schatten. Obwohl sie für die Menschen im grellen Licht der Straße unsichtbar sein mussten, starrte der Mann eine Weile zu ihnen hinüber. Seine Augen waren so durchsichtig wie ein wolkenloser Himmel und so ausdruckslos wie die einer Statue. Alrik konnte kein Anzeichen dafür erkennen, dass der Kerl sie entdeckt hatte. Aber ein Zusammentreffen wollte er um jeden Preis vermeiden. Gegen Totschläger wie diesen waren Männer wie Bonus von Malamocco Lämmer.

Im nächsten Moment verschwanden die Neuankömmlinge in der Kirche. Aus dem Innern erklang nun Rufen und das Dröhnen von etwas Ehernem, das in einem großen Raum zu Boden fällt.

»Wenn das wirklich die richtige Kirche ist«, sagte Ingvar,

»sind wir zu spät gekommen. Dieser verfluchte Geschichten-erzähler hat uns die Zeit gestohlen!«

»Sei dankbar, dass er uns aufgehalten hat. Sonst wären wir jetzt auch da drin.«

Wie zur Bestätigung von Alriks Worten hörten sie den Schrei eines Mannes aus der Kirche gellen. Die Stimme schraubte sich in unnatürliche Höhen.

»Sollen wir etwa danebenstehen und warten, bis sie diese alten Knochen zerstört haben, die wir suchen?«, fragte Ingvar.

Der Schweiß auf Alriks Stirn fühlte sich kalt an. Dort drinnen wartete Unheil auf ihn und seinen Sohn. Wenn sie aber die Reliquien nicht fanden, war das Schicksal Bjors besiegelt. Alrik rieb die Handflächen gegeneinander.

Der Lärm in der Kirche steigerte sich. Zuckende Lichter fielen aus dem Halbdunkel heraus. Jemand hatte Feuer im Christentempel gelegt. Auf der Straße zerstreute sich das Publikum. Die Geschehnisse nahmen selbst für Schaulustige bedrohliche Ausmaße an.

Da stürzte ein einzelner Mann heraus und rannte mit ausholenden Schritten davon. Unter den linken Arm hatte er ein Kistchen geklemmt. Anders als das Bergungsgut seiner Vorgänger bestand dieses nicht aus grauem Holz, sondern schien mit funkelndem Gold überzogen.

Im nächsten Moment waren Alrik und Ingvar auf der Straße und hetzten hinter dem Flüchtenden her. Bevor sie auf Höhe der Kirchentür waren, tauchten drei weitere Männer darin auf, einer von ihnen jener Riese. Seine unheimlichen Blicke flogen hin und her, trafen Alrik auf der einen Seite und den Rücken des Entkommenen auf der anderen.

»Warte!« Alrik wollte Ingvar zurückhalten. Keinesfalls wollte er diese Mordbrenner in seinem Rücken haben. Doch Ingvar stieß die Hand seines Vaters beiseite und schoss an der Kirche vorbei. Mit den drei Männern zwischen sich und seinem Sohn nahm Alrik die Verfolgung auf.

Niemals hätte Alrik gedacht, dass sein Atem kürzer werden würde. Auf der *Visundur* war das Alter etwas, das an einer Küste auf ihn wartete, die er noch lange nicht würde ansteuern müssen. Doch das war auf See, wo die salzige Luft seinen Brustkorb blähte wie ein Segel. Hier jedoch, in den stickigen Straßen Alexandrias, wo Hitze und Staub Hochzeit feierten, spürte Alrik schnell, dass er langsam geworden war.

Vor sich sah er die drei Verfolger verschwinden. Irgendwo davor musste Ingvar sein und wiederum vor ihm der Flüchtende mit der goldenen Kassette. Alrik hätte die letzten Finger seiner Rechten dafür verwettet, dass die Gebeine des heiligen Markus in diesem Kasten lagen.

Keuchend lief Alrik die Straße entlang. Längst atmete er durch den Mund, seine Nase schien viel zu eng für die Mengen an Luft, nach denen seine Lungen verlangten. Er wünschte sich einen der leichten Kaftane der Ägypter. Stattdessen trug er das Wollzeug des Seemanns, das sich bei jedem Wetter auf dem Meer wie eine zweite Haut an ihn schmiegte und ihn auch dann noch warm hielt, wenn es vor Nässe tropfte. Hier jedoch gab es keine Feuchtigkeit. Nur die Schwere der Erschöpfung. Die Vorräte an Schweiß in seinem Körper schienen versiegt.

Längst hatte er die Verfolger aus den Augen verloren. Nur die Blickrichtungen der Menschen auf der Straße verrieten, wo die Jagd entlanggekommen war. Alrik blieb stehen und stützte die Hände auf die Knie.

Da fiel ihm auf, dass er einen langen Schatten auf den Sand der Straße warf. Die Sonne stand ihm im Rücken. Etwas verwirrte ihn, das Bild stimmte nicht. Sein Sinn für Orientierung, auf dem Meer der Überlebensgarant der gesamten Mannschaft, meldete sich, klopfte von innen an seinen Kopf und schlug Alarm. Wenn er nur wüsste, warum?

Es waren die fliehenden Priester des heiligen Markus. Mit ihren Rosenkränzen und Holzkästen waren sie aus der Kirche gestürzt und Richtung Westen verschwunden. Wie er die Augen gegen das Licht hatte zusammenkneifen müssen, als er den Davoneilenden hinterherblickte! Aber der Weg, den der Mann mit der Goldschatulle genommen hatte, lag der Sonne entgegengesetzt, im Osten. Das konnte nur eins bedeuten.

Die Goldschatulle sollte die Plünderer nur ablenken. Ihr Glitzern hatte die Jäger erblinden lassen. Die wirklichen Schätze hingegen hatten die Priester in den schnöden Holzkästen versteckt. Deshalb waren diese auch zuerst aus der Kirche getragen worden. Alrik nickte stumm. Wer ist schon so dumm und bringt sein wertvollstes Gut erst dann in Sicherheit, wenn die Diebe schon im Haus sind?

Die Gebeine des heiligen Markus waren längst verschwunden. Dessen war Alrik sich jetzt sicher. Kurz überlegte er, ob er nach den Priestern suchen sollte. Doch er war allein in einer fremden Stadt, unter Menschen, deren Sprache er nicht kannte, und die sich vor ihm, dem hochgewachsenen Fremden, fürchteten. Wenn es einen Weg gab, die Überreste dieses Markus zu bergen, dann musste er erst noch gefunden werden. Alrik beschloss, zur *Visundur* zurückzukehren. Ingvar, dachte er, gib auf dich acht!

Bonus mäanderte um den Unrat herum, der die Straße sprenkelte. Einerseits war er froh, dass er im Halbdunkel des späten Abends nicht erkennen konnte, in welche Unvorstellbarkeiten er zu treten drohte. Andererseits erschwerte es das schwindende Licht, die Hindernisse überhaupt zu erkennen. Wenn Alexandria die Perle Nordafrikas genannt wurde, wie sah dann erst der Abort dieses Kontinents aus?

Bonus' Haut kribbelte. Den ganzen Tag über hatte er an das dralle Schankweib denken müssen, an den verheißungsvollen Blick, den sie ihm zugeworfen hatte. Und jetzt war er auf dem Weg, sich davon zu überzeugen, dass diese Stadt mehr zu bieten hatte als Kothaufen und Betrüger.

Er fand die Taverne nicht gleich wieder. Das Straßennetz war, wie das einer römischen Stadt, in einem Muster von Rechtecken angelegt. Doch die Römer waren schon lange fort, und seitdem waren viel Zeit und noch mehr Baumeister über Alexandria hinweggezogen. Nur eine Ahnung der antiken Straßenzüge war geblieben. Der Rest hatte sich in ein Labyrinth verwandelt. Dennoch wähnte sich Bonus fast am Ziel.

Tatsächlich erblickte er im Zwielicht die Taverne – oder das, was man hier dafür ausgab. Links und rechts neben dem Eingang glommen Kohlebecken und hoben die Tür mit dem zurückgeschlagenen Vorhang aus der Dunkelheit hervor. Im Innern waren Stimmen zu hören. Aus der Tür drang der schwere Duft von Zimt und Frauenschweiß. Bonus leckte sich die Lippen.

Als er in den Raum trat, der am Vormittag verlassen gewesen war, blieb er überrascht stehen. Statt der Teppiche lagen Kissen auf dem Boden, und sie waren alle besetzt. Einige Gäste hatten sich in die Fensternischen gehockt, andere standen und redeten gestikulierend aufeinander ein – ein Gasthaus, wie es überall auf der Welt zu finden war. Was Bonus jedoch überraschte, waren die Frauen, die in den Armen der Besucher lagen. Groß waren sie, und die Arme, die sie um die Hälse ihrer Partner geschlungen hatten, waren lang. Das waren keine Araberinnen.

Ein Mann hatte sein Gesicht auf das einer Hure gepresst, während ihre Hand durch seinen Kaftan wühlte.

Ohne weiter auf die Paare zu achten, trat Bonus an den Ausschank. Wo sich zuvor die schöne Ägypterin um das Wohl der Besucher gekümmert hatte, war jetzt ein behaarter Kerl zu sehen, der mürrisch Krüge füllte und, sobald einer voll war, lässig hineinspuckte. Bonus beobachtete, wie der Mann sich immer wieder einige Blätter in den Mund schob, darauf herumkaute und das Resultat in die Krüge spie. Würzten die Ägypter so ihren Wein? Er beschloss, auf weitere Getränke in dieser Stadt zu verzichten.

Von Djamil hatte Bonus die Worte gelernt, die er jetzt vorbringen wollte. Gott würde ihm für die Sünde vergeben, die Sprache der Ungläubigen in den Mund zu nehmen. Er tat es im Dienst der Liebe, und dafür würde ihm das Fegefeuer bestimmt einige Tage lang erlassen werden. Die restliche Zeit – nun, die würde es wohl wert sein.

Bonus erkaufte sich die Aufmerksamkeit des Wirts mit zwei Münzen. Dann brachte er sein Anliegen vor, stotterte die Worte, die er sich eingeprägt hatte und hoffte, dass er die tierhaften Laute so korrekt aussprach, dass der Wirt ihn verstand.

Tatsächlich schien das zu gelingen. Der Behaarte goss einen Redeschwall über Bonus aus, hielt ihm dann aber einen der Krüge entgegen. Bonus schüttelte den Kopf und verfluchte Djamil. Hatte der kleine Araber ihn zum Narren gehalten? Nach der schönen Schankfrau von heute Morgen hatte Bonus fragen wollen. Aber vielleicht lag es nur an seiner Aussprache, dass der Wirt ihn missverstand. Bonus nahm die Hände zu Hilfe, strich mit den Handflächen wellengleich an seinen Hüften entlang, um dann aus der stickigen Tavernenluft Brüste zu formen.

Jetzt hellte sich das Gesicht des Wirts auf. Er grinste anzüglich und nickte. Nach einem weiteren Redeschwall steckte er zwei Finger in den Mund und schickte einen gellenden Pfiff durch den Raum. Bald darauf erschien eine der Huren. Sie legte eine heiße Hand auf Bonus' Haar. Er wich zurück. Im Schein glimmender Dochte lächelte ihn die Dirne unter einem blonden Schnauzbart verführerisch an.

Die rote Sünde! Bonus schlug den Arm der Hure beiseite. Aber auf dem entsetzlichen Gesicht dieses Dings erschien ein sanftes Lächeln. »Willkommen im amoralischen Königreich deiner kühnsten Träume«, sagte die Gestalt auf Griechisch. Bonus unterdrückte den Wunsch, diesem Pfuhl zu entfliehen. Wenn er sich hier mit jemandem verständigen konnte, so konnte er die Gelegenheit auch nutzen und nach der geheimnisvollen Schönen fragen.

Bonus räusperte sich. »Ich suche eine Frau«, sagte er, um eilig hinzusetzen: »Nicht so eine wie dich.«

Die männliche Hure in Frauenkleidern schob eine enttäuschte Unterlippe nach vorne. »Wie schade! Dabei hatte ich gehofft, nach langer Zeit wieder von einem richtigen Mann umarmt werden zu können.« Sie, oder er, zwickte Bonus in den Oberarm. »Einem, der weiß, wie man Frauen anfasst. Diese Araber sind allesamt Schlappschwänze.«

Bonus wischte sich über die Stelle, an der er berührt worden war. »Heute am Morgen war hier eine Frau, eine richtige Frau. Sie hatte langes dunkles Haar und, und …« Bonus suchte nach Worten. Es war zum Verzweifeln. Selbst auf Griechisch konnte er sich nicht verständlich machen. »Sie war hier«, schloss er den Vortrag und hoffte, das würde genügen.

Die Hure übersetzte seine Worte für den Wirt. Doch der schüttelte den Kopf. Sie griff die Bewegung auf. »Solche Frauen gibt es hier nicht. Überdies musst du dich irren. Wir öffnen unser Geschäft erst nach Einbruch der Dunkelheit. Tagsüber ist hier niemand.«

Kapitel 16

Rivo Alto, der Schuppen der Estrella

ABER DAS WÜRDE mein Ende bedeuten. Den Scheiterhaufen. Oder ein Leben als Sklave.« Orso schüttelte entschieden den Kopf. »Nein!«, wiederholte er, jetzt zum dritten Mal. »Der Gefangene bleibt, wo er ist. Geh, und frag deinen Vater um Erlaubnis.«

Die Worte des Aufsehers vermischten sich mit dem Lärm der Schreiner. Die *Estrella* erzitterte unter den Schlägen der Hämmer, dem Rutschen der Sägen und dem Schleifen der Hobel. Doch heute hatte Matelda keinen Sinn für die zunehmende Schönheit des Schiffes. Sie hielt Orso an beiden Händen fest.

»Aber die Gefangenen sterben dort unten. Willst du für ihr Ende verantwortlich sein?«

Orso schnaubte. »Verantwortlich? *Ich* denke mir solche Gefängnisse doch nicht aus.«

»Findest du es denn nicht ebenso schrecklich, was die Eingesperrten auszuhalten haben?« Seit sie aus dem Angstloch wieder hervorgekommen war, hatte Matelda das Gesicht des alten Fortunato vor Augen. Sie hatte den bewusstlosen Lautenspieler gefüttert, und für einen Moment war er erwacht. »Der Alte wird dort unten sterben, wenn wir ihm nicht helfen. Und der Nordmann auch.«

Orso wandte das Gesicht zur Seite und schwieg.

Matelda ließ seine Hände los. Wie nasse Lumpen klatschten sie gegen Orsos Beinkleider. »Und ich dachte, wir würden einander helfen«, sagte sie leise.

Jetzt brauste Orso auf. »Ich habe dir geholfen. Dir Zuflucht gegeben. Dir Essen besorgt. Und dich in die Grube hinabsteigen lassen. So lautete unsere Abmachung. Von der Befreiung der Gefangenen war nicht die Rede.« Er verschränkte die Arme vor der Brust. »Niemals war es das!«

Matelda nickte schwer. Orso hatte recht. Er war ihr nichts schuldig. Nur in die Grube hatte er sie bringen sollen. Diesen, seinen Teil des Handels hatte er eingehalten – und mehr. Er hatte sie versorgt und sie vor eisigen Nächten zwischen den Planken und Spanten der *Estrella* bewahrt. Was konnte sie mehr von ihm verlangen?

»Essen und Trinken«, sagte Matelda und fasste mit beiden Händen das linke Handgelenk Orsos. »Wenigstens das können wir ihnen doch geben. Und ein wenig Licht. Bitte!«

Das Seufzen des Wachmanns ging im Lärmen der Zimmerleute fast unter. »Gut«, sagte er. »Aber ich werde nicht da runtersteigen. Das musst du schon selbst erledigen.«

Keusch küsste Matelda die drahtigen Barthaare an Orsos Wange.

Noch am selben Abend kehrten sie in den Turm zurück. Es kostete Orso keine Mühe, den anderen Aufseher davon zu überzeugen, dass er dessen Wache übernehmen würde. Matelda hielt sich unterdessen in einem Winkel versteckt und kam erst hervor, als sie mit Orso allein im Turm war.

Etwas hatte sich verändert. Neben dem Loch stand ein Holzeimer mit Resten einer grauen Masse darin. »Mörtel«, sagte Orso. »Wie kommt der hierher?« Er blickte sich suchend um.

Matelda lugte in den Abgrund. Unten glomm schwaches Licht. Als sie Orso darauf hinwies, zuckte er mit den Schultern. »Vielleicht ist jemandem die Fackel hinuntergefallen, als er nach dem Eimer griff.«

»Rasch!«, sagte Matelda. »Das Seil!«

Lag es an der Übung, die sie mittlerweile damit hatte,

oder an der Unruhe, die sie angesichts des Mörteleimers verspürte – diesmal ließ sich Matelda so behände in die Finsternis herab, dass das feuchte Stroh unter ihren Füßen bereits raschelte, kaum dass sie durch die Luke verschwunden war. Auf dem Boden lag die Fackel, noch immer brennend. Doch diesmal sprenkelten weitere Lichter dieser Art den Boden des Gewölbes. Alle waren heruntergebrannt. Jemand war hier gewesen, und zwar so lange, dass er eine Menge Licht benötigt hatte.

»Bjor?«, rief sie in die Finsternis jenseits des mageren Flammenscheins. Ein dumpfer Laut erklang als Antwort. Matelda schob das Dunkel mithilfe des Lichtscheins beiseite und näherte sich jenem Winkel, in dem sie den Nordländer zuletzt gesehen hatte. Das Bündel mit Brot und Ziegenkäse, das sie sich um Hals und Schulter geschlungen hatte, wog mit einem Mal schwer wie nasser Sand. Unter ihren Füßen knirschte etwas. Da schälte sich, ebendort, wo Bjor sein sollte, eine Wand aus der Dunkelheit heraus.

Zunächst glaubte Matelda, in den falschen Winkel geraten zu sein. Hierhin und dorthin schwenkte sie die Fackel, tapste dem Licht hinterher, doch wo sie auch suchte, es war niemand zu finden. »Bjor!«, rief sie noch einmal. Und wieder antwortete ihr der dumpfe Laut. Er schien direkt aus der Wand zu kommen.

Als Matelda begriff, dass die Mauer, vor der sie stand, am Tag zuvor noch nicht da gewesen war, sperrte sie mit einer Hand einen Schrei in ihrem Mund ein. Eilig tastete sie über die Steine. Der Mörtel war hastig aufgetragen worden, quoll an den Seiten hervor und rann am Mauerwerk herab wie Tränen aus Zement. Jetzt schlug Matelda klatschend gegen die Wand. Noch einmal rief sie Bjors Namen, noch einmal erklang die Antwort wie von fern. Und dieses Mal war Matelda sicher: Bjor steckte hinter den Steinen. Jemand war hier hinabgestiegen und hatte den Gefangenen eingemauert.

Wieder hieb Matelda mit der flachen Hand gegen die Mauer. Sie entledigte sich der Fackel sowie des Proviants und drückte mit beiden Händen gegen die Steine. Als sich diese nicht rührten, lehnte sie sich mit der Schulter dagegen und spürte die Scharten des Granits durch den Stoff stechen. Doch die Mauer hielt ihren schwachen Versuchen stand. Als Matelda mit dem Finger durch die Fugen fuhr, blieb etwas Mörtel daran haften. Die Wand war noch nicht ganz ausgehärtet.

»Orso!«, rief Matelda. »Hilf mir!«

Die Brenndauer einer Fackel verging, bevor Matelda Orso endlich dazu bewegen konnte, zu ihr hinabzukommen. Als der Turmwärter die neue Wand musterte, pfiff er anerkennend durch die Zähne. »Bestimmt schwierig, die Steine und den Mörtel hier hinunterzubringen.« Er nickte und pochte mit den Fingerknöcheln sacht gegen das Bauwerk.

»Wie lang brauchen wir, um es einzureißen?«, wollte Matelda wissen.

»Wissen wir denn, wer es hat errichten lassen?«, fragte Orso und schabte sich eine Wange. »Denk nach, Dogentochter! Jemand hat Geld dafür bezahlt. Da werde ich doch nicht einfach alles kaputt machen. Zunächst muss ich den Sinn dieser Wand kennen, bevor ich sie zerstöre.«

Es kostete Matelda noch einmal die Zeit einer halben Fackel, um Orso davon zu überzeugen, dass der Gefangene hinter der Wand sterben werde. Schließlich willigte der Wärter ein, den oberen Teil der Mauer abzutragen, um dem Eingesperrten zu Luft und Nahrung zu verhelfen.

Die Zeit war eine Schildkröte. Tage schienen zu vergehen, bevor Orso die passenden Werkzeuge herbeibrachte. Matelda weigerte sich, das Angstloch in der Zwischenzeit zu verlassen.

Stattdessen wollte sie nach Fortunato sehen. Der Lautenspieler lag noch immer dort, wo sie ihn vor drei Tagen verlassen hatte. Sie beugte sich zu ihm herab.

»Du kommst frei, alter Mann«, flüsterte sie und hielt eine Hand gegen Fortunatos Wange. Die Haut war noch kälter als zuvor. Rasch leuchtete Matelda über den Körper des Gefangenen, es war ihr gleichgültig, ob sie dabei den Ratten bei der Arbeit zuschauen musste. Dann wünschte sie sich, nur Nager entdeckt zu haben.

Fortunatos Gesicht war mit verkrustetem Blut überzogen. Eine tiefe Wunde zog sich über seine Stirn, eine weitere klaffte an seiner Brust. Jemand hatte den Alten erschlagen.

Matelda kauerte sich vor dem Leichnam zusammen. Mit einem Mal spürte sie die Kälte in ihren Leib kriechen. Leise sprach sie ein Gebet für den toten Lautenspieler. Vielleicht sollte sie doch wieder zum Palatium zurückkehren. Wie es schien, brachten ihre Einfälle anderen Menschen nur Unglück.

Als Orso mit dem Werkzeug zurückkehrte, war er nur wenig von Fortunatos Schicksal überrascht. »Gefangene«, sagte er, »sterben halt rasch im Kerker.« Matelda verzichtete darauf, Orso auf die Wunden in Fortunatos Körper hinzuweisen. Jetzt war es an der Zeit, dass der Turmwärter den noch lebenden Gefangenen befreite.

Auf ihr Drängen hin begann Orso mit einem Hammer und einem Stemmeisen, die frische Wand zu bearbeiten. Bald prasselten Brocken von Mörtel zu Boden, und Orso begleitete sein Werk mit angestrengtem Schnaufen.

Ein dumpfer Schlag war zu hören und zeigte Matelda an, dass ein Stein aus der Wand herausgefallen war. Eilig kehrte sie zu Orso zurück, entdeckte das Loch auf Kopfhöhe und leuchtete hinein. Das zuckende Licht traf auf das Gesicht Bjors. Es war weiß wie der Frost und blickte sie aus krankhaft gelben

Augäpfeln an. Eiskristalle hingen im Haar des Nordmanns, in seinen Brauen und seinem Bart.

»Bjor!«, sagte Matelda. Sie bemerkte, dass der Pelzumhang, den sie ihm zum Schutz gegen die Kälte gelassen hatte, fort war. »Wer hat das getan? War es mein Vater?«

Bjor schüttelte den Kopf. »Wasser«, röchelte er. Doch Matelda reichte mit dem Schlauch, den sie mitgebracht hatte, nicht durch die Öffnung. Erst nachdem Orso widerstrebend einen weiteren Stein herausgebrochen hatte, konnte Matelda die Arme hindurchstecken und Bjor das Mundstück an die blauen Lippen halten. Während er stockend die Ziegenmilch trank, fragte sich Matelda, wie er überhaupt noch am Leben sein konnte. Jeden anderen hätte die Kälte längst aufgezehrt.

Als sie den Schlauch fortnahm, lief Bjor die Ziegenmilch durch den vereisten Bart. Wäre Matelda ihm außerhalb des Gefängnisses begegnet, schreiend hätte sie das Weite gesucht. Wie ein nasser Hund schüttelte er den Kopf. »Hol mich hier raus!«, zischte er. Erst da bemerkte Matelda das Blut, das über die Brust des Gefangenen lief.

»Bist du verletzt?«, wollte sie wissen.

Bjor missglückte ein Lachen. »Ratten. Sie haben mir Ratten hier hineingeworfen. Weil ich meine Arme in der Enge nicht bewegen kann.« Ihm gelang ein freudloses Grinsen. »Aber meine Zähne habe ich noch.«

Matelda riss dem überraschten Orso die Spitzhacke aus der Hand, hob das Eisen über den Kopf und schlug auf die Wand ein. Das Gewicht ließ sie taumeln. Wirkungslos prallte das Werkzeug von den Steinen ab. Trotz des Misserfolgs zog Matelda den Schaft erneut in die Höhe, balancierte ihn über ihrem Kopf.

Orso riss ihr die Hacke aus den Händen. »Willst du dich

umbringen? Wer hilft mir dann mit Begga?« Gerade als Matelda zum Protest anhob, setzte der Wachmann hinzu: »Besser, du lässt mich das machen.«

Mit diesen Worten begann er, auf den Granit einzudreschen. Schon nach den ersten Schlägen spritzten Mörtelbrocken. Um nicht von herumfliegendem Gestein getroffen zu werden, musste Matelda sich die Hand vor die Augen halten.

»Danke, Orso!«, sagte sie. Doch wenn der Aufseher sie überhaupt durch den Lärm seiner Schläge hören konnte, so zeigte er es nicht.

Orso brauchte lange, um das Loch so weit zu vergrößern, dass ein Mensch hindurchpasste. Der Aufseher stützte den Gefangenen und schleifte ihn von der Wand fort. Bald darauf hockte Bjor in Decken gehüllt im Stroh. Seine Schultern zitterten und er verschlang das Brot, das Matelda ihm reichte.

»Es war dieser Blonde, einer von denen, die ich verprügelt habe«, sagte er zwischen zwei Bissen.

»Elias!«, rief Matelda aus.

»Vorgestellt hat er sich nicht.« Bjor sog die letzten Tropfen aus dem Schlauch mit der Ziegenmilch. Unter seinen kräftigen Zügen fiel das Leder in sich zusammen. »Aber es hat ihm Vergnügen bereitet, sich zu rächen.«

»Hört zu!«, mischte sich Orso ein. »Es ist bestimmt nicht recht, jemanden lebendig einzumauern. Aber ist es etwa richtig, das Gesetz zu brechen? Wenn du genug gegessen und getrunken hast, müssen wir wieder fort und du bleibst hier unten.«

»Wo ich hingehe«, erwiderte Bjor, »gibt es keine Kerker. Und Gesetze auch nicht. Mein Weg führt aufs Meer. Schneller, als die Krähe fliegt.«

»Da hast du es!«, rief Orso aus und klatschte in die Hände. »Er will fliehen. Warum habe ich mich nur darauf eingelassen, ihn zu befreien?«

Bjor starrte Matelda an. »Du bist die Tochter des Dogen. Du hilfst mir, zu entkommen.«

»Natürlich!«, stimmte Matelda zu. »Du wirst diesen Ort verlassen. Ich finde einen anderen Platz, wo du unterkommen kannst.«

»Verstehst du nicht, Fürstenbalg?« Aus Bjors Mund flogen Brotkrumen und Milch in Mateldas Richtung. »Ich verschwinde von hier. Aus dem Gefängnis, aus der Stadt, aus deinem Leben.«

»Bitte!«, mischte sich Orso ein. »Bleib doch bitte hier unten. Ich verstehe ja, dass du nicht wieder eingemauert sein willst. Aber wenn du aus dem Verlies entkommst, werden sie mich an deiner statt hineinstecken.«

Bjor achtete nicht auf den Wachmann. Leise und schnell sprach er auf Matelda ein. »Dieser Schweineknecht, der mich eingemauert hat, er hat mir etwas erzählt, um mich wütend zu machen. Und es ist ihm gelungen.«

»Was soll das gewesen sein?«, fragte Matelda. Sie bemerkte, dass auch Orso nun neugierig lauschte.

»Mein Vater, mein Bruder, meine Gefährten, sie sind aufgebrochen in dieses Land in Afriqiya.«

»Nach Ägypten«, verbesserte Matelda und biss sich auf die Zunge.

»Und der Schweineknecht hat mir erzählt, sein Onkel sei mitgefahren. Auf der *Visundur*. Stimmt das?«

Als Matelda bestätigte, dass Bonus an Bord gewesen sei, als das Schiff auslief, schlug Bjor mit der Faust in die flache Hand. »Bei Grimur, dem Verhüllten!«, knurrte er. »So ist es also wahr.« Er schnaufte und wischte sich das klebrige Haar aus dem Gesicht. »Dieser Bonus will meinen Vater hinterrücks ermorden. Er soll ein Gift bei sich führen. Und sobald die Mumie eures heiligen Mannes an Bord gebracht ist und die *Visundur* ihre

Verfolger abgehängt hat, soll Alrik sterben. Ich muss zu ihm. Sofort!«

»Unmöglich«, sagte Orso. »Selbst wenn ich dich gehen lasse, was ich auf keinen Fall tun werde, kannst du kaum über das Meer fliegen und ein Schiff einholen, das schon längst sein Ziel erreicht hat. Nein, nein!« Orso wedelte mit dem Zeigefinger. »Dafür müsste man schon übers Wasser gehen können, so wie Petrus.«

Bjors Schultern sackten in sich zusammen. »Ich weiß«, sagte er, »ich habe die Schiffe im Hafen dieser Stadt gesehen. Fischerboote und schwerfällige Dromonen. Aus Lindenholz«, setzte Bjor spöttisch hinzu.

»Und außerdem«, setzte Orso hinzu, »bist du allein. Wie willst du ohne Mannschaft ein Schiff nach Ägypten fahren? Verrate mir das!«

Matelda erhob sich. Gemessenen Schrittes ging sie im Lichtschein auf und ab. »Ich weiß einen Weg«, sagte sie schließlich.

Kapitel 17

Alexandria, der Hafen

DAS HOLZ DER *Visundur* knackte in der Kühle des Abends. Der Tag war heiß gewesen und auf den Gesichtern und bloßen Oberkörpern der Männer glänzte der Schweiß.

»Er war schnell, das muss ich zugeben. Aber nicht schnell genug.« Mit einem zufriedenen Grinsen ließ Ingvar die vergoldete Schatulle polternd auf das Deck des Schiffes fallen.

»Obacht, Barbar!« Bonus ging neben dem Kästchen auf die Knie und legte schützend die Arme darum. »Darin liegen die Gebeine eines heiligen Mannes. Gott wird dich strafen.«

»Dein Gott ist ein armer Teufel, Veneter, wenn er seine Märtyrer so behandelt wie den da.« Ingvar stieß mit dem Fuß gegen den Schrein. Etwas darin klapperte.

»Genug!«, rief Alrik. Er drängte sich zwischen der versammelten Mannschaft hindurch. »Ingvar! Was ist geschehen?«

»Das will ich dir erzählen.« Ingvar sprang auf eine der Ruderbänke und hob die Stimme. »Als der Priester mit der Schatulle aus der Kirche hinausrannte, bin ich hinter ihm her. Aber da waren noch andere. Sie wollten das Gold wohl auch.«

»Ein Wettlauf!«, rief Magnus begeistert. »Und du hast gewonnen?«

»Diese Gegner hättest sogar du bezwungen, Zwerg«, spottete Ingvar. »Sie waren viel zu schwer bewaffnet. Einzig der Anführer machte das Rennen interessant. Er war ein Riese.«

»Hast du mit ihm gekämpft?«, fragte Kilian. Der Franke lehnte an der Bordwand und war damit beschäftigt, Hanfseile in einen Holzeimer voller Pech zu tauchen.

»Das war nicht nötig«, gab Ingvar zurück. »Ich ließ ihm die Führung. Schließlich musste ich verhindern, dass er mir einen Dolch in den Rücken bohrt.«

»Aber du sagtest doch, du hättest gewonnen!«, warf Yaa ein. Mit einer hölzernen Kelle schöpfte er Wasser aus einem Fass und ließ es sich über das Genick laufen. Tropfen rannen wie Perlen seine dunkle Haut hinab.

»Habe ich das etwa nicht?« Ingvar streckte beide Hände in Richtung des Goldkastens aus.

»Wie geht die Geschichte weiter, hm?«, wollte Magnus wissen. »Komm schon, Ingvar. Spann uns nicht auf die Folter.«

»Ich ließ den Riesen also an mir vorüberziehen. Ihr hättet die Blicke sehen sollen, die er mir zuwarf. Ich sage euch: Der war kein Mensch. Ein Gezücht aus einer ägyptischen Gruft vielleicht, aber nichts Lebendiges.«

Alrik bemerkte, wie die Mannschaft verstummte. Sie waren Männer, die dem Tod ins Gesicht spuckten. Aber wenn man ihnen eine Geschichte von unheimlichen Lichtern oder gespenstischen Gestalten erzählte, schlotterten ihnen die Knie.

Ingvar sprach weiter: »Der Riese rannte, so wie ein Franke ein Schiff navigiert: immer geradeaus. Aber ich bin ausgeschert, erst auf die eine Seite in eine Gasse hinein, dann auf die andere und aus ihr wieder hinaus. Natürlich hätte ich auch vor einer Wand enden können, in einer Sackgasse oder einem Hurenhaus. Aber ich wusste, dass Odin mich lenkte. Und außerdem ist mein Vater ein Kendtmann, oder nicht? Jedenfalls: Bevor ich mich versah, war ich wieder auf der Hauptstraße, und der Kerl mit der Kiste rannte schnurstracks auf mich zu.« Ingvar klatschte in die Hände. »Schon lag er im Staub, und ich war mit dem Kästchen auf und davon.«

Die Mannschaft nickte knapp und anerkennend. Es war das höchste Lob für einen Seemann der *Visundur*, und Ingvar genoss seinen Triumph einen Atemzug lang. Dann sprang er von der Ruderbank und schob Bonus beiseite. »Wir wollen nachsehen, wie der Heilige aussieht, wegen dem wir um die halbe Welt gesegelt sind.«

»In dieser Kiste ruht kein Heiliger, Ingvar der Windtänzer«, sagte Alrik mit ruhiger Stimme.

Aus den Augen seines Sohnes traf ihn ein zorniger Blick. »Willst du mich verspotten?«, fragte Ingvar, die Hände an den beiden Lederschlaufen, die den Deckel des Kästchens geschlossen hielten.

»Keine Gelegenheit würde ich auslassen. Aber diesmal ist es mir ernst. Sieh selbst nach!«

Langsam klappte Ingvar den Deckel auf. So bedächtig ging er zu Werke, dass eine in dem Behältnis schlafende Schlange sich nicht gestört gefühlt hätte. Ingvars Hand verschwand in dem Kasten und kam mit etwas daraus hervor, das wie ein Stock aussah. »Du hast dich geirrt, Alrik«, sagte er triumphierend. »Das ist ein Knochen.«

Bebend streckte Bonus die Hand nach dem Gebein aus. Aber Ingvar hielt es außerhalb seiner Reichweite.

»Mag sein«, sagte Alrik. »Sieh ihn dir nur genau an.«

Ingvar wendete das Stück vor seinen Augen. Er schnüffelte daran. Dann leckte er sich die Lippen und presste sie gegen den Knochen. Langsam zog er den Mund wieder zurück. Die Haut seiner Lippen blieb für einen Moment an dem Gebein hängen. Ingvar spie aus. Dann schleuderte er den Knochen über Bord. Er verschwand mit einem leisen Platschen im Wasser des Hafenbeckens.

»Was tust du, Heidenaas?« Mit einem Satz war Bonus an der Bordwand und beugte sich darüber.

Hoffentlich springt er hinterher, dachte Alrik. Doch an diesem Abend erwies ihm Bonus den Gefallen nicht.

Ingvar wischte sich angewidert den Mund. »Der Knochen ist frisch. Meine Lippen sind daran kleben geblieben.«

»Was soll das heißen?«, brüllte Bonus, der sich offenbar nicht dazu entschließen konnte, nach dem Gebein zu tauchen.

»Das«, sagte Alrik, »ist nur bei frischen Knochen so. An alten Knochen bleiben die Lippen nicht hängen. Odin weiß, warum. Wessen Überreste auch immer in dieser Kiste liegen, er ist erst ein halbes Jahr tot, nicht länger.«

Jetzt stützte Bonus zwei entschiedene Hände in die Hüften. »Und woher hast du das Wissen über das Alter von Knochen, Barbar?«

Aber Alrik verzichtete auf eine Erklärung. Er sah keine Veranlassung, Bonus von den Tagen zu erzählen, an denen sie den Krähen das Aas gestohlen hatten, das sie in den Wäldern fanden, von den Knochen, an denen die Lippen nicht hängen geblieben waren, aber deren Mark sie dennoch am Leben gehalten hatte – damals, nachdem sie aus Snôrheim geflohen waren.

»Es sind Schweineknochen«, rief Ingvar und riss Alrik aus seinen Gedanken. Vor der Kiste kniend fischte Ingvar weitere Stücke aus ihrem Innern hervor. Eines warf er Alrik zu, ein weiteres Kilian. Das letzte reichte er Bonus, der ihm den Knochen aus der Hand riss.

»Schwein, ohne Zweifel«, bestätigte Kilian und ließ das Beweisstück reihum gehen.

»Nennst du einen Märtyrer ein Schwein?«, brüllte jetzt Bonus. »Ihr Franken seid ebenso wenig Christen wie diese Nordleute. Ohrfeigen bis die Ohren bluten, das ist es, was ihr verdient!«

Mit ruhiger Stimme wandte sich Alrik an den Veneter. »Wie du willst. Dann sind das halt Menschenknochen. Ingvar! Räum diesen Unrat wieder zusammen! Morgen früh brechen wir auf und bringen Schweineknochen nach Rivo Alto. Was glaubt ihr, wie sich dieser Doge freuen wird, wenn er ein Schwein feierlich in einer Kirche bestatten muss?«

Mehrfach schlug Bonus mit dem Knochenstück auf seine Handfläche. Dann warf er es schnaufend hinter jenem Stück her, das zuvor Ingvar im Hafenwasser versenkt hatte.

»Also gut!«, rief der Veneter. »Wenn ihr euch für klug haltet, dann beweist es auch. Wo sind die echten Gebeine?«

Da berichtete Alrik von seiner Beobachtung, erzählte, wie die Priester zunächst in die eine, derjenige mit der Goldschatulle aber in die andere Richtung gerannt waren. »Wo sie die Reliquien auch versteckt haben mögen«, schloss Alrik, »sind sie gewiss in Sicherheit. Sie sind die Einzigen, die den Ort kennen.«

»Aber wir können doch nicht die gesamte Stadt absuchen«, jammerte Bonus. Jetzt war er es, der gegen das Goldkästchen trat.

»Richtig«, pflichtete Alrik ihm bei. »Der einzige Hinweis, den wir haben, ist die Kirche des heiligen Markus – oder das, was von ihr übrig ist. Wir werden dort jeden Stein umdrehen. Bei Örwandils Zehe! Ich will diese Gebeine haben!«

Ein Sklave reichte dem Statthalter ein Tuch aus Seide. Abdullah tupfte sich den Mund, dann ließ er das Tuch fallen. Augenblicklich hob der Sklave es auf und entfernte sich, rückwärts gehend, blieb jedoch in Rufweite, um jeden Wunsch seines Herrn sofort befriedigen zu können.

»Fremdlinge, sagst du? Bei der Kirche?«, fragte Abdullah Ya'kub. Warum musste der Konvertit ihn zu den unpassendsten Gelegenheiten mit Problemen belästigen, für die eigentlich die

Stadtwache zuständig war? Bei Allah! Verärgert blickte Abdullah auf die Abenddämmerung über dem Meer. Gerade noch hatte das Licht ausgesehen wie reife Äpfel in den Händen der paradiesischen Jungfrauen. Jetzt hatte es schon die Farbe eines Blutergusses angenommen.

»So ist es, Statthalter Abdullah«, rasselte Ya'kub.

Abdullah hasste es, mit diesem Titel angeredet zu werden, dem Aushängeschild eines Geringen. Welche Ämter könnte er in Bagdad bekleiden! Abdullah beschloss, dem garstigen Konvertiten einen Hieb zu versetzen. »Kein Grund, sich zu fürchten. Fremde gehen in dieser Stadt ein und aus.«

Doch Abdullahs Stichelei prallte an dem ehemaligen Juden ab wie Wasser von einem heißen Stein. »Sie waren schon bei der Kirche, als wir sie plünderten. Einer hat mich bis hierher verfolgt. Welcher gewöhnliche Reisende würde auf solch einen Einfall kommen?«

Innerlich stöhnte Abdullah auf. Ya'kub sah Gespenster. Wenn er ihn doch nur loswerden könnte. Aber er unterstand dem Befehl des Kalifen und würde dem Herrscher aller Gläubigen Bericht erstatten von den Fähigkeiten des Statthalters von Alexandria. Nein! Er brauchte Ya'kubs Wohlwollen, wenn er im nächsten Jahr noch immer Statthalter sein wollte – oder mehr!

»Meine Männer haben in der Stadt herumgefragt. Die einzigen Fremden mit blasser Haut sind mit einem ungewöhnlichen Schiff angekommen. Sie liegen noch immer im Hafen, treiben aber keinen Handel. Alles, was sie suchen, ist ein großes Stück Holz. Aber dafür kommt niemand nach Ägypten.«

Abdullah gähnte.

»Hörst du, was ich gesagt habe, Statthalter Abdullah?« In Ya'kubs Stimme schwang ein inakzeptabler Ton. »Irgendetwas stimmt da nicht. Warum kommt ein Ungläubiger, noch dazu ein Fremdling, gerade in dem Augenblick zu einer Kirche der Christen, in dem ich sie zerstören lasse?«

»Zufall?«, fragte Abdullah.

»Daran zu glauben, verbietet mir meine Vorsicht. Und der vertraut der Kalif sein Leben an. Nein, Abdullah! Dieser Fremde schien zu wissen, dass die Kirche zerstört werden sollte. Und er war hinter den Reliquien her. Ich sage dir, Statthalter, das war kein gewöhnlicher Dieb.«

Abdullah musterte Ya'kub. Wollte der Konvertit davon ablenken, dass er noch immer nicht die Berber gefunden hatte?

»Also gut, ich habe vernommen, was du zu erzählen hast, und werde darüber nachdenken. Aber das, was ich wirklich hören will, hast du mir noch nicht berichtet.«

»Die Berber«, ergänzte Ya'kub. »Es fehlt jede Spur von ihnen. In den Kirchen gab es nur Priester, die versuchten, ihre Kästchen und Kruzifixe in Sicherheit zu bringen.« Er lachte. »Wie sie gerannt sind, als wir kamen!«

Abdullah fuhr herum. »Hast du schon Priester gesehen, die einem wie dir davonlaufen können? Priester, Ya'kub, haben weiches Fleisch, dünne Knochen und kurzen Atem. Sie entkommen nicht.« Durch den Zorn verjüngt, ging Abdullah auf und ab. Er schüttelte den Kopf. »Sie haben dich an der Nase herumgeführt.«

»Niemand täuscht mich«, donnerte Ya'kub. Eine seiner mächtigen Hände hielt Abdullah an der Schulter fest. »Ich werde diese Berber finden. Morgen. Heute Nacht. Jetzt gleich. Und dann werden wir dem Kalifen ihre Köpfe zu Füßen legen.«

Abdullah verzog angewidert das Gesicht. »Auf den letzten Teil verzichte ich. Wenn du ihr Versteck aufstöbern würdest, wäre das genug.« Über sein geöltes Haar glitt der letzte rote Schimmer der Abenddämmerung. »Vielleicht bringen uns die Fremden weiter. Finde mehr über sie heraus. Wenn sie mit den

Berbern gemeinsame Sache machen, könnten sie uns mehr nutzen als alle zerstörten Kirchen der Welt.« Mit diesen Worten streifte er Ya'kubs Hand von seiner Schulter und verschwand, ohne sich noch einmal umzusehen, den Paradiesgarten entlang in Richtung Palast.

Kapitel 18

Alexandria, die Straßen der Stadt

SELBST IM DUNKELN war Alexandria unvergleichlich. Auf den flachen Dächern der Stadt glühten grüne Lichter. Dort oben saßen die Alexandriner und badeten in der Kühle der Nacht. Auf den Türschwellen hockten die Großväter, zu alt, um die Leitern zu ersteigen, und schwatzten in der melodiösen Sprache der Araber. Ziegen und Schafe dösten vor den Häusern, die aus nicht viel mehr als Lehm errichtet waren. Unter einem tüchtigen Regenschauer würde sich diese Stadt über Nacht wieder in den Sand auflösen, aus dem sie gebaut war.

Ein einzelner Mann wandelte in einer majestätisch trägen Art die Straßen hinab. Immer wieder hielt er an, legte die Hände an die Wangen und ließ einen Singsang erklingen, dem ein eigentümlicher Zauber innewohnte.

Alrik ertappte sich dabei, wie er den Lauten mit geneigtem Kopf zuhörte. »Was sagt er?«, wollte er von Djamil wissen. Gemeinsam mit Bonus, Ingvar, Magnus und Yaa hatte er sich auf den Weg zur Kirche des heiligen Markus begeben – oder zu dem, was davon übrig sein mochte.

»Ein Nachtwächter«, vermutete Ingvar.

»Er ruft zum Gebet«, erklärte Djamil. »Es ist die Zeit, Allah anzurufen.«

»So etwas habe ich bei den Christen noch nie gesehen«, sagte Yaa.

Djamil erklärte: »Ich habe gehört, in den reichen Städten in Persien sollen sie jetzt Türme bauen, damit die Gebetsrufer über die Stadt hinweg zu hören sind. Aber nur blinde Männer dürfen dort hinauf, damit sie nicht sehen, was in den Höfen und Gärten der Gläubigen vor sich geht.«

»Je weiter südlich wir kommen, umso verrückter sind die Religionen«, brummte Magnus.

»Wenn du das schon für verrückt hältst, solltest du nach Nubien kommen, Zwerg«, sagte Yaa. »In meiner Heimat ist es üblich, auf Neugeborene zu spucken und nackt über Stiere zu springen, um die Götter zu besänftigen.«

Gern hätte Alrik seinen Begleitern Ruhe geboten. Doch ebenso gut hätte er versuchen können, das Meer zum Schweigen zu bringen. Ohnehin fiel die kleine Gruppe im nächtlichen Alexandria auf wie eine Horde weißer Affen. Was für einen Unterschied würde es machen, wenn sie sich auf die Zungen bissen?

Alrik fand die Kirche rasch wieder. Die Säulen, zwischen denen der Geschichtenerzähler seine Kunst zum Besten gegeben hatte, wiesen ihm den Weg. Von dort aus orientierte er sich an den Winden, die durch die Straßen wehten und die er auf der Haut gespürt hatte. Schließlich musste er nur noch seiner Nase folgen, denn der Brandgeruch lag über dem Stadtviertel wie der Gestank von Leichen über einem Schlachtfeld.

Die Kirche des heiligen Markus gab es nicht mehr. Das Feuer hatte die Konstruktion geschwächt, die Kuppel war eingestürzt, und zwischen den Resten der Mauern türmte sich der Schutt. Soweit Alrik im Dunkeln sehen konnte, war nichts mehr von dem Christentempel übrig.

»Wie sollen wir da einen Hinweis finden?«, fragte Magnus und zwirbelte seinen roten Bart.

»Indem wir danach suchen«, raunzte Alrik. »An die Arbeit!« Er gab jedem eine Fackel und ließ die Lichter entzünden. »Verteilt euch über das Gelände. Irgendetwas muss es geben.«

Es war Ingvar, der Alrik die Fackel zurückgeben wollte. »Das ist eine Aufgabe für Nichtsnutze. Ich wühle nicht im Dreck nach alten Knochen.«

»Dann wirst du bald die Gebeine deines Bruders einsammeln. Wegen ihm sind wir hier. Vergiss das nicht!« Und Alrik dachte bitter, dass die Veneter klug gewesen waren, Bjor als Pfand in der Lagunenstadt festzuhalten. Denn sonst wäre das, was jetzt folgen sollte, wohl niemals passiert, und sie würden längst wieder Eis vom Ätna holen, um es gegen Silber zu tauschen.

Mit den entzündeten Fackeln über den Köpfen stapfte die kleine Gruppe durch die Trümmer, schob Steine beiseite, stocherte im Staub und in der Asche. Alrik fegte mit der Flamme über den Boden. Was er dort zu finden hoffte, wusste er nicht. Sogar Bonus half bei der Suche, tastete mit den Fingern über Mauerritzen, anscheinend vermutete er einen losen Stein, hinter dem Schätze lagen.

Als die letzten Geräusche der Stadt verstummt waren und der Mond den Himmel bereits überquert hatte, waren die Fackeln ebenso heruntergebrannt wie die Hoffnung der Männer. Sogar im schwächer werdenden Licht war die Enttäuschung auf den Gesichtern deutlich erkennbar.

»Wir verschwinden!«, rief Ingvar. »Das hier ist keine Aufgabe für Männer.« Gemeinsam mit Yaa, Djamil und Magnus hockte er auf einer umgestürzten Säule und schlug ungeduldig gegen den verrußten Stein. Bonus hielt sich abseits, doch auch er hatte die Suche abgebrochen. Nur Alrik stöberte weiter zwischen verkohlten Wandbehängen, verbogenen Kohlebecken und zertrümmerten Mosaikbildern.

»Es ist sinnlos, Alrik«, rief Yaa. Der Nubier drehte eine kopflose Holzstatuette in den Händen, dann schleuderte er sie fort.

»Wir suchen, bis wir etwas finden«, sagte Alrik. Seine Hände tasteten über die Risse in einer Wand. Da spürte er etwas unter den Fingerspitzen. Rillen. Ein Bild, das in den Stein graviert worden war. Vielleicht ein Heiliger. Vielleicht ist es dieser Markus. Wenn ich ihn schon nicht fangen kann, will ich ihn doch wenigstens einmal sehen, sagte er zu sich selbst. Er holte die letzte Fackel aus der Tasche und schlug Stahl und Feuerstein so lange klackend gegeneinander, bis Pech und Stroh Feuer fingen. Dann ließ er den Flammenschein über das Bild tanzen.

In der Mauer war das Gesicht eines Mannes zu sehen. Er war im Profil abgebildet und hatte den Kopf leicht erhoben, so als würde er die Kirchendecke betrachten. Oder die Wolken, dachte Alrik. Er trat näher heran, wollte die Züge des Porträts mit den Fingern nachfahren, doch irgendetwas hielt ihn davon ab. Über den Nacken des Abgebildeten fiel langes, lockiges Haar, auf seinen Schultern schien eine Rüstung angedeutet zu sein. Das Merkwürdigste aber war die Kopfbedeckung des Mannes – eine Art Helm. Nie zuvor hatte Alrik einen solchen Kopfputz gesehen. Er ähnelte dem Haupt eines Widders. Die runden Hörner wanden sich an dem Gesicht herab.

»Ihr anderen!«, rief Alrik über die Schulter. »Kommt hierher!«

Auch Bonus staunte das Gesicht an. So wie Alrik hatte auch er nie zuvor einen Widderhelm gesehen. Den anderen erging es ebenso. In stillem Staunen versammelten sie sich vor dem Gesicht im Stein, und sogar Ingvar verstummte unter dem Blick der leblosen Augen.

»Von einem Heiligen in solch einem Aufzug habe ich nie zuvor gehört«, sagte Bonus.

»Ein Mann trägt einen Widder auf dem Kopf«, murmelte Yaa grübelnd. »Das gibt es nicht einmal in Nubien.«

»Es ist Dzul Karnein, der Herr dieser Stadt«, sagte eine Frauenstimme.

Alle fuhren herum. Bonus hatte plötzlich einen Dolch in der Hand. Die anderen traten einen Schritt zurück.

Auf der umgestürzten Säule, auf der zuvor Yaa, Ingvar und Magnus gesessen hatten, stand eine schattenhafte Gestalt. Nur ihre Stimme verriet, dass es sich um eine Frau handelte.

»Ich bin Kahina. Kein Grund, sich zu fürchten. Ich bin allein.« Leichtfüßig sprang sie von der Säule herab und kam langsam auf die Gruppe zu.

»Fürchten?«, raunzte Ingvar. »Vor einer Frau?«

»Bleib stehen! Komm nicht näher!«, befahl Alrik. Zu seiner Überraschung gehorchte die Unbekannte. »Magnus! Geh und sieh nach, ob sie die Wahrheit sagt.« Alrik drückte Magnus die Fackel in die Hand, und der Zwerg wieselte davon, um die finsteren Winkel der Ruine zu untersuchen.

»Was willst du von uns?«, fragte Alrik, während er darauf lauschte, ob Magnus im Hintergrund in ein Handgemenge verwickelt wurde. Doch dem Rumpeln und Scharren nach zu urteilen, stieg der Zwerg unbehelligt über die Berge von Schutt und Trümmern hinweg.

»Ich will euch helfen«, sagte die Unbekannte. Ihr Griechisch war ungelenk, und ihre Stimme klang wie über einen Wetzstein gezogen. Sie ließ das kleine Licht einer Öllampe aufscheinen, es leuchtete ihr von unten ins Gesicht.

»Hören wir auf, uns in der Dunkelheit zu verstecken«, sagte sie.

»Dich kenne ich!«, brach es aus Bonus heraus. »Aus der Taverne.«

»Schweig!«, herrschte Alrik ihn an. Er ging auf die Frau zu. Sie trug einen dunklen Umhang, der im spärlichen Licht tiefblau schimmerte. Eine Kapuze mit glitzernden Stickereien bedeckte ihren Kopf und einen Teil ihres Gesichts. Ihre Augen waren groß und blickten besonnen.

»Was willst du von uns?«, fragte Alrik.

»Ich weiß, warum ihr hier seid«, antwortete sie.

Eine Falle, dachte er. Sie will, dass wir ihr von unserer Mission erzählen, um es an jemanden auszuplaudern. »Wir suchen nach geschmolzenem Silber, den Resten der Kirchenschätze.«

»Tatsächlich?«, fragte sie mit spöttischem Unterton. Das Licht ihrer Lampe perlte von ihren Zähnen ab. »Und ich dachte, es seien die Reliquien des heiligen Markus, wegen denen ihr hier seid.«

»Alte Knochen? Das ist nur etwas für Christen und Mohammedaner. Sehen wir etwa aus, als würden wir den Gottesdienst besuchen?«

Die Fremde schmunzelte. »Ich habe schon üblere Gesellen Gott anrufen sehen. Überdies hat der da«, sie deutete auf Bonus, »gesagt, dass ihr das heilige Gebein stehlen wollt.«

Alrik fuhr zu Bonus herum. »Was hast du ausgeplaudert, da draußen in der Stadt?« Alriks Faust quetschte den Schaft der Fackel. »Wer weiß noch von unserem Vorhaben?«

Bonus wich zurück und geriet ins Taumeln.

»Niemand sonst weiß etwas«, sagte Kahina. »Sie haben Griechisch gesprochen in der Taverne. Die Araber sind taub für solche Laute.« Sie lächelte. »Und zufällig ist es die Sprache meiner Mutter.«

»Also gut!«, räumte Alrik ein. »Wir suchen die Gebeine, die hier in der Kirche ruhten. Was hast du damit zu schaffen?«

»Nichts weiter«, sagte Kahina. »Deshalb werde ich euch zu ihnen führen und sie euch geben. Vorausgesetzt, ihr erweist mir einen Gefallen. Hört genau zu.«

Bald darauf kehrte Magnus zurück, um zu berichten, dass tatsächlich niemand sonst in der Kirche oder davor lauere. Mit einem Seitenblick auf die Frau namens Kahina raunte Magnus: »Ich will das Meer austrinken, wenn die eine Schankfrau ist.«

Alrik klopfte dem Zwerg auf den Lederhelm: »Das Meer wird nicht genügen. Sie bringt uns in die Wüste.«

Kapitel 19

Rivo Alto, der Ratssaal

VOR DEN FENSTERN schrien die Möwen, und im Ratssaal knarrten die Stühle. Im Kamin knisterte ein Feuer. Mit behäbigen Worten berieten die Tribunen der Lagunenstädte, wie eine einheitliche Währung in Rivo Alto einzuführen sei. Denn noch immer zahlten die Kaufleute mit zweierlei Münzen und maßen mit zweierlei Maßen: denen der Byzantiner auf der einen und denen der Karolinger auf der anderen Seite. Oft geschah es, dass gewinnversprechende Geschäfte in Scherben gingen, weil die Handelsparteien die Münzen des anderen für Plunder hielten.

»Wenn wir uns auf den Weg einer Wirtschaftsmacht begeben wollen, müssen wir zunächst die Krücken wegwerfen«, sagte Tribun Falieri. Ein Tablett mit erlesenen Speisen wurde herumgereicht. Falieri griff zu der fein gehackten Ziegenleber und reichte die Köstlichkeiten weiter.

Unter schweren Lidern folgte Tribun Severo Gradenigo den Bewegungen von Falieris Hand. Gerade als der Fleischzipfel zwischen dessen Lippen verschwand, sagte Severo: »Falieri hat recht. Ich selbst habe diese Position schon oft genug vertreten. Wir müssen die karolingischen Münzen endlich für ungültig erklären.«

Falieri beeilte sich, den Bissen hinunterzuschlucken. »Keineswegs! Die Münzen der Franken haben einen viel höheren Silberanteil. Es sind die byzantinischen Geldstücke, die wir abschaffen müssen.«

Noch eine Weile flogen die Argumente über der Ziegenleber

hin und her. Als die Holzplatte vom Fleisch gesäubert war, begannen zwei der Tribunen, herzhaft zu gähnen.

»Ich schlage vor, wir vertagen diese Angelegenheit und wenden uns wichtigeren Geschäften zu«, warf Rustico von Malamocco ein. Er war in Vertretung seines Bruders Bonus zur Versammlung zugelassen worden. Die Interessen der Insel Malamocco mussten auch während der Abwesenheit des echten Tribunen besprochen werden, und so war Rustico ein legitimer Gast der Zusammenkunft.

»Was könnte wichtiger sein als der Reichtum unserer Inseln?«, fragte der Doge. Rustico wusste, dass Giustiniano ihn spätestens seit den Ereignissen um seine Tochter verabscheute.

Über die gesenkten Köpfe der Tribunen hinweg sagte Rustico: »Wichtiger als fränkische oder byzantinische Münzen ist unser Doge. Niemand hier wird vergessen haben, dass er dem Volk den heiligen Markus versprochen hat. Und ebenso wissen wir alle, dass unser Pfand in diesem Unternehmen einer der Fremden war. Wir wollten ihn hier in der Stadt festhalten, damit seine Leute die Reliquien aus Alexandria auch tatsächlich hierherbringen.«

»Was meint Ihr damit, wenn Ihr sagt, er war unser Pfand?«, fragte Tribun Marcello Oro. »Soviel ich weiß, haben wir ihn ins Loch geworfen, und dort sollte er noch immer schmachten.« Ein mächtiger Hut mit Fransen zierte seinen kleinen Kopf.

»Damit meine ich, dass der Gefangene geflohen ist.«

Jetzt kam Leben in die Runde. Hände klatschten auf Schenkel, Nasen wurden gerieben, erschrockene Gesichter wandten sich einander zu und fanden im Gegenüber ihr Spiegelbild. Giustiniano erhob sich und versuchte vergeblich, das Gemurmel im Saal durch seine erhobenen Hände zu dämpfen.

»Wer hat Euch davon erzählt, Rustico?«, wollte der Doge wissen.

Von der Aufmerksamkeit der anderen gestreichelt, lehnte sich Rustico zurück. Das schwarz geschwitzte Schweinsleder der Stuhllehne ächzte. »Die Möwen schreien es über die Lagunen, Giustiniano. Die Marktweiber wussten es schon gestern, und heute erzählen es die Stummen den Schwerhörigen dieser Stadt. Nur die Tribunen und der Doge haben anscheinend noch nichts davon gehört.«

»Euren Spott gießt besser über Euresgleichen aus, Rustico.« Die Stimme des Dogen war schärfer geworden. »Oder ich lasse Euch aus dieser Versammlung entfernen.«

Rustico spürte die Blicke der anderen Ratsherren auf sich lasten. Das Amt des Dogen, dachte er, ist Giustiniano rasch zu Kopf gestiegen. Es ist an der Zeit, ihn daran zu erinnern, wem er den Titel verdankt – und an wen er ihn weitergeben wird.

»Ihr wollt mich hinauswerfen, aber Ihr braucht mich, Giustiniano. Vergesst das nicht.«

Ein Schatten von Unsicherheit flatterte über die Wangen des Fürsten.

Zufrieden mit sich selbst fuhr Rustico fort: »Ich bin der Einzige hier, der von der Flucht des Gefangenen weiß. Ich bin der Einzige, der überhaupt Informationen darüber hat, was in den Straßen und auf den Kanälen vor sich geht. Ihr Tribunen«, er erhob sich, »wisst gar nichts. Also seid dankbar, dass ich mein Wissen mit Euch teile.«

Die Ratlosigkeit der Ratsherren fand Ausdruck in ihrem Schweigen. Einzig der Doge erhob noch einmal die Stimme.

»Euer Verhalten, Rustico, ist unannehmbar. Verlasst den Saal und kehrt nicht zurück. Schickt einen anderen Gesandten aus Malamocco, der die Fragen Eurer Insel mit angemessener Höflichkeit vertreten kann.«

Rustico rührte sich nicht. Stattdessen offenbarte er der Versammlung: »Nicht nur bin ich der Einzige, der über die Ereignisse in der Stadt informiert ist, ich bin es auch, der etwas unternimmt.« Triumphierend schwang er die Arme. »Der Entkommene wird bald wieder dort sein, wo er hingehört. Und ebenso seine Gespielin, die Tochter des Dogen.«

Die Tribunen starrten ihn an.

»Verliert noch ein Wort über Matelda in diesem Ton, und ich werde Euch festsetzen lassen.« Giustiniano rief jetzt so laut, dass die Worte von den Wänden des kleinen Saals widerhallten.

»Ein Wort?«, entgegnete Rustico. »Ganze Geschichten werde ich über deine Tochter erzählen, Doge.« Die informelle Anrede war Rustico zunächst gar nicht bewusst gewesen, doch als er sah, wie Giustiniano angesichts dieser Frechheit errötete, beschloss er, dabei zu bleiben.

»Es war deine Tochter, die dich gegen die Tribunen aufzubringen versucht hat, deine Tochter, wegen der wir den heiligen Markus aus den Händen der Sarazenen stehlen müssen, deine Tochter, die in mein Haus eingedrungen ist, die meinem Neffen den Kopf verdreht hat und die dafür gesorgt hat, dass ich mit ihm auf offener Straße von zwei Barbaren zusammengeschlagen wurde. Schweig still und hör zu! Ebenso war es deine Tochter, die den Gefangenen befreit hat, und ich werde dafür sorgen, dass wir Matelda wieder einfangen. Denn wenn wir ihrer habhaft werden, finden wir auch ihren Liebhaber.«

Die Müdigkeit war aus den Gesichtern der Tribunen verschwunden. Mit geweiteten Augen verfolgten sie den Streit zwischen dem Dogen und Rustico von Malamocco.

Giustinianos Augen waren zornhell. »Das sind nur Behauptungen eines Mannes, den keine Frau ohne Bezahlung in ihr Bett lassen würde. Ihr seid abscheulich, Malamocco. Aber bald werde ich Euer Gezänk für immer los sein.«

»Willst du mir drohen, Doge? Ich gehöre einer ebenso alten Familie an wie du. Aber meine Dynastie hat wenigstens Geld.«

Giustiniano beugte sich vor. »Auch wenn ich meine Nase nicht in jeden Jauchekübel dieser Stadt stecke, weiß ich etwas: Ihr, Rustico, werdet verdächtigt, mit den Byzantinern zu paktieren. Wie ich gehört habe, wollt Ihr die Stadt an den Kaiser ausliefern.«

Natürlich hatte Rustico damit gerechnet, dass Matelda ihrem Vater berichtet hatte, was sie in jener Nacht in seinem Arbeitsraum erlauscht hatte. Dennoch fühlte sich sein Mund an, als sei er voll Metall. Er versuchte, seinen Kiefer zu lockern, doch es wollte ihm nicht gelingen. Schließlich knurrte er: »Das ist eine schwerwiegende Anschuldigung. Wer bringt sie gegen mich vor?«

»Das ist unwichtig. Was habt Ihr dazu zu sagen?«

Falieri erhob sich. »Er hat recht, Giustiniano. Wir können niemanden des Verrats bezichtigen, nur weil ein Gerücht die Runde macht. Damit würden wir ebenso schändlich handeln wie Malamocco. Ihr müsst den Ankläger beim Namen nennen.«

Giustinianos Blicke eilten durch den Raum, blieben jedoch nirgendwo hängen.

»Wer ist es?« Rustico streckte dem Dogen die offene Hand entgegen, ein Tablett, auf dem der Vater den Kopf der Tochter servieren musste.

Ein alter, vergilbter Laut kam aus dem Mund des Dogen.

»Sprich lauter, Giustiniano.« Der Geschmack des Triumphs kehrte auf Rusticos Zunge zurück.

»Matelda«, brachte der Doge hervor. »Sie hat gehört, wie Ihr Eure unseligen Pläne laut ausgesprochen habt, als Ihr Euch unbeobachtet wähntet. Doch meine Tochter war in der Nähe. Sie wird die Rettung der Lagunenstädte sein. Vor den Byzantinern, vor Euch, vor dem Teufel selbst.«

»Matelda Partecipazio, ein Mädchen, das nichts weiter zuwege bringt, als Schiffe zu malen, Tris zu spielen und Briefe zu stehlen. Zählt ihr Wort so viel, dass ich, ein Malamocco, mich zu rechtfertigen habe?«

Rusticos Worte ernteten das Nicken der Tribunen.

»Aber ich will dir die Verlegenheit ersparen, dich entschuldigen zu müssen, Doge.« Rusticos offene Hand verwandelte sich in einen erhobenen Zeigefinger. »Wenn deine Tochter den Mut besitzt, mich vor den hier Versammelten zu beschuldigen, werde ich darauf antworten. Sei gewiss: Dann wird sie es sein, die eine Strafe verdient. Wo ist sie?«

Der Doge starrte auf den Finger seines Gegners. »Ich weiß es nicht«, gestand er mit leiser Stimme.

»Aber ich weiß es«, sagte Rustico. »Sie hat dem Gefangenen zur Flucht verholfen und versteckt sich mit ihm irgendwo in der Stadt. Sie ist eine junge Frau. Sein tierisches Wesen wird ihre Gelüste geweckt haben. Wer weiß, in welchem Pfuhl sie sich gerade wälzen.« Rustico stieß ein bellendes Gelächter aus. »Aber ich habe bereits dafür gesorgt, dass wir den Wilden zurückbekommen. Es gibt ein halbes Stück lötigen Silbers für denjenigen, der Matelda in der Stadt sieht und uns zu ihr führen kann. Und damit zu dem Versteck des Entflohenen.«

Giustiniano öffnete den Mund, schloss ihn aber sofort wieder.

»Ein Preisgeld auf den Kopf der Dogentochter?« Falieri schob seine Kappe in den Nacken und kratzte sich die Stirn. »So etwas setzen wir doch sonst nur auf entflohene Sklaven aus.«

»Steht hier nicht mehr auf dem Spiel als ein Sklave?«, fragte Rustico. »Der Erfolg der Mission in Alexandria, das Schicksal unserer Stadt, das Amt und Leben unseres Dogen und nun auch noch meine Ehre. Dafür ist eine Handvoll Silber ein lächerlicher Preis. Und falls Matelda Partecipazio durch das Kopfgeld gedemütigt werden sollte«, er überlegte einen Wimpernschlag lang, »so erhöhe ich auf ein ganzes Stück lötigen Silbers. So viel sollte ihre Würde immerhin wert sein.«

✳

Brokat, der das Blut im Winter warmhält. Pantoffeln aus weichem Ziegenleder. Ein Gewand aus Marderfell. Noch am Tag zuvor hatte Matelda sich nach ihrer Garderobe für den venetischen Winter gesehnt. Doch seit sie mit Bjor durch den Schuppen schritt und er prüfend seine Hände auf das Gerippe der *Estrella* legte, gegen die Aufbauten klopfte und an den Teerkübeln roch, spürte Matelda eine Wärme in sich aufsteigen, wie sie kein Pelzbesatz hätte hervorrufen können.

»Das nennst du ein Schiff?« Bjor legte sich flach auf den Boden, um unter den Kiel der aufgebockten Konstruktion zu schauen. Ächzend kam er wieder auf die Beine. Die eisigen Nächte im Angstloch hatten Spuren an ihm hinterlassen. Bjors Augen lagen tief in den Höhlen und waren von violetten Näpfen umschattet. Zwei Zähne hatte er verloren, vielleicht waren sie der Kälte, vielleicht seinem Kampf gegen die Ratten zum Opfer gefallen. Sein Haar war stumpf geworden, aber er hatte Mateldas Angebot, es mit Öl einzureiben, abgelehnt. Solange es nur in salziger Meeresluft wehen würde, sei er zufrieden, hatte der Nordmann gesagt.

Seinen Geist hingegen schienen die Tage unter dem Turm nicht berührt zu haben. Kaum hatten Matelda und Orso den Gefangenen aus dem Loch heraufgeholt, war er bereits zum Eingang des Turms geeilt und wäre um ein Haar in der sich herabsenkenden Nacht verschwunden, hätte ihn Matelda nicht aufgehalten. Bjor hatte keinen Moment länger warten wollen und Matelda gedrängt, ihn augenblicklich zu dem Schiff zu führen, das sie ihm versprochen hatte – vorausgesetzt, es gelang ihm, das Ruder zu richten.

»Dein Schiff ist bauchig«, sagte Bjor jetzt. »Es ist langsam.«

»Es soll kein Kriegsschiff sein, sondern ein Kauffahrer. Unsere Stadt soll eine Seemacht werden, aber eine friedliche. Deshalb brauchen wir starke Schiffe für viel Ladung.«

»Mit Ladung ist es noch langsamer«, entgegnete Bjor. Er musterte den Rumpf. »Außerdem ist die Bordwand zu hoch.«

Matelda blies sich in die Hände. »Das ist mein Einfall gewesen«, sagte sie stolz. »Eigentlich sollte sie noch viel höher sein.«

Bjor runzelte die Stirn. »Wozu soll das gut sein?«

»Um die Besatzung vor Pfeilbeschuss zu schützen. Außerdem fällt es Piraten auf ihren niedrigen Schiffen dann schwerer, einen Kauffahrer zu entern. Sie müssen erst weit hinaufklettern, während ihnen von oben Steine auf die Köpfe geworfen werden.«

Ohne ein weiteres Wort zu verlieren, strich Bjor um die *Estrella* herum. Konnte er nicht wenigstens sagen, dass die Konstruktion außergewöhnlich sei? Matelda spürte, wie ein kleiner Zorn sie stach.

Bevor sie Bjor folgen konnte, trat Fredegar an sie heran. Misstrauischen Blickes verfolgte er jede Bewegung Bjors und flüsterte: »Was will der hier? Ein Fremdling auf unserem Schiff? Wir haben schon genug Schwierigkeiten.«

Matelda legte Fredegar die Hände gegen die Oberarme. »Guter Meister Fredegar, der Mann dort ist Schiffsbauer. Er wird uns das Ruder richten, damit wir endlich in See stechen können. Und vieles andere kann er auch.«

Matelda erschrak über das Spöttische in Fredegars blauem Blick. »Tatsächlich? Gut! Wenn er das Ruder einstellen kann, soll er sich daran versuchen. Aber verschont mich damit, mir zu berichten, was er sonst noch für Vorzüge hat.«

Jetzt hatte Bjor das Schiff umrundet und gesellte sich zu Matelda und Fredegar. »Nicht gerade ein Meisterwerk. Aber wenn ich vier, fünf Tage daran arbeite, wird es schwimmen. Bist du sicher, dass wir kein anderes Schiff bekommen können, um Alrik zu folgen?«

»Was will er damit sagen? Dass meine Schiffe sinken?« Fredegar sprach zu Matelda und vermied es, Bjor anzusehen. Matelda suchte nach Worten. Mit einem Hahnenkampf hatte sie nicht gerechnet. Sollte sie Bjor recht geben oder Fredegar? So musste sich Käse fühlen, wenn er gerieben wurde.

Je eine Hand legte sie auf die Schultern der beiden Männer. Dabei spürte sie Bjors Knochen unter seinem Umhang. Es war fraglich, ob er nach der Zeit im Angstloch überhaupt selbst ein Werkzeug würde führen können. Das musste Fredegar übernehmen. Der eine gebrauchte seinen Kopf, der andere seine Hände. Auf keinen Fall konnte sie es sich leisten, einen von beiden zu verlieren.

»Meister Fredegar! Bjor wird uns mit seinem Wissen weiterhelfen. Aber Ihr seid es, der die *Estrella* zu Ende bauen muss. Sie ist Euer Werk. Ohne Eure Hilfe stände hier nicht einmal ein Ruderboot. Bitte, hört zu, was Bjor zu sagen hat, und versucht es umzusetzen.«

Mit zusammengekniffenen Augen schaute Fredegar den Fremden prüfend an, so wie er einen Kiel gemustert hätte, der vom Schiffsbohrer, einer Holz zerfressenden Muschel, befallen war.

Das Ruder, hob Bjor an und sprach leise und schnell, benötige eine Kerbe von der Länge eines Männerarms am unteren Ende und eine weitere von der Länge eines halben Männerarms in der Mitte des Blattes. Dabei streckte er einen Arm aus, der um ein gutes Stück länger war als die Arme Fredegars, und zeigte an den entsprechenden Stellen darauf. Ferner, fuhr Bjor fort, sei das Ruder jetzt mit einem Weidenstrang befestigt. Der werde sich immer wieder lösen, wenn man vor dem Wind segelte.

Als Fredegar sich abwenden wollte, um die Vorschläge umzusetzen, hielt Bjor ihn in einem Gewitter von Verbesserungen fest, die wie Blitze auf Fredegar einschlugen. Für den Rumpf wäre die Skelettbauweise vorteilhafter gewesen als die Schalenbauweise, aber dafür sei es nun zu spät. Die Taue aus Pferdehaar und den Hanf aus Lindenbast müsse man durch gezwirnte Walrosshaut ersetzen. Und um für das Segel die richtige Spannung zu erzeugen, müsse man einen zweijährigen Widder nehmen und dessen Därme, die für Segel notwendig seien, gut trocknen. Als Fredegars Augen sich von Schlitzen zu Kugeln weiteten, ergänzte Bjor: Der Widder müsse auf den Höhen der Färöerinseln geweidet haben.

Vergeblich versuchte Matelda, Bjor zum Schweigen zu bringen. Die Kluft zwischen den beiden Männern, die sie zu schließen gehofft hatte, klaffte wie das Tor zur Hölle. Doch der Nordmann schien davon nichts zu bemerken. Er fragte Fredegar, ob er Fichtenteer herzustellen vermochte. Als der Zimmermann nickte, fragte Bjor, warum er noch nicht darauf gekommen sei, Leinsamen hineinzumischen. Das würde zum einen verhindern, dass es im Schuppen trotz des offenen Daches so stinke. Zum anderen würde der Teer damit ölhaltiger und ließe sich besser verarbeiten. »Außerdem«, fuhr Bjor fort, »ist der Geruch herrlich und erinnert an lang erloschene Lagerfeuer und schöne im Freien verbrachte Tage. Ein einziger Dufthauch von dieser Essenz, und dir zittern die Knie vor Sehnsucht, zur See zu fahren.«

Tief sog Matelda den Geruch des Schuppens durch die Nase ein. Bjors weitere Worte füllten ihre Gedanken. Nägel aus Eisen seien zu schmieden, fuhr der Nordmann fort, und ein hölzerner

Drachenkopf auf den Bug zu pflanzen, um die Geister an den Küsten zu erschrecken. Es sei zu säubern, zu schaben und zu teeren, und dabei müsse man Lieder singen von Abenteuern auf dem Meer, von sonnigem Wetter und günstigen Winden, denn sonst würde das Schiff von einer Flaute in die nächste dümpeln.

»Und zuletzt«, schloss Bjor, »müsst ihr drei dalmatische Jungfrauen opfern, um das Schiff mit ihrem Blut zu taufen.«

Fredegar wich einen Schritt zurück. »Aus welchen nächtlichen Tiefen ist dieser Teufel aufgestiegen?«, wollte er wissen und strich sich fröstelnd über die Arme.

Bjor grinste. »Dem Loch, aus dem ich gerade komme, willst du dich nicht einmal bei Tage nähern.«

Matelda lachte, um die Feindseligkeit zwischen den beiden Männern zu entschärfen. Doch Fredegar trat einen weiteren Schritt zurück. »Der Hinweis für das Ruder mag uns helfen, und ich will ihn umsetzen. Alles andere aber erscheint mir unnötig. Die *Estrella* wird auch ohne diese Widderdärme schwimmen, und Schiffe landen durchaus ohne Drachenköpfe an fremden Küsten.«

»Natürlich, Zimmermann«, entgegnete Bjor. »Aber hast du dich jemals gefragt, warum die Enten deine Schiffe überholen?« Sein Grinsen legte seine frischen Zahnlücken frei.

»Bezahlt Ihr etwa für diesen Irrsinn?«, fragte Fredegar Matelda. Sie wich dem Blick des Zimmermanns aus.

»So sprecht doch«, drang Fredegar. »Erhält er etwa so viel Lohn wie meine Männer und ich? Dann sollten wir noch einmal neu verhandeln.«

»Ja. Nein.« Matelda schüttelte den Kopf. Wieso hatte sie nicht mit dieser Frage gerechnet und sich eine passende Antwort zurechtgelegt? Jetzt blieb ihr nur die Wahrheit. »Für seine Hilfe überlasse ich Bjor das Schiff«, sagte sie leise.

Dennoch hatte Fredegar die Worte verstanden. »Seit einem

Jahr arbeite ich an der *Estrella*. Und jetzt, wo sie beinahe fertig ist, verschenkt Ihr sie an einen Fremden, nur weil er Euch schöne Augen macht und etwas von Widdern und Drachenköpfen faselt? Meine Frau hatte recht, als sie mich davon abhalten wollte, diesen Auftrag anzunehmen: Ihr seid ein kleines Mädchen, das glaubt, das Leben sei ein Spiel. Passt nur auf, wem Ihr da den Ball zuwerft.«

Matelda spürte Erröten vom Hals bis zum Haaransatz prickeln. Dann fasste sie sich. »Ihr habt Eurer Frau von der *Estrella* erzählt? Es war abgemacht, dass niemand von meinem Schiff erfährt.«

Fredegar winkte ab. »Gleichgültig, wer davon weiß. Das Schiff wird ja doch bald fort sein. Ein ganzes Jahr Arbeit, und dann verschenkt sie es an einen Schuldenbruder.«

»Ihr versteht nicht, Fredegar. Bjor gehört das schnellste Schiff des Mare Nostrum. Er zeigt uns, wie wir unser nächstes Schiff besser bauen können, dafür leihen wir ihm die *Estrella*. Und er bringt sie wieder zurück.«

»Bis dahin sollen wir vermutlich die Schafe züchten, aus denen wir dann Schiffe bauen.« Fredegar zeigte seine kreidigen Zähne, aber er lachte nicht. Stattdessen löste er das Zieheisen aus seinem Gürtel, packte Mateldas Arm mit seinen schwieligen Fingern und drückte ihr das Werkzeug in die Hand. »Meinen restlichen Lohn hole ich morgen hier ab. He, Rado, Bertulf und Waldelenus! Wir verschwinden!«

»Dann sind sie einfach gegangen.« Matelda kaute ein Stück von dem Dörrfleisch ab. Es war salzig, schmerzte im Mund und schmeckte nach Tränen.

Orso stand über den Tisch gebeugt und walkte Mehlfladen.

Sorgfältig zupfte er fingernagelgroße Käfer aus einem Sack und zertrat sie, bevor er eine weitere Hand Mehl daraus auf die Tischplatte häufte. Die kleine Hütte des Turmwächters war mit Matelda und Bjor voll wie ein Bienenstock mit Honig – dem bitteren Honig der Niederlage.

»Mit euch beiden baue ich das Schiff allein zu Ende«, sagte Bjor, dem das Dörrfleisch zuzusagen schien. Er stopfte sich ein weiteres Stück in den Mund, obwohl er das erste noch nicht heruntergeschluckt hatte. Seine folgenden Worte blieben zwischen den Streifen Fleisch stecken.

»Was sagst du, Bjor?«, fragte Matelda.

Der Nordmann schluckte schwer und tastete bereits nach dem nächsten Trockenfleisch. »Dass der da«, er nickte in Richtung Orsos, »und du mir helft, das Schiff zu zimmern. Bei Hwergelmir, dem brausenden Kessel, und Örgelmir, dem brausenden Lehm! Dann brauche ich nur noch eine Mannschaft.« Er sah Matelda herausfordernd an.

Sie hielt seinem Blick stand. »Zunächst muss ich den Lohn für Fredegar und seine Männer besorgen. Wenn ich nur wüsste, wie! Meinen Vater kann ich nicht darum bitten, dort warten Rustico und Elias auf mich.«

Bjor fasste nach ihren Armen und drückte sie prüfend. Matelda zuckte zurück. »Deine Arme sind dünn, aber kräftig genug, um ein Segel hochzuziehen.«

»Aber nicht stark genug, um sich gegen eine Horde aufgebrachter Handwerker zu wehren«, sagte Matelda seufzend.

»Mit denen werde ich leichter fertig als mit einer dreißig Fuß hohen Welle«, grunzte der Nordmann.

»Aber ich will nicht gegen sie kämpfen. Sie haben ihr Geld ehrlich verdient. Nur weiß ich nicht, wie …«

»Ich habe eine kleine Ersparnis«, murmelte Orso in einen Mehlfladen hinein.

»Das kann ich nicht annehmen«, sagte Matelda.

»Wie viel hast du?«, fragte Bjor.

Doch die Summe, die Orso nannte, reichte gerade, um einen Bettler zu erzürnen. Als Matelda erriet, dass er seine Ersparnisse für seine Hochzeit zurückgelegt hatte, bestätigte Orso das leise. Mit Erschrecken erinnerte sich Matelda daran, dass sie ihrem Helfer versprochen hatte, ihn in seinen Liebesangelegenheiten zu unterstützen. In Gedanken sah sie die von Bjor heraufbeschworene Woge auf sich zurollen, nur war diese hoch wie das Palatium Rivo Altos, und die aufgerissenen Mäuler von hundert Raubfischen kamen daraus hervor: Bjor wollte das Schiff fertigstellen, Fredegar wollte Geld, Orso wollte Begga, Rustico und Elias trachteten ihr nach dem Leben, und ihr Vater brauchte ihre Hilfe, um den heiligen Markus an die Adria zu holen. Stets hatte Matelda geglaubt, ihre Heimat sei aus dem Schaum des Meeres geboren worden. Jetzt hingegen ahnte sie, dass es das Brackwasser der Lagunen gewesen sein musste.

Kapitel 20

Die Wüste vor Alexandria

SCHWEISS LIEF ALRIK über das Gesicht. Mühsam versuchte er, sich auf dem Kamel festzuhalten. Seine Füße lagen auf dem Hals des Tieres, und er versuchte, es mit einem Druck seiner Fersen zu steuern. Zwar kannte er diese Tiere aus Konstantinopel, wo die Karawanen aus dem Osten ihre Waren abluden. Doch nie zuvor war er auf einem Kamel geritten – und längst hatte er geschworen, es nie wieder zu tun.

Die Fremde namens Kahina hatte die Eispiraten aus der Kirche des heiligen Markus geführt. Im Schutz der Nacht waren sie ihr bis vor das westliche Stadttor gefolgt. Dort hatten die Kamele gewartet. Die Tiere waren mit den Hinterbeinen aneinandergebunden, damit sie nicht weglaufen konnten. Fünf waren für Alrik und seine Männer bestimmt, eins für Kahina. Da sie gewusst hatte, wie viele Kamele sie benötigen würde, musste sie die *Visundur* beobachtet haben. Wer weiß sonst noch so viel über uns?, fragte sich Alrik. Was wir reden, vielleicht sogar denken? Er wünschte sich fort aus diesem heißen Land, zurück auf den Ätna. Eisschlagen auf einem ausbrechenden Vulkan war eine weniger unheimliche Arbeit, als Reliquien aus einer Wüstenstadt zu stehlen.

Kahina hatte die Tiere mit einem Kommando, das wie *Ikh Ikh* klang, in die Knie gezwungen. Als die Männer in die Sättel gestiegen waren, hatten die Kamele geräuschvoll protestiert. Dann hatte die Unbekannte ihnen gezeigt, wie sie die Füße auf die Hälse ihrer Reittiere legen mussten, um ihnen mit den Fersen Kommandos zu geben.

Ingvar hatte es abgelehnt, auf ein Kamel zu steigen. Ausdauernd trabte er neben der kleinen Gruppe her. Auch wiederholte er ständig, dass er lieber zur *Visundur* zurückkehren würde. »Was, wenn sie uns in eine Falle lockt?«, hatte er gefragt, und sein Einwand, das musste Alrik zugeben, war berechtigt.

»Uns bleibt keine Wahl«, hatte Alrik geantwortet. »Wenn wir die Gebeine finden wollen, müssen wir den Worten dieser Frau vertrauen oder mit leerem Schiff und leeren Händen aus Alexandria ablegen.«

Sie ritten die Nacht hindurch. Als die Sonne aufging, verteilte Kahina weiße Stoffstreifen an ihre Begleiter. Die Tücher waren aus Baumwolle und so lang wie drei Männer. Geschickt führte die Fremde vor, wie der Stoff um Scheitel und Kinn geschlungen werden musste, um den Kopf vor der Sonne zu schützen. Was schließlich die Häupter der Männer krönte, hatte mit dem kunstvoll verschlungenen Kopfschutz ihrer Führerin keinerlei Ähnlichkeit.

Alrik suchte die ausgedorrte Landschaft nach einem Dorf, einem Lager oder einer einsamen Hütte ab, etwas, das ihr Ziel sein mochte. Doch der Horizont zog einen Strich durch die Wüste und durch seine Hoffnung. Hier gab es nichts außer Felsen, Sand und Hitze.

Das Sonnenlicht verwandelte den Sand in Goldstaub. Das Zittern der Luft ähnelte dem über der See an heißen Tagen. Sogar Wellen waren zu sehen, zu Dünen aufgetürmt. Von ihren Kämmen pflückte der Wind Körner und ließ sie tanzen wie gelbe Gischt.

Die Wasserschläuche, die an die Flanken der Kamele schlugen, waren bereits halb geleert. Wenn Alrik den Stopfen aus einem herauszog, blies ihm heißer Wasserdampf entgegen. Da hielt Kahina auf eine der Felsformationen zu, die das Land sprenkelten.

»Endlich rasten wir«, stieß Bonus hervor. Der Veneter hatte sich sein Tuch auf den Kopf gelegt und die Enden in seine Ohren gesteckt. Auch Alrik hatte sich bereits gefragt, ob diese Kahina sie den ganzen Tag lang durch die Hitze würde reiten lassen, bis sie verdorrt von den Kameldecken rutschten. Das, dachte Alrik, wäre die geschickteste Art, uns umzubringen. Und wir würden es nicht einmal bemerken, bis unsere blauen Zungen vor Durst aus unseren Mündern quellen.

Der Schatten zwischen zwei turmhohen Gesteinsbrocken nahm sie auf, doch selbst dort gab es keine Kühle. Kahina sprang von ihrem Kamel, schlang das Tuch von ihrem Kopf und warf die Kapuze zurück. Ihr schwarzes Haar war von bunten Bändern zusammengehalten. Zum ersten Mal sah Alrik ihr Gesicht. Als junge Frau musste sie eine Schönheit gewesen sein. Noch konnte Alrik ihre ehemals weichen Mädchenzüge erahnen. Doch ihr Gesicht war hart geworden, und ihre Augen waren streng.

»Die Wüste lässt Frauen auf ihre eigene Art welken«, sagte Kahina zu ihm. Auf ihren Wangenknochen lag ein bronzefarbener Schimmer.

Alrik wandte den Blick von ihr ab. Wie töricht, dachte er. Eine Frau anzustarren und zu glauben, sie würde es nicht bemerken.

»Kommt«, fuhr Kahina fort, »der heilige Markus erwartet euch.« Sie stieß einen Pfiff aus, und plötzlich schlängelte sich ein Seil von der Spitze des Felsens herab. Schon hatte Kahina es gepackt und kletterte behände an der Felswand hinauf. Unter den Tritten ihrer Filzschuhe bröckelte Gestein und rasselte in die Tiefe. Alrik legte den Kopf in den Nacken. Bevor er es sich versah, war Kahina in luftiger Höhe auf einem Sims verschwunden. Noch einmal zuckte das Seil. Dann schien es, als hätte es die rätselhafte Fremde nie gegeben.

»Hinauf mit euch«, kam Kahinas Stimme von dem Felsen herab. »Haben sie euch nicht beigebracht, dass man Märtyrer nicht warten lässt?«

Ingvar kletterte das Seil als Erster hinauf. Dann folgte Yaa, für den der Aufstieg einem Spaziergang gleichzukommen schien. Unter dem Gewicht des kräftigen Nubiers knarrte der Strick, doch er hielt das Gewicht. Auch Magnus' kurze Beine verschwanden über der Felsspitze. Einzig Bonus sah sich außerstande, auch nur eine Elle weit hinaufzugelangen. Schließlich knotete Alrik dem Veneter das Seil unter den Armen fest, und Bonus schwebte empor. Bald darauf zog sich auch Alrik auf den Felsen und bestaunte aus der Höhe die Wüste, die sich rund um ihn her bis zum Horizont erstreckte.

Kahina deutete auf ein Loch im Boden.

»Was ist das?«, fragte Alrik. »Ein Brunnen?«

Sie lachte. »Der Einfall eines Nordmanns! Sehe ich aus wie Moses' Tochter, dass ich Wasser aus einem Felsen schlagen kann? Hinab mit euch, dort unten werdet ihr euren Markus treffen.«

Ingvar beugte sich vor und lugte in die Öffnung. »Nicht für die prallen Brüste aller sogdischen Huren steige ich da runter.« Bonus, der sich die schmerzenden Achseln rieb, blickte angewidert auf den gähnenden Schlund. Auch Alrik wollte protestieren, doch es war niemand mehr da, mit dem er hätte streiten können. Kahina war bereits in dem Loch verschwunden. Alrik musterte den Abgrund. Im Schatten meinte er, Holzpflöcke zu erkennen, die in die Wand getrieben waren – eine Art Leiter.

»Also«, grunzte er, »wer geht als Erster?«

Die Höhle war tief und im Innern hell erleuchtet. Der bleiche Fels verstärkte die Lichter von drei Dutzend Fackeln. Eine dunklere Art Gestein hätte das Dreifache an Licht benötigt, schätzte Alrik. Der Ort war gut gewählt.

Wie das Licht, so warf der Felsen auch die Stimmen und Schritte der Menschen zurück, die durch die Eingeweide des Gesteins huschten. Alrik schätzte ihre Zahl auf etwa siebzig Männer und Frauen. Sie machten sich an Mulden zu schaffen, behängten Gesteinsnasen mit bunten Schnüren, rollten Fässer herbei und zählten sich gegenseitig an den Fingern etwas vor. Von den Fremdlingen, die ungelenk, aber wohlbehalten in die Tiefe geklettert waren, schienen sie kaum etwas zu bemerken.

»Was ist das für ein Ort?«, fragte Alrik und musterte die Höhlenbewohner. »Lebt ihr hier?«

Einige der Männer und Frauen erwiderten Alriks Blicke, unterbrachen ihre Arbeit jedoch nicht. Es gab Kinder, aber nicht viele, und die meisten Erwachsenen waren in Alriks Alter. Die Wüstensonne hatte Furchen in ihre Gesichter gebrannt. Drei von ihnen näherten sich Magnus und streckten die Hände nach seinen roten Barthaaren aus. Empört wich der Zwerg zurück.

»Wir sind die Amazig«, sagte Kahina. »Die Araber nennen uns Berber, aber ihr solltet euch hüten, das zu sagen. Das bedeutet ›Barbar‹.«

»Diesen Namen habe ich schon oft getragen«, erwiderte Alrik. »Wir könnten miteinander verwandt sein.«

»Amazig. Berber.« Ingvar spie die Worte aus. »Davon habe ich noch nie gehört. Gib uns die Knochen, dann verschwinden wir.« Er rieb sich die Arme, als würde er frieren.

Tatsächlich ließ diese Höhle auch Alrik frösteln, obwohl die Wärme noch hier unten schweißtreibend war. »Verzeih die Ungeduld meines Sohnes. Aber Ingvar hat recht. Wenn ihr diejenigen seid, die die Reliquien aus der Kirche geholt haben, dann sollten wir jetzt darüber reden, was sie euch wert sind.«

»Sie kosten euch ein Versprechen«, sagte Kahina. »Und vielleicht den Verstand«, fügte sie hinzu.

Alrik suchte nach den Anzeichen eines Scherzes in Kahinas Zügen, doch ihre Miene war trocken wie der Sand der Wüste. »Also gut«, fuhr er fort. »Wo ist euer Anführer, Fürst oder wie ihr das nennt?«

»Ich bin diejenige, in deren Hand das Schicksal dieser Menschen liegt. Ich bin Kahina, die Königin der Amazig.« Ein Puls schlug an Kahinas Hals, während sie redete. Sie hob die Hand und klappte die Finger zu einer Faust zusammen. Von einem Vorsprung ließ sich ein Mann an einem Seil herab. Kahina sprach kurz mit ihm und er verschwand, nur um kurz darauf wieder zu erscheinen. In seinen Armen lag eine Kiste aus grauem Holz. Alrik erkannte eines der Beutestücke aus der Kirche des heiligen Markus wieder. Behutsam stellte der Amazig die Kiste vor Kahina ab und trat zurück.

Alrik heftete seinen Blick auf den unscheinbaren Schrein. Der Versuchung, ihn einfach zu öffnen, widerstand er. Zu viel war noch ungesagt.

»Diese Leute, die die Kirche in Brand gesteckt haben. Wer waren sie?«, fragte Alrik.

»Der Konvertit Ya'kub und seine Männer«, antwortete Kahina. »Ya'kub ist ein Handlanger des Kalifen. Gemeinsam mit Statthalter Abdullah versucht er, uns aus dem Versteck zu locken. Indem er die Häuser Gottes zerstört! Dieser Narr! Gott wohnt in jedem Haus. Sogar hier in dieser Höhle. Ya'kub kann sie nicht alle einreißen.«

Aufmerksam suchte Magnus die Decke der Grotte ab.

»Ihr seid Christen?«, fragte Alrik. Anhänger dieser Religion waren ihm in den weitläufigsten Palästen und entlegensten Winkeln der Welt begegnet. Niemals aber hätte er sie in einer Höhle unter der Wüste vermutet.

Bevor Kahina antworten konnte, mischte sich Bonus ein. »Unmöglich! Mit diesem Gesindel teile ich meinen Glauben nicht«, platzte es aus ihm heraus.

»Wenn Gott dich liebt«, sagte Kahina, »dann liebt er auch die Amazig. Oder glaubst du etwa, er würde dich bevorzugen?«

»Überlassen wir religiöse Feinsinnigkeiten den Kirchenfürsten«, ging Alrik dazwischen. »Warum wollen sie eurer habhaft werden, dieser Ya'kub und der Statthalter?«

»Weil der Kalif persönlich Alexandria besuchen wird. Für ihn sind wir eine Bedrohung, weil wir uns nicht zum Islam bekehren lassen.« Sie lachte säuerlich. »Wir verstecken uns in einer Höhle. Dennoch sind wir hier freier, als wir es unter einem muslimischen Himmel jemals sein könnten.« Eine Pause trat ein. Kahina fixierte einen Punkt an der Höhlendecke. Als sie wieder zu sprechen begann, klingelten die Kupferplättchen an ihren Ohren leise. »Nehmt die Reliquien des heiligen Markus mit euch«, sagte sie. »Aber versprecht mir, dass ihr sie in Sicherheit bringen werdet. Wenn die Sarazenen uns aufstöbern – und eines Tages wird das geschehen –, würden sie die Überreste unseres Heiligen vernichten. Nehmt sie mit, und bringt sie in euer Land, in Sicherheit.«

Tausend Fragen zwickten Alriks Zunge. Aber er zügelte seine Neugier und kniete nun vor dem Kästchen nieder. Seine Hände tasteten das Holz nach einem Schloss ab, doch der Behälter ließ sich einfach aufklappen.

Zunächst erblickte Alrik im Innern nur Dunkelheit. Einer der Amazig hielt eine Fackel über Alriks Kopf. Und im wabernden Lichtschein erahnte Alrik das, wofür die Eispiraten das Meer durchmessen hatten.

Seine Hand tauchte in den Kasten hinab. Als sie wieder hervorkam, rieselte Staub durch seine Finger. Ungläubig griff er noch einmal hinein, nur um mehr Staub hervorzuholen.

»Zu einer anderen Zeit hätte ich dir für diesen Frevel den Kopf abgeschlagen«, fauchte Kahina.

Verwundert blickte Alrik zu der Königin empor. »Wo sind die Knochen?«, fragte er.

»Du badest deine schwitzigen Hände darin«, flüsterte sie.

Als hätte ihn eine Schlange gebissen, zuckte Alriks Hand zurück. Sorgsam strich er die Überreste des Staubs von seiner Haut und stand auf. »Das sollen die Reliquien des heiligen Markus sein?«, setzte er an. Doch bevor Kahina etwas erwidern konnte, erkannte Alrik die Wahrheit hinter dem Mysterium.

»Markus ist verbrannt worden«, sagte Kahina. »Das da ist seine Asche.«

Alrik meinte, ein leises Kribbeln an der Hand zu spüren, nachdem sie die Überreste des Heiligen berührt hatte.

Kahina legte die Hände auf die Unterarme. »Was hast du erwartet, Nordmann? Einen mit Juwelen geschmückten Schädel? Goldene Gefäße voll getrockneten Blutes? Ein Büschel Haare, in Smaragden eingefasst? So etwas ist Tand für die Einfältigen. Das da«, sie deutete auf die Kiste, »ist alles, was von einem Menschen übrig bleibt, der verbrannt wird. Ob er nun ein Heiliger war oder nicht. Wer etwas anderes glaubt, ist ein Narr!«

»Verbrannt?«, fragte Alrik.

»Der heilige Markus hat den Märtyrertod in dieser gottverlassenen Stadt erlitten, und sein Leichnam ist von seinen Mitbrüdern bestattet worden«, fiel Bonus ein. »Niemals ist er verbrannt worden. Das ist gegen das Gesetz Gottes!« Seine Stimme bebte vor Zorn.

Kahina lachte. »Ja, so geht die Legende. Ich kenne sie gut. Die Mörder banden Markus einen Strick um den Hals und schleiften ihn durch die Straßen, bis er tot war. Als die Christenfeinde seinen Leichnam verbrennen wollten, soll ein Gewitter das Feuer gelöscht haben.«

»Wo also sind die Gebeine?«, fragte Bonus drohend.

»Es gibt keine Gewitter in Alexandria«, fuhr Kahina fort. »Hast du schon bemerkt, dass hier die Wüste herrscht? Nicht der Kalif, sondern Sand und Hitze regieren das Land. Wenn es regnet, dann so wenig, dass die Kinder sich einen Spaß daraus machen, die Tropfen zu zählen. Regen, der einen Scheiterhaufen löscht! So etwas hat noch kein Ägypter gesehen.«

»Aber es war Gott, der das Gewitter geschickt hat«, empörte sich Bonus. »Wenn du wirklich Christin sein willst, musst du das anerkennen.«

»Das da«, sie deutete auf die Kiste, die Alrik gerade wieder schloss, »ist die Asche des heiligen Markus. Seit Jahrhunderten knien Menschen vor ihr nieder. Willst du etwa behaupten, sie alle hätten sich getäuscht?«

Alrik klemmte sich die Kiste unter den Arm. »Genug! Wir nehmen die Asche mit nach Venetien und sorgen dafür, dass sie einen ehrenvollen Platz erhält.« Er wandte sich Kahina zu. »Ich verspreche es, beim Leben meiner Söhne.«

Der dumpfe Ton der tiefen Trommel fuhr Alrik in den Magen – Donner sättigte die Luft. Bevor Stille einkehren konnte, hielt der nächste Schlag die Erinnerung an seinen Vorgänger wach. Die Höhle schien zu vibrieren.

Dies sei der Rhythmus des erwachenden Christus, erklärte Kahina, die kräftigen Schläge seines mächtigen Herzens. Christus müsse von der Trommel geweckt werden, um neues Leben zu weihen – das neue Leben in der Verbindung zweier Menschen. Die Hochzeit hatte begonnen.

Als die Königin der Amazig den Eispiraten eröffnet hatte, sie müsse einen weiteren Tag bei ihrem Volk bleiben, um eine Ehe zu schließen, wollte Bonus ohne sie zurück nach Alexandria reiten. Sogar Ingvar war derselben Meinung wie ihr Wider-

245

sacher. Doch Alrik hatte seiner Mannschaft barsch befohlen, sich unter die Höhlenbewohner zu mischen und ihnen bei den Vorbereitungen für das Fest zu helfen. Zwar hatte das zu nichts Weiterem geführt, als dass Magnus und Ingvar Fässer und Kessel nach Gaumenschmeichlern durchsuchten und Yaa den Amazig beibrachte, wie man seine Nasenspitze mit der Zunge berührt. Aber immerhin gab es keinen Streit. Überdies war Alrik sicher, dass die Ausgelassenheit eines Festes seinen Leuten wie eine Belohnung erscheinen musste. Bonus mochte davon halten, was er wollte: Die Heirat hielt die Eispiraten nicht auf, sie schenkte ihnen eine seltene Freude – und vielleicht konnten sie den Feiernden sogar etwas zurückgeben.

Ein hellerer Trommelton löste den tieferen ab, ein unmerklich schnellerer Schlag. Eine Frau begann zu summen, weitere fielen ein, bald klang es in der Höhle so wie in einer ans Ohr gepressten Muschel.

Alrik entdeckte Kahina in einer rot ausgemalten Felsnische. Dort saß sie mit einer anderen Frau auf Seidenkissen. Gespannt beugten sich die beiden über eine mit feinem Schnitzwerk verzierte Holzschale und rührten in einem dunkel glänzenden Brei.

Als Alrik sich näherte, begrüßte ihn die Königin mit einem Lächeln. »Seit vielen Jahren seid ihr die ersten Fremden, die unser Versteck kennenlernen. Es erscheint wie ein Fingerzeig Gottes, dass ihr zugleich einer Hochzeit beiwohnen könnt.«

»Ein Fingerzeig wofür?«, fragte Alrik.

Kahina nickte der anderen Amazig zu. Die Frau nahm die Schüssel an sich und verschwand. Dann bot Kahina Alrik das frei gewordene Kissen an.

Der Geruch nach etwas Scharfem hing noch in der Luft, die Erinnerung an den stechenden Duft von frisch geschnittenem Heu, auf das nach einem heißen Tag leichter Regen fällt. »Was für einen Sud hast du da angerührt?«, fragte Alrik und ließ sich nieder.

»Es ist Karuma«, erklärte Kahina. »Eine Farbe, mit der wir die Braut schmücken.«

»Die Braut wird bemalt?«, fragte Alrik staunend.

»Wir nennen es das ›Mal des Geckos‹«, erklärte Kahina. »Der Gecko ist eine kleine Echse. Wir füttern ihn mit der Rinde des Cinnamonumbaums. Sie ist schmackhaft. Bei den Griechen ist Cinnamonum als Zimt bekannt.«

Alrik erinnerte sich an das, was der Händler in Ravenna über die süße Eisspeise gesagt hatte, die mit Saccharum vermischt wurde. Ein Einfall zwickte ihn.

»Nach einigen Wochen«, fuhr Kahina fort, »färbt sich die Haut des Geckos rötlich. Dann töten wir ihn. Seine Haut zermahlen wir zu einer Paste, welche auf die Haut der Braut aufgetragen wird. Die Farbe lässt sich nicht abwaschen.«

Alrik suchte auf Kahinas Gesicht und Händen nach Spuren dieses Karuma. »Dann gibt es wohl nicht viele verheiratete Frauen unter euch.«

Kahina lachte. »Wenn die Braut sich mit ihrem Mann vereinigt, verschwindet das Mal des Geckos von selbst.« Sie wischte mit den Fingern durch die Luft.

»Nie zuvor habe ich von einem derartigen Zauber gehört«, sagte er.

»Du bist auch nie zuvor bei den Amazig gewesen«, erwiderte Kahina.

Erneut erhöhte sich der Ton der Trommel. Alrik beobachtete, wie der Trommler mit einem Stock auf das Fell seines Instruments drosch, während er mit der freien Hand das Fell bearbeitete, wohl um unterschiedliche Klänge zu erzeugen. Auf einem Dreiruderer würde dieser Mann wahre Wunder wirken.

»Woher kommst du, Alrik? Nie zuvor habe ich deinesgleichen im Land der Pharaonen gesehen.«

»Pharaonen?«, wiederholte Alrik. Kahinas Schweigen erinnerte ihn daran, dass sie eine Antwort erwartete und keine Frage.

»Zuletzt aus Konstantinopel«, sagte er. Um ihr fortdauerndes Schweigen zu füttern, fügte er hinzu: »Das ist die Hauptstadt der Byzantiner. Konstantinopel sagen sie selbst dazu. Wir aber nennen sie Miklagard, nach ihrem Kaiser Michael.«

»Als ich jung war«, sagte Kahina, »besuchten Michael und die Byzantiner einmal Ägypten. Ich habe den Kaiser selbst gesehen, als er im Hafen Alexandrias anlegte und vom Kalifen empfangen wurde. Das ist lange her.« Mit Daumen und Zeigefinger strich sie eine Strähne ihres schwarzen Haares entlang und sah Alrik herausfordernd an. »Aber du siehst nicht aus wie ein Byzantiner.«

»Ich komme aus dem Norden«, sagte Alrik. Diesmal ertrug er Kahinas erwartungsvollen Blick und ließ die Erinnerung an Snôrheim und Surtur den Schwarzen in der Gruft seines Geistes ruhen. Doch sprang eine andere Tür auf, und Landschaften und Gesichter purzelten daraus hervor, deutlicher noch, als sie ihm in seinen Träumen begegneten. Lag es an dem Geruch dieses Karuma? Hatte das Wüstenweib ihn verhext?

Wie bin ich hierhergekommen?, fragte sich Alrik im Stillen. Die Nornen hatten seinen Schicksalsfaden vom kalten Norden bis in die Wüste Ägyptens gesponnen. Alrik erinnerte sich an die eisigen Nächte auf der *Visundur*, damals, als sie alle gemeinsam aus Snôrheim geflohen waren. Seine Mannschaft hatte zu ihm gehalten und ihn auf das winterliche Nordmeer hinausbegleitet. Fast hätten die frostigen Nächte an Deck das Leben aus seinen Söhnen gesaugt. Aber Catla, seine Frau, hatte sie warmgehalten.

Alle wussten: Das Meer war nicht groß genug für Alrik und Surtur. Bald schon hätte der Jarl die Abtrünnigen aufgespürt. Deshalb steuerte die *Visundur* ins Binnenland, über die großen Ströme nach Südosten. Dort warteten die Länder der Steppe mit einem Überfluss an Fellen, Pferden und feindlich gesinnten Stämmen.

Monatelang hatten sich Alrik und seine Männer das Fahrwasser auf den großen Flüssen erstreiten müssen: mit dem Schwert, mit Fellen und mit Gold. Bisweilen mit Worten. Das hatte nur Catla vermocht. Sie hatte die Sprache der wilden Länder rasch gelernt und spielte auf der Flöte des Feilschens mit meisterhaftem Geschick. Dann war eines Abends ein hochwangiger Steppenreiter erschienen, um mit den Nordleuten zu handeln. Wie immer übernahm Catla diese Aufgabe. Doch der Reiter wollte sich von einer Frau den Preis für seine Pelze nicht diktieren lassen. Als er gewahr wurde, dass seine barschen Worte und Gesten Catla nicht beeindruckten, hielt er plötzlich einen Dolch in der Hand. Alrik hatte zunächst nicht begriffen, woher das Blut auf der Klinge kam, doch dann fiel Catla in den Fluss, und ihr Mörder wandte sich Alrik zu und hob fünf Finger in die Höhe, um zu unterstreichen, dass er mehr für die Pelze haben wollte. Er zahlte mit dem Leben, und hätte er mehr zu verlieren gehabt, Alrik hätte es ihm genommen.

Catlas Tod ließ Alrik unruhig umherziehen. Sein Vorhaben, einen Handelsposten in der Steppe zu errichten, aus dem vielleicht einmal ein kleines Dorf erwachsen würde, gab er auf. In jedem Kaufmann, der sich der *Visundur* näherte, erkannte Alrik die Züge jenes mörderischen Pelzhändlers wieder. Als der nächste Winter hereinbrach und der große Strom zuzufrieren drohte, machte sich die *Visundur* auf nach Süden.

Sie kamen bis vor die Tore der großen Stadt – Konstantinopel. Alrik ließ Anker werfen. Es war Zeit, für seine heranwachsenden Söhne und seine Mannschaft einen Hafen zu finden.

Konstantinopel führte Krieg, und der Krieg brauchte Schwerter. Im Dienste Kaiser Michaels I. fuhr die *Visundur* gegen die Perser, im Dienste Leos V. gegen die Bulgaren, für Michael II. gegen die Franken und gegen die Araber. Dunkles Blut klatschte auf die biegsamen Planken des Schiffes, meist war es das des Feindes. Selbst wenn die Byzantiner eine Seeschlacht verloren, entkam die *Visundur* doch stets dem Untergang und sprühte ihr spöttisch schäumendes Kielwasser gegen den Bug ihrer Verfolger. Und als in den Spelunken Konstantinopels Lieder gedichtet wurden über das einzigartige Schiff, dem weder Feinde noch Seeungeheuer das Wasser reichen konnten, holte der Kaiser die Mannschaft in seinen Palast und reihte Alrik und seine Nordmänner in seine Leibgarde ein.

»Aus dem Norden?« Kahinas Stimme ließ das Brüllen der Befehle, das Flüstern auf den kaiserlichen Korridoren und das Krachen splitternder Schiffsrümpfe in Alriks Geist verstummen. »Wieso ist dann ein Araber bei euch und ein Nubier? Zwei habe ich erkannt, die wie Byzantiner aussehen, und einer ist vielleicht ein Sachse.«

»Ein Franke«, verbesserte Alrik. »Sie waren Sklaven. Ich habe sie gekauft, wenn meine Besatzung Verluste erlitt.«

»Und freigelassen?«, wollte Kahina wissen.

»Nur so weit es mir möglich war. Ein Seemann ist niemals frei. Er gehört dem Meer. Woher kennst du die Stämme des nördlichen Mare Nostrum?«

Kahina beugte sich vor. Er konnte den Thymian in ihren Kleidern riechen. »So oft es geht, bin ich in der Stadt und gebe mich als Schankfrau einer kleinen Taverne aus.« Alrik erinnerte sich an Bonus' Ausruf, er sei Kahina in Alexandria schon einmal begegnet. »Mein Bruder Idir übernimmt die Aufgabe am

Abend. So entgeht uns nur selten etwas von dem, was in der Stadt geschieht.«

»Du hast einen Bruder? Warum ist nicht er König der Amazig?«

Der Trommler schlug nun zweimal kurz hintereinander auf sein Instrument, um danach seine Holzstöcke gegeneinanderklacken zu lassen. Zunächst verschluckte das Dröhnen Kahinas Worte. Dann wiederholte sie: »Mein Bruder wird bald sterben. Deshalb führe ich mein Volk an.«

Alrik legte den Kopf schief. »Er ist krank, dein Bruder?«

»Gesund wie ein Sandfloh.« Kahina schmunzelte. »Aber seine Zeit wird bald vorüber sein.« Sie streckte eine Hand aus und legte sie auf Alriks Unterarm. »Einige von uns können aus der Länge deines Schattens und der Zahl deiner Wimpern lesen, wie viele Tage du noch hast.«

Als Alrik zurückfuhr und Kahinas Hand abstreifte, fügte sie hinzu: »Sei ohne Furcht. Ich gehöre nicht zu diesen Leuten.« Sie starrte zu einem Durchgang, hinter dem sich etwas bewegte. »Dort kommt Hennu, die Braut.«

Kapitel 21

Die Wüste vor Alexandria

CHRISTEN? Je mehr Zeit Bonus in dieser Höhle zubrachte, umso gewisser war er, es mit Teufelsanbetern zu tun zu haben. Sie lebten unter der Erde. Sie zermahlten heilige Reliquien zu Staub. Sie hatten keine Kruzifixe, nicht einmal einen Rosenkranz. Und zum Gebet hatten sie ihre Finger auch noch nicht gefaltet. Diese Amazig schienen so gläubig zu sein wie die Kamele, die sie ritten.

Als nun unter dem Rasseln von Schellen und dem Trott der Trommelschläge eine Frau unter die große Felsenkuppel geführt wurde, schien sie eher einem Maskenfest entsprungen zu sein, als zu einer heiligen Eheschließung begleitet zu werden. Bonus war es gewohnt, dass die Braut ihr Haar keusch unter einer Haube verbarg. Das Gesicht dieses Mädchens aber war von langen Strähnen eingerahmt. Sie verschmolzen mit den Ornamenten, die in dunkelroter Farbe das Gesicht der Braut schmückten: Kreise und Kringel auf den Wangen, Blumenzweige, um die Augenbrauen zu verlängern, und eine Reihe von Muscheln entlang der Stirn. Und wenn sie die schönste Frau der Welt wäre, dachte Bonus, niemals könnte ich so eine anfassen oder mich gar zu ihr legen.

Ein krächzender Laut ertönte. Eine Amazig spielte auf einer Art Flöte und entlockte ihr eine Musik, die Bonus an das Schreien eines Esels gemahnte. Weitere Frauen tauchten auf und fassten die Braut bei den Armen. Derart gehindert, konnte diese ihren Weg in die Höhle hinein nicht fortsetzen und blieb stehen.

Der Lärm erhielt nun eine andere Note, die Trommelschläge wurden noch schneller, zugleich jedoch leiser. In Bonus' Fantasie näherte sich ein Raubtier auf lautlosen Pfoten seiner Beute.

Am entgegengesetzten Ende der Höhle tauchte ein Mann auf. Seine Kleider waren von grellem Gelb und Blau, und sein Gewand war ihm mit weiten Würfen um Leib und Oberkörper geschlungen. Keinerlei Bemalung schmückte sein Gesicht, doch er trug ein Lächeln zur Schau, das seine Zähne wie eine Perlenkette in sein dunkelhäutiges Gesicht legte. Der Bräutigam war erschienen.

Zu ihm gehörte ein halbes Dutzend Begleiter. Sie huschten auf die Braut zu. Die Zofen wichen zur Seite, und nun waren es die Männer, welche nach den Armen des Mädchens fassten. Hatten die Frauen die Braut auf dem Weg in die Ehe aufzuhalten versucht, so zogen die Männer sie nun weiter auf ihr Ziel zu. Nach einigen Schritten änderte sich die Musik erneut, die Frauen drängten die Männer beiseite und zogen die Braut wieder zurück, nur um gleich darauf ein weiteres Mal von den Männern verdrängt zu werden. Die junge Frau und ihr Schicksal wogten hin und her.

Angewidert wandte sich Bonus von den Ereignissen ab. Da erblickte er in einer Nische im Fels die Königin der Barbaren, die das Geschehen verfolgte. Gebannt musterte er die Züge der obersten Amazig. Darin lagen Ernst und Schönheit zugleich. Nie zuvor hatte er so etwas bei den Weibern Rivo Altos bemerkt, die entweder hübsch und schwächlich oder hässlich und kräftig waren. Wie schon in der Taverne regte sich der Wunsch in ihm, Kahina zu besitzen. Nein, gestand er sich ein, viel lieber noch wollte er von ihr besessen werden. Sie war eine Anführerin, ihren Worten würde er gehorchen, und sie würde ihn davon befreien, falsche Entscheidungen zu treffen. Doch neben Kahina saß nicht Bonus, sondern Alrik, der Nordmann.

Jetzt erhob sich die Königin und rief etwas über die Köpfe der Höhlenbewohner hinweg. Auf das Kommando hin zogen sich Männer und Frauen zurück. Befreit vom Hin und Her der Zeremonie schritten Braut und Bräutigam ungehindert aufeinander zu.

Bonus verzichtete darauf, weitere Details des frevlerischen Rituals zu verfolgen. Während aller Augen auf das Brautpaar gerichtet waren, stieg er über die Felsgrate am äußersten Rand der Höhle hinweg. Hier warteten Krüge und Schalen voller Speisen darauf, dass die Amazig die Verbindung des jungen Paares feierten. Bonus wählte einen niedrigen Becher und füllte ihn mit Wasser aus einem offenen Zuber. Dann zog er die Phiole aus seinem Beutel, öffnete sie behutsam und ließ einige Tropfen in den Becher fallen. Es würde ihn keinerlei Mühe kosten, Alrik das Gift zu verabreichen. Und dann würde nicht nur die Nische neben Königin Kahina frei sein. Auch die *Visundur* würde endlich ihm gehören. Nicht der Nordmann würde den Ruhm als Retter des heiligen Markus ernten, sondern er allein, Bonus von Malamocco, Tribun von Rivo Alto und bald schon Doge der Lagunenstädte. Die Welt, dachte Bonus, dreht sich um einen winzigen Tropfen der richtigen Tinktur.

»Gold und Silber, deine Truhen zu füllen alle Jahre. Weizen in deiner Scheune nach jeder Ernte.« Kahina flüsterte Alrik auf Griechisch zu, was der Bräutigam Marin seiner Frau Hennu gerade in der Sprache der Amazig versprach. Der junge Mann kniete mit seiner Braut auf einem blauen Kissen und blickte ihr tief in die Augen.

»Zwanzig Söhne, um über deine Schätze zu wachen. Zwanzig Töchter, um das Vieh zu hüten. Leichtfüßige Diener, um dir zu helfen, wenn ich nicht bei dir bin. Starke Diener, um die Felder zu bestellen. Schlanke Dienerinnen für Musik und Tanz und Zwerge, die die Kerzen halten neben unserer Tafel.«

Kaum war das letze Wort gesprochen, lagen sich Braut und Bräutigam in den Armen. Die Musik, für das Ehegelübde war sie verstummt, setzte wieder ein, und unter dem Ton der Schellen, Tröten und Trommeln taten es ihnen die anderen Amazig gleich. Plötzlich spürte Alrik Kahinas Arme um seinen Leib und hörte einige Worte ihrer Sprache in seinem Ohr. Doch bevor er sich dazu entschließen konnte, die Geste zu erwidern, hatte sich die Königin bereits wieder von ihm gelöst und wich zwei Schritte zurück. Die Zeremonie war zu Ende.

»Ich möchte dem Paar etwas schenken«, raunte Alrik Kahina zu.

»Geschenke sind bei uns selten und meist klein: ein glitzernder Stein, ein Lied, eine Handvoll Gewürz. Wenn du etwas Derartiges im Sinn hast, wirst du dem Paar eine Freude bereiten. Wertvollere Geschenke aber bedeuten für uns den Verlust der Freiheit.«

Alrik schmunzelte. »Gehören zu den kleinen Geschenken auch Erinnerungen?«, fragte er.

Bald darauf beobachtete die Mannschaft der *Visundur*, wie Kahina, von Alrik gefolgt, den Schacht hinaufkletterte und durch die Öffnung in der Wüstennacht verschwand.

»Wo sind diese Mulden, in denen des Nachts der Frost blüht?«, wollte Alrik wissen. Er stand neben Kahina auf dem Plateau des Felsens. Die Wüste umgab ihn wie ein stilles Meer, es fiel ihm schwer, daran zu denken, dass unter seinen Füßen eine Hochzeit gefeiert wurde.

Kahina zeigte auf einige Vertiefungen im Fels. Tatsächlich sah Alrik darin etwas glitzern, er spürte mit der Hand nach.

Kein Zweifel: Die frostige Luft der Wüstennacht hatte eine Haut aus Eis über das Gestein gezogen. Durch ein Phänomen, das nur der Wind kennen mochte, hatte sich Feuchtigkeit darin gesammelt.

»Dank dieser Mulden können wir unsere Wasservorräte auffüllen«, erklärte Kahina. »Natürlich genügt das nicht. Aber auf diese Weise müssen wir nur gelegentlich Wasser aus der Stadt herbeischaffen – auf die Gefahr hin, hier draußen entdeckt zu werden.«

Alrik nickte. Kahinas Worte bestätigten seine eigenen Erfahrungen: Von Niflheim bis Muspelheim nährt die Erde ihre Kinder. Aber meist liegen ihre Gaben dort verborgen, wo niemand nachsehen würde. Zum Beispiel in einer Felsmulde mitten in der Wüste.

Mit einem saugenden Geräusch ließ sich der Pfropfen aus dem Wasserschlauch lösen, den Alrik mit hinaufgebracht hatte. Behutsam goss er etwas von der Flüssigkeit in die Vertiefung. Zu viel durfte es nicht sein, sonst würde es bis zum Ende der Nacht dauern, bis das Wasser gefroren war. Kahina führte ihn zu drei weiteren Felsenschalen, und jedes Mal füllte Alrik sie mit einigen Schlucken Wasser.

Als er sich nach Kahina umsah, fand er sie am Rand des Gesteins, über ihrem Kopf eine Tiara aus Sternen und zu ihren Füßen die Sanddünen. Für einen Moment hielt Alrik inne. Diese Frau mochte nur wenig Macht besitzen, und ihre Untertanen waren so wenige, dass sie in einen Zweiruderer hineingepasst hätten. Aber sie hatte mehr von einer Königin als alle Herrscher, vor denen Alrik bisher das Haupt gebeugt oder deren Köpfe er genommen hatte.

Alrik stellte sich an Kahinas Seite auf den oberen Absatz des Felsens, kniff die Augen gegen die Sandkörner zusammen und spürte sie wie Nadelstiche im Gesicht. Der Wind riss an seinem

Haar und ließ es flattern wie ein zerrissenes Banner nach der Schlacht.

»Eine Landschaft, in der nichts gedeiht als die wildesten Gedanken«, sagte Kahinas Stimme neben ihm.

»Das Meer ist der Wüste ähnlich. Bist du schon auf ihm gefahren?«, fragte Alrik.

»Nein«, sagte die Königin. Sie hatte die Kapuze übergezogen. In den Stoff waren verschlungene Ornamente gestickt, die im Mondlicht glitzerten. »Aber ich würde es gern kennenlernen. Vielleicht kann man die Wüste nur dann richtig verstehen, wenn man zur See gefahren ist.«

Alrik zuckte mit den Schultern. »Dazu kenne ich die Wüste zu wenig. Aber mit dem Meer bin ich vertraut. Es zu befahren ist …« Er zögerte. Seine Liebe zur See ging niemanden etwas an. »Eigentlich nichts Besonderes. Man steht nebeneinander auf Deck und starrt ins Leere.«

Sie blickte ihn erwartungsvoll an.

»Aber wenn ich jemals hierher zurückkehren sollte, könnte ich mit dir auf das Meer hinausfahren«, fuhr er fort. »Nie zuvor ist eine Königin an Bord der *Visundur* gewesen. Du würdest meinem Schiff eine Ehre erweisen.«

»Dein Schiff scheint dir viel zu bedeuten. Würdest du die weite Reise wirklich noch einmal unternehmen, nur damit die Königin der Amazig über die Planken deines Schiffs geht?«

Alrik sah den Spott in ihren Augen. »Ich bin schon wegen nichtigerer Angelegenheit in See gestochen. Zum Beispiel für eine Kiste Asche.«

Bonus hatte jeden Augenblick gezählt, den Alrik und Kahina im Freien verbracht hatten. Erst als er die Beine des Nordmanns und der Amazig wieder im Tunnel erscheinen sah, atmete er erleichtert auf. Eine Liebesnacht hatten die beiden also nicht dort oben verbringen wollen. Aber vielleicht war Alrik Kahina zugetan und hatte es zum Ausdruck gebracht? Nein. Der Nordmann war so kalt wie das Eis, das er dem Vulkan entriss. Würde er die Hand an die Königin legen, würden sich seine verbliebenen Finger in Dampf auflösen.

Dennoch plagte Bonus die Ungewissheit. Was hatten die beiden dort oben besprochen? Der Becher mit dem Gift lag warm in seiner Hand. Langsam ging Bonus auf den Nordmann zu.

Die Musik war lauter geworden. Das Brautpaar, nun anscheinend vermählt, saß auf einem Podest, über das ein blaues Tuch geworfen worden war, und verfolgte den Tanz von einem Dutzend Amazig. In den Händen hielten die Tänzer etwas, das Bonus nicht erkennen konnte und das von einem zum anderen gereicht wurde, jedes Mal, wenn sich die Amazig bei der wiederkehrenden Schrittfolge nahekamen.

Bonus schob sich an einer Gruppe Männer vorbei, um zwischen Alrik und Kahina zu gelangen, die das Treiben beobachteten. Ohne ein Wort zu verlieren, hielt Bonus Alrik den Becher hin. »Auf den heiligen Markus«, sagte er, und als er die Überraschung in Alriks Augen sah, fügte er noch rasch hinzu: »Und auf das schnellste Schiff der Welt, ohne das wir diese Aufgabe niemals meistern würden.«

Alrik musterte den Becher in seiner Hand. »Ich trinke nur mit meiner Mannschaft«, sagte er, »aber dann füllt Wein und nicht Wasser meinen Kelch.«

Kahina wandte sich den beiden Männern zu: »Wasser ist unser Lebenselixier. Wein ist in den Augen der Amazig eine

Verschwendung. Wenn du jemals ohne einen Tropfen Wasser der Wüste ausgesetzt warst, wirst du verstehen, was ich meine.« Sie ließ sich einen Becher bringen und hob ihn Alrik entgegen. »Das Wasser des Lebens. Es schenkte dem Brautpaar glückliche Jahre!«

Wie durch einen Schleier hindurch verfolgte Bonus, wie Alrik den Becher hob. Doch bevor die Lippen des Nordmanns den Rand berührten, nahm ihm Kahina das Gefäß aus der Hand. Bonus erschrak. Hatte die Königin das Gift gewittert?

Aber Kahina schenkte dem Inhalt des Gefäßes keinen Blick. Stattdessen reichte sie es an einen der Tänzer weiter. Und nun erkannte Bonus, was zwischen den Händen der hin- und herwogenden Paare herumgereicht wurde: Es waren Becher, ähnlich dem, den Bonus für Alrik ausgewählt hatte. Immer, wenn sich die Tanzenden trafen, gingen die Schalen von Hand zu Hand. Schon jetzt, wenige Augenblicke nachdem das Gift aus Kahinas Hand verschwunden war, vermochte Bonus nicht zu sagen, welche davon seine Mixtur enthielt.

»Nur durch die Gemeinschaft fließt das Wasser des Lebens zu jedem einzelnen Amazig.« Kahina schien von der Zeremonie zur Fröhlichkeit begeistert. »Die gefüllten Becher gehen durch die Hände aller, jeder sorgt für jeden, nur so können wir in der Wüste überleben. Seht!«

Die Königin deutete auf eine alte Amazig. Einer der Tänzer scherte aus dem Wirbeln aus und reichte ihr mit einer eleganten Geste das Gefäß. Die Alte lächelte, vollführte eine Geste mit der rechten Hand, die an eine Bekreuzigung erinnerte, und trank das Wasser in einem Schluck aus.

Bonus stöhnte innerlich auf. Er kniff die Augen zusammen, aber in dem Fackellicht konnte er nicht erkennen, was weiter geschah. Wurde die Alte bereits blass wie Stroh? Die Tänzer schoben sich ins Blickfeld. Da wurde auch Bonus ein Becher in die Hand gedrückt.

»Trink, Bonus!«, forderte Kahina ihn auf, während sie einen weiteren Becher füllte und in eine ausgestreckte Hand legte, die aus dem Reigen herausragte. Dann wandte sie sich ihm wieder lachend zu: »Der erste Schluck Wasser schenkt dir das Leben. Jeder weitere Schluck verlängert es.«

Bonus versuchte, höflich zu bleiben, doch sein Lächeln war nichts weiter als ein leicht geöffneter Mund. Er starrte in den Becher in seiner Hand. Das Gift, so viel wusste er, würde eine rötliche Färbung hervorrufen. Doch um das festzustellen, hätte er Tageslicht benötigt. Mit einem Mal schien die gesamte Höhle mit Giftkelchen gefüllt, die ihn wie Mücken umschwirrten.

»Alrik soll zuerst trinken«, stotterte Bonus und wollte das Wasser an den Nordmann weiterreichen. Doch wo Alrik gerade noch gestanden hatte, war niemand mehr. Gerade noch sah Bonus, wie Alrik in die Wüstennacht verschwand. Was trieb der Nordmann schon wieder dort oben?

»Trink das Wasser, das dir geschenkt wurde, Bonus!« Kahinas Stimme war ganz nah an seinem Ohr. Fast berührte ihr Gesicht seinen Bart. In jeder anderen Situation wäre er vor Verlangen zerschmolzen.

»Oder lass mich davon trinken«, fuhr Kahina fort. »Die Wüste gebietet uns, keinen Tropfen zu verschwenden.«

Mit bebender Hand umklammerte Bonus den Becher. Würde er mit ansehen müssen, wie Kahina vor seinen Augen starb? Bevor die Königin zugreifen konnte, ließ Bonus den Becher fallen. Er zersprang mit einem leisen Klirren, das kaum jemand hatte hören können. Dennoch verhielten die Tänzer ihre Schritte, verloschen nach und nach die Instrumente, erstarben Gesang und Gemurmel. Die Augen aller wandten sich Kahina und Bonus zu.

Immerhin, dachte Bonus, trinkt niemand mehr. Doch Erleichterung, das lernte Bonus im nächsten Moment, ist ein flüchtiger Gefährte.

Kahina beugte sich zu dem verschütteten Wasser hinab, sie schien es mit den Fingern berühren zu wollen, zog dann aber die Hand zurück. Zornig sah sie zu Bonus auf. »Du hast ein schlechtes Zeichen über die Ehe dieser jungen Leute gebracht«, zischte sie.

Was er sich auch von der Königin der Amazig versprochen hatte, Bonus vergaß es so schnell, wie sich sein Mund schloss. Keine Frau – Herrscherin oder Sklavin – durfte ihn zurechtweisen. »Du tadelst mich?«, fragte er. »Bin ich nicht Tribun in Rivo Alto? Doch! Das bin ich.« Und du bist nur eine Wüstenechse, wollte er hinzufügen. Da gellte der Schrei einer Frau durch die Höhle.

Auf dem blauen Podest stand hoch aufgerichtet die Braut und fasste sich an die Kehle. Jetzt massakrieren sie uns, dachte Bonus, und der heilige Markus wird niemals Rivo Alto erreichen. Doch wenn tatsächlich Gift in dem Becher gewesen war, den die junge Frau mit beiden Händen unter ihre Nase hielt, dann schien es ihr geschmeckt zu haben. Ein Lächeln verschob die aufgemalten Ranken und Zweige auf ihrem Gesicht zu neuen Formen, und ihre Finger fuhren in die Schale, um gleich darauf zwischen den Lippen des Bräutigams zu verschwinden.

Neben dem Paar stand Alrik, einen Topf im Arm.

»Zimt«, sagte Alrik. »Kahina verriet mir, sie füttere ihre Echsen damit.« Die frühe Sonne tauchte die Wüste in grünes, wässriges Licht. Die kleine Gruppe stand bei den Kamelen, bereit für den Rückweg nach Alexandria.

»Aber die Köche in Ravenna mischen das Eis doch mit diesem süßen Brei, Saccharum«, warf Ingvar ein.

»Den du ihnen vor die Füße gespien hast«, sagte Alrik. »Wer weiß, wie die Amazig darauf reagiert hätten. Nein.« Er schüttelte den Kopf. »Zimt eignet sich besser. Es verleiht dem Eis überdies eine interessante Farbe.« Die Farbe der ägyptischen Nacht, dachte er. »Nur die Geckos werden eine Zeit lang auf ihre Leibspeise verzichten müssen.«

Nachdem Alrik das Brautpaar von dem Eis hatte kosten lassen, hatten die Amazig nicht länger Wert darauf gelegt, rituelle Tänze aufzuführen oder die Trommel im Rhythmus der Tradition zu schlagen. Jeder hatte von der Köstlichkeit probieren wollen, und Alrik war die meiste Zeit der Nacht die Leiter hinauf- und hinabgestiegen, um Wasser in die Mulden zu gießen und immer mehr Eis in die Höhle zu tragen. Als Magnus, Yaa und Ingvar erkannten, dass sich die feierliche Hochzeit in ein Fest nach ihrem Geschmack verwandelte, spannten sie ein doppeltes Seil zwischen zwei Felsen. Darauf setzte sich der Zwerg, ließ die Beine an beiden Seiten der Seile herabhängen und vollführte das Kunststück, sich um seinen Sitz herum zu drehen. Als die Amazig sahen, wie der Rothaarige in einem Moment mit dem Kopf nach unten hing und im nächsten wieder obenauf saß, verstummten sogar die Rufe nach mehr Eisschalen. Alrik wusste, dass seine Mannschaft Techniken wie diese beherrschen musste, um in Seenot stets den Kopf über Wasser zu halten. Ein Ungeübter jedoch würde sich sein Gemächt zwischen den Seilen zerquetschen. Alrik sah sich gezwungen, mit unmissverständlichen Gesten auf die Gefahren der Übung hinzuweisen.

Jetzt war das Fest vorüber, und er spürte die sanfte Erschöpfung, die er aus der mit Fröhlichkeit gefüllten Höhle des Wüstenvolkes mitgebracht hatte.

»Das ist Betrug! Gotteslästerung! Ein Witz!« Bonus stand starr vor den Kamelen und weigerte sich aufzusteigen.

»Lassen wir ihn hier! Er bringt ohnehin nur Scherereien«, brummte Ingvar. Unruhig stapfte er im Kreis durch den Wüstensand.

»Dann kehrt doch ohne mich nach Rivo Alto zurück! Lügt meinem Bruder und dem Dogen etwas vor! Erzählt ihnen, ich sei unterwegs von Bord gefallen! Vielleicht glauben sie euch sogar. Niemals aber werden sie anerkennen, dass eine Schachtel voller Staub der heilige Markus ist.« Er lachte auf eine verstörende Art. »Dein Sohn sollte mehr wert sein als das da, Nordmann.« Bonus deutete auf die Kiste, die wohlverschnürt zwischen den Wasserschläuchen an Alriks Kamel hing.

Yaa stieß Bonus vorwärts. »Los! Aufgesessen! Wir haben den echten Markus. Eure Priester werden das schon erkennen.«

Da hob Alrik die Hand. »Wartet! Er hat recht.«

Ingvar hörte auf, im Kreis zu gehen, und starrte seinen Vater ungläubig an. »Recht?«, echote er. Auch Kahina, die sich gerade in den Sattel schwingen wollte, um die Gruppe zurück nach Alexandria zu führen, schaute überrascht zu Alrik hinüber.

Alrik steckte sich die Haare unter das Tuch, das seinen Kopf vor der Sonne schützen sollte. »So ist es. Wenn es tatsächlich gegen die Gesetze der Christen ist, die Toten zu verbrennen, wieso sollten der Doge und seine Untertanen dann glauben, diese Überbleibsel seien der heilige Markus? Selbst wenn er es ist«, fuhr Alrik fort, »werden sie es nicht wahrhaben wollen. Sie erwarten etwas anderes. Und wer nur seine Wünsche vor Augen hat, der ist blind für die wirkliche Schönheit der Welt.«

»Was soll an einer Handvoll Staub schön sein?«, fragte Bonus.

Alrik beachtete ihn nicht. »Wir bringen die Asche an einen sicheren Ort, so wie wir es Königin Kahina versprochen haben.

Aber für Rivo Alto brauchen wir etwas anderes. Ein Schienbein, einen Finger, einen Schädel, am besten ein ganzes Skelett. Es muss ja kein Heiliger sein. Aber er muss aussehen, als wäre er etwas Besonderes. Damit«, er deutete auf die Kiste, »werden wir niemanden überzeugen. Die Veneter würden es ebenso wenig anerkennen wie unser Zornvater Bonus.«

»Sollen wir etwa Tote ausgraben?«, fragte Magnus.

»Damit wäre uns nicht gedient«, sagte Alrik. »Die Veneter würden ein einfaches Gerippe ebenso wenig als Reliquie akzeptieren wie einen Kasten Asche. Wir brauchen etwas Herausragendes. Einen Leichnam, der Wunder vollbringt, einen Toten, der auf dem Wasser gehen kann, ein Skelett, das mit den Augen rollt.«

»Wir streichen Magnus den Proviant«, rief Yaa. »Das mit den Augen kann er schon recht gut. Seht doch!«

Alrik wandte sich an Kahina. »Diese Mumien, von denen ich hörte. Sie scheinen auf einen Ritus zurückzugehen, der in Ägypten verbreitet ist.«

Kahina nickte. »Seit vielen tausend Jahren.«

»Wo finden wir diese Toten?«, wollte Alrik wissen.

»In den Gräbern der alten Könige. Aber die sind schon lange geplündert. Doch es gibt noch eine andere Möglichkeit.« Kahina strich mit den Fingern durch das Fell ihres Kamels. »Unter der Stadt liegen viele vergessene Orte«, sagte sie schließlich, »uralte Grabstätten, Katakomben aus einer anderen Zeit. Wir Amazig nutzen sie gelegentlich, um uns ungesehen unter den Straßen Alexandrias zu bewegen. Auf diese Weise bin ich auch durch die Stadt bis zur Kirche des heiligen Markus gelangt.« Sie stieg auf das Kamel. Der Wind presste ihr den Stoff der Kapuze gegen eine Wange.

»Dort unten ruhen sie in staubigen Winkeln, hinter Vorhängen, die Spinnen schon vor Jahrhunderten gewoben haben: von der Hitze ausgetrocknete Leichen, Haut und Muskeln noch an den Knochen. Manche sehen aus, als würden sie leben. Wir nennen sie die Diener Dzul Karneins.«

Alrik runzelte die Stirn. Da war er wieder, dieser Name. Zuerst hatte er ihn von der kleinen Wali gehört, ihrer Führerin durch die Straßen Alexandrias. Auch Kahina hatte ihn ausgesprochen, als sie ihr in der Kirche begegnet waren. Etwas Unheilvolles schien sich dahinter zu verbergen, eine Macht, der sogar die Toten zu Diensten sein mussten – wenn man Kahina Glauben schenken konnte.

Alrik versuchte, das Unbehagen abzuschütteln wie Wasserstaub auf dem Schiff. »Und du kennst den Weg durch diese Unterwelt?«, fragte er die Königin und hoffte, seine Stimme würde weniger beben als seine Gedanken.

Kapitel 22

Rivo Alto, das Haus der Malamoccos

Pass besser auf, Gurkenschädel!« Elias holte mit der geschwollenen Hand aus, vermied es jedoch, Spatharius damit zu schlagen. Rusticos Hausdiener kniete vor ihm und versuchte vergeblich, den Verband um Elias' Hand zu wechseln. Das Fleisch darunter hatte sich entzündet, und das Leinen klebte an der Wunde, die ihm die Zähne der Dogentochter zugefügt hatten.

»Genug davon«, knurrte Rustico, verschanzt hinter seinem Arbeitstisch. Der Raum war von Öllampen erhellt, die unter dem immer kräftiger hereinfallenden Licht des jungen Tages verblassten. »Gib dir Mühe, Spatharius. Die Hand meines Neffen ist wertvoller als dein gesamter Leib. Wenn er sie verliert, hole ich mir den Gegenwert von dir zurück.«

Ergeben beugte Spatharius das Haupt in Rusticos Richtung. Aber nur, dachte Rustico, damit ich den Zorn nicht in seinen Augen funkeln sehe. Und während Diener und Neffe noch einmal gemeinsam versuchten, die Wunde zu versorgen, wandte sich Rustico seufzend den Notizen zu, die seinen Tisch pflasterten.

»Ein halbes Stück lötigen Silbers, und Schweigen ist nicht länger Gold«, sinnierte er. »Mehr als dreißig Mal soll Matelda in den Lagunenstädten gesehen worden sein.«

»Geld löst den Menschen überall die Zunge«, sagte Elias, um gleich darauf zischend die Luft einzuziehen.

»Aber es beflügelt auch ihre Fantasie«, erwiderte Rustico. Er drückte einen Finger auf eine Zeile seiner Notizen: »Hier: Die

Dogentochter versteckt sich auf einem der Höfe für die Zucht von Pfauen und Goldfasanen. Angeblich soll sie den Arbeitern dort befehlen, ihr täglich die schönsten Federn zu bringen. Ein guter Einfall, und wenn ich Matelda nicht besser kennen würde, hätten wir dort tatsächlich nach ihr gesucht. Aber so dumm ist sie nicht.« Rusticos Blicke flogen über die Zeilen. »Oder hier!« Sein Finger nagelte ein weiteres Dokument auf den Tisch. »Da will sie jemand gesehen haben, wie sie auf einer Barke im Mondlicht durch die Lagune trieb. Natürlich mit einem goldenen Schimmer im Haar.« Er schüttelte den Kopf. »Vermutlich hat sie auch noch ihre Engelsflügel ausgebreitet. Würdest du das für bare Münze nehmen, Spatharius? Du hast ein schlichtes Gemüt.«

»Die Leute glauben, dass Matelda eine Prinzessin ist«, flüsterte Spatharius, dem es gelungen war, den alten Verband von Elias' Hand zu lösen. Nun begann er, frisches Leinen um die Wunde zu wickeln. »Niemals würde sie jemand unter dem einfachen Volk vermuten.«

»Was für ein Unsinn«, raunte Elias. Dennoch fügte der Hausdiener hinzu: »Selbst wenn jemand das Mädchen auf der Straße sähe – die Veneter würden eine mit Edelsteinen besetzte Kutsche oder ein fliegendes Pferd dazuerfinden, weil sie es nicht für möglich hielten, dass sich die Tochter des Dogen mir nichts, dir nichts unter ihresgleichen mischt.«

Rustico tippte weiter auf die Vermerke, bis der Schweiß seiner Hand die Tinte verlaufen ließ. »Von Laub bekränzt wandelt sie durch die Weingärten an der Piazza des heiligen Mose. Mit der Saufeder in der Hand führt sie eine Jagd im Wildschweinpark des Dogen an. Sie singt den Salzsiedern Lieder. Sie badet in der Lagune, nackt und von sieben Nymphen umringt. Sie betet keusch in der Kapelle des heiligen Theodor. Und hier will jemand gesehen haben, dass unter ihren Füßen Mosaikbilder entstehen. Man müsse nur diesem wundersamen Boden-schmuck folgen, um zu ihr zu gelangen.« Rustico starrte Elias an. »Es wäre einfacher für uns, all diese geldgierigen Fantasten hätten geschwiegen.«

»Immerhin können wir das Geld behalten.« Elias zuckte mit den Schultern.

»Dein Mund ist der Anus der Welt, Neffe. Von dem Geld, dass uns die Dogentocher einbringen kann, würdest du so viele Lügen einkaufen können, dass man daraus eine neue Bibel schreiben könnte.«

Mit einem Fleischmesser trennte Spatharius den überflüs-sigen Leinenstreifen ab und steckte das lose Ende des neuen Verbandes mit einer Nadel fest. Rustico befürchtete, dass der ungeschickte Diener die Spitze in Elias' Wunde treiben würde. Doch der Handgriff gelang, und sein Neffe drehte sein Hand-gelenk verwundert hin und her.

Offenbar zufrieden mit dem Ergebnis, wandte sich Elias wie-der seinem Onkel zu. »Immerhin hat der Anus der Welt dafür gesorgt, dass die halbe Stadt nach Matelda sucht. Warte noch ein, zwei Tage, dann werden wir die Metze unter irgendeinem Misthaufen entdecken. Von Pfauenfedern und Engelsflügeln wird nicht viel übrig bleiben, wenn ich mit ihr fertig bin.«

»Nein! Das dauert zu lange«, erwiderte Rustico. »Wir kön-nen uns in dieser Angelegenheit nicht auf die Märchen von Fi-schern und Salzsiedern verlassen. Ich habe eine bessere Quelle entdeckt, aus der die Wahrheit sprudelt.« Er verzog den Mund, um jedes der folgenden Worte auf der Zunge schmecken zu können. »Der Fremde, Bjor, ist aus dem Angstloch entkom-men.«

Elias zuckte zusammen. Der Verband löste sich wieder. »Un-möglich! Ich habe ihn doch selbst eingemauert.«

»Du hast ihn unterschätzt. Er scheint Freunde zu haben«,

sagte Rustico. Er lächelte zufrieden. »Ich habe etwas in Erfahrung gebracht. Seit Bjor verschwunden ist, fehlt auch vom Turmwächter jede Spur. Orso heißt er. Seine Hütte steht etwa dort, wo die Muschelsammler ihre Pfähle in den Schlick schlagen. Ich wette einen Wandteppich gegen ein zerrissenes Fischernetz: Er hat uns eine Geschichte zu erzählen, in der weder Pfauenfedern noch Engelsflügel eine Rolle spielen.«

An diesem Tag fiel dichter Schnee auf die Lagune. Über dem Schuppen, in dem die *Estrella* davon träumte, zur See zu fahren, schien ein riesiger Müller seine Mehlsäcke auszuschütteln: Weiße Wolken fielen durch das Loch im Dach und legten sich auf Hämmer und Hobel, Sägen und Späne. Die Welt verlor ihre Konturen. Was scharfe Kanten hatte, war mit einem Mal weich. Was klein war, ließ der Schnee wachsen, und was hoch aufragte, schien zu schrumpfen. Nur Mateldas Sorgen hörten nicht auf, in den Himmel zu ragen.

»Woher soll ich das Geld für Fredegar bekommen?«, fragte sie Bjor. Der Nordmann war damit beschäftigt, den Schnee beiseitezuräumen, um die Werkzeuge wiederzufinden. Rumpelnd stöberte er am Heck der *Estrella* herum. Auf Mateldas Frage zu antworten, fiel ihm scheinbar nicht ein.

»Können wir vielleicht einige Sägen verkaufen? Das müsste doch wenigstens etwas Geld bringen, oder?« Sie zog ihr rotes Schultertuch fester zusammen. Wie Bjor es gelang, der Kälte in seiner einfachen Wollkleidung zu trotzen, war Matelda ein Rätsel.

Jetzt öffnete er den Mund, antwortete aber noch immer nicht. Stattdessen streckte er seine Zunge heraus. Wollte er sie verspotten? Doch der Nordmann vollführte Bewegungen mit seinem Kopf, ließ ihn auf seinem Hals kreisen. Matelda kniff die Augen zusammen. Fing er etwa Schneeflocken auf? Tatsächlich verschwand Bjors Zunge wieder in seinem Mund, und er schien sie gegen seinen Gaumen zu reiben.

»*Drífa*«, sagte er, um dann hinzuzufügen: »Schneegestöber.«

Er ist mir fremder, als ich dachte, sagte Matelda zu sich selbst. Zum Deck hinauf rief sie: »Wie viel bringen vier Sägen?«

Aber der Schnee schien Bjors Sinne voll und ganz eingefroren zu haben. »Auf *Drífa* folgt *Fönn*, und auf *Fönn* folgt entweder *Snôr* oder *Miöll*. Wenn es *Miöll* ist, kann ich in drei Tagen auslaufen.«

»Und wenn nicht?«, fragte Matelda, ohne ein Wort zu verstehen.

»Dann wird es schwierig, allein ein solches Schiff zu fahren. Dann brauche ich eine Mannschaft.«

»Meinst du damit diesen *Miöll*, *Fönn* und den anderen?«

Bjor lachte lauthals. »Bei Ran, die die Ertrinkenden hinabschlürft! Wie willst du jemals eine Flotte ausstatten, wenn du nicht einmal das Wetter kennst! *Drífa* ist Schneegestöber, *Fönn* ist dichter Schnee, *Snôr*, so nennen wir nassen Schnee, und *Miöll* heißt bei uns feinster glänzender Schnee.«

»Aber Schnee ist doch Schnee«, warf Matelda ein, »weiß, kalt und nass.« Sie fühlte sich wie das dumme Kind, als das ihr Vater sie stets behandelte.

»Für Menschen an Land vielleicht. Auf See wirst du sterben, wenn du das Wetter nicht aus dem Schnee herausschmecken kannst. Ich selbst kenne nur sieben Arten. Alrik kann vierzehn bestimmen.«

Vorsichtig schob Matelda die Zungenspitze zwischen den Lippen hervor. Was, wenn Bjor sich einen Scherz mit ihr erlaubte? Vierzehn Sorten Schnee! So etwas könnte in einem Spottlied über einen Narren eine Rolle spielen.

Kalt landete etwas auf ihrer Zunge. Sie drückte den Schnee an den Gaumen, sog die Luft durch die Nase ein, wie sie es vom Weintrinken gewohnt war. Doch da war nichts. Nur die winzige Spur der kalten Flüssigkeit, die sich in ihrem warmen Mund verlief. Sie schaute Bjor an und schüttelte den Kopf.

»Vielleicht braucht dein Gaumen einen *Jökull*, um auf den Geschmack zu kommen«, sagte er und rief in ihre ratlose Miene: »Einen Eisberg. Aber pass auf, dass deine Zunge nicht daran kleben bleibt.«

Stumm trugen sie das Werkzeug zusammen. Es war alles, was Matelda geblieben war, abgesehen von der *Estrella*, einem liebeskranken Turmwächter und einem selbstbewussten Nordmann. Unter den dicken hereinschwebenden Flocken – Matelda versuchte, sich den Begriff *Drífa* einzuprägen – wuchsen ihr und Bjor kleine Mützen aus Schnee. Schon nach kurzer Zeit jedoch hatte die Arbeit im Schuppen die beiden so erhitzt, dass ihre weißen Hüte schmolzen. Schließlich lag alles Werkzeug auf einem Stapel. Doch von dem Verkauf der Geräte wollte Bjor nichts wissen.

»Und wenn es eine einzige Säge wäre«, protestierte er. »Wir brauchen jede Hand, und jede Hand braucht eine Ahle, einen Beißel oder ein Zieheisen.«

Als Bjor daranging, die Löcher in der Bordwand zu verschließen, durch welche die Riemen geschoben werden sollten, gerieten sie in Streit. Es gab zwei Möglichkeiten, die Stangen mit dem Schiff zu verbinden: durch Löcher in der Seite oder durch Gabeln auf dem Dollbord. Matelda hatte sich für die Löcher entschieden, weil die Gabeln ihr instabil erschienen. Zudem würden die schweren Holzstangen darauf quietschen und klappern. Dabei sollte die *Estrella* doch in stiller Erhabenheit durch die Wogen pflügen. Tagelang hatte Matelda über ihren Plänen gebrütet, um herauszufinden, wo die Löcher gebohrt werden konnten, ohne den Planken die Stabilität zu nehmen. Auf das Resultat war sie zu Recht stolz. Doch jetzt schnitt Bjor Pfropfen zurecht, stopfte sie in die Löcher und verschmierte sie mit Pech. Mateldas Protest schien er nicht zu hören. Vielmehr befahl er ihr, sich über die noch offenen Riemenlöcher herzumachen. Erst als Matelda ihm den Eimer mit dem Pech wegnahm, schaute er erstaunt zu ihr auf.

»Was soll dieser Unsinn?«, fragte sie stirnrunzelnd. Der Eimer wog schwer in ihrer Hand. »Wenn du die Löcher stopfst, müssen wir mit Gabeln arbeiten. Aber das dauert doch viel zu lange.«

»Zorn kann die Schönheit einer Frau ruinieren«, sagte Bjor und grinste. Als sich Mateldas Miene nicht aufhellte, erklärte er ihr, dass die *Estrella* nicht mit Riemen angetrieben werden würde. »Wer soll sie denn bedienen?«, fragte er. »Ich allein werde das Schiff steuern, und das ist schon mit einem Segel schwer genug. Ich habe viele Menschen getroffen, die behaupteten sogar, es sei unmöglich. Waschechte Seefahrer waren darunter, kühne Entdecker und sogar Nordleute. Aber Alrik hat mir beigebracht, wie man die Rah so befestigt und das Segel so verkürzt, dass ein einzelner Mann damit fahren kann. Für Riemen werde ich keinerlei Verwendung haben. Und durch die Löcher wird das Schiff unnötig viel Wasser nehmen. Also hilf mir, sie zu verschließen.«

Matelda zögerte. War es nicht genau das, was sie sich von Bjor erhofft hatte: Lektionen im Schiffbau? So aber hatte sie sich das nicht vorgestellt. Sie reichte ihm den Eimer zurück. Ohne ein Wort des Dankes setzte Bjor sein Werk fort.

Als sie darum bat, sich mit ihm die Kalfaterung anzusehen, die geteerten Seile, welche in die Zwischenräume der Planken gesteckt werden, winkte Bjor ebenfalls ab. Säubern, Schaben, Teeren, sagte er, auf so etwas müsse er verzichten. Besser, die

Estrella schlucke Wasser, als sein Vater auch nur einen Tropfen von Bonus' Gift.

»Der Handel, Nordmann, lautete: mein Schiff gegen dein Wissen.« Als Matelda zornig blinzelte, schwebte Schnee von ihren Wimpern herab. Oder war das *Fönn*? »Mein Schiff hast du«, schloss sie. »Aber ich habe noch nichts dafür erhalten.«

Ächzend erhob sich Bjor. Er wirkte groß, kräftig und Furcht einflößend. Was, wenn er sich in eine Bestie verwandelte, seine Retterin einfach ersäufen und sich mit der *Estrella* auf und davon machen würde?

»Also gut«, knurrte er. »Wenn du etwas über Schiffe lernen willst, fangen wir am besten ganz unten an. Tragen wir ein paar Steine.«

Zunächst hatte Matelda geglaubt, Bjor wolle sie verhöhnen. Doch als sie ihm eine Stelle in der Nähe des Schuppens zeigte, wo tatsächlich Steine in allen Größen und Formen herumlagen, von den Lagunenbewohnern als Wellenbrecher aufgehäuft, bückte er sich, klemmte sich zwei kopfgroße Exemplare unter die Arme und ließ sich von Matelda vier weitere in seine zu Schaufeln verschränkten Hände legen. Dann bedeutete er ihr mit einem Nicken, ebenfalls Steine aufzulesen und ihm zurück in den Schuppen zu folgen.

Zwei Brocken, daran wollte Matelda sich wenigstens versuchen, um nicht demütig mit einem einzigen Stein in den kraftlosen Händen hinter Bjor in den Schuppen taumeln zu müssen. Tatsächlich schleppte sie zwei schmutzverkrustete Klumpen zur *Estrella*, doch als Bjor sie auf das Schiff hinaufwinkte, versagten ihre Kräfte. Die Steine krachten zu Boden. Abgeschlagenen Köpfen gleich lagen sie im Schnee und schienen zu Matelda hinaufzugrinsen. Ihre Kehle schnürte sich zu.

»Was das mit Schiffsbau zu tun hat, weißt du doch nicht einmal selbst!«, rief sie, überrascht von der Schärfe in ihrer Stimme.

Vom Deck reichte Bjor ihr eine Hand herunter, und nach kurzem Zögern griff sie danach und ließ sich von ihm hinaufziehen. Seine Steine lagen bereits in der Mitte des Schiffs. Wie hatte er es mit seinen angezehrten Kräften geschafft, alle auf einmal dorthinzubringen? Über was für Fähigkeiten mochte Bjor erst verfügen, wenn er gesund, ausgeruht und gut genährt in See stach?

»Steine sind unser Ballast«, erklärte er. »Ohne Steine kannst du nicht segeln.« Als er in ihr verwundertes Gesicht schaute, fügte er hinzu: »Du kennst Schiffe von Bildern, aber da siehst du nicht die Wahrheit. Und schon gar nicht die Bilge.« Bjor deutete auf die Rinne am tiefsten Punkt des Schiffs. Sie verlief entlang des Kiels vom Bug bis zum Heck. »Dort legen wir die Steine hinein«, erklärte er. Und dann sprang er die Kiellinie entlang und zeigte auf die Stellen, wo die Steine liegen sollten. Für die Trimmlage sei es wichtig, den Ballast richtig zu platzieren. Ohne Trimmlage könne ein Segler seinen Kurs nicht halten. Alles hänge von der richtigen Verteilung des Ballasts ab. Schiebe man ein paar Steine nach vorn, senke sich dadurch der Bug. »Dann spürst du sofort«, sagte Bjor, »ob dir das Schiff gehorcht oder ob es mit dir über Endils große Weite tanzt, wie es ihm gefällt.«

»Aber wie verteilen wir den Ballast richtig?«, fragte Matelda.

Bjor nickte. Jedes Schiff sei anders, erklärte er. Deshalb müsse bei einer guten Trimmung die gesamte Mannschaft mit dem Schiff ausfahren. Sei das Schiff erst einmal auf See, verteile sich die Besatzung so lange über das Deck, bis der Steuermann merke, dass das Schiff ihm gehorche. Anstelle der Männer lege man später Steine nieder. »Ein mystisches Erlebnis«, sagte Bjor. »Zwei Dutzend Männer zähmen einen Drachen. Das kann viele Tage dauern.«

»Dafür haben wir keine Zeit«, warf Matelda ein.

»Und keine Mannschaft«, fügte Bjor hinzu. »Aber«, setzte er hinzu, »wir haben meine Erfahrung.« Mit ausholenden Schritten stapfte er über die *Estrella*. Wo das Holz quietschte, ritzte er mit einem Messer ein Kreuz in die Planken. Dort, sagte er, sollten die Nieten noch einmal kontrolliert werden. Dann markierte er mit der Klinge einen Bereich um das Kielschwein herum. »Hier!«, brummte er, zu den Planken hinabgebeugt, »hier, hier und hier.« Schließlich richtete er sich wieder auf und betrachtete prüfend sein Werk. »Ich schätze, in diesem Bereich liegt der Schwerpunkt des Segels. Dort legen wir mithilfe der Steine auch den Schwerpunkt des Bootes fest. Wenn beide Schwerpunkte zusammenfallen, ist das ein guter Anfang. Auf diese Weise kommt die Antriebskraft aus dem Zentrum des Schiffes, wir werden kaum schlingern.« Mit leuchtenden Augen strahlte Bjor Matelda an. »Jetzt brauchen wir nur noch ein paar Steine.«

Wie sich herausstellte, konnte die *Estrella* einen kleinen Berg schlucken. Mit zusammengepressten Kiefern schleppte Matelda Brocken um Brocken auf das Schiff. Als ihr Rücken ebenso schmerzte wie ihre Arme und Handgelenke, begann sie, auf ein Zeichen Bjors zu hoffen, das signalisierte, nun sei es genug. Stattdessen ging der Nordmann ein ums andere Mal los und kehrte schwer beladen zurück. Ohne eine Spur von Erschöpfung wies er Matelda auf die Eigenarten der Ballaststeine hin und trennte geeignete Exemplare von solchen, die er für zu klobig hielt. Gute Ballaststeine, sagte Bjor, kämen aus dem Bett eines Gletscherflusses, wo die Zeit sie glatt und rund geschliffen habe. Mancher Seemann streichele diese Steine gerne, wenn er lange auf dem Meer sei, weil sie ihn an eine Frau erinnerten. Bjor zwinkerte Matelda zu: »Frauen des Nordens können hart sein.«

Matelda lächelte verkrampft. Kurzatmig fragte sie, warum

die Steine rund sein müssten. Ihr Interesse am Schiffsbau war mit einem Mal nicht mehr so groß. Ihre Hände brannten vor Kälte, ihre Muskeln vor Schmerzen.

»Wenn das Schiff zu kentern droht, rollen runde Steine aus der Bilge heraus und verlagern den Schwerpunkt des Rumpfes. Damit wächst die Möglichkeit, dass das Boot über Wasser bleibt.« Bjor nahm ihr die Steine aus dem Arm. »Einfach, aber wirksam«, sagte er und schien sich über diesen Kunstgriff zu freuen, als habe er ihn soeben selbst erfunden.

Dann blieb er einen Moment lang stehen und musterte Matelda eindringlich. »Deine Kraft ist erschöpft«, stellte er fest. »Ich trage die restlichen Steine allein. Ruh aus!«

Aber Matelda schüttelte den Kopf. Sie versuchte, die Müdigkeit aus ihrem Gesicht zu vertreiben und Bjor tatendurstig anzustarren.

»Geh und wasch die Steine«, schlug Bjor vor. »Sie sind schmutzig, und das Meerwasser würde den Dreck in die Bilge spülen. Dann hätten wir Kieljauche im Schiff. Saubere Steine sind besser. Dabei kannst du Kraft schöpfen.«

Matelda spürte, wie ihr von Kälte und Mühsal gerötetes Gesicht unter einer plötzlichen Wut erblasste. Ohne mich würde nicht einmal ein Gerüst in diesem Schuppen stehen, wollte sie sagen, doch für eine angemessene Entrüstung fehlte es ihr an Kraft. So blieb ihr nichts anderes übrig, als Bjor stumm den Rücken zu kehren und zu dem Wellenbrecher zurückzukehren, dessen tatsächliche Aufgabe darin zu bestehen schien, nicht die Wogen, sondern ihren Willen zu brechen. Ohne ein Wort der Klage packte sie den nächstbesten Stein und schleppte ihn zum Schiff. Die *Estrella* verschlang die Gabe, und ihr Hunger schien grenzenlos zu sein.

Längst hatte das Schneetreiben aufgehört, als Bjor in die Hände klatschte und sich den Schmutz an seinem Wollumhang abrieb. »Das sind genug«, sagte er und nickte zufrieden. Unsicheren Schrittes taumelte Matelda rücklings gegen die Bordwand und stützte sich an dem eiskalten Holz ab. Der Schnee durchnässte ihr Kleid, und sie wusste: Wenn sie sich setzte, würde sie nicht noch einmal die Kraft zum Aufstehen finden. Wir haben es geschafft!, war alles, was sie denken konnte, und Begeisterung ergriff Besitz von ihr. Die *Estrella* war das schönste Schiff der Welt, und sie war stolz, dass ein Seemann wie Bjor es auf seiner Jungfernfahrt steuern würde. Sie staunte seinen breiten Rücken an, und ihr war, als habe mit dem versiegenden Schnee auch das Licht gewechselt.

Da wandte sich Bjor zu ihr um. »Jetzt müssen wir die Steine nur noch in die richtige Lage bringen.« Er zögerte, als er sie ansah. »Aber das kann nur ich allein erledigen. Zu schwierig.«

Matelda wusste, dass er log, und hielt sich eine Hand vor den Mund, um ihre von der Heiterkeit verschobenen Gesichtszüge zu verbergen, doch dann platzte, gegen ihren Willen, Gelächter aus ihr heraus.

»Aber es stimmt«, beteuerte Bjor, doch auch unter seinen Bart stahl sich ein Lächeln. Sofort wandte er sich ab.

»Ihr scheint ohne meine Hilfe bestens auszukommen.« Es war Fredegars Stimme, die plötzlich durch den Schuppen schallte. Der Zimmermann stand in der geöffneten Tür. Hinter ihm drängten Rado, Bertulf und Waldelenus hinein. »Vermutlich«, fuhr Fredegar fort, »seid Ihr so guter Dinge, weil Ihr unseren Lohn zusammengetragen habt. Gebt uns das Geld, und wir verschwinden.«

Ein kühles, weißes Gefühl hüllte Matelda ein. Ich bin ein *Jökull*, dachte sie und sprang mit zwei Sätzen von der *Estrella* herunter, nahm einige der zusammengetragenen Werkzeuge und warf sie Fredegar vor die Füße. Die Geräte, zuvor säuberlich aufeinandergelegt, fielen scheppernd auf einen Haufen.

»Nehmt davon, so viel ihr tragen könnt, und verschwindet!«
Ihre Stimme splitterte.

Fredegar wich einen Schritt zurück, besann sich jedoch so-
fort wieder und blähte seinen Brustkorb. »Geld! Ihr hattet uns
Münzen versprochen.« Er hielt Matelda eine unverschämte
Handfläche entgegen.

Nicht noch einmal!, dachte Matelda. Sie war es satt, Fredegar darum zu bitten, in einigen Tagen wiederzukommen. Hatte
sie ihn und seine Leute nicht gut behandelt? Hatte sie ihnen
nicht den Lohn gezahlt, als es zu kalt war, um weiterzuarbei-
ten? Hatte sie nicht jedes Kupferstück, das sie ihrem Vater ab-
geschwatzt hatte, in bessere Werkzeuge für diese drei Männer
investiert? Wie konnte es sein, dass Fredegar nichts mehr davon
wusste?

»Verschwinde, Zimmermann, und kehre nicht zurück! Nimm
das Werkzeug. Ich weiß genau, wie viel es dir einbringen wird.
Dein Geld wirst du trotzdem erhalten. Später.« Sie wandte sich
ab. Da spürte sie Fredegars steife Hand auf ihrer Schulter und
seinen heißen Atem in ihrem Ohr.

Was Fredegar ihr noch zu sagen hatte – niemals würde sie es
erfahren. Vom Schiff herunter rauschte Bjor an ihr vorbei. Fredegars Griff löste sich in einem Schrei auf. Zu ihrer Linken, wo
Waldelenus, Rado und Bertulf standen, hörte sie Schreckens-
rufe und das Scharren hastiger Schritte. Als sie die Quellen
der Geräusche endlich fest im Blick hatte, stießen sich die vier
Zimmerleute gegenseitig ins Freie. Bjors Stiefel half nach.

Kaum waren die Handwerker verschwunden, da steckte Fredegar noch einmal den Kopf durch die Tür. Seine rechte Wange
hatte die Farbe eines Sonnenuntergangs, und er stieß hervor:
»Ich kenne einen einfacheren Weg, mir das Geld zu besorgen.
Und er wird Euch nicht gefallen.« Dann machte er sich davon.

Bjor versuchte, zu seinem schiefen Grinsen zurückzufinden, und sagte mit tiefer Stimme: »Die machen uns nicht mehr Probleme als eine Schneeflocke auf dem Leib eines Drachen.«

Besorgt fragte Matelda: »Gilt das nur für *Miöll* oder auch für *Snôr* und *Drífa*?«

Es hatte aufgehört zu schneien, als sie bald darauf den Schuppen im Schutz der Nacht verließen. So sehr hatte sich Matelda an die beständig fallenden Flocken gewöhnt, dass ihr noch die Sterne wie Schnee erschienen. Sie beschloss, das Segel der *Estrella* mit Sternen zu besticken – vorausgesetzt, dazu blieb genügend Zeit.

Entlang der mit Eis bedeckten Kanäle führte ihr Weg zurück zu Orsos Hütte. Auf eine Laterne hatten sie verzichtet, damit Bjor unterwegs nicht von einer Patrouille der Stadtwache erkannt werden konnte. Ohnehin leuchtete die vom Schnee bedeckte Stadt hell genug. Eingehüllt in Wollkleider und lichte Dunkelheit, erkannten sie bereits von fern, dass die Tür zu Orsos Hütte offen stand und schief in den Angeln hing wie ein gebrochener Kiefer.

Bjor schob sich vor Matelda und lauschte. Dann schlüpfte er in das Gebäude hinein. Matelda folgte ihm. Orsos Wohnraum lag im Dunkeln. Sie tastete nach der Lichtschale, fand sie jedoch nicht. Nicht einmal der Tisch stand noch aufrecht. Matelda entdeckte die grobe Eichenplatte, als eines ihrer Schienbeine schmerzhaft dagegenstieß. Sie sank, die Luft einziehend, in die Knie und spürte Stroh unter den Händen. Jemand hatte Orsos Betten aufgeschnitten und den Inhalt in der Hütte verteilt. Hoffentlich, dachte sie, haben sie es mit Orso nicht ebenso gemacht.

»Sie sind entkommen und unversehrt«, sagte eine raue Stimme in der Finsternis. Im Türrahmen zeichnete sich der

Umriss eines Menschen ab. Der Stimme nach zu urteilen, war es ein Mann. Aber der Gestalt nach …

»Ich bin Begga«, sagte die Stimme. »Kommt! Orso ist bei mir.«

Kapitel 23

Alexandria, die Katakomben

DIE STUFEN IN DIE UNTERWELT waren ausgetreten. Wie viele Menschen mussten sie hinabgestiegen sein, bis Granit Mulden bekam?, überlegte Alrik. Und wie viele von ihnen waren wieder daraus hervorgekommen?

Kahina wartete kurz hinter dem Eingang und winkte ungeduldig. In ihrem tiefblauen Umhang verschmolz sie mit der Schwärze, die jenseits des Steinbogens lag. Das angelaufene Bild eines Schiffes war auf das Kopfteil der Steine graviert. Darauf hatten sich Flechten gebildet.

Bevor er die Treppe hinabstieg, blickte Alrik noch einmal in den Himmel und saugte das Licht des Vollmonds in sich auf, einen letzten Vorrat an Helligkeit. Dann trat er ein in das Reich unter der Erde.

Sie waren allein. Kahina hatte darauf bestanden, dass Yaa, Magnus, Ingvar und Bonus zur *Visundur* zurückkehrten. Sie kannten bereits zu viele Geheimnisse der Amazig, hatte die Königin argumentiert, mehr sollten es nicht werden. Einzig Alrik dürfe sie begleiten. Niemand hatte widersprochen. Denn der Ort, an den Kahina Alrik führen wollte, und die Aufgabe, die vor ihnen lag, war nichts für Seefahrer. Die Mannschaft liebte das offene Meer. Hinabzusteigen an einen engen Ort, wo nur Dunkelheit herrschte, schreckte sie mehr als die Spitze eines Schwerts an der Kehle, mehr sogar als eine einwöchige Flaute auf hoher See. Alrik erging es ebenso.

Kahina entzündete eine zur Hälfte heruntergebrannte Kerze und drückte sie Alrik in die Hand. Sie selbst fischte aus einer

Nische in der Wand ein weiteres Talglicht und entzündete es an Alriks.

»Benutzen wir keine Fackeln?«, fragte er überrascht. Er tastete nach der Tasche an seiner Seite, doch sie war leer. Sämtliche Fackeln waren verbraucht worden, als sie die Kirche des heiligen Markus durchsucht hatten.

Kahina drehte sich zu ihm um. Er sah das Lächeln auf ihrem Gesicht, das Zwinkern in ihren Augen. »Wer trägt schon Licht ins Reich der Toten?«, fragte sie. Dann verschwand sie in den Schatten.

Alrik biss sich auf die Lippen. Er ging einen Schritt vorwärts, dann noch einen. Die Finsternis schlug über ihm zusammen. Der Geruch von feuchtem Stein drang in seine Nase. In seiner Hand kämpfte das Talglicht gegen einen Luftzug an. Die Prophezeiung Steins fiel ihm wieder ein. Als sie vor der Küste Ägyptens gekreuzt waren, hatte der Runenmeister von einer Tür gesprochen, daran konnte sich Alrik erinnern. Lichtlöcher und einen aus Schlangenleibern errichteten Saal hatte Stein in seiner Vision gesehen. Es war um Gift gegangen. Gift und …

Bleiche Finger erschienen in der Dunkelheit und packten sein Handgelenk. Alrik zuckte zusammen. »Bleib nicht zurück, Nordmann!«, sagte Kahina.

Er folgte ihr durch schmale Gänge, das winzige Licht wie einen Schild vor sich haltend. Am Rand des sichtbaren Bereichs wallte Kahinas Umhang, und davor war nichts. Gern hätte Alrik tastend einen Fuß vor den anderen gesetzt. Aber seine Führerin eilte voraus, ohne sich nach ihm umzusehen. Wohl oder übel musste er sich ihr anvertrauen und mit ihr Schritt halten, wollte er nicht zurückbleiben. Nicht einmal seine Raben würden ihm helfen, wenn er sich hier unten verirrte.

Die Wände rückten enger zusammen. Immer wieder streiften Alriks runde Schultern das Gestein. Wie Schleier hingen

Spinnweben in seinem Gesicht. Er zog sie fort und wischte sie an der Wand ab.

Erleichtert atmete er auf, als Kahina anhielt. Sie drehte sich um und hielt die Kerze zwischen ihre beiden Gesichter.

»Sind wir da?«, fragte Alrik.

»Sie sind da«, sagte die Königin. Auch von ihrer Kapuze hingen die Reste von Spinnweben und schwebten im Luftzug von Kahinas Atem. Mit dem Talglicht strich sie an der Wand entlang, wo Alrik eine Einbuchtung erkennen konnte. Jemand hatte mit groben Werkzeugen eine Aussparung in den Stein gekratzt. Der Körper eines Kindes hätte darin liegen können. Tatsächlich erkannte Alrik Knochen in der Nische. Sie waren aus dem natürlichen Verbund gelöst und sorgsam zu einem Stapel aufgeschichtet. Deutlich war ein menschlicher Schädel erkennbar. Im flackernden Halblicht schien es, als bewege sich etwas in den Augenhöhlen.

»Die ehemaligen Katakomben. Sie sollen unter der gesamten Stadt verlaufen. Manche sagen, sie würden bis unter die Wüste reichen. Aber niemand weiß das genau. Niemand kennt alle Wege. Wer hier unterwegs sein muss, der folgt dem kürzesten Pfad und trödelt nicht herum. Hör zu, Alrik! Wenn du mich hier unten verlierst, bleib stehen. Warte, bis ich dich finde. Wenn du herumirrst, wirst du in Bereiche gelangen, in denen seit Jahrhunderten kein Mensch mehr war. Und dort kenne auch ich mich nicht aus. Hast du verstanden?«

Alrik nickte. Nie zuvor hatte er so stark den Wunsch verspürt, auf dem Deck der *Visundur* zu stehen und frische Luft zu atmen.

Kahina hielt die Kerze gegen die niedrige Wölbung der Decke. Mit den Fingern fuhr sie über den Stein, rieb dann die Spitzen prüfend aneinander. Ohne ein weiteres Wort huschte sie vorwärts. Alrik warf einen letzten Blick auf die Gebeine in der Wand. Dann eilte er hinter der Amazig her. Die Königin aus der Wüste bewegte sich auch durch das Totenreich wie eine Herrscherin.

✳

»Erst sind es die Knochen eines Schweins. Dann bringen sie mir einen Haufen Staub. Und jetzt soll es ein verfaulter Heide sein!« Bonus von Malamocco warf der Besatzung der *Visundur* einen schwarzen Blick zu. Mit jedem Wort klatschte seine Hand auf das Dollbord.

»Wenn du nicht bald aufhörst, das Schiff zu schlagen, wird es sich noch wehren«, rief Yaa. Gemeinsam mit Darios und Erios war er damit beschäftigt, Holznieten in den Planken zu ersetzen. Noch immer lag das Schiff im Hafen Alexandrias, und das Holz knackte in der Sonne.

»*Ich* bin es, der sich wehren wird«, erwiderte Bonus. »Die Abmachung lautete, dass ihr dabei helft, die Reliquien des heiligen Markus nach Rivo Alto zu schaffen. Ein toter Ägypter genügt nicht. Versteht ihr?« Doch die meisten der Seeleute kehrten Bonus den Rücken zu. Nur Magnus schenkte ihm einen kurzen Blick und zog die buschigen roten Augenbrauen bis auf die Nasenwurzel hinunter.

»Da kommt jemand«, rief er.

Eine Schar von Männern näherte sich von der Stadt her. Bonus erkannte eine Menschenmenge, vielleicht sechzig Gestalten. Die meisten gingen zu Fuß. Vier ritten auf Kamelen. Einer von ihnen ragte hoch über sein Reittier hinaus.

»Der Riese aus der Kirche«, sagte Ingvar und stemmte die Arme auf den Schandeckel. Schon waren die Besucher herangekommen. Einige der Kämpfer versuchten, auf die *Visundur* zu steigen, doch Yaa zog die Planke weg, die das Schiff mit dem

Anleger verband. Mit verschränkten Armen baute sich Ingvar an Steuerbord auf und schickte ein nordisches Schweigen zu den Sarazenen herüber. Für einen Sprung in das mit bleichhäutigen Fremden gefüllte Boot fehlte ihnen anscheinend der Mut.

Die Ankömmlinge trugen schwarze und weiße Kaftane und hielten Speere in ihren Händen. Ihre Gesichter waren von dichten Bärten geschmückt. Einer trat vor, stampfte mit dem stumpfen Ende seines Speers auf und rief etwas, das Arabisch sein mochte. Als er geendet hatte, antwortete Ingvar: »Du kannst Griechisch zu mir sprechen oder in der Sprache der Äxte.«

Das Gesicht des Sarazenen wurde purpurrot, als er zu schreien begann. Immer wieder deutete er auf das Schiff, dann auf einen der Männer auf den Kamelen, eine schmale Gestalt unter einem weißen Kopftuch. Der Stoff war so fein, dass er die leisesten Luftbewegungen aufnahm und floss, als wäre er aus Wasser. Darunter schaute ein fein geschnittenes Gesicht hervor. Unter dem kurz gehaltenen Vollbart spitzte der Mann die Lippen. Schließlich beugte er sich im Sattel vor und gebot dem Fußsoldaten Einhalt.

»Ich bin es nicht gewohnt, persönlich mit Niederen zu reden. Doch in diesem Fall will ich eine Ausnahme machen«, rief er auf Griechisch zu dem Schiff hinüber.

»Wer ist hier ein Niederer, hm?«, entgegnete Magnus. Als der Araber anfing zu lachen, leuchteten die Wangen des Zwergs in der Farbe seines Haarschopfes.

»Wir sind beschäftigt«, fuhr Ingvar fort. »Worum geht es? Seid ihr gekommen, um Holz zu liefern?«

Der Schöngewandete auf dem Kamel lachte über Ingvars Unverschämtheit. »Ich bin Abdullah ibn Aziz, der Statthalter Alexandrias, und das hier«, er deutete auf den Riesen neben sich, »ist Ya'kub, Bevollmächtigter des Kalifen. Falls ihr Barbaren wisst, was das bedeutet.«

»Was ich weiß«, erwiderte Ingvar, »ist, dass der Große da zu bevollmächtigt ist, um ein Wettrennen gegen einen Nordmann gewinnen zu können.«

Im Gesicht des hochgewachsenen Reiters zuckte ein Muskel. Der Statthalter warf seinem Nebenmann einen prüfenden Blick zu. Dann fuhr er fort: »Natürlich versteht ihr nichts von dem, was hier vorgeht. Die Besatzung jedes anderen Schiffs hätte sich in den Staub geworfen, den Sand geküsst und geweint angesichts der Ehre, dass ihr der Statthalter persönlich einen Besuch abstattet.«

»Bei uns ist es üblich, dass der Gast vor Ehrfurcht in den Staub fällt, wenn er unser Schiff, die *Visundur,* aus der Nähe betrachtet«, rief Ingvar.

»Genau deshalb sind wir hier«, sagte Abdullah. »Seit du den goldenen Schrein von Ya'kub gestohlen hast, habe ich mich gefragt, wer so etwas zuwege bringt. Und wer so furchtlos ist, es mit Ya'kub aufzunehmen.« Er lächelte. »Oder so dumm.«

»Der Dumme bist du selbst, Statthalter«, mischte sich Yaa ein. Der Schwarze war hinter Ingvar aufgetaucht. Auch die anderen Besatzungsmitglieder versammelten sich jetzt im Rücken von Alriks Sohn. Yaa fuhr fort: »Denn wenn du gekommen bist, um den Schrein zurückzufordern, so sollst du ihn haben. Er enthält etwas, das deiner würdig ist: Schweineknochen.«

Anstelle des Statthalters antwortete der Mann neben ihm, mit dröhnender Stimme. »Nicht wegen des Schreins sind wir hier, Barbar. Sondern wegen des Schiffs. Es ist außergewöhnlich und soll dem Kalifen Freude bereiten. Der Herr der zehntausend Reiche soll darin in den Hafen einfahren, vielleicht sogar den Nil hinaufgebracht werden bis zu den großen Pyramiden.«

»Daraus wird nichts«, sagte Darios. »Wir haben Wichtigeres zu erledigen, als Spazierfahrten für Sarazenenfürsten zu unternehmen.«

»Ja!«, schaltete sich jetzt auch Kilian ein. »Euer Kalif kann als Ruderer bei uns anheuern. Vorausgesetzt, er ist kräftig genug für diese Arbeit.«

Der Statthalter lächelte nachsichtig. Dann sagte er: »Weder bin ich gekommen, euch um einen Gefallen zu bitten, noch habe ich vor, Handel mit euch zu treiben. Euer Schiff ist beschlagnahmt. Es gehört mir.«

Alriks Kerze war auf die Länge einer Knabennase heruntergebrannt. Auf seinen Händen klebte der Talg und versiegelte die Schwielen. Diese neue Schicht auf seinem Fleisch fühlte sich glatt an wie die Haut einer Kurtisane.

Noch immer eilte Kahina vor ihm her. Auch ihr Licht ging zur Neige. Beunruhigt fragte er sich, ob noch genug für den Rückweg bleiben würde. Da hielt Kahina an einer Abzweigung an. Ihr Gesicht war unter der Kapuze nun unsichtbar, als sie mit dem Talglicht in den Gang deutete und sagte: »Da hinten ruhen die frühesten Toten dieser Stadt. Fürsten meist, reiche Männer und Frauen, die es sich leisten konnten, an diesem Ort beigesetzt zu werden. Viele von ihnen sollen in ihren Gräbern zu Mumien geworden sein. Aber vielleicht ist das nur ein Gerücht. Niemand, den ich kenne, hat sich jemals dort hineingewagt. Siehst du das?« Sie strich mit der freien Hand über die Wand. Alrik erkannte schemenhaft Schriftzeichen.

»Was steht da?«, fragte er.

»Es sind Warnungen für die Verirrten. Wer hierhergerät, der sollte besser wieder umkehren, denn hinter dieser Abzweigung endet das Reich der Lebenden.« Sie zuckte mit den Schultern. »Jedenfalls steht es da so.«

»Können wir nicht weiter vorne eine dieser Mumien finden?«, fragte Alrik.

»Du hast die Gebeine dort gesehen. Etwas anderes gibt es so weit vorn in den Katakomben nicht. Dort hinten vielleicht schon.«

»Dann wollen wir es herausfinden«, presste Alrik hervor und ging einen Schritt an Kahina vorbei. Das Licht streckte er so weit vor sich wie möglich und schirmte es mit der freien Hand ab, damit der Luftzug es nicht löschen konnte.

Erst jetzt bemerkte Alrik das Knirschen unter seinen Schritten. Er hoffte, dass es nur loses Gestein war. Doch dafür gab der Unrat unter seinen Schuhen zu leicht nach. Rattenknochen, dachte er und ging weiter.

»Lass mich vorangehen«, raunte Kahina hinter ihm.

»Sagtest du nicht, du seist ebenfalls nie zuvor hier gewesen?«, fragte Alrik. Auch er senkte die Stimme. »Dann gehe besser ich voraus. Falls etwas geschieht, bist du hinter mir sicher.«

Er hörte sie widersprechen, tastete sich jedoch unbeirrt weiter vorwärts, tiefer in den Bauch der Katakombe hinein.

Tatsächlich hatte sich etwas verändert. Nur konnte Alrik zunächst nicht benennen, was es war. Lag es nur an der Warnung auf der Wand, dass er und Kahina nun miteinander flüsterten?

Bald darauf fanden sie den ersten Leichnam. Der Tote lag in einer Nische, viel größer als jene zuvor. So großzügig war dieser Alkoven in den Stein gehauen, dass mehrere Menschen vor der Nische hätten Platz finden können.

»Hier sollen sich in alten Tagen Familien versammelt haben, um an Festtagen mit den Toten zusammen zu sein«, flüsterte Kahina. Sie deutete auf einen Haufen Scherben am Boden.

»Man hat gemeinsam gegessen, getrunken und dem Verstorbenen ebenso eine Schale gefüllt wie den Lebenden.«

»Woher weißt du das alles?«, fragte Alrik. »So, wie es hier aussieht, muss das vor Jahrhunderten gewesen sein.«

»Es waren Christen«, antwortete Kahina. »Wir bewahren die Geschichten unserer Vorfahren, indem wir sie weitererzählen.«

»Und dort?«, fragte Alrik. »Ruht dort auch ein Christ?« Er trat mit dem Licht an den Körper heran, der in einer Steinkiste lag. Einst schien ein Deckel den Kasten verschlossen zu haben, doch er war heruntergeschoben worden und klemmte jetzt zwischen Kiste und Steinwand. Alrik beugte sich über den Sarkophag.

Der Leichnam war klein und hatte eine dunkle Farbe angenommen. Die dürren Arme des Toten lagen gekreuzt über seiner Brust. Unterhalb des Körpers hatten Zersetzungsprozesse dunkle Spuren im Boden des Sarkophags hinterlassen. Das Gesicht. Alrik beugte sich tiefer. Das Gesicht war eine Fratze. Die Haut ähnelte den Blättern einer welken Pflanze. Die Lippen waren verschwunden und gaben den Blick auf die Reste der Zähne frei. Die Augenlider waren geschlossen, aber eingesunken. Darunter mussten die Augäpfel zu Rosinen vertrocknet sein. Rötlich schimmerndes Haar lag eng an dem mit Lederhaut bespannten Schädel.

Als sein Bart den Leichnam streifte, zuckte der Nordmann zurück. »Was ist mit ihm geschehen?«, raunte Alrik. »Wieso ist er noch so gut erhalten? Er lebt doch nicht etwa noch ein bisschen?«

»Trockenheit und Hitze«, sagte Kahina leise. »Sobald ein Mensch in Ägypten stirbt, verdunsten seine Körpersäfte schneller, als du einen Becher Wein leeren kannst. Anstatt ein Festmahl für Käfer und Fliegen zu werden, schrumpft er zusammen. In vergangenen Zeiten kannten die Menschen dieses

Landes Techniken, wie sie den Prozess noch weiter aufhalten konnten. Dieses Wissen ist verloren gegangen. Die Mumien aber gibt es noch.«

»Das muss ein einträgliches Geschäft gewesen sein«, sagte Alrik. »Den Menschen die Angst vor dem Ende zu nehmen, indem man ihre Körper erhielt.«

Kahina nickte ernst. »Wer weiß? Vielleicht stoßen wir hier unten noch auf das Geheimnis der Mumifizierer.«

»Manche Rätsel bleiben besser ungelöst«, brummte Alrik. »Diese Mumie hier scheint mir jedenfalls gut genug geeignet, um einen Heiligen abzugeben. Glaubst du, wir bekommen ihn heil hier heraus?« Alrik betrachtete den kleinen Körper und fragte sich, ob er ihn überhaupt würde aus seinem Grab heben können, ohne ihn zu zerbrechen.

Mit festem Griff packte Kahina Alriks Handgelenk. »Nein!«, stieß sie hervor. »Kein Christ kommt für uns infrage.«

»Aber er wird als Heiliger verehrt werden. Vermutlich ruht er für den Rest der Ewigkeit in einer prachtvollen Kirche und andere Christen verneigen sich vor ihm.«

»Er ist ein Christ und bleibt, wo seine Familie ihn bestattet hat. Wir werden ältere Mumien finden. Weiter hinten in den Gängen.«

Alrik warf einen besorgten Blick auf die Lichtstummel in ihren Händen. »Damit werden wir nicht mehr weit kommen. Wir nehmen diesen Leichnam hier und verschwinden. Wenn er ein Christ ist, ist sein Geist längst im Himmel. Sein Körper kümmert ihn nicht länger.«

Alrik meinte, Kahinas Augen funkeln zu sehen. »Wenn du einen Christen schänden willst, musst du das allein erledigen. Ich gehe. Finde allein aus dem Labyrinth heraus!«

Damit wandte sich Kahina um und verschwand in dem Gang, aus dem sie gekommen waren. Alrik blieb nichts anderes übrig, als ihr zu folgen. »Brate mir das Herz des Drachen!«, brummte er.

An der nächsten Abzweigung bog Kahina in einen Gang ein, den sie zuvor noch nicht betreten hatten. Rechts und links öffneten sich nun weitere Nischen, doch sie schenkte keiner einzigen ihre Aufmerksamkeit. Einmal geriet die kleine Flamme ihres Talglichts an ein dichtes Gewebe von Spinnennetzen und setzte diese in Brand. Von einem Augenblick auf den anderen loderten die Weben hell auf. Alrik schloss geblendet die Augen. Als er sie wieder öffnete, schien die Dunkelheit um sie her noch dichter geworden zu sein, die Schatten noch tiefer, und als Alrik tastend die Hand ausstreckte, hatte er das Gefühl, sie tauche in Sirup ein.

Auch Kahina bewegte sich nun zögerlich. An jeder Abzweigung blickte sie zunächst in alle Richtungen, bevor sie sich für einen der Wege entschied.

Dann trafen sie auf die Löwen.

Im fahlen Licht reckten ihnen zwei Raubkatzen die aufgerissenen Mäuler entgegen. Die Standbilder reichten Alrik bis zur Schulter. Sie waren aus Bronze gegossen. Fasziniert, aber vorsichtig streckte er eine Hand aus, um die Oberfläche des Metalls zu berühren. Die Bronze war warm.

Kahina trat näher an die Statuen heran, ging vorsichtig um sie herum. »Das ist kein Grabschmuck der Christen«, sagte sie. Ihre Stimme hallte von unsichtbaren Wänden wider.

»Dann nähern wir uns dem ältesten Bereich des Labyrinths?«, wollte Alrik wissen. »Ich hätte nichts dagegen, bald etwas zu finden und an die Oberfläche zurückzukehren.«

Kahina schien nicht auf seine Worte zu achten. Sie sprach zu den Löwen. »Es sind Wächter«, sagte sie. »Die alten Religionen ließen ihre Toten bewachen. Weil es bei ihnen etwas zu stehlen gab.«

Alrik nahm die Hand vom Kopf des Löwen. »Du meinst, hier gibt es das Grab eines reichen Fürsten? Ich würde seine Reichtümer gegen ein frisches Talglicht tauschen.«

»Das wird nicht nötig sein. Wir haben gefunden, was wir suchen«, sagte Kahina und deutete hinter die Statuen. Dort hockte, zusammengesunken und mit dem Rücken an der Wand, eine Gestalt.

Alrik beugte sich vor. Es schien sich um einen Mann zu handeln. Er war schon lange tot. Seine Kleider hatte die Zeit mitgenommen. Seine Haut und seine Muskeln waren, wie schon bei der Christenmumie, in Teilen erhalten. Doch hier gab es kein Begräbnis, keine Spuren von Ritualen oder Feierlichkeiten. Der Leichnam schien zufällig hierhergeraten zu sein.

»Er hat sich verlaufen, nicht wahr?«, fragte Alrik. »So einen wolltest du also finden.«

»Ja«, antwortete Kahina. »Ganz gleich, welchem Glauben er angehörte, jetzt wird er angemessen beigesetzt werden. Alles ist besser, als in einem finsteren Winkel zu Staub zu zerfallen.«

»Nicht alles«, erwiderte Alrik. »Aber ich stimme zu. Wir nehmen ihn mit, bevor man uns in hundert Jahren neben diesem armen Teufel findet.« Damit reichte er Kahina das Wrack seines Talglichts und beugte sich über den Toten. Eine Hand schob er unter dessen Kopf und eine unter das Becken. Einen Moment lang fragte Alrik sich, was der Unglückliche hier unten gesucht haben mochte. Dann hob er den Leichnam an.

Die Mumie hatte das Gewicht einer Feder. Dennoch schwitzten Alriks Hände. »Er wird einen herrlichen Heiligen abgeben. Und jetzt nichts wie fort von hier!«

Da kam ein Geräusch aus den Tunneln. Es klang wie das Heulen des Fenriswolfs, wenn er zwischen den Sternen rennt. Alrik erstarrte. Ein Luftzug fegte heran, spielte mit seinem Bart und seinem Haar. In Kahinas Händen flackerten die Kerzen.

Im letzten Schein der Lichter erkannte Alrik, wie seine Begleiterin versuchte, die sterbenden Flammen mit den Händen zu schützen. Dann schlug die Finsternis über ihnen zusammen.

✳

Bonus strengte jeden Muskel seines Gesichts an, um das Lächeln darauf zu halten. Das Schiff wimmelte von Arabern. Nachlässig prüften sie die Seemannskisten der Besatzung, strichen mit den Händen über die Riemenstangen, die vom Schweiß ungezählter Ruderstunden schwarz und glatt gescheuert waren, und blickten finster zu dem Drachenkopf mit den beiden Flügeln hinauf, der den Vordersteven zierte. Ihre Gesten, ihre abschätzig geschürzten Lippen und ihre wegwerfenden Handbewegungen schienen zu demonstrieren, dass sie das Schiff für wertlos hielten. Diese Narren! Bonus beschloss, sie in diesem Glauben zu lassen.

Die Mannschaft hatte sich im Heck versammelt und beobachtete, was auf Deck vor sich ging. Als einer der Araber die Käfige der Raben zu öffnen versuchte, rief Djamil ihm einige arabische Worte zu. Was Djamil auch gesagt haben mochte, es zeigte keine Wirkung: Der Krieger nestelte die Käfigtüren auf. Die Vögel entkamen und flogen in Richtung der Stadt davon. Djamil fluchte.

Gemessenen Schrittes kam nun auch der Statthalter an Bord, umringt von vier Männern, die offensichtlich seine Garde bildeten. Dichtauf folgte sein hochgewachsener Begleiter. Jetzt war der Moment gekommen. Bonus' Gesichtsmuskeln schmerzten bereits, als er dem ungebetenen Besucher lächelnd entgegentrat.

Kaum war Bonus zwei Schritte auf den Statthalter zugegangen, reckten sich ihm die Spitzen zweier Säbel entgegen. Zwar erwartete er, dass Abdullah seine Wachen beschwichtigte – immerhin war er, Bonus, nur ein einzelner Mann – doch der Statthalter ging einfach weiter. Die Wachen stießen Bonus beiseite.

»Wartet!«, rief Bonus den Eindringlingen hinterher. Im Stillen verfluchte er die Mütter aller Sarazenen, bemühte sich aber noch immer um ein freundliches Gesicht. Warum unternahmen die Männer der Besatzung denn nichts? Sahen die einfach zu, wie ihnen das Schiff gestohlen wurde? Bonus sollte es recht sein. Er hatte eigene Pläne mit der *Visundur*.

»Statthalter Abdullah«, rief er. »Stimmt es, dass du nach den Berbern suchst?«

Da wandte der Araber in weißer Seide den Kopf. Er musterte Bonus, dann winkte er ihn heran. Über die Köpfe der Leibgarde hinweg sagte Bonus: »Ich kenne ihr Versteck.«

»Was gehen mich die Berber an?«, fragte Abdullah. Doch sein Desinteresse war geheuchelt.

»Das weiß ich nicht, ehrenwerter Statthalter. Doch hörte ich jemanden sagen, dass du gern weißt, wo in deinem Reich deine Untertanen leben, damit du ihnen Wohltätigkeiten erweisen kannst.« Bonus deutete eine Verbeugung an.

Abdullah rieb sich den gestutzten Bart und schenkte Bonus ein Gönnerlächeln. »Das ist wahr. Ich wüsste gern, wo die Berber wohnen. Man sagt, sie leben in der Wüste. Stimmt das?«

»So ist es. Ich war bei ihnen«, fuhr Bonus fort. »Aber die Wüste ist groß. Willst du wirklich wissen, wo du sie finden kannst?«

Abdullahs Hand verschwand in seinem Gewand, dann flogen Silbermünzen durch die Luft und landeten klingelnd auf dem Deck. Bonus zählte fünf Denare zu seinen Füßen. Er schob die Münzen mit der Schuhspitze beiseite.

»Das Angebot ist großzügig, Statthalter. Aber ich verlange etwas anderes für mein Wissen.«

»Du verlangst?«, platzte es jetzt aus dem großen Kerl heraus, der neben dem Statthalter stand und ein Gleichgestellter zu sein schien.

Nie zuvor hatte sich Bonus von einem Araber auf eine derartig unverschämte Weise angehen lassen müssen. Doch mit Streit würde er nicht ans Ziel gelangen. Jedenfalls jetzt noch nicht. Bonus rang sich ein Lachen ab. »Ware gegen Ware. So treibt man dort Handel, wo ich herkomme.«

»Was also willst du?«, fragte nun Abdullah. Er strich sich die Seidenkapuze vom Kopf. Darunter kam mit Öl eingestrichenes Haar zum Vorschein, das in der Sonne schimmerte.

Bonus leckte sich die Lippen, dann sagte er mit gesenkter Stimme: »Die *Visundur*. Das Schiff, auf dem du stehst. Es soll mir gehören. Und dazu verlange ich eine Riege deiner Männer, die mir helfen, es in Besitz zu nehmen.«

Abdullah runzelte die Stirn. »Aber du gehörst doch zu diesen Seeleuten dort drüben, oder nicht?«

»Das zu erklären, würde deine kostbare Zeit zu sehr in Anspruch nehmen, Statthalter. Was hältst du von meinem Vorschlag?«

Der elegante Araber wechselte einige Worte mit seinem Begleiter. Der Hochgewachsene bellte etwas auf Arabisch und schüttelte mehrfach den Kopf. Dann wandte sich Abdullah wieder Bonus zu.

»Ich weiß: Ihr Franken glaubt, ihr seid klug. Woher soll ich wissen, dass du die Wahrheit sagst? Wer garantiert mir, dass die Berber tatsächlich an dem Ort zu finden sind, den du mir nennen willst? Wenn ich dann mit leerer Hand zurückkehre, bist du mit dem Schiff auf und davon.«

»Ich bin kein Franke. Aber ich gebe dir das Wort eines Veneters. Überdies führe ich dich persönlich ans Ziel. Versprich mir nur, dass ich dafür bekomme, was ich verlangt habe: das Schiff und ein Dutzend deiner Krieger.«

Der Statthalter rieb sich die Wangen. Bonus wusste, dass der Araber ihm etwas vorspielte. Das Glitzern in den dunkel umrandeten Augen hatte längst verraten, dass Abdullah viel dafür geben würde, die Berber zu finden – sogar das Schiff, das für seinen Kalifen bestimmt war. Vielleicht verlange ich das Leben Alriks dazu, dachte Bonus. Doch er verwarf den Gedanken wieder. Nein, sagte er zu sich selbst, dieses Vergnügen will ich mir nicht nehmen lassen.

Als Bonus zu der Mannschaft zurückkehrte, bestürmten ihn Ingvar und seine Männer mit Fragen. Am Heck des Schiffes hatte niemand die Worte verstanden, die Bonus mit Abdullah gewechselt hatte. Was er gesagt habe, um den Statthalter umzustimmen, wieso die Araber plötzlich das Schiff wieder verlassen hatten, ob sie noch einmal zurückkämen und ob er, Bonus, jetzt die Hure der Sarazenen sei. Doch Bonus nickte nicht einmal. Er las die Tasche auf, in der er das Gift versteckt hielt, hängte sie über seine Schulter und verließ die *Visundur* und ihre verachtenswerte Besatzung. Bald, dachte er, werde ich den Takt schlagen, nach dem ihr rudern müsst.

Kapitel 24

Alexandria, die Katakomben

DIE FINSTERNIS WAR undurchdringlich. Der Luftzug hatte die Talglichter gelöscht, die ohnehin beinahe heruntergebrannt waren. Kahina war es nicht gelungen, sie wieder zu entzünden. Eine Weile standen sie in dem Gang und lauschten auf ihre Atemzüge.

»Findest du im Dunkeln hinaus?«, fragte Alrik beunruhigt.

»Wir müssen es darauf ankommen lassen«, sagte Kahina. Ihre Stimme klang nicht mehr so fest wie zuvor.

»Vorhin hast du mir geraten, mich nicht von der Stelle zu bewegen, wenn ich mich verlaufe«, rief Alrik ihr ins Gedächtnis.

»Damit ich dich finde«, erwiderte sie. »Aber jetzt ist niemand hier unten, der uns führen könnte.«

Als sie sicher waren, dass es keine anderen Geräusche gab, keinen Windhauch mehr, nichts, was ihnen Orientierung hätte geben können, beschlossen sie weiterzugehen.

Blind tasteten sie sich an den Wänden der Gänge entlang. Jetzt führte wieder Kahina. Alrik folgte, den Leichnam auf den Armen. Sorgsam bemühte er sich, den Körper nicht an dem Gestein entlangschleifen zu lassen. Doch immer wieder verriet ein reißendes Geräusch, dass der Schatz, für den sie hier heruntergestiegen waren, Schaden nahm.

»Warte!«, sagte Kahina eine Unendlichkeit später.

»Was ist?«, fragte Alrik. Da bemerkte er es ebenfalls. Seine Worte hatten einen tieferen Klang erhalten. Sie hallten von den Wänden wieder. Um sie herum musste sich ein großer, hoher Raum erstrecken.

Kahina klatschte in die Hände. Beifall brandete zurück. »Wo immer wir sind, wir waren noch nicht hier«, sagte sie. »Wir kehren um. Sonst geraten wir nur noch tiefer in das Labyrinth.«

»Du magst die Königin der Amazig sein«, sagte Alrik, »nicht aber die Herrscherin der Finsternis.« Er drängte sich an Kahina vorbei.

»Fass nach meinem Umhang«, sagte er, »wir werden versuchen, diese Halle zu durchschreiten.«

»Aber der Weg führt nicht dorthin, wo wir hergekommen sind. Wir sollten umkehren.« In Kahinas Stimme hatte sich ein Drängen gemischt.

»Sei still und hör zu!«, sagte Alrik. Dann ging er einige langsame Schritte voraus. Er spürte, dass seine Begleiterin seinen Umhang festhielt.

»Was gibt es da zu hören?«, fragte Kahina.

»Unter unseren Füßen. Das Knirschen.«

»Knochen«, sagte sie. »Nager, die hier verendet sind.«

»Wir zertreten die Reste der Ratten schon die ganze Zeit. In der Nähe des Eingangs waren es wenige, später mehr, und jetzt werden es wieder weniger.«

»Du glaubst, die Ratten sterben inmitten der Katakomben schneller?«

»Ich glaube, dass es einen Unterschied gibt. Weniger beim Eingang, weniger hier. Vielleicht liegt der Weg ins Freie ganz in der Nähe.«

»Oder die Ratten kommen erst gar nicht bis hierher, weil sie sich fürchten.«

Licht. Das war Alriks früheste Erinnerung. Dass er ausgerechnet hier unten daran denken musste, orientierungslos zwischen einem Heer von Toten, verloren in der Dunkelheit! Er wusste weder, woher das Licht damals gekommen war, noch wann er es gesehen hatte. Es mochte das Leuchten der Welt gewesen sein, das die Dunkelheit des Mutterleibs abgelöst hatte, das Gleißen der Sonne oder das Glimmen einer Kerze. Alrik hatte nie erfahren, unter welchen Umständen er geboren worden war, bei Tag oder Nacht, in einem Haus oder an einem Fluss, auf einem Karren oder einem Schiff. Nur der Wechsel der Helligkeit war ihm im Gedächtnis geblieben. Natürlich hatte er nichts erkennen können. Formen, Farben, vielleicht sogar Gesichter und Stimmen – all das lag verschwommen in seinem Geist, wie der Umriss einer Hand, die man ins Meer taucht. Aber das Licht war geblieben.

In der Dunkelheit prallte er gegen ein Hindernis. Kahina stieß an seinen Rücken. Der Leichnam in seinen Armen knirschte.

»Eine Wand«, sagte Alrik. »Wir haben den Raum durchquert.«

»Was, wenn der einzige Zugang zu dieser Halle dort lag, woher wir gekommen sind?«, fragte Kahina.

»Dann finden wir wieder dorthin zurück«, sprach Alrik in die Dunkelheit hinein. Gab es denn noch immer nicht den kleinsten Lichtschimmer? Er riss die Augen auf, bis sie schmerzten, doch die Schwärze um ihn her blieb undurchdringlich. »Wir tasten uns an der Wand entlang. Entweder wir kommen wieder zu unserem Ausgangspunkt oder wir finden etwas anderes.«

Kahina schwieg. Aber Alrik spürte, dass die Zweifel in ihr ebenso wuchsen wie in ihm selbst.

Als er sich an der Wand entlangschieben wollte, fehlte mit einem Mal der Boden unter seinen Füßen. Er stürzte, fiel und prallte mit der Schulter auf. Die Mumie entglitt seinen Händen. Die Panik unterdrückend, tastete Alrik um sich. Er spürte festes Gestein, so wie zuvor.

»Alrik!« Kahinas Stimme kam von weiter oben.

»Mir geht es gut«, rief er. Seine Stimme klang dumpfer als oben in dem großen Raum. Er streckte die Hand aus, bekam etwas Längliches zu fassen. Ein Stück Holz. Da waren auch Stufen. Eine Treppe. Vorsichtig kroch er hinauf.

»Wo bist du?«, fragte Kahina. Ihre Stimme war nah, doch ebenso gut hätte sie an der Quelle des Nils stehen können.

»Komm nicht näher!«, warnte Alrik. »Hier führen Stufen in die Tiefe. Sprich zu mir. Dann finde ich dich.«

Einen Moment schien Kahina nicht zu wissen, was sie sagen sollte. Dann begann sie, eine Melodie zu summen. Im Sonnenschein mochten die Töne den Ohren schmeicheln, doch hier unten wirkte die traurige Weise der Amazig wie das Lied einer verlorenen Seele auf der Suche nach Erlösung.

Mit ausgestreckten Armen versuchte Alrik, sich Kahinas Stimme zu nähern. Doch die Halle warf das Summen zurück und es schien, als stände ein Dutzend ihrer Ebenbilder um Alrik herum, um ihn zu verwirren. Gerade wollte er sie bitten, wieder still zu sein, da spürte er den Stoff ihres Gewandes unter seinen Händen.

Vielleicht lag es daran, dass Kahina unter der plötzlichen Berührung erschrak. Vielleicht hatte er sie auch erleichtert an sich gezogen. Mit einem Mal spürte Alrik ihre Arme um seine Schultern. Ihre Kapuze kitzelte an seiner Nase. Er nahm jenen Geruch nach Gewürzen wahr, der ihm schon einmal an ihr aufgefallen war. Doch der Moment war flüchtig wie das Glimmen eines Kienspans. Kahina schob sich von ihm fort. Dennoch spürte er, wie ihre Hand sich wieder fest in seinen Arm krallte.

»Ich habe die Mumie verloren. Aber etwas anderes gefunden.« Er tastete über den Stab, den er am Fuß der Treppe vom Boden aufgelesen hatte. »Ein Stück Holz. Vielleicht können wir es zum Brennen bringen.«

Kahinas Feuerstein und Stahl klickten nur dreimal gegeneinander, schon fanden die Funken Nahrung. Zunächst war nur ein Glühen zu sehen, ein roter Schein, in dem Kahinas Gesicht aus der Finsternis auftauchte. Über die Glut schaute sie zu Alrik hinüber, Erleichterung im Blick. Gemeinsam bliesen sie auf den Stock und erweckten eine kleine Flamme zum Leben.

Fast hätte Alrik laut aufgelacht. Das Licht war nutzlos. Zwar erhellte es Kahinas Gesicht und vermutlich auch sein eigenes. Um sie herum jedoch herrschte nach wie vor tiefste Schwärze. Sie probierten einige zaghafte Schritte in jene Richtung, in der Alrik die Treppe vermutete. Tatsächlich schälte sich aus der Dunkelheit am Boden bald eine Stufe heraus.

»Siehst du das?« Alrik stutzte.

»Die Stufen sind gemauert, nicht aus der Wand gehauen, so wie alles andere hier.«

Alrik kniete nieder und tastete über das von einer fingerdicken Schmutzschicht bedeckte Gestein. »Das ist pentelischer Marmor«, sagte er. »Kostspielig.«

»Vielleicht wurde ein reicher Mann hier bestattet«, mutmaßte Kahina.

»Vielleicht hat man ihm ein paar Fackeln ins Grab gelegt. Und einen Bogen Pergament, auf dem der Weg aus dieser Gruft aufgezeichnet ist.«

Kahina schwieg. Gemeinsam gingen sie die Stufen hinab. Nach wenigen Schritten fanden sie sich in einem Korridor wieder. Im Schein der kleinen Fackel schälte sich vor ihnen eine Fratze aus der Finsternis, das aufgerissene Maul einer Bestie, tote Augen und ein metallenes Fell, auf dem noch Spuren von Bemalung zu erkennen waren.

»Ein Löwe wie der zuvor«, stellte Kahina fest. »Und dort steht noch einer.«

Tatsächlich flankierten zwei Standbilder den Gang. Trotz

ihres offensichtlichen Alters war ihre einstige Pracht noch immer erkennbar. Wie armselig hingegen war die Tür, vor der die beiden Statuen aufgestellt worden waren: grobe Planken, roh gezimmert. Auf den ersten Blick war erkennbar, dass sie einst einem anderen Zweck gedient hatten. Jemand schien sie eilig herbeigeschafft und zu einer Tür zusammengenagelt zu haben. Breite Spalten klafften zwischen den Bohlen.

Alrik versuchte, durch die Bretter zu spähen. Doch zwischen der Finsternis diesseits und jenseits des Durchgangs schien es keinen Unterschied zu geben. Die ewige Nacht unter Alexandrias Straßen hatte einen Zwilling bekommen.

»Was auch immer dort auf uns wartet, wir sollten ihm den Rücken kehren«, sagte Kahina. »Diese Löwen sind hier zu einem Zweck aufgestellt worden: als Warnungen. Lass uns umkehren, Alrik. Unsere Bedrängnis ist schon groß genug.«

Zur Antwort erklang ein rohes Reißen, das Brechen von Holz, das Platzen von Zusammengefügtem. Alrik hielt ein Stück Holz in der Hand. Er schüttelte es. Gelbes Holzmehl rieselte daraus hervor.

»Holzwurm«, sagte Alrik. »Das wird nicht lange brennen. Wir sollten da drinnen nachsehen, ob wir etwas Besseres finden. Diese Löwen werden uns nicht schaden.« Zuversichtlich tätschelte er einem der Raubtiere den Scheitel. Dann trat er gegen den Rest der Tür, dass das Holz krachte.

Dürftig erhellte Alriks Fackel die Kammer. Der Raum war klein. Er schien hastig aus dem anstehenden Gestein herausgehauen worden zu sein. Auch hier waren Löwenfiguren aufgereiht, jeweils sechs von ihnen zeigten ihre Zähne an den Längsseiten der Wände. Dazwischen, in der Mitte des Raums, erhob sich ein hüfthohes Podest und darauf stand – Alrik hielt die Fackel näher heran – ein Sarkophag. Aber er war weder aus Holz gezimmert noch aus Stein gehauen. Auch ein Deckel fehlte. Der gesamte Kubus schien aus einem einzigen Block zu bestehen. Was war das für ein Material?

Kahinas Hände drückten gegen seine Brust. »Dzul Karnein!«, flüsterte sie. Da war er wieder, dieser Name, den jeder Ägypter zu kennen schien.

»Wer ist Dzul Karnein, beim Faden der Skuld?« Allmählich hatte Alrik genug. Er wollte endlich wieder das Meer rauschen hören. Stattdessen verschwendete er seine Zeit, tappte durch eine muffige Krypta und lauschte auf das Schweigen der Toten und die Zauberworte einer Wüstenkönigin.

Doch Kahina schien seine Frage nicht zu hören. Sie nahm ihm das brennende Scheit aus der Hand und näherte sich der Kiste. Mit gespreizten Fingern wischte sie sacht über die Oberfläche, die glatt zu sein schien wie eine Feder und schimmerte. Gemessen an dem Staub, der aufflog, musste dieses Ding schon mehrere Jahrhunderte hier unten stehen.

»Wir lassen das besser in Ruhe«, riet Alrik. »Wer weiß, was für ein Unglück darin verborgen ist. Sieh dich nach Holz um. Vielleicht finden wir etwas, das wir als Fackeln verwenden können.«

Noch immer reagierte Kahina nicht auf seine Worte. Gebannt starrte sie auf das Objekt. Dort, wo sie den Schmutz fortgewischt hatte, leuchtete der Quader milchig weiß.

Alrik stellte sich neben sie und folgte ihrem Blick. Tatsächlich schien es sich um eine Art Gestein zu handeln. Doch wirkte es unnatürlich transparent. »Stein, durch den man hindurchsehen kann?«, fragte Alrik und beugte sich weit über die Oberfläche, um ins Innere des Blocks zu schauen. Darin war ein Gesicht zu sehen. Zunächst glaubte Alrik an eine Reflexion. Doch rasch bemerkte er, dass im Innern der Kiste ein Toter lag.

»Wir haben ihn gefunden!« Vergebens versuchte Kahina, die Aufregung in ihrer Stimme zu unterdrücken.

»Wenn du mir nicht augenblicklich verrätst, wer oder was das hier ist, werde ich auf der Stelle das Licht löschen«, protestierte Alrik. Auch er konnte den Blick nicht von dem Gesicht abwenden, das in dem fast durchsichtigen Gestein schwamm.

»Siehst du die Rüstung aus getriebenem Gold?«, fragte Kahina. »Den makedonischen Stern mit den vielen Zacken? Den berühmten Helm? Dort liegt Dzul Karnein, der gehörnte Herr. Er ist zurückgekehrt.« Sie wischte sich über die Wangen. »Ein neues Zeitalter beginnt.«

Alrik runzelte die Stirn. Was hatte das zu bedeuten? »Der gehörnte Herr? Nennt ihr nicht so den Feind eures Gottes?«

»Aber nein!« Kahina schüttelte den Kopf. »Dzul Karnein ist nur ein Beiname, ein Wort aus der Vergangenheit. Man nannte ihn so, weil er Kriegshelme mit Widderhörnern trug.« Alrik erinnerte sich an das Gesicht in der Wand, das sie in der Kirche des heiligen Markus gefunden hatten. Der dort Dargestellte hatte ebenfalls einen Widderkopf auf dem Haupt getragen. Kahina setzte hinzu: »Als der Mann in diesem Sarg noch lebte, war er unter einem anderen Namen bekannt. Man nannte ihn Alexander. Alexander von Makedonien.«

TEIL III

DER KOPF
DES DRACHEN

März 828 n.Chr.

Kapitel 25

Die Wüste vor Alexandria

ABER ICH BIN EINER der Tribunen von Rivo Alto!«, rief
Bonus. Er ritt auf einem Esel zwischen vier Kriegern des
Statthalters einher. Das Tier war dämpfig, es lahmte, und aus
seinen Ohren rann eine Flüssigkeit ungesunder Farbe. »Ich verlange ein Reittier, das meinem Stand angemessen ist.«

Bonus' Worte verhallten zwischen den Sanddünen. Seine
Begleiter ritten auf stolzen Kamelen. Am Zaumzeug der Tiere
klingelten Glocken silberhell, und ihr Klang vermischte sich
mit dem Klappern der Säbel und Lanzen, die an ihren Flan-
ken hingen. Einer der Reiter trug einen Langbogen. In seinem
Köcher steckten so viele Pfeile, dass sich das Ziegenleder zum
Reißen spannte. Die Berber, dachte Bonus, werden solchen
Kriegern nicht viel entgegenzusetzen haben.

Noch einmal wandte er sich an den Riesen, dessen Gestalt
hoch aufgerichtet auf einem Kamelrücken thronte und mit den
Schritten des Tieres schwankte wie ein Schiffsmast bei unru-
higer See. Er hieß Ya'kub, so viel hatte Bonus herausgefunden.
Ab und zu deutete Ya'kub auf eine markante Stelle im Gelände,
auf eine ungewöhnliche Felsformation, eine besonders hohe
Sanddüne oder das Skelett eines Kamels und wollte wissen,
ob Bonus sich daran erinnere. Das Griechisch Ya'kubs war so
rau wie die Rinde einer Eiche, und Bonus verzichtete darauf,
mit dem Riesen ein Gespräch zu beginnen. Deshalb nickte er
nur stumm. Das genügte der Gruppe als Zeichen, tiefer in die
Wüste hineinzureiten.

Am liebsten wäre Statthalter Abdullah augenblicklich mit

einer ganzen Streitmacht aufgebrochen, um die Berber in ihrem Versteck aufzustöbern. Es war Ya'kub gewesen, der ihn zur Vernunft gerufen hatte. Zunächst müsse eine Vorhut genügen. Was, wenn der Fremde in Wirklichkeit im Dienst der Berber stand und sie in eine Falle lockte? Nicht nur Statthalter Abdullah, auch Bonus hatte für diesen Einwand Verständnis. Ihm war es nur recht, Teil eines Spähtrupps zu sein. Keineswegs wollte er in die Kämpfe zwischen Sarazenen und Berbern verwickelt werden. Wenn die beiden Parteien die Klingen kreuzten, würde Bonus vermutlich schon längst die *Visundur* steuern und die Peitsche über den Köpfen von Ingvar, Magnus, Djamil, Yaa und all den anderen knallen lassen. Und seine sarazenischen Wachen würden ihm dabei helfen.

Jetzt musste er nur noch das Berberlager wiederfinden. Aber die Wüste erwies sich als ebenso geheimnisvoll wie das Meer. Mehr als einmal irrte sich Bonus, und die Gruppe musste umkehren. Zwar verhielt Ya'kub sich still, doch das Funkeln in seinen Augen gab Bonus die Gewissheit, dass sein Gerippe als Wegmarke aus dem Sand herausragen würde, wenn sie die Berber nicht bald fänden.

Als der Spähtrupp am Abend auf dem Grat einer Düne ankam, lag ihnen das Ziel zu Füßen. Augenblicklich erkannte Bonus die Felsformation wieder, die sich in hellem Rot aus dem grauen abendlichen Sand erhob. Ihre Zacken und Grate erinnerten ihn an die grob gehauene Statue eines sitzenden Löwen.

»Dort ist es«, sagte Bonus zu Ya'kub, erleichtert darüber, dass ihn sein Orientierungssinn nicht im Stich gelassen hatte.

»Da ist niemand.« Ya'kub beschattete seine Augen gegen die tief stehende Sonne, deren dunkelrote Farbe die Landschaft in ein unwirkliches Licht tauchte.

»Sie verbergen sich in den Felsen«, erklärte Bonus, ohne zu wissen, ob Ya'kub ihn überhaupt verstand. Doch der Riese

nickte zu ihm herab und wandte sich dann wieder dem Felsen
zu.

»Wir müssen das prüfen«, sagte Ya'kub. »Geh! Hole einen
Berber herbei!«

Bonus lachte. Doch das Gesicht des Riesen blieb ernst. Mit
bebender Hand zeigte Bonus auf seine eigene Brust und zog
die Augenbrauen in die Höhe.

Ya'kub nickte. Dann ließ er sein Kamel in die Knie gehen
und rutschte aus dem Sattel. Er bellte seinen Männern Befehle
zu, hockte sich in den Sand und umschlang mit den Armen
seine Knie. Leise sagte er: »Wir warten.«

Der Weg zu den Felsen war der längste, den Bonus jemals
gegangen war. Während der Sand seine Füße durch die Leder-
sohlen hindurch verbrannte, marterte das Geräusch der knir-
schenden Körner sein Gehör. Schlimmer jedoch waren die Blicke der Araber, die ihm wie Dolche in den Rücken drangen. Sie
mochten Pfeile folgen lassen. Wozu brauchten sie ihn noch?

Als er bis auf Rufweite an den Löwenfelsen herangekommen
war, bemerkte er auf dessen Spitze eine Bewegung. Da oben
war jemand. Ein Wachposten der Amazig vermutlich. Jetzt
wäre es klug, sich zu erkennen zu geben. Ein Fremder in der
Nähe mochte die Bogenschützen in den Felsen nervös machen.

Bonus legte die Hände an den Mund. »Ich bin es! Bonus von
Malamocco!« Er winkte.

Niemand hielt ihn auf. Niemand kam ihm entgegen. Der
Ort blieb leblos wie der kalte Mond. Hatte Bonus sich geirrt?
Unmöglich. Dort war die Nische, in der beim letzten Besuch
die Kamele verschwunden waren, dort der Felsen, an dem sie
ihn mit einem Seil hinaufgezogen hatten. Vermutlich roch das
Gestein noch immer nach seinem Schweiß und seiner Angst.
Allein für diese Demütigung verdienten es die Amazig, ausge-
rottet zu werden. Allesamt!

Mit einem Mal verspürte Bonus so etwas wie Dankbarkeit, dass er die Sarazenen hatte herführen müssen. So würde er selbst es sein, der die Berber in die Verderbnis schicken würde.

»Lasst das Seil herunter!«, rief Bonus. Jetzt stand er direkt vor dem Felsen und legte den Kopf in den Nacken. Der Schweiß rann ihm in die Augen. Er wischte ihn fort, doch noch immer war nichts zu sehen. Wo blieb das Seil? Warum schlängelte es sich nicht die Wand herab? Selbst wenn die Amazig seine Worte nicht verstanden, so mussten sie ihn doch wiedererkennen.

»Ich bin es, Bonus!«, brüllte er. Die Worte prallten von den Wänden zurück und verhallten in der Wüste. Es ist wie in der Taverne, erinnerte er sich. Erst tauchen diese Wüstenbewohner irgendwo auf, aber wenn du sie wiederfinden willst, sind sie plötzlich verschwunden. »Werde ich euch vielleicht ausräuchern lassen, wenn ihr nicht antwortet? Bei Gott! Das werde ich!«

Etwas schloss sich schmerzhaft um sein Handgelenk. Plötzlich spürte er heiße Finger auf seinen Lippen. Jemand stand in seinem Rücken und flüsterte ihm Unverständliches ins Ohr.

Bonus wand sich in dem Griff, und die Hände lösten sich von seinem Mund. Wild wirbelte er herum. »Keine Wüstenschlange verbietet mir, mich hier bemerkbar zu machen«, keifte er.

Vor ihm stand eine alte Frau. Sie trug die Tracht der Berber, um den Kopf hatte sie bunte Tücher von Leinen und Hanf geschlungen, aus denen ihr faltiges Gesicht herausragte. Ihre Augen waren mit Ruß schwarz umrandet, auf ihre Wangen waren vier dunkle Punkte tätowiert, und ihr Kinn wurde von einem grünen Ornament verziert – ein bizarrer Ziegenbart. Es war das Kreuz des Herrn. Sie schaute Bonus zornig an und schüttelte dann den Kopf, offenbar wollte sie ihm zu verstehen geben, dass er endlich still sein sollte.

Nur eine Alte, fuhr es Bonus durch den Kopf. Mit der werde ich fertig. Die Amazig sind selbst schuld, wenn sie glauben, es brauche keine Krieger, um es mit Bonus von Malamocco aufzunehmen.

Mit fester Hand packte er die Frau und zog sie hinter sich her aus dem Schatten heraus. Zunächst folgte ihm die Alte bereitwillig. Als Bonus sich jedoch immer weiter von dem Felsen der Berber entfernte, begann sie, sich zu wehren. Schließlich versuchte sie, ihren Arm aus seinem Griff zu wringen.

Bonus schlug zu. Er traf die Amazig im Gesicht und im Unterleib. Sie fiel in sich zusammen wie ein Gewand, das vom Haken rutscht. Bonus fand ihren kraftlosen Arm und zerrte sie hinter sich her. Ab und zu erklang ein Stöhnen aus den blauen Kleidern und mischte sich mit dem Rauschen ihres durch den Sand geschleiften Leibes.

Bonus dachte an die Bewegung auf der Felsspitze und daran, dass er vermutlich von den Amazig beobachtet wurde. Vielleicht spannen sie bereits die Bögen, um mich niederzustrecken, überlegte er, verfolgte seinen Weg jedoch unbeirrt weiter. Zum Umkehren war es zu spät.

Als er sicher war, dass Ya'kub ihn von seinem Beobachtungsposten aus sehen konnte, hielt Bonus an. Er deutete auf die Alte und winkte zu der Düne mit den Sarazenen hinauf. Da hörte er einen dumpfen Laut, gefolgt von einem Ächzen. Bonus erstarrte. Der Schaft eines Pfeils ragte aus dem Leib der Alten, er zitterte noch, erregt von seinem Flug. Die Frau bebte. Dann lag sie still.

Als hätte er in ein Fass voller Zitteraale gefasst, zog Bonus seine Hand zurück. Mit aufgerissenen Augen schaute er zu dem Felsen hinüber. Aber von dort kamen weder weitere Pfeile noch die Berber selbst.

Stattdessen sah Bonus jetzt, wie die Sarazenen auf der Kuppe der Düne auf ihre Kamele kletterten. Einer winkte mit dem Langbogen. Als Ya'kub sein Kamel mit der Rute antrieb, hörte Bonus noch den empörten Schrei des Tiers. Dann waren seine Begleiter verschwunden.

Mit Entsetzen im Genick hastete Bonus die Düne hinauf. Sie war viel steiler, als er sie in Erinnerung hatte, und seine Füße rutschten durch den heißen Sand. Bald kroch er auf allen vieren, paddelte aufwärts. Angstvolle Blicke über die Schulter verrieten ihm, dass die Amazig ihn nicht verfolgten. Auch die Tote lag noch immer dort, wo sie gestorben war. Ihre blauen Kleider flatterten im heißen Wind.

Als Bonus auf der Düne ankam, lag der Ort verlassen da. Die Sarazenen waren fort. Die Reittiere hatten sie mitgenommen. Nicht einmal den Esel hatten sie ihm gelassen. Nur ein Wasserschlauch lag im Sand, dem Ungläubigen voller Verachtung hingeworfen wie ein Almosen für einen Krüppel. Bonus stürzte sich auf den Lederbeutel und molk ihn prüfend. Er schien zur Hälfte gefüllt. Irgendwie musste es ihm gelingen, damit bis nach Alexandria zurückzufinden. Und wenn er auf Händen und Knien durch das Stadttor kriechen musste! Und dann würde die *Visundur* endlich ihm gehören.

Als er noch einmal in Richtung des Verstecks der Amazig hinunterblickte, war der Körper der alten Berberin verschwunden.

Alrik wischte den Staub auf dem hellen Stein beiseite. Der Schmutz fühlte sich an wie warmer Schnee.

»Alexander der Große? Du meinst den Feldherrn? Den Makedonen, der die Welt erobert hat? In Konstantinopel, wo ich einmal gelebt habe, verehrten sie ihn wie einen Gott.«

»Und so war es auch hier. Und es wird wieder so sein.« Kahina atmete tief ein. »Damit wird sich alles ändern.«

»Was auch immer du damit meinst – wir müssen jetzt von hier verschwinden. Mein Sohn wird gefangen gehalten. Ich habe keine Zeit zu verlieren. Schon gar nicht wegen einem, der alle Zeit der Welt zu haben scheint.«

»Alrik!«, sagte Kahina mit eindringlicher Stimme. »Es gibt eine Legende um Dzul Karnein, eine uralte Prophezeiung: Man sagt, jenes Reich, in dem Alexanders Leichnam die letzte Ruhe findet, soll die Welt beherrschen. Verstehst du? Wir stehen vor dem vielleicht mächtigsten Mann der Erde.«

Noch einmal schaute Alrik in den schimmernden Sarkophag. »Tatsächlich? Im Moment scheint er nicht einmal dazu fähig, sich von alleine aufzurichten.«

»Dann bleibt uns nichts anderes übrig, als ihm dabei zu helfen.« Sie tastete den Quader nach einer Öffnung ab.

»Du willst den Sarkophag öffnen?« Alrik spürte, wie ihn seine Kühnheit verließ. Er wollte dieses Grab so schnell wie möglich verlassen. Die Mumie, die er in dem Gang zurückgelassen hatte, war alles, was er brauchte.

Doch Kahina huschte bereits um den Quader herum. »Es muss einen Mechanismus geben, Alrik. Einen geheimen Hebel. Er ist doch auch dort hineingekommen.«

»Keinen Finger werde ich rühren. Es wird einen Grund dafür geben, dass der Sarkophag so gut verschlossen ist.«

»Narr!«, fauchte Kahina. »Gott, der Herr, hat uns an diesen Ort geführt. Wir haben entdeckt, was niemand vor uns hat finden können.«

Alrik trat einige Schritte zurück. Mit einem Mal kam ihm Kahinas Verhalten unheimlich vor.

»Hier liegt der meistgesuchte Tote der Welt«, sagte Kahina. »Was, glaubst du, wird geschehen, wenn er den Mächtigen des

Islam oder des Christentums in die Hände fällt? Sie werden Kriege darum führen. Die einen, weil sie glauben, unbezwingbar geworden zu sein, die anderen, weil sie den Schatz für sich selbst beanspruchen und ebenso unbezwingbar sein wollen.«

»Dann lassen wir ihn am besten hier und verschwinden.«

»Das wäre das Einfachste. Aber es birgt ein Risiko. Wir haben Dzul Karnein entdeckt. Also können auch andere ihn finden. Ich weiß etwas Besseres. Aber es wird dein ganzes Geschick erfordern.«

Welche Frau konnte schon von sich sagen, dass ihr zukünftiger Gemahl für sie eine Wüste zu Fuß durchquert hatte? Bonus stieß ein bellendes Gelächter aus. Matelda würde für die Qualen bezahlen, die er um ihretwillen erdulden musste.

Eine Nacht lang war er durch den Sand gestapft. Den folgenden Tag hatte er im Schatten eines Felsens verbracht, den Rücken an das brandheiße Gestein gelehnt. In seinen Kleidern im stolzen Silber und Schwarz der Malamoccos glühte er tagsüber und fror des Nachts. Seine Nase schmerzte von Verbrennungen, von seinen Wangen hing die Haut in Fetzen herab, und seine Hände waren geschwollen wie die eines Ertrunkenen. Nichts anderes war er: eine Wasserleiche inmitten der Wüste. Erneut lachte Bonus auf.

Die folgende ägyptische Nacht war violett und sein Wasserschlauch voller Männerpisse. Zugegeben: Bonus hatte sich darüber gewundert, dass Ya'kub ihm zwar den Esel genommen, dafür aber einen Schlauch mit Wasser zurückgelassen hatte. Aber den ersten Schluck hatte er in hohem Bogen in den Sand gespien. Der Schlauch war mit Urin gefüllt, und Bonus hätte schwören können, Ya'kub in der Ferne lachen zu hören.

Seither rieb der Durst seine Kehle wund. Er hatte keinen Sinn für die Schönheit der nächtlichen Wüste, für den Diamantteppich der Sterne, die von weißen Adern durchzogenen Felsen und das Seufzen des Windes zwischen den Dünen. Was andere für Musik halten mochten, klang für Bonus wie das Stöhnen aus einer Gruft. Er wusste: Ohne Wasser würde er es niemals bis nach Alexandria schaffen. Er zweifelte sogar daran, den nächsten Tag zu überleben, und bei dem Gedanken, die Sonne aufgehen zu sehen, schwitzte er umso mehr.

Doch das Licht brachte Leben. Als die ersten Strahlen über eine Kuppe kamen und Bonus die Augen geblendet zusammenkniff, als die Dünen begannen, Schatten zu werfen, und diese Schatten zu wandern begannen, da hörte Bonus ein vertrautes Geräusch. Es drang durch das Säuseln des Windes, durch das verhasste Knirschen der Sandkörner und durch seine vom Hass zersetzten Gedanken: das Läuten von Glocken, silberhelle Töne, das Zaumzeug von Kamelen. Bonus blieb stehen, blickte sich um. Er begann sich zu drehen und verlor das Gleichgewicht. Als er sich zur Hälfte wieder aufrichtete, rieselte Sand aus seinem Mund. So ausgetrocknet waren seine Schleimhäute, dass kein Körnchen daran kleben blieb.

Da kamen sie: Kamele, zwei, drei, vier zählte Bonus. Mehr noch zogen über den Grat eines Hügels. Die Sonne schnitt ihre Silhouetten scharf aus dem jungen Blau des Himmels heraus. Bonus winkte und wollte rufen. Doch aus seiner Kehle kam nur ein Krächzen, nicht lauter als ein Sandkorn, das über ein anderes reibt. Er brauchte Wasser, wenn er sich bemerkbar machen wollte. Wild tastete er um sich, seine Finger fanden einen kleinen glatten Stein. Kurz fragte er sich, wie ein glatt gewaschener Kiesel in die Wüste gekommen sein mochte. Dann steckte er sich den Stein in den Mund. Er versuchte daran herumzusaugen, um den Speichelfluss anzuregen. Tatsächlich gelang es ihm nach einer Weile, seinen Drüsen die letzten Tropfen Flüssigkeit zu entlocken. Die Karawane war bereits ein gutes Stück weitergezogen, als Bonus wieder auf die Füße kam. Mit den Händen stützte er sich auf den Knien auf, zog den Stein aus dem Mund, vorsichtig, um keinen Tropfen Spucke zu verschwenden. Dann atmete er tief die heiße Luft ein und stieß einen lang gezogenen Schrei aus.

Kapitel 26

Rivo Alto, Beggas Hütte

B EI MIR RIECHT ES vielleicht etwas seltsam. Aber dafür seid
ihr sicher.« Die Frau, die sich als Begga vorgestellt hatte,
streckte Matelda eine schwielige Hand entgegen und half ihr
die letzten Sprossen der Leiter hinauf. Bjor folgte dichtauf.

Unter dem Dach der spitzgiebeligen Hütte geizten zwei Öl-
lämpchen mit Licht. Gestelle aus Holz bildeten ein kleines Labyrinth, von ihnen hingen die Leiber ausgenommener Fische
herab. Dazwischen erkannte Matelda Bündel von Rosmarin,
Salbei und Fenchel. Begga hatte recht: Ein einzigartiger Geruch hing in der Luft. Eine weitere Note drang in Mateldas
Nase: die von ungewaschenen Männern.

Scharrend schob Begga zwei Gestelle beiseite. Dahinter saß
Orso auf einem Stapel Bretter. Bei ihm war jemand, den Matelda zunächst nicht erkannte. Dann wandte ihr der Fremde
sein Gesicht zu. Die Form des Kopfes war unverkennbar.

»Aber das ist der Hausdiener der Malamoccos!«, stieß Matelda hervor und wich zurück.

Sie bemerkte kaum, wie Orso beschwichtigend die Hände
hob. Nur für den Mann mit dem Gurkenkopf hatte sie Augen.
Zweifellos: Er war derjenige, der sie und Elias in Rusticos Anwesen eingelassen hatte. Wären Rustico oder Bonus jetzt zusammen mit ihm hier aufgetaucht, Mateldas Erschrecken hätte
kaum größer sein können.

»Das ist Spatharius«, hob Orso an.

»Er wird alles verraten«, keuchte Matelda.

»Er ist mein Vetter«, sagte Orso.

Dann berichtete der Turmwächter: davon, wie Spatharius plötzlich vor seiner Tür gestanden und Orso gedrängt habe, sofort alles Hab und Gut zurückzulassen, da er sonst von der Stadtwache aufgegriffen werden würde. Zunächst hatte Orso gelacht und geglaubt, Spatharius erlaube sich einen Scherz mit ihm. Doch sein Vetter wusste von dem Gefangenen, den er, Orso, aus dem Angstloch befreit hatte und nun in seiner Hütte versteckt hielt. Für einen Scherz, so Orso, sei das Gesicht des Besuchers zu schweißbedeckt gewesen.

Spatharius nickte. »Ich habe alles gehört, was mein Herr und sein Neffe planen. Für sie bin ich wie die Luft.« Er zwinkerte. »Aber manchmal hat Luft Ohren.«

Matelda runzelte die Stirn. »An jenem Abend, an dem Elias mich in Rusticos Haus brachte, steckte der Schlüssel im Tor. Nur deshalb gelang mir die Flucht. War das dein Werk?«

Demütig neigte Spatharius den Kopf.

Mateldas Herz glühte. Die Welt außerhalb des Dogenpalastes schien ein Irrgarten zu sein, bevölkert von Ungeheuern in Menschengestalt, aber es gab auch hilfsbereite Geister. Man fand sie an den merkwürdigsten Orten, zum Beispiel zwischen toten Fischen.

»So viel Kameradschaft. Mir fließt der Magen über.« Begga lehnte an einem der Gestelle. Sie war eine zum Verzweifeln magere Frau mit gewaltigen Händen. An ihrem Kinn wuchsen Haare, und sie zupfte an einem, während sie sprach. »Warum müsst ihr ausgerechnet zu mir kommen?«, zischte sie. »Ich will den letzten Teil meines Lebens in Ruhe auf dem Meer verbringen. Nicht in einem Gefängnis.«

»Eine gute Frau für einen Nordmann«, bemerkte Bjor.

Orso sprang auf und ging einen tapferen Schritt auf Bjor zu.

»Willst du mich etwa beschützen, Orso?« Der Spott in Beggas Stimme schob den Turmwächter wieder auf seinen Platz zurück.

»Glaubst du etwa, er könnte das nicht?«, fragte Matelda. Was fand Orso nur an dieser Frau?

Begga musterte Matelda. »Männer, mein Kind, sind wie Fische. Sie reißen den Mund auf. Aber zu sagen haben sie nichts.« Lang und lautstark sog sie die Luft in die Nase ein. »Allerdings riechen Fische besser.«

»Sie hat recht«, sagte Bjor. »Die Stadtwache sucht nach mir, nach Matelda und nun auch noch nach Orso. Wir bringen allen nur Gefahr.«

»Aber wohin sollen wir denn gehen?«, fragte Orso und zeigte die Handflächen.

»In den Schuppen«, erwiderte Bjor. »Wir spannen eine Plane über das Deck des Schiffes. Wenn die *Visundur* auf See ist, schlafen wir auch so. Da wird es in einem Schuppen erst recht genügen.«

»Das wird es nicht«, warf Spatharius ein. Dann berichtete Orsos Vetter von der Belohnung, die auf denjenigen wartete, der Matelda ausfindig machen konnte. In der daraufhin eintretenden Stille konnte Matelda sich selbst schlucken hören.

»Eine Belohnung?«, fragte Begga. »Wie viel bist du denn wert, meine Seekatze?« Sie streckte eine ihrer riesigen Hände aus und drückte prüfend Mateldas langen schlanken Arm.

Matelda zuckte zurück. Wo Beggas Hand sie gepackt hatte, schmerzte ihr Arm. Was erwartete Orso sich von einer Liebesnacht mit dieser Fischerin?

»Halt den Mund, Alte!«, knurrte Bjor und trat zwischen Begga und Matelda. Dann streckte er das Kinn gegen Spatharius aus. »Nur weil ein Preis auf die Tochter des Dogen ausgesetzt ist, muss uns ja niemand entdecken. Wir bleiben einfach im Schuppen, bis das Schiff fertig ist, dann segeln wir fort.«

»Ich segle nirgendwohin«, warf Orso ein.

»Fredegar!«, rief Matelda. Ohne es zu bemerken, hatte sie Bjors haariges Handgelenk umfasst. Ihre Finger reichten nicht einmal zur Hälfte herum. »Als Fredegar heute im Zorn davonging, sagte er, er wisse eine bessere Möglichkeit, zu seinem Geld zu kommen.«

»Dann weiß er von dem Preisgeld und wird uns verraten«, sagte Bjor.

»Im Schuppen wimmelt es vielleicht schon von den Männern der Stadtwache«, sagte Orso.

»Das glaube ich nicht«, erwiderte Bjor. »Es ist tiefe Nacht. Vor morgen früh wird Fredegar sein Wissen nicht verkaufen können. Bis dahin werden wir der *Estrella* Feuer unter den Planken machen. Wenn dieser Rustico mit seinen Schergen den Schuppen findet, wird ihm unser Kielwasser ins Gesicht sprühen.«

Die hässliche Gottesmutter strahlte. Das Standbild war aus Nussbaum geschnitzt und schmückte den Altar der kleinen Kirche neben dem Palatium Rivo Altos. Waren die Kleider der Madonna in leuchtendem Blau und Rot bemalt, so zeigten ihr Antlitz und ihre Hände ebenso wie die des Jesuskindes in ihrem Arm den kräftigen Braunton des Holzes.

»Soll das etwa eine Nubierin sein?«, fragte Tribun Gradenigo.

»Wohl wahr: Sie ist recht ungelenk ausgeführt«, flüsterte Giustiniano. Gemeinsam mit den Tribunen Falieri und Gradenigo hatte der Doge die Aufstellung des Altarschmucks verfolgt. Jetzt verharrten die Männer unter den Augen Marias. Doch die Blicke der Gottesmutter ließen keine andächtige Stimmung aufkommen. Das Standbild schielte.

»Können wir sie zurückgeben?«, fragte Falieri.

»Eine Gottesmutter ablehnen?«, fragte Gradenigo und verzog sein teigiges Gesicht.

»Vielleicht hilft etwas Farbe«, sagte Giustiniano leise. Er blinzelte. »Hat sie an der linken Hand wirklich nur vier Finger, oder trügt das Licht? Wenn wir doch solche Bildhauer hätten, wie die Römer sie gekannt haben!«

Vor der Kirche waren Schritte zu hören, ein Schleifen und Keuchen. Erleichtert, die Blicke von dem Standbild und den Geist von dessen Beurteilung nehmen zu können, wandten sich die Tribunen der Pforte zu. Soeben erschien dort Rustico von Malamocco gemeinsam mit seinem Neffen. Sie stießen einen dürren, ärmlich gekleideten Mann vor sich her, der seine Kappe in den Händen wrang.

»Ist das der Bildhauer?«, fragte Falieri, nicht länger mit gesenkter Stimme.

»Was für ein Bildhauer?«, wollte Rustico wissen und schob den Dürren in die Kapelle hinein. »Los, Schneckenhirn! Berichte den ehrenwerten Herren, was du weißt. Vielleicht lassen sie dich ja am Leben.«

Der Mann stolperte in die Kirche und fiel vor dem Dogen und den beiden Tribunen auf die Knie. Er hielt den Blick gesenkt, sodass das Sägemehl in seinem grauen krausen Haar sichtbar wurde.

»Hast du etwa dieses Standbild geschaffen?«, fragte Falieri und deutete auf die Madonna. »Dann gehörst du tatsächlich bestraft.« Er nickte Rustico zu. »Ihr habt gut gehandelt, diesen Kerl hierherzubringen.«

»Das ist kein Bildhauer, sondern ein Zimmermann namens Fredegar. Er steht im Bund mit Giustinianos Tochter«, sagte Rustico. »Er arbeitet für sie, aber sie hat ihm seinen Lohn nicht gezahlt. Also holt er sich das Geld nun auf anderem Weg.«

»Du weißt, wo sich Matelda aufhält?«, stieß Giustiniano hervor. Der Mann zu seinen Füßen nickte, ohne aufzusehen.

Im Hintergrund lachte Rustico abgehackt. »Er steckt mit ihr unter einer Decke und unter einem Dach. Ein Schiff hat er für sie gebaut. Berichte dem Dogen, was du getan hast!«

Der Mann räusperte sich und rutschte auf seinen Knien herum. »Es stimmt«, sagte er. »Ich habe ein Schiff gebaut für Eure Tochter, Herr. Nach ihren Plänen. Aber zuletzt wollte sie den Lohn nicht zahlen.«

Etwas Bitteres ließ Giustinianos Zunge schrumpfen. Jetzt war ihm klar, warum Matelda ihn so oft um Geld gebeten hatte, aber niemals in luxuriösen Kleidern oder mit teurem Schmuck zu sehen gewesen war.

»Wo ist sie?«, wollte er wissen.

»Sie hält sich in einem Schuppen auf einer der kleineren Inseln im Südwesten verborgen. Es ist die mit dem Schilfwald davor, wo die alten Schweineställe stehen. Ich kann Euch hinführen.« Der Zimmermann sprach zu Giustinianos Füßen. »Aber ich brauche die Belohnung.«

Giustiniano krallte eine Hand in seinen steifen Mantel. »Was zahlen die Malamoccos für meine Tochter?«, presste er zwischen den Zähnen hervor.

»Ein Pfund lötigen Silbers, Herr«, kam die Stimme an seinen Beinen hinauf.

Liebend gern hätte Giustiniano dem Zimmermann das Marienbildnis auf den Kopf geschmettert. »Verrat ist nicht das Geschäft des Dogen«, sagte er stattdessen. »Holt Euch den Lohn von denen, die den Gestank der Scham für einen Duft halten: von den Malamoccos.«

Auf den Knien rutschte der Mann rückwärts. Rustico drückte ihm einige Münzen in die Hand und wollte ihn fortschicken. Doch Elias packte den Zimmermann am Handgelenk und zwang die um die Belohnung verkrampften Finger auseinander.

»Warte!«, zischte Elias. »Wie lange wusstest du schon, wo sich Matelda verborgen hält?«

Fredegar blickte hilfesuchend um sich. Mitleidlos schaute Giustiniano zurück.

»Wie lange?«, fragte Elias mit Nachdruck.

»Einige Zeit, Herr«, sagte der verräterische Zimmermann. Unter dem Druck von Elias' Griff verzog er das Gesicht. »Vier Tage lang«, gab er schließlich zu.

»Trotzdem kommst du erst jetzt zu uns, weil du das Geld brauchst.« Elias pflückte Fredegar zwei der Münzen aus der Hand und ließ sie in seinem Wams verschwinden. »Du hättest uns einen besseren Dienst erweisen können. Deshalb erhältst du auch nicht die volle Bezahlung.« Mit diesen Worten gab Elias den Zimmermann frei und schob ihn aus der Kapelle heraus. Dann wischte er sich die Hände an seiner Hose ab. Noch einmal blickte Fredegar von der abgemagerten Beute in seiner Hand zu den Malamoccos hinüber, schien zu überlegen, ob er sein Recht einfordern sollte, und verschwand dann wie ein leckgeschlagenes Fischerboot im Morgennebel Rivo Altos.

»Ich kenne diese Insel.« Rustico trug ein breites Grinsen zur Schau. »Und jetzt, bei den dreimal bespuckten Silberlingen des Judas, holen wir Eure Tochter und zwingen sie, uns Rede und Antwort zu stehen. Schickt einen Trupp Wachmänner voraus, Doge!«

Giustiniano legte die Fingerspitzen aneinander und hob die Hände zum Kinn. »Warum sollte ich das anordnen, Rustico? Meine Tochter ist nicht von öffentlichem Interesse. Eine private Angelegenheit zwischen Eurer Familie und meiner.«

Das Siegerlächeln blieb auf dem Gesicht Rusticos haften.

»Aber die Hütte des Turmwächters habt Ihr doch auch durchsuchen lassen.«

»Weil es den Verdacht gab, dass der entflohene Gefangene sich darin verborgen hielt.«

Rusticos Augen verengten sich zu Schlitzen. »Was würdet Ihr also tun, Giustiniano, wenn ich Euch sagte: Der Fremdling namens Bjor hält sich mit Eurer Tochter zusammen in diesem rätselhaften Schuppen verborgen?«

»Ich würde Euch auslachen. Ein Gefangener entkommt dem Angstloch und statt ins Inland zu fliehen, wo ihn niemand finden kann, wartet er hier in der Stadt darauf, entdeckt und wieder eingesperrt zu werden? Rustico, es ist Euer Fehler, den Gegner stets zu unterschätzen.«

»Ihr seid es, der ebendiesen Fehler gerade begeht, Giustiniano. Eure Tochter ist mit dem Barbaren in dem Schuppen. Schickt Wachen dorthin, oder ich werde veranlassen, dass alles auf der Insel durchsucht und niedergebrannt wird.«

Falieri schüttelte den Kopf, bis die Hautlappen unter seinem Kinn schlackerten. »Ihr seid kein Tribun, Rustico, und habt folglich auch keine Befehlsgewalt über die Truppen der Stadt.«

»Aber mein Bruder ist Tribun«, platzte es aus Rustico heraus.

»Leider sehe ich ihn gerade nicht«, versetzte Falieri und spitzte genüsslich die Lippen. »Dennoch«, er hob eine beschwichtigende Hand, »müssen wir dem Hinweis des Zimmermanns nachgehen. Zu viel steht auf dem Spiel.«

Giustiniano erschrak. War der Moment gekommen, in dem ihm die Tribunen in den Rücken fielen? Doch Falieri zwinkerte ihm freundschaftlich zu und sagte: »Der Doge und ich werden diese Insel allein aufsuchen. Dann werden wir ja sehen, ob das Schicksal Rivo Altos tatsächlich in einem alten Schuppen geschmiedet wird.« Er nickte Rustico und Elias zu. »Ihr Malamoccos sorgt derweil dafür, dass die Kirche eine angemessenere Ausstattung bekommt. Wenn der heilige Markus hier ankommt, sollte er von einer *schönen* Jungfrau Maria empfangen werden.«

*

Als der Morgen über der Lagune anbrach, rollten riesige Nebelpolster von Süden heran und verwandelten die Landschaft in ein Märchenbild, wie Matelda es von Tuschezeichnungen her kannte. Das Wasser um die kleine Insel herum war trübgrau. Mit Schnee befiedert, schimmerten die Schilfhalme aus dem Dunst hervor.

Eine Möwe trieb unentschlossen am Himmel. Matelda schaute zu ihr hinauf, während sie hinter ihrem Rücken einen einhändigen Palstek zu knüpfen versuchte. Bjor hatte ihr die wichtigsten Knoten beigebracht. Damit sie ihm auf See zur Hand gehen könne, hatte er gesagt. Sie müsse diese Knoten blind beherrschen, denn sie würden auch in der Nacht segeln und der Mond sei nicht immer der Freund der Seefahrer. Dabei wollte sie ihn überhaupt nicht begleiten. Das Schiff, das sollte er haben. Vielleicht brachte er es sogar wieder zurück. Sie selbst aber wollte auf keinen Fall aufs Meer hinaus, schon gar nicht bis nach Ägypten, an welchem Ende der Welt das auch liegen mochte.

Die Leine stach mit ihren Fasern in Mateldas weiche Hände. Die Konzentration löste sich. Der Knoten misslang. Seufzend hielt sich Matelda die losen Enden vor das Gesicht. Niemals würde sie eine Seefahrerin abgeben, niemals die Lagune verlassen und ihren Vater in den Händen der Malamoccos zurücklassen.

»Komm herein, Dogentochter!« Bjors Stimme drang aus dem Schuppen und hallte über das von sanftem Wind geriffelte Wasser. Von drinnen klangen noch immer die Geräusche der

Werkzeuge, die Musik der Sägen und das Pfeifen des Hobels. Nach einem letzten Blick auf die Möwe kehrte Matelda in den Schuppen zurück.

Die *Estrella* hatte sich in der vergangenen Nacht verwandelt. Aus einem Schemen war ein Schiff geworden. Bjor hatte Orso, Spatharius und ihr, Matelda, gezeigt, welche Vorkehrungen zu treffen waren, um die *Estrella* für ihre Jungfernfahrt vorzubereiten. Schwimmen werde sie, hatte der Nordmann gesagt und sich den Nacken gekratzt, aber ob sie sich mit dem offenen Meer vertrage, müsse sich zeigen.

Jetzt zerrte Bjor eines der zusammengerollten Segel herbei. Der schwere Stoff scharrte über den Boden des Schuppens. »Rahsegel oder Lateinersegel?«, fragte er.

»Woher soll ich das wissen?« Matelda schaute auf den ungefärbten Wollstoff zu ihren Füßen hinab. Das Segel glänzte von dem Fett, mit dem Spatharius es eingerieben hatte.

»Zum einen«, sagte Bjor, »hast du das Schiff selbst entworfen. Und zum anderen muss ich die Form des Segels auf die Stärke der Besatzung abstimmen.«

»Es gibt keine Besatzung«, sagte Matelda scharf. »Du hast behauptet, die *Estrella* allein segeln zu können. Kannst du das etwa nicht?«

Bjors Bart zuckte unter seinem Lachen. »Bis nach Niflheim, wenn sie es aushält.« Er schickte ein bedeutungsvolles Schweigen zu Matelda hinüber. Dann sagte er: »Aber allein kann ich nur mit dem Lateinersegel fahren. Mit dem Rahsegel wäre ich schneller. Doch könnte ich es nicht gleichzeitig zusammen mit dem Ruder bedienen.«

»Aber ist denn das Lateinersegel dann nicht die bessere Wahl?« Matelda kannte die Antwort: Bjor wollte seinen Vater so schnell wie möglich erreichen, falls der überhaupt noch am Leben war.

»Ich verstehe die Sorge um deinen Vater.« Diesmal versuchte sie, einen sanfteren Ton anzuschlagen. »Aber ich muss mich um meinen eigenen Vater kümmern. Auch er ist in Bedrängnis.«

»Und er wird an gebrochenem Herzen sterben, wenn er seine Tochter nicht bald wieder im Arm halten kann.« Die Stimme kam von der Schuppentür her. Matelda fuhr herum. Vier Gestalten waren im Schatten aufgetaucht: zwei Männer der Stadtwache, Tribun Falieri und …

»Vater!«, rief Matelda, und obwohl ihr die Vernunft gebot, zurückzuweichen und sich hinter Bjor vor dem Zugriff der Wachleute zu verstecken, stand sie schon beim nächsten Wimpernschlag vor Giustiniano, strich mit den Händen über seinen Rücken und rieb ihre Wange an seiner ledernen Haut.

Der Doge ließ die Berührung länger zu, als Matelda erwartet hatte. Dann schob er sie von sich. Sein Versuch, eine strenge Miene aufzusetzen, misslang. »Du bist in Unordnung«, tadelte Giustiniano, und Matelda schlug die Augen nieder. Es stimmte: Die Arbeit im Schuppen, die Ereignisse der vergangenen Tage und Nächte hatten Spuren an ihr hinterlassen. Ihr Schultertuch war fleckig vom Fichtenteer, ihre Hände waren schmutzig und hatten Schwielen, und ihr Haar schaute unter ihrer Haube hervor. Hastig steckte sie einige lose Strähnen darunter fest.

»Woher weißt du, dass ich hier bin?«, fragte sie und antwortete sich selbst. »Fredegar. Der Zimmermann ist zu dir gekommen und hat uns verraten.«

Giustiniano nickte. Dann sog er die Luft durch die Nase ein, als schien er etwas zu wittern. »Dein Atem. Für gewöhnlich riecht er nach Naschwerk und Gewürzen. Aber jetzt liegt der Duft von Dörrfleisch und Wein darin.« Er trat einen Schritt zurück und musterte seine Tochter. »Als ich deine Mutter zum ersten Mal sah …«, begann Giustiniano. Dann scheuchte er den Gedanken mit einem Handwedeln davon. »Ich bin nicht als dein Vater gekommen, sondern als Doge der Lagunenstädte. Du hast im Palatium zu erscheinen.«

»Warum?«, fragte Matelda. »Willst du mich den Malamoccos zum Fraß vorwerfen?«

Bjor stand plötzlich neben ihr. »Soll ich die Hurenwirte hinauswerfen?«, fragte er und schleuderte das Segeltuch beiseite. Die schwere Plane klatschte auf den Boden.

»Zolle meinem Vater Respekt!«, fuhr Matelda Bjor an. Hatten denn alle Männer um sie herum nur Gewalt, Macht und Geld im Sinn?

»Erinnerst du dich an deine Anschuldigungen gegen Rustico von Malamocco?«, wollte Giustiniano wissen. Misstrauisch beobachtete er Bjor.

»Die Frage ist, ob *du* dich daran erinnerst«, erwiderte Matelda. »Hast du ihn immer noch nicht festsetzen lassen?«

»Das würde ich gern«, gestand der Doge. »Aber ich brauche eine Anklägerin. Ein Gerücht genügt nicht. Vor den Tribunen musst du wiederholen, was du aus Rusticos Mund gehört hast. Deshalb bitte ich dich, mit mir zu kommen.« Er streckte eine Hand aus, wohl in Erwartung, Matelda würde sie ergreifen. Sie verschränkte die Arme vor der Brust.

»Ich würde gern mit dir gehen«, sagte Matelda. »Aber ich habe Bjor versprochen, ihm mit dem Schiff zu helfen. Er ist in Sorge um seine Leute.«

Mit einem Mal war das Gesicht Falieris neben dem Ohr des Dogen. Die Lippen des Tribunen bewegten sich schnell und lautlos. Giustiniano nickte. »Überdies müssen wir den Nordmann festsetzen. Er ist unser Pfand im Spiel um den heiligen Markus. Über seinen säumigen Bewacher«, er warf Orso einen dunklen Blick zu, der den Turmwächter erstarren ließ, »kümmern wir uns später. Ihr zwei kommt mit uns. Augenblicklich!«

»Aber das Schiff«, hob Matelda an. Sie ließ ihre Blicke über den Rumpf streichen. Sollte so kurz vor dem Stapellauf alles vergebens sein? »Schau es dir an! Es ist die Zukunft unserer Stadt. Wenn es so gut schwimmt, wie ich es geplant habe, wird Rivo Alto … werden alle Lagunenstädte zusammen niemals wieder auf Byzanz oder Aachen angewiesen sein. Dann beherrschen wir die See – so wie einst die Römer.«

»Die Römer«, wiederholte Giustiniano und folgte dem Blick seiner Tochter. Erst jetzt schien er das Schiff wahrzunehmen. Er trat einen Schritt darauf zu, achtete jedoch darauf, sich Bjor nicht zu nähern.

Da war es Matelda, als sähe sie die *Estrella* zum ersten Mal. Nicht länger wuchs ein Haufen Holz vor ihr auf, ein instabiles Gerippe aus Spanten und Biten, tausend Stunden Arbeit davon entfernt, zur See fahren zu können. Stattdessen fügte sich alles zu einem Ganzen zusammen. Nieten und Kalfaterung waren zu einem Teil des Rumpfes geworden, das überstehende Dollbord verlieh der zierlichen Form die nötige Festigkeit, das Ruder – die halbe Nacht über hatte Bjor daran geschliffen – schien nur darauf zu warten, endlich ins Wasser getaucht zu werden und die *Estrella* bis an den Rand der Welt zu steuern.

»Es ist … schön«, sagte Giustiniano. »Kein römisches Schiff, gewiss nicht, aber seine Gestalt wirkt sanft und stark zugleich. Hat es schon einen Namen?«

»Estrella«, sagte Matelda.

Wäre es nach ihr gegangen, das Schweigen, das Giustiniano mit seiner Tochter verband, hätte ein Zeitalter andauern können. Doch Tribun Falieri verkürzte diese Zeit auf wenige Atemzüge. »Giustiniano. Mein Doge. Wir müssen diese Angelegenheit zu einem Ende bringen«, sagte Falieri mit gesenkter Stimme.

»Richtig.« Mateldas Vater räusperte sich. Seine Züge, denen er für einen Augenblick erlaubt hatte, weich zu werden, strafften sich. »Was schlagt Ihr vor, Tribun?«

»Wir bringen Eure Tochter und den Entflohenen zurück ins Palatium. Wenn es nötig ist, mit Gewalt.« Er ließ die Worte fallen wie Wackersteine. Dann fuhr er fort: »Jedenfalls, sobald wir genug Männer hergebracht haben, um mit dem Nordmann fertig zu werden. Ein Dutzend wird genügen.« Jetzt faltete er die Hände vor der Brust und legte die Spitzen seiner Daumen gegeneinander. »Morgen früh sollten sie hier sein.«

Giustiniano erlaubte einem kleinen Lächeln, auf seinem Gesicht aufzuscheinen, zerdrückte es aber sofort wieder unter seinen zusammengezogenen Augenbrauen. »Du hast gehört, was der Tribun gesagt hat: Morgen früh kommen die Wachen und holen jeden ab, den sie hier finden.« Dann beugte er sich zu Matelda, löste die Bänder ihrer Haube und zupfte sie ihr vom Kopf. Das lange schwarze Haar darunter fiel in Wellen auf Mateldas Schulter. Giustiniano strich sacht darüber. »Estrella«, sagte er. »Das ist ein guter Name. Bestimmt wird sie dich wieder zu mir zurückbringen.«

Als Begga am Nachmittag mit ihrem Fischerboot zur Insel gerudert kam, hatte der Nebel sich aufgelöst. Die späte Sonne ließ den Schnee zu Pfützen schmelzen, die am Abend wieder zu Eisbahnen gefrieren würden. Hartnäckig rang der Winter um jede kalte Nacht.

Als Beggas Rufe über die Insel krähten, lugte Turmwächter Orso vorsichtig aus dem Schuppen heraus. Dann schob er sich durch Schlamm und Schlick zu dem Schilfdickicht, das die Fischerin mit ihrem Boot ansteuerte. Matelda, die hinter Orso den Schuppen verließ, um zu sehen, wer der Insel nun schon wieder einen Besuch abstattete, war über Beggas Ankunft so erstaunt wie erfreut. Doch anders als Orso, dessen Lippen immer wieder stumm den Namen Beggas formten, winkte Matelda zu ihr hinüber und dirigierte sie mit Rufen zu einer seichten Stelle, wo sich das Boot anlanden ließ. Jetzt waren sie zu fünft.

Matelda und Orso halfen, Beggas Boot durch das Schilf zu ziehen. Der Kahn war ebenso schartig wie seine Besitzerin, und Matelda riss sich Splitter in die Finger, als sie beim Heranziehen davon abrutschten. Schließlich dümpelte das Boot direkt vor dem Schuppen. Jetzt war es an der Zeit, dessen Wand zu öffnen, die dünne Haut aus Holz, die die *Estrella* von ihrer Bestimmung trennte. Andere Frauen, dachte Matelda, bringen auf ähnliche Weise Kinder zur Welt.

Bald war das Schiff mit dem Fischerboot vertäut. Zwei weitere Taue ragten links und rechts des Bugs ins Freie. An einem zogen Orso, Matelda und Spatharius, das andere hatte sich Bjor um seine Unterarme gewunden.

Niemals hätte Matelda es für möglich gehalten, dass die *Estrella* sich bewegen würde. Doch als Bjor das Kommando gab, ruckte das Schiff tatsächlich vorwärts. Begga hatte Segel gesetzt, der Wind blähte das Tuch und trieb das Boot an. Unter dem Kiel der *Estrella* war genug Hammelfett verschmiert, um eine ganze Legion darauf ausrutschen zu lassen. Kaum war die erste Elle zurückgelegt, kippten die Stützbalken am Heck des Schiffes und klapperten einen hölzernen Applaus. Der kleine Erfolg schenkte der Gruppe Kraft und Zuversicht. Stück für Stück holten die fünf das Schiff ins Freie, und als der Vordersteven sich neigte und ins Wasser eintauchte, als das Übergewicht die *Estrella* über die gesamte Kiellänge in Bewegung setzte, Bjor zur Seite sprang und Matelda ausglitt und in einem feuchten Pfuhl landete, da segelte eine Möwe herab und ließ sich auf dem Deck des jetzt schwimmenden Schiffes nieder. Neugierig tappte der Vogel auf den sanft schaukelnden Planken auf und ab, um sich bald darauf in die Lüfte zu erheben und in Richtung der Sandbänke davonzufliegen.

Im Schlamm hockend, wischte sich Matelda das verklebte Haar aus der Stirn und schaute der Möwe hinterher. Dann sah sie zu Bjor hinüber, freute sich über sein knabenhaftes Grinsen und das Funkeln in seinem Blick, der einzig und allein der *Estrella* galt. Ja, dachte sie, wir werden ein Rahsegel verwenden.

Kapitel 27

Alexandria, der Garten des Statthalters

SOLLTE SO DAS Paradies aussehen? Fast hätte Bonus gelacht, aber er nahm sich zusammen. Das war doch nur ein Garten, kein von Gott geschaffener Ort. Ein kleines Wunder hingegen war es, dass Statthalter Abdullah ihn überhaupt in seine Residenz eingelassen hatte. Abgezehrt von seinem Marsch durch die Wüste war Bonus vor dem Tor des kleinen Palastes aufgetaucht und hatte die Wachen so lange und lautstark in seiner Muttersprache beschimpft und nach Statthalter Abdullah verlangt, bis dieser aufgetaucht war und ihn hineingebeten hatte. Ya'kub, das stellte Bonus erleichtert fest, war nicht anwesend.

»Er ist mit dem Großteil unserer Krieger zum Unterschlupf der Berber aufgebrochen«, sagte Abdullah, während er sich am Rand des großen Wasserbeckens niederließ und Bonus mit einer Geste einlud, es sich neben ihm bequem zu machen.

Viel lieber wäre Bonus kopfüber in das Wasser getaucht. Sein Körper war von den Tagen in der Wüste gezeichnet, er hatte kleine wunde Stellen im Mund, seine Haut hing in Fetzen von seinem Gesicht, in seinen Ohren brauste und in seinem Kopf pochte es. Seine Füße … aber daran wollte Bonus nicht einmal denken.

»Ihr seht etwas vernachlässigt aus«, bemerkte Abdullah. Mit einer flinken Bewegung seiner Hand scharrte der Statthalter etwas Sand zusammen, der auf den kostbaren Bodenmosaiken zusammengeweht war, und bewarf Bonus damit.

Vor Empörung schnappte Bonus nach Luft. Energisch

wischte er sich die Körnchen aus dem Gesicht. Nicht schon wieder Sand! »Was ist das für eine Behandlung?«, rief er, außer sich. »Erst lasst ihr mich in der Wüste zum Sterben zurück, dann betrügt ihr mich um die Belohnung für die Berber, und obendrein demütigt ihr mich! Ihr Araber seid schlimmer, als es in den Schauermärchen erzählt wird, mit denen man bei uns die Kinder erschreckt.«

»Verzeiht!«, sagte Abdullah und gab den beiden herannahenden nubischen Wachen ein Zeichen zurückzubleiben. »Aber ich musste feststellen, ob Ihr aus Fleisch und Blut aus der Wüste zurückgekehrt seid – oder als *Ifrit*, als Geist.« Er zuckte mit den Schultern. »Der Sand bringt es an den Tag. Er ist nicht durch Euch hindurchgeflogen. Also seid Ihr lebendig.«

»Habt Ihr Eurem Schergen befohlen, mich in der Wüste zurückzulassen?« Der Geruch des Wassers in unmittelbarer Nähe war mit einem Mal so süß, dass es sogar Bonus' Zorn ein wenig Schärfe nahm.

Als hätte Abdullah Bonus' Gedanken gelesen, streckte der Araber eine feingliedrige Hand in das Becken und schob sie spielerisch durch das Nass. Ein sanftes Plätschern erklang. »Ya'kub kehrte ohne Euch zurück und berichtete, dass Ihr gemeinsam das Berberlager gefunden habt. Dann, so sagte er weiter, wäret Ihr von einem Pfeil getroffen und von den Berbern in Stücke gerissen worden.«

»Eine Lüge!«, platzte es aus Bonus heraus.

»Wie wir soeben festgestellt haben«, pflichtete Abdullah bei. »Was ist tatsächlich geschehen?«

Und Bonus erzählte: davon, wie er seinen Teil der Abmachung eingehalten hatte, wie er das Felsversteck der Berber wiedergefunden und sogar todesmutig einen der Wüstenleute herausgelockt hatte. Was er verschwieg, war, dass eine alte Berberin ihn beinahe überwältigt und dass Ya'kub in seinen Wasserschlauch gepisst hatte. Aber seinen Marsch durch die Wüste schmückte er mit so vielen Worten aus, wie es sein entzündeter Mund erlaubte.

Nachdem Bonus geendet hatte, saß Abdullah so ruhig da, dass sich Fruchtfliegen auf seinen Armen niederließen. Im Garten war es so still, dass man vor den Mauern einen Mann eine fröhliche Melodie pfeifen hörte. Dann sagte der Statthalter: »Wenn es stimmt, was Ihr mir berichtet, dann hat Ya'kub mich belogen, und das kann in meiner Position gefährlich sein. Ich danke Euch, dass Ihr zu mir gekommen seid.«

Bonus keuchte. »Es geht mir nicht um Euren Vorteil, Statthalter, sondern darum, dass Ihr den Handel einhaltet, den Ihr mit mir geschlossen habt. Ich will das Schiff! Ich habe es verdient!«

Abdullah lächelte.

Bonus schüttelte den Kopf. »Ich hätte wissen müssen, dass in diesem Teil der Welt eine Abmachung unter Männern weniger wert ist als Affenfett.«

»Oh, aber das stimmt nicht«, sagte Abdullah. »Ich gebe Euch das Schiff und einige Männer dazu. So war es vereinbart. Überdies hat auch dieser Teil des Handels seine Würze: Das Schiff«, er schmunzelte, »hatte Ya'kub eigentlich für den Kalifen vorgesehen. Ihr müsst wissen, dass der Herr des Tages und der Nacht demnächst Alexandria besuchen wird. Ya'kub wollte, dass wir ihm dieses eigenartige Schiff zum Geschenk machen. Ich fürchte jedoch, unser lügender Konvertit wird sich nun nach einem anderen Präsent für seinen Meister umsehen müssen.« Nun legte Abdullah seine von Nässe triefende, kühle Hand auf Bonus' verbrannte Finger. Die Berührung des Arabers schenkte der gemarterten Haut Erleichterung. »Damit helft Ihr mir bereits zum zweiten Mal, Fremdling. Eure Motive mögen ebenso selbstsüchtig sein wie die Ya'kubs. Aber Ihr bringt mir Glück.

Vielleicht unterstützen wir uns in Zukunft ja noch einmal gegenseitig.«

In Bonus' Kopf kochte es. Er wusste: Der Araber spielte mit ihm, doch er vermochte ihm nicht zu folgen. Hätte er nur seine Kräfte beisammen. Mühsam erhob sich Bonus. Abdullah zog seine Hand zurück.

»Ruht in einem meiner Gästezimmer aus. Morgen werde ich persönlich dafür sorgen, dass Ihr das Schiff in Besitz nehmen könnt«, sagte der Statthalter.

Als die beiden Männer den Garten verlassen wollten, bemerkte Bonus am Kopfende des Wasserbeckens die lebensgroße Statue eines Pferdes. Es war ein betagtes Kunstwerk. Ohren und Schweif waren abgebrochen, und das Metall, es schien Bronze zu sein, war mit grüner Patina überzogen. Etwas an dem Standbild war merkwürdig.

»Wo ist der Reiter?«, fragte Bonus.

»Es gibt keinen«, sagte Abdullah. »Dieses Denkmal wurde für ein Pferd errichtet. In jenen Tagen, in denen die Römer die Herren dieser Stadt waren, zettelte jemand einen Aufstand an. Der Grund ist nicht überliefert. Hier gibt es jede Woche Aufruhr. Nichts Besonderes.«

Ein Diener kam und brachte eine Kanne mit Wasser und einen Becher. Bonus schenkte dem Becher keine Beachtung, leerte die Kanne in einem Zug und lauschte Abdullahs Ausführungen durch seine Schluckgeräusche hindurch.

»Damals war gerade der römische Kaiser in der Stadt, und er fasste die Revolte als persönliche Beleidigung auf.« Der Statthalter schüttelte verständnislos den Kopf. »Diese Römer waren viel zu empfindlich. Kein Wunder, dass ihr Reich untergegangen ist.«

»Was ist geschehen?«, fragte Bonus und wischte sich das Wasser aus dem wuchernden Bart.

»Der Kaiser hat seinen Legionären befohlen, die Aufständischen niederzumetzeln. So lange sollten die Soldaten die Schwerter schwingen, bis das Blut auf den Straßen die Knie seines Pferdes erreicht habe. Aber dann ist sein Pferd gestrauchelt und mit den Knien seiner Vorderläufe in einer Lache Schweineblut gelandet.« Abdullah zuckte mit den Schultern. »Da musste der Kaiser Wort halten, und die Alexandriner waren gerettet.«

Warum erzählte der Statthalter ihm Märchen? Bonus war sicher, dass etwas dahintersteckte. Aber was? Dann begriff er. »Ihr habt das Pferd hier aufstellen lassen, weil es einem Herrscher seinen Willen aufgezwungen hat, nicht wahr?«, fragte Bonus.

Abdullah schaute lächelnd zu ihm hinüber.

»Dein Schiff ist eine Frau.« Im Glanz des Abends schritt Kahina über die *Visundur*. Ihre harten Hände strichen sanft über Dollbord und Riemen, untersuchten die Verarbeitung der Holznieten und rieben den Stoff des frischen grünen Segels, das in der Bilge lag und einem neuen Mast entgegenträumte.

»Eine Frau?«, krächzte Ingvar. »Dann ist es die härteste Frau, die ich jemals bestiegen habe.«

Kahina warf ihm einen herausfordernden Blick zu. »Viele Frauen scheinst du noch nicht kennengelernt zu haben.«

Die Mannschaft lachte. Alrik und Magnus waren damit beschäftigt, die Mumie für die Seereise zu verpacken. Zwar war der Leichnam aus den Katakomben klein, aber nicht klein genug für die Fässer und Seemannstruhen. Auf dem offenen Deck konnte der Tote aber auch nicht über die See gefahren werden. Das Salzwasser hätte die uralte Lederhaut zerfressen, schneller, als eine Lampe Tran verschlingt. Schließlich hatte Magnus den Einfall gehabt, die Mumie in einen der Schlitten zu legen, die zum Eistransport dienten. Den zweiten Schlitten schoben sie gerade über den behelfsmäßigen Sarg und wollten nun darangehen, ihn mit Seilen zu sichern. Da legte Kahina Alrik eine Hand auf den Arm.

»Anba Moussa, ein Freund, ist hier, er möchte den Toten sehen«, sagte die Amazig.

Auf dem Anleger stand ein kleiner Ägypter mit kurzem grauem Haar. Er schien in Alriks Alter zu sein und seine weiten Kleider, die bis auf den Boden hingen, flatterten im heißen Wind.

»Der Geschichtenerzähler!«, entfuhr es Alrik. »Ich habe ihn in den Straßen gesehen. Verstanden habe ich allerdings nichts.« Er winkte dem Araber, an Bord zu kommen.

Der Mann verbeugte sich zunächst vor Alrik, dann vor Kahina und näherte sich dem noch offen stehenden Schlitten. Als er hineinlugte, begann er, arabische Worte auszustoßen. Alriks fragenden Blick beantwortete Kahina mit einem Kopfschütteln. Der Moment gehörte dem Geschichtenerzähler.

Der hob nun eine Hand, in der er seinen langen, knotigen Stock hielt. Alrik erinnerte sich, dass der Mann diesen Stock bei seiner Darbietung in jede nur erdenkliche Requisite hatte verwandeln können – jedenfalls in der Fantasie der Zuschauer. Dann hielt er, einem Magus gleich, den Stab über den Kopf der Mumie. Der Leichnam und der Zauberer – fast erwartete Alrik, dass sich der Tote in dem Schlitten aufsetzte und mit dem Geschichtenerzähler sprach.

Nach einer Weile trat der Araber von dem Schlitten zurück. Tränen glitzerten auf seinen Wangen, und er sprach leise zu Kahina.

»Er sagt, es gibt keinen Zweifel. Alexander der Große ist in die Welt zurückgekehrt. Die Überreste seiner Rüstung tragen den makedonischen Stern.«

»Könnte es nicht ein anderer Soldat oder König mit denselben Insignien sein?«, wollte Alrik wissen.

»Nein«, antwortete Kahina und schaute zu der Mumie hinüber. »Der Helm mit den Hörnern des Widders ist einzigartig.« Noch eindeutiger aber ist sein Gesicht: Die Nase fehlt. Sie ist nicht einfach vergangen, sondern abgebrochen.«

Ingvar öffnete den Mund, aber Alrik gebot ihm zu schweigen. Dies war nicht die rechte Zeit für Abfälligkeiten. »Wie kann man eine tausend Jahre alte Mumie an einer Nase erkennen, die nicht einmal mehr vorhanden ist?«, fragte er und bemühte sich um eine ernste Miene.

»Eine lange Geschichte«, sagte nun der Erzähler. Sein Griechisch war ohne Makel. »Wenn ihr wollt, weihe ich euch in das Geheimnis ein.«

»Du bist Kopte?«, fragte Alrik. »Aber bei deinen Vorführungen hast du Arabisch gesprochen.« Alrik stockte. »Weil dein Publikum aus Arabern bestand«, schloss er. »Unbedeutend. Wir haben keine Zeit für lange Geschichten. Sobald alle an Bord sind, legen wir ab.«

»Bonus ist noch nicht da, ebenso Djamil, Yaa, Darios und Erios«, zählte Ingvar auf.

Da kamen Rufe von der Brücke zum Hafen her. Eine kleine Prozession näherte sich. Es waren die fehlenden Besatzungsmitglieder. Bald darauf stiegen sie an Bord. Auf ihren Schultern lastete ein gewaltiges Stück Holz. Vorsichtig ließ das Quartett die Last auf das Deck gleiten. Yaa zupfte sich Splitter aus der bloßen Schulter.

»Ein Mastbaum!«, rief Djamil und klopfte Alrik auf den Rücken. »Noch ein wenig Schleifen und Zimmern. Dann können wir von hier verschwinden.«

Alrik musterte das gewaltige Holz zu seinen Füßen. Es bestand aus einem langen Balken und einem kürzeren, der quer darüber festgebunden war.

»Bei Heimdalls gellendem Wächterhorn! Das Kreuz der Christen!«, stieß Alrik hervor.

»Woher habt ihr das?«, fragte Kahina. Ihre Hand packte Djamils Schulter mit solcher Kraft, dass der Stolz vom Gesicht des kleinen Arabers schwand.

»Die Kirche des heiligen Markus«, stotterte Djamil. »Sie ist doch verwüstet worden. Und ich weiß ja, dass die Christen in ihren Tempeln diese Kreuze aufhängen. Holzkreuze! Größer, als ein Mann hoch ist.«

»Also haben wir in der Ruine nachgesehen, ob noch etwas übrig geblieben ist«, fuhr Yaa mit tiefer Stimme fort und zeigte auf den Rest des Kreuzes. »Es hat Spuren des Feuers davongetragen, aber das meiste ist erhalten. Der Längsbalken genügt als Mast. Wenn wir den Querbalken versetzen, können wir ihn als Rah verwenden. Er ist stark genug, das Segel zu halten.«

»Das dürft ihr nicht«, schnaubte Kahina. »Es ist ein Symbol meines Glaubens.«

»Aber wir brauchen ein Segel«, protestierte Yaa und suchte in Alriks Augen nach Zustimmung.

Zu seiner eigenen Überraschung senkte Alrik den Blick.

»Was ist los mit dir, Kendtmann?« Das war Ingvars Stimme, die jetzt hohntriefend von Steuerbord kam. »Bist du in der Wüste zum Christen geworden?«

Jemand aus der Mannschaft lachte zu laut.

Ja, dachte Alrik, was ist nur los? Er war der Herr des schnellsten Schiffes auf diesem Meer, seine Mannschaft würde ihm bis in den Tod folgen, sie hatten einen Mast in einem Land gefunden, in dem es kein Holz gab. Warum zögern?

Er hob den Blick und schaute Kahina an. Unter dem blauen

Umhang zeichnete sich ihr flinker Körper mit den schlanken Gliedmaßen ab. Ihre Ohrringe schaukelten im Wind wie reife Früchte. Ihre Augen waren groß und besonnen.

Alrik deutete auf das Kreuz, das ein Mast werden sollte. »Das ist das Kreuz der Christen«, sagte er, »und das wird es bleiben.«

Verständnislos schüttelte Yaa den Kopf. Magnus wandte sich ab. Der Geschichtenerzähler lauschte mit zusammengekniffenen Augen.

»Aber«, fuhr Alrik fort, »es kann trotzdem unser Mastbaum sein. Haben wir nicht die Asche des heiligen Markus an Bord, die wirklichen Überreste dieses heiligen Mannes? Also errichten wir auf dem Deck unseres Schiffes ein Kreuz – als Banner unserer Reise. Königin Kahina, nenne mir einen passenderen Weg, die Reliquien über das Meer zu fahren, und ich will mich deinem Wunsch beugen.« Ergeben trat Alrik einen Schritt zurück, um Kahina Raum für Gedanken zu geben.

Die Amazig schüttelte langsam den Kopf, so langsam, dass ihr Haar dabei unbewegt blieb. Die Königin blickte Alrik ernst an. »Also gut! Setz das Kreuz auf dein Schiff«, sagte sie. »Es ist nicht an mir, es dir zu verbieten oder zu gestatten. Wenn kein Wind deine Segel füllt, wirst du wissen, dass du etwas falsch gemacht hast. Wenn die *Visundur* aber über die Wellen springt, dann danke Gott für seine Hilfe.«

Kapitel 28

Alexandria, der Hafen

EINE NACHT. So lange würden Yaa, Magnus und die beiden byzantinischen Brüder brauchen, um aus dem Kreuz einen Mast herzurichten. Der Querbalken musste versetzt und beweglich gemacht werden. Um Seile für das Segel aufzunehmen, mussten Fallleinen und Belegnägel angepasst werden. Am unteren Ende war der Längsbalken zu breit, um in das Kielschwein eingefügt werden zu können. Bei starkem Wind lastete großes Gewicht auf dem Mast, und noch einmal wollten die Männer ihn nicht an die See verlieren. Bonus, so scherzte Kilian, müsse diesmal schon beim Auslaufen festgebunden werden, damit er nicht noch einmal Unfug anstelle.

Aber Bonus war noch immer nicht aufgetaucht. Ingvar berichtete, was sich in Alriks Abwesenheit auf der *Visundur* zugetragen hatte. Vom Erscheinen des Statthalters an Bord erzählte er, und davon, dass die Araber das Schiff in ihren Besitz hatten bringen wollen. Seither sei aber nichts geschehen. »Die haben wohl erkannt, dass sie unser Schiff nicht fahren können«, schloss Ingvar. Bonus? Der habe mit dem Statthalter geflüstert und sei ihm anschließend hinterhergerannt wie ein Hund.

Diese Wendung beunruhigte Alrik. Der Statthalter war persönlich zur *Visundur* gekommen, um sie in seinen Besitz zu bringen – merkwürdig genug. Aber dass die Araber dann verschwanden, das Schiff in Ruhe ließen und Bonus mitnahmen, war überaus rätselhaft. Alrik zuckte mit den Schultern. Es war zu spät, dem nachzugehen. Bald würde die *Visundur* Segel setzen.

Während die Tranlampen an Deck entzündet wurden und die ägyptische Nacht sich herabsenkte, begannen einige der Männer damit, das christliche Kreuz in einen Schiffsmast zu verwandeln. Kahina lud die übrigen dazu ein, sich an Deck zu versammeln und dem Geschichtenerzähler zu lauschen. Der Kopte wollte seine Vorstellung vom Leben und Sterben Alexanders des Großen zum Besten geben – auf Griechisch, damit alle die Geschichte verstanden. Er sei betrübt, dass die Männer der *Visundur* nicht wüssten, welche Ehre es sei, diese Mumie auf ihrem Schiff zu befördern, und er, Anba Moussa, werde das Schiff nicht eher verlassen, bevor er nicht Ehrfurcht in ihren Gesichtern erkenne.

Und dann sah Alrik noch einmal, wie der Stock des Kopten zu einer Waffe wurde, einem Schwert, das Anba Moussa vor sich ausstreckte, als er, in einen jungen Krieger verwandelt, den Angriff auf ein feindliches Heer anführte. In den Mienen der Besatzung spiegelte sich Belustigung. Mit verschränkten Armen lehnten die Männer an der Schiffswand, einige grinsten, andere ließen sich von den Arbeiten am Mast ablenken. Der Grauhaarige schien davon nichts zu bemerken. Als er davon berichtete, wie der Feldherr Alexander erstmals auf das übermächtige persische Heer getroffen war, drückte Kahinas Hand Alriks Arm. Die Königin schien von der Darbietung hingerissen.

Wenige Augenblicke später war Alrik es auch. Wie der junge Makedone am Ufer des Flusses auf und ab ritt, während auf der anderen Seite das Heer der Perser aufgereiht auf den Angriff wartete, wie der König der Perser im Streitwagen stand und den Herausforderer beschimpfte – Anba Moussa stellte jede Kleinigkeit so überzeugend dar, als sei er selbst dort gewesen, an jenem Fluss, den er Pindaros nannte.

Die Reihen des Feindes waren geschlossen. Für das griechische

Heer erschien es unmöglich, den Fluss zu überqueren, ohne von den persischen Bogenschützen niedergemäht zu werden. Alexander befand sich in einer Zwickmühle. Griff er an, waren die Perser im Vorteil. Zog er sich zurück, würde der Feind nachsetzen und den fliehenden Griechen in den Rücken fallen. Perserkönig Dareios schien bereits gewonnen zu haben.

Aber Dareios' Schlachtreihe hatte eine Achillesferse. Im Osten, bei einer Hügelkette, hatte der Perser Hilfsinfanterie aufmarschieren lassen. Diese Soldaten waren keine Söldner, die für den Kampf ausgebildet waren. Es waren Bauern, die der König in den Krieg gezerrt hatte. Als Alexander sah, dass diese einfachen Menschen von zusätzlichen Bogenschützen gedeckt werden mussten, ahnte er, dass Dareios diesen Truppen keine großen Leistungen zutraute. Hier musste der Makedone zuschlagen, wenn er das doppelt so starke Heer der Perser bezwingen wollte. Alexander gab den Befehl zum Angriff.

In der Gestalt Alexanders ließ Anba Moussa das griechische Heer durch die Furt stürmen. Die kampfstarken Söldner der Perser ließ er einfach links liegen und stürmte direkt auf die Bauern und Bogenschützen auf der Hügelflanke zu.

Als die dort stehenden Perser die Griechen heranrasen sahen, ergriffen sie sofort die Flucht. In ihrem Rücken aber prallten sie auf die nicht ausgebildete Infanterie. Augenblicklich entstand ein Wirrwarr von fliehenden, sich gegenseitig behindernden Soldaten. Die Reihen der Perser lösten sich auf. An der Spitze seiner Reiterei brach Alexander direkt zum Streitwagen des Dareios durch. Der Perserkönig, einen Augenblick zuvor noch ein unnahbarer Herrscher der Antike, suchte sein Heil in der Flucht.

Ein Wind kam vom Meer und ließ die Lichter der Tranlampen zucken. Die Gesichter der Männer waren aus Stein. Magnus hatte die Hände auf seinen Kopf gelegt und starrte mit offenem Mund vor sich hin. Darios und Erios blickten ungläubig zu der Mumie in dem Schlitten hinüber. Anba Moussa aber war noch nicht am Ende seiner Vorführungen angelangt.

»Landstrich um Landstrich eroberte Alexander.« Mal ließ er den jugendlichen Helden Mauern erstürmen und Höhlen erkunden, mal schickte er ihn über unauslotbare Abgründe und auf die schneebedeckten Gipfel von Gebirgen mit unaussprechlichen Namen.

»Als Alexander am Ende der damals bekannten Welt ankam und Indien erreicht hatte, zwangen seine Männer ihn zur Umkehr. In dreizehn Jahren hatte es der makedonische König geschafft, alle Länder zu erobern, in die er seinen Fuß gesetzt hatte. An siebenundzwanzig Orten gründete er Städte, Siedlungen und Häfen. Die berühmteste«, endete der Geschichtenerzähler, »ist die Stadt, in der ihr euch gerade befindet.«

»Aber Alexandria ist eine arabische Stadt«, rief Ingvar. »Und eine verlauste dazu.«

»Einst war sie der schönste Ort auf Erden«, belehrte ihn Anba Moussa. »Habt ihr die Säulen gesehen, die in ihrer Mitte in den Himmel ragen? In früheren Zeiten trugen sie Dächer, so hoch, dass sie die Wolken berührten. Die klügsten Gelehrten lebten hier. Und die schönsten Frauen.« Der Geschichtenerzähler verneigte sich in Richtung Kahinas.

»Wie ist Alexander gestorben?«, wollte Stein wissen. Der Runensprecher musste seine Frage zweimal wiederholen, bevor Anba Moussa die krächzenden Laute verstand.

»So geheimnisvoll, wie er gelebt hat«, gab der Geschichtenerzähler zurück. »Manche glauben, er sei von seinen Generälen vergiftet worden.« Ein Raunen ging durch die Besatzung. »Andere denken, er habe dem Wein so stark zugesprochen, dass er daran niederging, und wieder andere«, fuhr der Geschichtenerzähler fort, »glauben an Selbstmord oder ein Urteil der Götter. Was auch immer davon wahr ist: Alexander der Große war nur zweiunddreißig Jahre alt, als er starb. Niemals wieder hat ein Mensch in einem derart kurzen Leben so viel erreicht.«

»Und dann versteckt man seinen Körper in einem Loch unter den Straßen Alexandrias?«, fragte Alrik. Erst jetzt bemerkte er, wie stark ihn die Geschichte aufgebracht hatte.

Anba Moussa nickte. Sein Stock hatte sich wieder in das zurückverwandelt, was er war, und der Kopte stützte beide Hände auf das breite Ende des Stabes. »Stellt euch vor«, sagte er mit beschwörender Stimme, »der mächtigste Mann der Welt stirbt und hinterlässt keinen Erben.«

»Jeder wollte seine schmutzigen Hände auf das Reich legen.« Yaa vollendete den Gedanken mit Abscheu in der Stimme.

»Es gab Krieg«, fuhr Anba Moussa fort. »Nicht einen, sondern viele Kriege. Das riesige Reich, das Alexander geschmiedet hatte, zerfiel. Nur durch einen legitimen König hätte es weiterbestehen können. Und dann hörte man zum ersten Mal die Prophezeiung.« Der Kopte ließ den Blick über die Gesichter der Mannschaft schweifen. »Jenes Reich, in dem man Alexanders Leichnam zur letzten Ruhe bettet, soll die Welt beherrschen.«

»Wenn das stimmt, warum ist Ägypten dann nicht das größte Reich der Welt?«, wollte Magnus wissen. »Die Mumie lag doch in ägyptischem Boden.«

Wieder nickte Anba Moussa. »Ägypten gehört zum Reich des Kalifen. Und die Araber, davon magst du schon gehört haben, erobern seit Jahren Nordafrika und nun auch die Länder im Norden. Wohin sie kommen, fallen Städte und Festungen, wo sie ihren Glauben verkünden, wachsen Moscheen aus dem Boden. Dabei wissen sie nicht einmal, dass der Geist des großen Feldherrn über ihren Köpfen schwebt. Hätten sie aber den Leichnam in Händen, würden ihre Feinde von selbst die Häupter senken, wenn der Kalif sich ihnen nähert.«

»Der Kalif oder irgendein anderer Herrscher«, sagte Alrik.

»So ist es«, gab der Geschichtenerzähler zurück.

»Dann haben wir einen Grund mehr, die Mumie als heiligen Markus auszugeben und sie in einer Kirche Rivo Altos verschwinden zu lassen. Jedenfalls bevor der Kaiser in Konstantinopel, der Kaiser der Franken oder sonst ein König davon erfährt.«

»Wir werfen das Ding einfach ins Meer«, schlug Ingvar vor, »dort kann es keinen Unfrieden stiften.«

»Schweig!« Alrik erhob die Stimme. »Wenn nur die Hälfte von dem, was wir soeben gehört haben, wahr ist, gehört dieser tote Körper in einen Tempel, wie ihn die Menschen noch nicht gesehen haben. Wir werden ihn nach Rivo Alto bringen, wo er für alle Zeiten angebetet werden wird. Niemand wird ahnen, wem er da seine Gebete schickt und Opfer bringt. Die Veneter bekommen ihren Heiligen, wir bekommen Bjor zurück, und der Makedone bekommt eine ihm angemessene Ruhestätte.«

Magnus, Kilian und Djamil lugten in den Schlitten und musterten die Mumie. »Eines verstehe ich nicht«, sagte Djamil und zeigte auf den Kopf des Toten. »Warum erkennt man Alexander an der abgebrochenen Nase? Ist sie ihm im Kampf genommen worden?«

Anba Moussa starrte mit geistesabwesendem Blick in die Vergangenheit zurück. »Es waren die Römer«, sagte der Geschichtenerzähler. »Als sie kamen, war Alexander schon lange tot. Sie eroberten Ägypten, brachten die Mumie in ihren Besitz und auch sie stiegen dadurch zum mächtigsten Reich aller Zeiten auf. Jeder ihrer Herrscher kam hierher, um dem Toten seine Ehre zu erweisen. Julius Cäsar, Augustus, Nero, Caracalla, Diocletian – wären sie alle zugleich vor dem Sarkophag erschienen, eine Menschenschlange hätte sich gebildet, die von einem Stadttor Alexandrias bis zum anderen gereicht hätte.

Bei einem dieser Besuche geschah es. Auf den Befehl des Augustus hin wurde der Deckel des Alabastersargs abgenommen. Der römische Kaiser beugte sich über die Mumie, fasste sie sanft an den Schultern und drückte die eigene Wange an die des Toten. Vielleicht wollte der Kaiser Alexander so nah sein wie nie jemand zuvor, vielleicht hoffte er darauf, der Geist des Feldherrn würde ihm das Geheimnis unendlicher Macht ins Ohr flüstern. Doch Augustus stellte sich so ungeschickt an, dass er dem Toten die Nase abbrach. Die Geschichte wurde fast so berühmt wie Alexander selbst.«

Alrik rieb seine Nase. Plötzlich war Kahinas Mund an seinem Ohr. Die Worte, die sie ihm zuflüsterte, schienen zunächst keinen Sinn zu ergeben. Was sprach sie da von der Wüste und dem Meer? Bevor er eine Frage stellen konnte, war sie auch schon vom Schiff verschwunden und schritt den Anleger hinab. Einmal nur sah sie sich nach ihm um. Dann verschmolz ihr tiefblaues Gewand mit der ägyptischen Nacht.

Alrik blickte über das Deck. Vier der Männer hatten die Arbeiten am Mast wieder aufgenommen. Die übrigen lauschten noch immer dem Geschichtenerzähler, der jetzt zum Besten gab, wie Alexander der Große in einem gläsernen Fass auf dem Meeresgrund herumtauchte, um bald darauf von Greifen zu einem stählernen Thron auf den Wolken getragen zu werden. Ob die Zuhörer am Wahrheitsgehalt des Berichts zweifelten, ließ sich nicht feststellen, wohl aber, dass sie sich von Anba Moussas Stock und Stimme erneut in Bann schlagen ließen.

Noch einmal schaute Alrik zu jener Stelle hinüber, an der Kahina verschwunden war. Dann stieß er sich vom Dollbord ab und folgte der Königin der Amazig in die heraufziehende Dunkelheit.

»Das also ist der berühmte Pharos«, stellte Alrik fest, als er neben Kahina einherschritt. Die Brücke, über die sie gingen, war länger als jede andere, die Alrik jemals gesehen hatte. Einem schlanken Finger gleich führte das Bauwerk vom Festland auf eine der Stadt vorgelagerte Insel und dann weiter ins Meer hinaus. Von dort wehte ein warmer Wind. Der letzte Vogel verstummte in der herabsinkenden Nacht.

Kahina schien es eilig zu haben. Trotz des schnellen Schrittes fand sie Atem für eine Erwiderung. »Kennst du seine Geschichte?« Sie streckte ihren Arm der Silhouette entgegen, die aus dem Meer zu wachsen schien. Es war jenes imposante Bauwerk, an dem die *Visundur* bei der Einfahrt in den Hafen Alexandrias entlanggeglitten war. Jetzt umschmeichelte Dunkelheit die mächtige Konstruktion. Nur auf der Mauer an ihrem Fuß brannten Lichter. »Man nennt ihn Pharos, nach der Insel, auf der er errichtet ist.«

Alrik erkannte, dass die Brücke, über die sie gingen, auf das Gebäude in der Ferne zuzuführen schien.

Kahina fuhr fort: »Vor vielen hundert Jahren kam ein König von Griechenland her. Er wollte wissen, wie die Insel heiße und wem sie gehöre. ›Pharao‹, antwortete ihm ein Ägypter. Pharao – so nannte man in uralten Tagen die Herrscher dieses Landes. Doch der Grieche kannte diesen Titel ebenso wenig wie du, Alrik. Er glaubte, der Ägypter habe ›Pharos‹ zu ihm gesagt, was, wie du weißt, Griechisch für ›Segel‹ ist. Und weil die griechischen Könige in diesem Land die Pharaonen bald darauf ablösten, behielt die Insel diesen Namen. Der Turm erhielt ihn ebenfalls.« Sie schaute zur Turmspitze hinauf, wo gerade ein Licht aufschien. »Das ist wohl das größte Missverständnis der Geschichte.«

»Warum führst du mich dorthin?«, wollte Alrik wissen.

Sie fasste seine Hand und zog ihn schneller mit sich. »Rasch, bevor sie das Feuer entzünden«, sagte sie noch, dann verfiel sie in Laufschritt.

Die Mauer um den Fuß des Turms war über einige Strecken eingestürzt, das Tor unbewacht. Alrik und Kahina stiegen über Haufen von Gestein. Als sich ein Brocken polternd löste, legte Kahina einen Finger gegen ihre Lippen. Flüsternd gab sie Alrik zu verstehen, dass es zwar keine Wachen mehr vor dem Turm gebe, dass aber um diese Zeit die Lichtmeister damit beschäftigt seien, das Feuer im oberen Teil in Gang zu setzen. Um jeden Preis wolle sie vermeiden, mit den Arabern zusammenzutreffen. Verborgen in den Schatten warteten Alrik und Kahina darauf, dass die Besatzung den Turm verließ.

»Was ist das für ein Gerüst um den Pharos?«, fragte Alrik so leise wie möglich. Schon bei der Einfahrt in den Hafen hatte er darüber gestaunt, dass Dutzende von Menschen auf einem Holzgestell herumgestiegen waren, das den Turm wie ein Käfig umschloss.

»Zum Ausbessern der Mauern«, gab Kahina zurück. »Das letzte Beben hat sie stark beschädigt, und man will nun verhindern, dass sie beim nächsten Erdstoß zusammenfallen. Also flicken sie mit allem, was sie finden können.«

»Dort willst du hinauf?«, fragte Alrik und legte den Kopf in den Nacken. Kahina gab keine Antwort.

Bald darauf traten fünf Gestalten aus dem Turm hervor. Geradenwegs hielten sie auf das Tor in der Mauer zu. Arabische Wortfetzen wehten zu Alrik und Kahina hinüber. Dann verschwand die kleine Prozession in der Nacht.

»Komm!« Kahina huschte auf das Gerüst zu und setzte einen Fuß auf eine der Leitern. Alrik blieb ihr auf den Fersen, fasste nach den Sprossen und suchte mit den Füßen nach Halt. Schon hatten sie eine Plattform erreicht, die um den gesamten Turm herumzulaufen schien. Alriks Frage, warum sie nicht die Treppe im Innern nähmen, hörte nur der Wind. Im blassen Licht des Mondes verschwanden Kahinas Füße bereits durch ein Loch in der nächsten über ihnen liegenden Plattform.

»Komm wieder herunter«, zischte Alrik Kahina leise hinterher. Aber von weiter oben erklang nur das leise Tappen leichter Schritte. Kurz überlegte er, ob er laut nach der Amazig rufen sollte, um sie zur Umkehr zu bewegen. Wenn er jedoch die Araber auf sich aufmerksam machte, steckte er in Schwierigkeiten. Alrik zerbiss einen Seemannsfluch.

Mit wuchtigen Schritten stieg er die Leiter hinauf, fand die nächste und folgte Kahina immer weiter nach oben. Unter der Kraft seiner Hände und Füße wackelte das Gerüst, doch alle Anstrengung war vergebens: Kahina war nicht einzuholen.

Bald bemerkte Alrik einen schwachen Lichtschein von oben. Das musste das Leuchtfeuer sein. Je höher er stieg, umso stärker schienen die Flammen auf seine Umgebung herab. Jetzt konnte er bereits die Strukturen in der Mauer des Turms erkennen. Da waren die Luftlöcher, von den Baumeistern zum Trocknen des Mörtels freigelassen, und da waren Risse im Gestein, an manchen Stellen waren Stücke herausgebrochen. Der Koloss war krank.

Sprossen, Plattformen, Stangen – immer höher ging es hinauf. Die Zeit löste sich auf. Als Alrik schließlich den Kopf wohl zum hundertsten Mal aus einem der Löcher am Ende einer Leiter steckte, waren Kahinas Füße zum Greifen nah. Er stemmte sich hoch, bemerkte, dass sein Atem schneller ging, und versuchte, es vor der Amazig zu verbergen. Doch im Schein des Feuers über ihren Köpfen sah er, dass auch ihre Brust sich rasch hob und senkte.

»Schau, Alrik!«, sagte Kahina und deutete auf die Stadt zu ihren Füßen. Tief unten lag ein Meer aus Lichtern. Es war, als wäre der Sternenhimmel auf die Erde gestürzt. In der jungen

Nacht zeigten die hellen Punkte die wahren Ausmaße Alexandrias an, und Alrik, von der Schönheit des Bildes in Bann geschlagen, war überrascht, wie groß die Stadt wirklich war.

»Dieses Kind Alexanders des Großen ist prächtig gediehen«, sagte er. »Was mehr kann sich ein Vater wünschen?«

»Das ewige Leben seiner Nachkommen, vielleicht, und dass sie im Glück gediehen«, gab Kahina zurück.

»Du hast Kinder«, stellte Alrik mit einem Mal fest. Nie zuvor hatte er daran gedacht, die Königin der Amazig könnte Mutter sein.

Sie verschwand um eine Ecke des Turms. Als er sie eingeholt hatte, stand sie am Rand der schmalen Plattform, die Fußspitzen über dem Abgrund. Alrik erschrak. Dann sah er, wie sich Kahina mit beiden Händen an einem der Stützpfosten festhielt. Im flackernden Schein des Feuers über ihren Köpfen konnte er sie lächeln sehen. Aber das Glück in ihrem Gesicht galt nicht ihm. Ihr Blick flog durch die violette ägyptische Nacht, über die Dächer und Lichter der Stadt hinaus, und dort sah nun auch Alrik, warum Kahina ihn auf den Turm hinaufgebracht hatte.

Die Wüste erstreckte sich bis zum Horizont. Ihre Hügel und Täler, vom Licht eines riesigen pockennarbigen Mondes herausmodelliert, brandeten gegen die Stadt an. Die Luft war so wunderbar klar, dass sich sogar die Berge weit entfernt im Westen deutlich als Umrisse abzeichneten.

»Es mag dort weniger Häuser und Straßen geben«, sagte Alrik. »Aber dein Königreich ist noch beständiger als die Stadt zu unseren Füßen. Alexander der Große hätte dich beneidet.«

Kahina lachte mit Behagen. »Er hätte mein Reich erobert, mich zu seiner Sklavin gemacht und selbst dort regiert. Er war ein Mann.«

Nun war es Alrik, der nach Kahinas Hand fasste. So sanft, wie es seinen Seemannsmuskeln möglich war, zog er sie vom

Abgrund fort hinter sich her, zur Nordseite des Turms. Kaum waren sie um die Ecke gebogen, traf sie ein Windstoß. Kahina löste die Bänder aus ihrem Haar. Es wehte Alrik durch das Gesicht und verwob sich mit seinem eigenen.

»Die etesischen Winde«, hörte er Kahinas Stimme durch das Fauchen und Brausen. »Sie lieben diese Küste.«

Unter ihnen lag das Meer. Es war vom selben Mond beschienen wie die Wüste, und wie sie reichte es über den Horizont hinaus. Doch seine Hügel, Täler und Schluchten waren in ständiger Bewegung. Alrik wandte den Kopf. Dort drüben lag ein Ozean aus Sand und ließ die Zeit duldsam über sich hinwegziehen. Auf dieser Seite aber bäumte sich die See gegen die Zeit auf. Wer von beiden verhielt sich richtig? Die Haare auf Alriks Haut stellten sich auf.

»Du scheinst deine Gedanken niemals zu teilen«, sagte Kahina neben ihm.

Er wandte sich zu ihr um. So viel höher gewachsen er auch war, war sie doch die Größere von ihnen beiden.

»Nicht mit Worten«, sagte Alrik.

Als er bald darauf seine Hände über ihre geschmeidige Haut gleiten ließ, wünschte er sich, so stark wie nie zuvor, seine verlorenen Finger zurück.

Der Berber stellte sich schützend vor seine Frau. Seine Hände hielten einen lächerlichen Dolch umklammert. Ya'kub grunzte. Ohne Pfeil und Bogen waren die Wüstenbewohner hilflos wie Raupen in einem Nest hungriger Ameisen. Deshalb hatte er sie auch nicht zu einer offenen Schlacht in die Wüste hinausgelockt, sondern sich bis in das Innere ihres Höhlenverstecks hineingekämpft. Bei dem Versuch, den Felsen zu erklimmen, waren viele seiner Männer umgekommen. Aber damit hatte Ya'kub gerechnet. Jeder Stein, und sei er noch so hart, musste dem steten Druck des Wassers weichen.

Die Gegenwehr der Sandleute war stark gewesen. Sie mussten durch das Auftauchen des Franken Bonus gewarnt worden sein. Aber statt zu fliehen, hatten sie sich in den Felsen verschanzt. Ein tödlicher Fehler. Jetzt lag ein Kreis von wohl einhundert Leichen um das Versteck der Amazig herum verstreut. Der Sand hatte Blut getrunken, die Tiere der Wüste fraßen sich satt und er, Ya'kub der Vaterlose, stand im Herzen des Berbernests und zählte seine letzten Hiebe.

Der Boden der Höhle war mit Körpern und deren Fragmenten bedeckt. Das Stöhnen und die Schreie der Verwundeten hallten von den Wänden wider, und der Fels glitzerte von vergossenem Blut. Eine alte Berberin mit einem Gesicht, braun und faltig wie eine Walnuss, stellte sich zwischen das junge Paar und Ya'kubs Säbelspitze. Er streckte sie mit zwei Streichen nieder. Dann hatte er den jungen Mann erreicht. Der Dolch in der Hand des Berbers zitterte so sehr, dass Ya'kub erwartete, er könne jeden Moment zu Boden fallen. Die Frau hinter seinem Rücken war schön. Ihr Gesicht, von Furcht entstellt, trug die Spuren von fast verblichenen rötlichen Ornamenten. Ya'kub würde prüfen, ob sie ausreichende Qualitäten besaß, um dem Kalifen zur Unterhaltung zu dienen – wenn der Löwe Gottes erst einmal in dieser faden Stadt Alexandria Einzug gehalten hatte.

Mit Verzweiflung in der Stimme schrie der Berber dem Konvertiten etwas entgegen. Nach der ersten Bewegung von Ya'kubs Säbel fielen die Hände mit dem Dolch zu Boden, nach der zweiten folgte der Körper des Mannes. Sein Blut zeichnete Muster auf die Haut seiner Frau.

»Ya'kub, Herr!« Die Stimme eines seiner Männer drang durch die Schreie hindurch. Der Mann wartete in sicherem Abstand.

Wie jeder Krieger wusste auch er, dass es tödlich enden konnte, sich einem Kämpfer während der Schlacht zu nähern, selbst wenn dieser auf derselben Seite stritt.

»Die meisten Berber sind tot«, rief der Araber. Er blutete aus zahlreichen kleinen Wunden, und seine Kleider hingen ihm in Fetzen vom Leib. »Wir haben etwa ein Dutzend gefangen nehmen können. Die meisten kämpften bis zum Tod.«

Ein Dutzend. So wenige nur? Gern wäre Ya'kub im Triumphzug mit einigen Hundert Gefangenen nach Alexandria zurückgekehrt.

»Was ist mit den Kindern? Habt ihr sie schon gefunden?«

Der Araber schüttelte den Kopf.

»Sie müssen irgendwo in diesen Höhlen versteckt sein. In die Wüste werden die Berber ihre Brut wohl kaum hinausgeschickt haben. Sucht weiter! Aber zuvor treibt die Gefangenen zusammen. Wenn es schon so wenige Überlebende gibt, will ich jeden einzelnen lebend nach Alexandria bringen.« Und im Stillen fügte er hinzu: Dort sollen sie einen Tod sterben, der meinen Namen unauslöschlich in die Geschichte der Stadt einbrennen wird. Gott wird zufrieden mit mir sein.

Kapitel 29

Rivo Alto, der Schuppen der Estrella

Wohin sollen sie schon geflohen sein?« Elias' Stimme überschlug sich, und die Möwen auf der kleinen Insel nahmen Reißaus. »Nach Süden natürlich. Der Nordmann fährt seinem Vater hinterher.«

Ratlos stapfte Rustico durch den Schlick vor dem leeren Schuppen, sein langer Schatten eilte ihm voraus. Es war zum Verzweifeln. Endlich hatten sie das Versteck der Dogentochter und des Barbaren gefunden, und doch waren sie zu spät gekommen. Das Schiff, das Matelda im Geheimen hatte bauen lassen, war fort, der Schuppen klaffte wie das Maul eines gestrandeten Wals, und jeder Salzsieder wäre schlau genug, den richtigen Schluss daraus zu ziehen: Giustinianos Tochter war über das Meer auf und davon.

»Wenn sie ertrinkt, ist es aus mit dem Dogat unserer Familie.« Rusticos Stimme bebte. »Und wenn dieser Bjor seinen Vater erreicht, wird der keinen Grund mehr haben, den heiligen Markus nach Rivo Alto zurückzubringen.« Seine quakenden Schritte im Schlamm schienen ihn zu verhöhnen. »Und meinen Bruder sehen wir dann vermutlich auch nicht wieder.« Obwohl das, fügte er in Gedanken hinzu, nur das geringste aller Übel wäre. »Es gibt nur einen Weg für uns: Du musst ihnen folgen, Neffe.«

Mit aufgesperrtem Mund starrte Elias seinen Onkel an, dann warf er einen hilfesuchenden Blick gen Himmel.

»Noch bevor die Sonne den Zenit erreicht«, fuhr Rustico fort und blieb stehen. Langsam sanken seine Füße in den Schlick ein. »Nimm unsere schnellste Dromone! Gegen das Schiff der Nordleute mag sie wie eine Schnecke über das Wasser kriechen. Doch mit einem Schiff, das einer Mädchenfantasie entsprungen ist, wird sie es aufnehmen können. Wenn du die Nacht hindurch segelst, könntest du sie morgen in der Frühe eingeholt haben.«

Worte kehrten in Elias' Mund zurück. »Wenn mir das gelingt – könnte ich dann mit Matelda so verfahren, wie es mir beliebt?«, fragte er, so begierig auf Mateldas Leib wie zehn Hähne, die auf dem Mist nach einem einzigen Weizenkorn scharren.

»Solange du sie lebend heimbringst. Für jede Schmach, die ihr auf dem Meer angetan wird, beschuldigen wir ihren tierhaften Entführer.«

»Und was geschieht mit ihm, mit Bjor?« Unter Elias' Stimme war nun ein lauernder Ton gekrochen.

»Was soll mit dem Nordmann schon sein? Wirf ihn ins Meer, aber vergewissere dich, dass du ihm vorher Arme und Beine brichst, damit er nicht zu uns zurückgeschwommen kommt.«

»Aber du hast dein Leben in einer Stadt verbracht, die im Wasser schwimmt«, brach es aus Bjor heraus. »Und da hast du es selbst niemals gelernt?« Der Wind zauste das lange Blondhaar des Nordmanns. Die *Estrella* glitt über die Wellen, und eine Messingsonne nahm der eiskalten Luft ein wenig von ihrer Schärfe.

Matelda klammerte sich an den Mast in der Mitte des Schiffs. Die Rah über ihrem Kopf klapperte. Auch ihr Haar flatterte im Wind, und sie wünschte sich die Haube zurück, die ihr Vater ihr vom Kopf genommen hatte. Gewiss: Er hatte sie mit dieser traditionellen Geste zu einer Frau im heiratsfähigen Alter erklärt. Aber wusste er auch, dass das Meer mit dem langen Haar der Seefahrer Späße trieb?

»Ich kann es eben nicht«, sagte Matelda und wischte sich zum hundertsten Mal eine Strähne aus dem Mund. Wie ertrug Bjor das bloß?

Der Nordmann stand an der Ruderpinne und hielt sie mit einer Hand fest. Das Holz ruckte in seiner Linken, doch es schien ihm keine Mühe zu bereiten, ihm seinen Willen aufzuzwingen. Mit der Rechten hielt Bjor eine der Leinen gepackt, die mit der Rah verbunden waren. Und zu alledem hatte er seit Beginn ihrer Fahrt ein Lied nach dem anderen angestimmt. Darin ging es stets um dasselbe: Rudern, sonniges Wetter und eine höhere Macht. Das Glück stand Bjor ins Gesicht geschrieben.

Matelda hingegen wünschte sich heim nach Rivo Alto. Das Meer – nie hätte sie gedacht, dass es tatsächlich ein Tier war, wie die Seefahrer so oft behaupteten. Jetzt fühlte sie es unter ihren Füßen atmen und mit den Kiefern mahlen. Sie stellte sich vor, wie es prüfend am Rumpf der *Estrella* leckte, und sie wünschte, dass sie die Planken des Schiffs dicker hätte sägen lassen.

»Du musst auch nicht schwimmen können«, rief Bjor jetzt von achtern. »Dein Schiff liegt gut auf dem Wasser.«

Wenn das ernst gemeint war, dachte Matelda, was mochte dann erst geschehen, wenn es turbulent zuging? Einer Gämse gleich erklomm der Bug jeden Wellenkamm, um dort zu kippen und in das nächste Wellental hinabzutauchen. Jedes Mal spürte Matelda einen schweren Stoß in den Knien. Zunächst versuchte sie, die Beine steif zu machen und die Schläge auszuhalten, aber schon nach dem fünften Mal begannen ihre Gelenke zu schmerzen. Dann ging sie dazu über, bei jedem Aufschlag die Knie zu beugen, doch zehrte das an ihren Kräften.

Bjor schien ihre Mühsal nicht zu bemerken. Vom Wind ließ er sich Lieder von den Lippen reißen, und er lugte am Segel vorbei in die Ferne. Mit den Armen um den Mast verfolgte auch Matelda, wie die Küste zu ihrer Rechten vorüberzog. Längst war die Lagune hinter ihnen verschwunden. Das Land, an dem die *Estrella* entlangfuhr, lag keine Tagesreise von ihrem Zuhause entfernt – und doch hatte Matelda es nie zuvor gesehen.

»Die Schoten weit fieren!«, kommandierte Bjor. »Wir bekommen Wind von schräg achtern.«

Mateldas fragenden Blick quittierte der Nordmann mit einer Wiederholung der Kommandos, nur lauter diesmal. Matelda suchte nach der Schot, einer der Leinen. Es waren so viele, mehr als auf ihren Zeichnungen. Aber das Prinzip musste dasselbe sein. Vorsichtig ließ sie den Mast los und balancierte zu den Leinen, die vom Segel wegführten und an der Bordwand befestigt waren. Das waren die Schoten, jetzt musste sie fieren. Aber das Wort hatte sie noch nie gehört. »Wind schräg von achtern«, hatte Bjor gesagt. Also musste sich das Segel mit dem Wind verbinden, es brauchte Spielraum. Mit kalten Fingern löste Matelda die Leine ein wenig. Augenblicklich sprang das Segel in den Wind. Jetzt wieder festziehen! Ihre Hände folgten den Kommandos, die sie sich selbst gab. So sehr beanspruchte die Aufgabe ihre Geschicklichkeit und Aufmerksamkeit, dass sie kaum bemerkte, wie die *Estrella* von ihrem mörderischen Auf und Ab zu einem sanften Gleiten wechselte.

Weder nickte der Nordmann anerkennend, noch zeigte er sein jungenhaftes Grinsen. Stur schickte er den Blick weiter geradeaus und tat so, als sei das, was Matelda soeben vollbracht hatte, eine Alltäglichkeit. Empörung erfüllte sie wie der Wind das Segel. Aufgebracht richtete sich Matelda auf, um Bjor darauf hinzuweisen, dass sie soeben ihr erstes Manöver hinter sich gebracht hatte. Da fiel ihr Blick am Heck vorbei auf den Horizont. Weit entfernt im Norden war ein weiteres Segel aufgetaucht – an einer Küste wie dieser nichts Ungewöhnliches. Doch im Licht der tief stehenden Sonne leuchtete das ferne Segel in klarem Schwarz und Weiß – den Farben der Malamoccos.

Nachdem sie Bjor auf ihre Entdeckung aufmerksam gemacht hatte, wandte sich der Nordmann zu den Verfolgern um. Dann verfiel er wieder in dieselbe Starre, die dem Steuermann eines Schiffes eigen zu sein schien.

»Das ist eine Dromone der Malamoccos.« Matelda stellte sich neben Bjor und rief in den Wind. »Sie verfolgen uns.«

Bjor nickte. Immerhin hatte er begriffen.

»Was sollen wir tun?«, fragte Matelda.

»Wir segeln«, schnaufte Bjor.

»Sollen wir nicht an Land gehen und uns verbergen? Vielleicht haben sie uns noch nicht entdeckt.«

»Du willst davonlaufen?« Jetzt hob er eine seiner buschigen blonden Augenbrauen. Dann nickte er. »Du bist eine Frau.«

Mühsam unterdrückte Matelda den Drang, Bjor die Ruderpinne aus der Hand zu reißen und Richtung Küste zu steuern. Kraft war nicht ihr bestes Argument. Aber Worte mochten es sein.

»Was, wenn sie uns einholen?«, fragte sie.

Noch einmal blickte Bjor zurück zu dem Verfolger. »Eine Dromone. Vermutlich sogar eine von denen, die wir am Ätna abgehängt haben.« Er wiegte den Kopf, schien die Entfernung abzuschätzen. »Sie ist langsam. Aber unser Schiff ist es auch.« Er wischte sich die Haare aus dem Gesicht und sah Matelda an. »Wir fahren weiter. Sie sind schon auf Sichtweite heran. Gehen wir hier an Land, würden sie das bemerken.«

»Aber auf dem Wasser werden sie uns erreichen, früher oder später«, widersprach Matelda.

Bjor warf einen Blick zum Himmel hinauf. Schwärzliche Silberwolken zogen darüber hinweg. Ein langsamer Regen setzte ein. Schwere Tropfen fielen und stachen Muster in die Wogen. »Du hast recht. Sie werden uns einholen.« Noch einmal blickte er zu den Verfolgern zurück.

»Was also sollen wir tun?«, fragte Matelda drängend.

»Zunächst«, rief Bjor und wühlte in einer Tasche seiner Wollhosen, »binde dein Haar zusammen.« Er hielt ihr ein Stück Schnur entgegen. Als Matelda es nahm, spürte sie seine Körperwärme in dem Gewebe. Mit beiden Händen bändigte sie ihr Haar im Nacken und knotete den Strick darum. Bjor reichte ihr auch einen eisernen Pfriem, den er Marlspieker nannte, mit dem Matelda ihre Locken zusätzlich feststeckte.

Bjor nickte. »Eine passendere Haarnadel gibt es für Seeleute nicht. Jetzt kannst du besser sehen, wohin wir fahren. Übernimm das Ruder. Ich verlasse das Schiff.«

Die Dromone rauschte heran wie ein Wal. Jedes Mal, wenn Matelda sich umschaute, wuchs das schwarz-weiße Segel höher in den Himmel. Der Wind brauste jetzt ausdauernd und heftig und blies Gischt in die Luft. Die aufgebrachte See ließ die *Estrella* tanzen. Als das Schiff der Malamoccos sie schließlich erreicht hatte, fiel ein Schatten auf das Deck. Es war nicht nur der Verlust des Sonnenlichts, der Matelda schaudern ließ.

Mit beiden Händen umklammerte sie die Ruderpinne. Bjor hatte gesagt, dass sie die Dromone längsseits gehen lassen sollte, damit er auf das feindliche Schiff steigen konnte. Dort wollte er versuchen, das Segel zu zerstören, und dann auf die *Estrella* zurückkehren – vorausgesetzt, Matelda schaffte es, das Schiff in Reichweite zu halten. Wie sollte ihr das gelingen? Schon riss ihr die Strömung das Holz aus der Hand, und sie versuchte sich gegen den Druck des Ruders zu stemmen.

Da schob sich der Bug der Dromone in ihr Gesichtsfeld. Auf dem Deck stand Elias. Mit unbewegtem Gesicht nickte er Matelda zu. Ein Seemann stand neben ihm und schien ihm eine Frage zu stellen. Unwirsch deutete Elias auf die *Estrella* – oder zeigte er auf sie, Matelda, an der Ruderpinne? Sie sah noch, dass die Hand des Malamocco-Neffen bandagiert war, dann flogen plötzlich Leinen von der Dromone herüber. Die daran befestigten Haken scharrten über das Deck. Eisenspitzen rissen Riefen in das Holz. Matelda war versucht, das Ruder fahren zu lassen, um diesem Frevel Einhalt zu gebieten.

Ein Ruck ging durch den Rumpf, und die *Estrella* wurde nach Steuerbord gezogen. Mit einem dumpfen Laut prallte sie gegen die Dromone. Das Holz ächzte ungehalten. Um ein Haar hätte Matelda das Gleichgewicht verloren. Die beiden Schiffe schaukelten nun Seite an Seite auf der Dünung.

Elias' Stimme drang zu ihr herüber. Zwar verstand sie seine Worte nicht, aber sogar durch den Wind hindurch waren die Anzüglichkeiten in seinem Tonfall zu verstehen. Jetzt trat er ans Dollbord und schickte sich an, auf die *Estrella* hinüberzuspringen.

Auf der Suche nach einem Werkzeug, das sich in eine Waffe verwandeln ließ, suchte Matelda das Deck mit Blicken ab. Da sah sie Bjor.

Am Bug der *Estrella* nahm der Nordmann Anlauf, stieß sich vom Steuerbordrand des kleineren Schiffes ab und erreichte den Schandeckel der Dromone. Während alle Augen auf sie und Elias gerichtet waren, zog sich Bjor flink auf das feindliche Schiff hinauf und war auch schon außer Sichtweite.

Hatten die Seeleute Bjor bemerkt? Rufe flogen von der Dromone herüber. Doch bevor Matelda etwas erkennen konnte, ließ sich Elias nun auf die *Estrella* hinab. Was für ein Tausch, dachte Matelda und griff nach der Schot, jenem Seil, mit dem

Bjor einhändig das Segel bedient hatte. Von der anderen Seite des großen Rahsegels her kam Elias auf sie zu. Kalter Regen prasselte herab und schob Schleier vor Mateldas Augen.

Als sich Elias am Segel vorbeizwängen wollte, ließ Matelda Seil nach. Jetzt wirst du sehen, dass ich fieren gelernt habe, dachte sie. Tatsächlich drehte sich das freigelassene Segel in den Wind. Das von Fett und Feuchtigkeit schwere Tuch schlug knatternd herum. Der Kraft dieses Angreifers würde Elias nichts entgegenzusetzen haben.

Aber der Wind drehte das Segel in die falsche Richtung. Mit einem Schwung nach rechts hätte es Elias ins Gesicht klatschen und ihn vielleicht sogar ins Meer werfen können. Stattdessen fuhr die Rah linksherum, und der Angreifer hatte nun freie Bahn nach achtern. Elias lachte mit weit geöffnetem Mund, und es war Matelda, als würden die Götter es ihm gleichtun.

Nun war nur noch die Ruderpinne zwischen ihnen. Da kamen Rufe vom Schiff her. Von ihrer Position aus konnte Matelda auf der Dromone nichts weiter sehen als die Köpfe der Besatzung und das große Segel. An dessen Rah hing Bjor. Er schien sich an dem Segel zu schaffen zu machen.

Matelda wartete nicht darauf, dass Elias seine Augen von dem Geschehen nahm. Sie drückte die Ruderpinne beiseite, lief auf Elias zu und stieß ihm beide Arme gegen die Brust. Der Stoß trieb ihn nach hinten. Elias taumelte, fand das Gleichgewicht jedoch wieder, bevor er der Bordwand nahekam.

Da hörte Matelda einen Knall. Eines der Seile, mit denen die beiden Schiffe verbunden waren, war gerissen. Ein weiteres folgte. Das Meer schob sich zwischen die Schiffsrümpfe und spritzte Gischt. Das Segel der *Estrella* blähte sich und schob das kleinere Schiff wieder von dem größeren fort. Die Dromone war zu schwer, um dem Zug zu folgen. Ein weiteres Seil ging entzwei. Der Abstand zwischen den Schiffen wuchs. Wo war Bjor?

Über den nassen Abgrund hinweg riefen die Seeleute der Dromone Elias zu, er solle auf das Schiff zurückkehren. Doch Elias schüttelte den Kopf, dass der Regen aus seinem Haar flog. Dann packte er Matelda und zog sie zu sich heran.

»Dies ist der passende Ort, um unsere Unterhaltung fortzusetzen«, presste er zwischen seinen Palisadenzähnen hervor. Matelda erinnerte sich, dass ihr Elias in Rivo Alto wie ein gut aussehender junger Mann erschienen war. Davon war nun nichts mehr geblieben. Mit einer Hand kniff er ihr in den Nacken und hielt sie, mit der anderen riss er ihr das Gewand von den Schultern. Die *Estrella* bäumte sich auf, Matelda strauchelte, doch Elias hielt sie fest im Griff, während er versuchte, ihre nassen Kleider von ihr herunterzuschälen.

»Bjor!«, schrie Matelda. Sie versuchte, Elias Einhalt zu gebieten, doch schien er über acht Arme zu verfügen, und der Druck in ihrem Nacken war so schmerzhaft, dass ihr schwarz vor Augen wurde.

»Dein Schotenfresser ist meinen Leuten von selbst ins Netz gesprungen. Er kann dir nicht helfen«, keuchte Elias. »Wozu auch, ich werde dir Freude bereiten, und dann fahre ich dich nach Hause.«

Der Druck in ihrem Genick war nicht länger auszuhalten. Matelda ließ Elias' freie Hand los und versuchte, die Umklammerung zu brechen. Für ihre Anstrengung hatte Elias nur Gelächter übrig. Auch von der Dromone war jetzt Johlen zu hören. Da stieß Matelda mit den Fingern gegen den Marlspieker in ihrem Haar.

Die Eisenspitze herauszuziehen und sie in Elias' verbundene Hand hineinzustechen erschien wie eine einzige natürliche Bewegung, ein Handgriff, den Matelda seit ihrer Geburt zu beherrschen schien. Ihr Peiniger brüllte. Der Druck in ihrem Nacken verschwand. Sie rettete sich bis an das Dollbord. Ihre Blöße entsetzte sie. Für einen Moment war sie versucht, sich in das Wintermeer zu stürzen, wo die Wellen sie bedecken würden und niemand sie anstarren konnte, nicht die Besatzung der Dromone und auch nicht Elias.

Doch der hatte keine Augen mehr für sein Opfer. Mit der einen Hand hielt er die andere umfasst, und dort, wo in jener venetischen Nacht Mateldas Zähne ihr Werk begonnen hatten, setzte es nun der Marlspieker fort. Die Eisenspitze war durch das entzündete Fleisch hindurchgefahren. Die soeben noch erregte Gesichtsfarbe ihres Feindes war einem grauen Ton gewichen. Wäre der Regen nicht unablässig auf ihn herabgeprasselt, hätte Matelda schwören können, dass Tränen an seinen Wangen hinabliefen.

»Bjor!«, rief sie noch einmal. Eilig zog sie sich den nassen Lumpen, der ihr Kleid gewesen war, über die Schultern. Eine Welle hob das Heck der *Estrella* in die Höhe. Matelda verlor das Gleichgewicht und stürzte auf die Planken. Als sie aufsah, stand der Nordmann an der Bordwand des feindlichen Schiffes. Sein Gesicht war von Wut und Anstrengung verzerrt. Er schwang die Stange eines Riemens gegen die Seeleute, die versuchten, ihn zu ergreifen. Tatsächlich gelang es ihm, sie auf Abstand zu halten. Doch schon griffen erneut Hände nach seinen Armen.

Matelda stürzte auf Elias zu, der noch immer auf seine Hand starrte. So wie der Spieker den Handteller durchdrungen hatte, schien der Schmerz seine Handlungsfähigkeit vernichtet zu haben. Dieses Mal würde er ihr nichts entgegenzusetzen haben. Sie stieß mit den Fäusten gegen seine Brust, drückte ihn an das Dollbord, bückte sich nach seinen Füßen und hob einen so weit, wie es ihr möglich war, in die Höhe. Er versuchte, den

Fuß aus ihrem Griff zu befreien, und trat nach ihr. Vergeblich. Schreiend verschwand Elias über Bord. Die Frage, ob er sich über Wasser würde halten können, schob Matelda aus ihren Gedanken.

Es war nicht nötig, die Aufmerksamkeit der Dromonenbesatzung auf den Schwimmer zu lenken. Elias selbst schrie gegen das Tosen des Windes an, und sein Kopf tanzte auf den Wogen, die ihren Platz zwischen den Schiffen behaupteten.

Das genügte. Die meisten Angreifer ließen von Bjor ab. Noch einmal schlug der mit der Riemenstange um sich, dann stand er auf dem Dollbord und sprang mit einem waghalsigen Satz auf das Deck der tiefer liegenden *Estrella* hinunter.

Niemand folgte ihm. Zu sehr waren die Seeleute damit beschäftigt, dem auf das Wasser schlagenden und nach Luft schnappenden Elias Leinen und Ratschläge zuzuwerfen.

Bjor nahm seinen Platz an der Ruderpinne ein. »Fieren!«, rief er – und dieses Mal wusste Matelda sofort, was sie zu tun hatte.

Als die *Estrella* sich von der Dromone löste und über die Wellen davonsprang, hielt sich Matelda am Heck fest. Der kalte Regen schlug ihr ins Gesicht und stach in ihre bloßen Schultern. Durch die Wasserschleier hindurch erkannte sie in der Ferne, wie Elias' Gestalt an Bord der Dromone gezogen wurde.

Das Meer fletschte die Zähne. Bjor tat es ihm gleich. Seit er wieder an Deck gekommen war, schien der Nordmann an der Ruderpinne festgenagelt. Matelda hatte einige Schrammen in seinem Gesicht bemerkt. Sonst schien ihr Begleiter unverletzt. Nur wenn Bjor das Gewicht auf das rechte Bein verlagerte, sah Matelda, wie sich sein Unterkiefer regte. Als sie ihn fragte, ob er wohlauf sei, wies er sie schroff zurück.

»Ich habe ihr Segel zerschnitten. Sie sind jetzt langsamer als wir«, rief er ihr durch den Wind zu.

»Wenn sie schneller wären, müssten sie fliegen«, erwiderte Matelda, ohne zu wissen, ob Bjor sie durch das Brausen hören konnte.

Tatsächlich sprang die *Estrella* mit beängstigender Geschwindigkeit über das tosende Meer. Der Sturm hatte an Kraft zugenommen. Bjor hatte das Segel zur Hälfte gerefft. Matelda wusste, dass ihnen sonst eine gefährliche Schräglage drohen würde.

Eine mannshohe Wasserwand krachte backbords auf das Schiff und wälzte sich brausend über Deck, bis sie über Matelda zusammenschlug. Als sie wieder Luft bekam, spürte sie Bjors Finger schmerzhaft um ihr Handgelenk geschlungen.

»Besser, du hältst dich an etwas fest!«, rief der Nordmann, dabei lief ihm Wasser über das Gesicht in den Mund. Er spie es in den Wind.

Matelda nahm wieder ihren Platz am Mast ein. Sie schlang die Arme darum und legte die Wange an das Holz. Dann schloss sie die Augen …

… um sie im nächsten Moment weit aufzureißen. Die *Estrella* legte sich so weit auf die Seite, dass Mateldas Füße über das Deck rutschten. Sie warf einen Blick über die Schulter und wäre nicht verwundert gewesen, das Ruder leer zu finden. Doch der Nordmann stand noch immer dort. Allerdings hatte er das Ruder losgelassen. Befreit vom Griff seines Meisters drehte es sich wie wild und schlug laut gegen die Bordwand, jedes Mal, wenn das Schiff in ein Wellental jagte. Bjor hingegen stand breitbeinig auf dem Achterdeck und hielt beide Schoten wie die Zügel eines durchgehenden Pferdes in den Fäusten. Jetzt war die *Estrella* nur noch über das Segel zu steuern, ein bis zum Bersten gefülltes Stück Tuch, gehalten von zwei bis zum

Zerreißen gespannten Leinen in den Händen eines einzigen Mannes. Massive Wellenmauern klatschten über das Schiff und seine zweiköpfige Besatzung hinweg.

Am Mast zur Untätigkeit verdammt, spürte Matelda die Kälte schmerzhaft in ihren Gliedern. Sie überlegte, wie sie Bjor helfen konnte, doch das Meer schien nur darauf zu lauern, dass sie sich vom Mastbaum entfernte. Da sah sie, über dem elegant geschwungenen Bug der *Estrella*, ein Licht in der Ferne. Es war nicht nötig, Bjor darauf hinzuweisen. Der Nordmann hielt bereits auf die Küste zu.

Später wusste Matelda nicht, wie sie es geschafft hatte, sich mit steif gefrorenen Armen so lange festzuhalten. Der Sturm setzte alle Kraft ein, um das kleine Schiff von seinem Ziel abzubringen. Mehr als einmal verlor Matelda den Boden unter den Füßen, doch blieb der Mast ihr Lebensmittelpunkt, ohne den sie in die kalte See hinausgespült worden wäre. Selbst Bjor, das wusste sie, hätte sie nicht aus der wütenden See retten können.

Als sie in das zwar bewegte, aber durch seine natürliche Lage geschützte und ruhigere Hafenbecken einer nächtlichen Stadt einliefen, mochte Matelda ihren Griff zunächst nicht lockern. Selbst als die *Estrella* grob gegen einen Anleger stieß, Bjor ein Seil um die mächtigen Pfosten warf und ihr eine geschwollene Hand auf die bebende Schulter legte, presste Matelda ihre Wange gegen das Holz. Sie zitterte am ganzen Leib. Erst als der Nordmann ihre Arme sacht vom Mastbaum löste, fiel die Erstarrung von ihr ab. Ungeachtet des Zustands ihrer Kleider, die ihr zerrissen und nass auf der Haut hafteten, schlang sie die Arme um ihren Begleiter und drückte ihn an sich. Warum nur hatte sie Rivo Alto verlassen?

Bjor sagte etwas in seiner Muttersprache. Obwohl Matelda die Worte nicht verstand, spendeten sie Trost. Zwischen ihren Körpern entstand Wärme. Doch die See wollte noch nicht von ihnen lassen. Eine Woge schob die *Estrella* gegen die Poller, und ein Ruck ging durch das Schiff. Bjor löste sich aus Mateldas Armen, um die Seile fester zu zurren. Dann humpelte er zu einem der Proviantfässer, riss den Deckel ab und wühlte darin herum. Schließlich kamen seine Arme mit mehreren Bündeln Stoff daraus hervor.

»Zieh das an«, sagte er. »Es wird dir nicht gefallen, aber es hält warm.«

Matelda nahm die Bündel aus Fell und grobem Wollstoff entgegen. »Orso und Begga«, sagte Bjor auf ihre unausgesprochene Frage. »Sie gaben mir das, weil sie glaubten, du würdest dich schließlich doch dazu entscheiden, mit mir zu fahren. Und dass du im Kleid einer Fürstentochter der See ein zu großer Leckerbissen sein würdest. Das waren die Worte der Fischerin.«

Matelda starrte auf das Bündel in ihren Händen. Der Regen begann, auch diesen Stoff zu nässen. Doch die dicke Wolle ließ die Feuchtigkeit abperlen. Begga?, dachte Matelda und formte lautlos den Namen der Fischersfrau. Vielleicht hat Orso einen besseren Sinn für das Gemüt eines Menschen, als ich ihm zugetraut habe. Sie suchte nach Worten. Doch der Nordmann war bereits damit beschäftigt, die *Estrella* in Augenschein zu nehmen, und wandte ihr den Rücken zu. Damit ich mich umkleiden kann, dachte Matelda.

Als Bjor von seiner Arbeit an der Ruderbefestigung wieder aufsah, hatte sich Matelda in einen Seemann verwandelt. Sie trug eine grobe Tunika aus Wolle, die um ihre Hüfte mit einem einfachen, ebenfalls wollenen Gürtel zusammengehalten würde. Darüber hatte sie einen Umhang befestigt, der nicht, wie bei Frauen üblich, über beide Schultern fiel, sondern nur eine Schulter bedeckte und die andere freiließ. Färberkrapp und Färberwaid verliehen dem Stoff eine rote und blaue Farbe. Ungewöhnlich beengt fühlte sich Matelda in den Hosenbeinen. Sie waren aus Robbenfell und hatten an den Schenkeln aufgenähte Muster. Die Tierhaut schmiegte sich eng um ihre Beine. Wie konnten sich Männer nur darin bewegen? Andererseits hielt die Kleidung warm, und Matelda fühlte bereits ein Prickeln in ihren Armen und Beinen, als das Blut zu zirkulieren begann.

Erst jetzt bemerkte sie, das Bjor sie anstarrte. Anscheinend hatte auch er nie zuvor eine Frau in Hosenbeinen gesehen.

Matelda hüstelte. Dann deutete sie auf den Anleger. »Also! Wo sind wir gelandet?«

»Ravenna«, bellte Bjor heiser.

»Aber Ravenna ist der größte Konkurrent der Lagunenstädte. Hier residierten bis vor einem halben Jahrhundert noch die Könige der Langobarden, und die jetzigen Fürsten sind ebenso die Feinde Rivo Altos. Wenn sie herausfinden, dass die Tochter des Dogen …«

»Dann halt einfach den Mund, und niemand wird es erfahren«, fuhr Bjor sie an. Vorsichtig, das verletzte Bein nachziehend, kletterte er auf den Anleger und streckte Matelda eine Hand entgegen. »Komm!«, brummte er. »Wir müssen neue Hanfseile für die Befestigung des Ruders finden. Die alten sind gerissen.«

Seine Hand ignorierend, sprang auch Matelda auf den Anleger. Hinter ihr schaukelte, wie zum Abschied, der Mastbaum der *Estrella*.

Kapitel 30

Ravenna, der Hafen

Der sturm hatte den Hafen Ravennas leer gefegt. Unrat, mit dem der Wind spielte, flog Matelda und Bjor vor die Füße. Es schien fast unmöglich, den zu Teichen angewachsenen Pfützen auszuweichen. Die frischen Kleider hielten dem Regen stand, und Matelda dankte Begga im Stillen für ihre Voraussicht.

Während sie unter schwankenden Laternen dahinschritten, band sie sich noch einmal das Haar und zog eine Kapuze darüber. In der Dunkelheit würde niemand die zierliche Gestalt in Hosen für eine Frau halten. Und das war gut so, denn Matelda lief durch die Stadt des Feindes.

»Weißt du, was es in meiner Heimat bedeutet, wenn eine Frau ihr Haar hochbindet?«, fragte Bjor und stapfte, ohne hinzusehen, durch Lachen und Schlamm.

Matelda sprang von einer der Grasinseln zur nächsten. »Dass sie dem Meer die Stirn geboten hat?« Obwohl niemand zu sehen war, senkte sie die Stimme.

»Nein.« Bjor lachte. »Bei uns Nordleuten tragen junge unverheiratete Frauen das Haar offen. Ist das Haar aber hochgebunden, handelt es sich um eine alte Frau.«

»Wenn sie alte Frauen nur an ihrer Haartracht erkennen, müssen die Männer bei euch blind sein oder die Frauen schön«, gab sie zurück. Im nächsten Moment bereute sie ihre Worte, denn Bjors Gelächter hallte verräterisch von den verlassenen Hafenanlagen wider.

Ihr Weg führte zwischen Lagerhäusern hindurch, deren

Wände die Zeit und der Regen schwarz gewaschen hatten. Einige der Gebäude stemmten sich so schief gegen den Wind, dass Matelda angstvolle Blicke zu den Giebeln hinaufwarf. Bjor schien sein Ziel genau zu kennen. Warum kannte er sich hier so gut aus?

Bald darauf krachte seine Faust gegen eine Tür. Obwohl es finstere Nacht war, obwohl der Sturm alle Menschen von der Straße gefegt und obwohl Bjor nur ein einziges Mal gegen das Holz geschlagen hatte, öffnete sich der Eingang rasch. Im gelben Licht, das aus dem Innern des Gebäudes fiel, stand ein Mann im langen Mantel. »Endlich!«, krächzte er. »Ich dachte schon, ihr kommt nie wieder zurück.« Bjor ging hinein, Matelda folgte ihm verwundert.

Hinter der Tür erstreckte sich eine Lagerhalle. Sie war von Öllampen nur spärlich erhellt und so gut wie leer. In den Wintermonaten kam der Schiffsverkehr auf dem Mare Nostrum fast vollständig zum Erliegen, die Kauffahrer vertrieben sich die Zeit in den Schänken, und die Lagerhäuser wurden zu Palästen für Ratten und Mäuse. In Ravenna schien es nicht anders zu sein als in Rivo Alto.

»Wo sind die anderen?«, fragte der Mann, während er durch die Halle schlurfte. Der Pelz seines Mantels hatte mehr Löcher als Haare, und seine Nase war mit Pusteln übersät. Jetzt kniff er die Augen zusammen. »Und wo ist das Eis?«

»Kein Eis diesmal«, sagte Bjor. »Ich brauche Hilfe. Der Sturm hat mein Ruder beschädigt. Ich suche Hanfseil und Werkzeug, um es auszubessern.«

»Oh, Hilfe?« Der Mantelträger breitete theatralisch die Hände aus. »Die brauche ich auch. Seit einem Mond warte ich auf eure Lieferung. Der Fürst droht mir bereits damit, mich zu pfählen, wenn ich ihm nicht bald seine Leibspeise bringe. In zehn Tagen gibt er ein Bankett. Was glaubt ihr, was auf der

Tafel liegen wird, wenn das Eis nicht rechtzeitig hier eintrifft? Ich selbst. Knusprig gebraten wie eine Gans.«

»Das wäre die magerste Gans, die ich je sah«, erwiderte Bjor. »Was ist nun mit den Hanfseilen?«

»Was ist mit dem Eis?«, kam es zurück.

Matelda, die sich bisher im Hintergrund gehalten hatte, trat vor. »Wir besorgen dir Eis. Aber ohne unser Schiff zu reparieren, kommen wir hier nicht weg. Eine Rolle Seil, ein wenig Holz und etwas Hilfe im Tausch gegen deine Zukunft als Gänsebraten.«

»Nein!«, brach es aus Bjor hervor. »Sie weiß nicht, wovon sie spricht, Leudegiesel. Wir haben andere Pläne.«

»Sie?« Der Mann stutzte. »Ist das deine Frau?« Seine Blicke wanderten an ihrem Leib hinab. »In Hosenbeinen? Ihr Nordleute wart mir schon immer unheimlich. Aber jetzt seid ihr vollends verrückt geworden.«

Die Worte des Mannes trieben den letzten Rest Kälte aus Mateldas Gliedern. Sie spürte die Haut ihrer Wangen lodern. »Ich habe dir ein Angebot gemacht und erwarte eine Antwort«, zischte sie.

Die Blicke des Mantelträgers klebten noch immer an Mateldas Beinen. Es hätte sie nicht verwundert, wenn sich die Haare des Robbenfells auf den Hosen aufgestellt hätten.

Schließlich gab Leudegiesel Zeichen, ihm tiefer in die Halle hinein zu folgen. Dann schlurfte er voraus.

»Nachdem ihr mit eurem schnellen Schiff nicht mehr erschienen seid, habe ich natürlich die Hände nicht in den Schoß gelegt«, sagte der Ravennese durch das Schaben seiner Schritte hindurch. »Es gibt auch andere Seeleute, die sich im Winter aufs Meer hinauswagen. Einige trauen sich auch zu, den Vulkan zu besteigen. Die Resultate waren jedoch erbärmlich.« Er seufzte und blieb vor drei nebeneinander platzierten Eimern stehen, die bis zum Rand mit Wasser gefüllt waren. »Einer dieser Wagemutigen kehrte nicht zurück. Ein anderer hatte das Eis tatsächlich auf sein Schiff geladen. Doch als er in schlechtes Wetter geriet, musste er die Blöcke über Bord werfen, um nicht zu kentern.«

Die Erinnerung an den Sturm ließ eine Gänsehaut über Mateldas Arme jagen.

»Der dritte Versuch ist geglückt. Doch das Schiff, das schließlich mit dem Eis hier ankam, war zu langsam. Drei Eimer mit Schmelzwasser waren alles, was sie mir brachten. Helft mir! Dann gebe ich euch alles, was ihr braucht, um euer Schiff zu reparieren.«

Matelda fing Bjors Blick auf und verstaute ihn sorgfältig in einem heiteren Winkel ihrer Erinnerung. Dann sagte sie zu Leudegiesel: »Wir holen dir dein Eis. Und als Dreingabe schenken wir dir ein neues Schiff. Eine Dromone aus Rivo Alto. Du musst nur ein paar Freunde aus dem Schlaf holen.«

»Und wie sollen wir Eis vom Ätna besorgen, wenn doch Ägypten unser Ziel ist?« Jetzt war es Bjor, der seine Stimme gesenkt hielt. Der Sturm war vorübergezogen, es hatte aufgehört zu regnen, und sie eilten durch das tropfnasse Labyrinth der Lagerhallen zurück zum Anleger. Dort würde Leudegiesel bald zu ihnen stoßen.

»Eins nach dem anderen«, sagte Matelda beschwichtigend. »Zunächst holen wir Eis für deinen Freund. Es kann ja nicht so weit sein, wenn man es hierherbefördern kann, bevor es schmilzt. Danach fahren wir nach Ägypten.«

Bjor prustete. »Unmöglich.«

Niemals hätte Matelda geglaubt, dieses Wort aus Bjors Mund zu hören. Man hatte ihn in einem Verlies eingemauert – er war entkommen. Sie hatte ihm ein halb fertiges Schiff gegeben – er hatte es zum Schwimmen gebracht. Allein gegen eine ganze Besatzung hatte er einer Dromone das Segel genommen und sie, Matelda, durch einen Sturm hindurch in einen sicheren Hafen gesteuert. Was war für einen solchen Mann unmöglich?

»So weit kann es bis zum Ätna nicht sein«, wiederholte sie herausfordernd.

»Weit?« Bjor schüttelte den Kopf. »Wie soll ich allein einen Vulkan ersteigen, Eisblöcke so groß wie Särge von dort herunterholen und sie mit diesem Schiff schnell genug nach Ravenna fahren? Ich sagte doch: unmöglich!«

»Du bist nicht allein«, protestierte Matelda.

Bjor schwieg.

Als sie bald darauf das Hafenbecken erreichten, zeigte sich das erste Licht des Tages über dem Meer. Schon von ferne erkannte Matelda, dass Fremde vor der *Estrella* standen. Drei von ihnen waren sogar an Bord gestiegen und machten sich am Segel zu schaffen.

»Bei Iduns Äpfeln!«, rief Bjor.

Im heraufziehenden Licht war die Silhouette eines großen Schiffes nahe bei der *Estrella* erkennbar: Die Dromone der Malamoccos hatte den Hafen ebenfalls erreicht.

Am Anleger erwartete sie Elias. Sein Gesicht wirkte selbst im rosigen Licht grau. Der Marlspieker war aus seiner Hand verschwunden. Der Verband, den ihm einer der Seeleute angelegt haben musste, war nass und löste sich.

»Euer Schiff gehört mir«, knurrte Elias und kam drohend auf sie zu. Seine Begleiter bauten sich hinter ihm auf. »Auch du gehörst mir«, sagte Elias zu Matelda, »und der Barbar gehört den Fischen.«

Bjor trat angriffslustig auf Elias zu. »Und du gehörst geprügelt, Feigling.« Er deutete auf die Ruine von Elias' Hand. »Ich hätte nicht geglaubt, dass du damit noch rudern kannst. Mit einem Segel wäre das einfacher gewesen.«

In Elias' gesunder Hand lag plötzlich ein Dolch. Bevor er auf Bjor losgehen konnte, segelte Leudegiesel zwischen die Streithähne. »Wartet!«, rief der Kaufmann.

Elias lachte und wollte Leudegiesel beiseiteschieben. Der blickte ihn finster an.

»Wenn dir das Leben lieb ist«, sagte der Kaufmann, »kehre auf dein Schiff zurück und verschwinde von hier.« Seine Worte wurden untermalt vom Geräusch schwerer Schritte und dem Klappern von Waffen. Aus dem Dunst zwischen den Schuppen tauchten nun mehrere Gestalten auf. Die Spitzen der Lanzen in ihren Händen stachen in den Morgenhimmel. Der Vordere trug ein Wams in Grün und Rot, den Farben Ravennas.

»Was soll das, Leudegiesel?«, bellte der Wachmann. »Sollten wir dir etwa folgen, um einen Streit zwischen Seeleuten zu schlichten? Die Stadtwache hat Wichtigeres zu tun.«

Elias hob eine Hand, und seine Männer verharrten. Sie waren in der Mehrzahl, vielleicht hätten sie es sogar mit den Wachposten aufnehmen können. Doch an deren Lanzen vorbeizukommen war ein Kunststück, das Elias den Venetern nicht zuzutrauen schien. Die Männer der Dromone schoben sich zu einer Traube zusammen. Ihre Füße schmatzten im Schlamm.

Leudegiesel rieb sich die Hände, wohl nicht nur, um die Kälte daraus zu vertreiben. Er verbeugte sich unterwürfig vor dem vordersten der Wachmänner. »Dort, tapferer Eparch, seht Ihr ein Schiff der Familie Malamocco, und gleich daneben«, er nickte zu Elias hinüber, »einen leibhaftigen Spross dieser unseligen Sippe. Ich dachte mir, es würde Eurer Laufbahn von Vorteil sein, ihn dem Fürsten zu schenken.«

»Ich bin nur ein Hauptmann, kein Eparch«, protestierte der Wamsträger.

»Aber vielleicht werdet Ihr es einmal«, gab Leudegiesel zurück.

Der Gebauchpinselte schaute zu der Dromone hinüber. Die Fetzen des Segels hingen noch vom Mast. Im Schein der frühen Sonne waren die Farben der Malamoccos darauf gut zu erkennen.

»Wie heißt du?«, fragte der Hauptmann barsch in Elias' Richtung.

Der trat zögerlich einen Schritt in Richtung Hafenbecken. »So, wie meine Mutter mich hat taufen lassen. Wenn du einen Fang machen willst, schau lieber dorthin«, sagte Elias und streckte einen Zeigefinger gegen Matelda aus. »Da steht die Tochter des Dogen der Lagunenstädte, das Fleisch und Blut des größten Widersachers deines Fürsten.«

»Ich kenne die Feinde meines Herrn«, sagte der Hauptmann mit Ruhe und musterte Matelda. »Wenn der da eine Frau ist, so bin ich ein Fisch. Aber selbst dann hätte ich immer noch Augen im Kopf, um eine Dogentochter von einem Straßenköter zu unterscheiden.« Er winkte seinen Männern. »Ergreift ihn! Soll sich der Eparch mit ihm herumschlagen.«

Elias ließ zornige Blicke zu Matelda hinüberfliegen. »Dafür werde ich dir die Haut abziehen«, knurrte er.

Matelda und die Möwen feierten den Sieg über Elias am Mittag. Vom Heck der wiederhergestellten *Estrella* warf die Dogentochter einem Schwarm Vögel getrockneten Fisch zu, den sie in den Proviantfässern gefunden hatte. Bjor hatte seinen Platz an der Ruderpinne eingenommen. Das Segel atmete wieder die salzige Luft eines klaren Tages, weiße Gischt wallte gegen die Bordwand, und der frische Wind trieb Matelda Tränen in die Augen.

»Warum fütterst du die Möwen?«, fragte Bjor. »Jetzt werden

377

sie uns den ganzen Weg lang hinterherfliegen und uns auslachen.«

»Weil ich einen Sieg gern feiere«, antwortete Matelda. »Und da du zu beschäftigt bist, suche ich mir eben meine Gäste selbst aus.«

»Das war kein Sieg«, rief Bjor. »Wir sind Elias losgeworden. Aber dafür haben wir uns zu den Sklaven des Kaufmanns machen lassen.« Er schüttelte den Kopf. »Eis vom Ätna! Mein Vater ist in den Händen eines Meuchelmörders, du aber willst Eis holen.«

»Wie weit ist es bis nach Alexandria?«, wollte Matelda wissen.

Bjor kaute auf einer Spitze seines Bartes. »Zehn *Doegr*, wenn der Wind uns hilft.«

»*Doegr?*« Matelda versuchte, den kehligen Laut zu imitieren.

»Tage«, erklärte Bjor. »Wir messen Entfernungen nach der Zeit, die wir brauchen, um sie zurückzulegen.«

»Zehn Tage also.« Matelda warf ein bleiches Stück Fisch in die Luft. Eine der Möwen fing es geschickt mit dem Schnabel auf und verschwand, die Flüche der leer ausgegangenen Artgenossen hinter sich herziehend. »Und wie lange brauchen wir bis zum Ätna?«

Jetzt fuhr Bjor zu ihr herum. »Das ist keine Frage von Entfernung oder Zeit. Mein Vater schwebt in Lebensgefahr. Wir fahren zu ihm. Jetzt gleich!«

»Wie lange?«, fragte Matelda noch einmal.

»Einen halben *Doegr* von hier aus. Aber wir müssten auch wieder zurückfahren, und das Eis müssten wir auch erst einmal beschaffen.«

»Ich habe Leudegiesel versprochen, dass er es bekommt. Ohne ihn hätten wir die *Estrella* an Elias verloren.« Sie senkte die Stimme. »Und mehr.«

»Ich wäre schon mit ihm fertig geworden«, brummte Bjor.

»Mit den bloßen Händen gegen eine ganze Schiffsbesatzung? Warum trägst du kein Schwert, eine Axt oder wenigstens ein Messer, mit dem du dich zur Wehr setzen kannst?«

Bjor schwieg. Stille war sein liebstes Argument. Diesmal ertrug Matelda seine Wortlosigkeit und wartete. »Es ist wegen Alrik«, sagte er schließlich. »In unserer Heimat war er ein Krieger. Der Beste. Nur die Götter konnten ihn bezwingen. Und das haben sie getan.«

»Was ist geschehen?« Erstaunt beobachtete Matelda, wie das Lächeln des Mannes an der Ruderpinne schmerzlich wurde. Einen Moment noch hing er seinen langsamen ernsten Gedanken nach. Dann sagte er: »Er wollte seine Söhne seinem Fürsten nicht opfern. Deshalb mussten wir fliehen. Ingvar und ich waren noch Kinder.«

»Ein Fürst, der die Kinder seiner Gefolgsleute verlangt?« Einmal mehr fragte sich Matelda, aus welch wilden Ländern Bjor stammte – und wie viel davon in ihm stecken mochte. Sie trat auf ihn zu. »Was ist dann passiert?«

»Alrik ist mit der *Visundur* entkommen. Seine Mannschaft fuhr mit ihm. Seine Gefährten schworen ihm Treue bis zum Tod. Und den fanden sie. Jedenfalls die meisten. Auf den Strömen der Steppenländer hat Alrik versucht, ein Leben als Händler zu beginnen. Aber Surtur der Schwarze, der Jarl unserer Heimat, ließ ihn nicht in Ruhe. Immer wieder tauchten Mörderbanden auf, die für Alriks Kopf einen Haufen Gold bekommen hätten. Sie trieben uns vorwärts, immer weiter nach Süden. Während ich aufwuchs, sah ich die meisten von Alriks Gefährten fallen. Nur Magnus, Grid und Stein sind übrig.«

»Und deine Mutter?«, fragte Matelda.

»Sie starb, weil sie versucht hatte, mit einem Steppenreiter über ein Bündel Felle zu verhandeln. Der Mann hielt es für eine tödliche Beleidigung, sich von einer Frau einen Preis diktieren zu lassen.«

»Und so seid ihr an unsere Küste gekommen«, schloss Matelda.

»Nach Konstantinopel zunächst. Bis dorthin reichte Surturs Einfluss nicht. Wir waren sicher. Deshalb wollte sich mein Vater dort als Kauffahrer niederlassen.«

Matelda hatte den Fisch sinken lassen. Zwei Möwen umkreisten ihren Kopf und erinnerten sie daran, dass das Fest ihrer Meinung nach noch nicht vorüber war.

»Wir hatten das schnellste Schiff, das jemals im Hafen von Byzanz eingelaufen war. Bald hörte der Kaiser davon. Er machte meinem Vater ein Angebot: Gold und Reichtum für ihn selbst und einen Fürstentitel für seine Söhne. Das Geld hätte Alrik ausgeschlagen, aber Ingvar und mich versorgt zu wissen für den Rest unseres Lebens, das war ihm alles wert. Er nahm an.«

»Was musste er dafür tun?«, fragte Matelda.

»Er wurde der Leibwächter des Kaisers.«

»Der Mann, den ich neben meinem Vater gesehen habe, war Leibwächter des Kaisers?«

»Nicht nur das. Er stellte sich eine Truppe zusammen, die mit ihm das Leben des Kaisers zu schützen hatte.« Bjor lachte. »Allesamt Sklaven. Alrik kaufte sie auf den Märkten zusammen und erklärte sie zu Freigelassenen. Dann stellte er ihnen frei, bei ihm zu bleiben und das Leben Michaels zu schützen oder zu verschwinden. Die meisten blieben.«

»Aber warum seid ihr dann hierhergekommen? Ein Leibwächter des Kaisers!«

»Es gibt nicht nur einen Kaiser. Herrscher zu sein ist ein kurzlebiges Vergnügen.«

Matelda dachte an ihren Vater.

»Heute stehst du bei dem einen Kaiser hoch in der Gunst.

Aber wenn morgen der nächste den Thron besteigt, weißt du nicht, ob du übermorgen noch den Kopf auf den Schultern tragen wirst. Alrik gelang es, zu überleben. Drei Kaisern lieh er sein Schwert. Schließlich war es Michael ii., der auf seine Dienste verzichtete. Immerhin erlaubte er Alrik, aus Byzanz zu verschwinden, bevor er ihn hätte erschlagen lassen. Das Fürstentum für seine Söhne, die Sicherheit für seine Männer, all das ging verloren.« Bjors Stimme wurde sanfter. Matelda musste sich neben ihn stellen, um die Worte zu verstehen. »Und seither versucht mein Vater, das zu sein, was er schon seit der Flucht aus Snôrheim sein wollte: ein Kauffahrer. Seine Männer folgen ihm noch immer. Aber Waffen sind auf der *Visundur* verboten. Alrik sagt: Bevor du es dich versiehst, verwandeln sie einen Händler in einen Krieger. Unsere besten Waffen sind ein scharfer Verstand und ein schnelles Schiff.«

Matelda schien es, als habe das Licht gewechselt. Achtlos warf sie die restlichen Fische ins Wasser. »Es ist meine Schuld, dass dein Vater auch diesmal kein Kaufmann bleiben konnte«, sagte sie. »Ich war es, die den heiligen Markus nach Rivo Alto bringen lassen wollte. Ohne mich würdet ihr noch immer gemeinsam Eis vom Ätna holen.«

Bjor sah auf sie hinab und schüttelte den Kopf. »Nein«, sagte er. »Alrik ist für das Schwert geboren. Er kann versuchen, es abzulegen, und manchmal gelingt es ihm für einige Zeit. Aber niemand entzieht sich seiner Bestimmung. Wir Nordleute glauben daran, dass die Schicksalsschwestern Fäden weben. Sie ziehen diese weit übers Tal und hoch durch die Luft, befestigen sie an Gipfeln hoher Berge. Manchmal hängen sie Wäsche daran auf, was gutes Wetter bedeutet. Aber sie befestigen auch Menschen daran, und du weißt nie, ob sie für dich einen Faden, einen Strick oder ein Seil verwendet haben.«

Er blickte in die Ferne.

»Für Alrik mussten sie ein Tau verwenden«, sagte Matelda und legte Bjor eine Hand gegen die Brust, »ein Tau, wie es die stärksten Stürme nicht zerreißen können. Wir nehmen Kurs auf Alexandria.«

Kapitel 31

Alexandria, der Hafen

B ONUS FÜHLTE SICH wie neugeboren. Die Nacht hatte er
im Palast des Statthalters verbracht, wo es ihm erlaubt
worden war, im Wasserbecken zu baden, um sich den Sand,
die Hitze und den Geruch der Erschöpfung vom Körper zu
waschen. Hatte Bonus zunächst noch darüber gespottet, dass
Abdullah seinen Garten ein Abbild des Paradieses nannte, so
musste er ihm nun zustimmen. Nie zuvor war ihm etwas wohl-
tuender erschienen, als in das kühle Wasser zu steigen und sich
davon liebkosen zu lassen wie von der Zunge eines Schoßhun-
des.

Nur als die Diener Abdullahs ihm am Morgen frische Kleider brachten, lehnte Bonus mit herrischen Worten ab. Die
Lumpen der Araber würde er nicht einmal dann an seinen Leib
heranlassen, wenn man ihn nackt durch die Wüste peitschen
würde. Mit dem Stolz eines Veneters stieg er in seine gewohnte
Kleidung, an der sein Gewaltmarsch Spuren hinterlassen hatte.

Jetzt lag sein eigenes Paradies vor ihm. Die *Visundur*. Das
Schiff hatte den Hafen Alexandrias noch nicht verlassen. Selbst
wenn die Eispiraten das versucht hätten – es wäre ihnen nicht
gelungen. Abdullah ließ die Einfahrt des Hafens von drei
mit Bogenschützen bemannten Dauen, schlanken arabischen
Segelschiffen, bewachen. So schnell war selbst das Schiff der
Nordleute nicht, dass es einem Pfeilregen hätte entrinnen können.

Bonus staunte. Die *Visundur* hatte wieder einen Mast. Djamil, Yaa und Magnus schienen mit ihrer Suche nach geeigne-

tem Holz schließlich erfolgreich gewesen zu sein. Ihm, Bonus, sollte es recht sein. Je mehr Antrieb die *Visundur* hatte, umso rascher würde er wieder zu Hause ankommen. Etwas an dem neuen Mast ließ ihn stutzen. War es die Art des Holzes oder seine Form?

Die Mannschaft schien vollzählig an Bord versammelt zu sein. Nur Alriks graue Mähne war nirgendwo zu sehen. Gerade auf ihn aber kam es Bonus an. Das Gift wartete noch immer in seiner Tasche darauf, im Schlund des Nordmanns zu verschwinden.

Wie einige Tage zuvor schickte Abdullah seine Krieger auf das Schiff. Wieder wehrten sich die Seeleute nicht. Finstere Blicke und Schmähungen in Sprachen, die Bonus nie zuvor gehört hatte, flogen hin und her. Doch die Besetzung der *Visundur* verlief reibungslos.

»Wieso kämpfen sie nicht?«, fragte Abdullah an Bonus' Seite, und Bonus schüttelte verständnislos den Kopf. Ein wenig bedauerte er, der Mannschaft keine Lektion erteilen zu können. Gern hätte er den roten Zwerg einen weiteren Kopf kürzer gemacht oder den Araber mit einem Stück Eisen im Bauch ins Meer geworfen. Aber er brauchte diese Leute noch, um das Drachenboot zu fahren.

»Gehen wir auf das Schiff«, schlug Abdullah vor. »Du suchst die Seeleute aus, die du behalten willst, die übrigen verkaufe ich in die Sklaverei. Wie ich schon sagte: Unsere Zusammenarbeit ist für jede Seite von Vorteil. Nur diese Männer dort dürften anderer Meinung sein.«

Während die Mannschaft am Achterdeck zusammengedrängt war, überprüfte Bonus den Zustand des Schiffes. Alles war in hervorragendem Zustand, sogar die Holznieten der Verplankung waren an den Stellen, wo die Kräfte des Meeres an ihnen gerissen hatten, frisch eingeschlagen. Mit Besitzerhänden strich er stolz über das Dollbord, schritt die volle Länge des Schiffes einmal hinauf und an der anderen Seite wieder hinab. Da sah er die beiden übereinanderliegenden Schlitten. Die Ereignisse auf dem Ätna stiegen aus seiner Erinnerung empor. Damals hatte Alrik Eis in die Holzkästen verladen lassen.

»Was habt ihr da unter den Schlitten?«, rief Bonus den Seeleuten zu. Ihre mürrischen Mienen gaben Antworten, die nichts mit der Frage zu tun hatten.

Bonus winkte zweien von Abdullahs Männern und bedeutete ihnen, den oberen Schlittenkasten herunterzuheben. Darunter wurden Streifen von Trockenfleisch sichtbar.

Abdullah beugte sich darüber. »Proviant. Sie scheinen alles für die Abfahrt vorbereitet zu haben. Wir sind rechtzeitig gekommen, mein Freund.«

Bonus schüttelte den Kopf. Etwas an diesem Proviantkasten war merkwürdig. Schon angesichts des Mastbaums hatte Bonus das Gefühl bekommen, dass mit der *Visundur* etwas nicht stimmte. Jetzt aber war er sicher.

Er wühlte eine Hand durch das Trockenfleisch. Darunter spürte er Stoffe. Energisch schob er das Fleisch beiseite. Die Streifen klatschten auf das Deck wie tote Fische. Seemannskleider aus Wolle, Umhänge, Westen, Mützen kamen zum Vorschein. Bonus wollte alles hinausschaufeln. Da hörte er Rufe vom Anleger her.

»Statthalter Abdullah!« Die Stimme kam wie der Stoß einer Lanze. Es war Ya'kub, der vor dem Schiff aufgetaucht war. Hoch oben thronte er auf einem Kamel. Sein gelber Umhang war zerrissen und seine Gestalt war mit getrocknetem Blut gesprenkelt. Er dirigierte das Kamel vorwärts, und das Tier betrat zögerlich das Schiff. Vor Bonus und Abdullah hielt es an.

»Ein echtes Wüstenschiff«, kam die krächzende Stimme von Magnus herüber. Niemand achtete auf ihn.

Abdullah, durch das Kamel gezwungen, zu Ya'kub aufzuschauen, herrschte den Konvertiten an. »Steig ab, oder ich lasse deinem Reittier die Beine abschlagen und fülle deinen Schlund damit.«

Ya'kub war taub für Abdullahs Worte. »Ich habe die Berber aufgespürt«, sagte er. »Die meisten von ihnen sind tot. Der Rest ist hier. Ich werde auch sie töten und will, dass du zusiehst, Statthalter Abdullah. Der Kalif wird dich dafür ebenso lieben wie ich.« Sein ausdrucksloser Blick ruhte noch einen Moment auf dem Statthalter. Dann lenkte er das Kamel herum. Das Tier ließ Losung auf das Deck fallen und schritt dann herrschaftlich vom Schiff herunter.

Bonus wunderte sich darüber, dass Ya'kub Griechisch gesprochen hatte. Dann wurde ihm klar, dass dieser seine Feinde an seinem Triumph teilhaben lassen wollte.

»Wohin bringst du die Gefangenen?«, rief Abdullah hinter Ya'kub her.

Der Konvertit deutete in Richtung Hafeneinfahrt, wo der Pharos stand. »Dorthin, wo sie ihrem Gott am nächsten sein werden.«

Als Ya'kub verschwunden war, fühlte sich Bonus erleichtert. Er hatte erwartet, dass der Konvertit an ihm zu Ende bringen wollte, was die Wüste nicht geschafft hatte. Doch entweder hatte er Bonus nicht einmal erkannt oder dessen Schicksal war ihm gleichgültig. Dann, fragte sich Bonus, war mein Marsch durch die Wüste für diesen Mann nichts weiter als ein Scherz?

Jetzt wandte er sich wieder dem Schlitten und seinem rätselhaften Inhalt zu. Zwischen den schlaffen Fingern eines leeren Handschuhs waren Teile eines Gesichts aufgetaucht. Zwei geschlossene Augen in ledriger Haut. Ein Leichnam. Er wühlte weiter, vorsichtig. Ein fast haarloser Schädel erschien. Bonus'

Hand zuckte zurück. Alrik hatte den heiligen Markus gefunden. Diesmal handelte es sich nicht um Asche in einer alten Kiste.

»Was ist?«, fragte Abdullah. »Was hast du entdeckt?«

Bonus war versucht, auf die Knie zu fallen und den Schlitten, der für ihn mit einem Mal zum Schrein geworden war, anzubeten. Er spürte, wie Tränen seine Augen zum Überlaufen brachten. Die Macht Gottes war auf seiner Seite. Er selbst, Bonus von Malamocco, würde den wahren heiligen Markus nach Rivo Alto fahren.

Abdullah musterte ihn aufmerksam. Dann wandte er sich dem Schlitten zu. Auch der Araber wühlte darin herum, fand, was Bonus gefunden hatte, und legte mehr von dem Körper frei, der unter Pökelfleisch und Wäsche ruhte.

»Der Herr möge die Barthaare der Feinde verwirren!«, murmelte Abdullah. Seine Finger arbeiteten mit großer Vorsicht.

»Es ist der heilige Markus!«, stieß Bonus hervor und versuchte, die frevlerischen Hände des Statthalters von dem Körper fernzuhalten.

Abdullah jedoch ließ sich nicht beirren. »Der Stern auf seinen Kleidern! Siehst du den Stern, Franke?«, fragte er.

»Ich bin Veneter!«, protestierte Bonus. Doch das schien Abdullah nicht zu hören. Er atmete tief ein. Sein Gesicht wurde von schierem Entsetzen zerrissen. Dann gab er ein paar rachenkratzende Sätze auf Arabisch von sich. In Bonus' verwirrtes Gesicht hinein sagte er auf Griechisch: »Das ist kein christlicher Heiliger. Das ist Dzul Karnein.« Er schloss die Augen. »Die Welt wird eine andere werden.«

✳

387

Alrik erwachte mit der Erinnerung an den Geruch von Kahinas Brüsten, die nach Jasmin, Rosen und Geißblatt geduftet hatten. Ihr warmer Mund atmete in sein linkes Ohr, in sein rechtes blies ein kühler Wind. Das Gerüst des Pharos knarrte.

»Die Arbeiter werden bald erscheinen«, sagte er, als er bemerkte, dass auch Kahina erwacht war. »Wir sollten verschwinden.«

Sie erhob sich, um in ihre Kleider zu schlüpfen. Die Art ihrer Nacktheit war die einer Königin, und Alrik bedauerte aus mehr als einem Grund, dass Kahina ihre Haut unter dem schweren Stoff ihres Gewands verschwinden ließ.

Von oben drang der Geruch des erkalteten Feuers hinab. Zaushaarig richtete Alrik sich auf, richtete seine Kleider und nestelte umständlich und länger als nötig an den Schnüren. Kahinas Finger strichen über seine Lippen.

»Das Meer scheint gar nicht so furchterregend zu sein, wie alle behaupten«, sagte sie.

Alrik griff nach ihrer Hand. »Und die Wüste ist noch endloser, als ich es mir hätte träumen lassen«, gab er zurück.

Da drangen von unten Laute zu ihnen herauf. Zunächst schenkten Alrik und Kahina den Geräuschen keine Aufmerksamkeit. Dann jedoch waren Rufe zu hören und Befehle, dazwischen erklangen Schmerzensschreie.

»Lassen sie Sklaven den Turm ausbessern?«, fragte Alrik und lugte über den Rand der Plattform. Tief unten bewegte sich etwas im Licht des jungen Tages. Aber ein genauer Blick blieb ihm verwehrt.

Neben ihm versuchte Kahina ebenfalls, etwas zu erkennen. »Das wäre ungewöhnlich«, sagte sie. »Den Pharos würde der Statthalter niemals Unfreien anvertrauen.«

Erneut waren Schreie zu hören, diesmal näher. Das Gerüst schaukelte ein wenig.

»Sie kommen außen am Gerüst herauf«, stellte Alrik fest.

Für den Abstieg war es zu spät. Kahina zog Alrik um eine Ecke des Pharos, so wie in der Nacht zuvor. Dieses Mal jedoch suchten sie nicht den Horizont mit ihren Blicken ab, sondern starrten zum Ende der Leiter, an der die Arbeiter erscheinen mussten.

Das Gesicht, das schließlich auftauchte, gehörte einer Amazig. Es war Hennu, jene junge Frau, deren Hochzeitsfeier Alrik und seine Männer in der Höhle erlebt hatten. Wo zuvor die Ornamente des Geckos ihr Gesicht geschmückt hatten, war sie nun von Blutspritzern entstellt. Kaum hatte sie die Plattform erreicht, presste sie sich an die Wand des Turms, so weit wie möglich vom Abgrund entfernt.

Alrik spürte, wie sich Kahinas Hand in seinen Arm krallte. Hinter Hennu tauchte ein weiteres bekanntes Gesicht auf. Es war schmerzverzerrt und gehörte ebenfalls einem der Höhlenbewohner. Immer mehr Amazig stiegen die Leiter hinauf, und als der letzte durch die Luke geklettert war, drängten sich zehn Menschen auf dem Gerüst zusammen. Der Wind ließ ihre weiten Gewänder flattern.

Kahina schob sich an der Wand entlang, darauf aus, sich ihren Leuten zu erkennen zu geben. Doch Alrik hielt sie zurück. Im nächsten Moment stieg ein Araber hinauf. Er trug einen Säbel in der Hand, hatte mit diesem jedoch beträchtliche Schwierigkeiten, die Plattform zu erreichen. Ein weiterer folgte, auch er bewaffnet. Dann presste sich ein Riese von unten hinauf. Hinter der Ecke verborgen musterte Alrik den Mann, seine blassen Augen, seine gewaltigen Körpermaße. Alrik hatte ihn beim Überfall auf die Kirche des heiligen Markus gesehen. Es musste jener Kerl sein, mit dem sich Ingvar ein Wettrennen um den falschen Schrein geliefert hatte.

Jetzt baute sich der Riese vor den Amazig auf. »Ihr seid die

Letzten eures Stamms«, sagte er auf Griechisch. »Alle anderen sind tot.«

Alrik presste Kahina eine Hand auf den Mund und fing ihren Schrei auf.

Der Große schlang einen Arm um einen alten Wüstenbewohner und zog ihn zu sich heran. »Einst beging ich denselben Fehler wie ihr«, rief er in den Wind. »Ich glaubte an den falschen Gott. Aber der Einzigartige führte mich auf den richtigen Weg. Und ich pflastere ihn mit den Leichen der Ungläubigen.«

Er führte den Amazig an den Rand des Gerüstes. Der Wind brauste von unten herauf und trieb dem Gefangenen Tränen in die Augen.

»Willst du dem falschen Götzen der Christen abschwören und dich zum wahren Gott bekennen?«, fragte der Krieger so laut, dass Alrik die Worte noch hinter der Wand des Turms verstehen konnte.

Dem Amazig schienen die Beine zu versagen. Er sackte zusammen, wurde jedoch sofort aufgefangen von dem muskulösen Arm um seinen Leib.

»Überleg es dir schnell«, verlangte der Konvertit. Dann ließ er den Mann in die Tiefe fallen.

Alrik presste Kahina an sich. Was war mit den Amazig in der Wüste geschehen, während er mit ihrer Königin durch die Katakomben unter der Stadt geirrt war?

»Wir werden sie aufhalten«, sagte Alrik.

»Aber wie? Ich trage nur einen Dolch bei mir«, sagte Kahina, »und du hast nur deine Hände.«

»Wenn die richtige Hand ihn führt«, erwiderte Alrik, »ist ein Dolch mächtiger als tausend Krieger unter Waffen.«

✳

Bonus streckte die Hand nach dem toten Körper im Schlittenkasten aus, aber Abdullah schlug sie grob beiseite. »Er gehört mir!«, zischte der Statthalter. »Wenn du ihn anrührst, wirst du dir wünschen, in der Wüste verendet zu sein.«

Bonus holte aus, um Abdullah einen Stoß zu versetzen, zögerte jedoch. Die Männer des Arabers waren ebenso gegen ihn wie die Mannschaft der *Visundur*. Er brauchte Abdullah auf seiner Seite. »Warum?«, presste er hervor und senkte die Hand. »Warum schätzt ein Mohammedaner einen Märtyrer der Christen?«

Abdullah konnte seine Augen nicht von dem Toten nehmen. »Was glaubst du, wessen Überreste du vor dir hast?«

»Die des heiligen Markus. Seinetwegen bin ich überhaupt nur in diesen höllischen Erdteil gekommen.«

Abdullah lachte schallend. »Der heilige Markus! Den solltest du anrufen, damit er dir ein wenig Weisheit schenkt. Nein!«, sagte Abdullah. »Vor dir liegt ein viel Größerer: Alexander der Makedone.«

Bonus probierte ein Lächeln, um zu sehen, ob Abdullah scherzte. Aber die Miene des Arabers blieb ernst. »Alexander?«, fragte Bonus und betonte jede Silbe. »Der Große?«

Aber Abdullah achtete nicht weiter auf Bonus. Er hatte sich über den Kasten gebeugt und schien jeden Zoll der ledrigen Haut mit den Augen abzutasten. »Der Stern auf seinen Kleidern, die abgebrochene Nase, die feinen Züge eines Herrschers, der gehörnte Helm auf seinem Kopf. Es gibt keinen Zweifel«, sagte er. »Seit fünf Jahrhunderten suchen die Menschen nach ihm. Ich wusste immer, dass er nur hier in der Stadt verborgen liegen konnte.«

»Wenn er es wirklich ist, wie kommt er dann auf dieses Schiff?«

»Gleichgültig. Ich habe das Leben dieses Mannes ebenso

studiert wie sein Sterben. Er war einer jener wenigen, wie sie nur alle tausend Jahre einmal geboren werden. Bisher wusste niemand, wo sein Leichnam zuletzt aufgebahrt worden war. Manche glaubten ihn verloren. Aber ich hatte immer gehofft, sogar darum gebetet, dass der große Alexander in meiner Stadt ruht. Und jetzt sind meine Gebete erhört worden.«

Bonus musterte Abdullah ungläubig. Der Statthalter legte ihm eine federleichte Hand auf die Schulter. »Du verstehst nichts. Aber ich sage dir: Durch den Besitz dieses Körpers werde ich zum mächtigsten Mann der Welt. Und Alexandria wird alle anderen Städte übertreffen. Sogar der Kalif …« Er stockte. »Wir müssen Alexander in meinen Palast bringen. Ich würde mich entleiben, wenn ihm etwas zustoßen würde, jetzt, wo er der Welt endlich zurückgegeben worden ist.«

Da war ein Raunen von Abdullahs Wachen zu hören. Auch die Mannschaft der *Visundur* murmelte unverständliche Worte. Arme streckten sich in Richtung Norden aus. Bonus folgte den Blicken, die allesamt auf den baufälligen Leuchtturm gerichtet waren. Von der Spitze des Gebäudes fiel etwas herunter. Zunächst glaubte Bonus, es handele sich um einen Sack. Dann sah er rudernde Arme und hörte einen weit entfernten Schrei.

»Ya'kub!«, rief Abdullah. »Möge Gott sein Haus zerstören! Was tut er?«

»Er scheint die Berber in die Tiefe springen zu lassen«, sagte Bonus, von den Ereignissen auf dem Leuchtturm in Bann gezogen. »Einen nach dem anderen.«

»Das wird einen Aufruhr unter den Kopten in der Stadt geben«, rief Abdullah, raffte seine weißen Kleider und hastete vom Schiff. »Ihr Männer!«, rief er seinen Wachen über die Schulter zu. »Zehn von euch folgen mir. Wir müssen den Wahnsinnigen zügeln. Die anderen bewachen das Schiff. Niemand darf die Mumie berühren.«

Damit verschwand er vom Anleger. Bonus blieb zurück und starrte in das von der Zeit entstellte Antlitz einer Legende.

»Die anderen Teufelsanbeter dort unten in der Stadt werden vor Angst zittern, wenn sie sehen, wie wir mit Ungläubigen verfahren«, rief Ya'kub. Mit einer Hand zerrte er den nächsten Amazig, einen jungen Mann, aus der Gruppe hervor. Der Berber schlug Ya'kub mit den Fäusten gegen die Brust. Der Konvertit stieß ihn mühelos in die Tiefe.

»Bedauerlich!«, rief er den übrig gebliebenen acht Gefangenen zu. »Ich hätte ihn lieber bekehrt.« Er ließ den Blick über die von Furcht und Schmerz entstellten Gesichter wandern. »Wer von euch ist dazu bereit?«, fragte er.

Ein alter Mann fiel auf die Knie und presste seine Stirn auf das Holz des Podestes. »Ich, Herr.«

Ya'kub pflückte ihn am Kragen vom Boden auf und schleifte ihn an den Rand des Gerüstes. »Bekenne dich zum wahren Glauben«, forderte Ya'kub lautstark. Der Amazig krallte sich in das Gewand seines Peinigers.

»Ich bekenne auch etwas«, rief eine Stimme von links. Ya'kub fuhr herum. An der seewärtigen Ecke des Pharos war ein Mann aufgetaucht. Er trug fremdartige Kleider und langes Haar. Mit einer Hand hielt er sich an einer der Gerüststangen fest. Da der Fremde die Sonne im Rücken hatte, musste Ya'kub zu ihm hinüberblinzeln. »Dass du gleich selbst deinen Gott um Hilfe anrufen wirst«, rief der Mann. Ein Dolch lag in seiner Hand.

Ya'kub duckte sich. Ohne sich nach den Gefangenen umzuschauen, stürzte er auf den Fremden zu.

Alrik sah den Riesen heranstürmen. Noch wartete er, bis der Angreifer jenen Teil der Plattform erreicht hatte, der ihm am nächsten war. Die Seile hatte er zuvor angeschnitten. Jetzt trennte er den Hanf endgültig entzwei. Der Strick riss. Das Brett kippte zur Seite. Der Riese kam ins Rutschen.

Mit einem Blick zu Kahina hinüber vergewisserte sich Alrik, dass sie festen Halt gefunden hatte, denn nun begann das Gerüst zu schwanken. Er selbst zog sich einige Schritte zurück.

Doch der Riese fand das Gleichgewicht wieder. Behände sprang er von der herabfallenden Plattform und erreichte den sicheren Teil des Gerüstes.

Alrik wich zur Seite. Er hatte nicht damit gerechnet, sich mit dem Kerl messen zu müssen. Mann gegen Mann war der andere ihm allein schon wegen seiner Körpermaße überlegen. Jünger und wendiger schien er ebenfalls zu sein.

Auf keinen Fall durfte der Dolch in seine Hände geraten. Alrik gab Kahina ein Zeichen. Dann warf er ihr die Waffe zu, welche die Amazig geschickt auffing. Sie zögerte kurz, dann ging sie daran, mit der Klinge weitere Seile des Gerüstes zu zerschneiden.

Als der Angreifer sah, dass Alrik ihm waffenlos gegenüberstand, rief er etwas Spöttisches auf Arabisch und ging auf seinen Gegner los. Knapp entkam Alrik den vorstoßenden Armen, den zupackenden Händen. Er schwang sich um einen der Pfosten herum, einen Moment hatte er die Tiefe unter sich, dann landete er wieder auf der Plattform. Doch die Holzbohlen unter seinen Füßen gaben nach, lösten sich aus den Verankerungen, drehten sich. Alrik fiel.

Ein Stockwerk tiefer kam er mit den Füßen auf. Die Plattform bebte unter dem Aufprall. Alriks Knie protestierten, und er ging zu Boden. Von oben stürzten einige Bretter in den Abgrund. Und noch etwas kam von dort: Angstschreie auf Arabisch.

Die Helfershelfer des Riesen gestikulierten und riefen ihrem Anführer etwas zu. Anscheinend fürchteten sie, dass das Gerüst unter ihnen einstürzen würde. Einer stieg die Leiter hinab, um sich in Sicherheit zu bringen. Zwei hielten noch aus.

Da prallte etwas gegen Alrik und warf ihn vollends nieder. Finger krallten sich in seine Schultern. Der Aufprall raubte ihm den Atem. Über ihm lastete das Gewicht des Angreifers, unter seinen Schultern spürte er die Leere des Abgrunds. Eine Hand drückte gegen sein Kinn und bog seinen Kopf nach hinten. Alrik bot alle Kraft auf, um sich gegen den Druck zu stemmen, die ihm das Genick zu brechen drohte. Die Anstrengung trieb ihm Tränen in die Augen. Dennoch konnte er den auffallend leeren Blick seines Widersachers direkt über seinem Gesicht erkennen.

Gleich neben Alriks Ohr war mit einem Mal ein Krächzen zu hören. Der Ton klang vertraut, es war die Stimme eines Raben. Verschwommen sah Alrik schwarze Schwingen an seinem Kopf vorbeiziehen. Schwarze Augen glänzten in der Sonne, betrachteten die Szene kurz und waren wieder verschwunden.

Für einen Moment schreckte der Riese vor dem Vogel zurück. Alrik löste seine Hand von den Armen des anderen und hieb ihm die Faust gegen den Adamsapfel. Der Druck gegen sein Kinn verschwand. Noch einmal traf Alrik dieselbe Stelle. Ein Knirschen war zu hören. Sein Gegner schnappte nach Luft, eine Hand hielt seine eigene Kehle, die andere legte sich wie ein Spinnennetz über Alriks Gesicht. Durch die Finger hindurch sah Alrik, wie die Augen aus ihren Höhlen hervortraten. Rote Adern erschienen darin wie die Lavaströme eines ausbrechenden Vulkans. Der Riese zerrte an seinem eigenen Hals. Aus seinem aufgerissenen Mund war ein hohes Pfeifen zu hören.

Die Hand auf Alriks Gesicht löste sich und hinterließ den Geruch von altem Stroh. Der Mann kippte zur Seite, blieb liegen, beide Hände wrangen seine eigene Kehle.

So schnell wie möglich kam Alrik auf die zitternden Beine, um sich von seinem Gegner zu entfernen. Mit einem raschen Blick überzeugte er sich davon, dass die anderen Sklaventreiber allesamt von dem Gerüst geflohen waren. Da hörte er von der Spitze des Turms Kahina seinen Namen rufen. Sie schien in den Wolken zu hängen, so weit oben zeichnete sich ihre Gestalt vor dem Himmel ab. Bevor Alrik antworten konnte, erklang ein Laut von tief unten, ein Geräusch, das ihn erstarren ließ. Es war Ingvars Stimme. Und sie gab lautstark den Befehl, Segel zu setzen.

Kapitel 32

Alexandria, der Hafen

WIR SOLLTEN SIE VOM Schiff werfen!« Ingvar trommelte einen nervösen Rhythmus gegen den neuen Mastbaum und warf den Kriegern des Statthalters am Bug düstere Blicke zu. Zwischen deren Lanzen lugte Bonus von Malamocco hervor. Er schien sich dort in Sicherheit zu wähnen.

»Für zehn Schwerbewaffnete sind wir nichts weiter als Kinder«, raunte Yaa. Der Nubier legte Ingvar eine beruhigende Hand auf die Schulter. Der jedoch schüttelte Yaas Griff ab.

»Wenn wenigstens Alrik hier wäre! Dann könnten wir ablegen!« Ingvar begann, von den Blicken der Araber aufmerksam verfolgt, auf und ab zu wandeln.

»Er wird schon auftauchen«, grunzte Grid der Zahnknisterer.

»Aber zur falschen Zeit«, fuhr Ingvar ihn an. »Die Hälfte der Araber hat das Schiff verlassen. Wenn sie erst wieder zurückkommen, ist es zu spät. Wir erobern die *Visundur* jetzt oder nie.«

»Nein!«, erwiderte Yaa, und sein bestimmender Ton trieb Ingvar Zornesröte in die Wangen. »Ohne Alrik unternehmen wir nichts. Selbst wenn wir die Araber überwältigen könnten – willst du etwa ohne deinen Vater an Bord ablegen?«

In diesem Moment erhob sich vom Anleger her ein wohlvertrauter Lärm. Über den knarrenden und im Wasser schwankenden Aufbau näherte sich eine Schar Kinder dem Schiff. Wenige Augenblicke später waren sie an Bord gesprungen und gingen daran, die *Visundur* erneut in Besitz zu nehmen.

»Was wollen die hier?« Nun war es auch mit Yaas Ruhe vorbei.

Wie bei ihrem ersten Besuch schienen sich die Mädchen und Jungen nicht an den Erwachsenen zu stören. Sie stampften auf dem Deck herum, balancierten auf dem Schandeckel und versuchten den neuen Mastbaum hinaufzuklettern. Den bellenden Befehlen der Araber schenkten sie keinerlei Aufmerksamkeit.

Eines der Kinder lief auf Yaa zu und versuchte, den kräftigen Körper des Nubiers hinaufzusteigen. Yaa hielt den Jungen bei den Armen und versuchte, ihm klarzumachen, dass er und seine Gefährten das Schiff besser verlassen sollten. »Ihr seid hier in Gefahr«, raunte Yaa eindringlich. Doch der Knabe schien ihn nicht zu verstehen oder verstehen zu wollen.

Auch die Wachmannschaft hatte mit den ungebetenen Gästen zu kämpfen. Kaum hatten die ersten Kinderhände an Lanzen und Kaftanen gezerrt, schüttelten die Araber sie von sich. Ein Junge stürzte hart auf das Deck, schüttelte kurz seinen geschorenen Kopf und rieb sich einen Ellenbogen. Dann suchte er an den Seemannskisten Futter für seine Neugierde. Ein Mädchen ließ sich nicht so leicht abweisen. Sie klammerte sich an einen Lanzenschaft und zog daran, als hätte sie einen Honigkuchen entdeckt. Alle Bemühungen des Lanzenträgers, den Quälgeist loszuwerden, waren vergebens. Schließlich wusste sich der Mann nicht anders zu helfen, als dem Mädchen einen Stoß mit der Waffe zu versetzen. Ungeschickt rammte der Wachmann seiner zwergenhaften Widersacherin den Schaft gegen den Brustkorb. Die Kleine fiel zu Boden, umklammerte ihren Leib und schrie, was die Lungen hergaben.

»Nicht!«, rief Yaa. Doch Ingvar rannte bereits auf die Araber zu. Im nächsten Moment hatte er das Heck erreicht und kniete vor dem verletzten Kind nieder. Er löste die verkrampften

Arme des Mädchens und tastete über dessen Brustkorb. Dann warf er Bonus einen hasserfüllten Blick zu.

»Deine neuen Freunde kämpfen gegen Kinder. Du passt gut zu ihnen.« Ingvar hob das Kind auf und wollte es vom Schiff tragen. Aber ein Stoß in den Rücken ließ ihn taumeln. Ingvar fuhr herum. Einer der Araber drohte ihm mit der Lanze und rief ihm etwas entgegen. Aus den Gesten des Wachmanns war zu erkennen, dass Ingvar die *Visundur* nicht verlassen sollte.

Vorsichtig legte Ingvar das Mädchen auf das Deck, wo es sich mit angezogenen Beinen der Bordwand zuwandte. Dann ging er auf den Araber zu, bis dessen Lanze ihn aufhielt. Die Metallspitze drückte gegen Ingvars Bauch. Für einen Moment standen sich Ingvar und der Araber still gegenüber.

»Komm doch noch einen Schritt näher, Nordmann.« Bonus' Stimme aus dem Hintergrund war mit Spott gesättigt. »Dann werden wir sehen, ob du wirklich mutiger bist als ich.«

Bevor Ingvar etwas erwidern konnte, begannen die Kinder zu schreien. Mit ihren kurzen Armen deuteten sie nach Norden. Alle an Bord folgte den Fingerzeigen mit den Augen. Erregte Rufe auf Arabisch erklangen.

»Der Turm stürzt ein«, rief Darios.

Noch immer hielt Ingvar dem Drang stand, den Blicken der anderen zu folgen. Sein Gegenspieler hingegen blinzelte. Dann wandte er den Kopf ab in Richtung Leuchtturm.

Im selben Augenblick hatte Ingvar die Lanze gepackt und beiseitegedrückt. Er kam an der Waffe vorbei und stieß ihren Träger fort. Die anderen Wachleute reagierten zu spät. Als die Besatzung der *Visundur* das Heck des Schiffes stürmte, blickten einige der Araber noch immer gebannt auf den Leuchtturm.

Im Ringen Mann gegen Mann waren ihre Lanzen wirkungslos. Trotzdem hielten ihre Träger an den Schäften fest und versuchten, die Seeleute damit von sich fortzuschieben. Als Magnus einem der Wachleute in den Unterleib schlug, sackte der Mann zusammen. Der kleine Sieg schien das Signal zu sein, auf das die Kinder gewartet hatten. Von Segel, Mast und Seemannskisten her fielen sie herab und hängten sich an Arme, Beine und Gewänder der Araber.

Bald darauf war der Kampf entschieden. Neun Wachmänner lagen am Boden. Nur einem der Araber war es gelungen, im letzten Moment zu fliehen.

»Wo ist Bonus?«, rief Ingvar. Seine Lippen waren geschwollen, und Blut lief ihm aus dem Mundwinkel.

»Dahinten rennt er.« Yaa ließ die Worte seinen ausgestreckten Arm entlanglaufen. Zwischen zwei Schiffen war für einen Moment die schwarze und silberne Tracht des Veneters zu sehen. Dann war er verschwunden.

Ingvar blieb am Anleger stehen und blickte Bonus hinterher.

»Lass ihn gehen!«, sagte Magnus. »Wir haben uns eine Frist erstritten. Jetzt müssen wir sie nutzen.«

Ingvar nickte und wischte sich das Blut von den Lippen. »Zieht das Segel hoch! Jetzt wird sich zeigen, ob das Kreuz der Christen zu mehr taugt als zu Tempelschmuck.«

»Was ist mit Alrik, hm?«, wollte Magnus wissen.

Wie die anderen war er damit beschäftigt, die Araber an die Bordwand zu zwingen, wo sie ins Hafenbecken gestoßen wurden. Dem Gelächter der Kinder antworteten die Bezwungenen mit Flüchen.

»Alrik«, sagte Ingvar mit schiefem Lächeln, »würde mir die Haare vom Kopf brennen, wenn ich noch länger auf ihn warten würde. Holt die Ankersteine ein!«

Das endlose Warten hatte Runzeln in Ghassans Stirn gegraben. Seit vier Tagen schaukelte seine Dau jetzt schon an der Hafeneinfahrt Alexandrias. Die Langeweile hatte die Gemüter seiner Männer aufgeraut, und statt ihre Bogensehnen zu fetten und die Federn ihrer Pfeile vor der Salzluft zu bewahren, wanderten sie über Deck, stritten miteinander oder waren ins Würfelspiel vertieft. Das Klappern der Hammelknochen, die als Würfel dienten, zerrte an Ghassans Geduld. Lange würden sie es hier nicht mehr aushalten. Wann gab der Statthalter endlich Befehl, die Wache zu wechseln?

Dort drüben, keinen Pfeilschuss entfernt, lag der Palast. Vermutlich vergnügte sich Abdullah gerade in seinem berühmten Garten, in dem es vor Jungfrauen und Lustknaben wimmeln sollte. Wie Ghassan aus verlässlicher Quelle wusste, hatte Abdullah dort ein Wasserbecken anlegen lassen und es mit Wein gefüllt. Die Furchen auf der Stirn des Kapitäns vertieften sich. Warum hatte Gott ihn dazu verurteilt, Handlanger eines Verrückten zu sein?

Da hörte er einen Schrei über seinem Kopf. Er kam vom Pharos. Zunächst glaubte er, den Ruf eines seltenen Vogels vernommen zu haben. Dann sah er eine Gestalt von der Spitze des Turms in die Tiefe stürzen. Ghassan erstarrte. Bald darauf folgte ein weiterer Unglücklicher dem ersten in den Tod.

Ghassan hatte von Selbsttötungen gehört, doch weil sowohl der Koran als auch der Glauben der Christen die eigene Entleibung verboten, kam so etwas nur selten vor. Dass gleich zwei Menschen nacheinander in den Tod sprangen, noch dazu für alle sichtbar, erschien unmöglich. Was ging auf dem Leuchtturm vor sich?

»Da kommt ein Schiff!«, rief einer seiner Männer. Tatsächlich näherte sich vom Hafen her jenes fremdartige Gefährt, dessen Bug mit dem Kopf eines geflügelten Ungeheuers geschmückt war. Der Statthalter hatte es Ghassan gezeigt und ihm befohlen, es unter keinen Umständen die Hafeneinfahrt passieren zu lassen. Notfalls sollte er einen Pfeilregen auf das fremde Schiff niedergehen lassen.

Jetzt schob sich der Drachenkopf um eine Landzunge herum, direkt auf die Hafeneinfahrt zu. Das Maul der Monstrosität war weit aufgerissen. Mit fester Stimme gab Ghassan seinen Männern Befehl, die Bögen zu spannen.

»Steig herauf, Alrik!« Kahinas Stimme kam vom Dach des Turms und klang in Alriks Ohren so verlockend wie die leidenschaftlichen Lieder der Wassergeister. Weit über sich erkannte er das besorgte Gesicht der Wüstenkönigin. Neben ihr tauchten weitere Köpfe auf. Kahina hatte die überlebenden Amazig auf die Plattform des Pharos gerettet.

Dort oben waren sie vorübergehend in Sicherheit. Er selbst mochte die Turmspitze mit einiger Anstrengung erreichen. Noch hingen genügend Planken und Seile an dem zerstörten Gerüst. Alrik rieb sich den Nacken, der noch immer von den Griffen seines Gegners schmerzte. Dann blickte er hinab in die Tiefe.

Unter ihm glitt die *Visundur* elegant durch den Hafen. Erneut war die Stimme Ingvars zu hören, wie sie Befehle über das Deck bellte. Sein Sohn versuchte, mit dem Schiff aus Alexandria zu entkommen.

Nur kurz überlegte Alrik, ob er Ingvar auf sich aufmerksam machen sollte. Dann verwarf er den Gedanken. Wenn das Schiff ohne ihn, Alrik, Alexandria verließ, dann musste es einen drängenden Grund dafür geben. Keinesfalls wollte er seine Männer aufhalten und sie somit in Gefahr bringen. Er würde das Kielwasser der *Visundur* schon wiederfinden. Alrik griff nach einem der Pfosten und lehnte sich weit über das Gerüst hinaus, um dem Schiff hinterherblicken zu können. Da sah er die Dau in der Mitte der Hafeneinfahrt dümpeln. Auf ihrem Deck standen zwei Dutzend Männer und hoben schussbereite Bögen zum Himmel.

Unter seinem Gewicht ruckte der Pfosten des Gerüstes aus dem Gefüge und beugte sich dem Abgrund entgegen. Alrik schwang zurück auf die verbleibenden Planken der Konstruktion. Er formte die Hände zu einem Trichter und rief Ingvar eine Warnung zu. Ohne zu wissen, ob die Worte die *Visundur* erreichten, suchte Alrik nach etwas, das er auf das Schiff hinabwerfen konnte, ein Stück Holz oder einen Stein. Irgendwie musste er die Männer auf die Gefahr aufmerksam machen, auf die sie zusteuerten.

Da blitzte zwischen den Trümmern unter ihm die Klinge von Kahinas Dolch. Alrik hatte die Waffe im Zweikampf mit dem Riesen fallen gelassen und verloren geglaubt. Dort unten jedoch lag sie. Das Metall schien ihm in der Sonne zuzuzwinkern, und ein Einfall zwickte seinen Geist.

Wieder blickte er zu Kahina hinauf. Von irgendwoher hatte sie ein Seil geholt und es zu Alrik hinabgelassen. Doch Alriks Weg führte nicht nach oben, wo die Amazig auf ihn warteten, sondern nach unten, wo die *Visundur* ihrem Verderben entgegensegelte.

Er hangelte sich an einer der Stangen herab, dann ließ er sich fallen. Mit einem dumpfen Ton kam er auf den Planken des tiefer liegenden Stockwerks auf. Eines der Bretter löste sich und segelte in die Tiefe. Alrik blickte ihm nach, bis es auf dem Rand der den Turm umgebenden Mauer aufkam und zersplitterte.

Noch einmal legte Alrik den Kopf in den Nacken und schätzte die Höhe des Gerüstes ab. Dann packte er den Dolch mit fester Hand und begann, weitere Seile des Aufbaus zu durchtrennen.

＊

»Da sind Bogenschützen auf dem Schiff!«, rief Magnus vom Bug her und zeigte auf die Dau in der Hafeneinfahrt. Zwei Reihen gespannter Bögen waren zu erkennen. Die Eisenspitzen der Pfeile waren auf die *Visundur* gerichtet.

»Die sollen uns wohl zum Hierbleiben überreden«, sagte Ingvar. Neben Magnus stehend legte er die Hände auf die Flügel des Drachenkopfs. Das Holz war vom Salzwasser weiß und glatt gescheuert. »Aber daraus wird nichts.«

Ingvar wandte sich zur Mannschaft um. »An die Riemen! Wir werden so schnell an ihnen vorüberfahren, dass ihre Pfeile nicht einmal mehr unser Kielwasser treffen werden.«

Magnus warf einen besorgten Blick zu Ingvar hinauf. »Das werden wir nicht unbeschadet überstehen«, sagte er und zwirbelte die Spitze seines Bartes.

»Ich weiß«, sagte Ingvar. »Aber wenn wir es nicht versuchen, landen wir alle in der Hand der Araber.«

Behände kletterten die Männer auf die Ruderbänke und nahmen die Plätze ein, in die schwere Hintern passgenaue Mulden geschwitzt hatten. Sie legten die Riemenstangen in die Gabeln und zogen an. Das Schiff, vom Segel bereits zu leichter Fahrt getrieben, streckte sich. Das Holz ächzte. In der Regel war dieser Ton für Ingvar das lieblichste Lied der Welt. Doch diesmal, dessen war er sich bewusst, würde es für einige seiner Gefährten zum Grabgesang werden. Die *Visundur* rauschte auf die Hafeneinfahrt zu.

＊

»Sie sind verrückt geworden!«, rief Ghassan. Das fremdartige Schiff kam immer näher. Waren die Männer an Deck blind? Sahen sie etwa die auf sie gerichteten Pfeile nicht? Nicht einmal einen Deckaufbau hatten sie, hinter dem sie sich verschanzen konnten. Auch konnte Ghassan keine Schilde ausmachen, wie sie oft die Bordwände der Schiffe schmückten und im Falle eines Angriffs über die Köpfe der Besatzung gehalten wurden. Die Männer auf diesem Schiff hingegen saßen an den Riemen und arbeiteten daran, als würden sie zum Fischen ausfahren. Sie alle waren bereits so gut wie tot.

Ghassan hob die rechte Hand und ballte sie zur Faust. Neben ihm warteten zwei Dutzend knarrende Bogensehnen darauf, von ihrer Last befreit zu werden. Jetzt kam es auf den richtigen Moment an. Es galt, so viele Männer wie möglich mit der ersten Salve zu töten. Dann würde das Schiff langsamer werden und ein noch besseres Ziel abgeben. Ghassan atmete tief ein.

Da erklangen von der Seite des Pharos her das Geräusch berstenden Holzes, das Sirren platzender Seile und der Schrei eines einzelnen Mannes.

Noch immer hielt Ghassan die Hand in die Höhe. Seine Blicke sprangen vom Schiff zum Leuchtturm und wieder zurück, dann erneut zum Leuchtturm. Das Gerüst, welches das Bauwerk umgab, schälte sich von der Mauer ab wie eine zweite Haut. Wo zuvor zwei Menschen in den Tod gesprungen waren, schien jetzt die gesamte Konstruktion folgen zu wollen. Planken fielen herunter. Die oberen Pfosten kippten wie die Beine eines riesigen Insekts. Ein Mann stürzte in die Tiefe. Nein, dachte Ghassan, er stürzte nicht, er sprang. In weitem Bogen stieß er sich ab, hing einen langen Moment in der Luft, um dann im Wasser vor der Insel aufzukommen.

Erst jetzt erkannte Ghassan, dass all die Bretter und Pfähle ins Wasser stürzen würden. Seine Dau war zu weit entfernt, um von den herabfallenden Hölzern getroffen zu werden. Das Drachenschiff hingegen steuerte direkt auf jene Stelle zu, wo das Gerüst auf das Wasser aufschlagen musste.

Auf keinen Fall durfte das fremde Schiff verloren gehen. So hatte der ausdrückliche Befehl des Statthalters gelautet. Wenn er, Ghassan, noch länger zögerte, würde das Drachenboot seine schnelle Fahrt beibehalten und zerschmettert werden.

Mit einem Schrei auf den Lippen riss Ghassan seine Faust herab.

Das Wasser war aus Eisen. Der Aufprall raubte Alrik den Atem. Er kämpfte gegen die Ohnmacht an, wissend, dass sie ihn ertrinken lassen würde. Während das Wasser um ihn herum gurgelte und rauschte, trat er kräftig mit den Beinen aus und ruderte mit den Armen. Von dem Sturz schmerzten seine Haut, Muskeln und Knochen, und er wünschte sich, wie der Riese Hrungnir zu sein: mit einem Haupt aus Stein und einem ebensolchen Herzen. Die Bewegung der geschundenen Gliedmaßen riss seinen Geist aus dem Dämmer, in dem er zu versinken drohte. Dann tauchte er an die Oberfläche.

Vor ihm ragten die Überreste des Gerüstes aus dem Hafenbecken. Einem geplünderten und auf ein Riff gelaufenen Schiff gleich tanzte die Ruine der Konstruktion auf den Wogen, unschlüssig, ob sie versinken oder sich noch einmal um die eigene Achse drehen sollte. Das Holz war mit Pfeilen gespickt. Es war zwischen den Schiffen aufs Wasser geprallt und hatte den tödlichen Regen aufgefangen.

»Alrik!« Das war Ingvars Stimme.

Alrik suchte nach ihrem Ursprung und fand die *Visundur* in voller Fahrt auf der anderen Seite des treibenden Gerüstes.

Kurz hob er die Hand. Doch die Schmerzen in seinen Gliedern verlangten nach Erlösung. Mit drei Schwimmzügen brachte sich Alrik an die treibenden Planken heran und klammerte sich daran fest.

Die *Visundur* zog vorüber. Ingvar und Magnus standen an Steuerbord und beugten sich über das Wasser. »Wo bist du?«

»Hier!«, rief Alrik. Doch das Wasser in seinen Lungen ließ den Laut zu einem Gurgeln verkümmern. »Fahrt weiter!«, wollte er noch rufen. Doch auch diese Worte kamen ihm so schlapp über die Lippen, dass sie augenblicklich im Hafenbecken versanken.

Von der anderen Seite erklangen jetzt Befehle auf Arabisch. Alrik wandte sich um. Dort ankerte die Dau, und die Schützen darauf spannten erneut die Bögen. Allerdings schienen die treibenden Reste des Gerüstes ihnen die Sicht auf die *Visundur* zu nehmen.

Alrik hustete seinen Rachen frei. Sein Brustkorb protestierte unter den Krämpfen. Dann zog er sich an dem Gerüst empor, bis er zu den Hüften aus dem Wasser war. Die *Visundur* war bereits vorüber. Ingvar war zum Heck gelaufen, um weiter nach seinem Vater Ausschau zu halten.

»Verschwindet von hier!«, schrie Alrik. »Fahrt nach Norden. Befreit Bjor!« Weiter kam er nicht. Seine Arme zitterten, und er musste sich zurück ins Wasser gleiten lassen. Von fern her hörte er ein Segel schlagen. Er hoffte, dass es das der *Visundur* war.

Kapitel 33

Vorsichtig schlich Kahina aus dem Tor des Pharos heraus. Erst als sie sicher war, dass keine Gefahr drohte, winkte sie den Amazig. Einer nach dem anderen huschte aus dem Turm hervor. Acht, zählte Kahina. Mehr waren nicht von ihrem stolzen Volk übrig geblieben. Trauer drohte ihren Geist zu verdunkeln, und so hielt sie ihr Gesicht der Sonne entgegen. Die Zeit für Wut und Rache würde kommen. Zunächst aber galt es, den Überlebenden die Flucht zu ermöglichen.

Vor der Mauer, die den Pharos umgab, war niemand zu sehen. Noch hatte das zusammengestürzte Gerüst keine Schaulustigen und erst recht keine Wachen herbeigelockt. Aber das würde sich ändern. Sie spähte zu der langen Brücke hinüber, die zur Insel des Leuchtturms führte. Tatsächlich näherte sich von ferne eine Gruppe Männer. Noch waren die Amazig nicht entdeckt. Doch der Ausweg über die Brücke war versperrt. Wie sollten sie die Insel unbemerkt verlassen?

Kahina wandte sich zu Hennu um. »Verbergt euch auf der anderen Seite der Mauer«, befahl sie. »Kommt nicht heraus, bevor die Nacht anbricht. Dann bringt euch in Sicherheit. Geht zur Taverne und trefft euch dort mit Idir.«

»Aber wo wirst du sein?«, fragte die junge Amazig.

»Ich werde später zu euch stoßen.« Sie prüfte die Entfernung zu den nahenden Männern. Noch waren sie winzige Gestalten. Aber die Ereignisse auf der Insel ließen sie im Laufschritt heraneilen. Die Zeit wurde knapp.

»Los!«, drängte Kahina. »Hinaus mit euch! Und begrabt

unsere Toten in der Wüste, bevor die Hyänen es auf ihre Art tun.«

Die Amazig zogen an ihr vorbei und verschwanden durch einen Spalt an der Westseite der Mauer. Hennu blieb bis zuletzt an Kahinas Seite. Als alle verschwunden waren, fragte sie: »Was soll mit den Kindern geschehen?«

Kahina griff nach Hennus Schultern. Die Gesichter der Jungen und Mädchen schwammen durch ihre Gedanken. Sie dachte an Wali, ihre Tochter. Es war keine einfache Entscheidung gewesen, die Kinder in der Stadt leben zu lassen. Wären sie aber in der Wüste geblieben, wären sie jetzt Sklaven der Araber. »Sie bleiben in Alexandria wie zuvor. Mein Bruder wird sich weiterhin um sie kümmern. Wenn wir eine neue Zuflucht gefunden haben, holen wir sie. Sie sind die Zukunft unseres Volkes.«

Hennu umarmte Kahina und flüsterte ihr ein kurzes Gebet ins Ohr. Dann folgte sie den anderen und verschwand jenseits der Mauer.

Als Kahina sicher sein konnte, dass die Flucht der anderen Amazig unbemerkt geblieben war, trat auch sie ins Freie, wandte sich jedoch dorthin, wo das Gerüst ins Wasser gestürzt war – und mit ihm Alrik, der Nordmann.

Alrik spie das brackige Wasser des Hafens aus. Er schleppte sich auf das Gestein, das die Insel des Leuchtturms säumte. Mit eisernem Griff zog er den Araber hinter sich her, der ihn auf dem Turm angegriffen hatte. Alrik hatte ihn neben dem Gerüst im Wasser treiben und mit schwachen Armbewegungen gegen das Ertrinken ankämpfen sehen. Als er sicher war, dass der Mann ihm nicht mehr gefährlich werden konnte, hatte

Alrik ihn unter den Schultern gepackt und zur Insel gezogen. Dort legte er ihn nun auf einem der Steine ab. Der helle Granit färbte sich von dem aus dem Kaftan herauslaufenden Wasser schwarz.

Als er Schritte hörte und die Zweige der dürren Büsche am Ufer knackten, schreckte Alrik zusammen. Dann hörte er Kahinas Stimme.

»Du lebst!«, rief sie und stürzte auf ihn zu. Ihre Hände fuhren über seine Wangen. Dann fasste sie prüfend an seine Arme und tastete über seinen Brustkorb. »Bist du verletzt?« Erst als Alrik den Kopf schüttelte, schien Kahina den anderen auf den Steinen zu bemerken. Der Mann hustete und bewegte träge den Kopf. Er schien noch nicht wieder bei Sinnen zu sein.

»Komm!« Kahina griff nach Alriks Hand. »Um den kümmern sich die Araber. Wir verschwinden von hier.«

»Wo sind deine Leute?«, wollte Alrik wissen. Der Gedanke, dass die letzten Überlebenden von Kahinas Volk in Bedrängnis waren, schien ihm unerträglich.

Doch Kahina nickte und deutete auf die andere Seite des Pharos. »Sie verbergen sich dort hinten.«

»Geh zu ihnen!«

Kahina half Alrik auf die Beine. Er schob sie von sich. »Du hast mich nicht verstanden«, knurrte er. »Geh zu deinen Leuten! Ich bleibe hier.«

Ärger zeichnete sich auf Kahinas Gesicht ab. »Bist du meiner überdrüssig?«, fragte sie.

Zur Antwort zog Alrik die Amazig an sich. »Bevor das geschieht, wird der Leuchtturm dort vorne zu Sand zerfallen«, flüsterte er in ihr kleines Ohr. Die Metallscheiben daran drückten kühl gegen seine Wange. »Dort vorn aber sehe ich Bonus von Malamocco mit einer Horde Araber herbeieilen.«

Kahina fuhr herum. Die Gruppe auf der Brücke kam näher.

»Verschwinde jetzt von hier!«, raunte Alrik. »Dein Volk braucht dich.« Er schob Kahina wieder von sich fort.

Sie hielt seine Arme fest. »Komm mit mir! Noch haben sie uns nicht erreicht.«

»Nein. Hier kann ich sie ablenken. Geh!«, sagte er zornig.

Kahina zog die Kapuze über den Kopf. Noch einmal drückte sie sich an ihn. »Wie gern ich den Rest meiner Tage neben dir im Kerker geschmachtet hätte«, sagte sie und setzte hinzu: »Wenn sie dich töten, werde ich diese Stadt in Brand setzen. Wenn sie dich gefangen nehmen, werde ich dich finden.« Noch einmal sah er ihre Lippen, die sich im Schatten bewegten. »Du bist mir eine Schiffsreise schuldig.«

Geduckt eilte sie entlang des Ufers davon.

Alrik zwang sich, Kahina nicht hinterherzublicken. Langsam kletterte er auf einen Gesteinsbrocken und brüllte niederträchtige Seemannsflüche in Richtung der Brücke. Es dauerte nicht lange, bis die Herannahenden auf ihn aufmerksam wurden.

Bonus trug seine selbstbewussteste Miene zur Schau. An seiner Seite kam ein in feine Stoffe gewandeter Araber heran. Der Mann war außer Atem. Ein knappes Dutzend Lanzenträger flankierten ihn.

»Das ist er«, Bonus streckte einen Finger gegen Alrik aus, »der Mann, der das Drachenschiff fährt und der dieser Stadt ihren größten Schatz gestohlen hat: den Leichnam Alexanders des Großen.«

Alrik wich zurück, bis das Wasser seine Knie erreicht hatte.

Bonus riss einem der Wachmänner eine Lanze aus der Hand und ging, die Waffe vorgestreckt, auf Alrik zu.

Alrik duckte sich. Er hatte schon ähnliche Situationen überlebt, auf den schwankenden Decks leckgeschlagener Schiffe, während um ihn herum eine Schlacht tobte. Seither waren viele Jahre vergangen.

Rufe erklangen vom Wasser her. Alrik verstand die arabischen Worte nicht. Der elegante Araber jedoch antwortete. Das konnten nur die Bogenschützen auf dem Schiff sein, mit denen er sprach, jener Dau, die versucht hatte, die *Visundur* aufzuhalten.

Nach kurzem Wortwechsel legte der Araber eine Hand auf Bonus' Arm und sagte auf Griechisch: »Das Schiff ist entkommen. Dieser Mann dort hat verhindert, dass meine Leute es aufhalten konnten.«

»Umso mehr hat er den Tod verdient«, stieß Bonus erregt hervor. Die Lanze in seinen Fäusten zitterte.

Der Weißgekleidete nahm seine Hand nicht fort. »Nicht jetzt. Er muss uns dabei helfen, sein Schiff einzuholen. Für dich ist es von Wert. Und für mich ist die Mumie darauf die größte Kostbarkeit dieser Welt und der nächsten.«

Bonus bebte nun am ganzen Körper. Seine Kiefer waren so fest zusammengepresst, dass seine Lippen nicht mehr zu sehen waren. Mordlust sprühte aus seinen Augen.

»Wir nehmen ihn mit uns«, fuhr der Araber fort. »Nur er kennt den Weg, den sein Schiff genommen hat. Und vielleicht können wir die Mumie gegen sein Leben tauschen.«

Noch immer wrangen Bonus' Hände den Schaft der Waffe. Dann hob er die Lanze über seinen Kopf und stürmte los.

Alrik machte sich bereit, dem Stoß auszuweichen.

Doch Bonus rannte auf die Felsen am Ufer zu, dorthin, wo der halb Ertrunkene lag und versuchte, durch seinen zerschmetterten Kehlkopf Wasser zu speien. Ohne Zögern rammte der Veneter dem Wehrlosen das Lanzenblatt in den Leib. Der Riese bäumte sich auf und schrie. Unwillkürlich streckte Alrik eine Hand nach Bonus aus. Der wiederholte seine Tat. Dann ließ er die Waffe los. Dem Mastbaum eines Schiffes gleich ragte sie aus dem Körper ihres Opfers hervor und pendelte unter seinen

Krämpfen. Langsam rutschte der Mann den Uferstein herab und glitt bis zu den Hüften ins Wasser. Dann rührte er sich nicht mehr.

Bonus stieg wieder zu den Arabern hinauf. Er zitterte nicht länger. Als er an dem Weißgekleideten vorüberkam, rief er ihm zu: »Ruf deine Männer zusammen, Abdullah! Lass deine Kapitäne die Anker einholen! Die Jagd auf den Büffel hat begonnen.«

Kapitel 34

Mare Nostrum, die Visundur

DER NEUE MAST ächzte im Wind. Die *Visundur* glitt über
das Meer wie eine aller Sorgen ledige Wasserwanze. Das
Schiff war in sein Element zurückgekehrt. Eigentlich sollte
es uns auch so gehen, dachte Ingvar, als er am Ruder stand.
Aber die Gedanken an Alrik, den sie zurückgelassen hatten,
bedrückten ihn.

»Alrik wird einen Weg zu uns finden«, sagte Kilian neben
ihm. Der Franke kaute auf in Essig eingelegten Walinnereien
herum. Ingvar nahm ihm ein Stück aus der Hand. Das zähe,
saure Fleisch prickelte auf seiner Zunge. Er würde einen halben Tag brauchen, um den Saft daraus hervorgekaut zu haben.
Danach spie man den Brocken in die See.

Das Schiff balancierte über Wellenkämme hinweg, glitt
Wasserwände hinab und lief vor ihnen davon. Die Sonne ging
unter. Auf Kilians Gesicht lag ein geheimnisvolles grünliches
Leuchten.

»Es bleibt dabei«, sagte Ingvar schließlich. »Wir finden zunächst Bjor. Er ist in Gefangenschaft und bedarf unserer Hilfe
mehr als Alrik.«

»Bestimmt wird dein Vater sich mithilfe der Amazig in Sicherheit bringen«, sagte der Franke.

»Ja«, stimmte Ingvar zögerlich zu, »gewiss.« Sein Blick
schweifte über das Deck. Die Männer ruhten von einem langen
Tag an den Rudern aus. So schnell wie möglich hatten sie die
Küste Afriqiyas hinter sich gelassen. Wie sie den Bogenschützen in der Hafeneinfahrt entkommen waren, war Ingvar noch

immer ein Rätsel. Die Araber hatten ihre Pfeile verschossen, und im selben Moment war ein Teil des Gerüstes von einer Seite des Leuchtturms auf das Wasser geprallt. Um die Breite eines Pferdeschweifs hatten die Pfähle und Bretter die *Visundur* verfehlt. Was der Untergang des Schiffes hätte sein können, erwies sich als seine Rettung. Die meisten Geschosse hatten die Konstruktion getroffen, und nur ein halbes Dutzend hatte die *Visundur* erreicht. Aber weder einer der Männer noch das Schiff hatten Schaden genommen. Noch immer steckte ein gefiederter Pfeilschaft im Kopf des Drachen am Vordersteven und zitterte im Wind.

Im schwindenden Licht sah Ingvar Magnus' kleine Gestalt über das Deck stapfen. Der Zwerg machte sich an dem Schlitten zu schaffen, der fest verzurrt mittschiffs stand. Er beugte sich darüber, tauchte die Hand hinein, dann zog er sie rasch wieder daraus hervor. Nachdem er die Bewegung wiederholt hatte, hielt er sich die Finger unter die Nase. Schließlich kam Magnus aufs Achterdeck. Vorsichtig duckte er sich unter dem Segel hindurch.

»Wie lange fahren wir noch, hm?«, rief Magnus. Der Wind kam von achtern und presste ihm das rote Haar gegen den Kopf.

»Sechs *Doegr*«, schätzte Ingvar, »wenn Odin seinen Wind weiter brausen lässt.«

»Kannst es wohl nicht erwarten, Tribun zu werden«, feixte Kilian.

Doch auf Magnus' Gesicht zeigte sich keine Spur von Belustigung. »Der Leichnam dort vergeht schneller als das Fleisch eines Ebers auf der Tafel Surturs des Schwarzen.«

»Was?« Kilian und Ingvar stießen das Wort gleichzeitig aus.

Magnus hielt ihnen seine Hand entgegen. An der Spitze seiner Finger glänzte eine schwarze Masse. »Ich würde nicht daran lecken«, sagte er. »Als wir in Alexandria ablegten, war er noch in tadellosem Zustand.«

»Das Salz in der Luft«, stöhnte Kilian.

»Die Feuchtigkeit wird er wohl auch nicht mögen«, ergänzte Magnus. »Erzählte Kahina nicht, die Mumie habe in einem Sarg aus Alabaster gelegen? Wenn das meine Ruhestätte gewesen wäre, würde ich mich auch lieber in Luft auflösen, als zwischen Pökelfleisch und Fußlappen über das Meer geschaukelt zu werden.«

»Übernimm das Ruder!« Ingvar drückte Kilian die Pinne in die Hand. Dann ging er zum Schlitten, um sich von Magnus' Worten zu überzeugen.

Das Licht war bereits geschwunden. Dennoch konnte Ingvar auf den ersten Blick erkennen, dass etwas mit dem Schlittenkasten nicht stimmte. Die Wollkleider, mit denen der Tote zugedeckt worden war, hatten Flecken bekommen. Der Geruch, der aus der Kiste hervorstieg, war selbst in dem nach Tang duftenden Wind atemberaubend. Während Ingvar sich mit einer Hand am Rand des Schlittens festhielt, schälte er Proviant und Stoffe von der Mumie herab. Er hielt eine Tranlampe über seinen Kopf. Als das Gesicht des Toten schließlich zum Vorschein kam, war es Ingvar, als grinse ihn die Fratze der Midgardschlange an. Die Haut des Toten, zuvor ledern und fest um den Totenschädel gespannt, bröckelte. An einigen Stellen verwandelte sie sich in etwas Zähflüssiges und lief dem Leichnam die Wangen hinab – Alexander der Große schien schwarze Tränen darüber zu vergießen, dass ihn die Vergänglichkeit gefunden hatte.

Als Ingvar zur Ruderpinne zurückkehrte, fühlte er sich zum ersten Mal auf dem weiten Meer verloren. Den Vater hatte er zurückgelassen, um den Bruder zu retten. Doch dessen Lösegeld war gerade dabei, sich zu verflüchtigen.

»Was nun?«, fragte er Kilian und Magnus – Worte, die der Kendtmann eines Schiffes niemals in den Mund nehmen durfte.

»Wir müssen in Rivo Alto ankommen, bevor die Mumie zu einer Pfütze Harz zerlaufen ist«, stellte Magnus fest.

»Wie sollen wir das fertigbringen?«, fragte Kilian. »Willst du sechs Tage ununterbrochen rudern?«

Die Antwort war auf Magnus' Gesicht deutlich zu erkennen.

»Ich weiß etwas Besseres«, sagte Ingvar. »Wir steuern den Vulkan an. Dort legen wir die Mumie auf Eis. Das wird ihren Zerfall aufhalten.«

»Und ich dachte, wir müssten diesen Ort nie wieder aufsuchen«, beschwerte sich Kilian.

»Ingvar hat recht«, warf Magnus ein. »Mit dem Eis des Vulkans könnten wir die Mumie retten. Ich bin schon gespannt darauf, wie den Fürsten Rivo Altos diese Köstlichkeit schmecken wird.«

»Sie wäre wie Honig gewesen«, sagte Bonus und starrte auf die in der Ferne verschwindende Küste.

»Von wem sprichst du?«, fragte Abdullah.

»Von der Königin der Amazig«, antwortete Bonus. »Sie ist mir entkommen.«

»Sei es zufrieden«, gab Abdullah zurück. »Unter dem Honig hätte ein Skorpion lauern können.« Er lachte. »Ich hätte gern gesehen, wie sie deine Aufwartung annimmt, nachdem du ihr Volk verraten hast. Dein Selbstbewusstsein ist noch größer als deine Begierde, Franke.«

»Ich bin Veneter«, sagte Bonus. »Werde ich dir zeigen, dass

meine Feinde mich zu fürchten haben? Schau her! Das werde ich!«

»Insbesondere, wenn sie so wehrlos sind wie Ya'kub«, gab Abdullah mit frostiger Stimme zurück.

Bonus überquerte das Schiff. Der Wind war kräftig und trieb die Dau zwischen ihren beiden Schwesterschiffen schaukelnd vor sich her. Bonus taumelte und musste sich an den Ruderbänken und Haken in der Bordwand festhalten. Mittschiffs kam er auf Alrik zu. Der Nordmann war an den Mastbaum gebunden.

»Komm in die Nähe meiner Zähne«, rief Alrik, »dann will ich prüfen, warum die Haie keine Freude an dir fanden.«

»Odysseus«, erwiderte Bonus, »ließ sich an den Mast binden, weil er dem Gesang der Sirenen lauschen wollte. Du wirst deinen eigenen Schmerzensschreien zuhören.« Bonus schob sich auf Alrik zu.

»Warst du es wirklich, der Kahinas Volk an die Araber verraten hat?«, fragte Alrik.

»Nein«, log Bonus, »es war der Mann, den ich am Fuß des Leuchtturms tötete.«

»Du bist ein Feigling, Veneter«, spie Alrik aus.

Bonus öffnete den Lederbeutel, der von seinen Schultern hing. Mit geübtem Griff zog er die Phiole mit dem Gift hervor und zeigte ihn Alrik. »Du sprühst Gift?« Er zog den Korken aus der Phiole und fuchtelte damit in der Luft herum. »Dann sollten wir mit denselben Waffen kämpfen.«

»Abdullah!«, rief Bonus, ohne den Blick von Alrik zu nehmen. »Abdullah! Einer deiner Männer soll dem Nordmann das Maul aufsperren, damit ich diesen Nektar in seinen Schlund gießen kann.«

»Nein!«, kam Abdullahs Stimme zurück. »Wir brauchen ihn, um ihn gegen die Mumie Alexanders zu tauschen.«

Ein raues Lachen erklang aus Alriks Richtung.

Bonus kniff die Augen zusammen. Das Maß war voll. Von Arabern in der Wüste ausgesetzt, von Berberinnen verschmäht und von einem Nordmann ins Meer geworfen zu werden – all das hatte er hingenommen. Dass sich aber nun auch noch der einzige Mann, der sich bisher als hilfreich erwiesen hatte, seinem Befehl widersetzte, war mehr, als er ertragen konnte. »Sperrt dem Nordmann das Maul auf!«, wiederholte er.

Tatsächlich schickte Abdullah zwei seiner Leute zum Mast hinüber. Doch statt auf Alrik steuerten sie auf Bonus zu. Bevor die Araber ihn erreichen konnten, schüttete Bonus den Inhalt der Phiole in Alriks Richtung. Der Nordmann versuchte, den Kopf abzuwenden, doch das Gift landete in seinem Gesicht, seinem Haar und seinem Bart.

Bonus fühlte sich an den Armen gepackt und fortgezogen. »Leck dir doch noch einmal genüsslich die Lippen, wenn du mich verhöhnst«, rief er zu Alrik hinüber. Neben ihm stieß Abdullah Flüche auf Arabisch aus. Zum ersten Mal hörte Bonus, dass der Statthalter die Stimme erhob.

Die Wolken hingen so tief, dass Alrik nur die Hand auszustrecken brauchte, um den Regen herauszupressen. Doch seine Arme gehorchten ihm nicht. Als er das nächste Mal zum Himmel hinaufschaute, stand die Sonne im Zenit, und den Rest des Tages nahm er als Flimmern wahr.

Bonus' Gift musste einen Weg in seinen Körper gefunden haben. Die Araber hatten die Tropfen von seinem Gesicht gewaschen, Eimer voller Salzwasser über ihm ausgeleert. Die gesamte Zeit über hatte Alrik die Lippen zusammengepresst und die Augen geschlossen gehalten. Er wusste aus seinen Zeiten am Hof des Kaisers in Konstantinopel, dass die schlimmsten Gifte ihre Wirkung erst dann entfalteten, wenn sie durch Augen und Ohren in den Leib gelangten. Vielleicht war die Tinktur des Veneters sogar dazu ausgelegt, von der Haut aufgesaugt zu werden.

Als er das nächste Mal die Augen aufschlug, war die Nacht angebrochen. Durst quälte ihn, und auf das Krächzen hin, das er anstelle von Worten hervorbrachte, tauchte ein verschwommenes Gesicht vor ihm auf. Wasser lief seine Kehle hinab. Er bemerkte, dass er nicht länger an den Mastbaum gebunden war, sondern ausgestreckt auf Deck lag. Er blinzelte. Die Nacht war dem Tag gewichen. Die Sonne leuchtete in der gelben Farbe von Bienen im April. Catlas Augen blickten daraus hervor. Sie war ihm so nahe, dass ihre Nase die seine berührte. Der Geruch ihres Atems war etwas Vertrautes, das er schon lange vergessen zu haben glaubte.

»Du lächelst ja gar nicht«, raunte sie ihm ins Ohr.

»Ich lächle später«, erwiderte er.

Es war ein Wortgeplänkel zwischen ihnen gewesen, eine Neckerei Catlas gegen Alriks stets düstere Miene.

Aber Catla war fort. Seit Jahren schlief Alrik in einem faden Bett. Er vermisste ihren kräftigen Leib, ihren salzigen Geschmack, ihre scharfe Klugheit. Wie sie eine Wange in die Hand zu stützen pflegte. »Mann und Frau«, sagte sie oft, »sollten sich so zueinander hingezogen fühlen wie Fische zum Meer.«

Ein Schwall Salzwasser schwappte über Alrik hinweg und raubte ihm den Atem. Catlas rotes Haar wirbelte im Wind davon und wich Wolken, die schwarz über dem Schiff der Araber dahinflogen. Alrik versuchte, sich aufzustützen. Seine Arme zitterten unter dem Gewicht seines Körpers. Sein Inneres brannte wie eine Schwefelmine. Von irgendwoher hörte er Befehle in einer ihm unbekannten Sprache, dazwischen die erregte Stimme des Veneters. Etwas krachte gegen die Bordwand, und Holz splitterte.

Dieses Schiff braucht Hilfe, dachte Alrik und richtete sich mühevoll auf. Es machte ihm nichts aus, den Tod im Meer zu finden. Aber wenn es schon so weit kommen musste, wollte er selbst das Ruder in Händen halten.

Er taumelte. Das Deck bäumte sich auf, und er fiel. Schwarze Wellen schlugen über ihm zusammen.

»Alrik, wach auf!« Eine Stimme drang in seinen Geist. Er blinzelte – und erschrak. Über ihm stand Surtur der Schwarze. Sein Bart wehte ihm Wind, und er schaute auf Alrik herab. Doch statt Hass lag Sorge in seinem Blick.

Alrik rieb sich die Augen. Surtur verwandelte sich in den weiß gewandeten Araber, der, die Hände auf die Knie gestützt, über ihm stand.

Stöhnend wiegte Alrik den Kopf nach links und rechts. Eine Bleikugel schien darin herumzurollen. Nach wie vor brannte Hitze in seinem Gedärm. Jetzt erinnerte er sich an Bonus und daran, wie er ihm das Gift ins Gesicht gesprüht hatte.

Da tauchte der Veneter in seinem Gesichtsfeld auf. »Ist er endlich erwacht?«, fragte Bonus. »Er hat sich lange genug ausgeruht.«

Der Araber fuhr zu ihm herum. »Wenn du ihn nicht vergiftet hättest, wären wir jetzt in Sicherheit.«

»Was ist geschehen?« Die Worte rollten Alrik nur mühsam über die Lippen.

Wie der Araber berichtete, war Alrik mehrere Tage ohne Bewusstsein gewesen. In der vergangenen Nacht waren die Schiffe in einen Sturm geraten. Eines war gesunken. Die anderen hatten sich retten können. Allerdings wusste nun niemand mehr, wo sie sich befanden. Es war Bonus' Vorschlag gewesen, die Navigation Alrik anzuvertrauen.

»Bonus«, krächzte Alrik und hustete. »Warum geleitest du

deine neuen Freunde nicht selbst nach Rivo Alto?« Jedes Wort schmerzte, aber der Spott ließ sein Herz galoppieren. Es gelang ihm, sich aufzurichten.

»Das wollte ich ja«, protestierte Bonus. Er war weiß vor Müdigkeit. »Immer an den Küsten entlang. Von Alexandria nach Kreta. Von Kreta zum Peloponnes. Von dort nach Italien. Es wäre ganz einfach gewesen. Wir hätten sogar die *Visundur* einholen können. Aber der Sturm hat uns von der Küste abgetrieben.«

»Und jetzt bist du so verloren wie ein Stern am helllichten Tag.« Genüsslich tranken Alriks Augen den Wechsel der Farben auf Bonus' Wangen.

»Hilf uns, Nordmann!« Es war der Anführer der Araber, der ihm jetzt eine Hand entgegenhielt. »Ich bin Abdullah, Statthalter von Alexandria.«

Alrik hob eine Augenbraue. »Etwa jener Statthalter, der mein Schiff stehlen wollte?«

Abdullahs Hand blieb, wo sie war. »Jener Statthalter, der dir das Leben gerettet hat, als der Franke dich vergiften wollte«, sagte er. »Jener Statthalter, der dich gehen lassen wird, sobald wir die Mumie Alexanders in unserem Besitz haben. Jener Statthalter, der jetzt deine Hilfe als Navigator braucht, um nicht auf dem Meer verloren zu gehen.«

»Glaubst du wirklich, ich würde dir dabei helfen, meinen eigenen Sohn zu verfolgen?«

»Wir wollen nur die Mumie«, beteuerte Abdullah. »Deinen Sohn, deine Mannschaft, dein Schiff – all das sollst du behalten.«

Bonus protestierte schwach.

»Bedenke«, fuhr Abdullah fort, »wenn du uns nicht hilfst, steuern wir wieder nach Süden. Die Küste Afriqiyas können wir nicht verfehlen. Und dann geht es zurück nach Alexandria. Wo dich ein unangenehmes Schicksal in meinen Sklavenpferchen erwartet. Du hast Besseres verdient.«

Noch einmal wollte Alrik widersprechen, die Hand fortschlagen und das Brennen in seinem Innern seinen Geist aufzehren lassen. Doch dann packte er plötzlich Abdullahs Hand mit der Zuversicht eines Kaufmanns.

»Also gut!«, sagte Alrik. »Ich bringe dich nach Norden. Dafür lässt du meine Leute ziehen.«

»So sei es!«, sagte Abdullah und erwiderte den Druck von Alriks Hand.

Später, nachdem Alrik seinen Beinen endlich hatte befehlen können, seinen Körper zu tragen, wies er zwei Araber an, Eimer mit Wasser zu schöpfen. »Zwei Eimer genügen«, rief er. »Bringt sie her. Ich will sehen, in welchen Wassern wir fahren.« Die Seeleute gehorchten. Alrik hob einen der Eimer auf und roch an dem Wasser. Dann ließ er es hin und her schwappen und musterte es eingehend. Schließlich benetzte er einen Finger und steckte sich diesen in den Mund.

Die Araber beobachteten ihn. Statthalter Abdullah fragte: »Kannst du herausfinden, wo wir sind? Wirst du uns helfen?«

Der Eimer glitt aus Alriks schwacher Hand. Das Wasser ergoss sich auf Deck und färbte seine Lederstiefel schwarz. »Niemals breche ich ein Abkommen. Das habe ich von Loki gelernt.«

»Wer ist das?«, fragte Abdullah. »Dein Vater?«

Alrik lachte, sein Bauch antwortete mit Krämpfen.

Kapitel 35

Mare Nostrum, die Estrella

MATELDA ERWACHTE zum Schaukeln des Schiffes und zum Gesang Bjors an der Ruderpinne. Die Möwen stimmten in sein Lied ein, und obwohl Matelda unter einem dichten dunklen Stück Wollstoff lag, der kaum Licht durchließ, wusste sie, dass die Sonne das Meer küsste. So wie Bjor es mit ihr getan hatte in der vergangenen Nacht.

Sie erinnerte sich daran, wie ihre Hand über seine bloße Brust gefahren war, durch einen Pelz aus borstigem Haar, und wie sie auf der geschmeidigen Haut seines Bauchs eine Narbe gefunden hatte, zerrissenes und verheiltes Gewebe, hart wie Stein. Dann dachte sie an die weichen Dinge, die sich in ihre Seele gesenkt hatten. Und obwohl sie noch immer unter dem Wollzelt lag, war ihr zumute, als sei sie von Licht umgeben.

Flugs schlüpfte sie aus den Fellen, die in der Nacht die Kälte fern und Bjor nah bei ihr gehalten hatten, sammelte die Kleider zusammen, zog die Hosenbeine über Waden und Schenkel und kroch ins Freie.

Der Tag glänzte wie Samt. Nur kurz hielt Matelda ihr Gesicht der Sonne und dem Wind entgegen, um es dann Bjor zuzuwenden. Er sang noch immer. Zwar verstand Matelda die Worte nicht, aber der anzügliche Ton und das Lachen auf seinem Gesicht verrieten ihr genug über den Inhalt seines Liedes.

Als sie sich neben ihn stellte und sich das offene Haar vom Wind kämmen ließ, warf er ihr ein Lächeln zu, das ihr das Gefühl verlieh, einzigartig zu sein und schön in den Augen eines anderen.

»Ich fühle mich wie Holz, das in Sand verwandelt worden ist«, sagte er.

»Ich habe nie zuvor Holz gesehen, das behaart ist wie der Teufel«, erwiderte sie.

»Deshalb sind Nordleute auch gar nicht so kalt, wie manche glauben mögen.«

»Zwar nicht so kalt wie ein *Jökull*«, erwiderte Matelda. »Meine Lippen sind aber trotzdem kleben geblieben.«

Das von der Sonne entflammte Kielwasser gurgelte, rauschte und gluckste hinter dem Schiffsrumpf, und das Segel machte auf sich aufmerksam, wenn es sich knatternd leerte und wieder mit Luft füllte. Unablässig zog die Küste an Steuerbord vorüber. Matelda arbeitete mit dem Segel. Bei der leichten Brise war sie nicht einmal mehr auf die Hinweise Bjors angewiesen, und der Nordmann verzichtete darauf, sie auf kleine Fehler bei den Knoten hinzuweisen.

»Dort hinten liegt der Turm der toten Männer.« Bjor deutete auf ein hohes Bauwerk auf einer fernen Klippe. »Wir verlassen die Küstengewässer.«

Matelda ging zum Dollbord, um besser sehen zu können. Sie konnte sich jetzt viel sicherer über das Deck bewegen. »Was bedeutet das?«, rief sie zu Bjor nach achtern.

»Würden wir nach Westen steuern, würden wir noch vor Einbruch der Nacht Sizilien erreichen. Schlagen wir den Kurs nach Süden ein, geht es in Richtung Ägypten. Allerdings haben wir keinen Kendtmann an Bord, der uns Orientierung gibt.«

»Werden wir dann nicht in die Irre fahren?«, wollte Matelda wissen.

»Die Sonne weist uns den Weg bei Tag und die Sterne in der Nacht«, antwortete Bjor.

»Aber was geschieht, wenn Wolken aufziehen? Oder Nebel gar?«

»Eine Kleinigkeit für einen Nordmann.«

»Bist du wirklich mutig oder nur ein Aufschneider?«

Bjor griff unter sein Wams und holte den Anhänger hervor, der um seinen Hals hing. Schon während der Nacht war er Matelda aufgefallen. Doch hatte sie geglaubt, es sei nichts weiter als das Schmuckstück eines Mannes. Tand, den Bjor auf einem byzantinischen Markt aufgelesen haben mochte.

Der Schmuck hing an einem Lederband. Bjor ließ ihn in Mateldas Hand fallen. Der Stein war von der Farbe des Meeres. Er war an allen Seiten geschliffen, und seine Facetten glänzten im Sonnenlicht.

»Was ist das?«, fragte sie und strich mit den Fingern darüber. Der Schmuck war glatt wie ein alter Türgriff.

»Ein Sonnenstein«, sagte Bjor. »Mein Vater hat ihn mir geschenkt. Auch mein Bruder trägt einen. Damit wir niemals verloren gehen, hat Alrik gesagt.«

Neugierig drehte Matelda den Stein zwischen den Fingern. Dabei schien er die Farbe zu verändern. »Er sieht nicht aus, als wohne die Sonne darin«, sagte sie und kam sich dabei vor wie ein einfältiges Kind.

Bjor nickte ernst. »Wenn die Sonne hinter den Wolken wohnt, dann zeigt er dir trotzdem an, wo sie steht. Man muss nur hindurchsehen.«

Matelda wünschte sich eine Wolke herbei, um Bjors Worte auf die Probe stellen zu können. Aber der Winterhimmel war groß und blau, ein Spielplatz für die Sonne, auf dem sie sich gut sichtbar wohlzufühlen schien. Dennoch hob Matelda den Sonnenstein vor die Augen, bis er eine Linie mit dem Horizont bildete. Als sie ihn drehte, schillerte er grün.

Matelda stutzte. Am Horizont, gleich über den Wellenkämmen, war ein Punkt aufgetaucht. Sie streckte den Arm aus. »Dort scheint jemand auf uns zuzukommen.«

»Ja.« Bjor zog den Vokal in die Länge. Er beugte sich über die Ruderpinne und lugte am Segel vorbei, um besser sehen zu können. »An dieser Stelle fahren die Handelsschiffe entlang, die von Süden kommen.«

»Vielleicht können wir längsseits gehen und nach dem Wetter voraus fragen«, schlug Matelda vor.

Aber Bjor schüttelte den Kopf. »Zu gefährlich. Wir sind nur zu zweit. Jemand, der uns übelwill, hätte leichtes Spiel. Und das Wetter, durch das der da gefahren ist, mag längst bei den Säulen des Herakles angekommen sein.« Er zog das Ruder herum. Die *Estrella* legte sich leicht auf die Seite. »Wir halten besser Abstand.«

Nach einer Weile war der Punkt in der Ferne zu einer quadratischen Form angewachsen. Ein Segel wurde sichtbar. Als Matelda bald darauf dessen Farbe erkennen konnte, fragte sie Bjor, ob er sagen könne, woher das Schiff stamme. Der aber zuckte mit den Schultern. Nie zuvor seien ihm grün gefärbte Segel begegnet.

Matelda schob ein Fass Proviant an den Mast heran, stieg darauf und schlang die Arme um das Holz. Sie suchte das Meer nach dem grünen Segel ab. Es schien verschwunden zu sein. Dann tauchte es aus einem Wellental auf. Es blähte sich im Wind.

»Bjor!«, rief sie. »Das Schiff dort! Nie zuvor habe ich etwas Ähnliches gesehen. Es ist so flach wie der Sand der See bei Ebbe, und vorne am Bug trägt es den Kopf eines Tiers.«

Kaum hatte Matelda von ihrer Entdeckung berichtet, ließ Bjor das Ruder fahren. Mit einem Satz war er auf dem Fass und umklammerte Matelda und den Mast zugleich, während er zu dem grünen Segel hinüberspähte. »Das ist unser Schiff«, schrie er. »Heda, *Visundur*!« Aber das Drachenboot war viel zu weit entfernt, um von den Rufen erreicht werden zu können.

Während die *Estrella* führerlos über die Wellen sprang, versuchte Bjor, ein Feuer zu entzünden. Zunächst wollte Matelda nicht glauben, was sie sah. Als aber Qualm an einem der Tücher ihres behelfsmäßigen Zeltes aufstieg, ging die Sympathie, die sie für Bjor empfand, in Rauch auf.

»Das ist kein Grund, mein Schiff zu verbrennen«, sagte sie, riss ihm die lodernden Stofffetzen aus der Hand und warf sie über Bord. Das Meer verschlang die Flammen.

»Aber da vorn fahren mein Vater, mein Bruder, meine Freunde, mein Schiff! Sie fahren nach Norden, um mich zu holen. Und sie wissen nicht, dass ich hier bin.« Zum ersten Mal hörte Matelda Verzweiflung in Bjors Stimme.

»Wenn du hier Feuer entfachst, wird das Schiff brennen, und wir werden ertrinken.«

»Nein!« Bjor hielt noch immer den Feuerstein. »Mein Vater wird die Rauchfahne entdecken und uns an Bord nehmen.«

»Und wenn er es nicht bemerkt? Wenn er es eilig hat, dich aus dem Kerker Rivo Altos zu befreien?«

»Ein brennendes Schiff auf offener See, das Alrik nicht bemerkt?« Bjor lachte trotzig. »Du kennst meinen Vater nicht.«

Alrik schloss die Augen und ließ sich langsam von der Bordwand ins Wasser gleiten. Er hatte alle Kleider abgelegt und sich ein Seil um den Leib geschlungen. Die Hanffasern scheuerten auf seiner Haut, doch er bemerkte es kaum. Das Wasser war so kalt, dass es sein Fleisch betäubte und ihm den Atem raubte.

Über sich, an der Bordwand der Dau, sah er die Gesichter der Araber. Aus dem Mund des Statthalters kamen warme Worte, aber das Klatschen der Dünung gegen die Bordwand war zu laut, um sie zu verstehen.

Als Alrik bis zum Hals eingetaucht war, probierte er einige Schwimmzüge. Seine Arme fühlten sich kraftlos an. Zwar war das Meer ruhig, doch das Gift lief durch Alriks Adern. Lange würde er sich nicht über Wasser halten können. Vorsichtig zog er die Beine an, bis seine Hoden ungeschützt im Wasser schwangen. Ein Grinsen überzog sein Gesicht. Dies war eine der ältesten Methoden der Seefahrer, zu bestimmen, in welcher Richtung die nächste Küste lag. Ebenso rankten sich die ältesten Scherze der Seeleute um die freischwingenden Hoden eines Seemanns in der offenen See. Doch trotz aller Angst vor Erfrierungen und den kalten Mündern großer Fische stiegen Kendtmänner immer wieder über Bord, um mit ihren empfindlichsten Körperteilen den Strömungen nachzuspüren.

Alrik gab Zeichen, und die Araber zogen ihn wieder an Deck. Kaum spürte er die Planken unter den Füßen, stürzte er nieder. Jemand legte ihm Decken um den Leib. Ein hölzerner Becher mit heißem Wasser wurde ihm in die Hände gedrückt. Er sog den Dampf in Nase und Mund und genoss das Gefühl der Wärme, das sich in seinem Innern ausbreitete.

»Hast du herausgefunden, wohin wir fahren müssen?«, fragte Abdullah. Seine Worte troffen vor Ungeduld.

Alrik wischte sich das nasse Haar aus dem Gesicht. Ja, dachte er, ich kenne den Kurs. Aber er wird nicht zu meinem Sohn führen. Sondern an den Fuß des Vulkans. Und dort werde ich entkommen. Niemand kennt sich auf dem Berg besser aus als ich selbst.

Er nickte Abdullah zu. Dann gab er den arabischen Seeleuten genaue Anweisungen. »Wenn ihr vom Kurs abweichen solltet«, fügte Alrik hinzu, »wird der Veneter als Nächster nach der richtigen Strömung suchen.«

✳

Schon von ferne grüßte der Vulkan mit einer Rauchfahne. Einem Wegzeichen gleich hing sie über dem verschneiten Gipfel und beugte sich unter dem Wind nach Nordwesten. Der Geruch von Schwefel und Verfaultem drang bis zur Küste hinab, und Ingvar fragte sich, ob dort oben genug Luft zum Atmen sein würde.

»Jetzt!«, rief er und spannte die Muskeln seiner Arme. Magnus, Kilian und Yaa taten es ihm gleich, und der Schlittenkasten glitt über die Bordwand der *Visundur*, dem Flachwasser entgegen. Dort packten zwei Dutzend Hände zu und trugen den merkwürdigen Sarkophag zum Strand.

»Bislang haben wir immer nur etwas vom Berg heruntergeholt«, schnaufte Magnus und klopfte auf den Schlitten. Der Kasten war trocken geblieben. Die Mumie lag darin fest verschnürt.

»Dann ist es wohl an der Zeit, dass wir dem Vulkan etwas zurückgeben«, erwiderte Ingvar. Er hatte scherzen wollen. Doch die Worte klangen bedeutungsvoller, als er es beabsichtigt hatte.

Yaa zog einen schiefen Mund. Der Nubier hatte einen Wollumhang übergeworfen. Unter der Kapuze verschwand sein dunkles Gesicht. Nur die Augen leuchteten weiß darunter hervor. »Ich verstehe immer noch nicht, warum wir die Mumie zum Eis bringen. Es wäre einfacher, das Eis zur Mumie zu tragen.«

»So ist es.« Djamil nickte. »Wenn der Prophet nicht zum Berg kommt, muss der Berg eben zum Propheten kommen. Das hat schon Mohammed gewusst.«

»Wollt ihr zu den Sklaven eines Leichnams werden?«, fragte Ingvar bissig. »Natürlich können wir einige Handvoll Eis vom Gipfel holen. Aber wie soll es weitergehen? Das Eis schmilzt. Die Feuchtigkeit wird die Mumie verderben.«

»Du hast gewiss einen besseren Plan«, gab Magnus zurück.

»Wir müssen Alexander im Ganzen einfrieren. Wir tragen ihn den Berg hinauf. Dorthin, wo wir für gewöhnlich Eis schlagen. Die Dämpfe, die aus der Tiefe emporsteigen, werden sich auf ihn legen. Es wird nicht lange dauern, und die Mumie ist in einem Sarg aus Eis eingeschlossen. Darin bleibt sie erhalten, bis wir in Rivo Alto sind, und sie gegen Bjor eintauschen können. Packt an!«

Hätten die Araber, die Herren Siziliens, an diesem Tag den weißen Gipfel des Vulkans genau beobachtet, wäre ihnen eine Prozession von vier Männern aufgefallen, die sich die Hänge des Ätna hinaufschob. Sie kam kaum schneller voran als der Mond, wenn er über den Nachthimmel zieht, denn die Wege waren unwegsame Schneisen, von der Lava in die Flanken des Berges gefressen.

Als sie den Rand des Eisfelds erreichten, ließ Ingvar rasten. »Zuletzt«, sagte er keuchend, »war ich mit meinem Vater und meinem Bruder hier oben.« Sein Mund entließ weiße Wolken in die blaue Luft.

Magnus ließ sich in den Schnee fallen, brach einen Eiszapfen von einem gefrorenen Gesträuch und lutschte daran. »Ein dunkler Stern stand damals über unserer Reise«, sagte er schmatzend. »Der Vulkan hat uns abgeschüttelt, und an der Küste haben wir die Veneter kennengelernt.«

»Und sie uns«, sagte Yaa.

Die Männer lachten.

»Seid still!«, raunzte Ingvar. »Wir sollten die Geister der Vergangenheit nicht heraufbeschwören.«

»Ich dachte, aus dem Alter, in dem man sich in die Hosen macht, wärst du endlich heraus«, stichelte Yaa unter seiner Kapuze hervor.

Ingvar streckte einen Finger in Richtung Meer aus. »Vielleicht werde ich ja niemals erwachsen. Aber dort unten gehen gerade zwei Schiffe vor Anker.«

✳

Alrik knetete seine Ellenbogen mit wütenden Händen und verfluchte die Götter. Wieso war die *Visundur* hier, am Ätna, und nicht unterwegs nach Venetien? Er hatte Ingvar doch ausdrücklich befohlen, Bjor zu befreien. Stattdessen hatte dieser Hühnerdieb nichts Besseres zu tun, als Kurs auf Sizilien zu nehmen – Ögir, der Meeresgott, mochte wissen, warum.

Kaum war die sizilianische Küste in Sicht gekommen, hatte Alrik das dort vor Anker liegende Schiff erkannt. Ebenso war es Bonus und Abdullah ergangen. Der arabische Statthalter hatte sich sogar vor Alrik verbeugt und ihm dafür gedankt, dass er ihn tatsächlich zur Mumie Alexanders des Großen geführt hatte. Er habe befürchtet, so hatte Abdullah gesagt, Alrik werde sie in seiner Rolle als Navigator in die Irre führen. Doch anscheinend sei die Würde eines Nordmanns größer, als er, Abdullah, angenommen habe.

Um ein Haar hätte Alrik den Araber bei seinem weißen Gewand gepackt und ins Meer geworfen. Nur seine von Kraftlosigkeit befallenen Glieder hatten ihn davon abgehalten.

Er wusste nicht, ob das Feuer in seinem Leib von Bonus' Gift brannte oder ob ihn der Zorn auf seinen eigenen Sohn von innen heraus verzehrte. Er hatte die Araber in die Irre führen wollen, damit Ingvar unbeschadet Rivo Alto erreichen konnte. Irgendwie wäre es ihm gelungen, vom Schiff zu fliehen und auf den ihm bekannten Pfaden den Berg hinauf zu entkommen. Aber jetzt war Ingvar hier, und alles hatte sich geändert.

Abdullah ließ seine Schiffe bis auf Pfeilschussweite an die *Visundur* heranfahren und Alrik zur Bordwand holen.

»Eure Flucht aus Alexandria war töricht«, rief Abdullah zum Drachenschiff hinüber.

Auf der Steuerbordseite der *Visundur* hatte sich deren Mannschaft aufgereiht. Alrik zählte die vertrauten Gesichter. Vier fehlten.

Bonus schaltete sich ein: »Euer Schiff ist zwar schnell. Aber uns hat ein guter Navigator geholfen.«

Abdullah schob Bonus beiseite. »Still, oder ich schneide dir die Zunge heraus.«

»Gebt Alrik frei!«, kam Kilians Stimme von der *Visundur*.

»Wir brauchen ihn nicht länger«, gab Abdullah zurück. »Ihr bekommt ihn, sobald wir die Mumie haben.«

Schweigen wehte herüber. Auf dem Deck der *Visundur* steckten die Männer die Köpfe zusammen. Dann erklang wieder Kilians Stimme. »Der Leichnam ist nicht hier. Ingvar ist mit ihm den Berg hinauf.«

»Was?«, rief Abdullah.

»Warum?«, wollte Alrik wissen. Die Schiffe schaukelten knarrend im Wasser. Ihr Abstand zueinander schien sich zu vergrößern.

Mit wenigen Worten berichtete Kilian von den Ereignissen der vergangenen Tage. Dass der Tote angefangen habe zu vergehen, dass sie sich keinen anderen Rat gewusst hatten, als ihn auf den Ätna zu bringen, wo er nun vom Eis umschlossen werden sollte.

Am Himmel zogen Wolken auf. Abdullahs Miene verfinsterte sich. »Es bleibt dabei«, rief er. »Das Leben Alriks gegen die Mumie. Geht Alexander dort oben auf dem Berg verloren, bedeutet das auch das Ende für euren Anführer.«

Kapitel 36

Sizilien, der Ätna

SCHWARZER RAUCH zog über Ingvar und seine Männer hinweg und hinterließ eine Schicht aus Ruß auf ihren Gesichtern. Unter ihren Füßen knackte das Eis.

Sie hatten die Stelle erreicht, an der Alrik für gewöhnlich die Blöcke schlagen ließ. Oft schon waren sie hier gewesen, und jedes Mal hatte der Berg alle Spuren von seinem Antlitz getilgt. Die Riefen der Eisenstangen waren ebenso verschwunden wie die Einschläge der Felsbrocken, die beim letzten Mal um sie herum niedergegangen waren. Schnee und Eis leuchteten so frisch, als hätte der Berg nie zuvor Bekanntschaft mit dem Fuß eines Menschen geschlossen.

Ingvar trieb Holzpflöcke in den Boden, um die Kufen des Schlittens vor dem Abrutschen zu bewahren. Die Mumie ruhte im Kasten. Aus einem kleinen Krater in ihrer Nähe stieg Dampf auf und senkte sich gefroren zu Boden. Die Stelle war bestens für ihr Vorhaben geeignet. Der unablässig hervorkommende Atem der Erde fror alles ein, womit er in Berührung kam. Schon jetzt waren die Schlitten mit Eis überzogen. Ingvar hoffte, dass es nicht lange dauern würde, bis die Mumie von einer schützenden Schicht umgeben sein würde. Einen halben Tag vielleicht, schätzte er, vielleicht einen ganzen. Sicher war nur, dass die Kälte seinen Gefährten und ihm ebenfalls ins Fleisch fahren würde.

»Es scheinen arabische Schiffe zu sein«, sagte Magnus, der noch immer auf die Bucht hinabspähte, in der die Neuankömmlinge vor Anker gegangen waren. Dort unten leuchteten das neue, grüne Segel der *Visundur* und das helle Tuch der fremden Schiffe. Von hier oben wirkten sie winzig wie Staub im Wind.

»Unmöglich!«, sagte Djamil, dem das Eis die Wimpern verklebte. Er wischte sich die Augen und spähte ebenfalls zur Bucht hinab. »Wie sollen sie uns gefolgt sein? Die *Visundur* hätte jedes arabische Schiff hinter sich gelassen. Zudem wusste niemand, dass wir nach Sizilien fahren.«

»Dann müssen es jene Araber sein, die diese Insel regieren«, schätzte Ingvar. »Kilian wird schon mit ihnen fertig werden.«

Das Brummen eines aus dem Winterschlaf gerissenen Bären unterbrach das Gespräch. Dem Ton nach zu urteilen musste das Tier riesig sein und seine Höhle gleich unter den Füßen der Männer liegen.

Ingvar sprang auf. Er suchte den Boden ab.

»Der Berg mag uns nicht«, sagte Magnus.

Ein Zischen erklang aus der Ferne, etwa von dort, wo schon die gesamte Zeit über ein Dutzend Rauchfähnchen aus dem Boden aufstiegen. Dann war es wieder still.

»Es hat schon wieder aufgehört.« Djamil schaute sich um. »Nur eine leere Drohung.« Er lächelte seine Gefährten unsicher an.

In diesem Augenblick spie der Krater Feuer.

Selbst an der Küste krachte die Explosion auf dem Gipfel so mächtig, dass die Besatzungen der Schiffe die Köpfe einzogen. Die Kommandos auf Arabisch verstummten ebenso wie die Flüche auf Griechisch, Fränkisch und Nordisch. Der Hammer eines Gottes hatte auf den Berg geschlagen.

Die Rauchwolke auf dem Gipfel des Ätna war verschwunden. An ihrer Stelle hatte sich ein glühendes Maul geöffnet und entließ einen Geysir aus Feuer in die Luft. Flammenzungen leckten an den Bäuchen der über den Gipfel ziehenden Wolken.

»Ingvar!«, keuchte Alrik und starrte zu dem Schauspiel empor. Nur für den Feuer speienden Berg hatte er noch Augen.

Dem arabischen Statthalter schien es nicht anders zu gehen. »Seht die Schönheit Gottes!«, rief er. »Und die vollendeten Farben, derer er sich bedient.« Tatsächlich folgten seine Leute der Aufforderung und starrten zum Berg hinauf. In ihren Mienen aber spiegelte sich nicht Faszination, sondern Furcht.

Angesichts des Schauspiels auf dem Vulkan schien Alrik für die Araber unsichtbar geworden zu sein. Er taumelte auf die Bordwand zu. Niemand hielt ihn auf.

Bald darauf stapfte er durch die Brandung ans Ufer. Einen Arm presste er gegen seinen Bauch. Vom Schiff her meinte er Rufe zu hören, doch er wandte sich nicht mehr um. Jetzt galt es, Ingvar zu finden. Wenn der Vulkan das fortsetzen sollte, was er bei ihrem letzten Besuch begonnen hatte, würde sein Sohn Hilfe brauchen.

»Wir müssen hinab!«, brüllte Magnus gegen das Grollen und Bersten an. Als hätten die Worte des Rothaarigen dem Vulkan ein Kommando gegeben, regneten nun kleine Steine vom Himmel und zischten in den Schnee.

Zusammengekauert hockten die Männer hinter dem Schlitten. Um den eigentümlichen Sarkophag war eine dünne Schicht Eis gewachsen. Graue Sprenkel verschmutzten die kristallene Haut. Ingvar strich mit dem Handschuh darüber und nickte. »Wir können nicht länger warten. Magnus und Djamil. Ihr löst die Pflöcke. Yaa und ich halten den Schlitten, damit er nicht abrutscht.«

Ingvar dachte an den letzten Besuch auf dem Vulkan, als Alrik mit ebendiesem Schlitten den Berg hinabgerutscht war. Das war tollkühn gewesen. Dennoch war es Alrik gelungen. Doch er, Ingvar, war nicht Alrik.

»Halt! Wartet!« Yaas tiefe Stimme riss ihn aus seinen Gedanken. Am Hang unter ihnen lag eine Nebelbank. Dichter Dampf wallte daraus hervor. Darin knackte und knirschte etwas auf beunruhigende Weise, den behäbigen Schritten eines Drachen gleich. Ein rotes Glühen war in dem weißen Wabern zu erkennen.

»Das stinkt wie tote Makrele im Mondlicht.« Magnus hielt sich die Nase zu.

»Was ist das?« Djamil spähte angestrengt in den Nebel hinein.

Ingvar fühlte sein Herz schrumpfen. Seine Hände am Schlittenkasten begannen zu zittern. Nie zuvor hatte er sich Alrik so sehr an seine Seite gewünscht.

Yaa ging einige Schritte in den Nebel hinein. Nach drei Atemzügen kam er wieder hervor. Seine Kapuze war ihm vom Kopf gerutscht, die Augen waren aufgerissen. »Zurück nach oben!«, rief er. »Dort unten windet sich ein Ungetüm durch den Schnee. Ein Strom flüssigen Gesteins. In wenigen Augenblicken wird uns der Weg hinab versperrt sein.«

Zornig schlug Ingvar mit der Faust auf den Schlitten. Aus dem Innern erklang ein dumpfer Ton. »Wenn du wirklich der Herr der Welt bist, Alexander der Große, dann hilf uns jetzt!«

»Das werden wir wohl selbst erledigen müssen«, grunzte Magnus.

»Wir machen es wie Alrik und stellen uns auf die Kufen«, sagte Ingvar.

»Und wenn wir mit dem Schlitten in den Lavastrom geraten?«, fragte Djamil.

»Dann haben wir uns die Art unseres Todes immerhin selbst ausgesucht«, sagte Ingvar zu dem Schemen, der Djamil war. Alrik hätte dasselbe getan, dachte er und atmete tief ein. Die rauchige Luft kratzte in seinen Lungen.

»Bei den Böcken vor Thors Donnerwagen! Schiebt an!«

Träge setzte sich der Schlitten in Bewegung. Das Gewicht der vier Männer drückte die Kufen tief in den Schnee. Mit beunruhigender Langsamkeit glitt das Holz vorwärts. Ingvar fluchte lautlos. Mit dieser Geschwindigkeit würden sie dem ausbrechenden Vulkan nicht entkommen.

Yaa, Magnus und Djamil hielten sich an dem Schlitten fest. Der vordere Teil des Gefährts senkte sich einen Hang hinab. Dann nahm es Fahrt auf. Schnee, von der Schnauze des Schlittens aufgewühlt, flog Ingvar ins Gesicht. Der Fahrtwind riss an seinen Zöpfen.

»Wir sind zu nah dran«, kam Magnus' Stimme von vorne. Da sah Ingvar es auch, das rote Glühen, das sich aus dem Nebel herausschälte. Der Lavastrom war rasch vorangekommen. Und jetzt rauschten sie geradenwegs darauf zu.

»Abspringen!«, brüllte Ingvar. Einer nach dem anderen verschwanden seine Gefährten von den Kufen. Er hörte noch Yaas Schmerzensschrei verwehen. Dann war er allein auf dem Schlitten.

Ingvar riss die Augen auf. Zum Abspringen war es zu spät. Seine Geschwindigkeit hätte ihn in das flüssige Gestein geschleudert. Aber vielleicht konnte er den Schlitten noch ablenken. Mit ihm allein auf den Kufen mochte das Gefährt wendig genug sein.

Mit einem Ruck lehnte Ingvar seinen Leib so weit nach außen, dass seine Hüfte durch den Schnee scheuerte und er sich am Rand des Schlittenkastens festhalten konnte. Der Schlitten legte sich auf die Seite und schrieb einen Bogen in den Schnee. Noch tiefer beugte sich Ingvar hinab. Eine der Kufen hob sich vom Boden ab. Ingvars Rücken pflügte durch den Schnee. Der Schlittenkasten wuchs immer höher in den Himmel. Ingvar verklemmte seine Füße in das Gestell. Da schlug er mit dem Kopf gegen etwas Hartes und tauchte ein in die tiefste Finsternis des Reichs der Hel.

»Schaut doch. Wie erhaben! Gott offenbart sich uns!« Abdullahs Stimme klang, als habe er an kostbarem Wein genippt und verfolge nun Salome beim Schleiertanz. Bonus schüttelte den Kopf. Vermutlich würde dieser Narr einen Vulkan in seinem Paradiesgarten errichten lassen, wenn er könnte. Da sah Bonus eine Gestalt an der Küste.

»Es wäre besser, du würdest zum Ufer schauen!«, sagte Bonus und krallte sich in Abdullahs Gewand.

Die Rufe der Seeleute auf allen drei Schiffen rissen Abdullah aus der Verzückung. Der Mann am Strand war Alrik. Gerade verschwand er zwischen zwei Steineichen.

»Ihr habt die Geisel entkommen lassen!«, rief Abdullah und streckte einen Arm aus. »Fangt sie wieder ein!«

Keiner seiner Männer verließ das Schiff.

Zornig wiederholte Abdullah seinen Befehl, aber noch immer rührte sich niemand.

»Niemand, der bei Verstand ist, steigt einen ausbrechenden Vulkan hinauf«, sagte Bonus. »Abdullah! Erobere das Drachenschiff. Es ist schnell genug, uns von dieser unheiligen Küste fortzubringen. Dafür brauchen wir Alrik nicht. Das Gift wird ihn erledigen.«

Abdullah starrte auf die Stelle, an der der Nordmann verschwunden war. »Das ist wahr«, sagte er überrascht. »Als Gefangener ist Alrik nicht länger von Nutzen, jetzt, wo die Mumie fort ist. Aber er wird uns den Berg hinauf zu seinem Sohn führen. Dorthin, wo auch Alexander ist.«

Vom Berg herab war ein Krachen zu hören. Aus Flammenhaaren sprangen glühende Flöhe heraus. Eine glühende Ader kroch über den Leib des Vulkans.

»Spei Feuer, so viel, wie du willst!«, schrie Abdullah zum Gipfel hinauf. »Du wirst ihn nicht bekommen! Alexander der Große gehört mir.«

Der Weg hinauf führte durch verlassene Dörfer. In den Trümmern schienen schon seit Jahren keine Menschen mehr zu leben. Bonus fragte sich, ob es die Angst vor dem Vulkan gewesen war, die die Bewohner von hier vertrieben hatte. Dass er selbst, Bonus, zu dem feuerspeienden Krater hinaufsteigen sollte, behagte ihm so wenig, wie auf einen Scheiterhaufen klettern zu müssen. Doch Abdullah ließ ihm keine Wahl. Mit scharfen Worten trieb der Statthalter zehn seiner Männer den Hang hinauf. Die übrigen Araber waren bei den Schiffen geblieben, wo sie die *Visundur* mit Pfeil und Bogen im Visier behalten sollten.

Je höher sie stiegen, umso lauter erklang das Grollen. Bald war es so kräftig, dass Bonus' Fußsohlen vibrierten. Ein Kitzel stieg ihm in die Beine, gegen den kein Kratzen half.

Die Araber folgten dem Pfad, den Alrik eingeschlagen hatte, mit grimmigen Gesichtern. Als der steile Weg ihnen den Atem nahm, verstummten ihre kargen Gespräche vollends. Einzig Bonus fand noch Worte.

»Die Mumie ist längst vernichtet, Abdullah«, brachte er keuchend hervor, während er die Äste eines Strauchs beiseiteschob.

»Schweig!«, grunzte der Araber und trabte unbeirrt weiter.

Die Furcht ließ Bonus' Zunge zucken. »Dort oben regnet es brennende Felsen, und die Teufel der neun Höllenkreise steigen aus dem Boden hervor.« Er griff nach Abdullahs Arm. Der Araber fuhr zu ihm herum, schlug ihm die Mütze vom Kopf und krallte eine Faust in Bonus' Haar. »Was du dort oben siehst, Frankenmann, ist das Fest eines Berges, der glücklich ist, weil Alexander der Große auf seinen Hängen ruht. Was glaubst du, wird erst geschehen, wenn ich die Mumie mitsamt meiner Flotte gegen die Schiffe des Kalifen schicke? Teufel und Felsbrocken werden das Geringste sein, was ich Bagdad bringen werde. Und nun vorwärts!«

Immerhin, dachte Bonus, bin ich nicht der Einzige, der sich fürchtet. Abdullahs Krieger warfen verängstigte Blicke zum Himmel und schritten nur widerwillig voran. Immer wieder musste Abdullah seinem Trupp mit unmissverständlichen Drohungen Beine machen.

Nach einer schier unendlich langen Zeit erreichten sie die Schneegrenze. Gleich dahinter tauchten sie in Nebel ein. Abdullah hielt an und bückte sich. Sein weißes Gewand verschmolz mit der dampfenden Luft. Er winkte Bonus herbei. Im Schnee waren Fußspuren zu sehen. Alrik musste diesen Weg genommen haben.

Kurz darauf hörten sie etwas knacken. Mit jedem Schritt wurde das Geräusch lauter. Als ein rotes Glühen durch den Nebel schimmerte, waren Abdullahs Krieger nicht länger zum Weitergehen zu bewegen. Eine Walze aus kochendem Gestein kam auf sie zu. Funkenregen sprangen daraus hervor. An manchen Stellen erkaltete die Haut des Stroms und erlosch zu einem leblosen Grau, um im nächsten Moment wieder aufzuklaffen und roten Brei hervorquellen zu lassen. Mit der Ruhe eines Gletschers floss der Lavastrom den Hang entlang, so, als habe er viele Menschenalter lang auf diesen Augenblick gewartet und es nun keineswegs eilig, ans Ziel zu gelangen – wo auch immer das sein mochte.

Undeutlich sah Bonus etwas am Rand der Feuerwalze liegen. Es war der Schlitten. Auf die Seite gekippt lag er im Schnee. Eine der Kufen war abgebrochen. Der Kasten selbst war mit einer dicken Eisschicht überzogen und schien unversehrt. Mit einem Schrei auf den Lippen stürzte Abdullah darauf zu. Die Hitze der nahenden Lava schien er nicht zu bemerken.

»Helft mir«, bellte er, »die Mumie steckt hier drin. Ich bekomme sie nicht heraus.«

Niemand gehorchte. Als Bonus sich umwandte, sah er, dass Abdullahs Männer Reißaus nahmen. Sie mochten mutige Streiter sein, wenn es gegen Nordmänner und Byzantiner ging. Einem ausbrechenden Vulkan wollten sie nicht länger die Stirn bieten.

Gerade wollte Bonus den Arabern folgen und Abdullah seinem Schicksal überlassen. Da hörte er einen Schrei.

»Der Vulkan soll euch fressen!«, donnerte es den Berg hinab. Eine Gestalt taumelte auf sie zu – Ingvar, Alriks Sohn. Blut lief ihm über das Gesicht, und er strauchelte, während er versuchte, auf den Schlitten zuzurennen.

Für einen Moment sah es so aus, als würde Ingvar in den Feuerstrom stürzen. Doch der Nordmann fing sich, mäanderte um die Lava herum und tastete mit einer Hand nach seinem Kopf.

Die Gelegenheit war günstig. Bonus sprang auf Ingvar zu und schlug ihn nieder. Als der Nordmann sich aufrichten wollte, trat Bonus nach ihm, bis Ingvar sich nicht mehr rührte. Jetzt wird sich zeigen, wie kalt Nordmänner wirklich sind, dachte Bonus und packte Ingvars Füße. Er schleifte ihn in Richtung der Lava, bis die Hitze ihn aufhielt. Dort, wo in den nächsten Augenblicken der Boden brennen würde, ließ er sein Opfer liegen.

✳

Alrik sah die rote Zunge seinen Weg queren. Sie leckte am Osthang des Bergs und fraß eine Schneise in den Boden, zweimal so breit wie die *Visundur*. Wo die Lava durch den Schnee kroch, zischte Dampf auf.

Mühsam pumpte Alrik Luft in seine Lungen, dann rief er den Namen seines Sohnes. Aber es kam keine Antwort. Er streifte die Kapuze ab, um besser hören zu können. Doch in seine Ohren drang einzig das Brodeln der Lava und das Donnern der Eruptionen.

Alrik ließ sich zu Boden fallen. Asche schwebte auf sein Haupt nieder. Sein Atem kam rasselnd, und kalter Schweiß lief ihm über das Gesicht. So elend hatte er sich nicht gefühlt, seit er aus Snôrheim geflohen war. Seine Augen schlossen sich.

Als er die Schreie hörte, mochte ein Wimpernschlag vergangen sein oder ein Tag. Alrik schaute auf und versuchte, den Nebel mit Blicken zu durchringen. Erneut spürte er, wie das Gift von seinem Geist Besitz zu ergreifen versuchte.

»Der Vulkan soll euch fressen!« Ingvars Schrei war nahe und ließ Alriks Herzschlag von Neuem erwachen. Er schleppte sich hangaufwärts.

Als er aus dem Nebel kam, sah er Ingvar reglos im Schnee liegen. Die Lavazunge kroch zischend auf seinen Sohn zu. Auf ihrem Weg lösten sich Schnee und Eis in Dampf auf. Ingvars Zöpfe brannten.

So schnell er konnte, hastete Alrik auf seinen Sohn zu. Da prallte etwas gegen ihn und warf ihn zu Boden. Über seinem Kopf tauchte Bonus' Gesicht auf. Der Veneter hockte auf Alriks

Leib und drosch auf ihn ein. »Die Haie«, stieß Bonus hervor, »werden mich niemals bekommen.« Bonus' Fäuste prasselten auf ihn nieder. Einer der Hiebe füllte seinen Mund mit Blut und Zähnen.

Abwehrend hob Alrik einen Arm. Bonus versuchte, ihn zur Seite zu schieben, und griff danach. Plötzlich hing ein schlaffer Handschuh in Bonus' Faust. Die Hand war frei – Alriks dreifingrige Rechte. Noch einmal trafen sich die Blicke der beiden Männer. Dann stieß Alrik seinem Gegner die Hand vor die Brust und schleuderte ihn von sich. Im nächsten Augenblick war der Veneter verschwunden. Brennende Beine ragten aus dem Lavastrom heraus.

Bangen Herzens kroch Alrik über den Boden. Seine Kräfte waren aufgezehrt. Er schlang die Arme um Ingvar und versuchte ihn fortzuziehen. Die Hitze biss in seine Füße. Da senkte sich ein roter Bart auf ihn herab. Jemand zerrte ihn über den Boden. Das Brennen ließ nach. »Wenn der Berg euch gefressen hätte, hätte ich in seinen Krater gepisst«, keuchte eine vertraute Stimme.

Abdullah hastete durch den Nebel und umrundete brennendes Gestein, das den Schnee sprenkelte. Keuchend blieb er stehen. Weiter oben spie und schnaubte der Vulkan. Wäre die scharfe und schwer atembare Luft nicht gewesen, hätte Abdullah innegehalten und das Schauspiel bewundert.

In seinen Armen lag Alexander der Große. Noch immer war die Mumie von einer Eisschicht überzogen. Mit welchem bizarren Ritual hatten die Nordleute den großen Feldherrn ihren Göttern opfern wollen? Abdullah hielt einen Moment lang inne und strich über das hart gefrorene Gesicht des Königs.

Er hatte den Berg einfach hinabbrennen wollen und war in die Dampfschwaden eingetaucht. Weder die Nordleute noch Bonus waren hinter ihm hergekommen. Jetzt gehörte Alexander ihm allein.

Doch der Weg bergab endete an einem Riss im Gestein, einem unüberwindlichen Spalt. Es blieb nur der Weg zurück bergan. Er schnaufte. Schmerzhaft bemerkte er, wie die Kälte in seine Haut biss. Mit seinem weißen Gewand war er dem Frost in diesen Höhen so gut wie schutzlos ausgeliefert. Wenn er nicht bald hier herunterkam, würde er entweder erfrieren oder im Gespei des Berges verbrennen.

Schließlich erreichte er eine Mulde im Boden, einen kleinen Krater. Es ging nicht tief hinab. Das Haus eines Bauern hätte darin Platz gefunden. Auf dem Grund war Geröll zu Haufen aufgetürmt. Warmer Dampf stieg aus einer Spalte am Boden hervor. Der Untergrund schien aus festem Gestein zu bestehen. Dort konnte er sich verbergen und warten. Sollten die Nordmänner ihn verfolgen, würden sie ihn auf dem Boden des Kraters gewiss nicht suchen.

Der warme Dampf schmeichelte Abdullahs Haut. Er stolperte zu einem großen Gesteinsbrocken hinab und ruhte darauf aus. Während er sich wärmte, konnte er den Blick nicht von der gespenstischen Gestalt in seinen Armen nehmen. Der Leichnam war klein. Nur undeutlich sah er durch das Eis hindurch die feinen Züge, für die Alexander zu Lebzeiten bekannt gewesen war.

Er beugte sich über die Mumie. Der Boden unter seinen Füßen schwankte. Abdullah wusste: Alexander der Große, der König der Welt, würde ihn schützen. Hinter sich hörte er, wie das Zischen des Dampfes zu einem Fauchen wurde.

Kapitel 37

Sizilien, der Ätna

VOM BERG HERAB wälzte sich der Lavastrom auf die Küste zu. In seinem Pfad gingen Bäume und Sträucher in Flammen auf. So weit man sehen konnte, hatte die Feuerwalze eine Schneise ins Land gefressen. Nun schickte sie sich an, das Meer in Brand zu setzen.

»Die Glut wird uns nicht erreichen. Sie wird verlöschen«, prophezeite Stein. »Das Meer ist stärker.«

»Hoffentlich hat er recht«, sagte Darios.

»Wenn ihr mich fragt, sollten wir verschwinden«, warf Grid der Zahnknisterer ein.

»Und Alrik, Ingvar, Yaa, Magnus und Djamil in dieser Hölle zurücklassen?« Kilian schüttelte den Kopf. »Niemals!«

»Ohnehin«, setzte Erios hinzu, »würden wir nicht weit kommen.« Er deutete auf die beiden Dauen. Noch immer blockierten die arabischen Schiffe die Einfahrt zur Bucht. Die Besatzungen standen aufgereiht an Deck und hielten Pfeil und Bogen bereit.

»Wenn sie unser Schiff nicht vorbeilassen, müssen wir eben schwimmen«, rief Darios. Furcht entstellte das Gesicht des Byzantiners.

Erios beugte sich über die Bordwand und winkte den Arabern. »Seid nicht dumm! Ihr werdet ebenso verbrennen wie wir.«

Niemand antwortete. Stattdessen erklangen Rufe von der Küste her. Es war die Stimme Yaas, die da das Brodeln übertönte. Zwischen den niederbrennenden Bäumen und Sträuchern war der Nubier aufgetaucht. An seiner Seite hasteten auch Magnus, Djamil und Ingvar den Berg hinab. Ihre Gesichter waren zerschrammt, ihre Kleider zerrissen und ihre Haare versengt. In Yaas Armen lag Alrik. Er war bleich wie eine Perle.

Kilian raunte: »Ich weiß nicht, was furchtbarer ist. Der Lavastrom und die Aussicht, lebendigen Leibes geröstet zu werden. Oder unseren Kendtmann in einem solchen Zustand zu sehen.«

Bald darauf war Alrik an Bord gebracht. Sein Atem ging rasch. Seine Lider flatterten. Ingvar stieß die Gefährten zur Seite und bellte Kommandos. Eilig brachten ihm Darios und Erios Wasser und Leinenstoff, mit dem Ingvar seinen Vater versorgte.

»Lass mich ans Steuer«, krächzte Alrik. »Holt die Ankersteine ein!«

Ingvar achtete nicht auf seine Worte. Der alte Nordmann hatte sich gegen einen wahnsinnigen Araber, einen skrupellosen Veneter und einen brennenden Berg zur Wehr gesetzt – mit Gift in den Adern. Auf dem Weg die Küste hinab hatte Alrik von Bonus' Schandtat berichtet.

»Die *Visundur* bleibt so lange vor Anker, bis du wieder gesund bist«, sagte Ingvar.

»Die Ankersteine, habe ich gesagt!« Vergebens versuchte Alrik, sich aufzurichten.

»Vielleicht hat er recht«, rief Darios. »Wenn wir nicht bald verschwinden, wird uns der Lavastrom verschlingen.«

Inzwischen hatte die Feuerwalze die Küste erreicht. Jetzt würde sich zeigen, wer mächtiger war, das Meer oder der Vulkan.

Als die roten Fingerspitzen der Lava die grüne Brandung berührten, erklang das Zischen von tausend Schlangen. Die Konfrontation der Elemente kochte dampfend auf, und der Geruch nach den Eingeweiden der Erde wehte bis zur *Visundur* hinüber. Die Seeleute husteten und hielten sich Mund und Nase zu.

»Seht ihr?«, rief Stein. »Sie verschwindet einfach. Das Meer ist stärker.«

Tatsächlich verschluckte die Brandung die ersten Ausläufer des Lavastroms mit der Gleichgültigkeit eines blinden Giganten. Dann rutschte Lava nach und erreichte in ihrer gesamten Breite das Meer. Der Zusammenprall von Hitze und Kälte riss das Tor zur Hölle auf.

Ein Knall war zu hören. Dann ein Knattern und Schnaufen. Der Dampf, der bereits bei der ersten Berührung der Naturgewalten in dichten Schwaden aufgestiegen war, nahm zu und formte eine Wolke von der Größe eines Schiffes, eines Palastes, eines Berges. Aus dem Innern war infernalischer Lärm zu hören. Sengender Speichel und brennende Brocken flogen in weiten Bögen daraus hervor. Die meisten verzischten im Meer, einige fielen auf den Uferstreifen und hinterließen rauchende Krater. Der Kampf von Feuer und Wasser erhielt immer neue Nahrung, denn weder wich das Meer zurück, noch riss der Lavastrom ab.

Glühendes Gestein ging auf die *Visundur* nieder. Die ersten Brocken schlugen durch das Segel und landeten auf dem Deck. Wo sie aufkamen, verkohlte das Holz des Schiffes. Auf dem Segeltuch tanzten flammende Wichtel, die sich gefräßig über den Stoff hermachten.

Weitere Befehle Ingvars waren nicht nötig. Die Gefährten schleppten die Frischwasservorräte herbei und stießen die Fässer um. Unter dem Schwall knackte der brennende Stein und brach in zwei Teile, doch aus dem Innern jedes einzelnen loderten weiterhin Flammen, als wäre nichts geschehen.

Ein weiterer Felsbrocken traf das Schiff am Bug. Jetzt züngelten Flammen den Drachenkopf hinauf.

»Ingvar!« Alriks dreifingrige Hand krallte sich in den Arm seines Sohnes. »Bring die Mannschaft in Sicherheit!«

Ingvars Blicke flogen zur Küste. Doch dort, wo er zuvor mit seinem Vater und seinen Gefährten den Berg hinuntergeflohen war, tobte jetzt die Lava gegen das Meer. Zuflucht im Wasser zu suchen war ebenso unmöglich. Rettung versprach nur der Weg aufs offene Meer hinaus, vorbei an den Bogenschützen – und diesmal würde kein Gerüst zwischen der *Visundur* und dem gefiederten Tod auftauchen.

»An die Riemen!«, brüllte Ingvar. Die Zögerlichkeit war aus seiner Stimme verschwunden. »Wir kommen frei, oder wir gehen unter.«

Als sich die *Visundur* in Bewegung setzte, hatte das Feuer den Kopf der Bugfigur erreicht. Aus dem Maul des Drachen quoll Rauch, und auf seinen hölzernen Schuppen und Flügeln züngelten Flammen. Behäbig wendete das Schiff. Auf den arabischen Dauen spannten die Bogenschützen ihre Waffen.

Ein Schrei ließ alle an Bord zusammenfahren. Ein brennender Stein war auf eine der Ruderbänke gefallen. Grid lag getroffen am Boden. Ein Loch klaffte in der Bordwand. Wasser drang ein und löschte das Feuer. Yaa und Djamil zogen den Verwundeten beiseite.

»Rudert weiter!«, rief Ingvar. Wie sie sich mit einem solchen Leck über Wasser halten sollten, wusste er nicht. Aber war es nicht allemal besser, von der Wasserriesin geholt, als von einem brennenden Berg verschlungen und von arabischen Pfeilen aufgespießt zu werden? Wenn sie schon untergehen mussten, dann gemeinsam und zwischen den grünen Wogen der weiten See.

»*Visundur* ho!« Der Ruf sprang über das Wasser, klein und lebendig wie ein Floh. Aber er kam nicht von dem Drachenschiff.

»Bjor!«, keuchte Alrik.

Ingvar war mit einem Satz am Bug. Am anderen Ende der Bucht war ein Schiff aufgetaucht. Es wirkte missgestaltet, wie es mit seiner lächerlich hohen Bordwand durch die Dünung pflügte. Aber trotz seiner Form war es von einer eigentümlichen Eleganz, und sein Rahsegel war prall mit Wind gefüllt.

Eine Frau stand am Bug, Bjor hielt das Ruder.

»Seid ihr auf Spazierfahrt?«, rief Ingvars Bruder herüber. »Legt euch in die Riemen!«

Auch den Arabern waren die Rufe nicht entgangen. Auf einer Dau streckte ein Bogenschütze einen Arm gegen Bjors Schiff aus. Die Bögen schwangen herum, um den Neuankömmling ins Visier zu nehmen. Ein Kommando knallte. Dann zischte ein gefiederter Regen auf Bjors Schiff zu.

Fest drückte Ingvar die Hand seines Vaters. »Rudert schneller!«, rief er, während um ihn her die *Visundur* ächzte und glucksend Wasser schluckte. »Schneller!«

Die Pfeile gingen über Bjors fremdartigem Schiff nieder. Auf dem Deck war niemand mehr zu sehen. Für einen Moment glaubte Ingvar, sein Bruder und dessen Begleiterin seien über Bord gesprungen. Da tauchten sie dort wieder auf, wo sie gerade noch gestanden hatten. Die hohe Bordwand ihres Schiffs hatte ihnen Schutz vor den Geschossen gewährt. Jetzt erkannte Ingvar die Frau auf dem Schiff wieder.

Schon spannten die Araber erneut die Bögen und richteten ihre Pfeile auf Bjors Schiff. Diesmal zielten sie höher.

Ingvar ließ Alrik los und sprang zum Ruder. Dort stieß er Yaa beiseite und riss die Pinne herum. Zitternd legte sich die *Visundur* auf die Seite, bis der brennende Drachenkopf auf die nächste der beiden Dauen zeigte.

»Rammen!«, brüllte Ingvar und klammerte sich an der Ruderpinne fest. Das Knacken und Krachen mochte von der Lava herrühren, die hinter ihnen ins Meer stürzte, oder von den Rücken der Ruderer, die dem auseinanderfallenden Rumpf noch einmal Fahrt gaben.

Das Segel stand jetzt vollends in Flammen. Tropfen lodernden Stoffes fielen herab. Wer braucht Segel, dachte Ingvar, wenn er eine Mannschaft wie diese hatte? – die Worte Alriks.

Mit einem berstenden Geräusch prallte die *Visundur* gegen die Dau. Der Drachenkopf knickte nach vorn. Das feuerspeiende Haupt fiel auf das Schiff der Araber. Augenblicklich sprangen die Flammen über und setzten das große Lateinersegel der Dau in Brand.

Als die Bogenschützen sahen, dass es ihrem Schiff nicht anders erging als dem ihrer Feinde, warfen sie die Bögen fort. Sie achteten nicht auf die Kommandos ihres Anführers und sprangen ins Meer, um auf die andere Dau zuzuschwimmen.

Ingvar lachte, während Rauchschwaden über ihn hinwegzogen. »Zurück!«, brüllte er über die Köpfe seiner Männer hinweg. »Setzt die *Visundur* wieder frei!«

Die Männer zogen kräftig an den Riemen. Aber das Schiff schien unlösbar in seinem Gegner verkeilt zu sein.

Yaa sprang zum Bug, wo das Drachenschiff sich in die Dau gebohrt hatte. Verzweifelt suchte der große Nubier nach einer Möglichkeit, die beiden Schiffe auseinanderzuschieben. Doch alles Holz stand bereits in Flammen.

»Lasst sie gehen!« Das war Alriks Stimme, die durch Rauch und Rufen noch einmal über das Deck schallte. Der Kendtmann hatte sich aufgesetzt und klammerte sich an einer der Ruderbänke fest. Magnus legte Alrik einen Arm um die Schulter.

In diesem Moment ging Bjor längsseits. Ein Seil flog von Bordwand zu Bordwand, geübte Finger fingen es auf. Die ersten Seeleute kletterten auf Bjors Schiff. Die Hände der Dogentochter streckten sich ihnen entgegen. Mit großer Vorsicht wurde Alrik hinübergereicht. Die Arme des alten Nordmanns hingen schlaff herab.

Bald darauf stand auch Ingvar an Deck der *Estrella* und ließ den Blick über das brennende Schiff seines Vaters schweifen. Der Drachenkopf, der ihm zeit seines Lebens die Richtung angezeigt hatte, war verkohlt. Teile brachen davon ab und stürzten ins Meer. Ingvar schluckte und blinzelte. Rauch beizte seine Augen.

Als sich die *Visundur* auf die Seite legte und das Wasser ihren vorderen Teil verschlang, schauten die Gefährten entlang der hohen Bordwand schweigend zu.

Eine schwere Hand legte sich auf Ingvars Schulter. Bjors blonder Bart tauchte neben seiner Wange auf. »Unser Vater«, raunte er, »ist gerade gestorben.«

Mit einem dumpfen Klopfen stieß der Rumpf der *Estrella* gegen den Anleger. Im Hafen Rivo Altos war der Schnee zu Pfützen getaut. Die Möwen kreischten in Erwartung des Frühlings. Matelda lächelte. Nie zuvor war sie von hier fort gewesen, nie zuvor hierher zurückgekehrt. Das, dachte sie, ist der beste Teil daran, wenn man zur See fährt: nach Hause kommen.

Die Stadt empfing sie mit grimmiger Miene. Vier Wachleute kamen zum Anleger herunter. Sie trugen Lederwämser und Lanzen und bauten sich vor der *Estrella* auf. Ingvar und Bjor lieferten sich ein kurzes, aber lautstarkes Wortgefecht mit ihnen. Schließlich verschwanden zwei der Wachen wieder mit klatschenden Schritten den Weg zum Palatium hinauf.

»Wer gibt bei einem solchen Wetter den Befehl, niemanden in die Stadt zu lassen?«, schimpfte Ingvar.

»Mein Vater!«, sagte Matelda. »Er wird gewiss bald hier sein.«

Ingvar brummte Unverständliches. Eine Axt schien dabei eine Rolle zu spielen.

Während die Mannschaft das Schiff fest vertäute und auf Vordermann brachte, hockte sich Matelda auf eines der Proviantfässer und ließ den Blick über das Deck schweifen. Bjor und Ingvar hatten sich bei der Rückfahrt von Sizilien als hervorragende Kendtmänner erwiesen und den Weg nach Rivo Alto in Windeseile zurückgelegt. Die Mannschaft hatte zwar geschimpft, weil die *Estrella* nur über ein Segel, nicht aber über Riemen verfügte und damit ein Schiff für Kinder und Weiber sei. Dennoch hatte sich in den Augen von Magnus, Djamil, Yaa, Grid, Stein, Darios, Erios, Kilian und all den anderen Erleichterung abgezeichnet, als sie die unter Lava erstickte Küste am Ätna endlich hatten hinter sich lassen können.

Alrik lag aufgebahrt am Heck des Schiffs. Der Wind zupfte an seinem Bart und schien zu prüfen, warum der alte Kendtmann nicht wie üblich auf sein Necken einging. Unterwegs hatten Ingvar und Bjor den Leib ihres Vaters der See anvertrauen wollen. Doch Matelda hatte ihnen eine passendere Bestattung für Alrik vorgeschlagen, und es war ihr gelungen, die Nordmänner von ihrem Einfall zu überzeugen.

»Meine Tochter!« Der Ruf flog über das Deck wie eine ausgehungerte Möwe. Am Anleger erschien Giustiniano mit wehendem Pelzumhang. Unbeholfen kletterte der Doge an Bord. Dann umschlossen seine zitternden Arme Matelda ganz und gar. Er vergrub sein Gesicht in ihrem Haar. Der Corno rutschte ihm vom Kopf und fiel auf die nassen Planken.

Als Giustiniano es endlich fertigbrachte, sich von Matelda zu lösen, ging er auf Bjor zu. Ausgiebig bedankte er sich bei dem Nordmann dafür, dass er seine Tochter wohlbehalten heimgebracht hatte – und das bereits zum zweiten Mal, wie der Doge zu betonen nicht müde wurde. Giustiniano wiederholte Gesten und Worte der Dankbarkeit bei jedem einzelnen Besatzungsmitglied. Dann holte Bjor das Kästchen mit der Asche des heiligen Markus hervor und stellte es Giustiniano vor die Füße. Der Nordmann zerschnitt die Bänder, mit denen der Deckel gesichert war, und überließ es dem Dogen, den Schatz zu öffnen.

Überraschung und Ehrfurcht feierten Hochzeit auf dem Gesicht des Dogen, als er das Kästchen öffnete. Dann folgte Ernüchterung. Sein fragender Blick bedurfte keiner Worte.

»Es ist die Asche des heiligen Markus.« Matelda kniete neben ihrem Vater nieder. Sie spürte, wie das Seehundfell ihrer Beinlinge an Giustinianos Gewand rieb. »Markus ist verbrannt worden. Es gibt keine Gebeine.« Die Enttäuschung im Blick ihres Vaters schmerzte sie.

»Wie soll ich damit vor mein Volk treten?« Giustiniano sprach mit leiser Stimme zu der Kiste hinab.

»Überhaupt nicht.« Es war Bjor, der antwortete. »Die Asche ist echt. Vielleicht bringt sie dir mehr Glück als meinem Vater.« Bjor deutete auf den Leib Alriks. Ausgestreckt lag der tote Kendtmann auf dem Deck. Ein Windhauch kam von der Lagune her und spielte in seinem Haar. Erst jetzt bemerkte Giustiniano den Toten und schaute erschrocken zu Ingvar und Bjor hinüber.

Matelda wusste, dass Trauer in den Brüdern fraß. Ihre Mienen aber spiegelten Gleichgültigkeit wider. Die drei Männer wechselten einige Worte miteinander. Dann drückte Ingvar Giustiniano ein Stück Pergament in die Hand. Der Doge faltete es auf und begann zu lesen.

Da hagelte die Stimme Rusticos auf die Betroffenen nieder. »Der Barbar hat seinen Meister gefunden? Gott hat mich erhört!« Malamoccos massige Gestalt war am Anleger aufgetaucht. Wie immer schwang sein Umhang in Schwarz und Silber. Am unteren Ende war der Stoff mit Schlamm beschmutzt.

Bevor einer der Nordmänner mit dem Veneter in Streit geraten konnte, sagte Matelda: »Es tut mir leid für Euch, Rustico.«

Ein Augenblick der Verwirrung nahm Rusticos Zorn die Spitzen. Sein fragender Blick glitt von Matelda über die Gesichter der gesamten Mannschaft.

»Wo ist mein Bruder?«, fragte er.

»Er ist gestorben«, antwortete Matelda. Mitgefühl überschwemmte sie. Nicht einmal Rustico verdiente den Verlust eines geliebten Menschen.

»Wer hat ihn getötet?« Rustico probierte eine selbstsichere Pose, doch seine Hände rutschten von seinen Hüften ab, und in seine Füße war Unruhe gefahren.

»Der Tod deines Bruders war gerecht«, rief Ingvar und deutete auf Alriks Leichnam. »Er hat meinen Vater vergiftet.«

»Das ist eine Lüge!«, erwiderte Rustico. »Ihr seid Mörder. Dafür werdet ihr dem Henker übergeben. Ihr alle!«

Giustiniano schaltete sich ein. »Wir werden die Angelegenheit prüfen«, sagte der Doge. »Doch zuvor gibt es noch etwas anderes, um das wir uns kümmern müssen.«

Rustico staunte den Dogen an. »Was kann wichtiger sein als die Ermordung meines Bruders?«

»Die Sicherheit unserer Stadt. Und damit das Leben aller.« Giustinianos Stimme war fest, als er sagte: »Es gibt Anschuldigungen gegen Euch, Rustico. Angeblich wollt Ihr die Lagunenstädte an die Byzantiner verkaufen.«

»Verleumdung!«, hielt Rustico Giustiniano entgegen. »Eine Lüge gegen einen Edeling.« Er machte eine wegwerfende Handbewegung. »Sogar gegen eine ganze Familie. Doge!« Rusticos Stimme nahm einen förmlichen Ton an. »Ein Niederer, der einen Edeling einer solchen Schandtat bezichtigt, würde augenblicklich aus der Stadt verbannt. Ist es nicht so?«

Giustiniano nickte. Sein Gesicht legte sich in Falten.

»Welche Strafe erwartet demnach Eure Tochter? Denn wenn sie ihre Behauptungen nicht beweisen kann, müsst Ihr selbst das Urteil sprechen.«

»Welche Strafe?« Der Doge legte eine Hand an die Lippen. »Auf Bezichtigung steht tatsächlich Verbannung. Verrat aber«, er nestelte an seinen Kleidern und zog das gefaltete Pergament hervor, »wird viel härter geahndet.«

Giustiniano hielt den Brief in den Wind. »Dieses Schreiben habt Ihr gesucht, Rustico, als meine Tochter es aus dem Fenster warf. Jetzt ist es zu uns zurückgekehrt.« Er strich mit den Fingern darüber. »Wir wollen sehen, was Euch der Kaiser aus Konstantinopel schreibt.«

»Woher habt Ihr das?«, blaffte Rustico.

»Meister Ingvar hat es mir gegeben. Er fand es in jener Nacht, in der er meine Tochter vor zwei Unholden rettete.«

»Betrug!«, schrie Rustico. »Er hat es selbst geschrieben, um mich zu verleumden.«

»Tatsächlich?« Giustinianos Stimme fuhr seelenruhig in den Hafen der Gewissheit ein. »Aber Ingvar kann ja nicht einmal lesen. Das Siegel des Kaisers wird er auch kaum bei sich führen. Auf diesem Brief aber ist es zu sehen. Woher wollt Ihr wissen, dass Euch der Inhalt des Briefes zum Nachteil gereichen wird?«

Er gab seinen Wachen einen Wink. »Packt ihn!«

Eiserne Hände schlossen sich um Rusticos Arme. Empört versuchte er, sich aus dem Griff zu befreien.

Sorgfältig faltete Giustiniano den Brief auseinander und hielt ihn sich vor die Augen.

»Wir, der Herrscher der Welt, schreiben dies in gebotener Kürze und mit aller Strenge. Wir vertrauen darauf, dass du unsere Botschaft in bester Gesundheit erhältst. Du, Rustico von Malamocco, sollst die geforderten zehn Talente Gold erhalten, die du

für deine Dienste verlangst. Im Gegenzug erwarten wir, dass die Laguneninseln sich noch vor Jahreswechsel zur byzantinischen Münze bekennen und die fränkische Währung für ungültig erklären. Fürderhin soll dein Bruder Bonus, sobald er Doge geworden ist, sämtliche Geschäfte Rivo Altos und der umliegenden Inseln mit unserem Thron abgleichen. Sollte dies nicht geschehen, werden wir uns gezwungen sehen, die Lagune mit Krieg zu überziehen. Ich werde nicht kleinlich mit Geschenken sein. Sei du großzügig mit Ehrlichkeit. Dieser Brief bezeugt unseren Willen.«

Giustiniano schaute zu Rustico hinüber. »Unterzeichnet von Michael II., Kaiser zu Konstantinopel.« Er ließ den Brief sinken. »Setzt ihn gefangen!«

»Wie ich hörte, ist im Angstloch ein Platz frei geworden«, rief Bjor.

Die Wachen wollten Rustico fortschaffen. Doch er rief zu Matelda hinüber: »Mein Neffe Elias wird mit einer Streitmacht hier erscheinen, und du wirst sein erstes Opfer sein!«

»Das ist wahr«, erwiderte Giustiniano. »Elias wird tatsächlich kommen. Er sitzt in Ravenna im Kerker, und die Ravennesen werden ihn hierher überführen. Gleich morgen! Sie sagten, er verfluche den Dogen von Rivo Alto so lautstark und unaufhörlich, dass sie es nicht mehr aushielten. Ihr seid ein gesegneter Mann, Rustico, dass ihr im Kerker nicht allein werdet schmachten müssen.«

»Schmachten muss er ohnehin nicht«, ergänzte Bjor. »Die Ratten dort unten sind nahrhaft.«

Kaum war Rustico verschwunden, wandte sich Giustiniano wieder Matelda zu. Er musterte sie und deutete auf ihre Hosenbeine. »Du scheinst dich während deiner Reise in einen Mann verwandelt zu haben.«

»Und du«, sagte sie, »bist zu einem echten Dogen geworden.«

Kapitel 38

Rivo Alto, die Kirche am Palatium

DIE KLEINE KIRCHE an der Seite des Palatiums war mit Menschen gefüllt. Immer mehr drängten von außen herein, schoben und schimpften. Jeder wollte den heiligen Markus sehen, die Überreste jenes Märtyrers, der von nun an Schutzpatron der Stadt sein würde. Womit niemand gerechnet hatte, das war geschehen: Dem neuen Dogen war es gelungen, Markus' Körper nach Rivo Alto zu holen. Aber die Veneter, ob Kind oder Greis, wollten nicht glauben, was sie nicht mit eigenen Augen gesehen hatten.

Raunen erfüllte den Kirchensaal wie das Summen in einem Bienenstock. Die Schaulustigen hatten den Geruch von Fisch, Salz und Tang mit hereingebracht. In der schmalen Apsis war die Statue einer Gottesmutter aufgestellt worden. Ihr Gesicht war aus dunklem Holz und ihre Augen schielten auf den Altar herab. Darauf lag ein menschlicher Körper. Er war in graue Wolltücher eingeschlagen. Die Form, die sich darunter abzeichnete, war mächtig. Die Füße ragten über den Altar hinaus.

Eine unsichtbare Grenze verlief zwischen dem Toten und den Lebenden. Niemand wagte, dem heiligen Mann einen Schritt zu nahe zu kommen. Niemand streckte eine Hand nach ihm aus. Nicht einmal ein Gebet war zu hören. Doch in einem unbeobachteten Moment riss sich ein Knabe von der Hand seines Vaters los und sprang auf den Altar zu. Bevor ihn jemand aufhalten konnte, hatte er den Leichnam des heiligen Markus erreicht, den Stoff gelüpft und war mit Kopf und Schultern darunter verschwunden.

Der Moment, den er allein mit dem Heiligen verbrachte, währte nur kurz. Schon kam der Kopf des Knaben wieder unter dem Tuch hervor, sein Gesicht war von Entsetzen entstellt. Tränen glitzerten auf seinen Wangen. Er barg den Kopf an den Beinen des Vaters. Was er unter dem Tuch gesehen hatte, wollte er nicht verraten.

Jetzt bohrte sich Neugierde in die Veneter. Ein Zischeln ging durch die Menge, ein Raunen, das sich zu Fragen auswuchs. Warum fürchtete sich das Kind? Schließlich beschloss eine der Fischerinnen, einigen war sie unter dem Namen Begga bekannt, das Geheimnis zu lüften. Energisch stapfte sie auf den heiligen Markus zu, fasste am Kopfende nach einem Zipfel des Tuchs und schlug es zurück.

Ein Aufschrei hallte durch die Kirche.

Unter dem Wollstoff lag der Körper eines großen Mannes. Er hatte einen langen grauen Bart und ebensolches Haar. Auch seine Haut war von dieser Farbe. Wenn dies Markus war, der vor Jahrhunderten gestorbene heilige Mann, so erlebten die Menschen in der Kirche gerade ein Wunder.

Auf der Brust der Erscheinung ruhte ein geflügelter Löwe – das Symbol des Evangelisten Markus. Nur der Kopf des legendären Tiers war zu sehen, er hatte eine Haut aus schwarzen Schuppen. Das Maul war aufgerissen und verkohlt. Die Flügel an seinem Hals waren ausgebreitet. Das Tier schien bereit, sich augenblicklich in die Lüfte zu erheben. Durch die Kirche erklangen Rufe des Erschreckens.

Dann warf Begga das Tuch wieder über den Heiligen. Sie kniete vor dem Altar nieder, faltete die Hände und begann zu beten. Die Veneter in ihrem Rücken taten es ihr gleich.

An diesem Tag kamen noch viele Besucher in die kleine Kirche. Niemand aber wagte, noch einmal Hand an den heiligen Mann zu legen.

Am folgenden Tag war der Platz vor dem Palatium mit Menschen gefüllt. Tausend Gesichter blickten zum Balkon hinauf, wo sich der Doge dem Volk zeigen sollte. Zum ersten Mal seit Monaten schien die Sonne warm auf die Stadt und ließ das letzte Schmelzwasser von den Dächern tröpfeln.

Hinter dem Vorhang im Innern des Palatiums stand Matelda neben ihrem Vater. Er rückte die blaue Schärpe zurecht und richtete den Corno auf seinem Kopf.

Dann hielten Giustinianos Hände den groben Stoff des Vorhangs fest. Dieses Mal zitterten sie nicht. »Glaubt ihr, dass sie mich als Dogen akzeptieren werden?«, fragte er und blickte durch den Raum. An einem Ende standen Ingvar und Bjor – der eine ein frisch ernannter Tribun der Lagunenstadt, der andere Oberhaupt der künftigen Flotte von Kauffahrschiffen, die, nach Plänen Mateldas gebaut, Rivo Alto zu einer Handelsmacht aufsteigen lassen sollten.

Die Tribunen schwiegen vielsagend. Auf dem Gesicht Falieris lag ein seltenes Lächeln. »Der heilige Markus ist hier. Ihr habt es versprochen, und es ist geschehen. Wie könnte das Volk Euch ablehnen?«

Giustiniano schloss für einen Moment die Augen. Dann schob er den Vorhang beiseite und trat auf den Balkon hinaus.

Epilog

DER KALIF HATTE genug gehört. Mit einem Wink schickte Al Ma'mun den Boten fort und ließ sich auf seinen Diwan fallen. Eine Hand tauchte in eine silberne Schale voll mit süßen Feigen. Dort verharrte sie.

Was war in diesem höllischen Alexandria nur los?

Der Statthalter war verschwunden, vermutlich hatte er sich aus dem Staub gemacht, als er vom anstehenden Besuch seines Herrn gehört hatte. So etwas geschah in jeder dritten Stadt. Die Verwalter stahlen dem Kalifat Geld. Erschien dann der rechtmäßige Besitzer persönlich, zogen sie es vor, Land zu gewinnen. Nun, dachte Al Ma'mun, er würde einen Nachfolger für Abdullah ibn Aziz finden. Und für diesen würde es ebenfalls wieder Ersatz geben müssen. Manchmal war er des Herrschens überdrüssig.

Schmerzlicher traf ihn der Verlust seines besten Kriegers, des Konvertiten Ya'kub. Man hatte seinen Leib, von einer Lanze durchbohrt, am Leuchtturm gefunden. Es war eine von Ya'kubs Fähigkeiten, sich an einem Tag mehr Feinde zu machen, als in der darauffolgenden Nacht Sterne am Himmel standen. Dass ihn aber jemand bezwungen haben sollte, war schwer zu glauben. In einem gerechten Zweikampf war das gewiss nicht geschehen. Al Ma'mun beschloss, die Schuldigen zu finden.

Doch das hatte Zeit bis morgen. Denn jetzt war er, der Kalif, persönlich in Alexandria und genoss vor dem Statthalterpalast den Blick über das Meer und über – das musste er zugeben – eine außergewöhnliche Gartenanlage: ein Wasserbecken mit

Flamingos, die Bronzestatue eines Pferdes, Akazien und Palmen zwischen Mosaikböden. Dieser Abdullah hatte Geschmack bewiesen. Al Ma'mun beschloss, seine Baumeister hierherreisen zu lassen, damit sie Anregungen sammeln konnten.

Genüsslich führte er die Hand zum Mund und lutschte an einer Feige. Sogar die Früchte waren hier süßer als die in Bagdad. Von den Frauen ganz zu schweigen. Mit der freien Hand langte der Kalif zur anderen Seite des Diwans hinüber und tätschelte den Schenkel der Wüstenfrucht, die auf seine Gunst wartete. Gleich würde er sie ihr schenken. Was für eine Schönheit! Der Garten Abdullahs war genau der richtige Ort, um von ihr zu kosten. Noch einmal versicherte sich der Kalif, dass niemand ihre Zweisamkeit stören würde. Dann rückte er zu seiner Gespielin hinüber.

»Nenne mir deinen Namen, Blume des Nils«, flüsterte er.

Sie öffnete die Lippen mit verheißungsvoller Langsamkeit. »Kahina«, hörte er sie sagen. In ihrer Stimme lag Eis. Mit einem Mal war sie über ihm.

Ende

Nachwort

Eine Geschichte um Pflicht und Leidenschaft, Liebe und Hass, Betrug und Wahrhaftigkeit braucht einen Ausgangspunkt voller Gegensätze: einen mit Eis und Schnee bedeckten Vulkan.

Auf dem Gipfel des Ätna lässt sich das Phänomen bis heute beobachten. Der Winter hüllt den Vulkan, der als der höchste und aktivste in Europa gilt, in kalte weiße Pracht, während es in seinem Innern brodelt. Auch die rasante Schlittenfahrt Alriks und seiner Gefährten findet noch 1200 Jahre später Nachahmer – auf Ski- und Rodelpisten mit Blick auf das Meer.

In früheren Jahrhunderten waren die Eisschichten auf dem Ätna noch mächtiger, ebenso wie der Appetit der Adelsleute an den italienischen Fürstenhöfen. Dort kannte die Lust am Luxus keine Grenzen. Ausgefallene Dienste wie Alriks Eishandel waren gefragt – und Erfolg versprechender, als Gefrorenes auf dem beschwerlichen und langsamen Landweg aus den Alpen herbeizuschaffen. Der Ätna ragt verkehrsgünstig an der Ostküste Siziliens auf. Von dort ließ sich das Eis rasch auf ein Schiff verladen und über das kühle Meer bis an die obere Adria bringen, bevor es schmolz.

In den Küchen der italienischen Fürstenhöfe traf die kalte Ware auf Zucker. Den hatten die Araber im 9. Jahrhundert nach Europa gebracht, wo man zu dieser Zeit noch mit Honig süßte. »Saccharum« nannten die Europäer die süßere, braune Masse, die in den arabischen Herrschaftsgebieten aus Zuckerrohr gewonnen wurde. Mit dem Zucker war ein Rezept gereist: Vermengte man Saccharum mit Eis, erhielt man eine erfrischende Köstlichkeit. Sie eroberte die Gaumen der Fürsten im damaligen Italien und trat ihren Siegeszug durch Europa an.

Zur Zeit der Romanhandlung war von der Stadt Venedig mit ihren heute berühmten Kanälen, Brücken und Bauten noch nichts zu sehen, und auch der Name Venedig war unbekannt. Stattdessen sprenkelten kleine Siedlungen die Lagune. Sie trugen die Namen der Inseln, auf denen sie lagen, darunter Torcello, Malamocco, Grado, Murano, Jesolo, Eraclea – und Rivo Alto. Diese Insel gewann im 9. Jahrhundert an Bedeutung. Rivo Alto bedeutet »Hohes Ufer«. Dorthin hatten die Bewohner der Region flüchten können, als die Franken 810 die Lagunenstädte angriffen. Fortan blieb Rivo Alto Sitz des Dogen.

Wer heute Venedig besucht, findet Rivo Alto in der Bezeichnung »Rialto« wieder. Der Name »Venedig« entstand erst im 13. Jahrhundert. Er geht auf die Volksgruppe der Veneter zurück, die schon in vorchristlicher Zeit in der Region nachgewiesen werden können.

Die Laguneninseln waren ein Verbund und standen seit 584 unter der Oberherrschaft des Kaisers in Byzanz. Doch dessen Macht in Italien schwand zusehends. Als die Langobarden im Jahr 750 Ravenna eroberten, war der wichtigste Außenposten der Byzantiner an der Adria verloren. Für die Laguneninseln war die Gelegenheit günstig, das byzantinische Joch abzuschütteln. Doge Giustiniano Partecipazio beauftragte 828 eine Handvoll Schmuggler, die Gebeine des heiligen Markus nach Rivo Alto zu holen. Das Unternehmen sollte die Laguneninseln erstarken lassen: Anstatt die Inseln anzugreifen, würde der Kaiser aus Byzanz nach Rivo Alto pilgern, um vor den Gebeinen das Knie zu beugen. Der Coup gelang. Die Reliquien reisten von Alexandria an die Adria. Die Inseln wurden zur Markusrepublik. Noch im selben Jahrhundert löste sich der

Doge vollständig von Byzanz. Die Geschichte der unabhängigen Lagunenstädte begann. Sie sollte die Entwicklung Europas maßgeblich beeinflussen.

Ob tatsächlich der heilige Markus unter dem Markusdom in Venedig begraben liegt, ist bis heute nicht geklärt. Markus soll in Alexandria das Martyrium erlitten haben. Der Legende nach versuchten seine Mörder, seinen Leichnam zu verbrennen, doch Gott schickte ein Unwetter, das die Flammen löschte. Fortan beteten die Christen Alexandrias in einer Kirche Gebeine an, die man für jene des heiligen Markus hielt. Heute melden Historiker Zweifel an der Echtheit der damals verehrten Reliquien an.

Der britische Geschichtsforscher Andrew Michael Chugg ist der Ansicht, dass es sich bei den menschlichen Überresten in der alexandrinischen Kirche nicht um jene des heiligen Markus, sondern um die Alexanders des Großen gehandelt hat. Alexander starb im Jahr 323 v.Chr. in Babylon unter mysteriösen Umständen. Zu diesem Zeitpunkt war der makedonische Feldherr 32 Jahre alt. In 13 Jahren hatte er die gesamte damals bekannte Welt erobert.

Um Alexanders Taten rankten sich schon bald viele Legenden. Eine davon lautete, dass jenes Reich die Welt regieren sollte, in dem Alexanders Leichnam begraben liegt. Entsprechend begehrt war der Makedone noch als Toter. Zunächst hatten einige seiner Generäle versucht, Alexanders sterbliche Überreste in seine Heimat Makedonien zu bringen. Doch Ptolemaios, Alexanders ehemalige rechte Hand, soll den Trauerzug in Syrien überfallen und den Leichnam gestohlen haben. Da Ptolemaios zu dieser Zeit über Ägypten herrschte, ist anzunehmen, dass er den Toten dorthin brachte.

Diese Spur führt nach Alexandria. Dort soll ein ganzer Stadtteil für ein gewaltiges Grabmal umgebaut worden sein, in dem die Mumie Alexanders des Großen aufgebahrt wurde. Texte der römischen Antike berichten, dass Herrscher wie Julius Cäsar, Augustus und Caracalla das Grab Alexanders aufsuchten. Dabei soll sich das im Roman geschilderte Missgeschick des Kaisers Augustus zugetragen haben: Als der mächtigste Mann der damaligen Welt die Mumie Alexanders des Großen herzte, soll er die Nase des berühmten Feldherrn abgebrochen haben. Das berichtet der römische Geschichtsschreiber Cassius Dio, der allerdings für seine blühende Fantasie und reichen Ausschmückungen berüchtigt ist.

Weder von Alexanders Leichnam noch von seinem Grabmal ist heute etwas erhalten. Alexandria wurde mehrfach von Erdbeben und Flutkatastrophen, Feuersbrünsten, Kriegen und Aufständen erschüttert und teilweise zerstört. Überdies wurden die Reste der antiken Stadt immer wieder überbaut, sodass dort nur wenige Spuren aus vorchristlicher Zeit zu finden sind.

Unter den vielen Theorien zum Verbleib der Mumie ragt jene heraus, nach der Alexander zum heiligen Markus wurde. Andrew Michael Chugg geht davon aus, dass Markus' Körper verbrannt wurde. Seiner Ansicht nach musste sich die christliche Gemeinde Alexandrias nach einem Ersatz umsehen. Den könnte sie in den Überresten Alexanders gefunden haben. Da Religion in den ersten frühchristlichen Jahrhunderten noch nicht so ausschließlich war wie heute und Menschen sich bei verschiedenen Kulten gleichzeitig heimisch fühlten, wäre es möglich, dass der religiös verehrte Alexander eine Symbiose mit dem Evangelisten Markus einging und fortan von Anhängern mehrerer Religionen gleichzeitig angebetet wurde.

Dieser Gedanke hat einen besonderen Reiz, denn damit wäre die Markusrepublik Venedig in Wirklichkeit eine Alexanderrepublik, und Millionen Pilger sowie einige Hundert Päpste,

Könige und Kaiser hätten in der Markuskirche keinem christlichen Heiligen, sondern einem makedonischen Feldherrn gehuldigt. Eine Untersuchung des Grabes in Venedig könnte durch eine Datierung der darin liegenden Knochen Klarheit verschaffen, wird aber von der katholischen Kirche bislang nicht zugelassen.

Alrik der Wikinger und seine Mannschaft segeln im Roman der historischen Entwicklung ein wenig voraus. Während die Geschichte im Jahr 828 spielt, sind die ersten historisch verbürgten Nordmänner 840 dort gesichtet worden – mit einer Flotte von hundert Schiffen. Im Jahr 907 sind erstmals Gesandte der Waräger, eines wikingischen Stammes, in Byzanz verzeichnet. Bald darauf stellen die Nordmänner die Leibwache des byzantinischen Kaisers.

Die Drachenschiffe der Wikinger waren damals tatsächlich die schnellsten Schiffe auf dem Mittelmeer. Obwohl dort alle namhaften Reiche an Küsten lagen, bestanden deren Flotten aus großen, behäbigen Fahrzeugen mit viel Tiefgang. Entsprechend große Kraft musste aufgewendet werden, um sie von der Stelle zu bewegen. Die Schiffe der Wikinger hingegen waren schlank, lagen mehr auf als im Wasser und schossen wie Pfeile über die Wellen. Ihre Konstrukteure waren Meister ihrer Zunft. Sie verstanden es, Planken am Stück zu verarbeiten – über die gesamte Länge eines Schiffes. Bei Schiffen, die über dreißig Meter lang sein konnten, setzte das ein hohes Maß an Handwerkskunst voraus. Das Resultat waren Schiffsrümpfe von hoher Elastizität, die auch bei rauem Seegang nicht entzweigingen. Im Gegensatz dazu konnten bei geklinkerten Schiffen, bei denen Planke an Planke stieß, Nieten platzen, und Wassereinbruch drohte das Gefährt zum Sinken zu bringen.

Für eine solche Art der Konstruktion waren Bäume notwendig, die nicht nur hoch, sondern auch gerade wuchsen. Forscher vermuten, dass es in der Gesellschaft der Wikinger Baumhirten gab, die für die Pflege der zum Schiffsbau bestimmten Bäume zuständig waren und große Wälder über Generationen pflegten.

Drachenschiffe prägten das Leben auf dem Meer 300 Jahre lang. Der Stern der Wikinger sank erst, als ihre großen Stärken – Navigation und Schiffsbaukunst – nicht mehr auf dem Stand der Zeit waren. Die Entwicklung der hochwandigen Hansekogge machte es unmöglich, Handelsschiffe von den niedrigen Drachenbooten aus zu entern. Bei einem solchen Kräftemessen standen die Überfallenen hoch oben auf Deck und beschossen die Angreifer, bis deren Schiffe sanken oder sie das Weite suchten. Die letzte Nachricht von kämpfenden Nachkommen der Wikinger stammt aus dem Jahr 1429, als ein Aufgebot von Drachenbooten zusammengestellt wurde, um das norwegische Bergen gegen einen Angriff von Hansepiraten zu verteidigen.

Dank

Ein Roman ist ein Schiff, das von vielen Ruderern angetrieben wird. Markus Weber sorgte für den Anstrich der Planken und schuf Karte und Illustration in den Klappen des Buchs. Dr. Ulrike Brandt-Schwarze und Lena Schäfer korrigierten den Kurs und lektorierten das Manuskript. Das weltbeste Schokoladeneis von Dario und Erio Di Bernardo sorgte für die richtige Trimmlage. Susanne Schulte war als Testleserin die erste Passagierin. Meine Kendtfrau Jutta Wieloch setzte gemeinsam mit mir Segel zum Wikingerschiffszentrum Roskilde in Dänemark, zum Ätna auf Sizilien, nach Venedig und zu den Inseln der Fantasie. Alrik der Dulder hätte sich keine bessere Mannschaft wünschen können.

Die Figuren der Handlung

Bei den *kursiv* gesetzten Namen handelt es sich um historische Persönlichkeiten.

Alriks Familie
Alrik der Dulder
Catla, seine Frau
Bjor, ihr älterer Sohn
Ingvar, ihr jüngerer Sohn

Snôrheim
Surtur der Schwarze, Jarl von Snôrheim
Sithric Seidenbart, Alriks Schwager

Seeleute der *Visundur*
Abraham von Trier, Verseschmied
Darios, Byzantiner
Erios, Byzantiner, sein Bruder
Grid der Zahnknisterer, Baumhirte
Himir der Dämmerer
Kilian, Franke
Magnus der Zwerg, Nordmann
Stein der Runensprecher
Yaa, Nubier, Schiffszimmermann
Djamil, Araber

Rivo Alto
Giustiniano Partecipazio, Doge (827–829)
Angelo Partecipazio, Doge (810–827), sein Vater

Matelda, seine Tochter
Bonus von Malamocco, Tribun
Rustico von Malamocco, Bonus' Zwillingsbruder
Elias von Malamocco, Neffe von Bonus und Rustico
Spatharius, Diener der Familie Malamocco
Falieri, Tribun
Severo Gradenigo, Tribun
Marcello Oro, Tribun
Gisulf, venetischer Kapitän
Orso, Gefängniswärter
Begga, Fischerin
Pietro, Hafenmeister
Fredegar, Schiffsbaumeister
Rado, Handwerker
Bertulf, Handwerker
Waldelenus, Handwerker
Grifo Eisenfaust, Sklavenhändler

Ravenna
Leudegiesel, Eishändler

Alexandria
Al Ma'mun, abbasidischer Kalif (813–833)
Abdullah ibn Aziz, Statthalter der Abbasiden in Alexandria
Ya'kub, konvertierter Jude, Handlanger des Kalifen
Kahina, Königin der Amazig
Wali, ihre Tochter
Hennu, junge Berberin
Karim, Kaufmann
Anba Moussa, Geschichtenerzähler
Ghassan, Schiffskapitän

Glossar

ALLGEMEINE BEGRIFFE

Afriqiya Arabischer Name Afrikas. Zur Zeit der Romanhandlung steht ganz Nordafrika unter arabischer Herrschaft und trägt deshalb auch in Europa diesen Namen.

Amazig Je nach Umschreibung auch Amazigh, Amazirg und Imazigh. Eigenbezeichnung einer in Europa als Berber bekannten Ethnie Nordafrikas. Das Wort Amazig bedeutet »freier, edler Mann«. Die Amazig stellen die älteste noch lebende Kulturgruppe in Nordwestafrika dar, die sich in viele Stämme gliedert. Seit den Tagen des alten Ägypten orientieren sich die Amazig an der Kultur der sie umgebenden Mächte. Zur Zeit der Romanhandlung waren sie Christen und kleideten sich ähnlich wie die koptische Bevölkerung Ägyptens. Heute sind die über 20 Millionen Amazig arabisch geprägt und gehören meist dem Islam an.

Asgard In der altnordischen Mythologie ist Asgard der Sitz der Asen, der altnordischen Götter. Asgard liegt im Mittelpunkt von insgesamt neun Welten. Über eine Regenbogenbrücke ist Asgard mit Midgard, der Welt der Erde, verbunden.

Bailo Ein Zöllner oder Hafenmeister entlang der Küsten des Mittelmeers im 9. Jahrhundert. Ab dem 11. Jahrhundert wird der Name als Titel für Gesandte im byzantinischen Reich verwendet.

Bruchsilber Silber war im frühen Mittelalter ein beliebtes Zahlungsmittel. Entweder schlug man es zu Münzen, die gezählt wurden. Oder man brach es in Stücke, die gewogen wurden.

Brünne Ein Brustpanzer oder Panzerhemd. Besteht meist aus eisernen Plättchen, die auf Stoff- oder Lederkleidung aufgebracht sind. Im Frühmittelalter meist ärmellos und kurz, später mit Ärmeln und länger. Ab dem Spätmittelalter schrumpft die Brünne zu einem Teil des Hals- und Kopfschutzes und wird nur noch unter dem oder am Helm getragen.

Corno Die traditionelle Kopfbedeckung des Dogen von Venedig, eine Mischform aus Krone und Mütze. Der Name ist vom italienischen Wort für »Horn« abgeleitet und bezieht sich auf einen Stoffzipfel, der auf dem Corno nach oben steht.

Dschanna Das Paradies bei den Muslimen wird im Koran als üppiger Garten geschildert. Dort sollen alle zur Seligkeit Berufenen das erhalten, was sie ersehnen.

Dzul Karnein Als Dzul Karnein hat Alexander der Große einen Platz im Koran gefunden. Dort heißt es in der 18. Sure: »Und man fragt dich nach dem mit den zwei Hörnern (Dzul Karnein). Sag: Ich werde euch eine Geschichte von ihm verlesen. Wir hatten ihm auf der Erde Macht gegeben und ihm zu allem einen Weg eröffnet.« Diese Worte des Erzengels Gabriel sollen jenen Mann beschreiben, der auf Münzen immer wieder mit Widderhörnern dargestellt wird. In der Antike galten die Hörner als Attribut des Gottes Zeus-Amon, den Alexander in Ägypten verkörperte.

Eparch Titel eines Befehlshabers, im bzyantinischen Reich waren damit Stadtvorsteher gemeint.

Etesische Winde Luftströme, die regelmäßig über der Ägäis und dem östlichen Mittelmeer auftreten und trockene und kühle Luft bringen.

Fellachen Bezeichnung für Ackerbauern in Ägypten unter den Arabern.

Gomorrhäisch Nach Gomorrha, einer biblischen Stadt am Toten Meer, die zusammen mit der Stadt Sodom bis heute Sittenlosigkeit versinnbildlicht.

Jarl Ein freier Mann hoher Geburt im altnordischen Skandinavien, meist der Anführer eines Dorfes oder der Fürst eines Landstrichs. Im englischen Begriff »Earl« wiederzufinden.

Loki Gestalt der altnordischen Götterwelt. Als listenreicher Geselle tritt Loki sowohl als Helfer als auch als Widersacher der Götter auf. Loki hat, entgegen vielen anderen Göttern, keine bestimmte Gestalt. Meist wird er mit dem Feuer in Verbindung gebracht, da auch dies zwei Gesichter hat: segensreich auf der einen und verderbend auf der anderen Seite.

Lötiges Silber Lötigkeit ist ein altes Maß, mit dem der Feingehalt von Silberlegierungen benannt wurde.

Mare Nostrum Lateinisch für »unser Meer«. Der Begriff wird seit der römischen Antike für das Mittelmeer verwendet.

Muspelheim Nach der altnordischen Schöpfungsgeschichte ein Feuerreich als Gegenpol zum kalten *Niflheim* (s. auch *Asgard*).

Niflheim Ein mythologisches Nebelreich im eisigen Norden. Durch die Schlucht Ginnungagap vom Feuerreich *Muspelheim* getrennt. Niflheim ist nach der altnordischen Schöpfungsgeschichte der Aufenthaltsort derjenigen Toten, die nicht im Kampf gefallen und nach Walhall gekommen sind.

Nornen Die Schicksalsgottheiten in der altnordischen Mythologie. Die Nornen bestimmen bei der Geburt eines Menschen dessen Schicksal und Lebensende. Sie spinnen den Schicksalsfaden.

Palatium Residenz eines Herrschers. Der Begriff leitet sich vom römischen Hügel Palatin ab, auf dem um die Zeitenwende der Wohnsitz des Augustus lag. Im Mittelalter verwandelt sich das Wort in Pfalz, später in Palast.

Pharos Insel vor Alexandria mit gleichnamigem Leuchtturm. Das Bauwerk zählte zu den sieben Weltwundern der Antike. Es wurde um 280 v.Chr. errichtet und war 136 Meter hoch. Sein Leuchtfeuer soll 55 Kilometer weit zu sehen gewesen sein. Der Turm verfiel zusehends. Im 14. Jahrhundert stürzte er bei einem Erdbeben ein.

Saccharum Lateinischer Name für Süßgräser, deren bekannteste Art das Zuckerrohr ist, aus dem Zucker gewonnen wird. Durch die Araber verbreitete es sich ab dem 7. Jahrhundert im Mittelmeergebiet. Kolumbus brachte Zuckerrohr auf die Westindischen Inseln.

Schasch Alter Name für Taschkent im heutigen Usbekistan. Kam im 8. Jahrhundert unter arabische Herrschaft. Stadt und Region waren wegen ihrer Eisenminen von Bedeutung.

Venetien, Veneter Venetien, italienisch Veneto, ist eine Region in Nordostitalien. Zu ihr gehören heute Teile der Dolomiten, der Po-Ebene und das Po-Delta nördlich des Flusses. In historischer Zeit waren die Grenzen nicht so genau umrissen. Die Veneter tauchen bereits im 3. Jahrhundert v. Chr. in der Geschichtsschreibung als Verbündete Roms auf. Im 14. Jahrhundert fiel die Landschaft an Venedig, das seither Hauptstadt der Region ist.

SCHIFFFAHRT

Bilge Der unterste Raum eines Schiffes. Liegt über dem Kiel und wird nicht genutzt. Hier sammeln sich Leck- und Schwitzwasser. In historischer Zeit musste dieses Bilgenwasser von Hand ausgeschöpft werden. Heute helfen Pumpen.

Biten Zimmerleute setzten den Rumpf eines Wikingerschiffes aus dem Kiel, *Spanten* und Biten zusammen. Der Kiel läuft wie eine hölzerne Wirbelsäule über die Länge des gesamten Schiffes. Die *Spanten* werden wie Rippen im rechten Winkel dazu auf den Kiel gezimmert. Die *Spanten* wiederum tragen die Planken, die den Schiffsrumpf bilden. Zwischen der einen Wand des Rumpfes zur anderen verlaufen Querhölzer, um die Wände zu stützen. Sie heißen Biten.

Dau Arabisches Segelschiff mit *Lateinersegeln.*

Dollbord Die obere Planke eines offenen Bootes oder Schiffes.

Dromone Ruderkriegsschiff, das im frühen Mittelalter verbreitet war. Dromonen erreichten Geschwindigkeiten von fünf Knoten. Im Kampfeinsatz waren kurzfristig sieben Knoten möglich. Im Gegensatz dazu fuhr ein Langschiff der Wikinger mit bis zu 20 Knoten über das Meer.

Fieren Auf einem Schiff ein belastetes Tauende lose geben oder eine Last herunterlassen.

Kendtmann Auch »Kundiger«. Navigator auf den Schiffen der Wikinger. Der Kendtmann war in der Lage, anhand von Vogelzügen, Küstenlinien, Sternbildern und Wetterereignissen die Position des Schiffes zu bestimmen. Den Magnetkompass kannten die Wikinger nicht. In der altnordischen Literatur gibt es Hinweise darauf, dass sie einen Sonnenstein (das

Mineral Cordierit) benutzten, um bei schlechter Sicht den Stand der Sonne bestimmen zu können.

Kielschwein Längsbalken über den Bodenplanken eines Schiffes. Das Kielschwein dient zur Verstärkung der Bodenkonstruktion an der Stelle, an der der Mast aufgenommen wird.

Klinkern Bauweise eines Holzschiffs, bei der die Enden der Planken übereinandergesetzt werden.

Lateinersegel Dreieckiges Segel, das schräg zum Mast gesetzt wird. Seit dem 8. Jahrhundert im Mittelmeerraum verbreitet.

Rahsegel Rechteckiges Segel, das an einer Stange befestigt und an dieser schwenkbar ist.

Resonanztisch Damit die Ruderer eines Schiffes im selben Takt arbeiteten, war ein Taktgeber notwendig, der über die Länge der bis zu 50 Meter langen Schiffe zu hören war – auch bei Sturm. Aus populären Darstellungen antiker Galeeren sind Trommeln bekannt. Üblicher aber waren die robusteren Resonanztische, auf denen der Takt geschlagen wurde.

Riemen Ein hölzerner Schaft mit Blatt, der von einem Ruderer mit beiden Händen bewegt wird, um ein Schiff anzutreiben.

Schandeckel Holzstück, das vom Vorder- zum Achter*steven* über die gesamte Länge eines Schiffs läuft und das *Dollbord* abdeckt.

Schot Leine, mit der die Stellung des Segels zum Wind ausgerichtet wird.

Schute Flaches Wasserfahrzeug ohne Deckaufbauten, wird meist zum Transport verwendet.

Spant Bei den Holzschiffen der Wikinger wurden die Spanten auf den Kiel gesetzt. An dieses Skelett setzten die Schiffsbauer die Planken, um den Rumpf zu formen (s. *Biten*).

Steven Begrenzung des Schiffsrumpfes an den Enden der Längsseiten. Bei Wikingerschiffen war der Steven stark gekrümmt. Diese Konstruktion sowie der geringe Tiefgang der Fahrzeuge erlaubten das Anlanden in flachen Gewässern und das Abfahren in die entgegengesetzte Richtung, ohne das Schiff wenden zu müssen.

Trimmlage Schwimmlage eines Schiffs in Längsrichtung. Bei Wikingerschiffen wurde die Trimmlage durch die Verteilung von Ballaststeinen bestimmt. Liegt mehr Gewicht am Heck, spricht man von kopflastigem Trimm, bei größerem Gewicht am Bug von hecklastigem Trimm. Gleichlastiger Trimm beschreibt eine ausgeglichene Schwimmlage.

Sie rauben den wertvollsten Schatz Chinas.
Um zu entkommen, bleibt ihnen nur eins:
die Flucht über die Seidenstraße ...

Dirk Husemann
DIE SEIDENDIEBE
Historischer Roman
432 Seiten
ISBN 978-3-404-17381-5

Byzanz, A.D. 552: Im Auftrag des Kaisers reisen die Spione Taurus und Olympiodorus ins ferne Asien, um das Geheimnis der Seidenproduktion zu lüften. Tatsächlich gelingt es ihnen, Seidenraupen zu stehlen und in hohlen Wanderstäben zu verstecken. Als buddhistische Mönche verkleidet, versuchen sie, die Beute unbeschadet nach Byzanz zu bringen – achttausend Meilen die Seidenstraße entlang. Doch das Wissen um den kostbaren Stoff hält ganze Völker am Leben, deren Herrscher in Windeseile die Verfolgung aufnehmen. Bald hängt das Leben der beiden Byzantiner und ihrer geheimnisvollen Begleiterin Helian Cui am seidenen Faden ...

Bastei Lübbe